CHERCHEZ LA FEMME

DU MÊME AUTEUR

Le Ventre de la fée, Actes Sud, 1993.
L'Élégance des veuves, Actes Sud, 1995 ; Babel nº 280.
Grâce et dénuement (prix Culture et bibliothèques pour tous), Actes Sud, 1997 ; Babel nº 439.
La Conversation amoureuse, Actes Sud, 2000 ; Babel nº 567.
Dans la guerre, Actes Sud, 2003 ; Babel nº 714.
Les Autres, Actes Sud, 2006 ; Babel nº 857.
Paradis conjugal, Albin Michel, 2008 ; Babel nº 990.
Passé sous silence, Actes Sud, 2010 ; Babel nº 1126.
Cherchez la femme, Actes Sud, 2013.
Le Règne du vivant, Actes Sud, 2014.

ISBN 978-2-330-02863-3

ALICE FERNEY

CHERCHEZ LA FEMME

roman

BABEL

À Sophie, Julie, Pauline,
femmes à trois âges de la vie.

Les circonstances sont bien peu de chose, le caractère est tout ; c'est en vain qu'on brise avec les objets et les êtres extérieurs ; on ne saurait briser avec soi-même. On change de situation, mais on transporte dans chacune le tourment dont on espérait se délivrer, et comme on ne se corrige pas en se déplaçant, l'on se retrouve seulement avoir ajouté des remords aux regrets et des fautes aux souffrances.

BENJAMIN CONSTANT, *Adolphe.*

Peut-être certaines gens n'ont-ils plus rien à gagner auprès des personnes avec lesquelles ils vivent ; après leur avoir montré le vide de leur âme, ils se sentent secrètement jugés par elles avec une sévérité méritée, mais éprouvant un invincible besoin de flatteries qui leur manquent, ou dévorés par l'envie de paraître posséder les qualités qu'ils n'ont pas, ils espèrent surprendre l'estime ou le cœur de ceux qui leur sont étrangers, au risque d'en déchoir un jour.

HONORÉ DE BALZAC, *Le Père Goriot.*

Tous sont morts aujourd'hui,
les tracés se clarifient,
et Serge Korol aimerait à savoir
que quelqu'un raconte son histoire.

I

FILS DE NINA

1

À la source, avant la longueur de la vie, il y a le désir mordant d'un homme vaillant comme sa jeunesse : Vladimir Korol devant la poitrine épanouie d'une fille de quinze ans.

La fille dansait. *Dansottait* serait le terme approprié, car l'ensemble était médiocre, d'une grâce gentillette. La fille dansottait et le musicien était saisi. Hypnotisé comme si cette chair qui s'agitait devant lui avait été surnaturelle. Ses yeux regardaient et son sang répondait. Il était bien attrapé ! Parfois même il bandait. Il s'asseyait et cachait cette indécence avec son accordéon. Bien sûr c'était aussi vif et vigoureux que furtif et inavoué. Si bien élevé, Vladimir Korol aurait eu peine à prendre comme elle venait la brutalité de son attirance. Montre-moi tes seins. Ce que ressentait Vladimir se résumait à cette curiosité excitée. Mais Dieu sait où mènent les commencements lorsque leur légèreté nous fait honte. J'ai envie de voir tes seins. Comment le fils du Dr Korol aurait-il pu s'avouer qu'il avait pareilles pensées ? Jamais de sa vie il ne se l'avouerait. Accepter en soi l'instinct sexuel, sans gêne ni effroi, n'était pas de sa génération. Il était né en 1932 : il transforma le désir en sentiment. Il avait *aimé* Nina au premier regard, voilà ce qu'il croirait. Aussitôt captif, Vladimir greffa sur son désir très charnel des histoires très romantiques. Cette fille était pour lui. Il la regardait. Elle était la virginité même, elle n'avait jamais eu d'amant. Était-ce cette idée qui l'excitait ? Il en aimait la configuration, les promesses et la garantie. Pas de prédécesseur, pas de comparaison. De l'innocence, de la nouveauté, de la conquête. Il poserait les mains sur ces seins virginaux. Il mettrait à nu cette étrave. C'était le dessein du mâle. Il prendrait soin d'elle. Il la chérirait. C'était le camouflage du bon garçon. Il la protégerait. Nina Javorsky. Elle portait ce beau prénom. Nina. Il serait son univers, elle serait sa maison. Il en ferait son épouse. Vladimir et Nina. Nina Korol. Ces syllabes assemblées sonnaient si bien. On aurait dit que leur union était écrite. Pourquoi attendre ? Et attendre qui, maintenant qu'il y avait Nina ? Le moment est parfait, se disait Vladimir. Il pensait à lui-même. Il avait vingt-six ans, une sérieuse formation d'ingénieur, un métier qui était une passion autant qu'un idéal. Ingénieur des Mines, ce n'était pas rien à ses yeux. Il se sentait dévoué aux causes de ce monde singulier et attachant. Sa vie était engagée. Il était orphelin de père et de mère, libéré de ses sœurs qu'il venait de marier. Son tour était venu de convoler. Quoi de plus naturel et sain pour un garçon de son âge ?

Se marier avec Nina, voilà ce que Vladimir imaginait quand il la regardait tournicoter sa petite silhouette ramassée, sur la minuscule scène de la salle des fêtes, et qu'il attendait (sans en avoir conscience) la remontée de ses seins dès qu'elle levait les bras et battait des mains au-dessus de sa tête. Lorsque Nina était habillée court et près du corps, la peau de son ventre apparaissait, toute blanche, entre le haut de la jupe et le bas du chemisier. Vladimir en apercevait la clarté. Le corps, qui se donnait à voir en premier, exerçait sur lui un charme puissant. Il se repaissait de la chair de Nina Javorsky. Quel bonheur cela serait de vivre près d'elle ! Il ne la connaissait pas, mis à part son buste et ses pieds, mais il en était amoureux. Il la voulait pour épouse. Il imaginait sous un même toit son intimité avec elle, et déjà l'accomplissement d'une famille. Il l'avait entendue dire qu'elle aimait Chopin. Depuis, il travaillait les morceaux du compositeur polonais. En somme, il commençait de faire des choses pour elle. Nina Javorsky occupait ses pensées. Un soir, seul chez lui, cherchant le sommeil, il ramena le drap sur son épaule, posa sa main par-dessus et murmura le prénom, Nina. Il répéta : Nina chérie. Comme s'il s'entraînait à le dire. Comme s'il exorcisait son murmure et se délivrait de sa timidité. Nina, Nina chérie. Il ignorait alors qu'il répéterait ces deux mots des milliers de fois dans sa vie, sur des tons différents et jusqu'à la supplique. Pour l'instant, il les chuchotait comme une prière sacrée, avec une allégresse contenue, un bonheur secret. Il pouvait savoir qu'une telle morsure lui arrivait pour la première fois de sa vie. Était-ce Nina ? Elle faisait monter en lui une émotion de désir incoercible. Il se demandait pourquoi. Cela tenait-il à lui ou à elle ? Était-ce une étape de sa vie d'homme ? À son âge, avait-il simplement besoin d'une femme régulière ? Il pensait qu'il était amoureux comme jamais. Il la désirait, il l'aimait. Comme s'il n'y avait qu'un pas de l'aiguillon du désir à la patience de l'amour. Comme si "j'ai envie de voir tes seins", en ce temps-là, menait un jeune homme de bonne famille à dire "veux-tu m'épouser ?".

Maintenant qu'il avait ce poignard au bas-ventre, Vladimir faisait le guet. Non pas d'une proie mais d'un enchantement. Il fallait tout savoir de Nina, la connaître peu à peu et s'approcher d'elle, lui parler, pour finalement la ravir en touchant son jeune cœur. Était-il tendre ce cœur? Ou bien était-il déjà roué comme celui d'une trop jolie fille? Nina avait l'air plus sage que déluré, elle était encore timide, silencieuse sans dédain, et retranchée dans l'évident plaisir qu'elle prenait à danser. La danse était une autre vie, le meilleur de la vie. Il la voyait s'étourdir et se transfigurer. Elle était habillée comme une lycéenne : des jupes plissées, des blouses à col rond, des cardigans ajustés, des chaussettes dans les bottines, ou bien cet hiver des collants épais. La lycéenne ne rebutait pas Vladimir. Au contraire ! Elle lui donnait une complète assurance. Son inclination pour une si jeune fille était à la fois sauvage (non maîtrisée) et clairvoyante : cette jeunesse, il la façonnerait. C'était sa chance d'homme. Il le prévoyait sans avoir besoin d'une certitude. La demoiselle se plierait à son modèle. Tel était le désir inconscient de Vladimir : une jeune épouse qui se laissât faire, un être qui enfin lui appartînt tout entier, dont il serait le maître autant que le pygmalion. Vladimir Korol avait une âme de frère aîné, qui protégeait et dominait. Il était chevaleresque mais habitué à se faire obéir. À seize ans, ignorante et vierge, Nina Javorsky ne malmènerait pas cette personnalité autoritaire, elle y succomberait avec délice.

Un soir il se lança, exactement comme on se jette à l'eau, d'un seul coup sans plus réfléchir, alors que l'on n'avait cessé de penser et d'hésiter. La répétition s'achevait, Nina avait semblé radieuse, Vladimir lui dit qu'elle avait spécialement bien chanté ce soir-là. Oh ! il la complimenta avec clarté : elle venait de donner sa plus gracieuse prestation. Nina s'éclaira d'un sourire ravi tout en enroulant son écharpe autour de son cou. Elle avait l'air d'avoir quinze ans ! Un des musiciens éteignait les lumières de la salle. Le groupe se saluait et se congratulait dans la gaieté, puis s'égailla dans les allées entre les chaises. Une autre jeune femme appartenait à l'orchestre, violoniste, exilée, célibataire, qui s'était installée couturière en ville. Maïa fermait les yeux quand elle jouait et ne parlait à personne. Nul ne lui en faisait reproche, dans cette ambiance chaleureuse que crée naturellement la musique et qui convenait à ces gens serviables, travailleurs, inoffensifs et bienveillants. Maïa salua Vladimir d'un signe discret du menton. Il répondit d'un geste de la main mais il poursuivait la petite blonde. Elle l'occupait tout entier. Nina Javorsky s'en allait vers la porte et s'arrêta avant de sortir dans le froid, Vladimir l'aida à enfiler son manteau. C'était la première fois qu'il était si près de la toucher.

— Tu as une jolie voix, continua-t-il.

Ayant eu tant de mal à entamer la conversation, il voulait ne plus la finir.

— Merci, c'est gentil de ta part de me le dire, répondit Nina d'un ton qui manquait de naturel.

— Ce n'est pas *gentil*, dit-il, c'est vrai. Tu possèdes un merveilleux timbre.

Sans le savoir il touchait au point le plus sensible. Nina Javorsky était certaine d'avoir une belle voix. Ce talent qu'elle croyait détenir la rendait fière et ambitieuse.

— Je veux être chanteuse et danseuse, dit-elle, en claironnant d'une voix flûtée.

Cela sonnait comme un caprice, aussi Vladimir ne sut-il quoi répondre. Chanteuse et danseuse, comment faisait-on les deux à la fois ? Au Conservatoire il avait vu des filles pleurer à force de vocalises, et de jeunes danseuses mettre des steaks dans leurs chaussons pour atténuer la souffrance de leurs pieds. Il regarda le buste saillant de Nina Javorsky et laissa tomber le scepticisme. Il était ensorcelé. Quand elle chercha pour la première fois le regard de Vladimir Korol, ce fut posé à cet endroit le plus rond d'elle-même qu'elle le vit !

— Alors tu seras danseuse et chanteuse, affirma-t-il en relevant les yeux.

C'était si facile après tout de le croire. Et de ne pas la décourager. Mais tout de même, précis et sérieux, marqué par son éducation, il ajouta :

— Si tu travailles.

— Oh ! je travaillerai ! dit avec assurance Nina, qui se remettait de l'émotion qu'avait suscitée ce regard viril sur sa féminité.

Ils étaient maintenant à marcher côte à côte sur le trottoir devant la salle des fêtes. Nina avait vingt centimètres et onze ans de moins que ce compagnon amoureux. Elle levait le visage vers lui tandis que lui l'abaissait vers elle, de sorte qu'ils apparaissaient déjà comme voués l'un à l'autre.

— Quel âge as-tu ? demanda Vladimir. Tu chantes depuis longtemps ?

Voilà une rencontre au cœur de la musique, pensait-il. Rien n'aurait pu le rendre plus heureux que cette coïncidence d'un amour et de la musique. Nous nous sommes rencontrés dans un orchestre. Maman chantait et dansait. Papa jouait de l'accordéon. Ils répéteraient l'un et l'autre cette légende de l'origine, pendant toute leur existence commune et ravagée. Ils la perpétueraient chez leurs enfants et petits-enfants, peut-être pour effacer cette histoire des seins et du désir qui ruisselle sur la jeunesse d'un homme.

— J'ai quinze ans et demi, répondit Nina Javorsky, et je viens à l'orchestre depuis un an.

Quinze ans et demi ! C'était donc ça ! Elle n'avait pas seulement l'air de les avoir, elle les avait. Comme elle était jeune ! Encore davantage que ce qu'il avait cru. Ils avaient plus de onze ans de différence, pensa Vladimir Korol, faisant le calcul par réflexe. Est-ce que c'était trop ? Lorsqu'ils seraient adultes, l'écart s'estomperait. Nina serait rassurée d'avoir un époux plus mûr et lui enchanté de coucher avec une femme jeune. Ces pensées prosaïques lui vinrent à l'esprit en une seconde, et passèrent, le laissant tranquille avec son désir. Vladimir Korol venait quant à lui de prendre son poste à la mine, de s'installer dans la petite ville provinciale et de rejoindre la formation de musiciens. Il se sentait maintenant assez à l'aise, comme un joueur qui a pris la mesure de son adversaire et compte ses propres atouts.

— Tu fais plus que ton âge, dit-il.

— Je sais, on me le dit souvent, répondit Nina.

C'était exact. Elle n'ignorait pas l'effet de maturité qu'elle produisait. Elle était faite. La féminité en elle était mûre, qui appelait une main pour la cueillir. Vladimir voulait être cette main ; le mélange de maturité et de jeunesse l'attirait.

— Quel âge me donnais-tu ? demanda Nina, à la manière de quelqu'un qui veut s'entendre dire ce qu'il sait qu'on va lui dire.

— Vingt ans, dit Vladimir.

Nina parut satisfaite de cette réponse. Elle demanda :

— Et toi quel âge as-tu ?

C'était une chance, pensa-t-il, que la musique rapprochât ceux qui la partagent de sorte que Nina avait choisi de le tutoyer.

— J'ai vingt-six ans, répondit-il. Mais il ne faut pas être impressionnée !

— Oh ! cela ne m'impressionne pas du tout ! s'amusa Nina.

Elle était moins timide depuis qu'elle avait affronté sans rougir le regard qui faisait d'elle une femme désirable. Vladimir ajouta qu'il aurait vingt-sept ans en mai et elle ne répondit pas, simplement elle hocha la tête pour signaler qu'elle avait entendu. Quelque chose en elle s'était éveillé, qui palpitait comme un cœur, qui s'ébrouait, et l'on voyait que son visage lisse cachait des tas de pensées. Où travailles-tu ? s'enquit encore sa curiosité.

— Je suis le nouvel ingénieur de la mine, dit Vladimir Korol, ignorant quel mot magique il venait de prononcer pour une fille et petite-fille de mineurs de fond.

— Ah ! fit-elle, l'air intéressé, et ses yeux du dedans s'étaient mis à briller.

Elle s'arrêta de marcher, immobile, ayant atteint l'endroit où elle bifurquait. Vladimir s'arrêta à côté d'elle.

— Au revoir, lui dit-elle, je vais par là.

Il allait dans une autre direction. C'était donc le moment de se quitter.

— Et moi par ici, montra-t-il.

Elle releva sa main gauche la paume au ciel d'une façon qui semblait dire : dommage, il faut nous séparer.

— À vendredi, mademoiselle, dit Vladimir avec un sourire heureux.

Elle fit quelques pas, sachant bien qu'il n'avait pas commencé de marcher et qu'il la regardait, puis elle se retourna et agitant sa main en l'air, lui cria :

— À vendredi, monsieur l'ingénieur !

Chasseur et proie en amour étaient deux rôles interchangeables : il était impossible de ne pas voir qu'elle avait composé son geste et ces mots avec grâce, mais aussi intelligence, pour se rendre séduisante. D'ailleurs Vladimir était transporté. Tout lui avait fait plaisir dans cette rencontre. Il eut le sentiment de n'avoir pas déplu.

La modeste formation musicale et sa ballerine se réunissaient deux fois par semaine, le mardi et le vendredi. Les autres soirs, la salle des spectacles était occupée par diverses associations de la ville et chaque musicien travaillait chez lui. Ils faisaient de la musique ensemble les mardi et vendredi, jours à part, dédiés à l'harmonie, ils se faisaient plaisir avec une grande variété de morceaux. Nina aimait par-dessus tout les airs folkloriques russes sur lesquels elle dansait presque sans respirer. Vladimir était bon pianiste, amateur heureux à l'accordéon ou même au saxophone. Il n'avait pas peur de se lancer dans l'apprentissage de nouveaux instruments. Son arrivée avait été une bénédiction pour l'orchestre. Avec le recul, informé de l'avenir, on peut dire que l'orchestre détermina sa vie, en lui laissant une femme plus encore qu'une expérience musicale.

Une solide connaissance du solfège et des heures d'exercices avaient fait de Vladimir Korol un excellent musicien. Il était ingénieur parce que pratiquer la musique faisait partie de la culture mais n'était pas un métier. Sauf à être virtuose, ce qui n'était pas le cas, n'est-ce pas mon garçon ? disaient ses tantes avec une lucidité non dénuée de méchanceté. Enfant, puis adolescent, suivant la discipline que lui imposait son père, il avait fréquenté le Conservatoire de musique.

L'éducation musicale était astreignante autant que dévorante. Quand le garçon (et plus tard le jeune homme) renâclait, demandant à suspendre ses cours trop nombreux, il était aussitôt convoqué dans le bureau paternel. Chaque fois il y entendait la même phrase, qui ne pouvait être battue que par un indigne désamour envers celle qui l'avait mis au monde et abandonné (c'était le sentiment de Vladimir) :

— Tu dois cet effort à ta mère, lui disait son père.

Voilà de quelle façon Vladimir avait appris avec rigueur le solfège et le piano : comme une dette à une femme morte qu'il aimait passionnément, et dont la perte trouait sa vie d'une douleur insurmontable.

Maintenant que la musique le menait vers une toute jeune danseuse, il avait l'impression que sa mère lui offrait cette jeune fille. Il cueillait la récompense de cet enseignement quelquefois rebutant. Le beau fruit s'appelait Nina Javorsky. Nina ! Déjà ce prénom lui faisait battre le cœur ! D'elle, il aimait tout : sa blondeur cendrée, un peu fade, ses grands yeux bleus, son large visage aux joues plates, ses superbes seins évidemment, et puis son corps d'un seul tenant, comme un bloc sur ses jambes courtes et galbées qu'il découvrirait plus tard tendineuses et arquées. Il jouait pour elle. Elle dansait. Il la regardait. Il ne la quittait pas des yeux. Deux fois par semaine ses yeux ne la lâchaient pas. Dansait-elle pour lui autant qu'il jouait pour elle ? se demandait-il. Il n'en savait rien puisqu'elle était timide. Mais pas moins maligne. Oh ! elle avait eu vite fait de repérer ce regard sur elle. Alors elle donnait le meilleur d'elle-même sans s'économiser. Elle levait haut son tambourin, elle s'enroulait, mouvante, souple et pulpeuse, inflexible déjà, et floue cependant. Avait-elle seulement un dessein ? Ses pieds semblaient rebondir et frapper le sol, s'élever et retomber, et ne jamais s'arrêter. Ses pieds étaient légers, énergiques, infatigables. Mlle Javorsky voulait avaler la vie, le monde et le bonheur. Et si Vladimir Korol pouvait les lui apporter sur un plateau, alors elle le mangerait tout cru. Vladimir lui ne voulait que Nina.

Il était tout simplement fou de ces seins denses qui tendaient le tissu des blouses, portés avec quelle foudroyante innocence, nul ne le savait que Nina, et qui tournoyaient, disparaissant, se présentant de nouveau, se gonflaient lorsque leur chanceuse propriétaire levait les bras, virevoltaient encore tout au long de sa chorégraphie, et commençaient de créer son destin, scellant un pacte, manigançant, éperonnant l'homme, ce spectateur émerveillé. Vladimir ! Il était aussi attrapé par ce qu'il voyait que par ce qu'il espérait voir et qui était voilé. Défaire un à un les boutons délicats du chemisier, entrevoir la gorge et le pli, dénuder et contempler, telle était la forme du fantasme. Nina était la jeunesse de la féminité. Elle était vierge et intouchée. Savait-elle même qu'une femme peut être charnellement désirée ? Vladimir aurait juré que la réponse était non. Aucun garçon n'avait encore vu ce qu'il convoitait lui. Les seins de Nina Javorsky ! Il fallait reconnaître à Vladimir ce mérite, cette constance, qu'il en serait encore fou lorsqu'il les aurait vus : gros en effet, mais assez vilains, parce que les deux aréoles brunes étaient larges et grumeleuses.

Jamais dans sa vie Vladimir Korol n'oublierait ces moments, son attente, le délice d'une attirance qui a été reconnue et gagne une approbation, et cette grâce juvénile qu'il trouvait chez Nina, lui qui n'y connaissait rien à la grâce. Ainsi serait perpétué le mythe des talents de la jeune danseuse. La future famille Korol, sans avoir jamais la moindre idée de la perfection véritable, vanterait, avec la partialité la plus aveugle, les mérites si faibles soient-ils de ses membres. Dès la rencontre, méprise et médiocrité s'étaient mises en place : la fille dansottait croyant danser, le jeune homme était en extase, croyant qu'elle dansait merveilleusement alors qu'elle n'avait qu'un buste avantageux.

Bien des années plus tard, Nina deviendrait une grosse femme immobile. La jeune Javorsky aurait disparu corps et âme, et Vladimir, dans son mariage vécu comme un sacerdoce, fermerait les yeux pour se rappeler la jeune fille qu'il avait choisie, murmurant à sa belle-fille : Nina était la plus gracieuse danseuse que j'aie jamais vue… Sans penser qu'il n'avait pas vu grand-chose.

Bien sûr il ne la lâchait pas et la rencontre se faisait, commandée par le désir de l'un et l'intérêt de l'autre. Manifestement Nina Javorsky trouvait un bien-fondé et un plaisir à cette attraction ou à ce soupirant.

— Il est tard et il fait nuit. Je vais te raccompagner chez toi, proposa-t-il un autre soir où la répétition s'était prolongée. Où habites-tu ? demanda Vladimir lorsqu'ils eurent atteint le point où d'ordinaire ils se séparaient.

— Par là, dit Nina pointant son bras dans l'ombre.

Il le savait mais il voulait qu'elle le guidât.

— Je te suis, dit-il.

Ils marchaient dans le vent et la nuit.

— Tu n'as pas froid ? demanda Vladimir.

Elle faisait la découverte de l'immense sollicitude qui jaillit comme une fontaine dans le temps de la séduction et la terre du désir.

— J'ai des collants de laine, dit-elle.

Il inclina la tête pour regarder les collants ou les jambes. Nina eut un petit rire gêné. Ses jambes n'étaient pas fines, mais galbées. Des jambes d'à peine seize ans !

— J'habite chez ma grand-mère, lui dit-elle quand ils commencèrent à parler en marchant, j'ai six frères et sœurs, la maison de mes parents est trop petite pour nous loger tous.

C'était une façon un peu trop simple de raconter les choses.

Nina Javorsky était l'aînée de sept enfants. Avant la naissance de sa sœur cadette, Nina avait été confiée à sa grand-mère paternelle afin d'alléger chez la jeune maman les fatigues de la nouvelle grossesse. Jamais Nina n'était revenue chez ses parents. Sa mère l'avait-elle ensuite réclamée en vain ? L'avait-elle abandonnée ? La belle-mère avait-elle rapté l'enfant ? Ces questions restaient en suspens pendant que Nina restait chez sa grand-mère. Cinq autres frères et sœurs étaient nés sans que Nina eût regagné le toit paternel. La fille aînée d'Iréna et Jan Javorsky vivait à part de sa fratrie. Et se sentait un être à part. Ses frères et sœurs s'appelaient Josyanne, Évelyne, Yves, tandis qu'elle avait ce prénom russe. Ils étaient entassés chez leurs parents tandis qu'elle était choyée chez ses grands-parents. Elle possédait une bibliothèque personnelle, une chambre à elle, un vélo, un tambourin, autant de choses dont les autres étaient privés. Elle ne partageait pas, ne prêtait pas ses livres, ni son vélo. Au lycée, Nina était toujours première et fière de l'être. Le résultat ne se fit pas attendre : Nina Javorsky ne se prenait pas pour rien. Élevée dans l'adoration, habituée à être mieux traitée que les autres, elle était chipie avec discrétion et orgueilleuse sans remède. Elle cachait habilement qu'elle se sentait supérieure : une fausse modeste. Et jamais ne se montrait plus gentille que lorsque sa domination était manifeste. Sa bonté masquait alors une condescendance ravie. Au contraire, lorsqu'elle se sentait abaissée ou traitée sans considération, le masque s'effritait. Sa prétention se révélait au grand jour d'une réaction rageuse exacerbée. Elle avait un tempérament faussement tranquille, à la fois lymphatique et emporté. À seize ans, riche d'elle-même, elle croyait avoir une destinée et elle était ce genre de fille qui tape du pied avec autorité quand elle veut ou refuse quelque chose. Maintenant l'ingénieur de la mine où travaillaient le père et le grand-père de Nina s'intéressait à elle, jugeait qu'elle chantait bien ! Elle le trouvait beau garçon et se voyait déjà l'épouser. Pourquoi pas ? Voilà ce qui s'appelait faire un pied de nez à la vie !

L'habitude en était prise, après chaque répétition Vladimir marchait avec Nina jusque devant sa porte. Elle sonnait, comme une petite fille qu'elle était encore. Sa grand-mère venait ouvrir et saluait l'ingénieur. Bonsoir monsieur, merci d'avoir raccompagné Nina, je suis beaucoup plus tranquille depuis qu'elle ne rentre pas seule, disait la grand-mère. Nina se taisait et Vladimir s'inclinait avec déférence devant la petite dame en noir :

— Je vous remercie de me laisser accompagner Nina. Bonsoir madame.

Il rentrait chez lui plein de songes, de questions et des réponses que Nina lui avait faites en marchant.

— Depuis quand habites-tu chez ta grand-mère ? avait-il demandé la seconde fois où il l'amena chez elle.

— Depuis toujours, répondit Nina. Je n'ai pas le souvenir d'avoir habité chez mes parents.

Vladimir, qui vouait une vénération à sa propre mère défunte, jugeait ces circonstances aussi terribles qu'invraisemblables.

— Tu as forcément habité chez tes parents. Tu as passé du temps près de ta mère. Tu es son premier enfant, ça ne peut pas être autrement !

— Maman a attendu ma sœur immédiatement après ma naissance, elle était très fatiguée, je suis tout de suite allée chez ma grand-mère.

— Mais ensuite ? demanda-t-il, tes parents ne t'ont-ils pas reprise auprès eux ?

— Je n'avais pas envie de rentrer, dit Nina.

— C'est bien étrange… murmura Vladimir.

— Oh non ça ne l'est pas ! dit Nina. J'étais heureuse chez mes grands-parents ! Je voulais rester.

— Ta mère ne te manquait pas ? demandait le cœur orphelin de Vladimir.

— Je voyais maman tous les jours. Les deux maisons sont voisines. Vivre dans l'une ou dans l'autre n'avait pas d'importance.

Nina n'en savait pas davantage. Elle récitait par cœur une version dont l'inoffensive simplicité arrangeait les protagonistes. L'enfance de Nina renfermait un mystère. Un poison ? Un drame de l'attachement ? De l'enjeu qu'avait pu être ce bébé entre la mère et la belle-mère, rien n'était dit. Nina avait été un trésor. Elle était cette enfant à la fois perdue par sa mère et gagnée par sa grand-mère, lâchée et ralliée, volée peut-être. Que s'était-il joué autour de sa petite personne précieuse ? Il ne s'était encore trouvé aucune voix, en elle ou au-dehors, pour le lui faire imaginer. Elle n'avait pas idée du gouffre dans lequel précipite l'éloignement d'une mère, quand naissent l'incompréhension et la rancune, parce qu'on ne justifie pas aisément l'abandon qu'on a subi. Pas plus qu'une mère ne s'explique comment elle a lâché la main de sa fille, laissé une autre en prendre soin, dispenser et recevoir sourires et baisers, et comment elle n'en est pas morte elle, la mère, d'avoir perdu son enfant. À seize ans, si jeune, ignorant tout de l'assignation maternelle, Nina Javorsky ne croyait pas manquer de quelque chose. Elle n'était pas proche de sa mère occupée avec ses frères et sœurs. Et alors ? Elle ne ressentait aucune jalousie. Pourquoi en aurait-elle conçu ? s'étonnait-elle.

Vladimir ne s'aventura pas à penser son propre étonnement. Il avait en tête d'autres desseins : Nina ne manquerait plus de personne, il serait son père, sa mère, et son mari.

— Tes parents ont dû souffrir d'être séparés de toi, dit-il.

— Non, dit Nina sans état d'âme, ils ont six autres enfants. Ma grand-mère n'a que moi.

Elle était péremptoire et comme dépourvue de sensibilité. Elle était encore une enfant ! pensait Vladimir. Pourquoi se souciait-elle de sa grand-mère plus que de sa mère ? Éprouvait-elle déjà de la colère ou de la rancœur contre celle qui l'ayant mise au monde l'avait ensuite donnée ? Puisqu'il était amoureux, Vladimir sentit une recrudescence de son instinct protecteur. Il pensa : Nous sommes semblables. L'un et l'autre nous avons été privés de notre mère.

— Et toi, dit Nina, parle-moi de ta maman.

— Elle est morte quand j'avais dix ans, répondit Vladimir.

Ses yeux étaient déjà pleins de larmes. Jamais il ne pourrait parler de cette perte sans être submergé par une émotion qu'il était incapable d'endiguer ou de masquer. Au premier mot, il habitait sa peau d'enfant brutalement abandonné par le bonheur.

— Excuse-moi, dit Nina, je ne pensais pas raviver de tristes souvenirs.

Jusqu'à la fin de sa vie, Nina Javorsky userait de ces formules convenues, qui feraient parfois douter de sa sincérité ou de son émotion. Exprimait-elle une politesse indifférente ou l'élan du cœur qu'on espérait ? Aveuglé par son amour, Vladimir ne douta pas de la compassion de Nina et entreprit de lui raconter le drame de sa vie. Il disparut dans une remémoration.

— Je suis rentré de l'école et pour la première fois de ma vie, elle n'était pas à la maison. La voisine m'a ouvert la porte et appris, en pleurant, que ma mère avait eu un accident à vélo. J'ai attendu le retour de mon père, plein d'espoir et d'inquiétude. Mais il est rentré seul et malheureux. Et plus jamais elle n'a été là.

Il dit :

— C'était en 1942. Elle a été renversée par un camion allemand. Sa tête a heurté le trottoir. Elle est morte sur le coup. Mon père qui était médecin me l'a assuré pendant des années. Je suppose que cette information devait être une consolation.

De toute évidence ça ne l'avait pas été. Rien n'avait épuisé le chagrin de Vladimir Korol.

— Comme tu as l'air triste, dit simplement Nina.

Oui, il était dans une tristesse inconsolable, et il savait en exprimer la raison.

— La famille a tout perdu avec ma mère. Le bonheur s'est envolé et n'est jamais revenu. Mon père a fait venir ses sœurs à la maison pour s'occuper de ses enfants. Elles étaient sèches et sévères. Nous n'avons plus jamais connu la tendresse. Seulement la discipline, le travail et la frugalité.

— Ton père ne leur disait rien ? demanda Nina.

— Mon père rentrait tard. Il avait de longues journées dédiées à ses patients. Il faisait confiance à ses sœurs, il n'avait pas le choix.

Pour preuve de cette sollicitude illimitée que le Dr Korol témoignait à ses malades, Vladimir évoqua les obsèques du médecin lyonnais.

— Quand il est mort, l'église n'était pas assez immense pour contenir tous les gens venus lui dire au revoir, dit Vladimir. Je n'ai jamais vu un cortège pareil.

— Alors tu n'as plus de parents ?

— Mon père est mort d'un cancer à la gorge il y a cinq ans. Il fumait le cigare.

— Alors qu'il était médecin ?

— Oui ! dit Vladimir. C'était son plaisir dans la vie en dehors de son métier.

L'envie de remémoration se concentra à nouveau en mots :

— Il était le médecin des pauvres. Quand une famille ne pouvait pas le payer, elle donnait un lapin ou une tarte. Des gens me parlent encore de lui avec des sanglots dans la voix.

Vladimir Korol était le fils d'un mythe, il se vivait ainsi, il avait eu un père exceptionnel dont il avait peu profité.

— Lui ressembles-tu ? demanda Nina, en rajustant de la main la petite barrette qui tenait ses cheveux.

— Je ne suis pas médecin.

— Je veux dire est-ce que tu lui ressembles physiquement ?

— Beaucoup paraît-il. Nous avons des têtes de Caucasiens, avec des yeux bridés, des pommettes larges et hautes.

— D'où était-il originaire ?

— Il n'a jamais voulu nous le dire ! Le bruit courait qu'il venait d'Ukraine, dit Vladimir Korol. On ne sait rien.

Il dit :

— Mon père ne parlait jamais du passé. Pas un mot sur la Russie qu'il avait quittée et sur les dix-huit années qu'il avait vécues dans ce pays qui est un univers à lui tout seul. Nous ignorons de quel milieu il était, ce que faisait son père, qui était sa mère… Il a quitté le pays en 1921 pendant la guerre civile. On lui aurait mis le couteau sous la gorge : Tu es rouge ou blanc ? Il aurait répondu : Vous êtes quoi ?! Une fois enrôlé de force, il a passé la frontière à la première occasion.

— Et ta mère, crois-tu qu'elle en savait davantage sur son mari ? demanda Nina.

— En tout cas elle n'a rien trahi. Elle a respecté le vœu de mon père qui souhaitait faire de la France notre seule patrie. Il avait épousé une Française, il ne nous parlait jamais le russe, il était tourné vers l'avenir. La musique est le seul héritage que j'ai reçu de mes origines, dit Vladimir.

Il sourit et dit :

— Et la musique a dessiné la forme du futur en te mettant sur mon chemin.

— Si tu le crois, dit Nina avec coquetterie car elle était flattée.

Ils restèrent un moment silencieux après que Nina eut dit :

— Tu es orphelin, ce doit être difficile.

Puis Vladimir répondit :

— Ma mère me manque plus que mon père. Elle me manque depuis beaucoup plus longtemps et pourtant la peine ne s'atténue pas. Elle brûle dans mon cœur comme un flambeau. J'en suis étonné moi-même.

Nina demanda le nom de la mère.

— Elle s'appelait Cécile, murmura Vladimir avec adoration.

Et voilà que ses yeux noirs étaient de nouveau remplis de larmes.

Alors que son père, en effaçant l'exil, les souffrances et les souvenirs, avait voulu armer Vladimir pour l'avenir, la mort de la mère ligota le cœur du jeune homme au passé. Cette perte tragique qu'aucune racine connue ne venait remplacer fêla le fils. Sa mère était l'arbre mort dans lequel Vladimir avait installé la vie dont son père cachait la source lointaine. Il ne faisait pas son deuil de cette déesse perdue et la cherchait dans les femmes qu'il rencontrait. Il aimait les grandes silhouettes, les cheveux noirs, comme il se les rappelait chez celle qui la première l'embrassait tendrement. Et peut-être tombait-il amoureux d'une petite blonde pour conserver éternelles ses images fantasmatiques.

Cécile Stroebel était l'aînée d'une riche famille de brasseurs alsaciens. Elle avait reçu l'éducation stricte et raffinée des filles de grands bourgeois : elle savait coudre, repriser, tricoter, faire des menus et cuisiner. Délicate au piano, elle était aussi une talentueuse dessinatrice, emplissant la maison familiale de natures mortes – fleurs, pots, rien que des sujets sages – qu'elle faisait aux pastels gras, à son chevalet, l'après-midi, devant les fenêtres du salon. Devenue Korol par son mariage, Cécile posséda les qualités d'une épouse de son temps et d'une mère qui enveloppe ses enfants dans un charme indélébile. Grande et élancée, élégante sans ostentation, brune aux longs cheveux ramenés en bandeaux autour du visage, sa beauté originale ne pouvait que fasciner un fils. En outre, elle était de ces maîtresses de maison incomparables dans le logis desquelles toutes les tâches sont accomplies sans qu'aucun accident, aucun oubli, ne vînt jamais perturber le train de maison et le cours des semaines. Quoi de plus heureux et rassurant pour un enfant ? Il y avait toujours un gâteau dans le four, une pâte à crêpes, une orangeade. Le linge, les courses, les repas, l'ordre des choses et l'emploi du temps, le goûter, les leçons et les jeux, toute l'intendance et le loisir prodiguaient sécurité et paix. Cette harmonie culminait dans le baiser du soir, moment d'un bonheur paroxystique, où Vladimir froissait dans ses mains la jupe de sa mère, se blottissait contre elle (enfonçant son front contre son ventre), respirait son parfum léger, regardait briller ses cheveux quand elle se penchait dans la lumière pour éteindre la lampe de chevet et enjoindre son fils de dormir. Ce passé radieux devint une tragédie en une journée. Il arrive ainsi qu'un grand bonheur jamais ne cesse d'allumer le regret qu'on en a. Celui des Korol se dispersa en une seconde, lorsque la tête de Cécile Stroebel frappa le trottoir et que son corps, projeté par le choc, resta inerte. Lorsque les secours appelés forcèrent le barrage des passants, la belle Mme Stroebel n'avait plus besoin des secours. Vladimir avait dix ans. Il lui fallut vivre sans mère, sans dire bonsoir et sans baisers.

Rien ne sembla durer plus longtemps à Vladimir que le malheur qu'incarnaient les tantes à la maison. Lise et Babette étaient les deux sœurs de son père. Restées vieilles filles sans que nul ne sût pourquoi (dans leur jeunesse elles avaient été jolies et vivantes), elles ne s'étaient jamais séparées. Elles tenaient maintenant la maison de leur frère veuf, qui avait trois enfants. Il fallait "les faire filer" disait Lise, et Babette acquiesçait immanquablement, car telle était leur imparable chorégraphie, l'une affirmait et l'autre confirmait. Elles restèrent durant treize années au service de leurs neveu et nièces, préparant leur éternelle soupe et récitant le bénédicité à la table du soir où Vladimir, Magdaleine et Martine, en silence dépliaient leurs serviettes, posant leur rond d'argent en prenant garde de ne pas cogner le bord de l'assiette, et attendant leur père que toujours un enfant malade ou une pauvre femme enceinte éloignaient de son domicile. Lise et Babette trônaient, installées dans l'absence du docteur comme deux fées indifférentes qui faisaient leur devoir. Elles se montraient pingres et leurs cœurs étaient secs, comme si ces enfants venus trop tard dans leur vie, et pleins du regret de leur mère, leur rappelaient leur stérile existence au lieu de l'adoucir.

— Je n'ai jamais raconté ça à personne, dit Vladimir. Tu es la première à qui je confie ces peines.

Nina Javorsky ne fit pas de commentaire. Elle ne témoigna sûrement pas du contentement qu'elle éprouvait. Silencieuse, toute en pudeur et retenue, comme sa grand-mère lui avait appris que devaient être les femmes de bonne éducation, elle mit sa main gantée dans celle de Vladimir. Il sentait la laine qui prenait le chaud de leurs doigts et il marchait dans l'incroyable emprise de ce contact, qui n'était autre que celle de l'émotion amoureuse, et qui lui donnait envie de vivre, de rebondir enfin, de recréer la maison heureuse et le bonheur perdu. Pour la première fois depuis la mort de sa mère, une résurrection était à sa portée. Il s'arrêta, se tourna vers Nina, prit ses deux mains dans les siennes, lui retira ses gants et porta à ses lèvres les paumes dénudées. Il les embrassait avec une ferveur sans réserve, les yeux pleins de larmes, puis il releva le menton de Nina, se pencha sur elle et laissa sa bouche dire à la sienne tout l'enchantement, la fougue et l'attente qui s'étaient développés en lui.

Nina Javorsky avait été embrassée par l'ingénieur et il pleurait. En ces termes la jeune fille se confia à sa grand-mère.

Il pleurait ? répéta la vieille dame. Sacha Javorsky allait dire quelque chose à sa petite fille, mais la voix de son mari retentit dans la maison. De leur chambre à coucher, peut-être déjà sous les draps, le vieux mineur appelait sa femme.

— Sacha ! Viens dormir maintenant !

— Tu vois ce que c'est le mariage ! dit la grand-mère à Nina. Il ne peut pas dormir si je ne suis pas à côté de lui !

Sacha se leva du bord du lit où elle était assise, passa sa main sur le front de sa petite fille.

— Bonne nuit Douchka, dit-elle en allant rejoindre celui qui la réclamait.

Nina se demanda si Vladimir lui serait pareillement attaché. Oh oui il le serait ! pensa-t-elle avec détermination et romantisme. Ne l'était-il pas déjà ?

2

Sacha Javorsky était trempée dans l'acier mental que fabriquent, quand on leur survit, les grandes fêlures. Elle qui élevait Nina, n'était pas le moins du monde effrayée par l'approche précoce d'un homme qui songeait à la lui enlever en pleine floraison. La vie lui avait appris à soupeser la qualité d'une âme. Elle possédait ce don : décrypter les infimes signaux, regards, gestes, tics, attitudes, par lesquels les personnes révèlent ce qu'elles pensent, mijotent, attendent, et qui elles sont. Vladimir Korol n'allait pas méchamment séduire sa petite fille, il allait la demander en mariage. Sacha voyait de loin venir l'affaire. Elle avait vu tant de choses ! Et d'abord le vrai malheur, non pas celui qui blesse mais celui qui tue et ne laisse rien. Elle savait comment on reste en vie quand on a tout perdu, quand le sort, sans plus d'avertissement que de raison, vous prend ce qui vous tient le cœur. Alors ! La confrontation charmée d'un galant bien élevé et d'une fille de quinze ans ne pouvait pas l'inquiéter. Pensait-elle à elle-même ? Que deviendraient sa maison et sa vie quand Nina n'y serait plus le matin et le soir, à la table de la cuisine, avec son cartable au pied de la chaise, ou dans son petit lit à lire les romans que Sacha lui achetait avec des pièces jaunes économisées en cachette ? La vie c'était perdre cela. Nina ! Nina était le soleil, la résurrection, l'inespérée, la consolation, la joie. Elle était la jeunesse à contempler, le commencement qui recommence. Sacha l'avait reçue comme la vie. Quand la belle-fille enceinte était venue déposer ce bébé qui la fatiguait, Sacha s'en était saisie comme s'il était le sien et qu'on le lui rendait. Dans la chair tendre de ce nourrisson miraculeux, Sacha Javorsky avait enfoui son vieux chagrin. Elle s'était étourdie dans ce renouveau, elle qui se croyait tuée à jamais. Les baisers qu'elle donnait sur l'adorable ventre, sur les épaules dodues, dans le cou, sur les joues, l'avaient détournée de ce qui en elle était mort. Nina était chaude et présente, la mort était froide et passée. Elle n'avait rien oublié ! Sacha Javorsky, c'était elle : pendant l'exode, fuyant l'Armée rouge et l'Armée blanche, et la terre russe qui l'avait portée et portait maintenant une révolution, elle avait regardé mourir contre son sein vide un nourrisson affamé. Les armées pillaient le pays, les réfugiés prenaient des trains quand il y en avait, et sinon marchaient tout le jour et mouraient de faim. Sacha n'avait plus de lait et des engelures aux tétons à force de calmer la petite en la laissant téter un sein si vide qu'il ressemblait à un gant de toilette. Elle avait senti le corps de l'enfant refroidir dans ses bras. Elle avait bercé un petit cadavre. Qui imaginait pareil tourment maintenant que la vie était restaurée ? On oublie le goût de sa propre détresse ! Il se dissout dans le mouvement de la survie. Ils étaient venus dans ce village français, à cause des mines où le mari et plus tard le fils pourraient travailler. Cela s'était passé comme ils l'avaient prévu, car ils n'avaient pas rêvé de grandes choses. Oh non ! ils étaient loin de la folie des grandeurs, c'était sur terre qu'ils avaient les pieds, ou sous terre. Car M. Javorsky père avait commencé de descendre au fond du puits. Il y avait développé pendant vingt ans une belle silicose. Puis le fils l'avait suivi, Jan Javorsky au fond lui aussi, dos courbé, visage noirci, et les yeux rougis. Jan avait épousé Iréna. La guerre contre Hitler avait été déclarée et il était parti puis revenu avec la défaite. Nina était née en 1943 et Simone sa cadette en 1944. Simone dans le ventre de sa mère avait chassé Nina de la maison de sa mère. Sacha avait pris Nina. Pendant des années, dans la minuscule maison de mineur, sans le savoir Nina avait remplacé la petite fille morte là-bas sur les terres gelées qu'ils avaient laissées derrière eux, n'en gardant que la langue sublime et une habitude de la musique.

Oh oui ! Sacha avait volé Nina à sa mère comme Dieu autrefois lui avait volé sa fille. Aucun scrupule n'avait pesé sur son cœur. Quand la jeune accouchée qui, la veinarde, venait de mettre au monde une deuxième fille, était venue chez sa belle-mère réclamer la grande sœur, l'aînée qui disait-elle commençait à lui manquer, Sacha Javorsky avait su aussitôt qu'elle ne rendrait jamais l'enfant. Elle avait plissé ses petits yeux noirs, fait ce geste de repiquer une épingle dans son chignon et promis de préparer bientôt les affaires du bébé. Mais elle n'avait rien préparé du tout. Elle avait grappillé les semaines, retardant sans cesse le moment du retour, s'attachant la fillette, gagnant son amour et son cœur ; au point que quand la mère enfin s'était emportée, elle n'avait trouvé que le refus de sa fille de quitter sa grand-mère. Les petits bras potelés s'accrochaient. Nina avait choisi sans déceler la manipulation, ignorant que s'ouvrait dans sa vie une béance qui resterait incomblée. Les maisons se faisaient face comme les femmes. Sacha avait argué de cette proximité : Nina verrait sa mère et sa sœur chaque jour que Dieu fait, en même temps qu'elle tiendrait chaud au cœur de ses grands-parents. Iréna était rentrée chez elle. Puis, contente d'elle-même, perfide, Sacha avait prié pour que son fils fît d'autres enfants à son épouse. Est-ce que ce fils avait compris ce qu'attendait sa mère d'acier ? Jamais il n'avait réclamé Nina, pas plus qu'il n'avait la première fois appuyé la plainte ou la colère de sa femme. Il lui avait fait cinq enfants en moins de huit ans, de sorte qu'elle était occupée, avec six gosses dans une minuscule maison. Sept, disait-il en hochant sa grosse tête quand un collègue lui demandait combien il avait de petiots. Dans ce compte il n'oubliait pas Nina, la plus jolie. Et le soir il s'était mis à boire. Ce serait une raison de plus de ne pas lui rendre Nina. La sagesse de Sacha avait des limites ! Son habileté en avait moins. Nina vivrait sous cette menace : si tu n'as pas de bonnes notes, tu retournes chez tes parents. Nina avait de bonnes notes. Elle ne vivrait jamais avec les six autres enfants de Jan et Iréna. Elle se sentirait différente. Elle attendrait son destin. Puis un jour, beaucoup plus tard, elle se demanderait pourquoi sa mère la connaissait si mal.

Et maintenant l'ingénieur était à la porte. Le mardi. Le vendredi. Et il avait pleuré en embrassant les mains de Nina, pensait Sacha. Elle avait perçu que cet homme n'était ni frivole ni léger. Il était grave. Peut-être même trop. Nina était si jeune ! La pauvrette avait droit à un peu de divertissement avant tout le sérieux de la vie. Vous vous amusez ensemble ? Vous riez ? demandait Sacha à sa petite-fille. Que veux-tu dire ? répondait Nina, bien sûr que nous rions ! Mais

Sacha était sûre que le soupirant n'était pas drôle. Être drôle, est-ce que c'était ce que l'on demandait à un mari ? Bon. Sacha n'y pensa plus. Il n'avait pas fait sa déclaration. La petite était heureuse. Il faut laisser la jeunesse aller vers l'ivresse et trouver la réalité. Vladimir rencontrait Nina, il était amoureux, elle se laissait courtiser. Il lui avait donné le premier baiser. Il se montrait romantique, elle se révélait ambitieuse. Sacha Javorsky suivait l'affaire de près. Sa petite fille ne lui cachait rien. La vieille dame avait l'impression de connaître ce garçon sans lui avoir dit mieux que bonsoir et merci ! Vladimir Korol avait vingt-six ans, deux parents décédés, et deux sœurs mariées, sur lesquelles il avait veillé après la mort de leur père médecin. Nina racontait les choses de sorte à faire de Vladimir et sa famille des personnes admirables. Oh ! Vladimir parlait beaucoup de ses sœurs, disait Nina. Elle racontait : Magdaleine l'aînée, la ravissante, et Martine la plus jeune, complexée parce qu'elle était de petite taille, avec des cheveux châtains et ternes, alors que Vladimir et Magdaleine étaient grands, longilignes, avec des cheveux et des yeux noirs, brillants comme le jais. Nina et Sacha imaginaient les deux sœurs. Comme je les aimerai ! pensait Nina. C'était là une gentille pensée de fillette qui ne connaît rien aux stupides compétitions de la vie.

L'enfance endeuillée de Vladimir écrasait sa liberté. Ni la fillette charmée ni la grand-mère attentive ne devinaient qu'il était un homme troué. Sa personnalité était marquée par la perte et sa vie ligotée par le deuil. À quoi l'éducation qu'il avait reçue avait ajouté une raideur, une habitude de la rigueur qui faisaient de lui un homme de devoir bien plus qu'un homme de sentiments. C'était pour cette raison, sans qu'il le sût et jusqu'à se tromper lui-même, qu'il pleurait si facilement. Il se croyait sensible et ému par les autres, il l'était dans une certaine mesure, mais il pleurait sur lui-même, sa souffrance passée et son enfermement présent. L'homme de devoir qu'il était devenu pleurait sur l'homme de sentiments qu'en lui la peine et les tantes avaient tué.

La mère manquante avait dévasté l'enfant et l'adulte. Les années n'avaient pas restauré la force tranchée net. Vladimir Korol n'était pas remis de l'arrachement qu'il avait senti dans son cœur le premier soir où il avait attendu le baiser de celle qui était morte. La mort avait été aussi méchante qu'un abandon. La mort avait ressemblé à une désertion infâme. Pauvre Cécile Stroebel, si elle avait su cela ! Que son fils s'était à ce point senti délaissé qu'il n'avait pu accorder à nouveau sa confiance et sa tendresse. Il n'avait jamais réussi à *essayer d'aimer* les tantes. Au contraire il n'avait fait qu'espérer leur disparition. Comme il arrive que l'on précipite ce que l'on craint plutôt que d'avoir à le redouter. Lise et Babette Korol n'étaient guère tendres, mais elles se donnaient de la peine pour des enfants qui n'étaient pas les leurs. En grandissant Vladimir aurait pu le comprendre. Pourtant non ! Il demeura fermé, et habité par le seul mot de *Mère*. La figure maternelle trônait au cœur de sa vie : manquante et attendue. Si Nina avait compris cela, elle aurait percé pour toujours celui qui allait devenir son mari : Vladimir voulait une mère quitte à ce qu'elle fût aussi son épouse. Il ferait de sa femme une mère. Peu importait la vocation de Nina – chanteuse et danseuse –, une fois marié avec elle, il l'installerait dans ce rôle sacré. Je veux être chanteuse et danseuse. Tu seras la mère de mes enfants. Ce fut d'ailleurs sous cette forme qui hypothéquait l'avenir qu'il fit sa demande à Nina. Il ne lui dit pas : Nina je t'aime. Ou bien : Nina veux-tu m'épouser ? Non. Il en fit tout de suite une génitrice. Il dit : Je veux que tu sois la mère de mes enfants. Nina était évidemment flattée (n'était-ce pas ce qu'un homme pouvait dire de plus intime et engageant ?) en même temps qu'intimidée (elle n'avait pas seize ans !), mais elle n'eut pas l'idée de se méfier (que va-t-il faire de moi ? est-ce le compagnon qui convient ?) ou de s'interroger (suis-je de taille à être avant tout une mère ? est-ce que je ne désire pas autre chose ?). C'eût été se projeter plus loin qu'elle n'en était capable.

L'ingénieur qui avait donné le baiser en vint donc à sa déclaration. Je veux que tu sois la mère de mes enfants. Cela suivait un long silence qui disait les turbulences des cœurs. Encore une fois Vladimir et Nina marchaient côte à côte dans la trace heureuse de la musique. L'ombre du soir autour d'eux sur le chemin du retour était un peu moins dense, un peu moins noire, les jours commençaient de rallonger. Vladimir Korol attrapa son taureau par les cornes et ce qui vint était l'expression exacte de son désir inconscient. En dépit de son attirance éminemment sexuelle, il ne cherchait pas tant une compagne, un amour et un avenir, que ce qu'il avait perdu. Je veux que tu sois la mère de mes enfants. Il oubliait, par la force de sa quête, qu'il disait cela à une fille de quinze ans et demi. Nina eut un petit rire gentil en même temps qu'elle rougissait.

— Il faudrait d'abord que je sois ta femme ! dit-elle avec ses joues colorées.

— C'était sous-entendu ! dit Vladimir, et cela montrait comme il superposait l'épouse et la mère. Sois ma femme. Marions-nous, dit-il en prenant la main de Nina.

— Quand ? demanda Nina qui ne perdait pas ses couleurs et contemplait maintenant ses doigts dans la main de Vladimir.

— Tout de suite. Cette année ! dit-il, comme si cela était simple.

— Tu dois en parler à ma grand-mère, fit remarquer Nina.

— Mais toi, es-tu d'accord ? demanda Vladimir.

— Je crois, dit Nina en regardant ses pieds.

— C'est tout ? Tu crois ? dit Vladimir.

L'amusement qu'il y avait dans sa voix se mua en sérieux :

— Je veux que tu sois sûre, dit-il.

— Je suis sûre, répéta Nina.

— Tu n'es pas obligée de me répondre maintenant, dit Vladimir. Réfléchis tranquillement. Et alors j'irai parler à ta grand-mère.

— Il faudra aussi voir mon père, suggéra Nina.

Elle était comme doublement possédée et sous le joug de deux autorités.

— Oui, bien sûr ! J'irai demander ta main à ton père. Et tu me présenteras tes parents, dit Vladimir. Dis-moi quel jour conviendra. Lorsque tu auras réfléchi.

— Oh, dit-elle, le dimanche est toujours le mieux.

— Alors tu me diras quel dimanche.

Elle acquiesça du menton ; elle sentait un grand battement dans la poitrine, une chaleur aux joues, une mollesse dans les jambes.

— Tu te sens bien ? demanda Vladimir qui eut l'impression qu'elle haletait.

— Oui, dit Nina, mais j'ai l'impression d'être toute faible. J'ai chaud. Touche, mes joues sont brûlantes.

— Tu es vaillante, dit Vladimir en riant.

Comme cela arrive souvent, il disait là ce qu'il espérait.

— Je suis émue, dit-elle. Tu souffles trop fort sur ma vie.

Le mardi suivant, dès la fin de la répétition, Nina vint se planter devant Vladimir et lui donna une réponse claire et décidée.

— J'ai réfléchi et c'est oui.

Vladimir s'agenouilla, entoura les mollets de Nina avec ses bras, embrassa ses chevilles. Ma princesse ! disait-il. Ma petite reine adorée.

Quelques musiciens les entouraient qui se mirent à applaudir ce bel amour né dans la musique. Nina avait envie de leur crier : Nous allons nous marier ! Elle se retint, ni ses parents ni ses grands-parents n'étaient au courant de ce grand événement. Ce fut Vladimir, se relevant, le visage rougi, qui dit :

— Vous êtes tous invités à notre mariage !

Il déposa un baiser sur la bouche de sa jeune fiancée. Bravo ! criaient les autres. Nina frémissait de stupéfaction heureuse. Ce baiser officiel demeura sur ses lèvres plusieurs jours et dans ses pensées il venait créer l'excitation et l'orgueil.

Maintenant Vladimir hésitait. C'était pour lui un casse-tête. Fallait-il parler au père ou à la grand-mère en premier ? Ce que lui dictait son éducation (l'autorité est paternelle) était le contraire de ce que lui soufflait la réalité (Sacha Javorsky avait élevé Nina). De surcroît il connaissait un peu la grand-mère alors qu'il n'avait pas même entraperçu le père.

— As-tu parlé de moi à ton père ? demanda-t-il à Nina.

Il fallait qu'il en eût le cœur net.

— Je n'ai pas souvent l'occasion de parler à mon père. Quand je passe voir ma mère, il n'est pas rentré de la mine. Et quand il est là, souvent il est ivre.

Nina avait murmuré ce dernier mot presque sans le prononcer, dans un souffle de voix inaudible.

— Il est quoi ? demanda Vladimir qui n'avait pas entendu.

— *Saoul*, dit Nina, avec un air faussement détaché, prolongeant la syllabe *ou* avec une lueur d'ironie.

— Tu penses que je devrais plutôt parler à ta grand-mère ? demanda Vladimir.

— De toute façon, dit Nina, ma grand-mère parlera à mon père. Il fera ce qu'elle dira.

— Et ton grand-père ? demanda Vladimir.

— Mon grand-père aussi, dit Nina.

Elle ne paraissait pas étonnée de voir Sacha commander tous les hommes de sa famille.

— Tu as une sacrée grand-mère ! s'amusa Vladimir.

— Pourquoi dis-tu ça ?

— Parce qu'on dirait qu'elle régente son monde !

— Juste son fils et son mari, dit Nina. Elle ne commande pas ma mère. D'ailleurs je crois que ma mère la déteste.

Et comme si elle était idiote, ou délibérément aveugle, elle ajouta :

— Je ne sais pas pourquoi.

Vladimir, une nouvelle fois silencieux, contourna l'abcès. Il fuyait les querelles et les rancœurs qui s'incrustent entre les personnes. L'amour seul simplifiait le réel.

— Ma mère non plus ne dira rien, si c'est ce qui t'inquiète, commenta Nina. Elle fait ce que je veux.

Ils convinrent d'un dimanche et ce qui se passa fut plus simple et plus singulier que ce que Vladimir avait imaginé. La grand-mère avait réuni tout son monde. L'événement ne fut pas cérémonieux, car les parents de Nina (qui recevaient) étaient sans manières et parlaient peu. Par ailleurs les plus jeunes des enfants riaient sous cape, devinant que la scène concernait Nina, l'amour, et l'inconnu qui était là, et ce léger chahut, sans intention de le faire, allégeait l'atmosphère. Il n'y eut pas de silence pesant malgré la surprise que de toute évidence les parents allaient avoir. Sacha n'ayant jamais parlé de Vladimir à Jan et Iréna, le fiancé faisait irruption tel un aérolithe dans leur maison à qui Nina avait été enlevée, comme à des géniteurs inaptes à la faire grandir au milieu de ses frères et sœurs. Et voilà que l'aérolithe demandait la main de Nina, se tournant alternativement vers le père et vers la grand-mère, jetant de temps à autre un regard à Nina qui ne disait rien, immobile, les deux mains posées sur le napperon brodé qui occupait le centre de la table.

— Jan, avait dit Sacha Javorsky à son fils, tu devines pourquoi M. Korol a tenu à te rencontrer ?

Sincère peut-être, n'éludant pas l'étonnement qui était le sien, ou bien malicieux, jouant au chat et à la souris avec sa mère, ou triste, le père de Nina répondit :

— Non je ne vois pas.

Iréna, son épouse, qui de toute évidence avait compris ce qui allait se dire, attrapa la main de son mari dans la sienne et ajouta :

— Bonjour monsieur. Non Sacha, dites-nous. De quoi s'agit-il ?

Elle possédait le même joli timbre de voix que sa fille, une flûte, qu'elle avait décidé pour l'instant de rendre sèche et peu avenante. De sorte que l'ambiance était empreinte de tristesse au lieu qu'elle aurait dû être joyeuse, tout cela parce que Iréna Javorsky, séparée de Nina, en gardait de l'amertume. Le plus douloureux était qu'elle en voulait davantage à sa fille qu'à sa belle-mère. Les moments passent vite. Les informations cruciales nous échappent. Vladimir ne ressentit pas le quart de cet héritage nocif.

Rien n'intimidait Sacha Javorsky et dès qu'ils furent tous suspendus à sa réponse, elle déclara avec solennité :

— M. Korol souhaite épouser Nina et demande notre consentement. Il désire que le mariage se fasse le plus tôt possible.

Chaque mot de cette déclaration était pesé. Sacha avait fait de Vladimir un personnage important. Sacha s'était accordé la place qu'elle estimait légitime : elle n'avait pas dit "votre" mais "notre" consentement. Elle fit un sourire encourageant à sa petite-fille. Jan Javorsky gardait les yeux fixés sur ses mains qu'il avait carrées comme des feuilles de platane et grises parce que le charbon chaque jour depuis vingt ans les teintait. Il ne disait rien, comme s'il n'avait pas entendu ce qu'avait expliqué sa mère.

Quelques secondes de silence se posèrent sur la tablée. On entendait les rires des enfants dont les visages se pressaient entre les barreaux de la rampe d'escalier.

— Jan ? dit Sacha à son fils comme si elle le réveillait.

Il ne répondit pas et ne leva pas les yeux.

— Papa ? dit Nina.

Le père immobile, l'atmosphère s'alourdissait de ce silence qui était si ténébreux à cause de ce qu'il cachait.

— Papa tu ne dis rien ? demanda Nina.

— Que veux-tu que je dise ma petite fille ? demanda Jan Javorsky avec douceur mais fermeté.

Il sembla s'ébrouer d'une grande torpeur.

— Est-ce que tu n'appartiens pas corps et âme à ta grand-mère ? demanda-t-il à sa fille en la regardant droit dans les yeux.

Nina baissa la tête comme une fille punie. Jan caressa la joue ronde de son enfant perdue.

— Est-ce que j'ai jamais eu seulement un mot à dire te concernant ? lui demanda-t-il. Pourquoi je commencerais maintenant ? Parce que tu veux te marier ? Le veux-tu ?

— Oui, je le veux, répondit Nina à son père.

— Alors marie-toi ma petite. Tes parents feront ce que tu attends d'eux. N'est-ce pas Iréna ? dit-il en se tournant vers sa femme qui acquiesçait. Ne viens pas demander mon consentement comme on le demande à son père. Il n'y a pas lieu, dit-il à Nina en regardant Sacha.

— Monsieur, dit-il en se tournant vers Vladimir, hélas je n'ai pas élevé cette enfant. Voyez ! Je ne savais pas ce qui lui arrivait !

Jan Javorsky se mit à rire en regardant sa grande fille à la poitrine épanouie. Vladimir avait soudain envie de pleurer. Ce n'était pas à cause de ce moment gâché. C'était l'image du père défait qui s'imaginait ne pas avoir l'amour de sa fille. Avait-il raison ? Jan pensait qu'il n'avait jamais reçu cet amour, une femme détruite l'avait détourné vers elle afin de se sauver de la mort. Jan Javorsky avait fait un enfant à sa mère et pour lui payer ce tribut il avait dépouillé sa propre femme. Nina s'était laissé prendre. Elle avait parachevé l'enlèvement en adorant ses ravisseurs.

— Vous l'avez aimée, répondit Vladimir. De toute évidence vous l'avez aimée.

Il voulait dire que l'amour qu'on donne vaut cent fois celui qu'on reçoit. Lui seul compte, nous fait et nous exhausse.

— Oh oui je l'ai aimée ! dit Jan Javorsky en regardant Nina. Comme les autres. Et pas davantage. Mais elle n'a jamais rien voulu en savoir.

Vladimir resta muet. Oh ! il ne s'était pas attendu à cela ! La grand-mère était une fieffée diablesse, qui avait blessé le cœur de son fils. Vladimir regarda sa future belle-mère. Iréna Javorsky semblait moins souffrir que son mari. Elle avait choisi la rancune plutôt que la tristesse. Sa Nina n'était jamais revenue, sa Nina avait choisi de vivre chez ses grands-parents plutôt que de côtoyer ses frères et ses sœurs. Nina avait voulu le confort. C'était une princesse qui n'avait jamais regardé en face la peine qu'elle causait à ses parents. Et si Jan Javorsky s'était mis à boire, ça n'était pas par l'opération du Saint-Esprit, c'était d'avoir une fille qui le fuyait et une mère qui le dépouillait. Quelle place Sacha Javorsky avait-elle faite à son fils quand elle n'avait dans le cœur que sa fille morte ? Pauvre Jan dont la mère avait pleuré la sœur et capturé la fille ! Maintenant Iréna avait l'impression de tenir sa vengeance. Elle n'avait pas eu à lever le petit doigt pour cela. Le temps avait accompli ce miracle : Nina s'envolait. À son tour Sacha allait perdre cette enfant-là. Surprise, basse satisfaction : Iréna n'avait pas attendu cela si tôt, ni de cette manière.

— M. Korol est l'ingénieur de la mine, dit Sacha Javorsky à sa belle-fille.

Iréna se tourna vers son mari avec un regard interrogateur qui demandait : Comment se fait-il que tu ne l'aies jamais vu ?

Maintenant qu'il y songeait, Jan Javorsky se rappelait la grande silhouette de l'ingénieur qui, disaient les camarades, descendait au fond et appartenait au Parti.

Le père de Nina ne parla plus. La mère était dans sa stupéfaction. Cette Nina, où s'arrêterait-elle ? Petite princesse ! L'ingénieur de la mine !

Seule Sacha réfléchissait aux conséquences d'un mariage pour sa petite fille. Elle tenait par-dessus tout à ce que Nina finît ses études. Le lycée. Plus quelque chose. Qu'elle ait un petit bagage. Vladimir promit. Il promit tout ce qu'on voulait. Et pas d'enfant avant quelques années, disait Sacha Javorsky. Il promit.

— Pas d'enfant avant le diplôme ! dit Sacha.

— Pas d'enfant avant le diplôme, répéta le fiancé.

Nina riait et rougissait. Quoi de plus normal ? Il y avait bien de quoi être gênée. Ne parlaient-ils pas de sa vie et de son ventre ? Ils régnaient sur son propre ventre ! C'était humiliant mais Nina n'était qu'embarrassée. Elle aurait pu mesurer combien, si l'on n'y prend pas garde, on appartient à ceux qui nous aiment. Elle aurait pu détester l'autorité qu'ils s'arrogent dès qu'on n'y met pas de limite. Elle aurait pu comprendre comment une fille passe de celle d'un père (ou d'une grand-mère) à celle d'un mari. Mais Nina ne pensa rien de tout cela, elle pensa que sa grand-mère avait les pieds sur terre.

C'était aussi ce que jugeait le mari de Sacha, qui n'avait pas dit un mot et regardait faire sa femme.

— Vladimir, dit Sacha, vous me permettez de vous appeler Vladimir ? Il me reste à avoir une conversation avec ma petite fille, et elle sera prête si c'est bien ce qu'elle veut, à se fiancer quand vous jugerez le moment venu.

Cette phrase parut à Vladimir d'une violence insupportable ! Il regarda Iréna. La mère ! Qui était si ostensiblement évincée ! Il aurait voulu un mot tendre de Nina à celle qui l'avait mise au monde, qu'elle vînt s'asseoir sur ses genoux comme la petite fille qu'elle avait dû être. Mais rien de tel n'advint et la tablée réunie en cette grande occasion se leva pour saluer l'ingénieur qui rentrait chez lui.

Lorsque la porte de la maison de ses parents se referma sur son fiancé et qu'elle retourna dans la salle à manger où les autres avaient attendu qu'elle raccompagnât le prétendant, Nina les interrogea du regard. Son père s'était servi à boire du vin rouge. La bouteille était apparue sur la table et le mineur était assis son verre à la main. Au moins s'était-il abstenu quand Vladimir était là. Nina avait douté qu'il y parvînt. Gâcher par l'alcool les soirées importantes, les fêtes, les anniversaires, était une spécialité de Jan Javorsky. La colère endormie s'éveillait. Il avait ce don de boire et ensuite de faire des histoires pour une broutille (il l'avait transmis à Nina mais chez elle le don était encore invisible).

— Merci papa, dit Nina.

— De quoi ?

Elle pensait justement avec lucidité : de n'avoir pas été ivre, de n'avoir pas refusé ce mariage, d'avoir été sincère. Déconcertée par le ton rude de son père, elle n'osa pas le lui dire.

— De rien, d'avoir été là, murmura-t-elle.

Sacha Javorsky enfilait toute seule son manteau, exhortant d'un geste rapide et tyrannique son mari à faire comme elle. Pendant une seconde Nina hésita entre deux fins d'après-midi : emboîter le pas à sa grand-mère ou rester un moment seule avec ses parents et finir cette conversation qui avait peine à naître mais s'ébauchait. Ce choix en disait si long qu'elle ne parvenait pas à le faire. Elle restait plantée à côté de la table, hésitante, ne s'asseyant pas et ne cherchant pas son manteau, et l'on pouvait lire sur son visage qu'elle balançait. Quel jour primordial tout de même ! Ses parents devaient être étourdis. Elle aurait voulu leur dire… leur dire quoi ? Juste sa tendresse de fille qui mûrit. Pourquoi était-ce si difficile de nouer ses bras autour d'un père, d'une mère ? Est-ce qu'ils n'étaient pas froids avec leur propre fille ? Elle pouvait le leur demander. Elle pouvait le déplorer. Parler ! Nina s'apprêtait à tirer une chaise et s'asseoir à côté de son père lorsque Sacha, partie dans l'entrée, revint et lui tendit son manteau.

— En route, Douchka, tu n'as pas fait tes devoirs avec tout ça, dit-elle.

C'était l'ultime rapt et l'inaccomplissement tragique d'un moment unique. Sacha Javorsky ferait reposer l'alliance de Nina avec Vladimir sur cette conversation inachevée. Personne ne protesta. Le silence approuva l'autorité de la grand-mère. Ces gens ne parlaient guère et l'ancêtre de surcroît les faisait taire.

Le soir, lorsque Nina fut au lit, Sacha profita de cette tranquillité pour parler avec rectitude, sans finasseries.

— Tu sais que le mariage est la chose la plus importante dans la vie d'une femme Nina ? Tu dois être sûre de ton choix. Il ne faut pas te tromper !

— Je sais, dit Nina.

— De toute façon, c'est une loterie ! laissa tomber sa grand-mère. Ma mère disait que le mariage est une lettre cachetée.

La vieille dame sembla réfléchir. Puis reprit :

— Mais il faut commencer avec des illusions. C'est ce que tu veux Nina ? Épouser ce garçon ? L'épouser maintenant ?

— Oui, dit Nina en baissant les yeux.

— Regarde-moi, dit Sacha Javorsky à sa petite-fille.

Et quand Nina eut cessé de détailler le motif fleuri qui ornait la housse de sa couette, sa grand-mère dit :

— Je connais tout ce que tu sens. Sais-tu que ça m'est arrivé aussi ! Es-tu certaine de ce que cela veut dire ?

— Oui, souffla Nina.

— Tu penses à lui sans cesse ? Tu as envie d'être avec lui ? Tu le trouves intelligent et tu l'admires ? Tu le trouves beau ? Tu aimes parler avec lui ?

— Oui, c'est tout cela en même temps, dit Nina.

— Est-il gentil et galant avec ma beauté ? demanda Sacha Javorsky en attrapant dans sa main le menton de sa petite-fille, de sorte qu'elle semblait donner à voir cette beauté.

— Tu as vu qu'il l'est ! dit Nina.

— Et alors, dit Sacha Javorsky, où vas-tu chercher qu'il faut te marier tout de suite ? Tu as quinze ans et demi, ce n'est pas bien vieux. Pourquoi ne profites-tu pas de ce qui est là ?

— Il m'a demandée, dit Nina.

— Ce n'est pas une raison, dit Sacha. Tu peux le faire attendre. Tu en as le droit.

— Je sais.

— Attendra-t-il si tu le lui demandes ?

Sacha posait vraiment la question.

— Je crois, dit Nina.

— S'il n'attend pas, c'est qu'il n'y aura rien à regretter ! dit Sacha. C'est que tu auras bien fait de le faire patienter pour finalement découvrir son inconstance.

Elle parlait comme si sa petite-fille avait déjà opté pour le report que conseillait la raison.

— Mais je ne veux pas le faire attendre ! protesta Nina.

— Ah ! fit sa grand-mère avec un sourire.

Elle regarda sa petite fille au fond des yeux et lui demanda :

— Tu as peur de le lui demander ? Ou bien de sa réponse ?

La question vaguement accusatrice, suspicieuse en tout cas, ne démonta pas la jeune Nina. Cette grand-mère qui avait tant vécu et se mêlait de tout, qui prétendait connaître ce que ressentait sa petite-fille et voulait régenter, avait peut-être bel et bien fini de régner.

— Je n'ai pas peur, dit Nina. Ce qu'il y a, c'est que moi non plus je n'ai pas envie d'attendre.

— Pourquoi es-tu si pressée ? demanda Sacha sans cacher son étonnement.

Elle était stupéfaite de l'évidence qui s'était faite chez sa petite fille et tout de même, si forte fût-elle, l'aveu de Nina lui faisait battre le cœur plus vite.

— Je ne sais pas, dit Nina (elle osait même dire je ne sais pas !). C'est comme ça. Il faut avancer dans la vie, saisir l'occasion qui se présente. Tu ne crois pas ?

— Et le lycée, Douchka. As-tu pensé au lycée ?

Sacha Javorsky quittait le champ du grand amour pour revenir aux choses sérieuses.

— Oui, dit Nina, bien sûr. Je continuerai à aller au lycée comme aujourd'hui.

— Tu ne sais pas qu'un homme dans une maison exige beaucoup de sa femme, dit Sacha Javorsky avec un air d'être sûre de ce qu'elle avançait. Tu n'auras plus le temps d'étudier !

— Vladimir ne m'empêchera pas d'étudier, souffla Nina.

Ce ton amolli et romantique eut le don d'agacer Sacha. Elle n'avait pas élevé sa petite-fille pour en faire une gourde qui s'en laisse conter par le premier garçon venu.

— Ça ma fille, nous en reparlerons ! dit-elle avec ironie.

Puis elle récita son couplet désenchanté : Les hommes, ça met les pieds sous la table et les chemises en boule au linge sale, et ça croit que les lapins naissent découpés, farcis et grillés !

Nina ne disait rien. Qu'y avait-il à répondre ? D'ailleurs sa grand-mère n'attendait pas de réponse. Elle n'avait pas fini de parler.

— Ton Vladimir, poursuivit la grand-mère, il a vingt-six ans et un métier. Des centaines de gens sont sous ses ordres. Ton père y est ! L'ingénieur ! Il va te commander celui-là…

— Il ne me commandera pas, répliqua Nina sur un ton décidé.

— Alors vous vous bagarrerez. Et crois-moi ce sera dur. Une femme ne fait jamais le poids.

La vieille dame s'interrompit à dessein, préservant un effet d'annonce. Puis elle acheva :

— Sauf si elle a un métier. Et un salaire ! Travaille Nina. Étudie le plus longtemps possible et gagne ta vie. Ne dépends jamais d'un homme ! Écoute ce que te dit ta grand-mère.

— J'écoute, dit Nina.

— Je serai là, dit la grand-mère en ouvrant la porte de la chambre.

Sur le seuil, laissant sa petite-fille à la nuit, elle répéta : Je serai là. Dors maintenant.

Sacha Javorsky ne voulait pas dire qu'elle serait là cette nuit, elle voulait dire : toute la vie, toutes les nuits, et tous les jours de ton mariage ma petite-fille. Semblable en cela à tous les caractères tyranniques : incapables d'accepter de céder la place, de disparaître du monde qu'ils commandaient et qui sera par leur mort libéré.

Elle voyait clair et le savait.

3

Le mariage fut fixé au mois de décembre. Vladimir Korol révéla ses allergies. Communiste, il était agnostique et anticlérical. Pas question pour lui de se marier à l'église ! Le mariage serait civil. Ce fut la première déception de Nina, en même temps que le premier sceau de la domination qu'exercerait sur elle Vladimir. Nina pleura, son fiancé resta inflexible. Il y a des choses sur lesquelles on ne peut pas transiger, expliquait-il à sa jeune femme. Le refus de la religion faisait partie de cette constellation de convictions intouchables. Que personne surtout ne se mêlât de bénir leur alliance. Vladimir se montrait aussi enragé que formel. Son refus était indiscutable.

D'abord Nina découvrit le monde ! Quoi ? Les communistes ne se mariaient pas à l'église ? Force lui fut de constater que son Vladimir ne céderait pas. Alors elle fut malheureuse. Pas de longue robe blanche et de marche nuptiale au bras de son père vers l'autel ! Elle en pleurait sans finir. Elle était si jeune, livrée à ces images idylliques et symboliques dont elle avait fait un accomplissement.

— Ton père ne se sent pas concerné par ce mariage, lui rappela Vladimir. Veux-tu marcher jusqu'à moi au bras de ta grand-mère ? Je ne crois pas que tu veuilles ça ?!

L'image le fit rire.

— Arrête-toi ! cria Nina en lui tapant le bras.

Le symbole volait en éclats. Vladimir se rappelait trop les propos de Jan Javorsky pour ne pas les évoquer lorsqu'ils semblaient si opportuns. C'était une cruauté. Nina pleura encore. Et la robe blanche ? Vladimir pestait contre cet enfantillage. Ma chérie ! Ma chérie ! implorait-il. Il avait commencé d'entonner ce refrain. Mais Nina voulait la grande tenue ! Eh bien elle l'aurait ! assura Vladimir. Elle pourrait porter une robe de mariée à la mairie. Cette fantaisie en était à peine une et ne dérangerait personne. Le bonheur de Nina s'apaisa.

— Tu vois que l'église était moins importante que la robe ! s'amusa Vladimir.

Sa fâcherie avec la religion était si grande qu'il tournait en dérision la foi d'autrui.

Nina pourtant revenait à la charge. Ne disait-il pas lui-même que sur certains sujets on ne transigeait pas ? Eh bien elle ne transigeait pas avec Dieu !

— Puisque tu ne crois pas, quelle importance cela peut-il avoir ? disait la jeune fille. Tu peux bien me laisser cette joie si c'est la mienne. Une messe ne gâchera pas ton bonheur !

— Entrer dans une église, c'est déjà trop me demander, répondit Vladimir.

À une étrange colère qu'il éprouvait s'ajoutait l'emphase que mettait le militant communiste à défendre son fait. La religion était un sac de saloperies à jeter en vrac.

— À la mort de ton père, tu y es bien entré ! répliqua Nina qui n'oubliait pas ce que Vladimir lui avait raconté.

— Justement ! Je me suis juré que c'était la dernière fois.

— Et pour le mariage de tes sœurs ? poursuivait Nina.

— Elles se sont mariées à la mairie et sans regret, dit Vladimir sur le ton de la provocation et de la victoire.

Nina sentit monter sa première révolte contre cette tête de mule.

— Qu'est-ce qu'elles t'ont fait les églises ? cria-t-elle.

— À moi rien, répliqua sèchement Vladimir. Mais elles ont tué beaucoup de gens, si tu te rappelles tes leçons d'histoire.

Voilà qu'il la prenait de haut ! Nina changea de front.

— Nous allons faire beaucoup de peine à ma grand-mère, dit-elle.

— Ta grand-mère est si croyante que cela ? demanda-t-il étonné.

— Elle va à la messe tous les dimanches, dit Nina.

Il eut un petit éclat de rire méprisant que Nina ne supporta pas.

— Ne te moque jamais de Sacha, dit-elle. Fais-le et je te quitte sur-le-champ.

C'était sa première menace de briser là leur rencontre. Vladimir ignorait qu'il y en aurait des centaines d'autres au long de leur chemin côte à côte, des invectives et des menaces de divorce, de plus en plus fréquentes au fur et à mesure que deviendrait évidente la dépendance de Nina à son égard.

— Je ne me moque pas de Sacha, dit-il, je me moque de l'idée qu'aller à la messe veuille dire quelque chose.

— Je ne comprends pas, dit tout simplement Nina.

— Réfléchis, dit Vladimir.

— Tu insinues que je ne réfléchis pas ? demanda Nina furieuse.

— Peut-être, dit-il amusé.

— Comment ça peut-être ? répliqua Nina qui se retint de taper du pied.

— Tu sais bien que beaucoup de gens comme il faut vont à la messe parce que c'est convenable mais que leur cœur n'est pas chrétien.

— Sacha a le cœur chrétien ! protesta Nina. Elle ne comprendra pas que je renonce à un mariage religieux.

— Je crois au contraire qu'elle comprendra, dit Vladimir. Elle comprendra mes convictions et que tu les suives par amour.

— Et toi ? dit Nina du tac au tac, par amour tu ne peux pas fermer les yeux et entrer dans une église ?

— Non, dit Vladimir fermement. Parce que je n'ai pas l'intention de donner la moindre place à Dieu et à ses églises dans la famille que je vais fonder avec toi. Je veux que tu saches bien cela et que tu l'acceptes.

C'était énorme. Contre tous les principes de liberté individuelle, Vladimir s'arrogeait déjà une emprise spirituelle sur sa future femme. Nina aurait pu prendre peur devant pareille intolérance et ce désir qu'il avait d'une union totale et homogène. Mais elle ne pensait pas plus loin que la cérémonie de son mariage. Elle ne fit qu'un caprice :

— Merde à tes convictions ! Je veux me marier à l'église un point c'est tout !

Ils cessèrent de se voir pendant une semaine. Chaque soir, à peine rentrée du lycée, Nina pleurait, affalée sur le ventre, sa silhouette courte s'enfonçant dans le moelleux de sa couette. Vladimir lui tenait la dragée haute. Pas un seul petit mot ! Il ne vint pas lui rendre visite. Il fut absent aux deux répétitions, le mardi d'abord, puis le vendredi, sans s'excuser ni prévenir, ce qui n'était jamais arrivé. Les musiciens de l'orchestre demandaient des nouvelles à Nina. Elle n'en avait pas. Tout le monde vit qu'elle dansait et chantait sans entrain. Ses résultats scolaires chutèrent d'un coup. Le cartable était jeté par terre sans être ouvert. Elle n'avait pas la tête à son travail ! Elle découvrait la place que tient dans la vie un amour, celui qu'on trouve autant que celui qu'on perd ou croit perdre. Elle ne pensait plus qu'à cette relation en danger, sans parvenir pourtant à dépasser son orgueil pour faire un pas.

— Tu ne peux pas continuer comme ça, lui dit un soir sa grand-mère.

Nina pleurait et s'essuyait le nez.

— Regarde dans quel état tu te mets ! Tu te détruis la santé et ton travail s'en ressent.

Nina se retourna et s'assit sur le lit. Elle était réconfortée de retrouver l'attention de Sacha. Lorsqu'elle s'était confiée à sa grand-mère, elle avait d'abord trouvé de l'ironie. Il ne me commandera pas, il ne me commandera pas, répétait Sacha, imitant sa petite fille récemment si sûre d'elle. Nina avait trouvé cela détestable. Maintenant Sacha Javorsky semblait revenue à de plus généreuses pensées.

— Il ne cédera pas, dit Sacha. De toute évidence c'est important pour lui. S'il est allergique, ça ne se discute pas.

— C'est aussi ce que je crois, renifla Nina.

— Alors pourquoi restes-tu là à pleurer comme une gourde ?

— Je ne sais pas, bredouilla Nina.

— Que veux-tu ? demanda la vieille dame. Vivre avec cet homme-là pendant toute l'existence que Dieu te donnera ?

Elle faisait exprès de mêler Dieu à ce discours. Et elle avait un ton qui empoignait la vie. On pouvait entendre que Sacha Javorsky croyait à la volonté et à rien d'autre que cela.

— Oui, dit Nina.

— Dans ce cas, dit la grand-mère, fais une croix sur l'église, mets le Jésus dans ton cœur et accepte ce que veut ton fiancé.

La famille attendait désormais la dérogation demandée au président de la République pour le mariage d'une jeune fille encore loin de sa majorité. Nina fêterait ses seize ans au début de l'automne. Quel honneur cela avait été d'écrire cette lettre ! Nina était la vedette du lycée. Nina qui allait devenir une femme ! Ses sœurs la regardaient comme un être d'une nature différente, et supérieure bien sûr. Nina ne contredisait pas ce mouvement d'idolâtrie. Oh oui c'était ainsi que devait être la vie ! jubilait-elle. De cette manière seulement elle se sentait exister. Elle ne voulait pas du gris des jours qui se répètent laborieux, sans pétillement spécial. Elle voulait des transports, des extases, des fêtes, des compliments... Et voilà qu'elle avait trouvé la source de ce flux magique. L'amour. Le mariage. Elle prenait sa vie en main. Elle s'envolait en convolant ! Par son charme elle avait mérité l'ingénieur de la mine ! Elle sautait dans le monde qui lui semblait au-dessus du sien. Et cela ferait une cérémonie et une fête dont elle serait l'unique héroïne.

Dans un catalogue de robes nuptiales Nina choisit le modèle qui lui plaisait. Assises l'une à côté de l'autre à la table de la salle à manger, sous le regard des ancêtres dont les clichés en noir et blanc étaient tout ce qui restait du pays glacé où ils reposaient, Nina et Sacha tournaient les pages avec application et gravité. Quelque chose de simple. Sacha réaliserait l'ouvrage elle-même.

— Voilà ! s'écria Nina, celle-là est parfaite.

Sacha acquiesça : oui ce modèle soulignerait la beauté de Nina, son buste et sa jolie taille seraient mis en valeur.

Elles achetèrent ensemble le tissu, quelques rubans, deux bobines de fil de soie, six petits boutons de nacre. Sacha réglait les factures. Une grand-mère mariait sa petite-fille. Nina avait la férocité du bonheur : elle se réjouissait, s'enchantait, s'enivrait de son amour chanceux, dansait et chantait comme si la vie était une scène de spectacle, sans guère songer à ce qu'elle ne faisait pas et aurait pu faire. Parler à sa mère par exemple, comme le lui avait demandé son père. Il avait hoché la tête :

— Maman se plaint de ne plus te voir du tout.

Depuis qu'elle se mariait, préférant se promener avec Vladimir, Nina se rendait moins souvent chez ses parents.

— Laisse ta mère coudre ta robe, suggéra Jan Javorsky.

— Sacha coud mieux que maman. D'ailleurs maman n'a pas le temps pour ça !

— Laisse au moins ta mère broder quelque chose.

— Je ne veux pas de broderie, avait dit Nina.

— Tu fais beaucoup de peine à maman, avait conclu Jan Javorsky.

Si loin de cette enfant-là, Iréna en éprouvait une amertume intense. Ces points de couture qu'elle ne piquerait pas étaient le symbole de ce qui lui était volé. Oh oui ! elle avait bel et bien perdu sa fille aînée. Jamais Nina ne parlait avec elle !

— Je ne connais pas ma propre fille, murmurait le soir Iréna à Jan qui déjà ronflait.

Il y avait Sacha et Vladimir, les autres n'existaient pas. Les autres pouvaient tous mourir. Elle-même pouvait mourir ! Cela n'aurait pas d'importance. Car Nina ne l'aimait pas. Voilà ce que pensait Iréna Javorsky. Elle n'avait pas quarante ans, mais *quand elle les ferait* elle aurait déjà connu le désespoir et l'envie de disparaître. Dans le lit elle se blottissait contre le large poitrail de son mari. Jan Javorsky ronflait en serrant sa femme contre lui. Par le sommeil il dissipait l'ivresse du mauvais vin, la fatigue du terrible labeur, le poids de l'intraitable mère. Ma gentille, ne pleure pas, disait-il à sa femme, je t'en supplie ne pleure pas. Si Nina est heureuse, ne devons-nous pas l'être aussi ? Il savait bien ce que voulait Iréna : que sa fille heureuse fût gentille et généreuse. Mais si cette enfant était tout cela, Sacha empochait cette mise. Ne pleure pas, voilà tout ce qu'il pouvait dire à Iréna. Comme beaucoup de fils, impuissant, ayant renoncé à combattre les abus de sa mère, c'était à son épouse qu'il demandait des efforts. Il aspirait bien sûr à la paix domestique.

Le mariage se fit cinq jours avant Noël, par un temps de neige et de soleil. Un grand froid engourdissait la ville blanchie et phosphorescente. À l'orée de rencontrer sa future belle-famille, Nina frissonnait plus au-dedans qu'au-dehors. Les sœurs de Vladimir arrivèrent la veille de la cérémonie, accompagnées de leurs maris et des fameuses tantes, Lise et Babette, que l'hiver ratatinait autant que leur étroitesse d'esprit. Nina tremblait de leur déplaire, d'être mal jugée, et pour la première fois de sa vie, sa jeunesse au lieu d'être une grâce lui était un fardeau. Les tantes firent à la jeune fiancée de ces simagrées exagérées, qui cachent le contraire de ce qu'elles expriment : une malveillance critique à la recherche de ses points d'appui. Nina ne les aima guère et chercha refuge auprès de Magdaleine et Martine.

Des deux sœurs Magdaleine était l'aînée. À peine plus jeune que Vladimir, elle lui ressemblait tant qu'ils auraient pu passer pour des jumeaux. Grande, élancée, belle de stature et de traits, sûre de sa beauté, Magdaleine fit forte impression à Nina qui la trouva intimidante et se sentit minuscule, boulotte, à côté de cette liane géante. Nina ayant de l'orgueil, une rivalité en demi-teinte, masquée par la politesse, s'installa aussitôt entre les deux femmes. Magdaleine, du fait de son âge et de sa position (elle était déjà mère de famille), prit l'ascendant. Martine, la benjamine de la famille Korol, se montrait plus accessible et chaleureuse, écrasée par ses complexes de cadette moins ravissante. Mais, comme cela arrive souvent, c'était des deux sœurs celle qui lui résistait que Nina voulait conquérir. Nina regarda de haut la gentille Martine, se vengeant inconsciemment de ce que Magdaleine était hautaine sur cette sœur qui ne l'était pas.

Magdaleine Korol était devenue Surville par son mariage avec Jean-Paul dont elle s'était trouvée enceinte peu de temps après l'avoir rencontré sur les bancs de la faculté de médecine où la jeune fille entendait suivre les traces de son père. Les tantes poussèrent des hauts cris, les fiançailles furent diligemment menées, la grossesse était invisible au jour de la noce. Magda (ainsi qu'elle se faisait appeler) avait interrompu ses études pour faire bouillir la marmite (disait-elle) pendant que son cher mari quant à lui les poursuivait. Les écueils sont nombreux pour les filles et l'amour en est un ! fut la première remarque que Magda fit à Nina avec un sourire moqueur plein de sous-entendus. Je sais de quoi je parle ma chère, disait le pli de ses lèvres. La phrase dissimulait une amertume qui ne faiblirait jamais et ferait de Magdaleine une femme faussement décontractée, qui, l'air de parler librement, ne libérait en réalité que ses regrets et son envie. Une tendance à se vanter et à se placer au-dessus de son interlocuteur lui était nécessaire pour établir des relations. Elle était hautaine par nécessité et sa beauté accroissait ce comportement désagréable. Plus tard, dans les années 1970, la famille relèverait sans cesse sa ressemblance troublante avec l'actrice américaine Ali MacGraw rendue célèbre par le succès du film *Love Story*. Magdaleine gagnerait le statut de *star* en même temps que son sosie séduisait la planète. De fait, elle était le portrait craché – le charme en moins – de cette brune au nez retroussé et aux yeux noirs.

— Voilà donc la jolie lycéenne qu'épouse mon grand frère ! dit Magdaleine en prenant les deux mains de Nina dans les siennes. Bonjour Nina, je suis Magda. Et voici Anna ma fille.

Lâchant les mains de Nina, elle poussa devant elle une ravissante fillette blonde qui l'avait suivie jusque-là.

— Bonjour Anna, dit Nina, aussi intimidée que l'enfant.

Et à Magdaleine, elle dit : Vladimir m'a beaucoup parlé de vous, j'ai l'impression de déjà vous connaître. Phrase qui est à double face et qui sembla à Nina, une fois qu'elle l'eut dite, terriblement malicieuse. Mais Magdaleine ne sembla pas douter de l'éloge que son frère avait fait d'elle et sourit de toute sa hauteur. Nina était fascinée par la ressemblance du frère et de la sœur, laquelle ne s'arrêtait pas au physique mais valait aussi pour le caractère : même maladresse en société, même brutalité du propos souvent blessant sans qu'ils en eussent aucunement conscience (comme s'ils étaient naturellement critiques ou incapables d'aimer quelque chose chez un étranger à leur famille). Cela, Nina le découvrirait plus tard. Les vieilles tantes Korol avaient substitué à la tendresse maternelle une rigueur qui avait endurci ces natures vigoureuses. Très sûre d'elle, Magdaleine disait à voix haute tout ce qu'elle pensait qui n'était pas forcément gentil et délicat, Nina ne tarda pas à en avoir la preuve.

— Vladimir m'a dit que vous vous étiez rencontrés à l'orchestre, dit Magdaleine. Il paraît que vous chantez très bien, dit-elle à Nina.

Son ton qui restait sur une base d'humour ou de moquerie (comme si elle était désinvolte) n'exprimait aucune admiration véritable et sembla même émettre des doutes.

— Je l'espère, dit Nina. Je chante, et je danse également. Je crois d'ailleurs que je préfère danser.

— Mais vous n'avez pas un physique de danseuse ! fit remarquer Magdaleine.

C'était souligner que Nina n'était ni longue ni mince.

— Moi je trouve que si, intervint Vladimir. Je peux t'assurer que Nina est très gracieuse.

— Je n'en doute pas ! s'amusa Magdaleine, comme si justement on ne pouvait que douter des paroles d'un amoureux.

Elle regarda son frère l'air de dire : Mais non je n'attaque pas ta petite fiancée ! C'était pourtant bien ce qu'elle faisait, elle la fille qui possédait une silhouette divine et des jambes interminables – et qui le savait.

Nina resta muette. Magdaleine si peu délicate lui clouait le bec, elle avait envie de la gifler. Quelle prétentieuse ! Nina la connaissait à peine mais ne pouvait déjà plus la voir en peinture ! Elle n'en montra rien, continuant de sourire à sa future belle-sœur, entrant dans cette manière (qui allait lui devenir une seconde nature) de mimer des bonnes relations qui n'existent pas.

— Et que fais-tu en dehors de chanter et danser ? Tu permets que je te tutoie ? continua Magdaleine.

— J'étudie, répondit Nina en qui le sentiment d'infériorité s'était installé.

— Et que feras-tu ensuite ? demanda Magdaleine.

— Je ne suis pas sûre, dit Nina. Peut-être secrétaire.

Sa famille l'avait imaginé pour elle avant sa rencontre avec Vladimir. Sacha en était heureuse : pour une fille de mineur qui était première de classe, sténodactylo représentait un accomplissement.

— Elle s'occupera de nos enfants, répliqua Vladimir pour qui l'idée d'une épouse secrétaire était tout simplement impensable.

— Attention Nina ! s'amusa Magdaleine. Ne vous laissez pas dévorer. Vladimir est terrible quand il veut quelque chose.

— J'ai remarqué ! dit Nina. Mais, dit-elle, je n'aimerais pas épouser une marionnette…

Avec Martine le phénomène inverse se produisit : Nina posa les questions. Ainsi apprit-elle que Martine enseignait la gymnastique comme son mari, qu'ils n'avaient pas d'enfants mais en voulaient au moins trois, peut-être quatre. Ils habitaient Lyon et Martine était heureuse de faire connaissance avec Nina. Martine était simple et gentille. Magdaleine et Vladimir firent comprendre à Nina que Martine n'était pas intelligente. Martine était moins douée qu'ils ne l'étaient ! Ils s'en amusaient avec une fausse bonhomie. Nina fut conviée à ce petit meurtre collectif. Elle y répugnait en même temps qu'elle se laissait entraîner à croire ce qu'on lui disait. Trois, c'est un mauvais chiffre, dit Nina à Vladimir. Comme si cela pouvait excuser leur alliance dans le mépris.

Au-dedans Nina était bien déçue. Son mariage sensationnel n'était pas si brillant. Quelle belle-famille avait-elle piochée ? Elle qui s'était attendue à trouver deux sœurs tombait sur une prétentieuse et une idiote !

Elle pensa : J'épouse Vladimir, pas sa famille.

Et elle l'épousa bel et bien.

Sur les marches de l'hôtel de ville, les femmes en escarpins tapaient des pieds pour se les réchauffer pendant que leurs maris s'occupaient de faire ouvrir les portes du petit bâtiment carré qu'ils avaient trouvé fermé : on était samedi et il n'y avait pas d'autre mariage de la journée.

— Ici les noces se font au printemps, expliqua l'employée de mairie en s'excusant pour le désagrément causé.

— On le comprend, ironisa Magdaleine qui, ne s'étant pas assez couverte, grelottait de froid.

Nina lui en voulut de cette remarque acerbe. Vladimir essaya de détendre l'atmosphère entre sa sœur et sa fiancée.

— Nous sommes pressés d'être mari et femme ! dit-il en riant de cette phrase qu'il croyait peut-être spirituelle, car il se pensait souvent drôle sans l'être jamais.

Nina sentit son visage s'empourprer comme si Vladimir avait dit : Nous sommes pressés d'avoir le droit de faire l'amour. À seize ans, elle pouvait dire en effet qu'elle s'était empressée. Elle regarda Vladimir. Le nœud de sa cravate bien droit sous le menton, élégant dans son costume bleu marine, il venait de saluer le directeur de la mine qui semblait embarrassé de se trouver entre l'ingénieur et quelques-uns de ses mineurs. Les mélanges n'étaient pas une bonne chose, spécialement dans le mariage. Pendant la cérémonie – si l'on pouvait appeler ainsi quelques mots de nature juridique – M. le directeur resta au fond de la salle, isolé sur une chaise. Sa femme n'avait pas souhaité l'accompagner. Assis dans les larges fauteuils de velours rouge, Vladimir et Nina écoutaient en souriant M. le maire qui lisait leurs devoirs respectifs et leur engagement mutuel. Ils signèrent le registre avant leurs témoins et reçurent avec les compliments du représentant de l'État leur livret de famille. Chut ! soufflait de temps en temps Iréna aux plus jeunes qui se montraient les plus joyeux. Tout le monde s'embrassa, Iréna, Sacha, Jan, Simone, les frères, les sœurs, Nina, Vladimir, Lise, Babette, Magdaleine, Martine… Que veulent dire les embrassades ?

Rien du tout, devait penser Jan Javorsky qui buvait, ou Iréna qui le regardait se détruire et avait envie de frapper Sacha. Mais on ne gâche pas une noce sous prétexte que la vie n'en est pas une. Ils mangèrent, parlèrent pour ne rien dire, plongèrent en riant leurs lèvres dans le mousseux, firent des discours qui étaient brefs car la vie de Nina était brève, levèrent à nouveau leurs verres, en rirent, puis rentrèrent chez eux pour la sieste. Vladimir devait entraîner Nina vers une destination secrète où ils scelleraient leur union. Il la regardait comme le joyau qu'il s'apprêtait à coucher dans son lit. Tout ingénieur qu'il était, la petite l'avait hypnotisé ! Elle allait le mener par le bout du nez… pensait Sacha en fricotant dans sa cuisine.

Bon skieur, Vladimir emmena Nina à la montagne dans une charmante station. Nina n'était jamais montée sur les deux planches et Vladimir avait oublié combien les débuts dans la glisse sont désagréables. Pour son premier jour de mariage, Nina mangea de la neige et Vladimir s'avala la colère de sa femme. Avant leur nuit de noces, descendant à skis vers l'auberge isolée qui attendait leur idylle, la mariée eut de la neige jusque dans sa culotte. À nouveau elle pleura. Je te déteste ! hurlait-elle en déchaussant ses skis après une nième chute.

— Je vais marcher ! dit Nina.

Descendre une piste à pied n'est pas une sinécure, aussi Nina y renonça-t-elle, remonta sur les skis, tomba, hurla, tomba encore, glissa sur le derrière, pesta contre cet imbécile de mari qui avait de pareilles idées, stoppa, repartit. Vladimir riait, glissant un peu, remontant en escalier vers sa jeune femme couverte de neige, proposant son aide, se faisant rembarrer.

— Ne ris pas, je fais vraiment la gueule ! hurla Nina.

Il rit de plus belle. Comment aurait-il deviné que sa dulcinée venait d'employer sa formule favorite ?

L'accomplissement du désir originel ferma la boucle qu'avait ouverte la rencontre. Vladimir posséda ce qu'il avait convoité. Les délices de la voracité comblée s'ouvraient à lui pour la vie. Il s'émerveillait. Sa passion de la musique avait mis une femme dans son lit ! La vie conjugale pouvait commencer. Mais d'abord Vladimir et Nina eurent une lune de miel. Ils firent l'amour et des promenades. Chaque après-midi l'initiation au ski rembrunissait Nina. Laisse-moi tranquille je n'y arriverai jamais ! J'ai peur de tomber ! Je ne veux plus tomber ! J'ai les mains gelées ! Nina criait toutes ces plaintes qui faisaient rire Vladimir. Une fois écroulée sur la neige, cramponnée à la pente trop faible pour l'entraîner, affolée à l'idée de glisser, immobile, elle pleurait et ils rentraient. Ma chérie ! répétait Vladimir. Ma chérie ! Il la couvrait de baisers tandis qu'elle frappait le torse de son mari avec ses petits poings serrés. Elle se laissait embrasser jusqu'à se laisser prendre par ce mari que blancheur, jeunesse et formes rebondies enivraient. Vladimir Korol riait : sa jeune épouse préférait le sexe au ski.

Cette allégresse piquante dura une semaine, puis ils rentrèrent. Nina transporta ses affaires dans l'appartement de Vladimir, quelques vêtements, ses livres et sa bicyclette. Les jeunes mariés déballèrent ensemble leurs cadeaux de mariage. Magdaleine avait offert à sa jeune belle-sœur un livre de cuisine. *La Cuisine pour tous* de Ginette Mathiot. C'était un cadeau certainement utile et peut-être ironique, pensait Nina.

Et la vie commença qui durait plus qu'une semaine.

Le matin, Vladimir partait à la mine et Nina au lycée. La nouvelle de son mariage s'était ébruitée pendant les vacances de Noël, de classe en classe, les jeunes filles se pressaient autour de Nina. Tu l'as fait ? La question était au cœur de leur vie et leur harcèlement espérait capter la moindre information dans la réponse de Nina. Comment ça faisait de coucher avec un homme ? Est-ce que c'était aussi dégoûtant que le disaient les mères ? À quoi ressemblait le sexe masculin ? Et le plaisir, ça existait ? Une lettre de parents, inquiets de ce que pourrait découvrir leur progéniture virginale, réclama l'expulsion de cette jeune fille qui n'en était plus une. Le directeur de l'établissement scolaire fit une réponse sèche en même temps qu'il incitait Nina à une totale discrétion. Consternée et écarlate, elle acquiesça.

— Nina, lui dit le directeur, vous êtes une de mes meilleures élèves, j'espère bien que vous n'allez pas craquer pour ces enfantillages.

Elle ne craquait pas et mit fin aux assauts des pucelles intriguées.

— Pourquoi ne veux-tu rien me dire ! geignait la meilleure amie de Nina.

— C'est mon intimité, répondit Nina.

— Tu n'as qu'à raconter en général, lui dit l'autre, je ne te demande pas de détail personnel.

— Je serai renvoyée du lycée si je parle de ça, dit Nina.

Ça ! Vraiment les autres imaginèrent qu'elle avait découvert des choses extravagantes. Et Nina se sentit si importante ! Si unique ! Elle était la seule à vivre ce qu'elle vivait. Lorsqu'elle confiait cette extase à Vladimir, il confirmait qu'elle était unique, ô combien, lui répétait-il à l'envi, aucune jeune fille n'était semblable à elle. Il l'embrassait avec passion. Elle s'abandonnait à ses bras forts, mentalement pâmée dans un baiser de cinéma. Ces moments d'excitation autour d'elle et de son histoire confirmaient Nina dans le sentiment qu'elle avait d'elle-même. Son destin était exceptionnel.

À la maison pourtant, depuis qu'ils étaient installés, il n'y avait rien d'exceptionnel. Nina pouvait même dire que les journées n'étaient ni légères ni divertissantes. Elle revenait du lycée dans une maison vide : Vladimir était encore à la mine. Elle faisait ses devoirs sur la table de la cuisine. Apprendre les leçons et préparer par écrit les exercices lui prenait facilement une heure, parfois davantage. Elle rangeait ses affaires dans le cartable afin de mettre la table. Puis elle se lançait dans la préparation du dîner. *La Cuisine pour tous* s'était avéré très utile. Comment aurait-elle su sinon qu'il fallait vider le poulet avant de le mettre à cuire ? Ou bien qu'il convenait d'ajouter une pincée de sel aux blancs d'œufs quand on voulait les monter en neige ? Elle avait été une princesse chez sa grand-mère. Étudie ! Prends plutôt un livre ! Tu as bien le temps de faire la vaisselle ! lui disait Sacha. Désormais Nina était aux fourneaux. Elle s'appliquait à la cuisine de la même façon qu'elle faisait ses devoirs, penchée sur les recettes comme sur un manuel. Vladimir rentrait tard, sali, le visage noir et zébré. Il recherchait l'immersion dans la rude journée des mineurs, la touffeur des boyaux, la poussière, le vacarme des pioches et des wagonnets. Il aimait la fraternité de la descente, le claquement de l'ascenseur au passage de chaque palier, les regards qui se croisaient, l'œil des lampes frontales, la peine des hommes dans ce monde éloigné des femmes, un monde qui allait disparaître, s'engloutir pour toujours dans un passé à quoi l'avenir ne ressemblait en rien. Il le racontait à sa petite chérie quand, douché et propre, il s'asseyait à table.

— Les puits deviennent vieux, disait-il à Nina. Les filons sont de plus en plus profonds et difficiles.

Fallait-il s'inquiéter ? demandait la princesse. Ne t'inquiète pas ma chérie, disait le mari protecteur.

— Il y a des pays de mines à ciel ouvert. Tu imagines un peu ça !

Il s'enthousiasmait.

— On ne pourra pas lutter, avouait-il.

Nina écoutait. La mine était toute sa vie, et l'existence de ceux dont elle portait le sang, un idéal et un combat. Elle appartenait à ce peuple des ténèbres. Elle était fière d'avoir pour époux un homme de la mine.

— Nous ne résisterons pas longtemps. Le charbon français deviendra tellement cher que ça ne vaudra même plus le coup de descendre le chercher.

— C'est pour ça que tu rentres de plus en plus tard ? demanda Nina.

— Il va y avoir une grève, j'essaie de calmer les gars. Pourtant je suis de leur avis.

Dans la bataille du profit contre la chair humaine, les syndicats et le parti communiste avaient fait des mineurs les premiers ouvriers de France, mais l'évolution du monde en faisait une corporation vouée à disparaître. Vladimir sentait-il tout cela ? Il ne manquait jamais une réunion de cellule. Nina ne l'accompagnait pas. Son mari la tenait à l'écart en lui répétant d'étudier. Il était une contradiction vivante : ce communiste chérissait l'idéal bourgeois de la femme au foyer entourant d'affection les enfants (qu'il n'avait pas encore). Une épouse qui travaille, c'était laisser dire que l'homme ne pouvait subvenir seul aux besoins de sa famille. Il subvenait à tout ! Il y tenait. Si Nina avait travaillé, Vladimir se serait senti indigne. Il était communiste mais pas féministe : Nina ne vivrait pas l'émancipation.

4

En janvier, elle fut enceinte. C'était incroyable ! Ils s'étaient juré de ne pas faire d'enfant avant que Nina eût fini le lycée. Vladimir avait promis. N'en avait-il pas fait le serment à Sacha ? Nina l'avait entendu. Et voilà que la promesse était dans son ventre un embryon !

— Vlad ! murmurait Nina en se blottissant contre son mari.

Elle posait sa joue contre le torse de Vladimir et ne bougeait plus.

— Je ne comprends pas, disait Vladimir sans craindre le ridicule.

La méthode Ogino avait ses failles ! Tenace, la vie trouvait ses chemins. Nina avait seize ans et elle attendait un enfant. Elle ne savait quoi penser. Tout venait si vite dans sa jeune existence, elle n'avait rien demandé ! Une forme de passivité en elle, l'ébauche d'un tempérament velléitaire, s'accommodèrent sans crispation de ce qui se présentait. Mais la placidité, pas plus qu'elle ne l'engendre, n'accompagne le ravissement. Nina recevait sans avoir rien désiré. Que recevait-elle puisqu'elle n'attendait rien ? Elle ne savait pas. Elle regardait son mari. Il faisait l'étonné, mais il était rayonnant de puissance et de joie. Il avait fécondé le ventre dans lequel il s'enfonçait comme dans une lagune chaude, maintenant le velours intime de sa femme enveloppait son enfant, et lui le géniteur ravi s'y faufilait avec encore plus de délices. Bref, le futur père s'accommodait fort bien de n'avoir pas tenu la promesse que le fiancé avait faite à Sacha Javorsky. L'avait-il oubliée ? C'était tout comme.

— Magda ! J'ai une immense nouvelle à t'annoncer ! dit-il à sa sœur au téléphone.

— Tu as été nommé directeur de l'usine, proposa Magdaleine en guise de grande nouvelle.

— Nina est enceinte ! rectifia aussitôt Vladimir.

— Vous ne vouliez pas attendre ? s'étonna Magdaleine sans prendre la peine de se réjouir fût-ce par politesse, puisqu'elle voyait facilement la part acide des événements et s'en amusait.

— Nous aurions préféré que Nina soit sortie du lycée mais nous sommes heureux !

— N'est-ce pas ma chérie ? demanda Vladimir à sa femme en se tournant vers elle.

Vladimir clama à ses tantes qu'ils attendaient un enfant et que Nina se portait comme un charme. Déjà Magdaleine dispensait ses conseils à la jeune femme. Dors le plus possible. Mets de la crème sur le ventre matin et soir sinon tu auras des vergetures, moi j'en ai eu. Fais une cure de fer et de calcium. Nina écoutait sa belle-sœur et Vladimir lui disait : Écoute ce que te dit Magdaleine.

— J'écoute, disait Nina masquant son agacement. Elle aurait aimé qu'on la laissât en paix vivre cette aventure tout intérieure qu'elle n'arrivait pas à ressentir tant elle se trouvait gavée de commentaires et de surveillance.

Nina annonça sa grossesse à ses parents un dimanche. Elle vint les trouver à l'heure du goûter. Iréna chauffa des pirojkis qu'elle avait cuits le matin et écouta sa fille lui confier l'avenir : bientôt tu seras grand-mère. Un sourire illuminait Iréna. Avertie un peu plus tard, Sacha ne cacha pas son étonnement, sa déception, ni ses inquiétudes pour sa petite-fille. Et le lycée ? Et les études ? Mère à dix-sept ans ! Mais la vie est une machine qui n'a pas de marche arrière. Le ventre de Nina enfla doucement, Sacha et Iréna se mirent à tricoter des layettes, et lorsque Nina s'y mettait aussi, Vladimir lui arrachait les aiguilles et les remplaçait par un livre.

— Je veux que mon fils ait une mère cultivée, disait-il à sa jeune épouse.

Ainsi Nina était-elle doublement malheureuse : de n'avoir pas le droit tricoter et d'apprendre qu'elle n'était pas à la hauteur de sa maternité.

— Dis tout de suite que je ne suis pas cultivée ! dit-elle à son mari la première fois qu'il se mêla de lui coller un livre entre les mains.

— Tu ne l'es pas encore, répliqua Vladimir. Tu le seras si tu lis.

Il adoptait cette abominable façon de vouloir la façonner selon son idée ! Il lui donna *Anna Karénine* et justement elle l'avait lu, elle se gaussa, s'emporta et lui jeta le roman à la figure.

— Qu'est-ce que tu crois ? J'ai déjà lu ce livre !

— Choisis-en un autre, répliqua-t-il. On n'a jamais fini de lire et sûrement pas à dix-sept ans. Qu'est-ce qu'on connaît à dix-sept ans ?

— Ne me commande pas ! répliqua Nina.

La jeune mariée déchantait. Allait-elle passer sa vie dans une obédience conjugale favorisée par la différence d'âge ?

Vladimir avait la partie trop belle. Elle disait :

— Tu me voles ma grossesse !

Plus tard elle répéterait : Vladimir m'a pris ma jeunesse. Oui ! Elle était passée aux choses sérieuses et irréversibles sans passer par la case *insouciance et liberté*. En plus de la vie, si grandement mise en jeu par cette maternité précoce, elle supportait les leçons de Vladimir à chaque moment. Il lui dérobait sa liberté de femme et de future mère.

Le reproche ne manquait pas de justesse. Omniprésent, plein d'exigences et de certitudes, Vladimir troublait la béatitude de l'attente. Nina aurait voulu que l'on ne lui réclamât rien d'autre que de mettre au monde ce bébé. Le repos, la rêverie, la paix, l'attention tendre des autres, tout ce qui est bon pour l'enfant, elle demandait ces prérogatives des femmes enceintes. Hélas, si peu sûre d'elle-même et de sa légitimité, elle le faisait sans conviction. Elle ignorait ce qui lui était dû, ce qu'elle savait faire, ce qu'elle pouvait donner. Les conseils de Vladimir lui emplissaient la tête :

— Tu vivras d'autres grossesses. Travaille pour l'instant !

À contrecœur elle reprenait ses livres et ne profitait pas de cet épisode. Quand Vladimir la laissait tranquille, Sacha renchérissait :

— Douchka, ne lâche pas le fil de ta vie ! Étudie, répétait la grand-mère inflexible.

Quelle barbe c'était d'être si jeune et d'avoir tout le monde sur le dos, pensait Nina. Sans compter que Vladimir était déjà accoutumé à être obéi et elle à obéir. La situation était tendue parce que dissymétrique : Nina avait seize ans, Vladimir aurait vingt-huit ans au printemps, il avait un métier, elle n'avait pas fait d'études, elle était enceinte, il était en pleine possession de sa vigueur et de sa légèreté. Nina Korol trouva vite que l'existence était injuste. L'euphorie d'une liaison brûlante tourna à l'étonnement puis à la colère.

— Fous-moi la paix ! C'est mon bébé, je fais ce que je veux ! criait Nina accrochée à son tricot.

— Ne te mets pas en colère, tu vas énerver le bébé, s'alarmait aussitôt Vladimir.

Dire que l'enfant n'était pas encore là ! Vladimir en faisait un être à la perception totale, qui entendait tout, savait tout, comprenait tout ! Un poids terrible.

— *Toi* ne m'énerve pas, répliquait Nina du tac au tac.

L'emportement devint chez elle une stratégie victorieuse. Semblable à la plupart des hommes, Vladimir avait peur des conflits. Les hurlements de sa femme lui figuraient la fin volcanique de leur amour. Et comment aurait-il pu supporter de perdre sa femme lui qui avait perdu sa mère ? Quand elle l'eut compris, Nina joua de sa voix pour un oui ou pour un non. Elle ne chantait plus : elle déchantait et elle hurlait ! Dès qu'elle était contrariée (et un rien la contrariait), elle n'hésitait pas à crier. Une furie qu'il ne reconnaissait pas se jetait sur Vladimir ! Avait-il épousé cette tornade ? Où était passée la jeune fille qu'il avait rencontrée ? Il imagina que si la grossesse était tempétueuse, la maternité serait un apaisement. Il patienta.

— Je t'en prie ma chérie ! Ne crie pas, je t'en prie. Je ferai ce que tu me demandes, disait-il à sa jeune femme.

En trois étapes s'instaurèrent ainsi leurs relations : une tentative de domination masculine, une bruyante rébellion féminine, un compromis conjugal. Il en résulta que Nina lisait et tricotait, allait au lycée et gonflait. L'accouchement était prévu pour le début du mois de novembre. La future mère finissait l'année scolaire. La jeune maman ferait la classe suivante par correspondance.

Elle était devenue un réceptacle dont il prenait soin. Veux-tu un coussin ? Tu n'as pas mangé de laitage aujourd'hui. Es-tu sûre d'avoir assez dormi ? Va te coucher ma chérie, je t'assure que tu as l'air fatigué. À la fin c'était agaçant ! Non merci ! Oui j'ai dormi ! répondait Nina excédée. Laisse-moi un peu tranquille veux-tu ? demandait-elle à son mari, j'ai l'impression d'être une poule pondeuse. Nina Korol était loin d'être stupide. Elle voyait bien que Vladimir ne pensait qu'à l'enfant ! Ses roucoulements amoureux avaient changé d'objet. Ils avaient désormais une vocation prosaïque. La progéniture trônait déjà entre les époux. Voilà que l'accomplissement du couple le faisait en même temps exploser. Elle avait ces idées impies qu'il ne pouvait entendre ! Pourquoi pensait-elle de si affreuses choses ? disait-il avec un air niais.

— Tu es bête ! rétorquait Nina. Qui te parle de choses affreuses ? Tu n'es pas une femme voilà tout.

Vladimir se demandait encore s'il avait épousé une femme coléreuse ou si Nina avait ses nerfs à cause de la grossesse.

— Tu ne m'aimes plus ! lui dit-elle un soir après qu'il avait gentiment desservi la table. C'est fou comme c'est passé vite !

— Qu'est-ce qui est passé vite ? demanda-t-il, lent à comprendre.

— Ton amour, dit Nina.

— Pourquoi crois-tu une chose pareille !

— Parce que je le vois, dit Nina.

— Que vois-tu ?

— Je vois que tu n'aimes que ton fils. Qui n'est même pas encore né.

— C'est le monde à l'envers ! s'exclama Vladimir. Tu ne penses qu'à tricoter, tu dors de ton côté, je n'ai plus le droit de te toucher. C'est moi qui suis à plaindre depuis qu'il y a un bébé. Et ce sera peut-être une fille !

Il savait que c'était l'histoire des pères : perdre leur maîtresse dans la maternité. On le lui avait annoncé. Les hommes d'ordinaire jalousaient les nourrissons et regrettaient leur épouse désormais accaparée. Mais lui se réjouissait.

— Est-ce que ce n'est pas une chance que je sois si heureux malgré tout ? demanda-t-il.

— Non, répondit Nina, ce n'est pas une chance. Je veux que tu te soucies de moi pour moi-même. Pas parce que je porte ton enfant !

— Je me soucie de vous deux !

— Tu ne comprends rien, concluait Nina.

Elle pleurait. Elle n'en pouvait plus. Elle était fatiguée. Elle se sentait laide, défraîchie à seize ans !

— Regarde mes jambes !

— Qu'est-ce qu'elles ont ?

— Elles sont toutes gonflées.

— Je t'assure que je ne vois rien, disait Vladimir penché sur les jambes de sa femme.

— Je ne veux plus être grosse !

— Tu es magnifique !

— Tu parles ! pleura Nina.

— Ne pleure pas, implora-t-il.

Il était effaré, il ne comprenait pas. Comment Nina pouvait-elle pleurer ? Comment ne se réjouissait-elle pas à chaque seconde de la future naissance ?

— Je vais me coucher, dit Nina.

Elle s'en alla se mettre au lit sans dire bonsoir en fermant la porte de leur chambre.

Seul au salon, Vladimir téléphona à Magdaleine.

— Ça ne va pas ? demanda aussitôt la sœur.

— Nina pleure, dit Vladimir.

— Laisse-la pleurer, dit Magdaleine, ça fait partie de la grossesse.

Il allait répondre que c'était dur pour lui, mais au moment où il ouvrait la bouche, Nina jaillit de la chambre, transformée en furie par ce qu'elle venait d'entendre autant que par ce qu'elle imaginait.

— À qui racontes-tu que je pleure ? Je t'interdis de raconter ma vie ! Raccroche ! Raccroche immédiatement.

Et comme Vladimir restait interdit, elle hurla :

— Tu m'entends !

— Magda je te laisse, souffla Vladimir avant de reposer l'appareil.

Nina pleurait. Maintenant sa belle-sœur savait que les choses allaient mal entre elle et Vladimir ! Et qu'allait-elle penser des hurlements de Nina ? Et pourquoi Vladimir téléphonait-il à Magda dès qu'il avait un souci ? Nina ne supportait aucune de ces idées.

— Tu me fais honte ! J'en ai assez de ta sœur. Vous êtes tous autour de moi !

— Aimerais-tu t'installer chez ta grand-mère, proposa Vladimir d'une voix douce, comme s'il parlait à une grande malade.

— Tu veux te débarrasser de moi ?! Non !!!! Je ne te ferai pas ce plaisir ! hurla la grande malade.

— Pas du tout, implora Vladimir, je cherche une façon de te faire plaisir ma chérie. Je ne suis pas là de la journée, peut-être apprécierais-tu d'être dorlotée par Sacha.

Nina ne répondit rien. Le nom de sa grand-mère lui faisait mesurer le changement de son existence. Il y a quelques mois Nina était une jeune fille choyée, maintenant elle était une femme installée bientôt mère de famille ! Oh ! c'était stupide mais elle avait les larmes aux yeux.

— Un peu d'anémie, dit le médecin à Nina. Vous allez prendre du fer.

Elle était réellement fatiguée et fut absente du lycée durant deux semaines pour se reposer. Une camarade lui apportait les leçons. Vladimir partait vaillant à la mine. Bonne journée ma chérie ! disait-il en l'embrassant sur le front. Elle détestait son gros ventre que toutes les lycéennes regardaient. Elle détestait être seule à la maison. Quand elle avait la nausée, elle en voulait à Vladimir qui était intact. Qui avait dit que la grossesse était une partie de plaisir ? On était lourd, habité malgré soi, vampirisé du dedans !

— C'est une aventure exceptionnelle, disait Vladimir.

— Parle pour toi, répliquait Nina.

Dans cette agitation intérieure et domestique, la gestation suivait son cours déferlant. Vladimir était partagé entre l'allégresse de l'enfant à venir et le regret de la jeunesse qui empêchait Nina de vivre pleinement cette joie. Il était mûr, l'enfant venait à point dans sa vie. Mais Nina ? s'inquiétait-il. Il tentait d'apaiser sa jeune femme. Il la berçait comme une petite fille, lui caressait le ventre pendant de longs instants dévoués, lui murmurant à l'oreille qu'il l'aimait.

— C'est moi que tu caresses ou c'est ton fils ? demandait Nina ironiquement.

— C'est toi ma chérie, répondait Vladimir sans se troubler.

Elle ne cessait pas d'en douter. Il ne pensait qu'à l'enfant ! Quoi de plus évident ? se disait Nina.

Nina Korol était-elle jalouse d'un nourrisson qui n'était pas né et qui était à elle ? Le sentiment était étonnant mais possible, elle était si jeune ! Elle avait encore besoin de recevoir pour achever de grandir. Elle était une petite fille dont un homme venait de faire prématurément une mère. La métamorphose accélérée ne se réalisait pas sans peine. Vladimir avait agi au moment qui lui convenait, il se rendait mal compte du grand écart qu'il avait imposé à sa jeune épouse. À cela s'ajoutait que son bonheur le rendait énervant.

— Calme-toi sinon tu nous feras une crevette ! disait-il à sa femme.

Tu nous feras ! Comment parlait-il ? pensait Nina.

Dans une impulsion spécifique à ce moment de vie, elle avait entrepris de lire Simone de Beauvoir.

— Tu es content je lis ! disait-elle à son mari.

À son retour de la mine, Vladimir trouvait Nina plongée dans le livre de la grande féministe.

— Je suis d'accord avec tout ce qu'elle dit, disait Nina à Vladimir.

— Sa vie a été un échec. Elle s'est sacrifiée à ses théories oiseuses et à un homme égoïste.

— Elle sait tout de la féminité, disait Nina pour agacer son mari.

— Elle n'a jamais eu d'enfant ! protestait Vladimir.

— Elle a eu bien raison.

— Ne dis pas n'importe quoi.

Il avait peur que le petit n'entendît ! Il avertissait Nina :

— *In utero*, ils entendent ce que disent les parents.

— C'est un enfer de vivre avec toi ! hurla Nina ce soir-là.

Elle voulait dire c'est un enfer d'attendre un enfant de toi. Elle n'en revenait pas de vivre ce qu'elle vivait. On aurait dit qu'elle n'avait rien choisi et que sa vie s'était faite malgré elle. On aurait dit qu'elle découvrait celui qu'elle avait épousé. La vérité était un peu tout cela ensemble.

— Tu n'es plus que père ! C'est incroyable ! Qu'est-ce que ce sera quand j'aurai accouché ! Sais-tu quoi ? Je n'ai même plus envie d'avoir cet enfant !

Bien sûr elle l'eut. L'enfant naquit au début de l'automne. C'était un garçon, ils l'appelèrent Serge et le ramenèrent dans leur petit appartement où il braillait si fort que les voisins parfois tapaient au plafond. Vladimir était un homme nouveau que Nina n'avait jamais connu : métamorphosé en *père total*, amoureux non plus d'une femme mais d'une mère, amoureux d'un couple qu'il avait créé : Nina-Serge. Comment va notre bébé chéri ? était la première phrase qu'il prononçait le soir en franchissant le seuil de sa maison, d'une voix qui bêtifiait. Oh ! il ne parlait plus : il bêlait. Dans l'entrée il posait sa sacoche, embrassait sa femme, et se précipitait vers le berceau. Nina le suivait. Ils restaient recueillis, côte à côte sans se regarder, admirant la chair de leurs chairs combinées. Cent fois ils répétaient les mêmes observations.

— Il te ressemble, il a tes yeux, disait Vladimir.

— Et ton front, disait Nina.

— Tu crois ? demandait Vladimir. Je ne vois rien de moi. C'est très bien comme ça.

Nina ne pouvait plus faire un geste sans qu'intervînt Vladimir.

— Tu l'as pesé aujourd'hui ? demandait-il. Quarante-neuf centimètres, deux kilos huit cents ! Il a besoin de grossir ce bébé, disait-il. Je t'avais dit que ta nervosité nous ferait une crevette.

Vladimir répétait ces mots chaque soir. Nina avait envie de le frapper. Est-ce que c'était normal d'avoir envie d'empoigner son mari après un an de mariage ? Voilà bien le genre de question que l'on ne peut poser à personne ! À sa meilleure amie en faisant mine de rire ? La meilleure amie de Nina était une jeune lycéenne qui n'avait connu aucun amour et aucun homme. Alors Nina Javorsky ressentit sa solitude.

Nina ne voyait plus ses amies. Elle suivait maintenant un enseignement par correspondance. Dans la journée, au lieu de se rendre au lycée, elle restait à la maison avec son bébé. Pendant que le nourrisson dormait, elle étudiait ses cours et faisait les devoirs. Quand ce travail était fini, elle sortait Serge dans son landau. Ils allaient ensemble poster la grande enveloppe. Vladimir rentrait plus tôt, Nina remarqua qu'il faisait pour son fils cet effort qu'il n'avait jamais fait pour elle. Peu à peu l'évidence se fit : la vie de Vladimir était dévolue à Serge. Bien sûr Vladimir aimait tendrement Nina, la mère de son fils, il la désirait passionnément, et son métier comptait beaucoup, l'engagement auprès des camarades lui donnait de la valeur, mais ces inclinations n'atteignaient pas le pouvoir d'enchantement que détenait son fils. Vladimir avait investi Serge : Serge concentrait tout le sens de son existence, sa fierté d'homme. Serge était désormais la vie et l'avenir de son père. Nina était-elle déchue de ce rôle ?

Nina, Vladimir et Serge Korol. Ce trio fabuleux s'était cristallisé dans la conscience de Vladimir en une entité indissoluble, unifiée et inséparable : la famille. Soudés par l'enfant, Nina et Vladimir n'allaient plus jouer chanter et danser à l'orchestre. Vladimir se mettait au piano à la maison. Nina écoutait des chants russes sur l'électrophone qu'il lui avait offert à la naissance de Serge. Parce qu'il fallait faire écouter de la musique aux bébés !
— Ça les apaise, disait Vladimir.

Nina frémissait d'impuissance malheureuse. Chaque action de ce père absolu était tournée vers le fils et évaluée dans l'effet qu'elle aurait sur lui. Un émerveillement généralisé tenait Vladimir. Il est très éveillé ! Regarde, il t'a souri ! (L'enfant ne faisait pas encore de sourires.) Jamais je n'ai vu des mains aussi gracieuses ! Il comprend tout, ça se voit ! L'extase était partout. L'enfant-miroir, inexistant, fondu dans l'indifférenciation du maternage, était déjà aux yeux de son père un prodige de beauté et d'intelligence. Vladimir le contemplait avec la même partialité idolâtre qu'il avait eue pour regarder danser Nina. La perfection n'était pas requise : l'amour se chargeait de l'inventer. L'observateur enchanté était aveugle : il fixait sa propre représentation idéale. Toute sa vie, Vladimir Korol garderait à propos des siens cet aveuglement partial. Quand il aurait sous les yeux la détresse et la destruction, il clamerait : tout est merveilleux, nous sommes heureux et formidables !

Se tenir à côté de cet excès semblait certains jours insurmontable. Nina se disait qu'un homme et un bébé étaient bel et bien capables de lui saccager la vie ! Elle éprouvait de plus en plus de difficultés à se concentrer pour étudier. Quand elle cessa l'allaitement, Vladimir donna le biberon et il la surveillait lorsqu'elle s'en occupait :

"Fais attention, tu lui fais avaler de l'air !", "Tiens-le plutôt comme ça (il montrait la position), il est trop penché", "tu ne vois pas que tu lui retrousses la lèvre ?!", "Il n'a pas fait son rot".

Nina soupirait. Vladimir n'était plus le même homme : il avait un fils. Elle aurait pu en pleurer si quelque chose en elle ne s'était pas tendu pour la pousser vers la colère plutôt que vers la peine. Alors d'une main leste et rapide, elle donnait sur le bras de Vladimir une tape qui avait la force de sa souplesse. Laisse-moi faire veux-tu ! disait-elle à son mari.

Pourtant elle n'était pas sûre d'elle-même. Derrière cette apparente détermination, la jeunesse de Nina, les perpétuelles interventions de Vladimir, les pleurs de l'enfant, la difficulté de le calmer, tout minait la confiance en elle-même de la mère et ce qu'elle était capable de donner en forme d'enveloppement à son fils. Elle avait encore tant à voir avec elle-même, comment aurait-elle pu tout faire pour un enfant ? Il eût fallu d'abord la rassurer sur elle-même, de sorte qu'elle tranquillisât ensuite ce bébé dans le vaste monde inconnu. Cette chaîne d'irrésolutions, de craintes et de doutes fut le poison insinué jour après jour au cœur de Serge Korol. Il n'était pas né d'une femme construite et forte, mais d'une jeune fille en chantier. Il dormait sur le lit de jeunesse inquiète d'une mère que le mari ne fortifiait pas. Voulant faire du bien à son fils, Vladimir en oubliait Nina et finalement manquait son but.

Au fond d'elle-même, la jeune Nina Javorsky n'en revenait pas : stupeur et étonnement naissaient au spectacle de la petite Mme Korol qu'elle était devenue.

C'était donc ça la vie ! Installée ! Elle l'était définitivement ! Elle avait un mari et un fils, et une maison à tenir. Jamais elle n'aurait une vie indépendante, un studio à elle seule, un métier. Ces deux hommes tenaient tellement de place ! Et elle dans tout cela ? Que devenait-elle ?

— Ma chérie ! bêlait Vladimir le soir avant de se mettre à table.

Il complimentait son épouse adorable pour ce dîner qu'elle apportait devant lui avant de s'asseoir et de se relever une seconde plus tard parce qu'elle avait oublié le poivre. Vladimir dépliait sa serviette. Il attrapait la bouteille de vin, découpait avec application le capuchon métallique, enfonçait le tire-bouchon dans le liège et faisait remonter le bouchon avec dextérité. Il remplissait les verres. Le vin était important. Vladimir buvait par énormes gorgées en faisant du bruit avec sa bouche qu'il avait épaisse et droite. Nina buvait à petites lampées. Elle avalait sans doute de l'air en même temps que le vin et se sentait ivre très vite, et c'était un délice de flotter sur ses jambes. Elle laissait Vladimir débarrasser les assiettes et les plats, faire la vaisselle, ranger. Vlad ! Elle lui tendait les serviettes qu'il remettait à leur place et sortait de table. Ou bien elle s'affalait sur le canapé ou bien elle allait au lit. Plus tard Vladimir la rejoignait, et dans le demi-sommeil où elle avait sombré, il caressait ses seins neigeux, son ventre que la grossesse avait soulevé, ses cuisses rondes. Nina se laissait faire, son mari entrait dans ce sexe adoré comme dans sa maison, celle de son fils, rassasiant son désir, pactisant avec la vie.

5

Et la vie pactisait avec Vladimir : quand Serge eut neuf mois, Nina se trouva enceinte à nouveau. Exactement comme si la vie était plus forte qu'elle-même et son rêve d'un destin construit sur la liberté, comme si son corps lui échappait, comme si ce qu'elle sentait ou pensait n'avait aucune importance dans le grand ordre biologique. Par l'amour et le mariage, Nina Javorsky était devenue une proie de la nature.

Jean naquit au printemps, par une chaleur inhabituelle qui étouffait les hommes et les bêtes. La fin de la grossesse fut éprouvante pour Nina. Éternel retour du temps : comme sa mère autrefois l'avait envoyée chez Sacha, Nina laissait souvent Serge jouer chez Iréna. Serge était le portrait de Nina : même blondeur, même yeux bleus un peu trop ronds, même visage qui plus tard deviendrait d'une taille importante. Quand elle accueillait son premier petit-fils sur le pas de sa maison, Iréna arborait un sourire réjoui et paisible à la fois, dans la gloire d'avoir retrouvé une place. Elle remarquait sans le dire que Nina ne confiait pas son enfant à Sacha. Puis le terme arriva. L'accouchement dura une journée entière ; la tête de l'enfant était si grosse qu'il ne descendait pas. Par cette naissance, Nina fut délivrée autant qu'épuisée. Son fils dans les bras, assis sur le lit où reposait Nina, lui souriant dans une impression de facilité déconcertante, Vladimir Korol resplendissait. Nina somnolait. L'épisiotomie la faisait souffrir, elle avait des hémorroïdes, son ventre vide était une grande outre flasque. Comment parler de cela avec un homme ? Je le dégoûterais, pensait-elle, malheureuse. La secousse physique de l'accouchement n'était pas partageable. Quand elle voulait changer de position, Nina posait les mains à plat de chaque côté de ses fesses pour se soulever doucement. Elle découvrait une seconde fois l'inégalité cruciale : pendant qu'elle se sentait meurtrie et à bout de forces, Vladimir était intact, en possession de tous ses moyens, fier de sa progéniture qui lui avait si peu coûté. Nina palpait son gros ventre mou. Elle pensait que le dégoûter au moins la protégerait d'une nouvelle grossesse. Et il était préférable de taire cette pensée-là aussi.

Au bout d'une semaine, Nina rentra chez elle et retrouva Serge que Vladimir avait confié à Iréna.

— Je te rends ton fils, il a été un amour d'enfant, dit Iréna à sa fille.

À l'enfant qui ne lui avait pas été rendue, Iréna se permettait de dire ces paroles symboliques qui, dans son cœur, résonnaient à dix-huit années de distance.

— Tu vois que ta maman est revenue, dit Iréna à son petit-fils. Elle t'a ramené un petit frère.

Nina présenta Jean à Serge.

— Tu peux l'embrasser, dit Nina.

Serge déposa un baiser sur la joue du nourrisson que sa mère tenait à sa portée.

— Tu es content ? demanda Nina.

Serge opina de la tête, visiblement intimidé par le bébé si fragile.

— Il est petit mais il grandira, dit Iréna surprenant le regard de son petit-fils. Il va grandir comme toi et tu auras un camarade de jeu.

— Et voilà la petite famille au complet ! s'exclama Vladimir, de sa voix de brebis. Il était le contentement même. Il déboucha une bouteille de bon vin (il buvait d'ordinaire du gros rouge) et donnant un verre à sa femme, porta un toast :

— Bienvenue à notre petit Jean, un baiser à mon Serge chéri. À toi ma chérie, ajouta-t-il avant de boire bruyamment.

Il attrapa Serge dans ses bras et le chatouilla en le couvrant de baisers. Le garçonnet poussait des cris joyeux et battait l'air avec ses bras et ses jambes fluettes.

— Arrête, tu vas l'énerver et il ne voudra plus se coucher, dit Nina.

— Mon Serge chéri veut toujours se coucher avec son papounet !

Le ton de la voix était plus haut. Quand il parlait à ses enfants, Vladimir bêtifiait sans retenue. Nina regardait ce spectacle, silencieuse. Elle se sentait dépouillée de quelque chose. Vladimir accaparait ses fils. Une relation d'adoration inconditionnelle se nouait. Usurper, mentir, rater, abandonner, ses fils pourraient faire n'importe quoi dans la vie, Vladimir leur donnerait raison contre le monde, tous les autres, les femmes, et même les mères de leurs enfants. Vladimir approuverait. À Serge et à Jean, il trouverait toutes les excuses possibles. Personne ne surpasserait ses fils. Ils étaient son orgueil, son amour-propre : celui qui les critiquait l'attaquait lui. Il n'y aurait plus jamais de séparation entre Vladimir Korol et ses fils. Petit à petit, par souci inconscient de ne pas être éjectée, Nina entrerait dans cette alliance, s'associerait à la louange, en sorte que la fusion identitaire entre les parents Korol et leur progéniture serait complète. On ne toucherait pas un cheveu de l'un sans recevoir le coup de griffe de l'autre.

— Quelque chose ne va pas ma chérie? demanda Vladimir. Tu as l'air songeuse.

— Je suis fatiguée c'est tout.

— Va te coucher, je peux m'occuper des garçons.

Elle voulait rester. Elle voulait au moins son bébé.

— Tu n'es pas leur mère, dit-elle à Vladimir.

— Ça je le sais! rigola-t-il.

— Je commence à me le demander, répliqua Nina.

— Je suis un père moderne. Je change les couches et je donne le biberon, claironna fièrement Vladimir.

C'était une véritable déclaration, qui disait les grandes intentions de Vladimir. D'ailleurs il ajouta :

— Je n'ai pas d'autre vie que mes fils et ma femme.

Nina s'efforçait de sourire à cette antienne.

Elle s'efforçait. Il y avait de quoi être heureuse dans cette vie. Boire son café le matin au lit, nourrir Jean dans la chaleur des draps, se blottir contre lui avec Serge quand Vladimir était parti, se chatouiller et rire, aller déjeuner chez Sacha ou Iréna, faire la sieste avec les garçons, les regarder dormir. Se laisser vivre. Ne s'obliger à rien. Se livrer à ce puissant courant de l'enfantement qui est aux femmes une raison d'être si naturelle, une excuse et un emploi, qu'elles ont l'air de gagner quand elles ont abdiqué. Cette vie n'était ni aventureuse, ni téméraire, ni créative, mais elle était animale, pleine d'un amour nourrissant. Les enfants, une mère les faisait comme on fait une œuvre, de toute son âme, sans épargner une seule ressource. Elle les soignait comme un peintre ses toiles, un écrivain ses phrases, un jardinier ses fleurs. Par ces idées subterfuges, Nina essayait d'oublier qu'elle avait agi comme sa grand-mère lui avait fait promettre de ne pas le faire : elle avait abandonné le lycée. Ceux de sa famille interrompaient leurs études pour gagner leur vie, elle ne l'avait décidé qu'à cause de son mariage. Aucune nécessité ne l'avait contrainte à cette désertion. Elle fermait les yeux. Comme elle avait honte d'elle-même ! Et peur aussi. Elle devait même se défendre d'en vouloir à Vladimir. Ne la dévorait-il pas comme un ogre ? Ne l'avait-il pas cueillie en bouton sans se soucier des fleurs qu'elle ne ferait pas éclore ? Il semblait ne pas s'en soucier. Se souciait-il d'elle ? Ou bien l'utilisait-il comme un homme le fait d'une femme, pour le couvert, le gîte et la descendance ?

Vladimir Korol devinait-il les inquiétudes qui troublaient sa jeune femme ? Il piaillait de bonheur.

— Mes amours ! s'écriait-il chaque soir en embrassant ses fils.

À Serge qui avait grandi, il demandait :

— Tu as été gentil avec maman ?

Peu après il emmenait le garçonnet se coucher dans la chambre où Jean dormait déjà. Serge pleurait en montrant le bébé.

— Que veux-tu me dire ? demandait Vladimir à son fils qui manquait de mots.

Il se tournait vers Nina, appuyée contre le chambranle de la porte.

— Il entend respirer le bébé. Le bébé l'empêche de dormir.

Nina s'en mêlait aussitôt. Elle était lasse et pour cette raison désireuse que son fils dormît sans histoires :

— Tu ne vas pas recommencer ? Il n'entend rien. Ou sinon tu n'as qu'à nous trouver une grande maison !

— Couche-toi tout de suite, disait-elle à Serge. C'est l'heure des parents maintenant.

À l'heure des parents justement, à la fin du mois de septembre, peu de temps avant les deux ans de Serge, Vladimir annonça à Nina une mauvaise nouvelle : il allait être licencié. Nina fit un bond sur sa chaise et ouvrit grands ses yeux bleus qui, d'ordinaire peu expressifs, s'étaient chargés de fureur.

— Quoi ?

— Oui, tu as bien compris, la direction m'a remercié, répéta Vladimir, l'air sombre.

— Mais non ! cria Nina, je ne comprends pas, qu'as-tu fait ?

— Je n'ai rien fait. Pourquoi te mets-tu en colère ? demanda Vladimir.

— Je ne me mets pas en colère, je m'inquiète ! Tu m'annonces que tu n'as plus de travail. Tu voudrais que je reste là sans rien dire ? Qu'as-tu fait ? répéta-t-elle. Pourquoi te renvoient-ils ? Il n'y a aucune raison, tu es un excellent ingénieur.

— Oui, dit-il, je le crois. Mais ils n'apprécient pas les communistes, tu t'en doutes. Ils n'en veulent plus. Et ils ne voient pas non plus d'un bon œil que j'aie épousé une fille de mineur. Tout converge pour signaler que je suis un agitateur potentiel. Ils me l'ont dit très clairement.

— Ils t'ont dit une chose pareille ! Comment osent-ils se mêler de ta vie privée ? Je n'arrive pas à le croire, dit Nina.

Nina exprimait la pure vérité : elle était dans une stupéfaction d'enfant. Quelque chose de réel venait d'advenir dont elle ne s'était jamais figuré l'éventualité. Toute son imagination était agressée par cette surprise. Les mineurs oui, quand ils étaient trop vieux ou malades, ne trouvaient plus de travail. Ils restaient chez eux à boire et à tousser. Ils avaient passé leur vie dans des boyaux noirs, ils avaient suffoqué au fond, risqué leur vie, et ils agonisaient chez eux comme des rats. Mais les ingénieurs ! Les ingénieurs étaient les rois du monde ! Ils avaient toujours du travail, de l'argent et du prestige. Sinon, à quoi cela rimait-il d'être ingénieur ? L'ordre du monde était immuable et Nina était par son mariage monté en haut de l'échelle. Comment s'imaginer que l'on pouvait en tomber ? Il n'y avait dans l'esprit de Nina aucun isomorphisme entre le monde d'où elle venait et celui où elle était entrée, comment retrouver maintenant un problème (le chômage) qui pouvait frapper les siens ? Nina refusait tout bonnement de l'envisager.

— Ma chérie, murmura Vladimir. Je ne veux pas que tu t'inquiètes.

C'était trop demander ! La chérie était désappointée et sidérée. Elle le regardait comme un pauvre roi déchu et une déception scandalisée se lisait sur son visage.

— Ne me regarde pas comme ça ! supplia-t-il.

— Qu'allons-nous devenir ? demanda Nina.

— Je vais chercher du travail, dit Vladimir avec un calme à dessein ostensible.

— Où ?

— Je ne sais pas. Partout. Il y a d'autres mines en France.

— Ce sera partout les mêmes. Ils connaîtront ton dossier.

— Mais tu ne seras pas la fille d'un de leurs mineurs.

Elle n'était pas optimiste tout de même, mais inquiète, paniquée même.

— Et si tu ne trouves rien ?

— Nous irons à l'étranger. Il y a des pays qui manquent d'ingénieurs.

— Et si je n'ai pas envie de voyager ? dit-elle en relevant le nez qu'elle avait charmant ce qui fit sourire son mari.

— Eh bien je changerai de métier, dit Vladimir. Je donnerai des cours de mathématiques ou de physique. J'ai souvent pensé que j'aimerais enseigner.

Il avait réponse à tout. Il semblait disposé à toute opportunité, plein de ressources et d'idées, pas le moins du monde affolé. Il s'affirmait : un vrai père de famille, un homme solide et calme, capable de surmonter une difficulté.

— Mais moi, dit Nina, c'est un ingénieur que j'ai épousé, pas un professeur.

— C'est moi que tu as épousé, pas un ingénieur ! dit en riant Vladimir.

Il le lui disait comme s'il fallait le lui rappeler afin qu'elle se sentît rassurée. Non elle n'avait pas fait d'erreur en se mariant. Celui qu'elle avait choisi était bel et bien là à ses côtés. Il fallait qu'elle en fût certaine. Elle n'avait rien à craindre. Son mari était vaillant et courageux. Elle ne devait jamais en douter ! Vladimir lui souriait. Lui était-il jamais venu à l'idée que Nina n'avait épousé en lui que l'ingénieur ? Non, jamais sans doute il ne voulut le croire. Pourtant ce jour-là, alors qu'elle n'avait pas vingt ans, Nina le lui dit explicitement. Il venait de dire : C'est moi que tu as épousé, pas un ingénieur. Elle répondit du tac au tac, emportée par une vraie passion, loyale sans se rendre compte de ce qu'elle disait :

— Toi *l'ingénieur* ! Et si tu n'es plus ingénieur, ça change tout !

Et disant cela elle se mit à pleurer. Elle pleurait le paradis perdu : la certitude d'avoir atteint la sécurité et la prospérité, le prestige et le pouvoir. Pendant que son père et ses frères travaillaient comme du bétail dans les galeries de mine, Vladimir son mari évoluait en costume-cravate dans les bureaux chauffés de la direction, penché sur des plans, des projets, des comptes, organisant le travail et la sécurité, élaborant des stratégies de développement et des analyses concurrentielles. Nina ignorait le vocabulaire précis de cette sorte d'activité, mais elle en avait la connaissance instinctive d'une fille d'ouvriers pour qui les cols blancs et les mains noires ne boxent pas dans la même catégorie. En se mariant elle avait changé de camp, abandonné les peurs de sa classe, gagné les conforts inaliénables dont les siens étaient privés !

— Ma chérie !

Vladimir Korol riait. Il ne pouvait croire qu'il s'agît là d'une catastrophe si sérieuse. Il prit sa femme dans ses bras, qui se laissait faire, molle comme un paquet de chiffons.

— Quel drame tu fais ! dit-il en plaisantant.

Il l'enlaça, sentit contre sa main le renflement d'un sein.

— J'ai envie de te faire l'amour, souffla-t-il.

— Eh bien pas moi, répliqua Nina.

C'était la première fois qu'elle repoussait son mari avec violence.

— Ma chérie ! Parle-moi gentiment ! dit-il.

— Oh ! cria Nina, laisse-moi un peu tranquille !

Vladimir Korol ne saisissait rien de ce qui se passait dans la tête de sa femme, sa déception, sa perte de passion, sa désillusion. Il lui eût fallu connaître les mécanismes intimes de l'amour pour comprendre comment il assassinait le fantasme qui, chez Nina, avait nourri un sentiment pour lui.

Ce que Nina avait imaginé se produisit : le monde du charbon se ferma à Vladimir Korol. Aucune exploitation minière ne répondit à ses candidatures. Le monde qu'il avait embrassé avec une foi farouche ne voulait plus entendre parler de lui. Korol, ce communiste qui a épousé la gamine d'un ouvrier mineur ! Les résumés raccourcis de son curriculum vitae étaient de cet acabit. Il en tira la fierté d'être martyrisé pour ses idées et son amour. Cette période ferait partie de sa légende. Comme il l'avait envisagé, il se replia sur l'enseignement. Dans la petite ville de province, il donna des cours de mathématiques à quelques élèves brillants qui préparaient les concours d'ingénieurs, ou bien au contraire à des lycéens en difficulté. Il lui arrivait de recevoir les élèves chez lui. Nina marquait sa réprobation par la colère. Non seulement elle refusait d'y mettre du sien, mais elle lui gâchait la vie. Elle laissait Serge et Jean pleurer et faire du bruit, à côté de la table non desservie, la planche à repasser au milieu du salon. De quoi ai-je l'air ma chérie devant mes élèves ? geignait Vladimir. Que vont-ils raconter à leurs parents ? Je pensais que tu aurais à cœur de montrer une maison bien tenue et des enfants bien élevés, disait-il à sa femme. Eh bien tu te trompais ! lui répondait Nina en faisant claquer cette réponse laconique. Mais elle ne résistait pas longtemps à l'expression de son mécontentement et ajoutait : Te soucies-tu de ce que vont penser mes parents, mes frères et sœurs ? Ils doivent bien se moquer de moi maintenant, avec mes deux enfants et mon mari chômeur ! Elle ne supportait pas ce changement si soudain de leur statut. Le dépit, l'angoisse et la fureur la balayaient tour à tour. Le soir venu, lorsqu'ils étaient tous les deux seuls, Nina faisait des scènes à Vladimir. Elle criait, pleurait, et enfin arborait l'arme suprême : le divorce. Elle allait quitter Vladimir, partir avec ses deux fils (les prendre sous le bras, disait-elle en repoussant une mèche que ses grands mouvements avaient ramenée sur son visage), rejoindre sa famille, refaire sa vie indépendante.

— Je me suis bien trompée sur toi, tu ne vaux pas un clou ! J'ai épousé un ingénieur, pas un petit répétiteur de mathématiques ! Demain je demande le divorce !

C'était la pire chose qu'elle pouvait dire à Vladimir. Lui qui avait perdu sa mère, comment aurait-il pu perdre sa femme ? L'idée même le terrassait. Naïvement, alors que cette séparation semblait matériellement impossible, il en croyait Nina capable. Écrasé de tristesse, il était prêt à accepter ses fureurs, ses caprices, pour la garder. Ne rencontrant pas de résistance mais des suppliques, Nina perdit peu à peu tout contrôle : ses colères étaient sans limite. L'accident professionnel de Vladimir le livra tout entier à sa femme.

6

À deux ans, garçonnet blond, vif et primesautier, Serge était plein de cette grâce qui émane de l'intelligence neuve et qui faisait de lui le roi de la famille. Il était aussi le dieu d'un père heureux de retrouver chez ce fils la beauté de Nina. Serge s'apprêtait à développer ce caractère cabotin qu'ont les enfants à la fois malins et trop regardés. Il était sur le point d'outrepasser la grâce mais sauvé encore par son jeune âge. On ne lui prêtait pas assez de conscience de lui-même pour croire qu'il faisait déjà *son intéressant*, comme disent entre eux les gosses non sans justesse. Serge demeurait une âme enfantine, percevant avant de comprendre, ignorant que quelque chose est à comprendre. Il était immergé dans le tourbillon captivant de la sensation, en attente de mots. Ainsi entendait-il chaque soir, dans son lit à barreaux, les hurlements de sa mère. Ce que disait et pensait Nina, il n'en avait aucune idée, il percevait, et la violence qui émanait d'elle le terrifiait. Sollicité par cet incident bruyant qui arrivait jusqu'à ses oreilles, il était incapable de s'endormir, assailli et perdu, restant aux aguets de la nuit et des cris qui venaient du salon. Ses parents se disputaient. Ses parents n'étaient pas contents. Si doué fût-il, ces idées précises étaient informulables pour une si jeune cervelle. Ces termes, *se disputer*, *se fâcher*, *être furieux*, Serge Korol ne les possédait pas. Il découvrait la chose que disaient ces mots. Le bruit était énorme. La paix était envolée. La voix de Nina était méconnaissable. Un objet de temps à autre se brisait dans un fracas qui le faisait hurler de peur. Si le visage de maman apparaissait, il serait tout rouge, ou même tout noir, ce ne serait pas maman, et papa tout blanc ne serait pas papa. Et Serge serait seul. Il ressentait cette déraison, il en éprouvait le frisson puis la panique. Et puisqu'il était terrorisé sans mots, il pleurait. Peu à peu, de larmes en sursauts et en cris, il se trouvait à hurler. À sa manière il appelait un soutien. Cela disait : Je suis tout seul, j'entends des bruits, j'ai peur, venez me sauver ! Personne ne venait. La terreur détruisait le goût de la pensée. Serge se dressait debout, les petits pieds enfoncés dans le mou du matelas, accroché de toute sa force aux barreaux de bois, et finalement, balançant sa grosse tête en avant, il se jetait par-dessus la balustrade du lit. Une fois tombé, allongé par terre, il pleurait de plus belle parce qu'il s'était fait mal. Au bruit de sa chute, qui surprenait enfin le vacarme de Nina, les parents accouraient. Mon pauvre bébé ! soufflait Nina à la coiffure défaite. La première fois il avait été câliné. Maintenant Nina le recouchait en le grondant. Frissonnante de la colère qu'elle avait laissée au salon, elle apportait dans la chambre la trace de son agitation. Serge hurlait aussi fort que sa mère électrisante. Pauvre petite Nina ! Elle était désorientée devant ce fils qui interrompait ses diatribes, elle ne savait comment l'apaiser, elle pleurait avec lui. Elle devenait une petite fille malheureuse. Elle était la mère, la sœur, l'amie, elle était personne. L'enfant s'emplissait de ses pleurs, de ses craintes, jamais rassuré, dans les bras tremblants de sa mère infantile, serré tout contre son désarroi. Bientôt il se couperait en deux, les terreurs d'un côté, la raison de l'autre, et plus jamais ne réconcilierait en lui l'émotion et la réflexion. Bientôt il poserait un couvercle de fer sur ce qui en lui pouvait avoir peur et lui faire mal. Nina aurait pu pleurer sur ce fils clivé qu'elle fabriquait sans le savoir. En doutant d'elle-même, elle le tuait. En étant une enfant, elle le tuait. Elle lui transmettait sa déception et sa viduité, et la peur de la peur. Qui pourrait s'appuyer sur ce qui ne résiste pas ? Pas un enfant. Nina s'écroulait au moindre inattendu de la vie. Serge ne trouvait aucun soubassement. Elle pleurait dès qu'il pleurait. Piètre consolation. Comme elle pleurait ! Le monde était coupable de ses larmes ! pensait-elle en rage. Elle se trouvait cent excuses, tant de déconvenues ! Même Serge la décevait ! L'enfant était si différent de celui dont elle rêvait ! Il la frappait au même endroit que tout le réel : la renvoyant à ses rêves illusoires et faux. Pourquoi ne dormait-il pas comme tous les bébés de la terre à cette heure ? Pourquoi hurlait-il comme ça ? Que pouvait-elle faire ? Que pouvait-elle faire de plus que ce qu'elle faisait ? La mère et l'enfant pleuraient ensemble, le petit homme en germe se dissolvait dans son angoisse. Non il ne dormirait jamais ! Nina appelait son mari. Viens ici ! hurlait-elle. J'arrive ma chérie, j'arrive ! bêlait Vladimir, hilare inexplicablement. Il regardait la mère et l'enfant aux yeux ouverts. À ce spectacle il riait. Vladimir Korol trouvait le moyen de s'émerveiller. Son fils dormait peu. Son fils ne voulait pas de barreaux. Quel phénomène ! En deux années Vladimir s'en était convaincu pour la vie.

Le manège nocturne devint une habitude. Parce qu'il ne recevait pas la réponse adéquate, rassurante et empathique, Serge faisait tourner ses parents en bourrique. Dorénavant, devançant le drame qui risquait d'éclater au salon, il se jetait à peine couché par-dessus les barreaux de son lit.

— Il faut l'attacher au matelas, proposa Nina.

Ils l'attachèrent puisque Nina l'avait dit. C'était tout ce qu'ils avaient trouvé. Vladimir riait encore. Cette pratique pouvait sembler barbare, mais ne reflétait que la singularité exceptionnelle de leur fils. Nina adopta cette idée consolante. Ou bien elle croyait Vladimir ou bien elle était seule. Elle crut. Au lieu de comprendre la détresse de leur enfant, les géniteurs extasiés l'avaient transformé en génie.

Ainsi étaient les parents de Serge : à côté de la plaque. De la terreur qui habitait leur fils quand Nina se mettait à crier, ils n'avaient pas la moindre intuition. Les yeux de Nina ne savaient pas voir dans ceux de Serge. Elle ne comprenait rien à ce qui se passait dans cette enfance. Si inachevée, si jeune, pétrie de doutes et de désirs impossibles, soumise au perpétuel commentaire de son mari, la jeune mère se montrait incapable de calmer l'angoisse enfantine : de l'identifier, de la lui nommer, et de la nuancer avec des mots, invitant son fils à la parole plutôt qu'à la panique. Non seulement Nina Korol ne savait rien faire de tout cela, mais elle était la source de la terreur. Ses cris avaient créé ce qu'elle ne savait pas arrêter. Elle en voulait au fils et au mari ! Les pleurs de Serge lui donnaient un sentiment d'impuissance, de rage même. N'était-elle pas déshonorée ? Serge pleurait dans son lit. Serge refusait de dormir. Nina croyait s'entendre dire : tu es une mauvaise mère, tu es une mère indigne, tu es inapte à élever un enfant. Quand Serge pleurait, Nina avait l'air terrifiée ! Qu'est-ce que j'ai fait de mal ? Pourquoi je ne peux pas arrêter ça ? se disait-elle au comble du désespoir. Les grands yeux bleus de Serge étaient fixés sur elle. Mon bébé ! Mon bébé ! répétait-elle par saccades. Elle avait beau le prendre dans ses bras et l'aimer, c'était sa détresse qu'elle lui présentait. Le pauvre enfant ne surmontait pas sa peur, sa mère réalimentait la souffrance, il ne dominait pas le monde, la peur partout l'enveloppait. Oh sa mère tremblait, sa mère ne tenait pas le cap, elle ne savait pas qui elle était. Il tremblait aussi, renvoyé à ce vide du petit d'homme, livré seul à son espace intérieur sans langage. Il continuait de crier. Nina criait aussi, accroissant ce faisant la détresse de son fils. L'émotion culminait en lui lorsqu'il se jetait par-dessus ses barreaux, hurlant dans sa plongée, appelant une mère qui n'était pas vraiment là, qui n'était que le fantôme d'une mère, un grand vide encore sidéré d'avoir changé de place dans le monde, ignorant son nouveau rôle, son identité, incapable de s'en saisir avec force et présence. Le rendez-vous était-il manqué entre la mère et l'enfant ? Nina adorait Serge, mais ne sachant pas échanger sa peur à lui contre ses mots à elle, elle lui laissait le vide au lieu de l'emplir. Elle occupait toute la place. Elle demandait à être sauvée. Il fallait se faire aimer de cette mère perdue dans ses déceptions, affolée par son enfant : il fallait que Serge séduisît cette mère.

À la même époque, Serge se mit à refuser la nourriture qu'on lui donnait. Anorexie, diagnostiqua le médecin. Vladimir jubilait. L'intelligence de cet enfant était prodigieuse. Serge décidément ne ressemblait à personne. Vladimir ne chercha pas plus loin. Le génie a ses avantages et ses simplicités mystérieuses. Vladimir et Nina, pour toujours, firent de leur fils une personne à part. Ils la produiraient dans des représentations permanentes. Ils s'en nourriraient, s'en rassureraient, s'en vanteraient. Une fois décrétée, certifiée par la médecine, la singularité de Serge deviendrait le médicament de ses parents contre la morne grisaille de l'existence. L'inversion des rôles s'ébauchait : au fils de répondre à leurs attentes. Bien sûr ces attentes étaient symboliques, Vladimir en orchestrait l'accomplissement, Nina se chargeait des aspects prosaïques. Si génial que fût Serge, il devait s'alimenter ! Nina entreprit de sucrer ce qu'elle lui proposait, y compris la viande. Serge raffolait des bananes, Nina mélangea la viande hachée et le fruit écrasé. Le génie devait avoir ce qu'il aimait ! Vladimir faisait à ses deux sœurs le récit de ces excentricités qu'il tenait pour les exploits d'un enfant précoce et le sacerdoce magnifique d'une mère. Magdaleine peinait à se montrer complice de cette adoration qui l'agaça. Pour quelle raison Serge serait-il plus génial que ses propres enfants (elle en avait désormais deux) ? Dans cette concurrence maternelle, elle mit en cause l'inexpérience de Nina. Peut-être Nina s'y prenait-elle mal ? Nina sait-elle le calmer quand il pleure ? demandait Magdaleine. Vladimir bredouillait dans le combiné, confus, craignant à tout moment l'irruption de sa femme en furie. Il s'interdisait de penser que les hurlements de Nina réveillaient Serge. Aussi comment aurait-il pu le dire ? Il ne soufflait mot des scènes qu'il endurait mais ressentait le besoin de parler à sa sœur.

— Ta femme est si jeune, lui disait Magdaleine. Elle n'est pas assez sûre d'elle, elle inquiète peut-être son bébé.

— Nina fait ce qu'il faut je t'assure, disait-il à sa sœur quand elle parlait de cette manière.

Si d'aventure Nina surprenait la conversation, elle comprenait aussitôt que Magdaleine jugeait et se mêlait de ce qui ne la regardait pas.

— J'en ai plus que par-dessus la tête de l'opinion des Korol ! explosait-elle. Cette madame je-sais-tout de Magda, je t'interdis de lui téléphoner !

Quand Nina criait, Serge se cachait à quatre pattes sous la table.

— Tu fais peur à ton fils, fit remarquer Vladimir un soir qu'il avait vu Serge disparaître.

Quelle horrible vérité venait-il de dire ? Nina se redressa, rassemblée par sa colère. Elle le tapa, oui elle frappa de toutes ses forces sur son épaule avec l'envie délibérée de lui faire le plus de mal possible.

— Aïe ! hurla Vladimir avant de rire.

— Ne répète jamais ça ! hurlait Nina. Je ne fais pas peur à mon fils, tu entends !

S'il avait su que Nina criait aussi fort, l'aurait-il épousée ? Personne ne savait, et surtout pas Vladimir. Quant à s'avouer que sa propre femme l'avait frappé ! Il était bien incapable d'affronter une idée pareille. Plutôt que de penser, il se mit à rire à gorge déployée en répétant le prénom de la furie qu'il avait en face de lui dont il essayait d'attraper les mains : Nina ! (et il riait), Nina chérie ! (il riait encore), comme si elle l'amusait avec sa grande colère pour de si petites choses.

— Laisse-moi ! hurlait Nina.

— Ma chérie ! suppliait Vladimir en cherchant à prendre sa femme dans ses bras.

Les bras de Nina battaient ses bras mâles, battaient l'air devant lui, Vladimir reculait devant ce moulinet.

— Ne m'approche pas je te déteste ! criait Nina.

Lentement leur relation prenait sa forme. Ils ne déjoueraient aucun des pièges qui étaient en eux.

Vladimir Korol avait si l'on peut dire ce mérite : le bruit que faisaient ceux qu'il aimait ne le dérangeait pas. Sa vie durant, il rirait ainsi en écoutant crier sa femme, pleurer ou trépigner ses enfants et plus tard ses petits-enfants, avec une placidité que les témoins plus énervés finissaient par prendre pour une niaiserie, une forme de bêtise ou d'insensibilité, et qui n'était qu'une posture figée, une étrange patience. Vladimir était dogmatique jusque dans la vie quotidienne : *ses enfants étaient merveilleux*, même quand ils pleuraient, refusaient de manger, vomissaient sur le tapis, hurlaient, en bref empoisonnaient allègrement la compagnie. Vladimir adhérait à son décret et riait comme devant un charmant théâtre, sans même avoir l'idée de mettre fin au vacarme. C'est la plus belle musique ! disait-il quand un enfant pleurait. On aurait dit que les larmes n'avaient pas de motif. Comme si elles étaient une plaisanterie dont il refusait d'imaginer la source. Il oubliait la souffrance qu'elles signalaient, concentré sur l'extase que lui procurait la présence de l'enfant, si malheureux fût-il. En somme, réfugié dans le rire, il se montrait incapable de prendre en charge la peine d'autrui. Il riait, les larmes empiraient, ou les cris, il riait de plus belle, et c'était au point que l'on se demandait en l'observant s'il vivait dans la réalité ou dans le cocon de ses représentations déréalisées. Jamais il ne demanderait à sa femme : Pourquoi cries-tu ? Pourquoi pleures-tu ? Il y avait chez lui une tentation, une aptitude à effacer le réel, un glissement vers le déni : ce qu'il avait décidé de voir l'emportait sur ce qu'il y avait à voir. Cette victoire du désir sur la réalité s'opérait par l'entremise des dogmes qu'il abritait. Pour rien au monde Vladimir Korol, orphelin de mère, n'aurait pu changer le système d'idées toutes faites qui le rassurait. On ne fait pas taire un enfant. Il faut le laisser s'exprimer et explorer. L'amour est inconditionnel. Les enfants doivent quitter les parents. La liste des préceptes était longue. Une mère doit être là ! disait-il à Nina. *Les enfants doivent faire leurs propres expériences* était l'une des règles qui agaçaient Nina. Vladimir regardait sans intervenir, et toujours en riant, le petit Serge à quatre pattes approcher ses doigts de la prise de courant, se balancer sur sa chaise haute, jouer avec les allumettes ou toucher la porte du four brûlant. Semblable en cela à la plupart des mères, Nina préférait que son bébé fût protégé de lui-même. Laisse-le faire, il n'y touchera pas deux fois, disait Vladimir avec une assurance de maître. La jeunesse de sa femme l'avait transformé en expert. Nina se fâchait contre son mari négligent, pas assez vigilant, laxiste. Sans le savoir elle étouffait sous les principes qui venaient noyer ses intuitions.

— Toi et tes idées ! criait-elle à son mari.

Vladimir riait, sûr de lui, indétrônable, et contribuant avec cette assurance à affaiblir sa femme.

— Tu es incapable d'interdire quelque chose à tes enfants ! disait Nina.

Elle criait et il riait. Toujours il riait lorsque sa femme se plaignait de lui. Rire était sa manière d'éluder. En riant il niait la gravité, la détresse, le drame personnel qui peut-être se jouait. Il ne voyait pas l'autre. L'autre pouvait toujours crier, Vladimir ne l'entendait pas. Nina hurlait-elle de plus en plus fort ? De plus en plus souvent ? La surenchère risquait de répondre à cet homme qui n'entendait rien, parce qu'il aurait trop souffert d'écouter.

Le chômage de Vladimir fut la fin du premier bonheur conjugal, celui qu'on goûte sans savoir qu'il n'est pas la forme éternelle du mariage. Les querelles domestiques rendirent plus difficile à Vladimir cette période, crucifiante pour un homme, où il n'a plus de *situation*. Il résistait à une forte pression. Sans activité, banni de l'univers qu'il avait embrassé, sommé de renoncer à son idéal s'il voulait réintégrer le monde du charbon, harcelé par sa femme déçue, il était prêt à rejoindre n'importe quelle exploitation minière qui voudrait de lui.

7

Alors commencèrent les voyages. Puisque Vladimir pouvait encore travailler à l'étranger, la famille s'exila. Nina eut dix-neuf ans, Serge eut deux ans, ils firent une fête et annoncèrent leur départ prochain pour le Maroc. Dans la région nord dite région de l'Oriental, au cœur des montagnes anciennes, les charbonnages marocains exploitaient un vaste bassin minier dont le directeur, un Français qui avait reçu la même formation que Vladimir, était disposé à embaucher son compatriote et camarade malchanceux. Il n'y eut pas de conciliabule familial, la décision fut vite prise, l'ambiance à la maison ne permettant pas de tergiverser. Vladimir partirait en avant-garde de sorte qu'il pût préparer l'installation de la famille et s'assurer du bon accueil des enfants et de leur mère. Il y avait sur place, assurait-il déjà, une minuscule colonie française, au sein de laquelle Nina ne se sentirait pas abandonnée. En réalité, Nina était plus ravie qu'inquiète. Si elle regrettait de quitter sa ville natale, ses parents et sa grand-mère, elle rayonnait à l'idée d'être à nouveau *la femme de l'ingénieur*. L'aventure de résider dans un pays étranger était à ses yeux une élection, la marque de l'existence privilégiée qu'elle s'était offerte par le mariage.

Jeune épouse de l'ingénieur, elle le serait plus que jamais. Les notables français se fréquentaient avec exclusivité, au sein de leur petit cercle fermé, s'appelant par leur prénom mais toujours restant dans l'habit de leur fonction. Le médecin, l'ingénieur, le directeur, le pharmacien, l'instituteur, se parlaient avec la déférence qu'ils se croyaient due, et c'était un enchantement non dissimulé que d'appartenir à cette élite qui, par l'autarcie, se protégeait de la solitude (ou de la prétendue médiocrité des indigènes). Le luxe de la vie expatriée créait de nouvelles facilités et de mauvaises habitudes. Nina avait à son service un domestique marocain qui s'occupait de la maison, des courses, de la cuisine, et des enfants quand elle le désirait. L'homme à tout faire s'appelait Kadour. Pendant les après-midi chaudes, Nina faisait la sieste en même temps que Serge et Jean, tandis que Kadour passait la serpillière dans le séjour, rangeait la cuisine, nettoyait les salles d'eau. Si elle ne pouvait pas se reposer, par exemple parce qu'elle n'était pas fatiguée (peu de choses après tout sollicitaient ses forces), Nina Korol lisait des romans comme elle avait commencé de le faire après son mariage, obéissant aux exhortations de Vladimir. Ou bien elle prenait le thé à la menthe avec ses amies – la femme du médecin, du directeur, de l'instituteur. Aucune de ces épouses ne travaillait, l'expatriation désœuvrait ces dames, et si elles s'ennuyaient, chacune prenait soin de le cacher. Nina ne s'ennuyait pas encore. Croyant avoir quitté une armée d'esclaves, elle avait rejoint la forme sournoise de l'asservissement conjugal et jouissait pour l'instant du confort qui l'accompagne initialement. Elle dissimula avec détermination ses origines sociales. S'agissait-il de protéger la carrière de Vladimir ? L'orgueil de la jeune femme tissait-il ce cocon d'imposture ? Nina tenait sa tasse de thé en levant le petit doigt, parlait avec un léger accent qui était supposé être la distinction même, évoquait volontiers ses lectures en cours, Dostoïevski, Tolstoï en tête, Pouchkine qui faisait très érudit, ou Conrad le fameux Polonais qui avait trahi sa langue en écrivant l'anglais. Quelle chance de parler le polonais ! s'exclamaient ses amies, et le russe aussi ! C'est fascinant ! Nina souriait avec une modestie aussi fausse que les choses qu'admiraient ces dames (car Nina lisait en français). Nina se montra si habile à s'approprier les manières d'un monde qui n'était pas le sien et à se dépouiller de son passé, qu'il fut bientôt impossible d'imaginer en la voyant qu'elle était fille et petite-fille de mineurs de fond. Les gens en réalité ne s'intéressent guère les uns aux autres, ces femmes qui la visitaient se moquaient de connaître Nina Korol ou Nina Javorsky. Une fibre de malveillance en elles aurait pu se réjouir de percer un passé qui donnait à parler, mais puisqu'elles ignoraient le nœud du destin, elles se contentaient de papoter avec une jeune femme charmante dont elles méconnaissaient l'histoire et la personnalité. Seules la profondeur d'autrui et les exigences de son amitié font de nous des énigmes à élucider. La superficialité des relations au contraire nous aplatit : au Maroc, Nina fut plate et ravie de l'être.

C'est au Maroc que Nina apprit à vivre dans la dissimulation : à paraître habituée aux privilèges qu'elle découvrait, à sembler à l'aise dans les soirées, à se montrer plus mûre qu'elle ne l'était, parlant de ses enfants et de l'avenir de sorte qu'on ne lui posât pas de question sur sa jeunesse qui n'était qu'enfance, à passer pour plus cultivée que ces dames. Nina devenait orgueilleuse et, en elle, la fille pauvre promise à l'école de secrétariat méprisait ces bourgeoises oisives. Elle contrefaisait la femme de l'ingénieur comme elle se l'imaginait : non pas elle-même au naturel telle qu'elle aurait pu être (puisqu'elle était bel et bien et d'où qu'elle vînt, une femme d'ingénieur), mais celle qui était née dans une famille où les pères et les fils n'étaient pas ouvriers. Au Maroc l'enivrement intérieur d'avoir changé de monde atteignit son apogée chez Nina. Elle avait traversé la paroi étanche qui sépare les nantis des pauvres, elle avait réussi cet exploit incognito, par quelques danses, par sa seule grâce. Elle n'aurait évidemment pas dit : par sa seule paire de seins. Elle jubilait. Nous ne sommes pas du même monde mais vous n'en avez pas idée ! Que je suis habile ! Elle tirait tout son avantage de savoir et de dissimuler. Elle devint tout entière cette femme à la fois fausse, souriante et orgueilleuse. De la petite Javorsky qui dansait dans sa jupe plissée, il ne resta bientôt plus rien.

Mais tout de même il fallait du courage pour affronter ces convives qui auraient cessé de lui parler s'ils avaient su que son père, Jan Javorsky, était ouvrier, qu'il avait les ongles noirs et qu'il buvait sans lever le coude de la table. Vrai ou faux, voilà ce que Nina croyait et croirait toute sa vie. Alors elle buvait un verre de whisky avant de partir aux cocktails. Elle se fouettait le sang. Ses inhibitions tombaient. Nina Korol se sentait prête pour jouer sa comédie. Elle enfilait une de ses robes de satin faites sur mesure (un moment de pure extase qu'elle avait décrit dans une lettre à sa grand-mère !), glissait ses pieds dans des escarpins à talons, posait sur son nez ses ravissantes lunettes roses incrustées de faux diamants qui avaient une forme très sexy. Oh ! elle était irrésistible avec son chignon blond et l'incomparable fraîcheur de ses vingt ans ! Le désir sexuel inlassable qu'elle suscitait chez son mari l'avait rendue sûre de sa silhouette. Elle chaloupait, les hanches moulées dans les robes fourreaux, la tête haute, le maintien plein d'aisance et d'orgueil. Ses sourires adoucissaient cette hauteur. Son silence habile la parait de mystère. Que pensait cette ravissante jeune femme ? Personne n'aurait su le dire, mais personne ne se le demandait, c'est tout le charme de la mondanité. Nina souriait, disait toujours ce qu'il fallait, complimentait facilement. L'alcool peu à peu réchauffait ses appréhensions. Elle riait de plus en plus et Vladimir était aux anges de la voir si heureuse.

Avait-elle plus aimé quelque chose dans sa vie que ces soirées où elle se sentait une reine : jeune, belle, élégante, aimée, joyeuse, charmante ? Avait-elle jamais retrouvé l'intensité simple de ce plaisir lorsqu'elle s'approchait du pétillement de la fête, laissait le valet prendre son manteau ou son étole, se faisait sans rien demander apporter un cocktail, et mettait en route sa jolie fabrique à sourires ? Non. Rien n'atteindrait jamais plus la perfection de ces soirs chauds, dans le champagne et les tenues de soirée. Elle avait passionnément joui de cette mondanité française loin de la France, et cela peut-être parce que s'y mêlait pour elle un défi qu'elle relevait. *Nous ne sommes pas du même monde et vous n'en savez rien !* Quelle jouissance alors de boire, de sourire, et d'être si jeune, si appétissante au milieu de cette noble assemblée. Elle aima ces soirées plus que tout dans sa vie. Était-ce la marque du vide que d'aimer ce vide ?

Voilà qui prouvait une chose : on peut être mondaine et fille d'ouvriers. C'était le cas de Nina Javorsky. Où avait-elle appris à si bien tenir son rôle ? Nulle part ! Elle y avait mis toute son intelligence. Elle était devenue une de ces maniaques dont l'énergie, l'attention, l'habileté sont au service de leur obsession : pour elle, il s'agissait de son imposture. Avoir l'air de. Sembler être. Jouer à. Imposture sociale qui créait aussi – on ne s'en avise pas sur le moment – une imposture vis-à-vis de soi-même : à force de tout sacrifier à l'enveloppe extérieure, le tricheur se fabrique un intérieur vide. C'était exactement ce que faisait Nina : ne s'attacher à rien qu'à paraître et ne rien devenir du tout. À l'âge où certains gagnent leur vie et d'autres étudient, elle se pavanait dans les réceptions. Elle était comme en suspension, détachée de la vie, imprégnée de la fête des autres. Elle festonnait du vide. Elle se réjouissait d'y réussir, sans comprendre ce qu'elle y perdait. Cette joie d'avoir sauté d'un monde dans un autre lui volait tous les mondes. Plus regrettable encore, ce bonheur fou d'une ascension fulgurante tarissait l'action autant que les sources de joie qu'elle recèle. Nina verrait-elle jamais plus loin que ses lèvres au bord du verre ? Non. Dans le voyage que peut être l'existence, Nina Korol se croyait arrivée à destination. Jamais elle ne se remettrait en question. Jamais elle n'envisagerait la tournure de sa vie, la question de ses origines, l'impact de son mariage avec un homme plus instruit et plus privilégié. Jamais elle ne se demanderait pourquoi les choses étaient ce qu'elles étaient. Elle ne pensait pas plus aux autres qu'à elle-même. Ses frères, ses sœurs, ses parents, jamais elle ne les aiderait en rien. Les autres, les démunis, les chômeurs, les visages noirs, elle avait quitté leur clan pour toujours.

Elle les plaignait, que pouvait-elle faire d'autre ? Parler était ce qu'elle faisait le mieux. Les convictions politiques de Vladimir n'avaient pas colonisé l'esprit de sa jeune épouse. Vladimir l'en avait préservée. Il la préservait de penser. Il ne voulait pas une militante mais une gentille petite mère qui s'occupât bien de sa progéniture. Le résultat ne s'était pas fait attendre, dont il était fier. La communauté était unanime : Nina était merveilleuse. Heureux de ce concert louangeur, Vladimir éprouvait un sentiment de plénitude, d'accomplissement, et de possession. Nina lui appartenait. Il l'avait trouvée, il était allé la chercher, il l'avait emportée. Les gains étaient partagés : Nina jubilait de cet ingénieur qui lui donnait le bras et qui, dans son smoking, avait beaucoup d'allure.

— Tu es heureuse ma chérie ?

— Très heureuse, disait Nina, la coupe de champagne à la main, assise devant le miroir, enfonçant une épingle de plus dans son chignon.

— Alors moi aussi, répondait Vladimir, soulagé.

Les mondanités de la vie d'expatriation renvoyaient au couple Korol une idée de lui-même qui jouait un rôle crucial dans le bonheur conjugal. Comme le montrerait l'avenir, sans cette image le tête-à-tête ne leur aurait pas si bien réussi. Sous l'emprise de Nina, ils s'enchantaient dans l'éblouissement d'eux-mêmes. En une année Nina était devenue une vraie mondaine : s'étant si jeune lancée dans la vie d'adulte, elle était creuse comme ces noix atrophiées, stérile comme une herbe coupée, il lui fallait la vie d'un autre pour exister. Elle aimerait les rencontres et s'approprier par la parole un peu de ce que faisaient les autres et qu'elle ne faisait pas. Le dedans était vide, le dehors était falsifié. Quels drames préparait pareille architecture personnelle ? Personne ne s'en inquiétait. Car Nina remplissait ses fonctions de mère et d'épouse et les gens satisfaits ne sont pas regardants. Vladimir était amoureux et content, pourquoi aurait-il percé le mystère de sa femme ?

— Embrasse-moi, lui disait-il.

Nina s'approchait. Quelle importance si parfois elle titubait ? C'était du bonheur.

Au Maroc ils furent heureux. Jamais ils ne reviendraient sur cette vérité. Ces années leur laisseraient le souvenir d'un paradis, où pourtant prendrait source leur enfer à venir, un paradis jamais retrouvé. À propos de cette période, Vladimir aurait toute sa vie ces mots pleins de mélancolie : les enfants étaient petits. C'était un résumé. Les enfants étaient petits et suffisaient à faire notre bonheur. Beaucoup de parents disent cela quand ils sont âgés. On peut le remarquer en vieillissant dans notre société. L'enfance n'est pas forcément le temps le plus heureux de la vie des enfants, mais elle l'est presque toujours dans la vie de leurs parents. Ils sont jeunes et émerveillés de leur progéniture ! Il n'en allait pas autrement de Vladimir et Nina : Serge et Jean enchantaient leur jeunesse. Le pays de soleil et de terre brûlée, la mer accessible en quelques heures offraient un féerique décor pour élever deux garçons d'âges rapprochés. S'ils se chamaillaient, c'était dans le jardin, et il suffisait de les surveiller de loin. En tant qu'ingénieur de la mine, Vladimir disposait d'une grande maison, dont la terrasse offrait un espace agréable pour prendre les repas en famille, et qui – phénomène rare à cette époque – avait une piscine de ciment, assez grande pour y nager avec un bateau gonflable. Les garçons se baignaient nus. Lorsque Iréna rendit visite à sa fille aînée, elle se baigna en gardant sa robe ce qui faisait rire Serge et Jean. Vladimir arrosait ses fils, chahutant avec eux comme un gamin. Il s'oubliait, fou de ses rejetons, plongeant dans leurs jeux, s'y incrustant dans une sorte d'hystérie affective. Parfois Nina se sentait spoliée : les fils supplantaient l'épouse dans le cœur du père, le père supplantait la mère dans la proximité des petits. Elle prenait un verre de vin frais et restait assise à table. Silencieuse, elle trônait sur ce petit monde où se jouait l'accomplissement familial de Vladimir. Elle voulait en être la princesse, la beauté fascinante, et sa voix de flûte semblait constamment travaillée. Savait-elle encore être naturelle ?

La question ne se posa pas puisque Nina était heureuse et Vladimir amoureux. Nina filmait l'amour et le bonheur avec une de ces caméras super-huit qui, dans les familles aisées, firent les premières images mobiles. Les garçons assis sur leur âne, les garçons dans la piscine, le déjeuner d'Iréna, les jacinthes dans la terre rouge… Nina était fière d'elle-même : arrivée dans ce pays par la seule puissance de son charme. Elle avait une peur bleue des scorpions. Une femme était morte récemment, piquée au visage par un de ces animaux caché dans la serviette de toilette avec laquelle la défunte s'était essuyée. Kadour passait le jardin au peigne fin. Le brave homme avait toujours un œil sur les deux gosses. Ils s'amusaient dans l'eau. Serge apprit très tôt à nager sous l'eau. Comme il est doué ! s'extasiait Vladimir. Nina chérie, regarde ton fils ! On dirait un dauphin ! Serge possédait un âne (prénommé Cadichon évidemment) sur lequel il grimpait quand ses parents lui tenaient la bride. Nina ! Regarde ton fils ! Un vrai cavalier ! Serge était regardé, Nina regardait.

Certaines fins de semaine la famille roulait jusqu'à la mer. La plage immense et déserte s'offrait à leur liberté. Quelques films encore immortalisèrent les fils en maillots de bain. Serge sautait dans l'écume des vagues et s'amusait avec les miroitements de la lumière sur l'eau. Il ne faisait que rire sous les yeux amoureux de son père. Au soleil ses cheveux fins étaient devenus d'un blond de lin, presque blanc. Son corps fin était doré, délié, léger. Il avait une peau d'abricot, veloutée et colorée. Nina souriait encore plus à la caméra qu'à son fils, jouant avec l'image. À ses minauderies, on devinait que, célébrée et désirée, elle se croyait très belle. Elle était saine, replète de jeunesse, un corps charnu dans ces maillots de bain à grande culotte qui enfermaient les fesses et le ventre jusqu'au nombril. Elle souriait avec excès ! On aurait dit qu'elle se regardait vivre du dehors. Quand elle embrassait ses fils, c'était sous l'œil de la caméra, comme pour se faire voir (ou se voir) en mère. Un souci de représentation et un vide intérieur se contemplaient, enserraient ses enfants et s'agrippaient à leur existence. Que pouvait-elle donner qui vînt d'elle-même ? À vingt ans, ayant tout laissé en plan pour faire un beau mariage, transportée comme un paquet par celui qu'elle avait choisi pour époux, quelle épaisseur pouvait offrir Nina aux émotions qui cognaient dans le cœur de Serge et Jean ?

Nina Korol profitait de la vie comme elle venait. Quel besoin aurait-elle eu de s'interroger ? De se chercher ? De s'exhausser ? Sa vie n'était que loisir, soleil, pique-nique, équipée à la mer, soirées dansantes, dîners huppés. Elle n'avait qu'à s'occuper de ses deux trésors. Le cadet était facile. L'aîné était naturellement modelé pour être la fierté de sa mère (ou pire pour lui, façonné par l'orgueil de sa mère). Quand Serge entra au cours préparatoire, il savait déjà lire. Nina et Vladimir avaient avancé d'une année cet apprentissage. L'enfant avait-il réclamé ? Ses parents le dynamisaient et Serge avait du répondant. Nina fit son premier tapage de mère, défendant les chances de son enfant si doué, afin qu'il *sautât le CP*, comme on dit. Serge entra directement au cours élémentaire. Un jeune génie ! pensait Vladimir dont les yeux noirs lorsqu'ils s'arrêtaient sur son fils étincelaient de satisfaction. Il lui posait des petites opérations dès qu'un voyage en voiture présentait une occasion d'être immobiles et enfermés ensemble.

— Cinq et cinq ?

— Dix ! riait le garçonnet. C'est facile !

— Six et quatre ?

— Dix ! explosait de rire Serge.

Il avait déjà compris à six ans les compléments de dix.

— Six et cinq ?

— Onze, répondait aussitôt Serge.

— Tu es allé très vite, disait son père ravi, comment as-tu fait ?

— Cinq plus cinq plus un, répondait Serge, fier de lui.

— Et tu as imaginé cela tout seul ! exultait Vladimir.

Mon fils est un as en mathématiques, disait Vladimir au médecin, au directeur de la poste, au pharmacien (mais pas à l'instituteur dont il devinait qu'il en avait vu d'autres). Tous acquiesçaient poliment. Parfois ils écoutaient le singe savant faire ses opérations de calcul mental devant le visage absorbé et béat de son père. La mère papillonnait avec les dames, sirotant dès cinq heures du soir une coupe de champagne, toujours en plein sourire, travaillant sa grâce, le cou ployé en arrière, à la manière de quelqu'un qui est à l'aise et enchanté du moment qu'il passe. Les Korol étaient décidément une famille comblée. La chance était avec eux. Leur dernier, Jean, était un gros poupon silencieux qui ne demandait rien à personne et laissait sagement la vedette à son frère surdoué. Jean gloutonnait dans sa chaise haute, dormait bienheureux dans le lit à barreaux d'où Serge s'était autrefois jeté avec désespoir. Oh oui ! Serge était exceptionnel et Jean un bébé tranquille. Tout était à sa place ! À ce point de perfection, la vie semblait une fête. Et il y avait tant d'occasions de boire du champagne. Nina adorait le champagne. Et elle aimait le whisky aussi. Dans les familles russes ou polonaises, l'alcool préféré était la vodka, disait Nina. Avec la vodka personne n'est jamais malade. Nina aimait la vodka. Elle découvrit aussi le gin tonic, le whisky Coca, le punch.

— Ne prends pas un verre maintenant, nous partons ! lui disait Vladimir certains soirs.

— Vlad ! S'il te plaît ! répondait Nina excédée.

Elle le rappelait à l'ordre et il se taisait tout de suite. Il n'avait pas à la commander ! Il avait appris que s'il lui prenait d'insister, alors sa femme se mettrait dans une de ses colères qui le terrorisaient. De la sorte Nina n'en faisait qu'à sa tête. Au Maroc, oui, elle commença à boire. Elle avait vingt et un ans, vingt-deux ans, vingt-trois ans… et toujours une coupe de champagne ou un verre de whisky à la main. Et le matin, elle avait les enfants, qui étaient un autre champagne, pour oublier qu'elle ne faisait rien avec sa vie, que jouer à la grande dame comme une fillette joue à la maman.

Les enfants grandissaient sous le soleil nord-africain, rien ne bousculait l'ordre familial. L'intelligence de Serge resplendissait pour la joie de sa famille et des spectateurs bienveillants. Le tranquille sourire du bienheureux Jean ne lui faisait pas de concurrence. Bientôt cette intelligence devint un objet de culte familial. Serge avait sauté une classe. Serge était dans les premiers. Formidable ! Les résultats de cet enfant sont admirables compte tenu qu'il est en avance ! L'exclamation n'était pas toujours justifiée, mais Vladimir pratiquait la pédagogie de l'encouragement. *Il ne faut jamais dire que ça n'est pas bien* était un autre de ses dogmes. Ou bien Serge était complimenté ou bien il était incité à s'y prendre différemment, mais jamais il n'était critiqué ou passé sous silence. Rien de ce qu'il faisait ne comptait pour *rien*. Puisqu'il était cet enfant exceptionnel, il se vit accordé des droits exceptionnels. Ses parents le laissaient veiller à la table des grands de sorte qu'il s'imprégnât de leurs conversations. Il posait des questions sans timidité. Quelle merveille ! On l'écoutait, on lui répondait en détail, on passait du temps avec lui. Le monde était là pour lui, et l'on peut dire, connaissant la suite de ce destin, que cette disposition de l'attention et cette posture extatique, qui furent celles de Vladimir et Nina, agirent à ce point comme une drogue que leur fils en aurait besoin toute sa vie.

Serge avait compris ce que ses parents attendaient de lui : rien de moins que le génie. Il faisait comme voulait le père, sous le regard de la mère, souriante, silencieuse, dans une approbation ravie : il jouait à être génial. Vladimir offrait à sa femme un phénix. Voilà comment s'était construit le ressort de leurs relations à trois : le père amoureux fou de sa famille, la mère si peu sûre d'elle-même qu'il fallait rassurer, l'enfant, prometteur et vif, instrumentalisé par l'amour du père. Sois exceptionnel mon fils et ta mère sera heureuse, et tu n'auras plus à vivre ses colères et ses pleurs dans la nuit.

Quand Jean à son tour entra au cours préparatoire, on ne fit aucun rapprochement. Rien n'était comparable au talent de Serge. D'ailleurs Jean eut des difficultés. Nina le fit tester et déchira le bilan psychopédagogique. C'était le début de ces pratiques qui envahiraient bientôt le temps des apprentissages autant que l'imaginaire des parents. La réussite familiale reposait sur Serge.

Six années passèrent ainsi au Maroc dans la joie d'admirer les beaux progrès de l'intelligence précoce et rayonnante du petit Serge Korol. Il avait maintenant huit ans et son frère Jean six ans et demi. Leurs facéties, leurs rires faisaient le plaisir d'une mère qui n'avait pas d'autres objets que ses fils et ses mondanités. Nina enfilait sa robe de cocktail et donnait le baiser du soir avant de s'éclipser au bras de Vladimir. L'alcool chaque soir entretenait ses sourires jusqu'à l'heure du coucher, dans la nuit exotique, sous le ciel noir et constellé qui rappelait l'immensité du monde et l'éphémère passage qu'il est donné aux humains d'y faire. Bientôt, hélas, Vladimir dut informer son épouse que leur séjour marocain touchait à sa fin. La politique gouvernementale organisait le remplacement des ingénieurs français par des homologues autochtones. Une deuxième fois Nina pleura. Oh ! Pourquoi fallait-il que tout ce qu'elle aimait finît ? Elle aurait voulu que cette vie ne s'achevât jamais.

— Qu'allons-nous faire ? Je ne veux pas rentrer en France !

— Je sais ma chérie comme tu te plais ici, disait Vladimir d'une voix languissante, mais nous n'y pouvons rien.

— Tu ne peux donc rien faire pour nous ! déplorait Nina en criant.

Cela sonnait encore comme un caprice. Derrière les lunettes roses et sous le chignon, la cervelle de Nina Korol était demeurée infantile et ses tourments étaient ceux d'une petite fille. Elle n'avait pas affronté le monde, les gens qui vous connaissent, vous réclament des preuves, exigent des qualités, et peut-être confusément le savait-elle assez pour fuir cette épreuve de vérité.

— Tu ne peux jamais rien faire ! Nous sommes à la merci des hasards de ta vie ! disait-elle au responsable de son malheur.

Comme il l'avait déçue cet homme-là ! Ingénieur des Mines ! Lorsqu'elle se remémorait le pincement qui l'avait saisie en découvrant cette avantageuse situation, Nina entrait dans une fureur incontrôlable. Elle avait été si sotte à s'imaginer toutes sortes de merveilles, à croire qu'elle serait auprès de lui à l'abri des aléas qui avaient frappé ses parents, ses grands-parents et leurs amis. Mais non ! Toute cette facilité était un rêve ! Quand la colère de se sentir flouée prenait Nina, elle était capable de dire n'importe quoi.

— Ingénieur des Mines quand les autres le veulent bien ! criait-elle à son mari.

— Peux-tu me laisser terminer ? demanda Vladimir à sa femme.

— Je t'écoute, dit Nina avec un air pincé.

— Nous partons pour le Canada, annonça Vladimir. Il avait pris soin cette fois d'organiser l'avenir avant d'annoncer la fin imminente du présent.

Ils parlèrent longuement à Serge du Canada. Cet enfant si intelligent ne devait pas manquer d'explications. Il était capable de comprendre tellement de choses ! Vladimir parla. Nina parla. Tour à tour, côte à côte, l'un écoutant l'autre, l'un ajoutant son mot, baignant ensemble dans l'amour de leur progéniture, comme une hydre à deux têtes. Jean entendait aussi, mais ce n'était pas à lui que s'adressaient les parents. Une modalité familiale cruciale s'instaurait : Serge trônait, l'autorité se tournait vers lui, son frère suivait, en spectateur. Les parents rassurèrent. Au Canada, il n'y a pas de scorpions, disait Nina elle-même réjouie par cette idée. Et il y aura de la neige ! disait Vladimir. Les parents promirent. Nous irons faire du ski. Et de la luge ! ajoutait Nina qui ne voulait plus entendre parler de skier. Les aspects affectifs du départ ne furent pas éludés. Nous allons laisser Cadichon et Bichon avec Kadour. Mais au Canada nous t'offrirons le plus gros des chiens. Un terre-neuve ! dit Serge. C'est ça oui ! s'exclamèrent en chœur ses parents. Tout s'arrangeait avec les animaux.

Ainsi s'acheva la vie marocaine. À la rentrée scolaire, la famille était installée sur le continent nord-américain. Dorénavant le calendrier familial suivrait le calendrier scolaire : les enfants passaient avant tout le reste, avant les parents, avant Nina.

Le pays était plus civilisé que les montagnes marocaines. Serge entra en classe de huitième. Jean continuait une scolarité difficile que ne facilita pas le déménagement. À l'école canadienne Nina avait ajouté des cours par correspondance. Les enfants baragouinaient quelques phrases d'anglais qui réjouissaient Vladimir. On inscrivit Serge à toutes sortes d'activités sportives : natation, gymnastique, hockey sur glace. Ses qualités athlétiques dépassaient ses dons intellectuels. Vladimir pensa qu'elles les égalaient. En quoi Serge n'excellait-il pas ? C'est magnifique ! devint l'exclamation usuelle de Nina Korol quand son fils rapportait un carnet, un certificat, un résultat. Serge était heureux : sa mère était fière de lui. Il s'accoutuma à susciter ce sentiment. Il aimait passionnément les compliments.

— Et la neige ? demandait Jean.

La neige tomba en novembre. Certains matins, la maison était enfermée dans une bogue de glace. Vladimir prenait une pelle. Nina serrait ses deux fils contre sa robe de chambre. Il fallait attendre pendant de longues minutes avant d'apercevoir la lumière derrière l'épaisse croûte que le vent avait plaquée contre la porte d'entrée. Jean battait des mains. Bravo papa ! Serge était émerveillé. Ce souvenir l'emporterait sur tous les autres. La neige en montagne sur le seuil, la maison en igloo, papa en sauveur. Quelle enfance j'ai eue ! dirait Serge toute sa vie. Il le répéterait à toutes les femmes qu'il voulait charmer. Regardez-moi, je n'ai l'air de rien mais je suis pétri par une enfance d'exception. Kadour, le Maroc, et la neige du Canada, et le chien Kim qui était vraiment une énorme boule de poils gris. J'ai beaucoup voyagé ! J'ai habité six ans au Maroc. J'ai vécu au Canada…

Au Maroc Nina avait découvert le champagne à gogo, au Canada, enfermée dans sa maison de béton, elle découvrit l'ennui.

— Tout serait plus facile si je parlais l'anglais, se plaignait-elle le soir à Vladimir.

— Apprends l'anglais ma chérie ! Je ne demande que ça ! Trouve-toi des cours. Je te paie tous les professeurs que tu veux ! répondait Vladimir dans un grand élan enthousiaste.

Nina n'en fit rien. Quelle énergie avait-elle avec ce froid ? Pas la moindre ! Elle n'avait que celle de se lamenter. Les motifs lui semblaient innombrables. Elle se sentait seule, sa famille lui manquait, même sa mère lui manquait, elle était trop loin de son pays. Oh ! gémissait-elle, c'était le goût de l'exil ! La maison était si vide lorsque Jean et Serge étaient à l'école. Il n'y avait plus de Kadour pour passer la serpillière !

— Ma chérie ! psalmodiait Vladimir. Ma chérie. Dis-moi ce que je peux faire ?

Il se sentait impuissant. Peut-on suffire à un autre ! On ne fait pas la vie de l'autre à sa place, pas plus qu'il ne fait la vôtre, et même dans l'amour. On ne suffit pas, avec son amour, sa bonne volonté, son être entier livré ! C'était ce que Vladimir ne voulait pas comprendre. Nina ne pouvait s'en convaincre elle-même si son mari s'y refusait. Il comptait bien tout lui donner. Passive et confiante elle attendait. Vladimir entretenait, sans même y songer, cette illusion qu'il ferait le bonheur de Nina. Nina regardait tomber la neige. Elle regardait sa montre. Elle prenait un roman. Elle donnait un petit coup d'éponge sur la table de la cuisine. Bientôt ce serait l'heure d'aller chercher les garçons. Quelle aubaine !

Peut-être à cette époque était-il encore temps de diagnostiquer et de guérir cette incapacité d'entreprendre. Mais personne n'y regarda de près. Nina Korol avait une déficience. Mais une déficience de quoi ? De la curiosité ? De l'énergie ? De la volonté ? Pourquoi n'allait-elle vers rien ? Pourquoi n'apprenait-elle plus ? Elle n'avait envie de rien. Et si elle évoquait une envie, cet élan restait lettre morte. La machine à sourires n'était pas une machine à désirer. Nina semblait un instrument fait pour le plaisir et impropre à l'effort. Elle n'apprit pas l'anglais, ni quoi que ce soit d'autre. Elle alla au bout de l'ennui et de la difficulté d'être (difficulté d'être sans faire). Elle se paya sur la chair de ses enfants. Elle se dédouana de sa vacuité par l'alibi de la maternité. Elle était une mère après tout, une mère exemplaire. Maîtresse de maison, cuisinière, chauffeur, répétitrice, épouse, et le soir entre les draps, amante, est-ce que cela ne suffisait pas à faire une vie ? Qui aurait dit le contraire ? Pas Vladimir en tout cas, si enchanté d'avoir une maison, une femme aux fourneaux et deux fils proprement tenus. Bon Dieu que c'était bon ! Ils étaient de jeunes parents et ils se réjouissaient de ces choses qui réjouissent les jeunes parents. La réussite scolaire, faire des crêpes, de la luge, lire un livre, se câliner…

Vladimir Korol avait l'impression d'être le plus heureux des hommes. Tout ce qu'il avait rêvé était là dans sa vie. Une jolie Nina qu'il trouvait le soir, un tablier autour de la taille, occupée à préparer pour son mari un dîner chaud. Ma chérie ! Des enfants qui se pendaient à son cou en criant papa ! papa ! comme s'il était le prince de leur cœur. Une maison, une cheminée, des lits douillets où il s'asseyait, racontait une histoire, exigeait le calme et le sommeil. Il avait ce bonheur dans sa vie. Il travaillait pour ces trois êtres adorés. Grâce à eux il se sentait vaillant et inspiré au milieu des autres. Pour eux, il était capable de tout endurer : voilà ce que signifiait être père de famille. Il pouvait remonter à la source et admirer sa chance. Ce qu'il avait convoité le premier soir, sur la scène où répétait l'orchestre, était désormais en sa possession : les seins de Nina Korol. Le soir il en embrassait les aréoles grumeleuses. Il refermait ses paumes sur les deux boules de chair, les caressait, les palpait plus vigoureusement, les embrassait encore, mordillait le mamelon érectile, tétait comme l'avaient fait ses fils. Je t'aime, pleurait-il devant la chair blanche et l'immense désir. Il devenait furieusement excité. Il entrait dans le couloir chaud de ce sexe mouillé et arable. Il caracolait comme un forcené, répétant des mots tendres à l'oreille de Nina, mordu par la jeunesse et la plénitude de sa chair immaculée. Nina ! Nina. Il s'écroulait sur elle, foudroyé par le plaisir qu'il tirait de ses vingt-trois ans, de ses cinquante kilos, de savoir qu'elle était à lui et n'avait jamais appartenu à un autre. Il avait été le premier à écarter ces cuisses courtes et rondes, à poser sa main sur ces seins, Nina venait alors d'avoir dix-sept ans, il avait pénétré cette jeunesse virginale, il lui avait tout appris, il lui avait même permis d'être jalouse des femmes qu'il avait aimées avant elle. Puis il avait fait deux enfants dans son corps habitable, capable de gonfler comme une montgolfière. Il n'avait pas tenu la promesse faite à Sacha et la petite Nina s'était trouvée envahie, mais rien de mal ne s'était produit. Nina était sa bien-aimée : vénérée, adorée, désirée. Ma chérie ! Nina chérie ! Toutes ces idées le rendaient tout-puissant. Ma chérie !

Alors le soir il rentrait dans le sanctuaire de ce bonheur et suivait le rite : embrasser les garçons et la mère, se servir un verre de vin rouge à la crème de cassis, s'installer dans le grand fauteuil, réclamer de la compagnie.

— Viens t'asseoir avec moi près du feu ! demandait Vladimir.

Voilà, il l'appelait, elle existait. C'était pourquoi Nina aimait le soir. Au cœur de la nuit, elle devenait la reine exclusive. Et ils buvaient ensemble du vin ou du whisky avant de faire l'amour. Elle détestait le matin et la journée qu'il fallait regarder passer, toute seule, avant que revinssent le whisky, le vin et le sexe.

"Lis ma chérie ! suggérait Vladimir. Profites-en pour lire", "pourquoi ne vas-tu pas au cinéma aujourd'hui ma chérie ?"

Hélas les choses ne fonctionnent pas de cette façon ! A-t-on des désirs à la place des autres ?

— Je m'ennuie de ma famille, disait Nina.

Que pouvait à cela répondre Vladimir ? Il était désolé."

— C'est moi ta famille, disait-il. Moi, Serge et Jean.

Elle hochait la tête en acquiesçant. Vladimir l'enfermait dans leur alliance avec son consentement. Souvent, au commencement de la matinée, avant de mettre de l'ordre, Nina pleurait.

L'habitude lui vint de ce pays glacial, et la routine qui atténue la difficulté d'être. Au Canada, Nina fut une bonne mère, une bonne épouse, qui faisait tourner sa maison autour de ses trois hommes. Ça ronronnait comme un moteur en parfait état ! Et ce ronronnement des choses autour d'elle, bien qu'il fût ennuyeux, la justifiait aux yeux des autres et donc à ses propres yeux : faire les lits tous les matins, changer les draps tous les quinze jours, ranger la cuisine après le petit-déjeuner, remplir le frigidaire, mettre la table du déjeuner ou du dîner, choisir les menus, faire les salles de bains, laver les rideaux… Vladimir ne demandait rien de plus à sa femme, mieux – ou pire : il ne lui permettait rien de plus.

— Nina a beaucoup à faire avec les deux enfants et la maison, disait Vladimir.

Il avait été élevé à trouver cela normal. Pour un communiste, il se montrait peu soucieux d'émanciper les femmes. Il n'était pas progressiste et ne s'en rendait pas compte. Nina non plus ! Peut-être parce que c'était facile, un moyen d'occulter l'insatisfaction qui germait au fond d'elle-même. Nina laissait grandir la frustration au creux de l'être avide et vivant qui veut se remplir du monde et qui – ensuite – s'il n'a pas été nourri, peut se remplir de n'importe quoi, même de ce qui le tue. Nina filait-elle déjà un mauvais coton ? Mais non voyons ! Qui aurait pu penser une chose pareille ? Elle était une jeune mère épanouie, si fière à juste titre de ses merveilleux fils, dont l'un était un amour béat et l'autre un surdoué. Elle promenait le chien Kim avant d'aller les chercher à l'école et faisait répéter les leçons du soir avant de repartir accompagner l'un au judo, l'autre au hockey. Le soir, à table, elle rapportait à Vladimir les exploits et les bonnes notes de Serge, les difficultés de Jean dès qu'il avait un stylo à la main.

— Chaque enfant est différent, chaque enfant a son histoire, concluait Vladimir.

Voilà qu'un précepte rassurant évitait à Vladimir de penser au scénario qui se jouait au cœur de la fratrie, pour les beaux yeux des parents. Jean était-il simplet et Serge génial ? Ou bien avait-on installé chacun dans un rôle ? Pourquoi se le demander ? Ils étaient heureux tous les quatre. Vladimir le disait. Ils étaient magnifiquement heureux et rien d'autre ne comptait. Rien ni personne. Au Canada, Nina Korol n'expérimenta pas seulement l'ennui de la femme au foyer, mais un certain mode de repliement sur soi qui devint la façon dont le couple Korol vécut la famille : dans sa version nucléaire.

Serge eut neuf ans, il entra en classe de septième. Il était un garçon calme, doux et joyeux, habitué à être la fierté et le centre de la famille. Il ne se bagarrait jamais et préférait la compagnie des filles. Dans la cour de l'école, pendant les récréations, il passait son temps les mains accrochées au grillage qui séparait l'espace des filles de celui des garçons. La plus jolie de toutes, il la regardait sans rien dire, comme une belle statue de grande valeur. Il voulait lui donner le sentiment d'être précieuse. Elle s'amusait de lui voir cet air si grave et sentimental. Il fut le petit Français romantique. Serge vivait son premier amour.

C'est alors qu'il fallut partir à nouveau. Hélas ! pensait le garçonnet. Pour la seconde fois de sa vie, il laisserait derrière lui un joyau. Papa et maman avaient expliqué à leur fils aîné. Le contrat de Vladimir prenait fin et n'était pas renouvelé. Pour quelles raisons ? Personne n'en parla. Vladimir avait négocié son maintien jusqu'à la fin de l'année scolaire de sorte que Serge ne fût pas déplacé en cours d'année. Pour Jean bien sûr les choses étaient moins préoccupantes, il n'était qu'en dixième et de toute façon constamment en difficulté.

Un choix difficile se présentait au couple Korol : rentrer en France, ce qui pour Vladimir signifiait changer de métier, ou bien poursuivre son activité minière à l'étranger, ce qui les entraînait alors aussi loin que la Nouvelle-Calédonie. Nina était tentée par l'aventure. Sans raison vraisemblable, rentrer en France lui paraissait un échec, et la fin d'un rêve. Vladimir voyait les choses autrement.

— La Nouvelle-Calédonie ma chérie, c'est à vingt-quatre heures d'avion de ta famille… disait Vladimir. Serge va entrer en sixième, c'est le moment pour lui de réintégrer le système français, ajoutait-il.

En réalité sa décision était prise, et pour cette fois, puisqu'il s'agissait de l'éducation de son fils, il ne demandait pas l'avis de sa femme, il la ralliait d'emblée.

Ils rentrèrent. Et ce fut, comme pour tous ceux qui reviennent, un moment de dépression. On a beau dire, l'exotisme, la distance, l'étrangeté d'une langue et d'un pays, les facilités économiques, cet ensemble unique que compose l'expatriation, offrent une liberté. Au retour, voilà que se profilent la pesanteur d'un monde trop connu, les retrouvailles avec des codes éculés et des tâches répétitives, qui vous ensevelissent dans une mélancolie de sédentarité. Un charme s'est évanoui. Les regrets affluent en même temps que s'embellissent les souvenirs de voyage. À vingt-sept ans, ayant vécu huit années de sa jeune vie à l'étranger, Nina Korol suivait son mari pour s'installer une nouvelle fois loin de sa famille mais dans le même pays, au nord de Paris, dans la banlieue aisée de Senlis.

— *We are very happy*, disait Vladimir à qui voulait l'entendre, sans se soucier de savoir s'ils l'étaient vraiment.

8

Une nouvelle existence commença pour Nina. C'était la même solitude de la maison, la pauvreté lassante des travaux domestiques, l'attente du retour de l'école, les dîners tardifs avec Vladimir revenu du bureau, mais sans l'idée réconfortante et la fierté d'*être au Canada*. Senlis semblait à Nina nettement moins romanesque que le continent nord-américain. Vladimir était désormais cadre ingénieur dans une grande plâtrerie. Non seulement il découvrait un domaine, rentrait tard, semblait parfois taciturne et en souffrance, mais le fantasme délectable qui avait fait naître et porté l'amour de Nina était mort. L'ingénieur des Mines avait disparu.

Nina Korol enferma ce désagrément dans la routine familiale et continua d'être la mère de famille, la maîtresse de maison, l'épouse. Elle ignorait que ce deuxième tournant de sa vie était aussi le dernier : jamais plus elle ne résiderait hors de France, jamais plus Vladimir ne dirigerait une mine, jamais plus le champagne et les robes longues n'illumineraient ses soirées. Lorsque la prescience de cet avenir terne la prenait, une tristesse montait en elle. Elle remettait le ménage à plus tard et s'installait dans le canapé du salon, les deux pieds croisés sur la table basse (son intérieur était conventionnel), pour écouter seule dans la maison vide les chants russes qu'elle aimait depuis l'enfance. Ils contenaient ce qu'elle cherchait. Mais que cherchait-elle ? Elle pouvait le sentir mais pas le formuler. Alors elle pleurait, sans rien penser du fait qu'elle avait tout juste trente ans, et qu'en pleine jeunesse elle se lamentait ! Elle pleurait sur elle-même et ne le savait pas. La vie d'une femme dans une famille était-elle une incarcération ? Allait-elle se laisser enfermer dans une si petite cellule ? Comme c'était bien vu cette expression "cellule familiale" ! Voilà les questions et notations qui étaient dans les larmes de Nina Korol. Eût-elle su les formuler, elle n'aurait pas tant pleuré ! Elle aurait fait quelque chose pour elle-même, n'importe quoi mais pour elle-même. Elle aurait appris quelque chose. Au lieu de quoi, le profond et le plein de son être ressentaient ce vide. Logé bien en dessous de sa conscience, un sentiment de déréliction grandissait, comme un arbre qu'arrosait jour après jour cette impression épouvantable que l'on est utilisé par l'amour des autres. Qui l'aimait pour elle-même ? Qui pensait à lui faire du bien ? Qui pensait à épanouir quelque chose en elle ? Qui donc ?! Et qui l'avait aimée autrefois ? Sa mère n'avait pas levé le petit doigt pour la reprendre. Sa grand-mère l'avait gardée pour soigner son deuil (cela Nina n'était pas capable de l'exprimer). Nina avait-elle choisi de se donner – et de se garder – ou bien avait-elle été prise, conquise, assujettie ? Son mari l'avait laissée abandonner le lycée et lui avait fait un enfant à dix-sept ans. Son existence de petite fille et de jeune femme servait à tous sauf à elle-même ! Et pourquoi donc n'arrivait-elle pas à se faire un plaisir ? À Senlis, dans un certain désœuvrement, Nina commença de ressasser cette souffrance sans la formuler. Elle en vivait l'épreuve sans la délimiter.

Quelques mois après le retour en France, Nina dit à Vladimir :

— Je voudrais faire quelque chose.

— Que veux-tu dire ma chérie ? demanda Vladimir.

La requête le prenait au dépourvu. Jamais encore il n'avait dû penser à la vie de Nina. Il faisait tout pour elle et Dieu sait qu'il connaissait des difficultés dans ce nouveau groupe industriel où pesait une hiérarchie immobile.

— Je voudrais faire quelque chose pour moi, quelque chose qui me plaise.

— Eh bien oui évidemment. Que voudrais-tu faire ? dit Vladimir.

— Je ne sais pas, dit Nina.

Elle le regardait comme s'il devait répondre à sa place. Hélas il n'avait pas plus d'idée qu'elle. En cherchait-il réellement ? Rien n'est moins sûr. La situation lui convenait. Si amoureux soyons-nous, lorsque le confort nous appartient, nous n'ébauchons pas forcément un geste pour transformer ce qui est. Ainsi fit Vladimir Korol : sourire, écouter les plaintes, ne pas y accorder beaucoup d'importance, rester inerte.

— Mais tu n'es pas malheureuse avec moi ? demanda-t-il à sa femme.

Comment répondre !

— Non, murmura Nina, bien sûr que non.

— Ma chérie ! s'exclama Vladimir en la prenant dans ses bras.

L'inertie bienveillante qui fut la sienne, à côté d'une jeune femme soucieuse d'accomplir quelque chose et mise en difficulté de le faire par la réalité prosaïque, était une perfidie invisible – et finalement criminelle.

— Mais j'aimerais trouver une occupation, conclut Nina.

— Je ne sais pas quoi te dire ma chérie ! plaisanta Vladimir. Comment pourrais-je savoir ce qui te ferait plaisir.

C'était bel et bien lui dire à quel point il l'aimait sans faire l'effort de la connaître ! Il ne savait pas se mettre à sa place. Il ne la comprenait pas, pas plus que son désarroi de jeune épouse clouée à son mariage. Il l'aimait comme elle était, disait-il. Mais que voulait dire cette phrase en somme ? Que Nina n'avait ni besoin de changer ni chance de se transformer ? Que Nina lui était vouée désormais ? Il l'avait prise comme un objet désirable. Et c'était cet objet qu'il étreignait, sans que se développât une connaissance d'elle qui lui permît de l'accompagner vers l'épanouissement. Il se trouvait incapable de lui donner le plus petit conseil.

— Si, tu pourrais savoir toi qui connais le monde ! protesta Nina. Tu es dans la vie active, tu sais ce qui se fait, ce qui est possible. Moi je ne sais rien !

Il insista :

— Non je ne peux pas savoir ce qui te plairait !

Puis il demanda "Où sont les garçons ?" et ne se préoccupa plus que des garçons.

Cette inertie machiste porta un coup fatal aux espérances et aux inclinations de Nina.

Les Korol louaient une de ces hautes maisons en pierres meulières, posées au milieu d'un jardin, le plus souvent humide puisque Senlis était au nord, et entouré d'une grille. Vladimir chaque soir en poussait le portail de ferronnerie, avec le sentiment du devoir accompli et le soulagement de retrouver l'ambiance décontractée d'un foyer. Serge et Jean lui sautaient au cou. La silhouette de Nina s'encastrait dans l'embrasure, au seuil de la cuisine.

— Bonjour ma chérie ! bêlait Vladimir.

Aussitôt c'était l'heure de dire les notes !

— Serge a eu dix-huit en maths, répondait Nina.

Les deux garçons, onze et neuf ans, étaient le sujet de conversation de leurs parents. En tête à tête, comme au téléphone avec la famille, Vladimir et Nina ne parlaient que de leurs exploits scolaires et sportifs. Les bavardages de Nina et de sa belle-sœur Magdaleine (deux fois par mois elles s'appelaient) étaient piquetés de vantardises masquées et d'émerveillements exagérés. Magdaleine avait maintenant quatre enfants et un mari médecin dont elle se glorifiait de faire l'assistante. Je travaille moi ! finissait-elle peu ou prou par dire à Nina. Rivalité et jalousie larvée, nées du besoin réciproque de dominer, ne disparaîtraient jamais entre les deux femmes. Ces deux poisons coulaient dans toutes leurs phrases, leurs exclamations, leurs vœux souvent insincères, leurs félicitations envieuses.

Senlis, ce fut aussi le temps des deuils. Les vieilles générations avaient décliné sans qu'on s'en aperçût. À l'étranger, disait Nina, le temps ne passait pas ! Encore une raison de regretter le passé. Tout y était en place et maintenant voilà que tout partait à vau-l'eau, pensait la jeune femme. Le grand-père de Nina mourut d'avoir vécu sa vie au fond de la mine. La silicose était venue à bout du vieil ouvrier polonais. Celui qui avait travaillé pour élever Nina, qui lui achetait ses livres et ses crayons, laissait sa petite-fille seule avec ce qu'elle avait fait de ces livres et de ces crayons. Nina vécut cette mort comme le trait qui se tirait sous l'addition. Faisait-elle honneur à son grand-père ? Elle se le demandait au fond d'elle-même. Cette question la marquait autant que le deuil. Elle se la posait encore quand vint l'heure de Sacha. Peu après son mari, la vieille dame inflexible entra dans la maladie. Sacha n'allait pas mourir ! pensa Nina, Sacha était immortelle. Nina fit de nombreux allers-retours pour s'occuper de celle qui lui avait fait office de mère. Sacha traversait le cancer comme la vie : avec une froide détermination. Elle mourut sans rien confier à Nina. Pas un mot ne fut dit qui éclairât l'insolite chemin d'une petite fille de la maison de ses parents à celle de ses grands-parents. Plus tard Nina serait seule à débrouiller l'écheveau de cet enlèvement. Ce que savait la vieille dame à propos d'elle-même, de Nina et d'Iréna, disparaissait avec sa mort.

L'enfance de Vladimir s'effaça aussi avec ses derniers témoins : les deux tantes acariâtres moururent dans l'appartement familial qu'elles n'avaient jamais quitté, enfermées ensemble, se nourrissant de graines, l'une et l'autre ne pesant pas plus de trente kilos, les cheveux gris tressés en natte, se lavant chaque matin à l'eau froide, portant des bas de laine et des godillots. Comme deux bonnes sœurs, avait dit Vladimir, dont l'anticléricalisme égalait en intensité la tristesse de ses souvenirs d'enfant.

Tout à coup les tombes s'ouvraient sur le chemin des Korol et proposaient à leur vie une pause méditative, la chance d'un retour sur soi. Ce n'était rien moins que la fin de la jeunesse et le début de la maturité. Ils ne voulurent pas l'éprouver. Mes trésors ! appelait Vladimir, venez embrasser votre papa. Serge et Jean accouraient. Ah ! ronronnait le papa. Toute peine était consolée.

— Demain vous verrez vos cousins, disait Vladimir aux garçons.

Ces funérailles en chaîne réunirent la famille. Serge et Jean revirent les oncles, tantes et cousins dont la vie à l'étranger les avait privés. Magdaleine, Jean-Paul et leurs quatre enfants. Martine et son mari infidèle avaient trois enfants. Vladimir et Nina se sentaient au-dessus de cette mêlée : ils étaient partis, avaient connu d'autres pays, leur alliance était exceptionnelle, leur fils aîné d'une intelligence hors du commun. Leurs yeux ne pouvaient rien voir d'autre que cette supériorité éclatante qui couronnait leur alliance. Ils étaient très contents d'eux. Pas un des membres de la tribu Korol n'arrivait à la cheville de Serge ! Quant aux six enfants Javorsky, il était même difficile de les fréquenter. Ils étaient gentils, mais l'écart intellectuel entre les enfants était trop grand ! Un fossé culturel imaginaire résumait ce que pensaient et souhaitaient Vladimir et Nina. Serge était devenu le faire-valoir dont ses parents avaient besoin.

Serge baignait dans cet amour admiratif sans paraître empoisonné : il n'était pas prétentieux, il était sûr de lui, plein d'élan, sans timidité, sympathique. Il apprécia les enfants de Magdaleine et agaça sa mère en répétant à quel point il les trouvait beaux ! Et les petits Javorsky étaient marrants. Je te jure ! disait Serge à sa mère qui semblait en douter. Je te crois, répondait Nina avec sérieux. Mais le fil s'était perdu il y avait longtemps et elle ne voulait pas penser à ses frères et sœurs. C'était trop compliqué ! Devant cette joie de leur fils à avoir des cousins sportifs et splendides et *sympas*, Nina et Vladimir auraient pu nourrir regrets ou remords du commerce trop rare qu'ils avaient avec leurs familles respectives, il n'en fut rien. Nina avait honte de sa famille et par-dessus la tête de celle de

Vladimir. Elle était certaine d'être jalousée par ses sœurs et dédaignée par ses belles-sœurs. Écorchée comme une personnalité restée dans l'adolescence, elle se montrait fière, incisive derrière ses sourires, persuadée d'occuper la pensée d'autrui même quand ce n'était pas le cas. Nina se prenait encore pour la reine du lycée ! pensait Magdaleine qui perçait beaucoup de secrets. L'antipathie couvait, qui faisait dire à Nina : Ta sœur croit qu'elle me domine parce qu'elle a quatre enfants ! Vladimir s'étonna de cette idée puis il rit. Vous êtes deux chipies ! conclut-il, ce qui froissa sa femme pour tout le voyage de retour.

Après les interminables obsèques des deux tantes, Vladimir et Nina Korol rentrèrent à Senlis décidés à ne plus en bouger et certains que leurs deux enfants, le génie de l'un, la gaieté simple de l'autre, et leur grand amour conjugal, formaient l'attelage parfait vers l'accomplissement. Quelle était la nature de la réussite visée ? Ils ne se posaient pas la question. Ils ne savaient pas que c'était la réussite de Serge. L'inconséquence était une marque de la vie des Korol. Ils ne comptaient que sur eux-mêmes et ne pensaient qu'à eux. On peut dire qu'ils filaient un mauvais coton.

En couple ils jouaient au bridge, en famille pratiquaient le tennis. Serge et Jean excellèrent à ce sport qui sollicite en les séparant la tête et les jambes, le bras et le regard. Les parents se donnaient du mal pour être des partenaires acceptables. Le style faisait défaut à Vladimir mais son jeu ne manquait pas d'efficacité. Serge et Nina révélèrent une psychologie de gagneurs. Le tennis est un jeu à somme nulle, ce que l'un gagne l'autre le perd : le match est un combat, la performance est relative, la victoire de l'un défait l'autre. La mère et le fils aîné avaient en commun de ne pas aimer perdre. Quand ils jouaient, ils ne se moquaient pas du résultat. Ils n'acceptaient pas d'être mis hors de portée de la balle, d'être passés ou lobés quand ils montaient au filet, et de serrer la main sur une défaite. Sur le court, Serge et Nina couraient comme des lapins, accrochés à l'espoir de vaincre, misant sur chaque partie leur incroyable orgueil. Aussi motivés, ils gagnaient souvent. Le soir, la famille réunie à table, chaque joueur faisait le récit et le commentaire de son match. Les compliments ne manquaient jamais, même dans la défaite. Serge avait toujours le plus beau jeu, la plus grande intelligence tactique, et quand il perdait c'était que l'autre avait été chanceux car Serge aurait dû gagner, etc. Lorsque le prodige s'était fait pulvériser par un adversaire supérieur, on ne s'attardait pas. Vladimir et Nina plaignaient le vainqueur, qui devait passer sa vie à jouer au tennis. Pauvre gosse, il n'est sûrement pas premier de la classe ! disait Vladimir pour consoler son fils. Il y avait souvent du mépris dans son ton. L'amour qu'il avait pour son aîné l'empêchait d'aimer les autres enfants. Il ne leur reconnaissait jamais un mérite que Serge n'avait pas au centuple. Aucun enfant de l'âge de Serge ne trouvait grâce aux yeux de cette partialité paternelle. Vladimir avait souvent des paroles blessantes. Sa maladresse, qui prenait une ampleur nouvelle, durerait toute sa vie.

Au collège, en classe de sixième, Serge devint ami de Marie Duval, première de la classe, indéboulonnable. Elle était la benjamine des trois enfants d'un couple de catholiques pratiquants dont le père était polytechnicien. Deux frères aînés, polis et sérieux, marchaient sur les traces de leur père ; la mère était aux petits soins, livrée à ses enfants comme un pélican aux siens, le père absorbé par son métier, homme de devoir dans sa famille, Marie, brillante élève, charmante jeune fille. Elle était la plus intelligente et de surcroît jolie sans savoir qu'elle l'était. Serge l'avait sélectionnée entre cent. En même temps qu'il pouvait se moquer de ses socquettes blanches et de la médaille de Sainte Vierge qu'elle portait au cou, Serge était captif de son style et de sa réussite. Une seule chose comptait, qui faisait de Marie Duval une personne exceptionnelle : ses résultats scolaires. Marie avait vingt sur vingt à toutes les interrogations, dans toutes les matières, et pleurait au moindre accident. Si par exemple elle n'avait que dix-huit sur vingt, elle éclatait en sanglots ! Fraîchement arrivé du Canada, auréolé par cet exotisme, Serge en fit l'assaut amical : il la regardait, lui souriait, la complimentait, assis à côté d'elle partageait la joie de réussir, la faisait rire, lui racontait des anecdotes, des choses intrigantes qu'il découvrait pour les lui destiner. L'organisation des abeilles, la découverte du feu d'artifice, le langage des arbres… En somme il déployait des trésors. Il devint son meilleur ami, fut invité dans sa famille où il se montra sous son meilleur jour, un délice de garçon. Après l'avoir louée, il fit en sorte de paraître aussi admirable qu'elle l'était. En classe de cinquième, il était autorisé à voir, parler, sortir avec Marie Duval quand il le voulait. Il était important pour Serge de vivre cette amitié comme un privilège. La première de la classe ! Il avait réussi. Marie Duval le jugeait drôle, bien élevé, gentil, intelligent par-dessus tout, original à tout prix. Ceux qui connaissent le parcours ultérieur de Serge Korol auraient pu remarquer que sa merveilleuse amie le voyait exactement comme il voulait être vu. Manipulation ? Dissimulation ? Envoûtement ? Charme ? Serge savait y faire. Il séduisait par l'écoute, simulant avec sincérité une attention extrême, puis une dévotion admirative dont il créait le besoin chez celui qui en était l'objet, avant de tout retourner sur lui-même : je t'admire et je suis admirable. Il captait l'autre puis reversait sur lui-même les compliments qu'il avait dispensés. Tu es exceptionnel, disait-il. À quoi l'autre répondait : Toi aussi. Et tout le monde était heureux ! L'amitié selon Serge était une adoration sans réserve entre gens d'exception.

Il était entré dans une fascination qui serait désormais son mode de relation aux autres. Sans y penser, sans que personne n'y prît garde – car après tout ce n'était pas un mal –, Serge Korol, par un mécanisme vital de comblement du vide, peut-être par mimétisme avec sa mère, commençait un long chemin de pillage des autres. Intelligence, enthousiasme, énergie, connaissances, travail. Habilement camouflé derrière une curiosité de l'autre et une sympathie attentionnée, l'appropriation se déroulait en trois étapes : un – jauger, deux – s'extasier, trois – rapter. Comme si, moins doté que ce que lui avaient fait croire ses parents, Serge s'alimentait à la moelle du dehors. On ne dévore que les autres. Masquant la prédation derrière l'admiration, Serge commença avec Marie Duval une longue liste de victimes, qui n'étaient jamais récalcitrantes tant elles étaient subtilement conquises, complices aveuglées par le charme séducteur qu'il déployait. Les victimes aimaient leur "sangsue". Serge Korol était génial ! disaient ses amis, non pas parce que Serge créait quelque chose mais parce qu'il emboîtait le pas à ceux qui avaient des idées. Il leur renvoyait une image si flatteuse pour eux, comment ne pas la partager avec lui ? C'était l'échange des génies ! Fréquenter des gens exceptionnels donnait à Serge le sentiment et le moyen d'être exceptionnel : à la mesure de ce que disaient de lui ses parents. Ainsi ne les décevait-il pas. Ainsi pouvait-il vivre avec lui-même. Si Serge arrivait à faire dire à ces amis d'exception qu'il était génial, alors le soleil du bonheur brillait sur la maison Korol : Vladimir et Nina avaient raison. Serge est génial ! Il fallait le dire et le penser. Le jour où Marie Duval cessa de le dire, des années après le collège, Serge cessa de la tenir pour une amie. Elle n'était plus aimable.

À Senlis, outre la fascination qu'il eut de Marie, Serge se laissait admirer par son camarade Fifi, dont le père attendait qu'il fût majeur pour divorcer. Firmin Doré était le fils unique d'une femme de ménage. Elle était une personnalité adorable, qui aimait tendrement son enfant, et qui accueillit Serge avec la même douceur maternelle. Elle ne demandait jamais rien pour elle-même et adoucissait la vie des autres. De Fifi, Serge apprit ce qu'un garçon bien élevé n'a pas les moyens d'apprendre chez lui : comment draguer les filles et, plus tard, comment les faire jouir. Fifi était un séducteur infaillible et ravi. Il avait un goût enchanté pour la féminité et un talent naturel pour satisfaire son désir. En cinq minutes, il faisait monter chez lui une fille rencontrée dans la rue, lui servait un verre avant de commencer à l'embrasser. Rien à voir avec la folle cérébralité des échanges entre surdoués.

Hélas, la vie est faite de séparations et l'homme doit savoir les vivre. La carrière professionnelle de

Vladimir amenait son fils à le découvrir avec précocité. Deux ans à peine après son installation, la famille Korol quitta Senlis. Vladimir s'apprêtait à prendre la direction de la production au sein d'une usine de colle à Châteaudun.

— C'est une belle région, dit-il à sa femme et ses fils, et de tout temps résidence des rois !

— Tais-toi, demanda Nina qui devait d'abord se faire à l'idée.

En juillet, à la fin du trimestre de collège, Nina fit les paquets, Serge ses adieux à Marie et Fifi. Il promit d'écrire et tint sa promesse : a-t-on tant d'amis exceptionnels ?

— Tu n'en as pas assez de déménager ?! Ma pauvre ! Je te plains, s'était exclamée avec un brin de mauvais esprit Magdaleine, à qui Nina faisait part des dernières nouvelles au téléphone.

Nina ne voulait pas être plainte par celle dont elle avait fait sa première concurrente. L'orgueil commandait son comportement, l'empêchant de réfléchir à ce qu'elle éprouvait. Ne voulant pas être surprise dans des émotions négatives, elle niait qu'elle en ressentît jamais.

— Au contraire ! Je suis ravie de quitter cette ville guindée, répondit Nina à sa belle-sœur.

Ce n'était pas vrai. Nina n'était pas en mesure d'être ravie. Une insatisfaction diffuse la pénétrait par tous les pores de la vie. Si on avait demandé à Nina Korol ce qu'elle pensait en vérité (personne ne songea à le faire), si elle avait eu l'occasion d'y réfléchir, elle aurait répondu ce qu'elle répondrait des années plus tard dans sa vie :

— J'aimais quand Vladimir dirigeait la mine. Ensuite plus rien n'a été pareil. Tout ce qu'il a fait après m'a laissée indifférente.

Son mari n'était plus celui qu'elle avait élu. Fallait-il penser qu'il l'avait déçue ? Non ! Jamais elle n'aurait dit pareille chose. La vie avait démenti ses illusions.

Serge eut treize ans et entra en classe de quatrième, Jean suivait en sixième. Nina fêta ses trente ans et Vladimir, à quarante et un ans, devint directeur de production de la modeste usine. Sa carrière prenait le chemin d'une réussite mitigée comme en connaissent les hommes dont les compétences ne s'élargissent pas en vieillissant. Ingénieur dans l'âme, il travaillait point par point en manquant à la fois de souplesse et de nuance. Intellectuellement lent et pointilleux, il était dépourvu de charme. Oui, non, vrai, faux, simple, complexe, pertinent, dénué d'intérêt, beau, laid, bien, mal. Les raisons des gens, les trafics de sentiments, les jeux de mots et de pensées, lui restaient le plus souvent obscurs. Sa vie cérébrale se concentrait sur le fait objectif. Tout échange symbolique lui échappait. Quelque chose en lui s'était racorni pendant qu'il serrait contre lui ses deux fils, le brave et le génie, en supportant les éruptions de Nina. Vladimir montait chaque matin dans sa voiture, traversait la campagne jusqu'à l'usine, travaillait jusqu'au soir pour faire vivre sa famille. Ses engagements politiques passés étaient oubliés. Le quatuor Korol était son monde : Serge et Jean son enchantement, Nina son commandement. Bien qu'il l'eût assujettie à son propre mode de vie (ou à cause de cela), il vivait suspendu aux humeurs de sa femme. Il souhaitait qu'elle ne travaillât pas ! Il aurait eu sinon l'impression de mal subvenir aux besoins du ménage. Il n'avait pas changé d'un iota. Lui qui n'avait pas eu de mère au retour de l'école, voulait que Nina fût à la maison, disponible, prête à servir le dîner, à l'heure, dans une assiette chaude. Il la gardait pour son usage et sa délectation de père. Cette obligation de présence contraignait la vie de Nina : si elle avait entrepris quelque chose pour elle-même, comment aurait-elle pu endosser sans manquement ce que Vladimir attendait de sa femme ? Elle assumait seule. Elle allait à pied faire les courses au petit supermarché voisin. Au club de tennis les Korol avaient noué quelques relations. À chaque rencontre qu'elle faisait dans la rue, Nina répondait les mêmes choses : oui Vladimir va très bien, mais oui pourquoi pas, bien sûr que nous pourrions dîner, Serge est en quatrième au lycée Balzac. Mais oui tout à fait ! Il a Mme Potin comme professeur de français. Elle est formidable ! Nina Korol conversait d'une manière qui plaisait. Elle était charmante : enjouée, présente, souriante. Personne n'aurait pu penser qu'elle n'était pas contente de sa vie, faisait le soir de terribles scènes à son mari, prenait sa voiture et s'en allait dans la nuit, le laissant croire qu'elle allait demander le divorce et l'abandonner, lui l'ingénieur des Mines qui n'avait même pas été capable de le rester !

Vladimir ne suffisait plus à faire le bonheur de sa femme. La longueur de la vie, répétitive, monotone, avait remplacé son pétillement. Les événements joyeux appartenaient au passé, trépidant et révolu. La vie pesait chaque matin sur les épaules de Nina. La vie n'était pas ce jaillissement délicieux de soi-même mais une spirale qui emprisonne et asservit, un narcotique puissant qui ensevelit les appétits dans l'habitude. Le monde était fait pour les hommes ! Nina le découvrait. Qu'est-ce que je pourrais bien faire ? se répétait-elle. Elle repassait le chemin de sa vie et la perte de ses dons. Oh ! Elle avait été flattée et imprévoyante. Déception, ennui, fainéantise, larmes, hurlements, mensonges, fidélité, patience, désespoir, que sait-on de tout cela à seize ans ? On ignore qu'ils sont le revers caché des rêves, lesquels réclament que l'on déplace pour eux des montagnes. Quelles montagnes soulevait Nina ? Des montagnes de cartons, des piles de linge sale, des sacs de courses. Les Korol s'installaient dans une nouvelle maison. Il y avait tant à faire ! Chaque matin, posant les pieds sur la moquette de sa chambre, Nina aurait pu prédire instant par instant le déroulement de la journée qu'elle allait vivre. Elle ressentait sa propre insignifiance avec colère. Ce mal des femmes, qui fut le mal que leur fit une époque, elle s'en plaignait et s'y prélassait, par paresse.

Alors Châteaudun vit le recommencement des querelles, qui n'étaient pas tant ces disputes domestiques où deux conjoints débattent au cœur de l'amour, que des diatribes furieuses de Nina, des monologues enragés, pleins de regrets, de désespoir, d'anéantissement, par lesquels elle imputait toute sa vie à son mari. Pauvre Vladimir ! Nina lui parlait comme s'il avait pu lui forger du bonheur jusqu'à sa mort, rompre l'irrésolution qui l'habitait, elle nonchalante et célébrée, ayant comme remis les clefs de son corps, de sa maison et de son existence entière à son époux, elle enivrée mais réclamant d'être heureuse à tout prix. Vladimir lui devait le bonheur : comme il le lui avait promis, comme elle l'avait imaginé quand elle était jeune fille et qu'elle l'avait épousé, lui l'ingénieur, quand elle avait atterri au Maroc et surmonté sa timidité, quand les enfants étaient petits, quand elle croyait que la vie était facile et pleine de souvenirs agréables.

9

Les querelles émaillaient la vie de Vladimir et Nina. Les prétextes ne manquaient pas. Les pétarades éclataient parfois à peine Vladimir avait-il passé le seuil de sa maison, exténué par les responsabilités autant que par son tempérament inquiet. Nina n'avait aucune idée de l'énergie et de la sérénité que pille une pleine journée de bureau.

— Ma chérie je suis fatigué, suppliait Vladimir.

— Je ne veux pas le savoir ! J'ai plus de raisons que toi de l'être, criait Nina.

— Je vais m'allonger cinq minutes, disait Vladimir en s'engageant dans l'escalier.

— Et moi ? hurlait Nina, je me repose quand ?

Querelle nº 1 :

— Moi je voulais devenir secrétaire. Il a toujours été prévu que je serais secrétaire ! Dans ma famille, les femmes travaillent figure-toi. Toutes mes sœurs ont un métier. Pourquoi je n'ai pas de métier ? Hein ? Tu peux me le dire ? À cause de toi !

— Mais ma chérie tu peux devenir secrétaire si tu en as envie. Ton diplôme te le permet. Loin de moi l'idée de t'en empêcher. Je m'en réjouirai si c'est ce qui te fait plaisir.

Querelle n° 2 :

— J'avais seize ans ! Tu as profité de ma jeunesse. Tu as abusé de mon inexpérience. Qu'est-ce qui a pu te plaire dans une fille de seize ans ? Tu veux que je te le dise ?

— Dis-le-moi.

La réponse était timide, Vladimir essayait de ne pas pleurer. Il était toujours ému lorsque Nina évoquait leur rencontre, laquelle était restée pour lui quelque chose de sacré.

— Tu étais bien content de trouver une fille que tu allais manipuler comme tu voulais !

— Tu trouves que je t'ai manipulée ?

— Tu m'as formatée. Tous les Korol vous m'avez formatée. Toi ! Tes sœurs !

— Mes sœurs ? Tu les vois une fois par an.

— Par téléphone ! Magdaleine m'a gâché la vie par téléphone. Tu ne te rends même pas compte qu'elle est jalouse de moi. Elle a besoin de me dominer. Elle sait toujours tout mieux que moi. Tu m'as forcée à écouter ses conseils ! Quand j'ai accouché de Serge, vous étiez constamment à me dire ce qu'il fallait faire !

— Je ne m'en suis pas rendu compte Nina. Pardon.

— C'est trop tard ! Demander pardon ne sert à rien. Vous m'avez complexée et fait perdre confiance en moi !

— Ma chérie ! suppliait Vladimir au désespoir.

— Laisse-moi ! Ne me touche pas !

Querelle n° 3 :

— J'ai épousé un ingénieur des Mines. Sais-tu seulement ce que la mine signifie pour moi ? La mine, c'est toute ma vie ! C'est mon père et mon grand-père, mes frères et mes cousins. La mine, c'est mon amour pour toi. Je m'en fous moi des Ciments Machin, des polymères et des colles ! Je veux que tu travailles à la mine !

— Ma chérie comment veux-tu que je fasse ! Je comprends ton sentiment mais il faut savoir accepter quand les choses finissent.

Vladimir plaidait le principe de réalité, Nina vociférait le principe de plaisir.

Querelle n° 4 :

— Je bois si je veux ! Tu n'as pas à me dire ce que je dois faire Vladimir Korol. D'ailleurs je ne bois pas.

— Non ma chérie, c'est vrai, tu ne bois pas.

Querelle n° 5 :

— Tu m'as volé ma place de mère. Tu as gâché les moments que j'aurais dû connaître avec Serge. Je n'ai pas profité de mon fils. Et pourquoi ? Parce que tu étais sans arrêt sur mon dos, toi et tes sœurs que tu rameutais. Attention Nina. Fais ceci Nina. Ne fais pas cela. Tu t'interposais. Tu me laissais les corvées et tu t'attribuais les plaisirs.

— Je suis désolé d'entendre ça ! Que dis-tu, vraiment, que dis-tu ? Je ne t'ai jamais volé ton rôle de mère !

Larmoyant, Vladimir s'en allait.

Querelle n° 6 :

— Tu m'as séparée de ma famille à dix-huit ans ! Tu m'as emmenée *loin* et tu m'as ramenée *ailleurs* ! Ma grand-mère m'a perdue. Je n'ai pas vu mes frères et sœurs depuis des mois. Qu'est-ce que je dis, depuis des mois ? Depuis des années ! Je suis transférée de famille en famille, comme un paquet.

— Tu avais vraiment envie de fréquenter tes frères et sœurs ? Il n'est pas trop tard pour le faire. Ma chérie, demande-moi ce que tu veux, je ferai mon possible pour te satisfaire.

Querelle n° 7 :

— Arrête de la regarder comme ça ! Je sais que tu la trouves belle parce qu'elle ressemble à ta mère ! N'essaie pas de me dire le contraire. Salaud ! Salaud ! Et ne me dis pas que je suis jalouse de rien ! Je sais très bien ce que je vois !

— Ma chérie ! Je me moque comme d'une guigne de Mme Jalabert !

— Tu mens ! hurlait Nina en frappant son mari.

Vladimir riait en se protégeant.

— Ma chérie !

Querelle n° 8 :

— Où m'as-tu rencontrée ? Tu te rappelles au moins où tu m'as rencontrée ? À l'orchestre. Oui, à l'orchestre ! Et qu'est-ce que je faisais dans l'orchestre ? Je chantais et je dansais ! Je chantais et je dansais !

Nina hurlait et pleurait en même temps, cassant sa voix qui montait dans les larmes à l'idée de ce qu'elle faisait à seize ans et qui s'était évanoui de sa vie. S'en voulait-elle de n'avoir pas eu l'ardeur, la volonté de conserver au cœur de ses journées, cette source de joie intense, cette raison d'exister ? Elle en voulait à Vladimir.

Et toi, où m'as-tu installée ? Dans ta cuisine ! Dans ta petite cuisine de merde ! Mais qu'est-ce qui m'a pris d'épouser un sale type comme toi ? Salaud ! Salaud ! Salaud !

Voilà que ça recommençait. Vladimir riait.

Arrête de rire quand je te parle ! Arrête !

À nouveau la voix se brisait dans d'inaccessibles niveaux de rage. Vladimir riait. C'était aussi bizarre qu'insupportable. Nina se mettait à le taper, comme elle l'avait fait il y a des années, au début de leur mariage. Elle le tapait de toutes ses forces. Elle le détestait de toute son impuissance. Elle aurait voulu mourir tellement elle le détestait et tellement elle était impuissante. Était-il aveugle à sa peine ?

Voilà, Nina Korol souffrait de vide intérieur et de dépendance. C'était installé en elle comme une boule brûlante. Son être blessé hurlait, privé des armes pour gravir la pente de ce trou de mélancolie qui l'avait aspiré. Vladimir ne comprenait pas ce qui arrivait à sa femme. Que pouvait-il faire ? Nina était libre d'entreprendre ce qu'elle voulait. Il ne demandait pas mieux ! C'était ce qu'il croyait. Il ne pouvait pas se mettre en route à la place de sa femme. Il travaillait seize heures par jour (il était si lent et méticuleux). Il était sans cesse préoccupé des performances de son secteur. La peur de perdre son poste ne le quittait pas. Comment aurait-il pu en plus de cela créer une vie personnelle à son épouse ? Et puis, pensait-il, Nina n'était pas si malheureuse ! Elle avait une grande maison, deux fils merveilleux, un mari qui l'aimait fidèlement et gagnait sa vie. Rien d'alarmant ne sollicitait sa vigilance. Vladimir Korol n'avait pas les yeux pour voir.

Nina possédait une énergie prodigieuse que ses journées n'épuisaient pas et qui se retournait contre elle à force de n'avoir rien fabriqué. À trente ans à peine fêtés, après treize années de conjugalité, la jeune femme avait le sentiment d'avoir sa vie entre les mains. Vladimir, Serge, Jean, peuplaient son existence, lui donnaient un cadre et un contenu, mais ça n'était pas cela construire sa vie ! Elle le ressentait confusément. Une frustration enflait comme une maudite tumeur dans l'esprit de Nina et transforma son élan vital en colère. Elle voulait ! Elle voulait ! Que voulait-elle ? Devenir danseuse. Chanter et danser. Sortir dans le monde. Être célèbre. Habiter un studio. Être une artiste. Peintre ! Romancière ! Elle voulait tellement de choses. Elle se sentait capable. Sa richesse intérieure restait stérile. Elle était une magicienne quand même ! Vladimir le lui répétait à l'envi. Elle y croyait. Elle faisait preuve d'une sorte d'obstination sans but. Elle voulait l'emporter, dominer, être encore la reine du bal, gagner quelque chose, mais elle ne savait pas quoi. Elle était incapable de choisir un objet et de le conquérir. Ce handicap psychique, dont elle n'avait pas conscience, était ce qui la rendait folle. De l'existence, de ce temps long qui lui était imparti, elle ne créait rien. Elle ne construisait rien pour elle-même. Comment le supporter, elle qui avait entendu toute sa vie qu'elle était exceptionnelle. Où était passé ce destin exceptionnel qui lui était prédit ? Elle n'était devenue ni chanteuse, ni danseuse. Elle n'avait pas même un métier ! Oh oui elle était très fâchée ! Elle n'était plus bonne à rien ! Vladimir la maintenait dans sa situation insuffisante de mère de famille et d'épouse adorée. Vladimir l'avait endormie ! Elle en avait oublié ses rêves. Voilà pourquoi elle s'emportait violemment contre lui. Bien sûr elle cachait mécontentement et frustration dès qu'elle sortait. Pas question d'être plainte ou moquée. Au-dehors, rien ne filtrait. Nina se dressait devant les autres, juchée sur ce piédestal qui ne la comblait pas – le mariage –, orgueilleuse justement parce qu'elle n'était pas fière d'elle-même. Ah ! l'orgueil de Nina Korol ! Orgueil à fleur de peau qu'un rien réveillait, transformant la charmante jeune femme en tigresse. Était-ce un complexe de classe ? Nina n'aimait pas qu'on la regardât de haut. Elle n'aimait pas qu'on la supposât malheureuse (et de la sorte empêchait qu'on l'aidât jamais à s'épanouir). Elle n'aimait pas que l'on critiquât Vladimir, ou pire Serge et Jean. Ah ça par exemple ! Sa famille ! Ses fils ! Que personne ne se mêlât d'y toucher, sans quoi ils auraient affaire à elle ! Les Korol étaient supérieurs à tous les autres. Ils étaient plus beaux, plus intelligents. Ce qui dans d'autres familles est dit comme une facétie était chez les Korol pensé et affirmé avec le plus grand sérieux. Serge était l'intelligence même. Ce garçon réussissait tout ce qu'il faisait. Nina s'enivrait de partialité. Elle figurait la folie maternelle qui n'a pas trouvé la limite du réel. Ayant fait de son fils un être à part, il fallait qu'il fût en représentation pour elle. Depuis ses pas sur la scène de la salle des fêtes, Nina avait besoin d'être en représentation. Elle faisait bon marché de la vérité. Tout pouvait être factice. Elle insinuait le mensonge chaque jour pourvu que le résultat fût flamboyant. Serge l'enfant génial : c'était une affirmation autant qu'une injonction, et pour Nina une question de vie ou de mort. Si elle n'était que mère, le garçon devait être parfait.

Nina Korol était devenue cet être inconnaissable, dressant devant le monde une herse de sourires et de bonnes manières, qui cachait son orgueil et ses griffes, les armes vaines censées protéger un vide désolant. Elle faisait la charmante auprès des gens comme il faut, ne choquant jamais l'esprit étroit qu'enfermaient leurs œillères. Des platitudes, des banalités, des truismes, des clichés à la pelle, des idées rebattues, en veux-tu en voilà, elle excellait à nager dans ce bain ordinaire qui la tuait. Pire : pour se défendre d'elle-même et du regard des autres, elle avait depuis longtemps perdu de vue la personne qu'elle était, ce qu'elle appréciait et ce qu'elle pouvait entreprendre et goûter, ne faisant que jouer autour d'une béance intérieure. La jeune fille qui aimait la musique et la danse n'avait investi aucun territoire. Prisonnière de sa cuisine autant que de son velléitaire caractère, elle avait cessé d'exister autrement que dans le regard des autres.

Dans la maison de Châteaudun, la chambre de Serge était collée à celle de ses parents. Une porte existait entre les deux pièces, qui demeurait fermée à clef. Les sons traversaient le mur trop mince, filtraient sous la porte comme la lumière la nuit, et Serge entendait ses parents. Une brèche existait dans la citadelle parentale. Du sens et des ténèbres s'en échappaient. Vladimir et Nina parlaient, se disputaient, se rassuraient, se réconciliaient. Serge les entendait s'entretenir de lui et de son frère. Il les entendait aussi faire l'amour. Le tapage de son père, le soupir lascif de sa mère, les couinements, grognements, exclamations, rires, plaintes, gémissements, toute la symphonie singulière et parfois disgracieuse du coït faisait tressaillir sa jeune chair vierge. Il éprouvait une immense gêne, sentiment qu'il niait parce qu'il était incapable d'adresser le moindre reproche à ses géniteurs. Leur emprise sur lui était absolue. Leur regard allumait sa vie. Il avait besoin de leur vénération. Serge ne traverserait aucune crise d'adolescence pour la bonne raison qu'il resterait un enfant, installé dans la pensée magique par laquelle il possédait une mère vouée à le combler. L'adoration de Vladimir et Nina, inconditionnelle, dite et répétée, empêcherait Serge de s'affranchir des schémas obligés de l'enfant modèle. Il leur obéissait parce qu'il aimait leur plaire. Comment se passer de leurs éloges ? Comment leur faire le moindre reproche ? Leur approbation admirative était depuis longtemps son pain quotidien. Ses parents étaient les dieux qui l'aimaient. Rien de ce qu'ils faisaient n'était critiquable. Jamais il n'aurait osé leur dire qu'il était gêné de les entendre coucher ensemble. En somme, la réciprocité des compliments était organisée. Avec cet amour dégoulinant de niaise adulation, Vladimir et Nina Korol avaient donné à leur fils une psychologie de bébé : tout au long de sa vie Serge ne verrait dans l'immensité du monde que la satisfaction de ses besoins. Il ne s'en remettrait jamais. L'âge d'homme ne transformerait pas cette configuration intérieure. L'immense amour avait formé un égoïsme si naturel qu'il n'avait pas de limite.

Serge entendait aussi ses parents se disputer. La première fois que cela arriva, quelques jours après leur installation à Châteaudun, il en fut aussi bouleversé que désorienté. Sa mère hurlait, menaçait de prendre la voiture et de partir, traitait son père de tous les noms. Quelle violence ! Il entendait toujours dire : Nous sommes heureux ! D'où venait tant de malheur ? Ses parents allaient divorcer ! Voilà que cette crainte diffuse s'agglomérait en évidence. Vladimir et Nina étaient peut-être déjà en train de se séparer ! Serge avait couru les supplier de n'en rien faire.

— Je vais décamper d'ici et te planter comme un crétin ! hurlait Nina.

Elle était hors d'elle, une forcenée du reproche. Que s'était-il encore passé ? se demandait Vladimir, magnanime devant les clameurs de sa femme. Il était si difficile de la comprendre. Insatisfaite, Nina était soumise à ses humeurs. Ce qui lui arrivait ou ne lui arrivait pas, ce qui lui déplaisait, ce qu'elle n'avait pas su ou ce qui lui avait été répété, était imputé à Vladimir. Il était le responsable de ses maux, de sa vie ratée, de l'ennui qui la taraudait, de ses fils qui le préféraient et qu'il préférait… La jalousie la prenait. Il suffisait qu'elle se sentît fatiguée ou triste, aussitôt elle s'emportait. Son visage rougissait, gonflait, comme la gorge des oiseaux en parade. Elle avait pris du poids, dans la colère cette transformation physique devenait plus apparente. Au seuil de la chambre des parents, Serge fut saisi par cette image de la furie qu'était sa mère. Il ne jeta pas un œil aux clichés jaunis qui étaient glissés dans l'encadrement du miroir, en face du lit de ses parents : Sacha, en tailleur gris, jupe longue à la cheville, veste ajustée sur une forte poitrine, bottillons de cuir lacés haut, chapeautée, et sous le feutre noir son regard de jais, perçant, terrifiant. Serge connaissait cette photographie de sa grand-mère. Est-ce que sa mère allait plus tard lui ressembler ? Il cacha ses yeux derrière ses mains et se mit à pleurer comme un enfant. Il avait treize ans, un joli visage aux traits réguliers, une douceur qui devait beaucoup à sa blondeur. En voyant les larmes de son fils et la peur qu'elle lisait dans ses yeux quand enfin il la regarda, Nina s'arrêta net.

— Nous ne divorcerons pas, dit-elle à son fils, je ne veux pas que tu sois inquiet.

Mais inquiet, il l'était bel et bien. N'avait-il pas découvert que les choses ne sont pas toujours comme elles ont l'air d'être ? Le beau couple de ses parents réjouis par son intelligence n'était pas si harmonieux et paisible qu'il l'avait cru. Sa mère était une cocotte-minute. Son père tremblait devant elle. Son père n'arrivait pas à la rendre pleinement heureuse. Un enchantement d'enfant s'achevait. Serge se sentit à la fois malheureux et fragile. Il ignorait que ces cris dans la chambre voisine réveillaient en lui le souvenir du bébé qui entendait Nina hurler au salon. Cette résurgence d'un bruit amplifiait le présent et le faisait affreusement souffrir. Toute sa vie Serge Korol aurait la détestation des conflits.

Jusqu'à quel point chargea-t-il sur son jeune dos le fardeau du bonheur de sa mère ? Nul ne sait. Mais toute rébellion en lui s'annula. Se raviva sa compulsion d'enfant génial : subvenir à chaque besoin de ses parents. Vladimir et Nina étaient incapables d'être heureux sans lui ! Serge allait réussir, être ce fils d'exception dont sa mère avait une nécessité vitale. Oui ! Pour lui aussi, emporté par le mythe familial, être exceptionnel, s'approcher au plus près du discours dont il était l'objet, devint une condition de sa survie. Il savait ce que Vladimir et Nina disaient de lui. Il fallait leur donner raison. La plausibilité de leur discours importait plus que le reste : plus que le jeune homme que Serge était vraiment. Il intégra la contrainte de n'être que le fils de ses parents : le fils pour ses parents.

S'ils avaient pris garde au cours du temps, les Korol auraient pu voir comme la vie s'accélérait dans l'uniformité des jours laborieux. Quatre années passèrent : Serge fila de la quatrième à la terminale, de son premier classement de tennis à la seconde série, de Marie Duval à Agnès Breillat. Nina veillait sur ses fils. Elle dépensait depuis peu une partie de son énergie dangereuse dans le bénévolat : après-midi au planning familial où elle rencontrait des femmes plus malheureuses qu'elle, initiation à l'arbitrage au tennis où elle goûtait au plaisir de commander. Jean s'était voué corps et âme à la natation. Il deviendrait entraîneur national ! annonçait Vladimir. Dans la famille, Jean serait le physique et Serge l'intellectuel. Jean Korol dépassait maintenant son aîné d'une vingtaine de centimètres. On aurait dit ensemble le grand gentil et le petit malin. Serge, à qui ses parents avaient promis une croissance tardive, n'avait en fin de compte pas connu de croissance du tout. Cette déception était fracassante. Un mètre soixante-cinq ! Quel tour lui avait donc joué la nature ? Il ne s'en remettait pas. Sa mère s'en désolait pour lui et se transforma en bouclier. Mieux valait ne pas parler à Nina de la taille de son fils, elle bondissait comme un fauve. Quoi ? hurlait-elle, qu'est-ce qu'elle avait sa taille ?! Son orgueil blessé était ridicule. Nina pestait contre Magdaleine dont les fils approchaient le mètre quatre-vingt-dix. Quelle prétentieuse ! disait Nina. Le préjudice mal digéré par sa mère accentuerait-il celui ressenti par Serge ? Était-ce une blessure inguérissable de la sentir déçue ? Le fait est qu'il ne se remettrait pas d'être petit. Un gigantesque complexe jouerait le rôle de propulseur de ses ambitions, non pas dans un climat de bonheur passionné mais dans un esprit de revanche. À la maison, Vladimir et Nina dédramatisaient le faux handicap de leur fils : ce qui compte c'est d'avoir une belle tête, disait Nina. Elle n'apaisait rien. Sa petite taille mal assumée ferait de Serge Korol une personnalité qui a quelque chose à prouver.

Quel dépit ! Il aurait voulu faire un mètre quatre-vingts. C'était prévu ! Et voilà qu'il lui manquait quinze centimètres ! Crime de lèse-majesté si terrible que Serge Korol déployait une panoplie de mots d'esprit pour traiter avec humour un problème qu'il ne traitait pas. Je suis entre Woody Allen et John Wayne, disait-il. À ceux qui se moquaient de lui (il y a de grands imbéciles), il demandait avec malice : Tu as fait comment pour choisir ta taille ? Une psychologie germait dans le complexe. C'était le commencement d'une longue épopée : mutilé des attributs naturels de la domination masculine, en dessous de la moyenne, empêché de regarder le monde de haut, Serge Korol allait se surpasser. Il aurait les plus jolies femmes, toutes plus grandes que lui, les plus belles voitures, les plus grosses motos, il signerait les plus gros contrats, il n'aurait d'ordre à recevoir de personne. De cet avenir combatif, nul ne savait encore rien, pas même lui. Serge se contentait d'obéir à sa mère, c'est-à-dire de bien travailler au lycée, de se donner du mal. Il jouait au tennis, activité qui deviendrait le seul lieu d'un investissement intime authentique. Comme on dit, *il était dans le match*. Sa personnalité se ramifiait dans cette tourmente qu'est inévitablement la jeunesse. Il s'inventait un charme qui était l'insurrection de son esprit sur son corps. Serge Korol aurait dix-sept ans à l'automne, il allait connaître son premier coup de foudre amoureux.

10

À la fin de juin, Serge fut reçu au baccalauréat. S'il n'avait obtenu qu'une mention assez bien, c'était qu'il avait seize ans, ajoutait volontiers Vladimir. Le père s'expliquait à lui-même ce désagréable et étonnant démenti du génie qu'il vantait.

— Notre fils entre en classe préparatoire scientifique, disait Nina avec l'orgueil qu'elle avait reporté sur son fils.

Elle était devenue juge-arbitre et organisait le tournoi de Châteaudun. C'est là que Serge allait rencontrer le grand amour de son adolescence.

Outre qu'elle était l'une des meilleures joueuses de tennis de sa catégorie, Agnès Breillat était une ravissante adolescente à qui l'on ne donnait pas d'âge tant s'exerçaient son charme et sa joliesse. Elle avait treize ans. On ne pouvait trouver meilleur exemple, à Châteaudun en tout cas, de ce que l'on appelait, depuis le succès de Nabokov, une nymphette. Agnès avait des yeux de biche, d'un marron si illuminé qu'on aurait dit des yeux d'or. Son teint était hâlé, ses cheveux longs tirés en une fine tresse qui partait du haut du crâne venaient lui battre le dos, son nez était petit et droit (des parois serrées, une arête parfaitement fine). La perfection du visage était à l'image de ce nez. Elle avait en plus de cela une silhouette d'elfe, des jambes fines et galbées, à la peau brunie par les nombreux matchs disputés au soleil, des fesses de garçon, étroites et petites, de jolis bras où chaque muscle à sa place dessinait une forme. Dès qu'il l'aperçut sur le court, en plein tournoi, légère, aérienne, voltigeant d'une balle à l'autre, mêlant d'une insigne façon vigueur et élégance, Serge en tomba fou amoureux. Il n'était pas seul en lice. Agnès Breillat, qui n'était guère aimée des filles, était la pépite dont tous les joueurs parlaient avec une dévotion amoureuse. Ce succès suffisait à exciter Serge. La gloire était au bout de ce défi : séduire Agnès Breillat et devenir son petit ami. C'était un défi moins difficile qu'il ne l'imaginait : la jeune beauté s'apprêtait à collectionner les amours. Serge serait le premier.

Il s'y prit de la manière qui avait fait ses preuves avec Marie Duval : regards insistants, sourires pleins de finesse et de sous-entendus, remarques judicieuses, conversation piquante et minimaliste qui laisse parler, attention fixée sur l'autre pour lui renvoyer une magnifique image de lui-même, avant de se montrer à son tour avantagé (drôle, spirituel, bien élevé), et bien sûr intelligent, voire, lorsque les choses marchaient au mieux, génial. À seize ans, Serge n'en était qu'au balbutiement de cette méthode qu'il lirait plus tard chez Ovide où elle se révèle un art de séduire plus qu'un art d'aimer. Une carrière de séducteur discret s'ouvrait devant lui. Hélas il en serait honteux (avant d'en être revenu) : il n'oubliait jamais que ses parents se célébraient drapés de leur fidélité.

Il était drôle et original, sa petite taille le rendait attachant aux yeux féminins, il n'était jamais spontané, jamais naturel, mais toujours faisait agir son charme, comme s'il avait été certain au fond de lui-même qu'il ne pouvait plaire tel qu'il était. Son être entier était sous contrôle ! Agnès Breillat était pétillante, magnifique, mordante malgré son jeune âge. Ce fut un duo de charme. Ils étaient adorables. Tout le monde s'accordait à le dire. Agnès et Serge. Comme ils étaient mignons dans leur jeune amour ! Les mères ne s'éloignaient pas de leur progéniture enamourée. Mme Breillat veillait à la vertu de sa fille, Nina Korol au travail de son fils. À l'automne, quand l'idylle décolla et qu'une échelle était posée au matin contre la fenêtre de Serge, Nina prit Serge entre quatre yeux. Ce qu'elle ne faisait pas pour elle-même, elle le fit pour ce fils. Il devait travailler, lui dit-elle. Il devait réussir son année et ses études. Tout le reste était balivernes. Cette petite Agnès Breillat comme le reste. N'était-elle pas insolente et dévergondée ? demandait Nina à son fils. Elle en avait soupé de la petite ravissante qui se croyait tout permis. Elle osait enfin le dire. Mme Breillat elle-même se plaignait de ne pas *pouvoir la tenir* ! Il fallait s'affranchir de cette demoiselle et se concentrer sur le travail. Les mathématiques et la physique pendant deux ans, ensuite il aurait toutes les filles à ses pieds, prédisait Nina.

Serge obéit sans discuter. Il rompit. On n'invita plus Agnès à passer le samedi et le dimanche à Châteaudun. D'ailleurs elle aussi devait travailler, fit remarquer Mme Breillat. Serge n'allait plus attendre le train du vendredi à la gare. Il n'en éprouva pas assez de chagrin pour se rebeller. Ou plutôt il assassina le chagrin à peine jailli. Il en anéantit l'effroyable fulgurance. Il ne voulait pas souffrir. Il ne voulait pas dépendre d'une présence. Jamais il ne monta dans un wagon pour aller à Paris retrouver sa princesse. Où avait été son cœur ? Avec Agnès ? Ou avec sa gloire personnelle ? Était-il amoureux ou seulement ravi d'épingler le joli trophée à son tableau ? Il était heureux de l'avoir connue. Il la garderait comme amie. La gloire d'avoir conquis son cœur survivait en tout cas à l'amour.

Il travailla tout son saoul. Il travailla à en pleurer. Pour la seule et unique fois de sa vie, il éprouva les limites de son intelligence devant la matière à quoi il la cognait. Il n'aima pas cela. Oh non ! Il ne fut pas heureux. Il obéissait aux injonctions combinées de ses parents : C'est maintenant ou jamais ! Travaille ! Tu ne le regretteras pas.

La récompense fut aussi exquise qu'exorbitante, si soudaine – chercher un nom dans une liste, voir écrit le mot *admis*, et revêtir le succès – qu'on aurait dit un miracle qui s'accomplit. Passant les concours comme on joue en compétition, impliqué à mourir, Serge Korol donna le meilleur de lui-même. C'était beaucoup. Surinvestie par ses parents, son intelligence n'en était pas moins remarquable. Il entra à l'École normale supérieure ! C'était inouï. Mieux que Polytechnique ! s'extasiait Vladimir. Mille fois mieux ! Vladimir en avait le souffle coupé. Il s'étranglait d'orgueil. Il se congratulait lui-même : un bon père est celui que son fils dépasse. Nina exultait : le génie de Serge était officiel à jamais. Et elle était sa mère ! *Mon fils est normalien* deviendrait sa phrase favorite en société. Elle la répéterait des centaines de fois, partout où elle promènerait sa vanité maternelle, sur tous les tons possibles de la fausse modestie, souvent l'air de rien en baissant les yeux, parfois avec orgueil parce que, se sentant méjugée, elle se vengeait. Et alors, disait-elle, il était bien légitime de se défendre en leur rabattant leur caquet, pour qui se prenaient ces gens-là. Elle devint paranoïaque. La jalousie des gens est incroyable ! disait-elle. Elle soupçonnait de l'envier tout interlocuteur qui ne battait pas des mains, ne se pâmait pas devant le génie. Ainsi fit-elle avec Magdaleine, à qui elle téléphona le jour des résultats, dans l'euphorie de la réussite. Jamais elle ne pardonnerait à sa belle-sœur l'intolérable modération de sa réaction.

Il était trois heures de l'après-midi et ils avaient célébré en famille le beau résultat de Serge. Après le champagne qu'ils avaient fait couler à flots, Nina était un peu grise.

— Je vais appeler Magdaleine, dit-elle à Vladimir.

Il ne demanda pas à le faire lui-même. Il était éperdu dans son bonheur, sa fierté lui suffisait. Il n'avait pas besoin de la partager. Vladimir Korol n'était pas, comme son épouse, dépourvu d'une intériorité. Il pouvait se passer du regard des autres. Les choses qu'il fabriquait, les activités à quoi il se consacrait l'intéressaient en elles-mêmes pour le plaisir qu'il y trouvait, pas pour ce qu'il pouvait en dire dans les soirées. Il était capable de ce dont sa femme et son fils – par une mystérieuse ressemblance – étaient privés : s'adonner à la joie secrète du *faire*, donner son énergie vitale à quelque chose et à quelqu'un (l'amour est-il autre chose que cela ?).

— Bonjour Magdaleine, disait maintenant Nina dans le combiné.

— Ah ! bonjour Nina ! s'exclama Magdaleine, qui travaillait avec son mari. Je suis au cabinet, Jean-Paul consulte toute la journée. C'est gentil de téléphoner. Pourquoi m'appelais-tu ?

Nina se rengorgea, son corps recula d'un pas sous cette impulsion intérieure – le bras levé tenant le combiné contre l'oreille –, elle prit une inspiration presque religieuse, songeant à la réalité époustouflante autant qu'à l'effet de ce qu'elle s'apprêtait à dire. Elle était très sérieuse. Rien n'aurait pu la distraire.

— Je voulais te dire que Serge vient d'être admis à l'École normale supérieure, claironna-t-elle.

La phrase était entière, sans abréviation. Nina attendit la réponse. Magdaleine ne disait rien, semblait-il.

— Tu veux dire qu'il a réussi son concours ? dit Magdaleine.

— Il a réussi *le* concours, rectifia Nina.

Elle mugissait au-dedans. Quelle imbécile cette Magdaleine ! Savait-elle seulement ce que c'était que l'École normale supérieure ? Non évidemment. Avait-elle idée du niveau de connaissances requis chez les candidats pour être simplement *autorisés* à présenter le concours ? Pourquoi l'avoir appelée ? Elle était complètement hors du coup avec ses enfants qui n'avaient jamais rien foutu à l'école.

— C'est bien ! dit enfin Magdaleine. Bravo !

— C'est plus que bien, c'est extraordinaire ! lâcha Nina envahie par la fureur devant l'éloge insuffisant.

— Si tu le dis je te crois, répondit Magdaleine avec l'air d'apprendre quelque chose. Elle plaisanta :

— Tu sais bien que je n'y connais rien !

— Ah oui je sais !

Nina fulminait. Le soupçon aussitôt l'envahit : Magdaleine était jalouse. Oh oui, elle en était malade avec ses quatre débiles d'enfants qui ne réussissaient rien de pareil !

— Tu n'as pas l'air très admirative, dit Nina à sa belle-sœur.

— Mais si ! Mais si ! Je le suis ! Très heureuse pour lui, très heureuse pour vous ! Vlad doit être au septième ciel !

Est-ce que c'était de la provocation ? se demandait maintenant Nina. Vlad au septième ciel ? Elle se fout de nous ou quoi ? pensa Nina. Mais elle contrôlait encore sa rage. Elle posa sa voix dans une tonalité tranquille qui était censée signifier une grande modestie.

— Oui, dit-elle, Vlad est très heureux.

Et comme Magdaleine ne disait plus rien, semblant bouger des papiers et s'occuper d'autre chose, Nina explosa.

— Écoute Magdaleine, je trouve que *tu n'es pas très sympa* !

C'était l'une des expressions que Nina s'était mise à utiliser lorsqu'elle était fâchée, d'ordinaire à l'encontre de Vladimir. Elle l'employait à tout bout de champ.

— Quoi ? plaisanta Magdaleine qui n'avait pas compris à quel point sa belle-sœur était sérieuse.

— Oui, dit Nina, je trouve que tu n'accueilles pas cette nouvelle avec beaucoup de chaleur, ni beaucoup de joie ! Pour te parler franchement, j'ai l'impression que tu n'es même pas contente de la réussite de notre fils ! Tu as l'air jalouse.

Vanité et suspicion se partageraient longtemps l'esprit de Nina Korol. Avec son fils sacré génie, elle se croyait enviée de la terre entière. Forcément ! Se jugeant parvenue à une telle hauteur, comment n'aurait-elle pas soupçonné les autres de vouloir être à sa place ? Sa voix avait pris de l'autorité.

Magdaleine ne se laissait pas faire. Nina pouvait crier fort parce qu'elle n'avait pas les compliments voulus, Magdaleine avait d'autres chats à fouetter. Sa fille aînée faisait un enfant sans mari, sa plus jeune fille était anorexique et dépressive, son fils cadet triplait sa première année de médecine, quant à l'aîné il ne fichait rien. Elle n'ignorait pas que Vladimir et Nina pensaient qu'elle avait ce qu'elle méritait.

— Nina, tu veux que je te dise quoi ? Je crois que tu as pris la grosse tête. Es-tu devenue paranoïaque ? répondit Magdaleine à sa belle-sœur. Tu te trompes. Je ne suis pas jalouse. Je suis contente pour toi. Mais chacun a sa vie. J'ai mes problèmes. Le monde, quoi que tu imagines, ne tourne pas autour de Normale supérieure. Et maintenant j'ai du travail. Je t'embrasse. Embrasse mon frère pour moi. Savoure cette belle journée et félicite mon petit neveu de ma part.

— Ta sœur vient de me raccrocher au nez, résuma Nina.

Et comme Vladimir consterné ne répondait pas, elle poursuivit son tapage.

— Petit neveu ! ça aussi c'est une vacherie ! Magdaleine me fait bien remarquer que mon fils est petit. Je préfère un petit génial à un grand con !

L'alcool amplifiait les émotions qu'elle ressentait.

— Arrête-toi Nina ! dit Vladimir, tu ne sais plus ce que tu dis. Magdaleine adore Serge.

— Non ! hurla Nina, Magdaleine se moque de Serge comme elle se moque de toi, et de tout le monde à part elle-même !

Personne ne saurait jamais si Magdaleine s'était réellement montrée froide et jalouse. Après cette conversation, une querelle occupa Vladimir et Nina. Il reprochait à sa femme son impulsivité. De son côté Nina critiquait Magdaleine. Vladimir se désolait. Comment Nina ferait-elle maintenant pour se réconcilier avec sa belle-sœur ? Je ne vais pas me réconcilier, répliquait Nina. Je ne vois pas pourquoi j'irais m'excuser auprès d'une chipie jalouse qui s'est toujours prise pour la reine du monde. Il était amusant de constater que Nina Korol reprochait à Magdaleine à peu près ce que l'on pouvait penser d'elle-même. Vladimir laissa sa femme à ses emportements. Il se concentra sur la joie d'imaginer Serge dans le Saint des Saints de l'élite intellectuelle. Serge, perle rare, enfant merveilleux, intelligence d'exception… Vladimir Korol sanglotait.

Et puis la joie de la réussite enfla, enfla. Jusqu'où irait-elle ? On ne pouvait plus savoir. Vladimir et Nina n'avaient pas tant de pépites à se mettre sous la dent. Vlad ! Vlad ! Je ne m'en remets pas ! s'exaltait parfois Nina. Ma chérie ! disait Vladimir en la prenant dans ses bras. C'était un cataclysme familial : la couleur de la vie ne serait plus jamais la même depuis qu'il y avait un normalien chez les Korol. Nina était devenue folle de vanité par procuration. Son fils aîné avait rempli son rôle de faire-valoir au-delà de toutes les espérances. Serge ! Serge ! Il n'y en avait plus que pour le jeune prodige. Nina organisait des dîners pour le mettre en scène. Il était le normalien de Châteaudun ! L'atmosphère de la maison était irrespirable : on ne parlait que de Serge. Le tournoi de tennis de l'été, organisé par Nina, fut l'occasion de mettre sous les feux de la rampe les talents éclectiques de ce garçon : ingénieur et seconde série au tennis. Agnès Breillat était arrivée au club et jouait la finale. Sa mère, grande catholique aux allures de cheftaine scoute, la poussait un peu plus qu'autrefois dans les bras du jeune homme couronné. Nina se hérissait de colère et de refus, soupçonnant des manigances. Ah oui ! maintenant elle veut marier sa fille à un normalien, persiflait-elle. Arrête-toi maman, disait Serge. Il n'aimait pas que sa mère chantât trop fort. Mais il goûtait la nature de ce chant. L'éloge mettait du baume à son complexe. En somme, le prestigieux diplôme venait à point pour le grandir. Les grandes écoles vous posent un gyrophare sur la tête : Attention intelligence ! Oui, désormais ce serait clair : il était petit et génial. Petit, on le voyait immédiatement ; génial, on s'en apercevait très vite.

Puisque la maison tournait à ce point autour de son frère, Jean Korol s'éloigna. Il avait dix-huit ans révolus, il refusa de passer son baccalauréat, quitta le lycée, la maison et la famille, entra dans la vie comme dans une mer où il était capable de nager. Il savait ce qu'il aimait, rien de mieux que les enfants et la natation, il deviendrait moniteur. La fratrie était vénéneuse à hauteur de la partialité de Vladimir et Nina. On imagine que les phénix ne sont pas faciles à côtoyer. Les Korol ne faisaient pas exception à cette règle. Cependant Serge se côtoyait très bien lui-même. Il baignait avec naturel dans le lait de la propagande maternelle et de l'amour extatique. La disparition de son frère, cette fuite obligée pour exister, ne lui fit aucun effet. Serge se félicita pour son frère. Jean est content de partir, disait-il quand on l'interrogeait. Jamais Serge n'imagina qu'il ne laissait pas d'air à son frère. Il n'était pas responsable ! C'était le trio infernal et dégoulinant qu'il formait avec ses parents, que fuyait son cadet. Une fois de plus, fidèle à la manière familiale, Serge ne se posa aucune question.

— Tout le monde est heureux, répétait Vladimir quand Jean annonça sa décision de quitter la maison.

La résonance des événements d'une vie sur l'avenir est le plus souvent une énigme. Mais maintenant que ces vies sont closes, celles de Nina et Vladimir, celle de Serge bientôt, on comprend : il eût été préférable que Serge Korol n'obtînt à l'issue des concours qu'une plus modeste école. Sa famille n'aurait pas perdu la tête. Au lieu d'être enseveli et aveuglé par la vague d'écume que soulevait son succès, Serge aurait eu plus de clairvoyance. Il n'aurait pas confondu une réussite adolescente avec celle de sa vie. Sa chance – car il en faut et il en eut – fut sa malchance. Sa réussite forgea son échec. Sa grande intelligence, en se mirant dans le succès, le rendit stupide. Il devint son pire ennemi. Il cessa à jamais d'étudier et d'apprendre. Dans une ivresse prématurée d'accomplissement, il crut que *tout était arrivé*. Il n'en revint jamais. Car de tous les miroirs aux alouettes, les étiquettes prestigieuses que l'on colle à vingt ans sur un cerveau figurent parmi les plus puissants.

11

Le mois de septembre fut un déluge d'eau et de tristesse. Après l'été passé à psalmodier l'extatique nouvelle, à répéter les lettres magiques, E, N, S, en toisant le monde, il fallut songer à poursuivre dans la réalité. La suite, c'était le départ du héros. Serge fit sa valise, empaqueta quelques affaires, aux fins d'installer la chambre qu'il occuperait à Paris, sur la montagne Sainte-Geneviève, pour les années que duraient les études à l'École. Vladimir et Nina l'accompagnèrent en voiture la veille de la rentrée scolaire. Ils semblaient embarrassés d'eux-mêmes et comme perdus au milieu de cette cohorte de jeunes talentueux qui faisaient de leur fils un élève parmi d'autres et non plus le crack unique qu'ils vénéraient. Ils embrassèrent leur trésor et repartirent prestement dans le havre de Châteaudun reconstruire leur mythe familial.

De son côté, Jean partit vivre à Dijon où il avait été engagé par la Fédération de natation comme conseiller technique régional. CTR, ces trois lettres-là recelaient moins de magie : Vladimir et Nina ne les répétaient pas. Ils répétaient que Jean était heureux. Jean était devenu un grand gaillard qui ne quittait jamais le survêtement, toujours prêt à se mettre à l'eau, toujours rieur, heureux d'entraîner *ses gosses*. Bonne chance, avait dit Serge, habitué à scintiller aux côtés de ce frère moins brillant. Les fratries couvent ainsi des relations de domination tacite, de dévorations secrètes.

Pour chacun des quatre membres de la tribu Korol, une nouvelle partie de la vie commençait.

Celle de Nina était la plus sombre, la plus désœuvrée, la plus dangereuse. La pente était vertigineuse. Chaque journée semblait se proposer de faire tomber Nina dans un verre d'alcool. Il pleuvait, elle pleurait. Elle avait l'impression que ses larmes arrosaient le jardin. Elle se noyait ! Des eaux de malheur la submergeaient par le dedans et par le dehors. Faut-il vivre au féminin pour ressentir cette détresse de la maison désertée et la désolation que laissent les enfants quand ils partent ? Vladimir n'était pas gai non plus. Mais il ne parlait pas, et Nina était la seule femme de la maison. Personne pour partager ce chagrin de la maternité révolue. Depuis la mort de Sacha elle n'avait guère de contacts avec sa mère. Vladimir disparaissait dans la tâche impossible de sauver l'usine de la faillite. Nina fut abandonnée à sa solitude. Elle projeta quelques embellissements domestiques, s'occupa pendant une semaine à la pose d'un papier peint neuf dans le salon. Puis baissa les bras. Une semaine d'ouvrage ! Un mois ! Qu'est-ce que cela pouvait bien changer ? Nina mesurait ce qui sépare une occupation d'un accomplissement. Elle n'allait pas toute sa vie parfaire son intérieur ! La peinture du couloir était écaillée. Le grenier était un dépotoir. Elle ne s'en moquait pas, mais elle n'avait pas la force de s'atteler à ces travaux. Un jour oui elle s'y mettrait. Un jour. Comme elle l'avait fait depuis son mariage, elle attendait. Elle attendait le conte de fées que devait être sa vie, et cette passive expectative la séparait d'elle-même, du présent (qui n'était rien à côté de l'avenir), du monde qui se fabriquait sans elle, des autres qui ne devinaient pas sa mélancolie. Nina Korol n'était pas là : elle était seule à l'arrêt de bus d'une ligne qui n'existait pas. Elle regardait par la fenêtre le jardin détrempé. La vieille balançoire accrochée au portique rouillé pendouillait entre les gouttes. Il restait surtout à attendre les petits-enfants qui la remettraient en activité. Nina Korol avait trente-six ans et son rôle de mère était fini. Alors elle se mit à boire sérieusement.

Le matin, commençait une longue journée de silence, toute de broutilles, de coups de téléphone, et de la reddition intérieure au sentiment d'échec qui tenaillait Nina. À qui aurait-elle pu se confier ? Vladimir était sombre et préoccupé. Ayant racheté l'usine, il était désormais le patron et unique actionnaire d'une activité déficitaire. L'enjeu l'occupait tout entier et sans scrupule au moment où ses fils, disait-il, étaient élevés. Tôt le matin, il embrassait sa femme sur le front, la porte se refermait sur lui, puis Nina entendait la voiture sortir de la cour, s'arrêter, le temps pour son mari de refermer le portail avant de s'engager sur la route. Alors c'était cette solitude qui pille jusqu'aux forces que l'on pourrait mettre en branle pour la rompre. Nina n'avait même plus l'élan de téléphoner à une amie. Avait-elle seulement une véritable amie ? Une amie à qui elle aurait pu livrer la profondeur de son désarroi, l'immensité de ses déceptions ? Mais non ! Son orgueil l'en privait depuis toujours. Les sourires nous jouent parfois de très mauvais tours. À pleines voiles vers sa perte, ivre de son fils parti, Nina Korol était seule.

On aime les autres, on fait tout pour eux, et ils partent, vous laissent seul en plan. Pire : ils ne voient pas votre détresse, ils évitent de penser à votre difficulté d'être. Nina se disait : Plantée comme une idiote ! Elle se regarde. Que fait-elle ? Elle bourre un paquet de linge dans la machine à laver, elle claque le hublot, ouvre le petit clapet, verse la lessive dans le compartiment, choisit le programme et la température. Elle peut déjà entendre l'eau courir dans les tuyaux, le tambour se mettre en branle, et le bruit sourd que fait le linge en valsant d'une paroi à l'autre. Dans quarante minutes elle mettra à sécher les chemises, les pantalons, les chaussettes, les slips de Vladimir et Serge, les culottes de Nina (ne sont-elles pas de plus en plus grandes ?). Quarante-deux minutes. Nina range la vaisselle sale dans le lave-vaisselle. Programme avec prélavage. La porte est difficile à fermer. Nina pousse avec le pied. Elle met tout au lave-vaisselle : casseroles, marmites, poêle. Elle n'est pas la domestique ! Puisque Vladimir lui a fait cet incroyable cadeau, le dernier cri des innovations technologiques au service de la ménagère, elle sollicite toute son action. Les bruits d'eau, de pompes, le cliquetis d'une pièce de monnaie restée dans une poche de pantalon, le bruit mat du linge secoué et le chuintement de la vaisselle aspergée, envahissent la cuisine. Modernité domestique à Châteaudun : la maîtresse de maison se laisse tomber sur une chaise en formica. Dieu soit loué il reste du Coca au réfrigérateur ! Nina attrape la bouteille et claque la porte. Elle farfouille dans le premier tiroir du congélateur. Quel bazar là-dedans ! Elle mettra de l'ordre demain. Elle s'occupe maintenant avec patience de faire sauter un à un les glaçons de la barquette en plastique dans laquelle ils sont lovés. Elle les jette dans le verre. Elle verse une grande dose de whisky Jack Daniel's et remplit de Coca jusqu'à ras bord. Voilà ! L'odeur de l'alcool emplit la cuisine. Le soleil du Maroc, les robes longues, les soirées divines, le charme infini des conversations, ce sentiment d'être la reine de la nuit, tout ce passé envoûtant remonte en elle avec cet effluve. Elle boit une gorgée, elle boit le Maroc, sa jeunesse, sa grande beauté – qu'elle se figure de plus en plus grande maintenant qu'elle enlaidit –, elle boit la moitié du verre, elle vide le verre. Un autre verre ? Non, elle va s'éplucher une orange. Ensuite elle trouvera la force d'aller faire ses courses au petit supermarché. Vladimir veut de la viande à chaque dîner. Peut-être rencontrera-t-elle Clotilde dont il faudra écouter la plainte d'épouse bafouée. Oh ! pense Nina, Vladimir n'est pas drôle, et il a ses manies, il faut lui réchauffer son assiette, ne pas oublier le vin, ne pas faire trop cuire la viande, et quand il est affamé il est insupportable, mais du moins est-il un mari fidèle ! Un incorruptible, comme elle l'est elle-même ! Vlad n'a pas d'yeux ! Voilà bien une qualité rare pour un homme. C'est par les yeux que les femmes attrapent ces nigauds ! Le mari de Clotilde avait une ravissante secrétaire, ce qui devait arriver était arrivé. Vlad n'avait d'yeux pour personne. Voilà un repos pour le cœur.

Reposée, Nina l'était. Ce n'était pas un accomplissement. Avait-elle cherché le repos ? Elle avait voulu être chanteuse et danseuse. Qu'avait-elle fait de son talent ? Elle n'avait pas eu l'occasion de savoir si elle possédait réellement le don qu'elle imaginait ! Elle avait agi comme si elle préférait la chaleur d'une cuisine aux feux de la rampe. Mais non ! Mais pourquoi ?

Elle avait cédé à la facilité. Elle s'était laissée vivre. Elle avait suivi l'émoi de son cœur. Elle avait été incapable d'attendre avant de se jeter dans le mariage. Mariée à seize ans ! On l'avait circonscrite, ceinturée. Est-ce qu'elle n'était pas comme une fleur coupée avant d'avoir éclos ? Et maintenant qu'elle était coupée depuis si longtemps, elle était fanée voilà ! Elle se rappela les paroles de Sacha. Sa grand-mère avait vu juste. Les femmes ? Aux fourneaux ! Illico ! Oh ! elle n'avait suivi aucun des conseils de Sacha. Et Vladimir n'avait pas tenu ses promesses. À ce moment si pénible, seule avec cette angoisse, comment s'y prendre pour se tracer un nouveau cap ? Il lui fallait défaire ce qui s'était noué (tant d'habitudes !) et faire ce qui n'avait jamais été fait. N'était-ce pas tout simplement irréalisable ? Jamais elle n'y arriverait ! Pourquoi se sentait-elle à ce point finie ? Figée. Disloquée. Hors d'usage et sans désir. Oui, le pire était là : elle n'avait envie de rien. Rien ne l'intéressait. Elle pensa : Je ne connais rien de la vie. La vie lui semblait un océan inconnaissable. Elle n'avait pas appris à naviguer. Il était trop tard pour apprendre ! Elle ne pouvait même pas essayer. Les programmes de lavage étaient terminés, les machines s'étaient arrêtées, voyant allumé. Nina Korol ouvrit le lave-vaisselle, un nuage de vapeur brûlante monta par le battant entrouvert, elle se recula prestement. Elle s'occupa d'étendre les vêtements lavés, ce linge qui avait de tout temps été la plaie des femmes et le secret des familles. Les sous-vêtements étaient usés, le blanc jauni, les élastiques détendus. Elle avait tellement grossi ! Dans ses grandes culottes, on aurait fait entrer deux petites Nina Javorsky. Elle n'avait décidément rien vu venir. Elle disait : Autrefois, ma taille c'était le 38. Je faisais du

38. Elle le répétait de cette manière, deux fois, comme une femme qui n'a plus toute sa tête.

Mais chaque vie est séparée des autres. Le temps qui avance apporte aux uns des forces et des joies qu'aux autres il retire. Pendant que sa mère faisait connaissance avec l'ivresse et la solitude, Serge Korol découvrait le climat d'étude, de fête et de liberté qui caractérise en France les grandes écoles. Pendant que Nina était la plus malheureuse des femmes, Serge était le plus heureux des garçons. Et cependant elle était sa mère, il était né d'elle, sorti du ventre de cette femme dont aujourd'hui il ignorait tout le malheur ! Voilà une chose difficile à avaler. Nina était heureuse pour son fils et abattue pour elle. La jeunesse récompensée de Serge la renvoyait à celle qu'elle n'avait pas eue. C'était à Vladimir qu'elle en voulait. Il l'avait asservie à sa famille. Quelle cruauté dans la vie et les relations humaines ! pensait Nina, pendant que Serge lui ne pensait rien du tout. Il était entier à sa découverte.

La nouvelle promotion d'élèves avait été accueillie dans des lieux prestigieux dont les installations avaient été rénovées. Ils étaient l'élite de la nation ! Serge n'avait regardé que les filles. La plupart étaient plus studieuses que jolies. À part celle qui était aussi grande et fine qu'une mannequin. Que faisait-on dans la vie avec des bras si minces ? se demandait Serge qui avait repéré cette unique beauté pendant la photographie individuelle par laquelle s'inaugurait l'année.

Elle s'appelait Céline Molin de Rivière, elle avait vingt ans, de longs cheveux dorés, un nez fin un peu tordu qui donnait à son visage une dissymétrie hypnotisante, un duvet blond au-dessus de la lèvre supérieure, qui devait la complexer et expliquait sans doute qu'elle baissât les yeux quand on lui parlait de près. Mais ses mensurations idéales suffisaient au petit Korol. Une femme grande, élancée, élégante, voilà le contrepoint longiligne qu'il fallait à sa carrure trapue. Elle serait son extension narcissique. Elle lui rendait plus de dix centimètres ! Un mètre soixante-dix-sept, cinquante-cinq kilos, normalienne : voilà que la femme exceptionnelle à qui il pouvait se raccrocher pour s'impressionner lui-même était là à côté de lui, attendant comme lui d'être photographiée. Elle s'était habillée de bleu marine et blanc, comme lui, la seule différence était la jupe, et sous la jupe ses jambes fines comme des baguettes de tambour. Pour Serge, qui avait reçu en héritage les petites jambes arquées de sa mère, ce détail morphologique figurait l'incarnation de la divinité.

— Bonjour, dit Serge avec son sourire le plus charmeur. J'ai l'impression que ça ne traîne pas, ajouta-t-il pour signaler qu'ils n'attendraient pas trop longtemps.

— Tant mieux, répondit Céline Molin de Rivière en devenant toute rouge, je n'aime pas être prise en photo. C'est un supplice pour moi !

— Dommage, dit Serge avec un sourire cette fois malicieux.

Comprit-elle qu'il voulait dire qu'elle était jolie et méritait d'être fixée sur le papier ? En tout cas la jeune fille ne répondit pas, elle se contenta d'attendre que la rougeur se dissipât. Quel handicap de se transformer en tomate dès qu'un inconnu vous adressait la parole ! Elle était une adolescente à qui sa mère avait tellement de fois répété *Tiens-toi droite ! Rentre ton ventre ! Lève la tête !* qu'elle ne savait plus se tenir. Rien ne convenait jamais.

— Ce ne sera pas un supplice pour le photographe, renchérit Serge Korol.

Oh ! le rouge des joues se ralluma instantanément ! Toute en rouge, elle serait jolie pour la photographie ! À cette idée Céline Molin de Rivière eut un sourire désolé. Serge la regardait fixement, comme pour l'hypnotiser, avec ses gros yeux bleu délavé alourdis par l'intérêt qu'il portait soudain à cette jeune fille. Il était sous le charme de sa beauté blonde, de sa longue silhouette et même de son évidente timidité. Elle était vraiment grande et belle ! Tout le monde devait rêver d'aimer une fille comme ça. Il s'admirerait s'il en faisait la conquête. Il n'en reviendrait pas. Ce serait une preuve de plus à son palmarès, l'ENS et une jolie fille. Serge Korol avait si peu confiance en lui au fond. Comment aurait-il pu ? Écrasé par ce que disaient de lui ses parents, il avait l'impression d'être tellement pauvre ! Élevé dans une idée de lui-même à laquelle il avait su se conformer, il savait à peine s'il existait. Où était le trésor ? C'était peut-être cette jeune fille.

— Iras-tu à la soirée dansante ? demanda-t-il.

— Ce soir ?

— Oui ce soir. Si tu viens, je t'inviterai à danser, promit Serge. J'aime beaucoup danser. Et toi ?

— Je ne sais pas !

— Tu ne sais pas si tu aimes ou tu ne sais pas danser ?

— Je ne sais pas danser ! dit Céline Molin de Rivière.

— Si tu veux je t'apprendrai, dit Serge.

Il avait de grosses lèvres sensuelles et, pour un homme, une petite voix. Il était particulièrement souriant. Elle fut touchée. Aucun garçon ne lui avait jamais parlé si gentiment.

— D'accord, dit-elle. Marché conclu !

Ils étaient un peu ridicules sur la piste de danse, la grande tige et le petit pot. Serge devait se dresser sur la pointe des pieds pour passer son bras au-dessus de la tête blonde de sa cavalière. Elle se courbait, comme on passe sous une voûte basse. L'idiote s'était fait un chignon ! Il en plaisanta : Tu ne m'aides pas ! Elle ne répondit rien, elle s'appliquait à le suivre. Elle n'avait pas compris qu'il parlait du chignon, elle crut qu'il la trouvait mauvaise danseuse. Elle l'était. Il était souple, elle était raide. Il bougeait, elle était plantée. Il souriait, elle se concentrait, crispée. Les nouveaux copains se moquèrent : Serge a choisi la plus grande mais pas la meilleure ! Serge était ravi. Ce qu'il voulait, sans le savoir, c'était être vu, remarqué, peut-être remarquable. Il avait réussi.

En même temps qu'il tombait amoureux, Serge vécut l'immersion dans une troupe de jeunes gens et jeunes filles ambitieux et pleins des mêmes qualités intellectuelles que les siennes. S'il se trouvait parmi eux, c'était qu'il en était digne, mais Dieu que la compétition était rude et la confrontation rabaissante, pensait-il. Ici sa vivacité était monnaie courante. Tout le monde raisonnait à toute vitesse. Que des belles machines ! Il croisait dans les couloirs des types qui résolvaient en dix minutes des problèmes sur lesquels il pouvait sécher toute une journée. Il connut que l'on est toujours le sot d'un autre. D'autres n'aimaient que travailler, jour et nuit, sans jamais dormir ni manger ! Il n'égalerait pas ceux-là non plus. Quelle place pouvait-il espérer entre les surdoués et les polards ?! Il n'avait aucune envie de bûcher autant que ces pauvres garçons qui resteraient toute leur vie des écoliers. Il renonça. Non, il ne tenterait même pas la compétition. Il ne se risquerait pas à constater qu'il n'en était pas capable. Il était entré dans cette prestigieuse institution, que demander de plus ? N'avait-il pas mérité un délassement ? Si ! Il se l'accorda. Il décida seul de ce répit. Il profita de cette école dont on sortait toujours diplômé. Serge Korol ne se résolvait à l'effort qu'acculé à le faire. L'orgueil seul avait contrecarré en lui un fonds de paresse naturelle (celle de sa mère). Il avait travaillé pour réussir ses études, son succès au concours assouvissait sa soif de succès ostensibles. La visibilité de sa réussite, requise et satisfaite, l'autorisait désormais à se laisser aller. Il ne chercha pas à approfondir sa victoire, mais à en jouir. En retour, son entrée à l'ENS renforça un genre d'assurance dont le revers est l'incapacité à se remettre en question. Serge Korol n'admettait plus la critique. Et pas davantage la contrainte, comme il put s'en apercevoir pendant son année de césure à l'armée.

Le service militaire fut pour Serge l'occasion de découvrir l'autorité et la discipline. Il n'aima pas ! Il pleura dans son lit le soir, regrettant la maison familiale. Ce furent les dernières larmes de sa vie d'homme, l'une de ses ultimes émotions personnelles. Il aurait voulu prendre sa voiture et rentrer chez lui, et il ne pouvait pas, il aurait été considéré comme déserteur ! Il était au désespoir d'être cantonné sans autorisation de sortir. Comment ! On pouvait ne pas être libre de soi-même à ce point ? Plus jamais il ne connaîtrait d'entraves ! Il s'en fit à ce moment la promesse. Il en avait fini pour toute sa vie avec la docilité. Trois mois au cœur du froid de l'hiver français, à ramper, grimper, crapahuter, se réveiller en pleine nuit pour marcher mitraillette à l'épaule, se lever à l'aube pour saluer les couleurs, cette formation d'officier à laquelle il excella (athlétique comme il l'était) lui fit prendre conscience de son goût pour la liberté. Il n'aimait rien tant qu'agir à sa guise, sans contrarier son désir : gare à celui qui s'avisait de lui mettre des bâtons dans les envies ! Serge mordait en souriant. Caché dans un habit de jeune homme, Serge Korol était un gros bébé, qui ne connaissait pas la frustration, le détour, l'attente. Sa personnalité demeurait celle d'un jeune enfant qui tyrannise sa mère et son monde pour trouver son plaisir. Il n'aurait pas dit les choses de cette manière, mais il ferait en sorte de n'avoir plus à obéir qu'à lui-même. Dorénavant, et pour toujours, il serait son propre patron.

À peine rentré à l'École, Serge se lança donc à corps perdu dans le bonheur plutôt que dans l'étude. Pourquoi aurait-il eu besoin d'étudier ? Il était normalien. Cela suffisait. Il détenait le signe extérieur de connaissances qu'il ne possédait pas encore, il ne s'embêta pas à les acquérir vraiment. Sa réussite au concours lui suffisait, il fit l'économie du reste de l'effort, trouvant de bonnes raisons à sa paresse naissante. La chimie ? Oui il avait aimé ça. Mais il ne comptait pas devenir chimiste ! La physique. Oh ! il n'en pouvait plus. La résistance des matériaux, la mécanique des fluides, la théorie des jeux ou celle des catastrophes… il n'avait pas le temps d'aller aux cours. Aucune agrégation ne l'intéressait. D'ailleurs il n'avait pas l'intention de devenir enseignant. Pour gagner des clopinettes !

Dans la plupart des matières il avait perdu pied depuis longtemps. Il ne l'avouait qu'à contrecœur, quand un ami bienveillant le poussait dans ses retranchements.

— Serge ! Ne mens pas ! Tu ne fais rien ! Comment as-tu réussi à avoir la moyenne ?

Il était un de ces élèves habiles qui savent se faire bien voir du professeur. Il maniait l'image prestigieuse qu'avait l'ENS à l'université. Première expérience réussie de manipulation d'autrui.

— Je suis allé parler au prof à la première et à la dernière séance. Mais j'ai travaillé le cours quand même, disait Serge.

Il voulait oublier qu'il était façonné de charme et de vent, qu'il maîtrisait la forme mais pas le fond. Comme Nina ?

Sa rapidité devint sa pire qualité : il comprenait si vite qu'il prit l'habitude de ne jamais entrer dans aucune matière. Il pouvait acquérir le vernis des premières notions en quelques minutes, sans difficulté, dans la joie de la curiosité. La souffrance d'approfondir se faisait ensuite sentir : il s'arrêtait. Son intérêt initial s'étiolait devant l'effort. J'en sais assez, pensait-il, le reste ne m'intéresse pas. Serge Korol abhorrait la spécialisation. Approfondir n'était pas dans sa nature. Il aimait les commencements. La découverte le comblait. Le jaillissement de l'idée lui causait un plaisir qui disparaissait s'il fallait s'atteler à une mise en œuvre. Il voulait multiplier les premières impressions. Devant la légèreté de l'idée, la lourdeur du monde et des apprentissages, Serge voulait *penser* et surtout pas *faire*. Je suis un sprinter, pas un marathonien, disait-il déjà sûr de son fait. Ainsi allait-il creuser le vide en lui-même, assis sur sa première réussite et sa capacité à convaincre qui il voulait de ce qui l'arrangeait.

Pendant la deuxième année d'enseignement, il se consacra au sport et à Céline. À l'École, on le croisait toujours en survêtement, une raquette sous le bras, ou bien accompagné de sa grande antilope. Physiquement il avait changé, attrapant une carrure. Son corps avait achevé de se développer. Son torse, devenu large, accentuait le râblé de sa silhouette. On sentait beaucoup de force en lui, mieux, une tonicité tranquille. Il était souple dans le mouvement, véloce au tennis, avec cette rapidité de fauve qui est le don des grands joueurs. De lui on disait : Très sportif ! Ou bien, quand il était à côté de Céline : Les contraires s'attirent !

Serge savait ce que l'on disait. Il riait. Céline était sa petite amie officielle. Pourtant ils avaient quelque chose du couple de parade : jamais Mlle Molin de Rivière n'accepta de passer outre ses principes éducatifs et religieux pour faire l'amour avec Serge. Elle voulait être vierge au mariage. Ayant intériorisé les valeurs de sa famille, elle était butée sur la question, anachronique avec l'orgueil de réussir une chose difficile dont il résultait une souffrance. L'intimité s'arrêtait à la porte de la chambre à coucher. Enfin Serge convainquit Céline de dormir avec lui. Promis, il ne la toucherait pas ! Bien sûr qu'il en était capable.

— Pour qui me prends-tu ? demanda-t-il à Céline si effrayée. Je ne suis pas une brute !

Personne bien sûr n'avait idée de ces détails. Serge se garda de les raconter à quiconque. Il se parait d'une délicatesse objective qui était peut-être stratégique. Il lui aurait été difficile d'expliquer qu'il s'arrangeât à son âge du refus de sa compagne, lui qui n'était pas catholique. Le fait n'était pas ordinaire. Il jouait à l'amant. Ses amis imaginaient un couple libre comme l'étaient tous les autres. Céline laissait planer cette illusion, pas si fière sans doute de ses restrictions. Elle mimait la véritable petite amie. Elle suivit Serge jusqu'à Châteaudun, se laissant présenter à Vladimir et Nina, tenant Serge par la main, partageant sa chambre de garçon, et faisant surtout ce que Serge lui demandait sans le dire : promener sa grande silhouette au tournoi de tennis estival où ne vint pas Agnès Breillat cette année-là. Serge Korol était en représentation. Céline avait les longues jambes qu'il fallait. Le club de Châteaudun n'y voyait que du feu. Serge triomphait avec sa blonde et l'ENS. Il y avait une véritable jouissance à se sentir admiré et important aux yeux des autres : Serge et Nina l'atteignaient ensemble. Elle est belle n'est-ce pas ! répétait Nina en présentant Céline à ses connaissances et amis. Céline et Serge se sont rencontrés à l'ENS, disait-elle aussi. Céline rougissait terriblement. Personne ne savait pourtant le beau secret de sa virginité. Serge s'arrangeait de tout pourvu qu'il parût à son avantage. Il en profitait pour se flatter : Je la respecte. Je ne suis pas une brute. Je l'aime pour autre chose que le sexe. Longtemps il garderait en lui les traces du discours de ses parents qui, vantant leur amour fidèle, discréditaient du même coup le désir vagabond, les balades érotiques. Serge était contraint sans le savoir. Il avait avalé Vladimir et Nina tout entiers. Ils étaient en lui, légiférant du dedans ! Et pour se protéger Serge avait endormi sa sensibilité, se clivant pour survivre dans la loi des parents qu'il n'avait pas tués. Serge Korol ne s'approchait pas de la nature concrète des actes ou des situations, il était dans l'idée qu'il s'en faisait. Anesthésié, éloigné de lui-même par son éducation, il souffrait peu d'être repoussé par Céline. Il lui trouvait des raisons. Puisque c'était par conviction ! Et il s'arrêtait là, content de lui-même.

Pourquoi avait-il choisi une fille de qui on ne pouvait attendre aucun débordement ? Jamais il ne se le demanda. Que cherchait-il dans cette relation ? De l'amour ou un faire-valoir ? De la tendresse, de l'intimité, ou bien la compagnie d'une fille qui faisait de l'effet comme un étendard de beauté ? Il n'admit pas que la question se posait. Chose singulière, Céline Molin de Rivière souffrait plus que lui de ses limites. Forcément ! Elle croyait à leur rencontre ! Ce qu'elle voulait à la fin c'était se marier ! Lui n'y pensait pas une seconde et sa résignation à l'amour platonique était pour cette raison plus suspecte que sensée. Était-il présent dans ce lien qui s'élaborait ? Tissait-il quelque chose ou bien utilisait-il cette jeune fille pour ce qu'elle était capable de lui donner ? Quand elle pleurait dans le lacis des entraves que lui créait sa famille, il la consolait distraitement. Il était gentil mais guère impliqué.

— Tu me trouves ridicule ? demandait Céline.

— Pas du tout, répondait Serge.

Il ne la trouvait rien du tout. Elle était comme elle était. Serge souriait encore. Par indifférence, la tolérance lui était naturelle. Il ne jugeait pas Céline. Il en faisait l'usage qu'il voulait : il lui demandait d'être belle à sa place et elle était belle. Il la promenait à son bras. Regardez la ravissante blonde que s'est dénichée le petit Korol ! Serge était certain que les gens de Châteaudun avaient ce genre de pensées. Comme Nina avant lui, il s'imaginait être le centre des préoccupations et des bavardages. Sa mère lui assurait qu'il l'était. Serge souriait, heureux de cette nouvelle. Céline souriait à son tour. Tant de sourires voulaient-ils dire qu'ils allaient se marier ? pensait-elle. Serge riait quand il la devinait. Oh bien sûr il avait de la tendresse pour elle. Elle était émouvante avec ses bizarreries. Mais il n'était pas avec elle, à côté d'elle. Du moins il n'y fut pas longtemps : quelques mois de rencontres et il était déjà reparti au-dehors. Il voulait captiver toutes les jolies filles, en rencontrer et en connaître le plus possible, et leur plaire. Il fallait qu'une cohorte de petites femmes eussent une belle image de lui. Devant toutes Serge Korol faisait son intéressant. Jamais les trois lettres ENS ne connurent un usage si effréné : avec cet alphabet il jouait au génie.

Le succès l'empêcha de réfléchir à lui-même. Il ne vécut pas d'épisode analytique, pas de pause existentielle, il fonça aveuglément. Sa personnalité évidemment lui échappait. Il était doux et horrifié par le conflit. Quand il tombait amoureux, son magnétisme s'exerçait sur sa proie. Mais là pas plus qu'ailleurs il ne savait approfondir. Déjà, malgré la jeunesse de son cœur, il était protégé par une incapacité à s'investir corps et âme. Qu'il s'agît d'agir ou d'aimer, il n'était pas dans les choses elles-mêmes mais dans l'image que ces choses lui donnaient de lui. Quel effet avait-il fait ? Qu'avait-on pensé de lui ? Avait-il l'air intelligent ? Avait-il l'air de réussir ? Avait-il l'air d'un garçon comblé par un destin exceptionnel ? Et surtout : Avait-il lui-même cette impression ? Voilà ce qui l'occupait sans qu'il s'en rendît compte. Son intelligence brillait sous l'injonction inconsciente de briller. Son éclat faisait leurre, mystifiait les uns, les autres, et le héros lui-même. Serge devenait boulimique d'effets extérieurs plus que d'impressions intérieures. Les apparences lui suffisaient donc. Bien sûr il aurait préféré coucher avec Céline Molin de Rivière. Mais il était heureux qu'on le crût son amant. Un usurpateur talentueux se profilait dans son caractère. Ce trait augmenterait avec l'âge et la frustration complexe que lui inspirerait sa propre vie. Plus tard, Serge prendrait l'habitude de parler de livres qu'il n'avait pas lus, d'en signer qu'il n'avait pas écrits, et d'amplifier les mesures de sa réussite. Le chiffre d'affaires de son entreprise, le nombre de ses salariés varieraient selon son interlocuteur et l'envie qu'il avait ce jour-là d'impressionner ou de paraître modeste. Pour l'instant, il laissait ses amis croire qu'il couchait avec la plus jolie fille de la promotion. De ces deux options, faire quelque chose sans que personne n'en sût rien, ou ne rien faire en faisant croire qu'on fait, Serge choisirait souvent la seconde. Choix malavisé, qui ferait de lui à la longue un être de vent et d'imposture, beau parleur, un faiseur qui ne fait rien lui-même.

Céline Molin de Rivière avait une fonction qu'elle remplissait à la perfection. Serge savait utiliser les autres. S'entourer de gens utiles, compétents à sa place, serait son premier talent. Il les repérait en un clin d'œil, rapide décidément à voir chez autrui ce qu'il ne possédait pas. Il gagnait leur sympathie, se les ralliait par la flatterie et l'intérêt. Il serait le premier captif de l'ascendant qu'il était capable d'exercer sur les autres. Fils de communiste, qui aurait dû connaître la dialectique, il n'avait hélas pas retenu la manière dont le maître perd la maîtrise tandis que son esclave acquiert le savoir-faire. Absorbé par le souci de son image autant que par la paresse, Serge Korol resterait privé du bonheur d'accomplir. Au lieu d'empoigner le monde, de le transformer et de découvrir qu'on peut en jouir, il aurait la tête dans les nuages et les pieds dans le vide. La seule activité qu'il aurait jamais pour son plaisir, le seul élan pour se mêler lui-même à l'action, serait le tennis. Là, personne ne pouvait jouer à sa place. Étrange retour du temps, on eût dit sa propre mère, si soucieuse de faire impression qu'elle en oubliait d'exister, de désirer et d'entreprendre par elle-même, de se frotter aux choses et de les dominer. Ainsi, de la même manière que Nina au Maroc, Serge commença dès l'École normale supérieure, auréolé de l'exploit d'y être entré, à ne s'emplir que de sujets de conversation.

Alors il faisait des rencontres. Serge Korol, complexé par sa petite taille, malin et vif, était un prodige en société. Il voulait faire impression et il y parvenait ! Ses capacités lui servaient à essaimer des effets. Serge Korol ? disait-on. Si étonnant ! Un *typapart* ! Ouvert, ayant tout lu, connaissant tout, l'hypnose, le voyage astral, le tennis, la poésie de René Char, le comportement des fourmis, les minéraux, la théorie du chaos… Serge avait toujours des tas d'anecdotes et d'histoires à raconter : ce qu'il tenait de l'un, il le répétait à l'autre.

"Savez-vous que les souris de laboratoire font les mortes pour être sorties de certaines expériences ?", "Je vous hypnotise quand vous voulez !", "Ah oui Malcolm Lowry ! Il a écrit huit fois *Au-dessous du volcan* !"

Il avait appris depuis peu la lecture rapide. Il survolait le monde. Voilà un talent qui facilitait les relations sociales. Il fit un stage dans la publicité. Comme un poisson dans l'eau au cœur de cet univers voué à l'image, Serge fit grand effet. Comme ce garçon était original avec sa raquette de tennis et son sac de sport ! On le garda l'année suivante. Qu'il vienne quand il voulait. Serge Korol était comblé. La grande vie commençait.

12

Ancien élève de l'ENS, autorisé par ce titre à tutoyer les élites, l'avenir faisait à Serge l'effet d'une mer étincelante et poissonneuse. Il ne nageait pas ! Il naviguait sur un yacht de collection, qui était une institution nationale, à quelques pas du Panthéon, baptisée de trois lettres inaltérables ! L'ENS allait l'emporter très loin.

Serge Korol connut la période la plus extatique de sa vie, pris par le ravissement d'être à juste titre content de soi-même, tout à la confiance du jour. Il s'exemptait de tout nouvel investissement. Les efforts passés (ou d'autres qui par l'intensité leur ressembleraient) n'auraient plus jamais à être fournis. L'avenir était semblable à la gloire du présent. Quelle apothéose il vivait ! Quelle glorification d'un garçon ! Ses parents rayonnaient grâce à lui. Captif de cette réverbération, il surestimait son succès. Le monde vaste et fracassé disparaissait, et avec lui la vie, plus longue à mener qu'on ne le croit à vingt ans : Serge faisait d'une gloriole sous les étoiles le centre d'un univers qui tournait autour de lui. Tout lui semblait facile. Son charme opérait sans restriction. Il lui suffisait, à un moment ou un autre de la conversation, de laisser tomber la prestigieuse étiquette, les trois lettres magiques, et il pouvait dire n'importe quoi : son intelligence supérieure était devenue un fait acquis. Ses propos les plus farfelus, à la lumière de sa formation, achevaient de le ranger dans les esprits inclassables. Il parlait de tout ce qu'il ne connaissait pas, répétant des informations entendues ici ou là. Je t'assure que l'ovule choisit le spermatozoïde. Les rats qu'on empêche de dormir meurent deux fois plus vite que les autres. Une fois par jour, le dalaï-lama visualise une façon de mourir. Décidément ce garçon savait tout. Il s'inscrivit à l'université en sociologie et communication. Il s'épata avec un vernis supplémentaire, la découverte du vaste domaine des sciences humaines. Il fit quelques lectures qui pouvaient impressionner, Barthes, Deleuze, Foucault, et puis Baudrillard, Guillaume et Attali. Serge n'y comprenait pas tout mais il était ravi. Il avait désormais des références scientifiques et philosophiques, une prétention à la sagesse et de grandes ressources dialectiques, comment lui résister ? Personne ne résistait.

Il habitait maintenant un petit appartement charmant, dans une rue pleine de bistrots, avec une vue dégagée sur la place d'un quartier animé par une effervescence commerçante. Son ami Firmin logeait avec lui, ramenant des filles comme s'il en pleuvait, toujours admiratif de son camarade qui justement voulait de l'admiration. Serge n'avait jamais lâché le fil de cette amitié. À Fifi il avait écrit des lettres. Il l'avait invité à passer les vacances à Châteaudun. Fifi avait beaucoup de talent au tennis. Les deux garçons disputaient des parties sans se faire de cadeau : Serge perdait toujours et l'acceptait avec le sourire puisque, la chose était entendue, il était des deux le plus intelligent. Sa relation ancienne avec Fifi comblait ce besoin de dominer allié à un complexe de supériorité que les

Korol avaient reçu en partage et qui leur venait justement d'une confiance en eux défaillante. Vladimir souriait des victoires de Fifi. Le pauvre ! il fallait bien qu'il gagnât quelque part ! Vladimir, qui prêtait aux siens des talents qu'ils n'avaient pas, méprisait facilement les autres. Mais Fifi était bonne pâte. Il avait ses plaisirs, son art de vivre, il connaissait le malheur et la peine, qui n'étaient pas de se sentir dominé. Les vanités de Serge et de ses parents lui passaient si haut au-dessus de la tête qu'il n'en avait pas idée. Serge et Fifi faisaient une belle paire d'amis. Fifi apprenait l'informatique. Serge était plus désincarné. Fifi faisait le ménage, les courses et la cuisine. Serge essayait de ne pas oublier de dire merci. Il pensait cueillir les fruits de son travail ! La vie estudiantine, quand on est payé de surcroît, est un moment inégalable.

Céline Molin de Rivière se languissait-elle d'épouser Serge ? Il la voyait moins. Il la laissait patienter. Il attendait celle qui succéderait. La nouvelle petite amie arriva cette fois encore par le sport. Serge avait compris qu'il aimait les filles sportives. Elles étaient plus belles, leur corps était ferme ; elles connaissaient des émotions dont il partageait la saveur, elles étaient combatives. Il sentit aussi combien il aimait le tourbillon de la séduction, ses coups de poignard, ses rires, et la multiplicité des proies auprès de qui on ne s'attarde pas. Il avait au feu une série de *casseroles* attrayantes : Anna la Russe, qui essayait de vivre de ses sculptures, elle était tonique, drôle, folle ! Priscillia, l'Américaine, fille de diplomate, déboussolée, folle de lui ! Héléna, une amie de ses cousins Korol qui lui avait téléphoné lorsqu'elle était arrivée à Paris sans connaître personne. Héléna mesurait un mètre quatre-vingts et cela suffisait à cette époque pour plaire à Serge. Il était comme un petit paon malin au milieu de cette flopée de jeunes courtisanes qui se pressaient autour de lui tels des papillons autour d'une fleur. Il souriait, flattait, faisait le drôle et le surdoué. Les amies anciennes ne manquaient pas à l'appel : Marie Duval qui accumulait les succès – médecin, normalienne – et faisait de la recherche en neurologie. Serge fut jaloux du brillant chercheur qui avait Marie pour collègue et de Marie qui continuait de réfléchir (il sentait bien qu'il avait laissé tomber). Il se consolait auprès d'Agnès qui menait en dilettante des études de communication et se laissait bluffer par le bagout qu'il avait. Agnès Breillat était l'amie de cœur avec qui Serge trouvait la complicité des amitiés adolescentes, la trace d'un premier amour, le plaisir de côtoyer une beauté.

Rencontrée dans un tournoi, Caroline Marcillot répondait aux critères secrets d'éligibilité : non seulement championne de badminton, adroite au tennis, elle était physicienne et suivait un programme supérieur de management qui lui permettrait de travailler bientôt au comité de direction d'une grande entreprise industrielle. Cette façon d'être attendue à un poste prestigieux impressionnait Serge. Il avait besoin pour aimer d'être admiratif : son amour devait lui sembler mérité. Elle était plutôt jolie, grande et musclée, avec un petit nez retroussé qui lui donnait un air juvénile et rieur. Le premier soir ils rentrèrent ensemble d'une soirée, tous les deux ivres. Caroline ne ressemblait pas à Céline, Serge le sut quand il se retrouva au lit en train de faire l'amour avec elle. Oh comme c'était agréable ! Serge mit quelques jours à faire comprendre à Céline que leur relation platonique était arrivée à son terme. Elle pleurait, se faisant des reproches, regrettant ses empêchements. Non ! lui disait-il, ce n'est pas de ta faute. Il ne voulait pas la culpabiliser. Il ignorait ce qui avait changé, il ne savait pas ce qu'il ressentait, mais il n'était plus amoureux, il était sincèrement triste pour elle, il lui demandait de lui rendre sa liberté. La demoiselle s'exécuta. Serge Korol coucha tous les soirs avec Caroline Marcillot.

C'était une chic fille. Une grande fille simple. Pas chiante ! disait Fifi qui l'aimait bien. Elle était toujours contente. Les casseroles au feu, qui téléphonaient de temps à autre, ne semblaient pas lui faire peur. Elle n'était pas jalouse, ne demandait jamais rien, ne faisait pas de scènes. Quand Serge choisissait de sortir seul de son côté, elle acceptait sans se plaindre. Souvent elle ne rentrait pas chez ses parents et l'attendait chez lui au lit. Et puis, c'était toujours pareil, elle avait de quoi flatter Serge en société : championne aux nombreux titres, grande, intelligente, connue pour être tout cela. Avec elle, c'était du pain blanc qu'il mangeait : une compagne et la vie qui vous appartenait.

Les années Caroline furent paisibles et sans éclats de voix. Les sélections étaient passées, Serge et Caroline étudiaient mollement – ni l'un ni l'autre n'était un intellectuel –, ils jouaient au tennis ensemble, ils s'entraînaient à la course à pied, ils allaient au cinéma, en soirée, ils dansaient, ils buvaient, ils faisaient l'amour dans la nuit, se réveillaient tard. Le vendredi soir, ils prenaient la grosse BMW blanche de Serge (une voiture d'occasion qu'il s'était offerte avec son premier salaire de normalien) et partaient à Châteaudun où ils passaient le samedi et le dimanche.

Ce n'était pas tellement gai, pensait sans le dire Caroline Marcillot. Déjà elle suivait Serge comme une femme peut suivre son mari. Sa place était avec lui et elle n'allait pas l'empêcher d'aller voir ses parents. Châteaudun donc.

Nina avait changé. Elle était boursouflée, hagarde, et pétrifiée par ce qui lui arrivait : une élocution hésitante et ralentie. Elle était devenue alcoolique mais c'était un secret. Personne, pas même elle, ne souhaitait le découvrir. Sous l'effet de l'alcool, elle avait pris du poids. Son ventre avait surgi d'on ne savait où, elle paraissait enceinte. Parfois elle titubait et s'en amusait. Elle était défigurée par une peau couverte de plaques sèches et de rougeurs, dont les pores dilatés lui faisaient une texture relâchée. Mais elle n'avait pas fini de sourire. Elle avait encore de grands moments de lucidité. En société elle se tenait derrière le paravent charmant de sa conversation, questions, sourire, acquiescement, écoute, petite remarque, sourire, mon fils qui est normalien, sourire, une dose de condescendance… Elle était fausse. Le bonheur était faux. Mais Nina portait le masque avec encore assez de talent, ce qui contribuait à sa perte : personne ne se doutait du puits dans lequel elle tombait, aspirée par magie.

Pas plus que les autres, Caroline Marcillot ne perçut la chute intérieure de celle envers qui elle se comportait déjà avec gentillesse et politesse, comme le ferait une belle-fille. Nina lui avait ouvert sa maison, Caroline ne demandait pas plus. Elle ne cherchait pas la complication. Nina l'aimait-elle pour elle-même ou seulement pour son fils ? Quelle importance ! Caroline ne se posait pas la question. C'était une grande fille simple et gentille.

— Justement, dirait bientôt Serge, je m'ennuyais !

Marie, Agnès, Céline, Caroline… Comme on le dit dans les milieux bourgeois, elles étaient toutes des *filles bien*. Mieux : de sacrées personnalités, dotées d'un univers personnel, d'un charme, d'une intelligence nettement au-dessus de la norme, validée par des diplômes (au détail des disciplines Serge préférait l'évidence des étiquettes). À ses compagnes, Serge réclamait un supplément de talent, grande beauté, excellence sportive : elles l'avaient. En présence d'une belle prise, il faisait briller son sigle : ENS. L'effet ne ratait pas. Toutes l'admiraient au-delà de la mesure, persuadées de son génie. Marie fut seule à douter de lui et de sa profondeur. Il ne le lui pardonna pas : jamais il n'en fit sa petite amie. (Plus tard il se montrerait à son égard plein de la rancœur coléreuse de celui qui se sent démasqué.) Chacune avait été choisie parce qu'elle valorisait son compagnon. Il était fier de les exhiber, amies ou amantes, comme des trophées qui signalaient l'homme exceptionnel qui méritait leurs faveurs. Il aimait se sentir l'élu d'une fille convoitée mais renversait le dessin, faisant sentir à chacune la chance qu'elle avait d'être aimée de lui ! C'était lui pourtant qui avait de la chance. Mais comment en convenir et dominer ? Il n'en convenait pas. Certes il savait complimenter, mais l'éloge de sa dulcinée servait à justifier qu'il l'eût choisie parmi tant d'autres. Tu es extraordinaire, merveilleuse, ravissante, intelligente, sans quoi je ne t'aimerais pas moi qui suis un génie ! Telle était la teneur du propos de Serge en amour. Tu as de la chance : je t'aime. L'inversion des rôles était sa spécialité. La constance et la fidélité ne l'étaient pas. Chacune des princesses fut délaissée pour une autre qui, aux yeux de Serge Korol, lui était supérieure. Quand on ne connaît pas les gens, on peut les comparer. Serge ne s'en privait pas. Il avait des échelles objectives et sommaires : la taille, le diplôme, le classement sportif. Des compensations pouvaient être envisagées ! Il allait vers l'étoile la plus brillante. Serge se lassait au bout d'un temps. Peu émotif, peu empathique, plutôt insensible tant il était occupé de ses effets, l'histoire d'amour ne gravait rien en lui qui ne fût effaçable. Il envisageait la rupture comme un mauvais moment à passer. D'ailleurs, même si elle l'enquiquinait, la souffrance de l'autre le valorisait encore : eh oui ! perdre un homme comme lui était douloureux. Il trouvait là un petit plaisir de fierté. La fille l'aimait vraiment ! Ce n'était pas pour elle une amourette : il était aimable. Fort de cette certitude, il suivait pour rompre un protocole de fausseté. Je suis désolé, répétait-il. Je ne veux pas que tu sois triste. Jamais il ne parlait de la nouvelle étoile qui, en son firmament, attendait de descendre dans son lit. Personne n'était responsable, ni la nouvelle ni l'ancienne élue. Elle ? Oh non elle n'y était pour rien. C'était lui qui avait changé. Il ne savait pourquoi, il n'était plus amoureux. Elle ne voulait pas d'un homme pas amoureux tout de même ? Si ! disait la malheureuse. Oh non il n'accepterait pas cela. Il ne voudrait pas l'humilier, la faire souffrir. Ces mêmes paroles sirupeuses, falsifiées, intéressées, furent servies à Céline et Caroline. Serge les prononçait avec un visage impassible, avant de disparaître de leurs existences féminines. Il n'était plus là. L'histoire était finie. La fille continuait un moment de verser des larmes, de téléphoner. Il écoutait sa plainte sans un mot. Placide, flegmatique, il en attendait le tarissement. Que pouvait-il dire ? pensait-il. C'était lui qui la faisait souffrir, comment aurait-il pu être celui qui la consolait ? Le temps ferait son ouvrage. Le temps assécherait la peine, comme il asséchait les cœurs. Alors il répétait : Je te demande pardon. Je ne veux pas que tu sois malheureuse. D'autres mots le traversaient qu'il proférait comme une marionnette. Il semblait oublier toute l'histoire au moment de la finir. Oui, il aurait de bons souvenirs, disait-il. L'expression des sentiments était là dans la forme, mais il semblait y manquer la vie véritable.

C'est ainsi que Serge quitta Caroline Marcillot qui n'avait failli en rien : il avait rencontré Marianne Villette. Il se sentait aussi étourdi qu'ensorcelé. C'était délicieux, enivrant, prometteur. Il voulait la revoir. Avec celle-là, la partie durerait plus longtemps.

II

LA FEMME DE SA VIE

1

Il y avait chez Marianne Villette une fantaisie interminable qui était à la fois une disposition naturelle à mener une vie imaginative et l'espoir d'échapper à quelque chose de terne dont elle savait la menace perpétuelle. Les grands chapeaux qu'elle se mettait sur la tête, que n'aurait portés aucune jeune fille de son âge, manifestaient cette originalité, dont elle n'avait pas assez conscience pour songer à la restreindre. Un élan en elle entretenait une étincelle d'excentricité. Il y avait au-dedans, semblable à une grotte sous la roche, et vaste comme une volière, un espace intérieur aussi libre à la rêverie que sensible au monde. Ses propos, ses doutes, ses impressions, ses colères, étaient souvent singuliers sans chercher à l'être. Une énergie intarissable en animait l'expression : elle parlait vite, riait sans retenue, criait fort, pleurait facilement, s'emportait pour rien et retrouvait son calme avec autant de facilité. Elle était sans dissimulation, franche comme une eau qui jaillit de la terre : merveilleusement tonique. Son tempo était rapide et la sobriété n'appartenait pas à l'arsenal de ses talents. C'était à elle-même qu'elle faisait cadeau de ses silences, parlant trop, à la manière de ceux qui, pour intervenir, ont franchi une barrière intime. Quand elle parlait, tout le côté méditatif de son caractère disparaissait, le visage devenait mobile, une voix claire et forte s'élevait joyeusement. Marianne Villette pouvait fatiguer ou exaspérer, jamais ennuyer ou laisser indifférent. Se trouver face à ce tempérament (sa jeunesse, une aspiration à la plénitude et les moyens de l'assouvir) promettait une décharge d'impulsivité. On pouvait ne pas aimer ! Elle était vraiment une jeune fille ardente et spontanée, dont l'énergie cassait une timidité héritée de l'enfance et de l'éducation : une fille modèle qui refusait de n'être que cela, un mélange explosif d'embarras et de hardiesse. Marianne commençait juste à penser par elle-même : venant de comprendre qu'obéir à ses parents et développer son intelligence sont deux choses qui, à partir d'un certain âge, deviennent antinomiques, surtout si l'on a trouvé de bons maîtres et que l'on a des parents trop bien élevés. Sa vitalité utilisait la création pour l'exploration : elle aimait dessiner, peindre et en parler. Comme la jeunesse, elle écrivait des poèmes. Elle était en secret pénétrée de la rage d'être une artiste. Peindre et vendre des toiles : vivre de ses œuvres ! Voilà ce qu'était le bonheur, la seule vie qui valût d'être vécue ! Mais depuis vingt-quatre ans – son âge – elle n'avait pas peint un tableau qui lui plût, ni écrit un poème lisible. Anxieuse, elle taisait cette vocation pour laquelle elle n'était pas forcément configurée, sans pour autant renoncer à s'y consacrer. Elle se sentait au bord de la vie comme on se tient au bord de la mer : elle distinguait les plongeons des autres, observait les nages variées des anciens plus tôt entrés dans l'eau, allait y barboter avant la grande traversée envisagée, prenant exemple, tirant les leçons, sérieuse, concentrée, inquiète d'elle-même et des capacités qu'elle pouvait solliciter en elle. Elle avait idée que la vie est une cathédrale dont on construit pièce par pièce la beauté. Il fallait vivre chaque journée sans perdre de vue l'édifice.

Mlle Marianne Villette, exaltée, tendue vers un accomplissement plus improbable que d'autres, avait un caractère vaillant, porté par une volonté énergique, dont l'opiniâtreté se révélerait dans l'effort. Son tempérament passionné et émotif allait de pair avec une sentimentalité à la fois généreuse et distraite. Il fallait faire la part de ses larmes. Et de ses sentences, par lesquelles elle marquait son goût de l'aphorisme, de la conviction même momentanée, et exorcisait sans le savoir une tendance personnelle à douter de la plupart des choses qu'elle pensait, éprouvait, croyant finalement se faire des idées. Ainsi faite, pleine et fiévreuse, prétentieuse en voulant un avenir et modeste en oubliant ce qu'elle avait réussi, elle était à la fois l'envers et la proie de Serge Korol. Cette fille qui se prenait moins au sérieux que ses ambitions, tremblante de l'appréhension de ne pas éclore, allait faire l'effet d'un grand incendie à celui qui était déjà assis sur le trône d'une réussite adolescente. Serge Korol serait ébloui par les lumières du désir : celui de Marianne Villette pour la vie, et celui qu'elle suscita chez lui. Marianne entendait bien fabriquer quelque chose qui sans elle n'aurait pas existé. Serge voulut s'accrocher à cette énergie, se sentir exhaussé par elle, comme il aimait à l'être par les autres. Je n'ai que des amis exceptionnels, se plaisait-il déjà à répéter.

D'abord il la mangea du regard. Il ne pouvait rien contre cela : elle était son genre de beauté. Elle parlait, riait, parlait, passagère emballée de sa jeune existence, volubile par victoire sur sa timidité ou par timidité. Il était captivé par l'image, la minceur tourbillonnante et qui semblait si forte ! Il fallait qu'elle eût le bonheur dans la main cette fille ! pensait-il. Quel appétit ! Voilà une jeune femme saisissante par qui Serge demandait à être saisi. Il le fut. Il était une personnalité excitable par ce qui sortait de l'ordinaire. L'étonnant mélange en lui de l'immodestie (l'idée de son génie telle qu'elle lui avait été entrée dans la tête) et du manque de confiance en soi (l'écart qu'il percevait entre le réel et le génie) l'amenait à rechercher des compagnies extravagantes, dans lesquelles il puisait le réconfort de se faire apprécier. Il voulait *en être* comme on dit, de sorte qu'il pût se tranquilliser : si je suis parmi ces gens, n'est-ce pas que je suis moi aussi grandiose ? Au fond de lui-même, Serge Korol ne s'aimait pas. Comment aimer cet homme réel qui en lui décevait sans cesse celui dont Nina avait forgé le rêve ? Écrasé par l'injonction maternelle, le fils se dépitait lui-même. Serge Korol avait besoin d'être rasséréné sur sa valeur. Sa mère avait seriné son désir à elle. Le fantasme n'avait pas laissé de place à l'enfant de chair et de faiblesse. L'homme vrai était envahi par le faux fils. Le vrai fils souffrait et disait : Dis-moi qui je suis ! Dis-moi qui je suis, voilà ce que Serge attendait des autres. Il le demandait de préférence à des personnes douées comme il espérait l'être lui-même. Le résultat de ce micmac intérieur ne se fit pas attendre : à la seconde où Marianne Villette lui était présentée, Serge Korol en était amoureux. Dis-moi que je te mérite.

Il fut attrapé par les yeux. La vue joue un rôle parfois fatidique et toujours imparable dans l'amour masculin et Marianne Villette pouvait paraître jolie. Elle portait une mantille de dentelle enturbannée autour de cheveux noirs bouclés, qui dépassaient par les interstices de l'enroulement imparfait ou déjà déplacé. Un fracas de sautoirs pendait à son cou. Des perles de résine peinte, qu'elle malaxait entre ses mains, faisant et défaisant des nœuds d'un geste habile qui donnait vie aux longs colliers. Une jupe plissée blanche, taillée dans un panneau de rideau, descendait jusqu'aux pieds, enveloppant les jambes. Marianne paraissait au choix gourde ou originale, voire les deux ensemble. Cette tenue vestimentaire inouïe annonçait au moins une princesse. Voilà ce que pensa Serge Korol, chaviré. Elle était plus grande que lui (une condition nécessaire bien qu'insuffisante) et souriait (aussi bien que Nina) comme si apparaître dans cet accoutrement l'amusait elle-même, ce qui n'était pas le cas du tout. Il leva un regard charmé qu'elle ne voyait pas, parce qu'elle était loin d'être charmée par elle-même et que l'intimidait l'essaim bruyant des invités inconnus. Elle éprouva une impression d'apaisement. Quelle chance de trouver un compagnon de conversation qui lui épargnât la souffrance de se façonner une contenance dans une solitude en public ! Oh ! elle ne voulait pas rester seule une seconde au milieu des autres. Plus jamais ! Cette rencontre était providentielle ! Un garçon lui accordait la primauté, elle se jeta sur ce privilège comme la peur sur la sécurité. Il se prénommait ? Serge. Et elle ? Marianne. Elle cueillit les prérogatives éternellement inavouables dont profitent auprès des hommes les jolies femmes. Ils parlaient, isolés des autres, lui séduit (électrocuté), elle accrochée à l'interlocution plus qu'à l'interlocuteur, réconfortée dans la bulle de leur contact tout neuf (un coup de foudre qui n'était pas simultané).

L'idylle, qui prendrait l'envergure qu'un quart de siècle confère aux attachements et s'achèverait sous un coup inattendu du destin, se noua en quelques heures. C'était le samedi 30 novembre 1985.

Le carton d'invitation avait été envoyé au mois d'octobre, de façon si prévoyante qu'il rendait impossible de l'esquiver au motif que l'on était déjà pris. La carte postale représentait trois poupées russes que Marianne Villette avait regardées sous l'œil inquisiteur de sa mère. Au dos il était écrit, au stylo-plume, à l'encre noire, d'une écriture ronde et relâchée que Marianne reconnut pour être celle de son amie Delphine :

Dîner chez Delphine, samedi 30 novembre, 20 h 30
10, boulevard Saint-Germain, Paris V
Code 25B33 – RSVP – tél. 597 18 24

Quel genre de dîner ? pensait Marianne Villette devant ce libellé imprécis. Combien de personnes ? Assis ou dansant ? Elle était inquiète par avance. Elle avait de la hardiesse dans l'âme mais pas dans le monde. Avant de répondre comme elle y était obligée, elle se perdit en conjectures. Si Delphine avait posté cette carte au lieu de téléphoner, c'était signe qu'elle avait lancé beaucoup d'invitations. Plus nombreuse était une assemblée, moins les personnalités étaient saisissables, et moins Marianne se sentait à l'aise. Elle aimait le face-à-face, le moment de révélation où l'autre ne présente pas un stéréotype mondain mais un tempérament préhensible par la conversation.

— Cette fois-ci tu ne peux pas dire non, disait Brune Villette à sa fille, en versant l'eau bouillante dans la théière.

La mère ignorait qu'au même moment sa fille pensait : Je dois y aller, je dois sortir de chez moi et me forcer à faire des rencontres si je ne veux pas finir ma vie seule sans amant ni mari.

— J'irai bien sûr, répondit Marianne, sans préciser à sa mère qu'il ne s'agissait ni d'être polie, ni de faire plaisir à l'hôtesse, mais de rencontrer des hommes.

Elles se tenaient dans la cuisine, Marianne à peine revenue de ses cours, Brune occupée à peler des carottes, avait essuyé ses mains sur son tablier pour aller chercher l'enveloppe reçue au courrier du matin. Il est arrivé ça pour toi. Tu ne l'ouvres pas ? La mère surveillait la fille, commandait encore sa vie de jeune fille, exigeait, des noms, des lieux, des horaires. Elle jugeait de bon aloi cette invitation chez Delphine de Saint-Vallon dont les parents étaient des amis de longue date, ce qui compliquait l'affaire pour Marianne, car il n'est pas certain que les enfants apprécient de frayer dans l'espace d'amitié de leurs parents.

Le 30 novembre arriva. Dans sa longue jupe blanche, ses colliers tressautant, vérifiant son turban quand elle sortit du métro emportée dans un appel d'air, Marianne Villette marcha jusqu'au bout du boulevard, serrant sous son menton le col de son manteau. Au loin le pont franchissait la Seine, l'eau sombre, miroitante et invisible traversait le temps. L'appréhension tenaillait Marianne, et avec elle la mélancolie et le romantisme (sous un porche, un garçon embrassait une fille). Elle venait de fêter ses vingt-quatre ans et portait la veste de fourrure blanche que ses parents lui avaient offerte pour cet anniversaire. Blanche de la tête aux pieds, elle semblait une apparition. La pulsation accélérée de son cœur martelait son effroi à affronter le monde, les rencontres qui risquent de ne pas avoir lieu, les déconvenues et les emprises qu'elles nous réservent, ou la honte de ne plaire à personne. Marianne Villette avait souvent le sentiment d'être évincée, pire de ne pas entrer dans le cercle. Avoir peur pour un dîner était ridicule et c'était bel et bien ce qui lui arrivait : elle était ridicule. Grande, des épaules carrées, un visage en ovale, le front étroit et bombé, de grands yeux aux aguets, une bouche charnue qui faisait des moues, un nez qu'évidemment elle n'aimait pas, elle n'était ni laide ni jolie bien qu'elle eût une présence, dégageant un rayonnement qui était peut-être celui de sa volonté ou de son aspiration, et qui faisait peur aux garçons. Tant de complexité en tout cas ne les avait pas attirés à l'âge des amours adolescentes. Aux puceaux agités il faut des beautés immédiates. Les plus banales sont les plus visibles. Marianne Villette avait fait tapisserie dans toutes les soirées lycéennes, où elle était allée à contrecœur, espérant ainsi être à l'aise et bien dans sa peau alors qu'elle ne l'était pas. Mal fagotée dans les robes longues que lui prêtait sa mère pour ces occasions, inquiétée par une éducation exigeante où le compliment était inhabituel, elle avait échoué à prendre confiance en elle. Elle n'était pas guérie de ses déceptions. À l'heure de sortir parmi des amis qui faisaient bande, elle ressentait des inquiétudes, des baisses de courage, des fatigues par avance, des tristesses de n'être qu'elle-même. De quoi aurait-elle l'air ce soir à côté de Delphine ?

Delphine de Saint-Vallon était une exquise jeune fille qui avait souvent sans le savoir avivé les complexes de Marianne. Sa blondeur, son beau visage, ses yeux dorés, sa douceur, cette panoplie gracieuse était donnée en exemple par Brune à Marianne. Regarde comme Delphine est charmante dans cette petite robe verte ! As-tu vu comme Delphine est adorable avec sa grand-mère ? s'extasiait Mme Villette. Il y a des gens qui vous balancent les vertus des autres à la figure. Ils ont l'air de vous dire que vous ne les avez pas. Leurs éloges s'achèvent en injonctions. Souris ! Tiens-toi droite ! Que répondre à une mère perfectionniste ? Marianne baissait les yeux, se contentait d'elle-même. L'appétit d'exister la protégeait. À défaut d'être charmante, elle serait une artiste.

Mais pour l'instant elle n'était rien ! Qu'une jeune fille studieuse qui avait réussi le concours d'une grande école dont on sortait chômeur si l'on n'avait pas de talent ! Une œuvre qui couve, quelle force mais quelle détresse aussi cela vous donne. Marianne se sentait velléitaire, elle avait si peur de l'être ! Il y avait bien de quoi trembler : invisible au milieu des autres, elle n'avait rien accompli qui compensât l'absence de beauté. Traversée par ses doutes, percée du désarroi que l'on se cause à soi-même avec ses complexités, Marianne tapa le code de l'immeuble sur le petit clavier métallique (l'un des premiers à cette époque), s'engagea dans l'ascenseur et sonna à la porte d'entrée comme si elle était en disgrâce.

Et la blondeur, le beau visage, les yeux dorés, le sourire, une jupe verte à volant, un chandail assorti, ouvraient maintenant la porte à Marianne. Quelle perfection dans son genre ! Aucune jeune fille ne pouvait égaler la ravissante Delphine. Mais pourquoi comparer les personnes ? Pourquoi parler des autres en se mortifiant de leurs qualités qu'on ne possède pas, au lieu de se réjouir aussi de celles que l'on a ? Marianne refusait ce système en bloc. Bonne fille, sans jalousie, elle embrassa son amie avec une franche admiration.

— Entre, dit Delphine.

Le salon était plein de jeunes gens qui, leur verre à la main, babillaient comme on le fait à vingt ans, dans une heureuse ignorance du parcours à venir, parlant fièrement de ce qu'on a essayé ou réussi, chantonnant comme s'il n'y avait sur le chemin ni cailloux ni blessures. Ils n'avaient pas fini de jeter leur gourme et Dieu pouvait savoir, rien qu'à les entendre, à quel point leurs folies les ravissaient.

— Viens, que je fasse les présentations, dit Delphine à Marianne.

Elle s'avançait vers un jeune homme blond, solitaire, qui se tenait accoudé à la cheminée avec décontraction, souple et à l'aise, dans un pantalon de toile noire et une chemisette Lacoste rouge. L'image serait cristallisée – nette, précise, fixe – dans la mémoire de Marianne Villette : Serge Korol, petit, râblé, relâché, souriant d'une bouche pulpeuse, les cheveux coupés long, en bataille, un gros regard bleu et fixe.

— Serge, dit Delphine, je te présente Marianne qui est une championne de tennis !

Puisque Serge était un fameux joueur, c'était réunir les sportifs. Voilà que se trouvait accomplie avec habileté la tâche de la maîtresse de maison : faire en sorte que les convives passent une soirée agréable, c'est-à-dire, pour commencer, qu'ils trouvent quelqu'un avec qui converser.

— Je reviens, dit Delphine, qui devait accueillir d'autres invités.

Un long face-à-face commençait, dont ils n'avaient pas idée, puisque le futur est incertain, inconnu, et seulement dans une certaine mesure façonné par le présent. Serge était déjà saisi, Marianne seulement timide.

— Alors comme ça tu joues au tennis ?

— Oui ! dit-elle.

Elle retourna dans ses mains pour le regarder un petit carton que Delphine lui avait remis à son arrivée (qui servirait à se placer à table par un jeu de dominos entre voisins) sur lequel était dessinée une balle de tennis.

— Quel dessin as-tu ? demanda-t-elle en se penchant pour examiner celui de Serge Korol.

Il dit, sur le ton d'une déduction :

— Une raquette de tennis ! Dans quel club joues-tu ?

Elle jouait au Racing Club de France. Il détestait ce club de snobs prétentieux, contre lequel il avait participé à quelques rencontres par équipe, chaque fois désagréables, avec tricheries, réclamations, mauvais esprit, mais il n'en souffla mot.

— Et toi, demanda-t-elle, tu es classé ?

Il opina de la tête et elle demanda :

— Combien ?

Elle aimait la compétition qui révèle le joueur à lui-même, et n'était habituée qu'à de bons niveaux.

— 5/6, dit-il.

— Ah c'est bien ! commenta Marianne.

Elle eut un rire, qui était celui d'une décontraction en train de s'opérer, parce qu'elle était rassurée de connaître ce dont ils parlaient au lieu d'être à côté de la plaque comme cela lui arrivait souvent.

— Et toi ? demanda Serge Korol.

— 0, dit Marianne Villette.

Elle n'ignorait pas qu'il serait admiratif mais ne se targuait d'aucun mérite personnel : elle jouait au tennis depuis qu'elle était enfant, n'importe qui aurait bien joué dans les mêmes circonstances.

En matière de louanges, Serge et Marianne n'avaient pas connu le même régime : tandis qu'il en avait été gavé, elle n'en savait ni l'existence ni la manière.

— Ouah ! s'exclama Serge.

Il était enchanté. Rien ne pouvait lui faire plus forte impression que l'excellence sportive quelle qu'elle fût. Pour Marianne, cette réussite était banale : elle appartenait à une famille d'amateurs talentueux qui avaient accumulé les titres et les récompenses.

— Je suis la moins forte de la famille ! dit Marianne.

Elle rit sans coquetterie, avec une espèce de gentillesse mélancolique.

Il était tombé dans un charme, se laissa aller à rêver, silencieux.

— Tu connais Delphine depuis longtemps ? demanda Marianne Villette soucieuse que la conversation ne retombât pas.

— Depuis deux ans, dit Serge. Nous nous sommes rencontrés à Trouville chez un ami commun. Et toi ?

— Je la connais depuis toujours. Nos parents sont amis.

— Ah ! fit-il, je vois…

Il voyait en effet le genre de milieu dont la princesse sortait, et qui n'était pas du tout le sien ! Sous les lustres d'un appartement du Quartier latin, entouré de jeunes filles de bonne famille, le petit-fils de mineurs polonais était désormais un ludion qui cherche sa place.

Marianne eut un nouvel éclat de rire, qui voulait dire qu'elle devinait ce qu'il pensait (mais elle n'en devinait qu'une partie).

Elle dit :

— Je n'avais pas envie de venir à ce dîner. Mais l'invitation est arrivée si tôt qu'il était impossible de refuser !

— Pareil pour moi, dit-il.

— Ah oui ?

— Je ne suis pas un ami proche de Delphine, et ce genre de dîner n'est pas ce que je préfère.

Elle allait lui demander ce qu'il préférait mais il poursuivit.

Il dit :

— Ces gens sont triés sur le volet. Légitimes par leur intelligence, si possible par leur diplôme, ou bien par leur naissance.

— Et moi, ajouta-t-il, je me sens illégitime.

C'était une posture. Serge Korol se donnait un genre : celui du maudit, du type qui est là mais qui est aussi d'ailleurs, de sorte qu'il a connaissance de réalités qui échappent à ses interlocuteurs. Et s'il était certes un provincial monté à Paris, ce n'était pas ce qu'il voulait dire.

— Mais tu es là ! constata Marianne. Pourquoi ?! s'amusa-t-elle.

— Je ne sais pas ! dit-il (alors qu'il le savait exactement).

— C'est toi qui as tout pour être invitée, remarqua-t-il.

Il plissait ses yeux, ne quittait pas ceux de Marianne, leur souriait. Comme n'importe qui à sa place, Serge Korol se montrait sous son meilleur jour. Il en revenait toujours à sa méthode : poser des questions, écouter l'autre, paraître captivé, passionné même, et admiratif bien sûr. Faire voir qu'on est impressionné. Ne se mettre à parler que dans les interstices. Tenir en laisse le type égoïste et fanfaron qu'on peut devenir.

Attention ! Les débuts d'une idylle, c'est toujours délicat ! Certain de cela, Serge se montrait d'une délicatesse adorable.

Marianne Villette jeta un regard sur le salon, les lampes allumées sur les élégantes tables, les bergères laquées en vert émeraude ce qu'elle jugea original, les grandes fenêtres qui s'ouvraient sur le ciel. Comme c'était beau !

— C'est un joli appartement n'est-ce pas ? dit-elle.

Il fit une moue. Son goût, s'il avait été formé, ne l'était pas à cette décoration raffinée. De toute façon il regardait davantage le fuselage de son interlocutrice. Un oiseau échassier ! Une fille toute en membres, pensait-il. Et il sourit à cette idée.

— Pourquoi souris-tu ? demanda Marianne Villette.

— Je te le dirai quand on se connaîtra mieux, répondit Serge avec un nouveau sourire amusé.

Il resta silencieux en la regardant fixement.

— Et que fais-tu dans la vie ? demanda Marianne qui se sentit rougir.

Il fallait à tout prix poursuivre la conversation, ne pas laisser partir ce sauveur et rester solitaire au milieu des autres.

— J'apprends à dessiner aux ordinateurs, dit-il. Je crois que dans quelques années ils maîtriseront le trait et la couleur. N'importe quel graphiste pourra leur demander n'importe quel croquis.

L'idée ravit Marianne.

— C'est drôle que tu me dises ça justement à moi. Parce que je veux devenir peintre, ou designer, dit Marianne.

— Artiste, c'est aussi ce que j'aimerais devenir, dit Serge Korol. (Il avait depuis peu l'ambition d'être écrivain.)

C'était entre eux une rencontre de vocations. Ils se sourirent dans cet aveu qui, pour Marianne, touchait à quelque chose d'intime et de sacré. Serge prenait la chose avec plus de simplicité. À lui qui était génial, rien ne semblait impossible. S'ils en avaient envie, ils seraient tous les deux des créateurs. Cela ne lui posait pas de problème ! Marianne en fut émerveillée. Il n'avait pas réagi comme si elle disait n'importe quoi ou qu'elle avait la folie des grandeurs.

— J'aime écrire, j'ai commencé un livre sur la cravate. Je voudrais montrer que cet accessoire est dépassé et guindé, continua Serge Korol.

Il développa ses idées en forme de résumé. Marianne trouvait ce sujet acceptable mais idiote sa façon de le traiter. Ce qu'il voulait dire était enfantin. Sa pensée était banale à trop vouloir être originale. Marianne éprouva sa première déception. Elle avait cru tomber sur un garçon exceptionnel et tout à coup elle ne le trouvait pas intelligent. Le défaut était rédhibitoire. La rencontre n'était plus une rencontre.

— Tu as fini tes études ? demanda-t-elle.

Elle se laissait aller à sa curiosité, au besoin de cerner son interlocuteur maintenant qu'il ne lui plaisait plus.

— En partie, répondit Serge Korol, soudain très à l'aise avec lui-même. J'ai fait une petite école, dit-il, et maintenant je prépare un doctorat.

La nouvelle provocation de Serge, se travestir, l'amenait à se prétendre parfois chauffeur de taxi. J'ai fait une petite école. Il n'en pensait évidemment pas un mot. Sa modestie de préambule ne lui coûtait pas cher : à un moment ou l'autre de la conversation, il venait à avouer que cette petite école s'appelait l'École normale supérieure.

— Tu habites Paris ? demanda Marianne.

— Oui. Mais je vais à Châteaudun, où habitent mes parents, tous les vendredis soir. Et toi, tu es parisienne ?

— Absolument parisienne ! Je suis née à Paris et je n'ai jamais vécu ailleurs.

— Une fleur de bitume, sourit Serge.

Elle n'en était pas fière. C'était étriqué. Elle manquait d'ouverture sur le monde. Elle fut impressionnée lorsque Serge se peignit en globe-trotteur.

— Dans mon enfance j'ai résidé au Maroc et au Canada, dit Serge.

Ils parlaient d'eux-mêmes, de leur famille, puis à nouveau de leurs aspirations artistiques. Ce qui leur tenait à cœur tissait le fil d'une conversation.

— Je ne sais même pas quoi peindre ! s'amusa Marianne Villette avec plus de perspicacité qu'elle ne le croyait, puisque c'est le désir d'œuvre qui fait l'artiste, volonté sans autre objet qu'elle-même.

— Je suis sûr que tu seras peintre, se contenta de dire Serge Korol, en montrant qu'il regardait la tenue vestimentaire excentrique de son interlocutrice.

D'où tirait-il ses assurances ? De quelle supériorité se parait-il pour être celui qui sait ? Il ne savait rien, évidemment, il pariait. Il disait ce qu'il croyait que l'autre aurait plaisir à entendre. Il se laissait aller à être ce manipulateur. Il le faisait avec tant de charme qu'il n'était pas puni mais aimé.

Au moment de passer à table, ils furent séparés. Marianne était assise à côté d'un jeune homme qui accumulait les étiquettes, énarque et polytechnicien, comme Giscard d'Estaing disait-il sans modestie. Serge avait raison, pensa la jeune fille, il y avait bel et bien dans cette assemblée une sélection par les diplômes. Cette jeunesse était brillante ! Marianne passa un dîner réconfortant : elle plaisait à son voisin. Décidément la soirée était à marquer d'une pierre blanche. Elle souriait, pour la première fois de sa vie décontractée et libre d'elle-même, ou même, découvrant qu'elle avait de quoi être fière.

Lorsque la tablée se leva, Marianne retrouva Serge. La musique appela les danseurs. Attention danger ! s'amusa Marianne : elle dansait comme un manche à balai. Serge l'invita. Au geste qu'il eut, la main qui se présente avec souplesse, elle sut qu'il dansait bien, avoua combien elle était raide et gauche, s'en excusa, riant d'elle-même tandis qu'il s'efforçait déjà de la faire tournoyer. Il n'insista guère, confirmant le diagnostic : elle était meilleure en conversation.

— Et toi que fais-tu ? demanda Serge tandis qu'ils allaient se rasseoir au salon.

Pendant que Marianne racontait l'ensemble varié et original des cours aux Beaux-Arts, Serge éprouvait un ravissement : sportive, artiste et jolie, voilà la fille qu'il voulait près de lui.

Vint bien sûr le moment où elle demanda :

— Comment s'appelle ton école ?

— Ah ! fit-il, d'un air d'être persécuté, ou découvert, elle s'appelle l'ENS.

Il rit carrément, fier de lui et ravi de sa manœuvre (avoir caché et maintenant révéler). Le jeune Serge déployait tout son plumage et cela disait : Regarde, je suis spirituel, intelligent, malicieux, avec obstination, et je viens seulement de te dire que j'ai fréquenté la meilleure école de France ! Drapé dans son récent succès, il riait de sa blague.

— Ah ! s'exclama Marianne stupéfaite. J'ai beaucoup d'amis dans cette école.

— Vas-y, dis-moi des noms.

Ils passèrent une liste en revue et se trouvèrent des connaissances communes. Ils souriaient ensemble, heureux l'un et l'autre, concentrés l'un sur l'autre.

L'ENS ! La révélation fit grand effet. La jeune fille était impressionnée, admirative, enchantée aussi de n'être pas tombée sur un imbécile. Elle révisa sa première impression. Le travail et l'intelligence qu'il fallait pour entrer dans cette école, elle en savait quelque chose. Ce n'était pas du vent !

— Et maintenant tu fais de l'informatique, répéta-t-elle, encore plus admirative.

Serge était heureux de l'impression qu'il faisait autant que de la fille à qui il la faisait. Marianne était apaisée par ce qu'elle ressentait, un sentiment de proximité, de ressemblance, et de complicité. Elle avait oublié ses appréhensions, devenant naturelle, laissant libre cours à sa passion de l'art, en confiance, comme si Serge Korol était un ami d'enfance. Ils restaient assis l'un en face de l'autre, penchés l'un vers l'autre, inattentifs à tout ce qui n'était pas eux.

Faisant le tour des convives pour s'assurer de leur confort, Delphine de Saint-Vallon les trouva ainsi : tombés l'un dans l'autre. L'image parlait d'elle-même.

— Vous vous connaissiez ? demanda-t-elle à Marianne.

— Pas du tout.

— Quelle rencontre alors ! dit Delphine.

C'était le fameux choc : l'homme attrapé par les yeux et la femme par les oreilles. C'était la rencontre amoureuse : fatale, hasardeuse et choisie, qui fabrique une vie.

Arriva le moment de partir. Il était plus de minuit. Serge était venu en Mobylette, impossible pour lui de raccompagner sa princesse. Il se désolait en secret de cette occasion manquée. Il était déjà bien attrapé. Delphine trouva un invité qui circulait en voiture et Marianne enfila son manteau blanc pour le suivre. Serge Korol se tenait dans l'entrée, un petit papier à la main sur lequel il avait, d'une écriture illisible en pattes de mouche, griffonné son nom et son numéro de téléphone. Il ne faut pas négliger le charme qu'exercent sur nous certains mots, ni la gravité de ce qu'ils engagent à notre insu. Serge Korol. Quel beau patronyme ! Aussi original que son propriétaire. Marianne Villette fut sensible à l'alliance du prénom et du nom. C'était noble, différent, exotique : une promesse.

Il avait donné son numéro de téléphone et elle partait. Comment être sûr qu'elle appellerait ? Elle restait silencieuse. Il lui demanda ses coordonnées. Elle le regardait noter. Puis ranger le papier dans sa poche de pantalon. Il était tout à son désir : saisir cette proie. La reverrait-il jamais ? Il ne la quittait pas des yeux. Pouvait-il la capturer par le regard ? Il le voulait tellement ! Il ne désirait rien d'autre plus fort que cela. Elle souriait, devant la porte, suspendue entre Serge et le cavalier chargé de la raccompagner. Serge chercha l'effraction définitive, une pénétration sentimentale (qui est irrévocable lorsqu'elle vient nourrir un manque). Si Marianne Villette avait un besoin, ce serait de lui, Serge Korol qui était subjugué. Elle avait sûrement besoin d'un garçon subjugué : d'un cœur à ses pieds, ravi par sa contemplation. Toutes les femmes ne sont-elles pas ainsi faites, et ainsi faibles ? Par instinct ou par expérience, Serge le croyait. Il suivit son flair. Il commença d'écarquiller ses yeux comme un amoureux ensorcelé ! Marianne fut émue. Une vie se jouait entre elle et lui. Ils furent ensemble plongés dans l'énigme de leur désir. Vous m'attendez ? Je vous suis, dit Marianne à l'invité qui la raccompagnait. Elle partait. Debout au milieu de l'entrée, Serge ne la quittait pas des yeux. Il regardait s'en aller sa bien-aimée ! Cela suffisait-il à la convaincre ? Il s'abandonna. Son visage de jeune homme sembla flancher dans une détresse. Il se ressaisit. Il lança son regard à la conquête de cette princesse blanche : il la regarda dans les yeux, longuement, sans ciller, à la manière d'un hypnotiseur. Le désespoir et la supplique se décalquaient sur lui. Marianne possédait une sensibilité aiguë à ce qui se dégage de l'autre. La tendresse manque souvent : elle fut bouleversée et captive de l'adoration qu'il semblait lui porter. Elle se sentit la plus précieuse des femmes. Serge avait gagné. Marianne était maintenant à la merci de ses menées. Elle trouvait une telle douceur dans ce regard ! Ce regard réalisait son vœu, il nourrissait la plénitude de son être. Un bonheur d'être aperçue l'envahit. Un sentiment fondit sur son cœur comme un oiseau. À son tour Serge l'avait attrapée. Elle était entortillée dans son sortilège. Au revoir, disait-il. À bientôt ! répondit Marianne. Et il rit comme si c'était entendu.

C'était la dernière fois que Serge Korol s'engageait corps et âme pour obtenir quelque chose dans sa vie. Plus jamais il ne désirerait avec cette intensité et sans avoir rien à perdre. Mais cela, personne, ni Marianne, ni lui-même, ne le savait.

Rentrée chez elle, au lit, incapable de dormir, habitée par le souvenir de cet amoureux désespoir qui l'avait hypnotisée avec une obstination sans précédent, Marianne Villette prit un stylo et écrivit une belle lettre sincère, poétique, immodérée, à ce garçon dont la prédilection pour elle avait transformé ce dîner en agrément. Cela parlait d'yeux qui brillent et de femmes heureuses. Parsemés dans les marges, de talentueux croquis racontaient la soirée. Une lettre d'artiste, pensa Serge Korol en la lisant. Marianne avouait sans détour qu'elle avait eu le sentiment de faire une vraie rencontre.

De son côté, dès le matin, comme chaque fois qu'il ne rentrait pas à Châteaudun, Serge avait téléphoné à Nina. Je crois que j'ai rencontré la femme de ma vie, confia-t-il à sa mère parmi d'autres nouvelles. Sans que son fils n'en eût idée, Nina Korol trembla. Le dicton populaire (un fils est un fils jusqu'au mariage) n'est pas sans vérité et c'était la première fois que Nina faisait face à l'apparition d'une bien-aimée véritable. Jamais encore elle ne s'était sentie détrônée. Mais cette fois, son fils parlant de la jeune fille, lui disait :

— Elle est comme toi.

La mère entendait bien !

— Et Caroline ? avait demandé Nina, inspirée par son émotion et se refusant à sauter d'un coup dans l'avenir.

Nina se préoccupait moins de Caroline que d'elle-même ou de Serge, mais elle savait faire preuve de cette sorte de perversité qui est si naturelle qu'elle paraît de l'intelligence.

— Je m'ennuyais depuis quelque temps, répondit Serge à sa mère. Caroline vivra une autre histoire.

Caroline Marcillot avait parcouru la trajectoire entière et se trouvait maintenant éjectée. Bientôt Marianne Villette tournerait en orbite et en bourrique, avant d'être elle-même éjectée au profit d'une nouvelle Caroline. Tout comme l'éloignement des fils, l'éternel retour n'est pas un mythe sans fondement. Mais ceci est une histoire de l'avenir.

2

D'abord Marianne resta sans nouvelles de Serge, et puisqu'elle était une fille trop bien élevée, elle se retint de lui téléphoner elle-même. Il y eut quinze jours de battement. C'était la mise à mort de Caroline Marcillot. Depuis deux ans que la jeune fille jouait les fiancées à Châteaudun, sans le moindre pressentiment de la défection de Serge, elle faisait maintenant appel du jugement. Comment se soumettre sans débat à une peine imméritée ? Elle n'avait jamais douté du couple qu'elle formait avec Serge. Ils n'étaient plus des enfants, ce n'était pas entre eux une amourette de lycée. Caroline avait vraiment cru que c'était sérieux. C'était sérieux, confirmait Serge. Était-ce de sa part une tartufferie ? Caroline ne se le demanda pas. Elle était remuée au creux du ventre, elle en avait des coliques ! C'était sérieux et il la quittait ? Sérieux comme quoi alors ? On pouvait dire que Serge avait une piètre constance ! Caroline ne le lui disait pas, parce qu'elle l'aimait. Ses sentiments l'aveuglaient et l'adoucissaient.

— Je ne m'attendais pas de ta part à ce reniement, disait-elle, misérable.

Serge n'aimait pas ce mot grave, presque religieux. Quel reniement ? Ils n'avaient pris aucun engagement l'un vis-à-vis de l'autre, faisait-il remarquer, sans délicatesse, tout occupé à se défendre.

— C'est vrai, concédait Caroline Marcillot, pas d'autre serment que celui du cœur.

Elle s'était donnée. Ses sentiments à elle s'étaient aventurés loin. Investie dans le lien, heureuse et amoureuse, son cœur était blessé, elle ne comprenait pas cette rupture soudaine. Elle plaidait sa cause. Ne s'entendaient-ils pas bien ? Si, répondait Serge. N'avaient-ils pas tout pour s'accorder ? Si, disait-il encore, baissant les yeux. Et elle l'aimait, ne savait-il pas combien elle l'aimait ? Si il le savait, et il était désolé, mais il n'était plus amoureux. Il fallait qu'elle comprît.

Mais non elle n'y parvenait pas ! Que s'est-il passé ? demandait-elle. Je ne sais pas, disait Serge. Il omettait à dessein la blanche apparition qui l'avait subjugué quelques soirs plus tôt dans le salon du boulevard Saint-Germain. De quelle sincérité fait-on la preuve quand on est capable de substituer une personne à une autre, comme si les autres étaient les outils interchangeables de notre bonheur ? Non, Serge n'avouait pas son infidélité. Il ne reconnaissait pas qu'une part de son cœur était restée ouverte à la rencontre. (Et qui toujours le resterait.) Il ne disait pas cette phrase si banale : J'ai rencontré quelqu'un d'autre. Il n'assumait pas sa propre banalité. Il restait silencieux et placide dans cet instant douloureux ou désagréable selon le rôle qu'on y jouait. N'étais-tu pas heureux ? demandait Caroline. Si, disait Serge, j'ai même été très heureux parfois. Caroline le comprenait encore moins. Il voulait lui faire plaisir mais il lui faisait mal. Alors pourquoi ? répétait Caroline. La rupture évidemment devenait incompréhensible sans le troisième protagoniste. Dis-moi quelque chose, demandait la jeune fille. Que veux-tu que je te dise ? répondait Serge. Ses gros yeux bleus restaient fixes. Il n'y a rien à comprendre, disait-il, espérant aplanir la difficulté. Ou bien pour atténuer toute culpabilité, il ajoutait : Tu n'y es pour rien. N'était-ce pas pire que tout ? Caroline Marcillot versait les larmes les plus sincères. Elle venait frapper à la porte de l'appartement de Serge, s'accrochait, comme on dit. C'était pourtant beaucoup plus beau et émouvant que *s'accrocher*, c'était aimer ! Caroline voulait encore voir Serge, être à côté de lui. Elle ne se résolvait pas à le perdre. Le monde voit les choses plus prosaïquement. La grande fille simple était devenue une grande fille collante.

Serge ne perdait pas patience. C'était un sale moment mais il ne hâtait rien. Il n'aimait pas faire souffrir l'autre. Il s'appliquait à rompre avec tact. Il y tenait. Était-ce l'image qu'il voulait entretenir de lui-même ou une réelle délicatesse, ou bien les deux ensemble ? Difficile à démêler. En tout cas il n'aimait pas vivre ça. Et il n'avait pas dit la vérité ! Le pire était à venir. Quand Caroline apprit que Serge en semant des sourires avait fait la conquête de Marianne, elle revint à la charge. Il la laissait tomber pour une autre ! Qui était cette fille ? Il ne la connaissait même pas !

— Mais j'ai envie de la connaître ! répondait Serge non sans méchanceté.

Très bien ! Caroline voulait bien attendre que Serge lui revînt une fois passée cette foucade. À cette idée elle pleurait. Trompée à vingt-trois ans ! Faisant des concessions comme une épouse de cinquante ans ! Se découvrant dans l'amour, Caroline pleurait de plus belle. Mais les larmes ne pèsent rien contre les desseins du désir. Restons amis, disait Serge, comme la plupart des hommes qui s'en vont. Il lui tendait la main pour tenir encore la sienne, en camarade. Ah ! c'était pire que tout ! Caroline Marcillot capitula.

— Tais-toi, dit-elle à celui qui la délaissait.

Elle rentra chez ses parents soigner sa peine. Elle garda sa tristesse pour elle-même. Elle cessa d'entrer dans cette illusion cruelle de croire qu'on peut la partager avec celui qui la cause sous prétexte qu'on l'aime.

Plus rien ni personne ne s'immisçait entre Serge et Marianne.

De son côté Marianne Villette ignorait qu'elle causait le malheur d'une autre. Enchantée par sa fièvre, elle attendait l'appel de Serge, sans deviner qu'au même moment une fille sympathique pleurait d'être quittée.

— Il fallait balayer les moutons sous le lit, dit Serge Korol, la première fois qu'il téléphona et s'excusa de n'avoir pu le faire plus tôt.

Hélas Mlle Villette ne releva pas cet affreux commentaire ! Elle ne comprit pas que son charmant prétendant évoquait un précédent amour. Les moutons sous le lit ! Elle aurait pu entrevoir dans cette inélégante formulation une note de violence et d'indifférence. Elle se serait méfiée d'un tempérament aussi placide. Peut-être Serge Korol avait-il le cœur sec ? Marianne manqua l'occasion de le découvrir. Elle aurait pu deviner que ce garçon était moins romantique qu'il n'en avait l'air. Mais non, elle voyait ce qui la mettait en majesté. Et puisque l'on ne se ressemble pas quand on rompt et quand on aime, Serge avait l'air romantique. Il fallait bien rompre pour aimer, il le faisait, voilà tout. Et Marianne Villette n'y voyait que du feu, celui qui les consumait l'un et l'autre. La vitalité de leur rencontre l'empêchait de penser que les rôles demeurent. Elle serait quittée pour une autre par celui qui quittait pour elle. Soupçonne-t-on celui qu'on aime de faire ce qu'on n'a jamais fait dans l'amour ? Une fois amoureuse, Marianne n'était ni ailleurs ni partout. Serge la trouvait intense. Bientôt elle lui dirait : le mariage ou rien. Pour l'instant il l'apprivoisait et oubliait Caroline Marcillot.

La voie était libre, l'aventure amoureuse se déploya au rythme enlevé du désir d'une fille et d'un garçon de vingt-quatre ans ayant commencé d'empoigner leur vie avec succès : dîners en ville, tête-à-tête tardifs, premier baiser, séances de cinéma, balades nocturnes. Il y eut un piétinement vertueux : Marianne Villette n'allait pas au lit facilement. Elle était indépendante, suivant son rythme plutôt que celui des autres. L'injonction au sexe n'avait pas à remplacer l'interdit. Impétueuse mais pas folâtre, elle tissa la complicité avant d'en cueillir l'accomplissement. Ni l'amour, ni la vie n'étaient des jeux. Craignant le donjuanisme, Marianne avait un côté citadelle imprenable à qui un siège patient n'était pas pour déplaire. Elle usait volontiers du temps pour faire le tri des prétendants (malgré sa timidité, elle en avait eu quelques-uns qui s'étaient acharnés). Des deux tourtereaux, Serge était donc le plus pressé.

D'ailleurs il se fit pressant. Il piaffait ! Voulait goûter l'exquise proie ! Marianne annula quelques rendez-vous qui paraissaient des ultimatums, mais elle était captive de la rencontre. Le regard hypnotique que Serge avait posé sur elle au moment de la quitter le premier soir avait éveillé l'espoir d'être adorée, de cette façon dont on rêve et qui n'existe pas. Puisqu'elle attendait tant l'amour qu'il promettait, ses manières habituelles tombèrent d'elles-mêmes. Elle ne fit pas de simagrées et se livra sans réserve à celui dont elle avait décidé qu'il était l'homme de sa vie. En finit-on jamais de tomber dans le piège de cette expression ? Ils devinrent amants. C'était le mois de janvier à Paris, il faisait froid, Marianne portait son manteau de fourrure blanche et Serge était fou amoureux de cette image claire qui venait vers lui en traversant le pont Mirabeau. Les vers d'Apollinaire estampillaient leurs rencontres. Parfois ils s'embrassaient en s'appuyant à l'endroit précis où la poésie était gravée dans la pierre. Quelques voitures passaient sur les quais, le vent soufflait dans l'espace libre au-dessus de l'eau, les tours du front de Seine élevaient leurs colonnes lumineuses dans la nuit que transperçaient par intermittence les phares puissants des bateaux-mouches. Serge Korol était aux anges : il passait de la camaraderie avec Caroline à la passion avec Marianne. Cette fille lui faisait grand effet, il se sentait inspiré, il avait pris dans ses filets rien moins que le poisson d'or, une princesse dont il était fier comme un enfant. Sa vie était une réussite tous azimuts. Il ne lui restait qu'à faire fortune (ce qui allait devenir chez lui une obsession) et il en avait bien sûr les moyens. Il se sentait intelligent, drôle, désirable. Car il était aimé ! Marianne plongeait sans retenue dans l'emprise amoureuse qu'exerce la découverte de qui l'on désire. Il émanait de Serge une aisance physique qui était attirante. Marianne aimait sa souplesse, sa décontraction. Elle était à l'aise avec lui comme il l'était avec lui-même et avec la vie, puisque l'aisance, autant que la timidité, est contagieuse.

De dîners en nuits d'amour, chez lui, chez elle, librement – elle taisant quelques tracasseries que lui faisait sa mère –, ils allaient bon train vers les fiançailles, le mariage, l'appartement familial, les enfantements, les disputes, et tout le toutim. Mais pour l'instant, assis à table dans un restaurant de charme du 6e arrondissement, ils n'en savaient encore rien, et Serge faisait un petit numéro sincère à propos de son tempérament mélancolique. Voilà qu'il citait Kierkegaard : *Une flèche de tristesse est plantée dans mon cœur, si on l'enlève je meurs, si elle y reste je suis mélancolique.* Marianne, charmée, refusait de croire à ce qu'il prétendait.

— Tu ne devrais pas m'aimer, disait Serge Korol. Je suis slave.

— C'est un résumé de quoi ?

— Mélancolie et vodka !

Dans ses relations avec les jeunes femmes, Serge Korol avait une grande peur du camouflet. Je ne suis jamais tombé amoureux d'une fille à qui je ne plaisais pas, avait-il dit à Marianne. Il savait séduire, il aimait plaire, se retirait si ce n'était pas le cas, et demandait confirmation en conseillant à l'autre de ne pas l'aimer.

— Pourquoi dis-tu que tu es mélancolique ? Je ne trouve pas que tu le sois, dit Marianne.

— Avec toi je ne le suis pas.

— Alors tu vois !

— Je ne le suis pas *en ce moment*.

Elle l'embrassa. Que voulait-il dire par là ? Elle ne comprenait pas mais n'osa pas le lui avouer. Serge était tellement subtil ! se disait-elle. Ensorcelée, elle craignit de passer pour une idiote. Elle s'accommoderait d'un mélancolique, elle ne savait même pas ce que ça pouvait être ! Et sans doute ne voulait-elle pas le savoir.

Vingt ans plus tard s'éclaircirait cette conversation prémonitoire. Être mélancolique, aimer la vodka : c'était la destruction de soi ! Et le brusque dégoût de sa propre existence. C'était la chute dans le puits de la dépression, l'attirance vers le sombre de soi-même, la fabrication du malheur. C'était le déni de sa propre dislocation, l'incapacité de lutter pour en guérir, conjuguée à la faiblesse d'accuser sa compagne ou son compagnon. C'était l'incapacité d'être simplement comblé. Marianne l'ignorait. Comment l'aurait-elle cru ? L'extrême jeunesse est épargnée de ces maux sournois. Ils parlaient d'autre chose.

— Mes parents se doutent que j'ai fait une rencontre sérieuse, dit Marianne.

— Les miens aussi, dit Serge. Je leur ai annoncé que j'avais rencontré la femme de ma vie.

— Qu'ont-ils dit ? demanda Marianne rouge de plaisir.

— Qu'ils avaient hâte de te connaître.

— C'est gentil.

— J'aimerais que tu viennes à Châteaudun pour te les présenter.

Elle prit le train du soir, un tortillard qui traversait la Beauce. Par la fenêtre, elle regardait la terre gelée en mottes retournées, disparaître dans l'ombre envahissante comme une poix tombant sur le paysage, le pétrifiant dans son horizon noir. C'était triste et beau comme l'hiver. Quand on était, à la manière de Marianne, dans le bonheur d'être amoureux, on pouvait se laisser aller à le sentir sans en souffrir. Le printemps du cœur regardait l'hiver de la terre. Et le train fendait la nuit pendant que l'amoureuse rêvassait. Sur la petite esplanade devant la gare déserte, Serge l'attendait, posté, immobile sentinelle transie d'amour. Ils marchèrent main dans la main jusqu'à la maison de ville. Quelques lampadaires perçaient l'obscurité qui laissait à peine paraître le décor, comme dans un film noir des années 1950. C'était sinistre. Habituée aux rues illuminées de la capitale, Marianne n'aima pas la nuit provinciale, ni cette impression de s'enfoncer dans un tombeau tant il faisait noir et froid. Tandis que Serge était chez lui, Marianne était séparée de son monde. Elle n'était là que pour lui. Elle attendait de lui qu'il la réchauffât. Elle attendait beaucoup plus de présence qu'il ne pourrait en donner.

Une lanterne était allumée au-dessus de la porte d'entrée devant laquelle se tenait, crispée mais souriante, Nina Korol. Elle portait une robe chemisier taillée dans un tissu à fleurs. Ma mère m'a eu à dix-sept ans, avait dit Serge à Marianne. La jeune fille avait fait le calcul : elle allait rencontrer une femme de quarante et un ans. C'était jeune ! Marianne s'attendait à une silhouette à peine marquée par l'âge, et à l'élégance à quoi l'avaient accoutumée les femmes de sa famille. Mais l'alcool, qui était devenu son pain quotidien, emportait déjà le visage de la délicieuse Nina loin dans l'oubli. Marianne découvrit une petite femme trapue, à la grosse poitrine, au ventre proéminent, qui avait le teint fané et un visage bouffi derrière de grosses lunettes carrées. Elle fut déçue. Mais son horloge était à l'heure de l'amour : sa déception passa comme une impression fulgurante aussitôt reléguée. L'aveuglement du commencement s'étend au-delà de l'objet qui l'a suscité. D'ailleurs comment ne pas aimer Nina ? Elle se montrait adorable avec la jeune fille que lui présentait son fils. Quelque chose de son énergie perpétuellement inemployée émanait d'elle, à quoi Marianne ne fut pas insensible. Elle jugea que la mère de Serge avait une présence.

— Serge nous a beaucoup parlé de vous ! disait Nina, chaleureuse, toujours crispée dans son sourire et douée pour dire des phrases banales sans qu'elles le paraissent.

— Bonjour madame, dit Marianne.

— Entrez ! Entrez ! s'empressait de répéter Vladimir.

— Bonjour monsieur.

— Vladimir ! Appelez-moi Vladimir.

C'était parti ! La bulle intime qu'avaient dessinée les mains emmêlées de Serge et Marianne était percée. Entrée en scène de la famille ! En l'occurrence les parents du jeune homme. Présentation de la jeune fille. Quelle affaire si on y songe : la famille s'agrandit, il faut s'accommoder de la nouvelle venue, elle est là, elle s'installe, et c'est le cœur d'un fils qu'elle possède ! Nina Korol était finaude, elle jaugea Marianne autant que l'effet causé sur Serge. Une intuition lui disait que cette fille-là était la bonne. Une jolie brune, grande, mince, vive, aux yeux noirs pétillants, qui était artiste et élégante. Pas de hasard dans les élans du cœur. Ou bien la vie était-elle une sacrée blagueuse ? Marianne était le même type de femme que Magdaleine et que la défunte mère de Vladimir… Nina eut un pincement au cœur en le remarquant. Elle en serait follement jalouse, mais pas au moment de la découvrir, plus tard, cela viendrait peu à peu, en même temps que sa propre chute. La jalousie est toujours un problème entre soi et soi.

— Donnez-moi votre manteau, dit Vladimir.

Il s'en alla l'accrocher dans un petit cagibi fermé par un rideau. Une confusion d'objets, un désordre de raquettes de tennis, de chaussures éculées, de balles, de vannerie – les paniers de Nina –, apparut quand il écarta le pan d'étoffe aux couleurs fanées.

— Voilà ! dit Vladimir quand il eut trouvé une place au manteau.

Nina restait debout dans la minuscule entrée, attendant son mari, ne sachant où mener l'importante invitée : à table directement ou au salon ? Ils avaient acheté une bouteille de champagne et c'était un sacrifice, Vladimir avait de gros problèmes à l'usine, sans doute allait-il déposer le bilan, cela fut dit le soir par Serge.

Serge était planté entre ses parents. Marianne le regardait, rassurée par ses sourires. Il lui tenait la main du bout des doigts. Il était, elle en faisait la découverte, le portrait de sa mère. La mère réincarnée en fils : même blondeur, même silhouette trapue, mêmes hanches larges et mêmes jambes arquées, même regard bleu. Serge était le jumeau de Nina. De Vladimir, grand, brun, les yeux noirs, les jambes longues en disproportion avec le buste, le fils n'avait rien hérité. Plus tard, quand ils parlèrent, à table, Marianne comprit qu'il n'avait pas non plus reçu en partage l'esprit méticuleux, lent et sans fantaisie de son père. Que d'efforts avait dû faire ce garçon pour entrer dans la grande école ! Marianne pouvait comprendre qu'il n'en fît pas davantage. Il était passé à autre chose. Serge, c'était Nina craché : doué pour charmer son monde, malin, plein de sourires, rapide, intuitif et approximatif. Il ne s'attardait pas. Il enveloppait d'un mot, éludant l'analyse, la décortication dont Vladimir l'avait dégoûté. La mère et le fils semblaient faire clan. Le père occupait une place à part. Pour cette première rencontre, Vladimir Korol souriait, parlait peu et regardait. Il regardait surtout son fils : ce joyau. Que pensait-il dans ce moment ? Il ne pensait pas grand-chose ! Pour lui,

Marianne était l'objet de son fils, comme un jouet que Serge aurait trouvé, et il était heureux si Serge était heureux. Vladimir Korol acceptait n'importe lequel des choix de Serge, mais à cet instant il sentait une préférence pour Caroline Marcillot. C'était plus fort que lui, en regardant Marianne Villette, il pensait : une petite-bourgeoise de Neuilly ou d'ailleurs, catholique en plus ! Jamais il n'en souffla mot tant que Marianne serait la femme de Serge. Ce que décidait Serge était sacré. D'ailleurs Vladimir n'avait aucun effort à faire pour s'abstenir de commentaire : il se moquait bien de Marianne ou d'une autre, la seule chose qui comptait c'était le bonheur qu'en retirait Serge. Aux yeux de Vladimir, aveuglé par l'aura de génie qu'il soufflait autour de son fils, tout le monde faisait figure de zéro, cette Marianne comme les autres.

— Marianne joue au tennis ! dit Serge à ses parents.

Suivirent bien des questions rituelles : Où habitait-elle, que faisaient ses parents, combien de frères et sœurs avait-elle, où pratiquait-elle le tennis ? Ah ! toute la famille jouait aussi ! Quelle chance !

— Serge nous a dit que vous vouliez être peintre, dit Nina. Qu'aimez-vous peindre ?

Elle ajouta :

— Tous les tableaux du salon ont été peints par la mère de Vladimir.

— Ils sont très beaux, dit Marianne. Les bouquets, c'est un motif qui n'a pas de fin.

Marianne était vive, enjouée, pas trop intimidée, extrêmement polie. De son côté Serge n'était plus le même. Il paraissait sous tension, prêt à bondir pour un oui ou pour un non : ses parents l'exaspéraient ! La lenteur de son père, les chichis souriants de sa mère, toutes ces questions affreusement banales pour lui qui n'aimait que l'originalité. Ce moment était au-dessus de ses forces. Il mit très vite fin au dîner et emmena Marianne au salon qui leur ferait office de chambre. Dans une grande cheminée de campagne il alluma un feu, puis déplia le canapé-lit, s'en alla chercher des oreillers, et installa son amie nue dans la dorure des flammes, pour la regarder et l'aimer. C'était une chose qui l'intéressait beaucoup. La beauté de ses compagnes était une richesse fondamentale et Serge s'en repaissait comme d'une gloire personnelle. On frappa à la porte. Entrez, dit Serge. Délicate et prévenante, maternelle, Nina venait dire bonsoir aux "enfants" qu'ils étaient pour elle.

— Vous avez tout ce qu'il vous faut ? demanda-t-elle à Marianne.

— Oui, merci beaucoup madame, répondit Marianne.

Elle était touchée par cette sollicitude douce. Elle ne connaissait pas cette liberté de dormir avec un garçon sous le même toit que ses parents. Elle respira d'aise. Comme les choses pouvaient être simples ! Pourquoi chez Brune rien ne pouvait-il l'être ? Marianne n'en voulait pas à sa mère d'être comme elle était, mais elle en souffrait. Et s'en étonnait. Pourquoi ne pas faire confiance ? Elle aurait voulu que sa maturité fût enfin reconnue, que la tutelle morale fût levée. Les exigences pouvaient faire place à la tendresse. Mais non, Brune Villette ne désarmait pas.

— Ta mère est adorable, dit Marianne à Serge.

— La tienne ne l'est pas ?

— Jamais elle n'accepterait que je dorme avec toi sous son toit.

— Je peux la comprendre, dit Serge.

— Pas moi.

— C'est plus compliqué d'être la mère d'une fille, dit Serge.

— Pas quand la fille a vingt-quatre ans ! protesta Marianne.

— Elle protège ta vertu, s'amusa Serge, l'air de trouver ça très bien pour lui.

Et comme Marianne ne répondait rien, il repensa à la soirée qui venait de passer et demanda :

— Le dîner ne t'a pas paru trop pesant ?

— Pas du tout. Mais j'ai remarqué que tu coupais sans arrêt la parole à tes parents.

— Ils m'énervent ! Papa ne comprend rien, il faut tout lui expliquer. Maman minaude, je ne sais pas pourquoi.

— Ils voulaient être gentils ! dit Marianne avec indulgence.

— C'est toi qui es gentille ! dit Serge.

Comme l'amour le rendait compréhensif et favorable envers Marianne ! C'était l'être envers lui-même : c'était donner raison à son désir ! Pas une seconde il ne se mettait à la place de ses parents, eux qui s'étaient donnés en pâture et voyaient maintenant plonger sur leur progéniture le vautour de l'amour.

— Maman ne va pas bien, elle manque d'un but. Depuis que nous sommes partis de la maison, elle s'ennuie. Papa rentre tard, elle reste seule toute la journée.

Serge était capable d'énoncer ces faits. Il parlait froidement. Il posait un diagnostic, à la manière d'un chirurgien. Jusqu'à quel point était-il peiné pour sa mère ? L'aiderait-il ? Voilà qui était une autre affaire. Le déclin de Nina, qui coïncidait avec son ascension d'étudiant, Serge s'en apercevait-il ? Tant de choses nous paraissent normales qui ne le sont pas, et qui glissent sur nous comme l'eau sur les plumes des canards. Serge Korol, à vingt-quatre ans, pensionné par l'État, rapportait son linge à sa mère le vendredi soir et repartait le lundi matin avec le ballot lavé repassé. Nina était heureuse à l'idée d'être efficace pour son fils ! Le nouveau sèche-linge abîmait un peu les cols et les poignets de chemises, mais il était si rapide ! Nina s'émerveillait elle-même de traiter le linge en une journée. Voilà mon chéri, disait-elle à Serge en lui apportant la pile, les slips sur le dessus et les chaussettes à part. Serge disait-il merci ? Il n'aurait pas su répondre. Disait-il merci ? Ce n'était pas certain tant il était habitué à solliciter sa mère. Eh bien n'était-ce pas triste et indécent, cette pauvre femme au service de ces trois hommes à peine reconnaissants, et indifférents à ce qu'elle faisait de sa propre vie ? Marianne s'en offusqua.

— Tu rapportes encore ton linge !

— Cela fait plaisir à maman, dit Serge.

— Cesse de lui faire ce plaisir, tu lui rendras service.

— La tienne ne te repasse plus tes affaires ?

— Pas depuis que je n'habite plus à la maison. C'est normal.

— Comment fais-tu sans machine ?

— Je vais à la laverie.

— Quand nous serons mariés, je n'apporterai plus mon linge à ma mère, c'est promis ! plaisanta Serge.

— Comme ça elle m'en voudra encore plus de t'épouser…

— Elle ne t'en voudra de rien. Mes parents nous ont élevés Jean et moi pour que nous partions un jour. Les enfants ne restent pas près de leurs parents toute la vie, dit Serge comme s'il répétait une leçon qu'il tenait de son père et qu'il voulût la transmettre à Marianne.

Tel était le discours en vigueur chez les Korol : la manière qu'ils avaient trouvée d'exorciser, par la qualité de leur éducation et leur grandeur d'âme, la déception et la crainte de ne plus voir souvent leurs enfants. Plutôt que de dire ce qu'ils ressentaient vraiment, Vladimir et Nina en avaient honte et disaient ce qu'ils croyaient bien de dire, de ressentir, de faire et de penser. La vérité était tue et ils se vantaient d'être en tout point des parents modèles. Par ailleurs rien ni personne, même pas eux, ne devait contrarier ou limiter la liberté de Serge. S'ils devaient en éprouver une peine, elle serait supportée et érigée en décision raisonnable. Vladimir et Nina diraient par exemple : les enfants n'ont pas à s'occuper de leurs parents. Et ainsi Serge serait-il dédouané du moindre effort. La gentillesse, l'attention, la réciprocité des liens, ce que les enfants peuvent donner en retour, n'étaient jamais évoqués. On préférait passer sous silence les effets de l'absence. Ainsi ni Vladimir ni Serge ne s'occupaient de la souffrance psychique qu'éprouvait Nina. Sous leurs yeux, l'alcool étendait son emprise sur la mère désœuvrée. Nina se cachait, Vladimir ne voulait pas voir, Serge était de passage, sans regard lui non plus. De quoi parlez-vous ? auraient-ils dit à celui qui se serait mêlé d'aider cette femme en perdition. Et même : Sortez d'ici tout de suite ! aurait dit Vladimir. Tandis que Nina, saisie par l'énergie du déni, aurait hurlé : Je vais très bien ! J'ai toujours élevé mes fils pour qu'ils partent.

Jamais Nina n'aurait avoué qu'elle souffrait du départ de Serge ! Elle était une femme sans mot. Depuis l'enfance, ce qui s'était passé réellement était resté tu. Élevée sous un voile d'apparences, Nina ne pouvait nommer. Aucun des membres de la famille Korol ne serait jamais capable de s'approcher d'une vérité qui fait souffrir : toujours ils l'envelopperaient derrière une théorie et un déni. Vladimir, Serge et Nina formaient une étrange bande de fuyards, que les obstacles de leur vie effrayaient tellement qu'ils recomposaient la réalité par de fantasmatiques discours, parlant sans voir, décrétant le contraire de ce qui était, plutôt que d'y réfléchir. Ils n'étaient pas francs, mais on ne pouvait leur en faire le reproche, parce que c'était d'abord avec eux-mêmes qu'ils ne l'étaient pas. Ils s'embellissaient, se drapaient dans leur prétention, croyaient à leurs décrets. Ce fonctionnement familial en leurre creuserait l'écart entre Serge et Marianne. Encensé, Serge avait fait siennes toutes les prétentions intellectuelles de ses parents à son égard, mais ce n'était pas pour arriver à quelque chose, c'était en croyant qu'il était arrivé. Tandis que Marianne travaillait sans relâche et prétendait devenir une artiste, Serge prétendait être.

— Personne ne parle beaucoup de ton frère, fit remarquer Marianne, on dirait que tu es fils unique.

— Jean va très bien, il est à Dijon, ou à La Rochelle je ne sais plus, il entraîne des gosses, il vient d'acheter une petite maison.

— Il passe ici de temps en temps ?

— Il n'en a jamais l'occasion. Il travaille surtout le week-end. Ce sont les parents qui vont le voir, dit Serge.

Marianne sentait une dissymétrie entre les deux frères. Ils semblaient ne pas peser le même poids de présence dans leur famille. Elle trouvait à Serge une manière distante et peu affectueuse de parler de Jean. Elle n'insista pas.

Le lendemain ils rentrèrent en voiture dans la BMW blanche de Serge, premier gros véhicule d'une longue série de voitures puissantes auxquelles toute sa vie Serge accorderait temps et intérêt. La conversation s'engagea sur les Villette. Marianne venait de conclure l'épisode *présentation à la famille* en se réjouissant de la manière dont il s'était déroulé. En somme elle aussi se passait sous silence les points envenimés : la figure bouffie de Nina et l'effondrement de ses traits dans celui de sa vie, son désœuvrement, l'absence du frère qui faisait si peu parler de lui, l'idolâtrie maniaque dont Vladimir et Nina entouraient Serge, l'esprit sans finesse de Vladimir et cette manière qu'il avait de ne rien comprendre, symptôme d'une indifférence à beaucoup de sujets, l'exaspération de Serge, la maison livrée à l'ennui et l'abandon, qui correspondait si peu au raffinement dont la famille Villette avait fait une valeur autant qu'une habitude. Marianne Villette était amoureuse, elle caracolait dans ce moment intense, euphorique, oubliant que si l'on n'épouse certes pas une famille, on en côtoie le fruit qui n'est pas indemne d'une marque de fabrique.

— Tes parents ont été adorables, concluait Marianne.

— Ils m'aiment, dit Serge.

Il le répétait souvent, comme si le dire lui faisait du bien. Avait-il besoin de s'en convaincre ? Non. Il en était merveilleusement convaincu. Peut-être même émerveillé. Ou endoctriné par ses parents qui le lui avaient tant répété. Peut-être cette déclaration résolvait-elle un sentiment d'échec qu'il éprouvait. Comme s'il lui fallait parler des intentions de ses parents au lieu de ce qu'ils avaient raté. Mes parents m'ont aimé. Il le dirait comme un fait indiscutable qui avait le mérite d'être un fait. Ils m'aiment ! Il le répéterait toute sa vie, pour excuser de plus en plus ses parents des malaises qu'ils transmettaient. À cet instant, au volant, à côté de Marianne, il ne croyait pas si bien dire, ni si bien comprendre la scène qui s'était déroulée entre le jeune et le vieux couple. Marianne n'entendit pas ce qu'il ne savait pas qu'il disait.

Il aurait pu dire : Ils n'aiment que moi. Ils te reçoivent parce que je t'amène avec moi. C'était là aussi une indiscutable évidence. Pour Vladimir et Nina, toute magie se diffusait par lui. Ce n'était pas à Marianne Villette mais à la fiancée de Serge qu'ils avaient fait bon accueil. Ils la regardèrent à peine, ils ne voyaient que leur fils ! La jeune fille charmante et amoureuse, ses qualités, ses sentiments, ce qu'elle était capable de partager et de créer, n'avaient aucune importance. Elle n'était pas mal ? Tant mieux. Serge ne méritait pas moins. Comment pourrait-il choisir une compagne sans intérêt lui qui était si exceptionnel ? Il avait su la séduire ! C'était sur leur fils que Vladimir et Nina faisaient retomber les sentiments et les mérites de la jeune fille. Tout venait de Serge, tout retournait à Serge. Dès ce premier jour Marianne fut une fille interchangeable. Elle ne fut pas aimée pour elle-même mais à cause de la place qu'à cet instant elle occupait. D'autres qui l'avaient occupée avant elle avaient été pareillement accueillies (Caroline Marcillot n'avait pas sans raison pris ce lien au sérieux). D'autres le seraient après elle, et même, peu de temps après.

— Et toi, quand me présentes-tu à tes parents ? plaisanta Serge.

Il sentait bien que Marianne n'y mettait pas d'empressement et qu'il existait là un point de résistance.

Sacrée question ! À laquelle Marianne n'avait pas encore donné de réponse. Elle goûtait l'intimité du secret et la rencontre, l'allégresse d'être deux qui se regardent, l'amour dépouillé, avant l'émergence de la socialité. Et elle connaissait sa mère. Elle en anticipait la moindre réaction. Brune Villette faisait partie de ces femmes qui trouvent mille défauts à n'importe quel garçon intéressé par leur fille, surtout si la fille n'est pas indifférente. Marianne était-elle son intouchable trésor ? Brune la défendait contre tout prétendant qui avait ses chances. Il n'est pas bien beau. Tu as remarqué qu'il a les mains moites ? Quel affreux visage ! C'est étrange, ce jeune homme n'a pas de regard ! Telles étaient les petites phrases aimables par lesquelles Brune concluait ses rencontres avec les amis de Marianne qui avaient eu l'idée d'en tomber amoureux. Elle n'avait pas peur de qualifier avec cruauté. La maturité sentimentale et sexuelle de sa fille devait être pour Brune Villette un cataclysme. Elle repoussait les attaquants qui, le cœur en bandoulière, se présentaient à la maison. "J'aime ma fille, je ne la laisserai pas tomber dans n'importe quelles mains" était peut-être ce qu'elle se disait. C'était rationaliser la passion possessive et laisser libre cours au goût de toute-puissance qui couve dans la tendresse maternelle. La pauvre croyait bien faire ! Elle croyait qu'une mère doit tout décider, qu'une mère est le monde, qu'une mère ne cesse jamais d'agir dans la vie de sa fille et sait ce qui est bon pour elle. Il y avait beaucoup de névrose là-dedans (Brune avait elle-même une indépassable génitrice), mais elle ne connaissait le mot que pour ne pas croire à ce qu'il désignait, ou l'appliquer aux autres quand ça l'arrangeait. Tu es une névrosée, disait-elle à Marianne en s'emportant. Il n'était pas certain qu'elle sût ce que cela voulait dire. Dans ce cas, il était amusant de constater que *névrosée* signifiait en réalité vivante et libre. Marianne n'avait renoncé ni à désirer ni à dire. Des deux filles de Brune, l'une avait choisi d'affronter sa mère et l'autre de lui échapper. Affronter signifiait soumettre des demandes à l'autorité. C'était ce que faisait Marianne. Échapper signifiait mentir, ou pire, s'absenter de son propre désir, le nier plutôt qu'en suivre les chemins. C'était ce que faisait la jeune Noëlle à la maison. Marianne demandait à sortir. Quand ? Où ? Jusqu'à quelle heure ? Pour le week-end ? Il n'en est pas question ! Toute discussion était faite des hurlements de la mère et des pleurs de la fille. Partir en week-end avec des amis, sortir le soir et rentrer tard, dormir dehors (où dehors ?), inviter quelqu'un à la maison (qui ça ? Je ne connais pas) : tout excédait la patience de Brune. Marianne demandait timidement, sur la défensive, toujours au dernier moment tant la peur de se lancer la tenaillait.

— Si encore tu m'en avais parlé plus tôt, disait Brune qui, sous ce fallacieux prétexte, refusait son accord.

Pour finir, à vingt ans, Marianne gifla sa mère. C'était le début d'une suite de déflagrations familiales dont l'autorité têtue de Brune était l'unique cause.

— Tu es folle ma pauvre chérie, tu es complètement folle.

Brune Villette ne changerait pas de stratégie.

— Ma mère n'est pas facile, ne sois pas si pressé de la rencontrer ! dit Marianne à Serge qui regardait la route.

Elle s'en amusait en le disant, son visage s'épanouissait dans un sourire, mais elle savait qu'il n'y avait rien de drôle. Marianne Villette avait de sa mère une de ces peurs d'enfant qui à tout âge vous collent la sueur au dos en trente secondes.

— Et ton père ? demanda Serge.

— Mon père est adorable. Tu l'aimeras beaucoup. Il va vouloir jouer au tennis avec toi ! Mais à la maison c'est maman qui commande.

— Tu as donc été à mauvaise école, fit remarquer Serge. Je vais devoir me méfier de ton autorité !

— Je n'ai pas l'impression que ton père vienne à bout de ta mère, répliqua Marianne.

Elle regardait par la fenêtre les petites maisons posées entre la route nationale et le verdoiement mouillé des champs. Vivre là... Et elle ajouta d'un ton distrait :

— On ne fait pas forcément comme ses parents.

Mais Serge était catégorique :

— Si ! Je crois qu'on reproduit beaucoup plus qu'on ne le pense.

L'énoncé était typique de ces morceaux de théories imprécises que Serge utilisait comme il voulait.

— On répète ce dont on n'a pas conscience. Tu ne crois pas ? dit Marianne.

On pouvait vouloir ne pas être pour ses enfants le père ou la mère qu'on avait eus, ajouta-t-elle. Comme Serge ne répondait pas, Marianne pensa à la sagesse qu'il fallait pour interrompre la chaîne, et dit :

— Ne pas reproduire c'est accepter que ses propres enfants soient plus heureux qu'on l'a été... Il y a des parents qui jalousent leurs enfants et ne supportent pas qu'ils connaissent un sort plus facile. C'est bizarre mais ça existe.

— Je parlais seulement du mariage, dit Serge.

— Tu veux dire qu'un couple reproduit le fonctionnement des parents ?

— Répète ou bien fait le contraire…

Ce débat s'éterniserait entre Serge et Marianne, renaissant à chacune de leurs disputes, chacun reprochant à l'autre d'imiter qui son père qui sa mère, preuve s'il en faut que le mariage unit deux familles et deux styles, et qu'on le traverse non pas en tête à tête mais en lignée, non pas à deux mais à six.

3

Ne discute pas et fais ce qu'on te dit ! avait longtemps été la formule éducative de Brune Villette, à laquelle Henri Villette apportait une caution qui n'était chez lui qu'un désir d'avoir la paix. Sans sa femme, il aurait été plus tendre et plus conciliant, et justement, tendre et conciliant c'était avec elle qu'il l'était, la laissant diriger, tout en ayant conscience qu'elle présentait le tempérament le plus difficile de la famille. Il faisait tout pour ne pas froisser l'humeur de sa femme et tremblait si d'aventure une des filles (Marianne la plupart du temps) venait à contrarier *maman*. Allez, fais ce que dit ta mère, suppliait-il avec un sourire à la fois affectueux et compatissant. En somme, il savait et ne voulait rien savoir. Brune Villette était une mère tyrannique et une petite femme souriante. La première se cachait dans la seconde. Henri Villette s'accrochait désespérément à la petite femme pétulante, pour oublier la sévérité dont il subissait, avec ses enfants, l'énergie volontariste. À sa fille Marianne, quand Brune de toute évidence exagérait, il répétait : Ne dis rien ! Et ajoutait en guise de justification : C'est le plus intelligent qui cède, tu es intelligente. Il ne lui disait pas *laisse tomber, ta mère est une idiote*, mais c'était pareil. Il aurait pu aussi bien dire : ta mère est une brute. Mais il ignorait lui-même qu'il le pensait. Voilà un homme astucieux et doux qui avait baissé les bras devant son épouse, renoncé à la contredire, à parler avec elle, et à la voir comme elle était. C'était une capitulation sans condition. Brune Villette régnait sur la maison, les enfants et le mari, en toute impunité, en toute inconscience, innocente et cruelle comme une victoire. Ne discute pas ! disait-elle sèchement avant même qu'on eût l'idée de discuter, parce que le système avait été si bien assimilé qu'on ne savait pas discuter. On ne savait pas exprimer son opinion, défendre sa position, plaider sa cause, tenir à ce qu'on pense juste. On ne savait qu'avoir peur.

La maison Villette était ce monde fermé où régnait *maman*. Là, toute chose venait d'elle. Le décor, l'ordre, jusqu'à la place des coussins sur le canapé où il ne fallait pas s'asseoir trop souvent, les menus du dîner, l'heure du coucher, les activités du week-end, la garde-robe des filles et celle du mari, les invités autorisés à pénétrer ce sanctuaire, ceux qui étaient loués (ayant l'heur de plaire à Brune) et ceux qui *n'avaient pas la cote* (expression que *maman* utilisait en riant pour conclure les critiques dont elle les gratifiait). L'autorité s'installait sur la compétence. *Maman* était parfaite. La liste de ses talents s'allongeait car *maman* apprenait chaque année quelque chose. La gravure, la lithographie, l'encadrement, la peinture sur soie, la pâtisserie, les sauces, le tricot, la passementerie… Savoir, c'est commander. Aimant l'un et l'autre, Brune disposait sa vie pour maîtriser. L'ordre du monde était l'ordre maternel. *Papa* ne soufflait mot, il respirait au-dehors : il allait au bureau. Sans doute payait-il sa liberté au prix fort : en abandonnant sa maison et ses filles à *maman*. Papa sortait souvent. Il avait toujours *un boulot fou* et des *problèmes au bureau*. En quelque sorte Marianne avait aussi un boulot fou et des problèmes, mais elle ne respirait pas. Au-dehors, c'était l'école, les notes, les mauvaises notes qui faisaient crier *maman* et lever son bras. La main de *maman* était la main de Dieu tout-puissant, la main de l'ogre, leste comme une soucoupe volante, puissante comme un jugement de tribunal. La main était versatile et dangereuse : capable de frapper. Parfois elle effleurait une chevelure, parfois elle giflait un visage. Une simple contrariété de *maman* et la main pouvait s'abattre sur la tête de Marianne. Ça fait circuler le sang ! disait *maman* quand la claque était donnée et la fillette malheureuse. Interdiction même de rester rembrunie. L'injonction à ne pas être une mauviette était censée mettre fin à l'événement et à la peine. Une calotte, ça n'a jamais fait de mal à personne ! riait maman. Jamais de regret, jamais d'excuse, cette femme était en fer. *On est en bisbille toutes les deux*, disait ensuite Brune pour résumer la dispute sans l'annuler. C'était dire à sa fille : tu ne t'es pas comportée comme il me plaît. La bisbille n'était pas une altercation réciproque ! Brune Villette était l'impératrice de la famille avec tellement de naturel qu'elle n'imaginait jamais avoir tort. Elle avait *raison*, et pour celui à qui elle s'adressait, être en bisbille signifiait être en disgrâce. Il fallait faire amende honorable. Il fallait revenir vers *maman* comme si rien ne s'était passé. Sans ce retour silencieux, c'était ne plus avoir de *maman* du tout.

Toutes les familles ne sont pas modernes. Certaines perpétuent des valeurs passées, répétant plus que choisissant, tenant à ce qui fut, s'arc-boutant sur ce patrimoine de vertu ancienne qui exige tant de batailles contre l'élan naturel de la vie. Dans ces familles-là, les enfants ne sont pas écoutés (personne ne l'est d'ailleurs), ils sont matés. On les dit bien élevés, ils sont dressés. Dans ces familles-là, on souffre. Les parents de reproduire et ranimer ce qu'ils ont connu de taloches et réprimandes, les enfants de le subir à leur tour. Et la manne de la tendresse filiale se meurt dans le filet de la *bonne éducation*. C'était ainsi que Marianne Villette voyait son éducation : à l'ancienne. Elle était capable d'y trouver de bonnes choses : sens de l'effort, exigence vis-à-vis de soi, attention aux autres, politesse, discrétion, discipline. Et on ne se payait pas de mots ! pensait Marianne à juste titre. Il fallait *faire* et non *causer* ! Et sans se vanter s'il vous plaît ! Craignant à raison la vanité, ce monde oubliait de complimenter. Être fier de soi ? C'était peut-être un droit des adultes. Dans ces familles-là, on peut étouffer de silence, on cherche la joie qui pourrait remplacer l'obligation. On regarde désespéré l'éducatrice qui s'impose des corvées en imposant ses grimaces et vous réclame d'en faire autant.

Si Marianne n'avait pas étouffé, c'était qu'elle recélait cette volière à l'intérieur d'elle-même, dans laquelle son esprit s'était émancipé. Pour toujours elle vivrait ainsi : partagée en deux, campée sur deux positions, la réalité et la vie intérieure. Au-dedans Marianne imaginait ce qu'elle voulait, au-dehors, contenue, elle évitait l'insolence ou la provocation. Elle respirait par la conjonction d'un poumon secret et d'une soumission acceptée. Une part d'elle-même était configurée et consentait, obéissant aux règles, par ce désir qui nous pousse à préférer une famille sévère (puisqu'elle nous est échue) à pas de famille du tout. La tyrannie maternelle avait fabriqué de l'hybridité.

On ne lâche pas ceux dont on attend quelque chose : Marianne Villette faisait passer sa famille avant le monde parce qu'elle en espérait de l'amour. On lui avait appris à être *gentille*, elle l'était. Elle l'était jusque dans les plus mauvais moments. Va embrasser ta mère, disait Henri Villette après chaque empoignade. Sa bonne âme voulait de l'harmonie. Ou bien : Ne pleure pas, je t'en prie, je t'aime fort tu sais, et maman aussi t'aime. C'était convenir que l'on pût en douter. Ta mère t'aime ! répétait Henri à sa fille. À dix ans, quinze ans, dix-huit ans, vingt ans, Marianne acquiesçait. Sa mère l'aimait, elle n'en doutait pas, mais elle aurait voulu que ce fût autrement. Il y a souvent beaucoup d'amour entre les gens, mais quel amour ? Marianne aurait voulu une mère qui la serrât dans ses bras. Ce geste était le plus naturel et le meilleur du monde ! Marianne attendait de sa mère cette sagesse qui sait pétrir la vie dans la tendresse, qui connaît ce réconfort. La vie était dure sans aucun doute, comme le répétait Brune soucieuse d'aguerrir sa fille, mais nous avions le pouvoir de l'adoucir, pensait Marianne.

— Je sais que maman m'aime, mais comment m'aime-t-elle ? disait Marianne à son père.

Henri ne comprenait pas ce que lui demandait sa grande fille.

— Elle t'aime beaucoup, répétait-il, voilà comment elle t'aime.

Alors l'espoir ne mourait pas chez Marianne d'attendrir les manières maternelles. Elle était constamment préoccupée de bien faire. Il fallait faire sourire *maman*. La désolation l'envahissait de n'être qu'elle-même, cette fille maigrichonne qui *marchait comme un grenadier, n'était pas cultivée, n'avait pas de passion, ne s'intéressait à rien*. Elle aurait fait n'importe quoi pour plaire à Brune et ne pas entendre ces reproches. À quel âge de la vie renonce-t-on à aimer ses parents dans une tendre réciprocité ? Quand une scène éclatait, Marianne souriait à son père, entrant dans la réconciliation apaisée qu'il appelait. Pour rien au monde elle n'aurait voulu peiner cet homme venu la consoler. La consoler, mais pas la défendre. Elle ne songeait pas qu'il aurait pu empêcher le terrible bras de se lever sur sa fille. Jamais non plus Marianne n'avait pensé qu'Henri Villette avait peur de sa femme. Parfois, lorsqu'il lui rendait un sourire, Marianne y lisait de la gêne : Henri avait honte de la sévérité dont il était le témoin malheureux. Il excusait Brune. Elle est vive, elle n'y peut rien. Et toujours le fameux : Ta mère t'aime. Ou les explications : C'est parce qu'elle est inquiète qu'elle crie.

— Elle se pose toutes sortes de questions tu sais ! disait Henri Villette pour conclure.

Ce n'était pas faux. À son époux, Brune livrait parfois son regret que *les choses soient si difficiles avec Marianne*. Est-ce que je m'y prends mal ? demandait-elle à Henri. Et l'andouille de mari plongeait plus profond dans sa lâcheté : Mais non ne t'inquiète pas, tu t'y prends très bien, tout va bien, Marianne t'aime. En somme, il disait à chacune la même chose. Contrairement à sa fille, Brune avait besoin d'être rassurée. Preuve secrète qu'elle doutait de le mériter, elle n'était pas sûre de l'amour de Marianne. Oh quoi de plus certain, pensait-elle, sa fille lui en voulait ! Sa fille ne lui pardonnait rien !

— De toute façon il ne faut rien attendre de ses enfants, disait Brune Villette pour éviter de juger sa situation singulière. La gratitude ? Il ne faut pas l'espérer. Parent, c'est le métier le plus difficile !

Le désabusement neutralisait l'autocritique. Au lieu de se poser des questions précises, Brune se noyait dans des déclarations générales. Avait-elle vraiment été trop brutale avec Marianne ? Oui, évidemment, mais justement elle n'abordait pas le sujet. Elle avait été violente. Mais Dieu sait que ce n'était pas volontaire. Aussi était-elle incapable de le penser ou de se le dire. Brune Villette était emprisonnée dans un tempérament de foudre. Elle était une nature énergique et nerveuse. Les gifles qu'elle donnait étaient un instantané de colère pure. Cette mère n'avait aucun contrôle pulsionnel. Elle vivait au gré de ses humeurs. Quand elle souffrait, de contrariété par exemple, elle mordait ! Il y avait de l'animalité en elle. Inutile de chercher plus loin. Parfois Henri la calmait. Et toujours il l'excusait, parce qu'il l'aimait, parce qu'il vivait avec elle. Ta mère t'aime. C'est parce qu'elle est inquiète qu'elle crie. Elle se pose toutes sortes de questions ! Jamais pourtant il ne disait à sa fille de quoi Brune s'inquiétait ou quels doutes la visitaient. Sans le savoir il se rangeait du côté de sa femme. Marianne était seule, privée d'allié, sans confident, honteuse dans la peur. Cependant, elle vouait un grand amour à sa mère, un grand amour malheureux.

Pourquoi fallait-il tant de cris, de colères et de réprimandes, dès le matin, pour aider à grandir une petite fille souriante aux bras fins comme des allumettes ? Personne ne se le demandait ! Le monde était-il aveugle ? L'autoritarisme blessait les sentiments. Personne ne voyait rien. Marianne vivait livrée à sa mère. Et l'enfance était un temps de peur et de culpabilité. Mais l'enfance s'achevait et la rébellion était vitale. Ne discute pas ! disait Brune sans remarquer que le fruit avait mûri. Le commandement devenait ridicule, insupportable, inadmissible. Quand la mère admettrait-elle que la fille aînée était devenue une personne capable de réflexion, de décision et de responsabilité ? Doutait-elle d'elle-même en doutant de sa fille ? Doutait-elle d'avoir su transmettre ce qu'il fallait de jugeote à une jeune femme ? Ou bien était-ce le goût immodéré de son pouvoir ? L'habitude de régenter ? Le refus d'abandonner les prérogatives parentales ? La mère n'admettait pas l'évolution légitime de sa fille vers les libertés de l'âge adulte.

— J'ai vingt ans, disait Marianne. J'ai vingt et un ans ! J'ai vingt-deux ans…

— Quand tu seras chez toi tu feras ce que tu veux, répondait Brune. Tant que tu vis chez moi tu m'obéis !

C'était sans subtilité ni douceur et ça ne se discutait qu'en quittant la maison.

Comme il fallait s'y attendre, l'enchantement de cette autorité indiscutée s'acheva dans les drames. Ce que Brune appela toute sa vie *la crise de folie de Marianne* fut la lutte légitime pour l'émancipation. Nul n'en conviendrait jamais. Marianne accepterait que justice ne lui fût pas rendue. Elle serait à jamais la fille qui était devenue dingue à vingt-trois ans. Plus tard Serge reprendrait cette figure, brandirait ce souvenir falsifié, pour dominer à son tour. Tu es complètement folle ! Les mensonges ne sont pas perdus pour les dictateurs.

Les relations d'obéissance prirent fin dès la première nuit où Marianne Villette, par le hasard d'une voiture qui ne démarre pas, plus que par indépendance, découcha. Au matin, elle trouva une valise sur le palier et sa mère en rage. Quelle fille ai-je engendrée ? hurlait Brune en passant l'aspirateur, soulevant les tapis, poussant les tables, passant comme un ouragan devant Marianne paralysée.

— Ne reste pas plantée là, qu'est-ce que tu attends ? Fais tes paquets ! Je ne veux plus te voir.

La mère croyait au drame qu'elle avait créé. Henri Villette était même revenu du bureau. Il était debout en costume et cravate devant sa femme et sa fille, piètre intercesseur et malheureux homme.

— On s'est fait du souci, disait-il à Marianne, cherchant en somme à justifier la colère de sa femme.

— Elle s'en fout ! intervint Brune. Elle s'en fout complètement. Regarde-la !

Henri Villette avait le cœur serré. Il essaya de s'interposer.

— Inutile de la défendre, c'est elle ou moi ! répliqua Brune.

Tel fut l'ultimatum. Parler était utopique. Retranchée dans sa fureur, inatteignable, Brune voulait trôner, commander, ou rien du tout. L'évidence se faisait : vivre à côté de sa nature exigeante, énergique et autoritaire, cessait d'être possible dès lors que l'on était adulte. Mais Brune inversa les rôles : à l'entendre, c'était elle qui n'en pouvait plus de cette fille désobéissante et ingrate. Dehors ! Elle n'en voulait plus chez elle. La vérité était comme une crêpe. Marianne fit l'expérience du retournement. Henri Villette était désolé. Il était heureux quant à lui d'avoir ses deux filles à la maison.

— Tu ne peux pas habiter chez ton copain ? demandait-il maintenant à Marianne, en regardant par terre.

— On ne peut pas dire à sa fille qu'on met à la porte parce qu'elle a dormi avec un garçon d'aller s'installer chez lui ! Je n'en ai pas envie. Vivre avec quelqu'un, c'est engageant.

— Elle n'a pas tort, fit remarquer Henri à sa femme.

Il avait à dessein préféré cette formulation négative, évitant de dire *elle a raison,* tant Brune hors d'elle ne l'aurait pas supporté.

Brune écoutait tout mais ne voulait plus rien entendre.

— Qu'elle aille où elle veut, je m'en fous !

Ces bagarres de femmes désespéraient Henri Villette. Est-ce que l'une d'elles ne pouvait s'apaiser ? suppliait-il.

— Je suis très calme, affirmait Brune, brûlante comme une escarbille.

Pourquoi en arriver là ? Henri Villette ne se posait qu'abstraitement la question. Sans quoi il aurait eu la réponse : parce que Brune faisait des histoires pour rien. Il aurait fallu s'opposer à son épouse. Et comment le pouvait-il lui qui allait vivre tout le reste de sa vie avec elle ? Le soir même, Henri Villette installait sa fille dans la chambre de service à l'étage au-dessus. Marianne était libre et proscrite.

— Tu es contente ? lui demanda-t-il.

La question était si absurde que Marianne ne fit aucune remarque.

— Très contente.

Le petit ami l'emmenait au cinéma, au restaurant italien de l'avenue Niel où elle prenait l'escalope au citron. Mais il n'était pas sa famille ! Le soir, après ses cours, Marianne allait au Gymnase Club où elle se douchait. Elle donna des petits cours de français et de mathématiques à une jeune héritière qui était en échec scolaire. Les petits cours rapportaient cinq cents francs par semaine. L'année suivante, Marianne entreprit un troisième cycle en arts plastiques. Une seule bourse de doctorat était dispensée. Il fallait finir première aux examens du diplôme d'études approfondies. Elle étudiait assidûment, une théière pleine posée sur la table qui servait de bureau. Au cours de cette année se déploya une obstination à apprendre, un goût du résultat qui seraient capables de fonder toute l'existence de Marianne Villette.

Henri Villette temporisait, invitant sa fille à déjeuner, l'exhortant à passer voir sa mère, réclamant l'intelligence et la réconciliation. Il demandait à sa fille d'être l'instigatrice des retrouvailles. Comment vivre sans cela ? disait-il. La famille n'allait pas éternellement rester scindée par ce séisme ! C'était une évidence même pour Marianne. À elle de faire le premier pas. Brune en était incapable.

— Inutile d'attendre quoi que ce soit de maman, disait Henri Villette à Marianne.

Dans la personnalité généreuse d'Henri Villette, coexistait autant de sagesse que de faiblesse, la première ne brusquait pas la seconde. À cinquante ans, à l'heure où sa fille aînée était adulte, il avait un quart de siècle de mariage et une expérience des autres qui l'empêchait de croire qu'on peut ou qu'on doit les changer. Voilà un homme qui prenait les autres comme ils étaient. Jamais on ne l'entendait émettre une critique. Il se trouvait bien quelques salopards qu'il ne portait pas dans son cœur, mais il en parlait à peine, il gardait ses sentiments au-dedans, et il était bienveillant. Il aimait Brune comme elle était. Alors il essayait de convaincre sa fille. C'était à elle qu'il demandait de tendre la main. Marianne était *gentille.* Ce mot qu'il affectionnait était le plus grand compliment qu'il pût faire. Il était capable de dire : ta mère n'est pas gentille, ça n'est pas drôle mais c'est comme ça. Il savait depuis longtemps que Marianne était tendre et que Brune était en fer.

Le père et la fille se voyaient au bistrot. Brune ne savait rien de ces entrevues dont elle était pourtant le sujet principal.

— Ta mère t'adore ! Elle est malheureuse de cette situation.

— Moi aussi je suis malheureuse, répondait Marianne.

— Alors ! s'exclamait Henri Villette trop heureux de trouver du répondant. Pourquoi ne vas-tu pas l'embrasser et tout est fini on n'en parle plus ? Si tu vas voir maman en lui demandant pardon, elle t'embrassera aussi !

— Il faut que je lui demande pardon pour quoi ?

— Parce que tu lui as fait de la peine.

— C'est le monde à l'envers non ? Tu penses qu'elle ne m'a pas fait de peine ? Ni à toi ?

Henri Villette soupira. Il était excédé par ses femmes, leurs chamailleries. Aurait-il jamais la paix ?

— C'est maman qui devrait s'excuser. Et arrête de croire qu'elle m'embrassera. Elle ne m'embrassera pas. Elle ne me dit pas bonjour quand je la rencontre dans la rue. On dirait qu'elle m'en veut d'être moi-même.

— Ne parle pas sur ce ton, dit Henri Villette dont l'expression accusait le désespoir.

— À la fin c'est insupportable que tu fasses comme si maman avait raison !

— Tu as vu comme tu cries ?

— Je crie moins que ta femme, dit Marianne avec froideur.

Cette manière qu'avaient ses parents d'attaquer sur la forme dès qu'elle avait raison sur le fond était une habileté nocive dont ils ne se corrigeaient pas. Ils entravaient la conversation. Ils coupaient court.

Marianne avait fait plaisir à son père. Elle avait été *gentille*. Il y avait eu un dîner. Mais pas de réconciliation explicite, ni d'excuses ou de mise au point. Le silence avait enterré la dispute. La mère et la fille se parlaient : Henri Villette était soulagé, c'était pour lui comme une renaissance. Brune s'était détendue. Marianne souriait. Ces deux caractères de force égale et de nature différente avaient trouvé un terrain neutre de conversation. Absence de soi, présence du monde. Mère et fille ne parlaient jamais d'elles-mêmes, de ce qu'elles ressentaient, pensaient ou souffraient, elles parlaient de ce qu'elles avaient vu au cinéma, au théâtre, des livres qu'elles avaient lus, de ce qu'on disait dans les journaux. Marianne passait le soir avant d'aller au Gymnase Club, elle prenait le thé dans la cuisine, ou bien elle venait dîner.

À ce moment, l'invitation était arrivée, que Marianne avait décachetée en présence de Brune.

Dîner chez Delphine, samedi 30 novembre, 20 h 30
10, boulevard Saint-Germain, Paris V
Code 25B33 – RSVP – tél. 597 18 24

Marianne avait rencontré Serge et en était tombée amoureuse. Ainsi s'était remplie et transformée son existence.

Le soir désormais Marianne descendait sur la pointe des pieds les marches de l'escalier de service et courait jusqu'au pont Mirabeau. Quand elle dormait chez Serge, elle sursautait dès que le téléphone sonnait. Qui sait si ce n'était pas Brune ? Qui sait si un malheur n'était pas arrivé chez ses parents ? Elle avait de ces inquiétudes qui marquent l'impossible séparation. Sa liberté n'était qu'une apparence. Seul le mariage libérerait Marianne Villette, encore en apparence peut-être puisque l'emprise est intérieure. Brune bien sûr avait perçu un changement dans la vie de sa fille. Comment aurait-elle ignoré qu'il y avait un garçon sous roche ? En digne mère, elle épiait mais ne disait rien. Elle laissait à son mari le soin de faire les commissions. Quand nous le présentes-tu ? demandait Henri à Marianne. Que fait-il dans la vie ? Où habitent ses parents ? Toujours les mêmes questions qui valent ce qu'elles valent et ne préservent de rien.

Marianne, qui ne parlait pas de Serge à ses parents, parlait beaucoup à Serge de ses parents. Elle fit l'erreur de se confier à lui. En se déchargeant du récit de ses conflits avec Brune, elle livrait à Serge une clef de sa personnalité. Serge ne le sut pas consciemment mais l'utilisa inconsciemment : on pouvait tout faire à cette fille, elle revenait. Elle était comme un chien qu'on bat et qui cherche la caresse.

— Ta mère ne me fait pas peur, disait Serge.

— Attends de la connaître.

— As-tu encore peur d'elle ?

— Non, plus du tout.

C'était un mensonge auquel Marianne s'efforçait de croire, son entraînement intérieur à un détachement dont elle était incapable. La petite fille était là, lovée au cœur de Marianne Villette. La petite fille avait vécu des peurs géantes, légitimes, dont la trace s'était gravée à l'intérieur de son ventre. La cicatrice s'envenimait encore dès qu'il fallait annoncer quelque chose dont on devinait que ça déplairait à Brune. Et ça lui déplaisait ! Marianne à ce sujet ne se trompait jamais.

— Viens là ! dit Serge à Marianne.

Il souriait, s'amusait gentiment d'elle, lui qui était si loin de connaître cette crainte des manifestations d'une autorité violente, lui le chéri de ses parents. Ne serait-ce pas la plus grande distance entre eux ? Ils n'en avaient pas idée, allongés l'un près de l'autre, nus dans le canapé-lit – chose qui était naturelle à Serge et extraordinaire pour Marianne.

— Embrasse-moi, demandait Marianne ce jour-là.

— Encore ! plaisantait Serge.

Elle se serrait contre lui. Le corps nous fait imaginer des miracles de proximité. Elle se serrait contre lui, collant sa joue contre le large torse imberbe qu'il avait. Elle cherchait la douceur dans l'amour. Elle voulait la tendresse et le rassurement, un enveloppement. Mais comme elle était volontaire et énergique et qu'il était encore jeune et volontiers égoïste, Serge Korol ne s'en rendait pas compte.

— Je t'aime ! souffla Marianne.

Elle riait de se l'entendre dire et de l'éprouver alors qu'elle ne l'avait pas attendu. Il était grave, songeur. Elle le crut romantique.

— J'ai de la chance, dit-il.

Évaluait-il sa partenaire plus qu'il ne l'aimait ? N'était-il pas dans le calcul plutôt que dans le sentiment ? J'ai de la chance. Marianne prit la petite phrase comme un compliment.

— Je crois que je vais m'amuser à rencontrer ta mère. Ne sois pas inquiète.

— Elle n'est pas méchante. Elle est juste capable de dire des horreurs et de les oublier le lendemain. Et je sais qu'elle est sincère !

— Elle a dû beaucoup souffrir, dit Serge en guise d'explication.

Il ne demanda pas ce qui était arrivé à Brune. Le sujet l'intéressait moins que lui-même. Il dit :

— Mon père a perdu sa mère à dix ans. On ne s'en remet jamais. Il aime maman comme un enfant qui a trouvé une mère. Maman peut lui en faire voir de toutes les couleurs, il ne la quittera jamais.

Et voilà ! À la manière de tous les amants du monde, Serge et Marianne parlaient de leurs parents, comme l'avaient fait leurs parents un quart de siècle auparavant. Ils se chantaient la ritournelle de la vie et de l'amour, dans l'épaisseur du temps que leur jeunesse ne mesurait pas.

— Ma grand-mère était une grande nature ! s'amusa Marianne.

— La mienne une rescapée, dit Serge.

— J'aime ma mère. Je lui pardonne sa dureté, dit Marianne.

— Sais-tu à quoi un homme reconnaît qu'une femme est amoureuse de lui ? plaisanta Serge.

— Non, dis-moi.

— Elle lui parle de sa mère !

Marianne rit de cette vérité et dit :

— C'est une manière de parler de soi.

— Tu n'as plus qu'à me la présenter, dit Serge Korol à la jeune fille.

Et c'est ce qu'elle fit peu de temps après cette conversation. Follement épris, Serge se sentait capable de tout réussir.

4

À Paris, Brune et Henri Villette habitaient les beaux quartiers de la bourgeoisie d'affaire, l'ouest chic et paisible. Métro Porte-Maillot, annonça Marianne. On gagnait un large boulevard, un immeuble cossu, un appartement que la maîtresse de maison tenait dans un ordre impeccable. C'est là que Serge Korol rencontra les parents de Marianne. Il ne le savait pas, ce n'était pas un accueil mais une visite de politesse qu'il leur rendait, par laquelle il était prié de se présenter mais pas de rester. Par la suite, on ne l'inviterait plus.

— Qu'est-ce que tu attends pour nous le présenter, disait donc Henri Villette à sa fille.

— On sera gentils avec lui ! plaisantait Noëlle que l'amour de sa sœur mettait en joie.

Brune ne disait rien. C'était d'elle pourtant que Marianne attendait un mot gentil. N'était-ce pas fou de penser par avance que le dîner serait raté ? Que sa mère serait désagréable ? Brune ne savait pas être chaleureuse avec les invités des autres. Je ne le connais pas ! protestait-elle, pourquoi voulez-vous que je lui saute au cou ? Je ne vais pas l'embrasser sur la bouche. En plus d'être cassante, elle faisait du mauvais esprit.

On convint d'un lundi, le jour qui arrangeait le plus *maman*. Après tout *maman* allait s'occuper du dîner, ce bel effort valait quelques égards. Brune ne manqua pas de le faire remarquer.

— Laisse-moi m'occuper de tout, proposa Marianne.

— Tu n'habites plus ici ! répondit Brune.

Sa soif de suprématie était inextinguible et s'enracinait dans la maîtrise de l'intendance. Sa personnalité voulait tout : faire et faire payer, ne pas se faire aider et se faire remercier – ne pas l'être assez –, commander et prétendre servir. Le système était imparable, la névrose implacable, et tout semblait à Marianne occasion de blessure. Ainsi ce moment si gai de la vie, où les familles s'ouvrent et s'élargissent, fut pour elle un supplice.

Celui qui *voit* est aussi celui qui souffre. Celui qui est dans l'ignorance n'a pas d'appréhension. Fort de sa mère adorante, Serge Korol n'avait aucune inquiétude concernant ce dîner chez les Villette. S'il n'était pas exempt de quelques défauts aux yeux d'une belle-mère qui chercherait la petite bête, il n'en avait aucune idée. Il se concentrait sur les mérites personnels à quoi il devait sa réussite. N'était-il pas le gendre idéal ? Il en était certain : normalien et sportif, sympathique et drôle, original et intelligent. Que demander de plus pour sa fille ? Serge était sûr de lui et Brune Villette déjà dans sa poche. Il avait tant d'assurance qu'il se laissa aller à toute sa fantaisie. Il acheta six bouquets de fleurs différents, composa six petits mots de remerciement *à la manière de*, enfila une vieille blouse blanche par-dessus une chemise à carreaux, et ainsi déguisé en fleuriste, fit lui-même la livraison chez les Villette. Noëlle ouvrit la porte, Brune donna un pourboire, et Serge revint le soir même à la place du jeune galant. Les costumes transforment les personnes, ni la mère ni la sœur ne reconnurent, sous les traits du jeune invité, le livreur de l'après-midi. Marianne était rougissante, Serge souriant, Noëlle enjouée et naturelle, Brune pincée et diligente à servir.

— Merci pour vos fleurs ! avait-elle lancé au jeune homme tandis qu'elle partait à la cuisine.

Maintenant Henri Villette faisait la conversation, assez innocent pour être heureux, chaleureux par nature, s'abandonnant à la rencontre comme son épouse justement ne savait pas le faire. Ouf ! il y avait le tennis. Et Châteaudun, dont Henri Villette avait autrefois gagné le tournoi. Serge et Henri évoquèrent tous les joueurs qu'ils connaissaient l'un et l'autre. Le sujet fut exploité jusqu'à la trame. Chaque intermède faisait battre le cœur de Marianne. De quoi allaient-ils parler ? s'inquiétait la jeune fille. Mais toujours Henri relançait sans effort la conversation. Brune, silencieuse, se levait, apportait et desservait les plats, empêchant sa fille de rendre service, faisant sciemment la domestique, comme un saint s'inflige des sévices, mais pour mieux se plaindre et dominer ensuite. Marianne regardait le visage fermé de sa mère, dont elle n'attendait ni gentillesse ni indulgence. Que pensait-elle de Serge ? se demandait Marianne, frémissante, amenuisée. Pourquoi l'avis de sa mère était-il si important ? Parce que nous formons une famille, pensait Marianne. Elle voulait que Serge plût. Mais que voulait Brune ?!

— Au revoir madame, merci pour ce délicieux dîner.

Quand le jeune homme passa la porte, il embrassa Marianne sur les deux joues. Brune fila à la cuisine ranger les assiettes dans le lave-vaisselle sans dire un mot. Il paraissait que ce dîner l'avait épuisée. Marianne monta chez elle après avoir remercié *maman*. Merci de quoi ? C'était le genre de question que l'on ne se posait pas dans la famille et qui pourtant, à cor et à cri, réclamait de sortir des têtes.

Si singulier que cela pût paraître, il ne fut plus jamais question de Serge Korol. Brune Villette avait eu ce qu'elle voulait : elle avait vu la tête du *gars* (c'était ainsi qu'elle appelait Serge lorsqu'elle demandait à Marianne : Tu sors avec *ton gars ?*). Bien sûr elle ne manqua pas de se faire des compliments dont personne n'aurait songé à la gratifier puisqu'elle était seule à croire les mériter. J'ai été correcte, disait-elle, je l'ai invité à dîner. Elle avait un besoin de se rassurer en étant contente d'elle-même et en justifiant son comportement : elle avait fait ce qu'il fallait, elle avait reçu ce garçon. Qu'on ne vînt pas lui en demander davantage ! Au mois de juin, Noëlle proposa d'inviter Serge à sa soirée d'anniversaire. Raidie d'un coup, Brune trouva la parade avec promptitude. À quel titre ? demanda-t-elle à sa cadette sidérée par l'incongruité de ce refus lapidaire. La jeune Noëlle n'avait bien sûr ni réponse ni audace pour dire son étonnement. Ne discute pas et fais ce qu'on te dit ! L'injonction avait accompli la dissolution de toute conversation. La question de l'entrée libre de Serge dans la maison Villette fut réglée sans être discutée. Il n'est rien ! Qui est-il ? Il n'est rien, répétait Brune, convaincue de la légitimité de son diktat. C'était le vieux débat entre la lettre et l'esprit. Chez les Villette, le carcan des convenances n'était pas levé, on en restait à la lettre. Hors mariage, les sentiments que l'on avait et ce que l'on vivait dans l'alliance des cœurs n'existaient pas.

— Je ne vois vraiment pas pourquoi on l'inviterait, affirmait Brune avec une détermination inébranlable.

Le pensait-elle réellement? Était-elle sincère? Ne voyait-elle pas l'énormité de ce qu'elle disait? se demandait Marianne, aussi malheureuse que consternée. Même en la connaissant, elle avait attendu autre chose de sa mère. Le charme! Le sourire! Elle aurait voulu une mère accueillante et gracieuse! Au lieu de quoi elle eut une petite bonne femme close et remplie de principes glacés, sans signification. Il fallait faire avec cette mère-là et accepter même d'être seule en face d'elle.

— Ça n'a pas d'importance, disait Serge à Marianne quand elle se désolait.

Mais cela en eut. Tout ce désastreux commencement donna d'emblée tort à Marianne. Qu'est-ce que c'était que cette famille? La question nuirait, des années plus tard.

La situation devint si absurde qu'elle en était comique. En cachette de sa femme, Henri Villette faisait partie de tennis sur partie de tennis avec son futur gendre – ainsi présentait-il Serge à ses amis du club. Et selon l'habitude, en parlant à sa fille, il essayait de faire évoluer les choses. Pour cette fois ce n'était pas à la demande de Brune. Henri Villette, qui n'avait pas de fils, avait instantanément adopté Serge et pressait sa fille d'épouser ce garçon qui avait toutes les qualités.

— Tu l'aimes? Vous êtes heureux? Qu'attendez-vous alors pour vous marier? martelait-il sur le ton d'un prétendu bon sens.

Voilà c'était dit! Le mariage était la solution miraculeuse qu'avait imaginée Henri Villette. Il en attendait un prodige : la bague au doigt de Marianne adoucirait Brune. La porte de la maison Villette s'ouvrirait grande au jeune normalien. Tout l'incroyable de ce programme échappa à Marianne tant elle était chamboulée par l'inaccessible cœur de sa mère. Elle ne s'étonnait pas que son père une fois de plus trouvât le moyen de faire agir sa fille pour ne pas juger sa femme. Il supposait qu'un mariage apaiserait Brune et demandait à Marianne de se marier !

— Maman voudrait que tu te maries, disait Henri Villette croyant excuser la froideur de son épouse.

Ce n'était pas vrai. Henri Villette se faisait des idées. Mais Marianne le crut. Elle accepta l'éducation à l'ancienne dont la loi était claire : jamais avant le mariage. Mai 68 n'avait pas libéré ses parents ! Et puisque la guerre fatigue les plus valeureux, la jeune fille céda. Le mariage ? Elle se mit à y penser sérieusement.

Serge avait très tôt prononcé le mot *mariage*. C'était offrir à Marianne une fleur qui ne coûtait pas cher. Une parole prématurée. Depuis que leur lien se tissait, il ne parlait plus de se marier. Qu'est-ce qu'un mariage au fond apporterait ? Chacun perdrait moins de temps en allers-retours ? La raison était trop prosaïque pour une décision sacrée. Marianne remit la question sur le tapis sans manquer d'être sincère. Elle ne cachait pas qu'il y avait dans cette idée une envie d'obtenir enfin la paix avec sa mère. Oui ! elle baissait les bras. Oui elle voulait faire plaisir à ses parents, en finir avec l'autorité et les brimades. C'étaient de mauvaises raisons ? Tant pis, disait Marianne à Serge. Si le mariage mettait fin aux batailles, alors elle se mariait sur-le-champ puisqu'elle était sûre de ses sentiments.

— Noëlle a voulu t'inviter à son anniversaire, mais comme nous ne sommes pas fiancés elle a essuyé un refus en règle ! Sais-tu ce que maman lui a répondu ?

Marianne rapporta le “à quel titre ?” de Brune comme s’il s’agissait d’une vieille antiquité que la famille se vantait de conserver envers et contre les révolutions. Serge rit. Il se moquait d’être ou non reçu chez les Villette. Il jouait au tennis avec Henri et couchait avec Marianne, c’était le plus agréable. Depuis qu’il avait rencontré Brune, il n’était pas si pressé de la côtoyer plus souvent. Il riait aussi parce que n’ayant pas peur d’elle, il était capable de s’apercevoir qu’elle était ridicule.

— Ça m’est égal que ta mère ne m’invite pas, dit Serge, décontracté.

— Moi ça me mortifie ! dit Marianne.

— Moque-t’en ! Qu’est-ce que ça peut faire ?

— Je trouve ça affreux !

— N’y pense pas.

— C’est plus fort que moi, je n’y arrive pas. Maman devrait être heureuse pour moi au lieu de me gâcher ce moment où l’on est amoureux !

— Tu ne penses pas tout le temps à ta mère ? Tu n’habites pas chez elle ? Tu sais que les enfants quittent leurs parents ? plaisanta Serge comme s’il parlait à une petite fille.

— Je le sais ! Je sais que c’est toi ma vie bien plus que ma mère ne l’est. Et je voudrais vivre avec toi. (Elle s’interrompit.) Je voudrais qu’on se marie. Quand tu me l’as proposé, j’étais intimidée, je te trouvais fou d’en avoir si tôt l’idée. Maintenant je suis sûre que j’aimerais.

— Je te l’ai proposé ? s’étonna Serge, amusé de la situation : Marianne qui osait le lui rappeler et lui-même qui se trouvait bien attrapé.

— Nous étions au restaurant universitaire de Dauphine et tu as dit : Mariage au mois de juin. Tu as oublié ?

Elle était soudain sérieuse. Les paroles dites étaient dites. La vérité des faits était l'une des choses auxquelles tenait Marianne.

Se marier ? Serge en avait eu l'idée quand il n'était pas temps. Il avait dit ça en l'air, pour taquiner l'idée qui justement ne lui plaisait pas. Il parlait facilement mais se montrait moins prompt et décidé dans l'action. Se marier avec Marianne ? Il en avait peut-être parlé, il ne se souvenait plus. Il n'imaginait pas qu'il avait pu y songer. Il n'était pas pour le mariage.

— Des mariages, en connais-tu qui fassent envie ? demanda-t-il à Marianne.

— Pour nous ce sera différent, dit Marianne.

— Tout le monde croit ça ! Et personne n'est différent.

Il pensa : C'est le même bagne pour tout le monde.

— Je ne suis pas faite pour les aventures, dit Marianne. Je suis trop sentimentale. Je ne sais pas rompre et je voudrais ne pas être quittée.

— Personne ne te demande de rompre !

— Mais toi, si tu me quittes ?

— Le mariage ne m'empêcherait pas de le faire.

— Qu'est-ce qui t'empêcherait ?

— Toi ! Tes qualités !

Il était malin. Il mettait sa compagne au défi d'être parfaite et de lui plaire toujours. Il lui suggérait de nourrir sa constance sans qu'il eût à faire d'effort. Il remettait sa fidélité au talent de Marianne. À cette idée, sa bouche charnue s'étala dans un sourire. Serge Korol parfois se comprenait très bien lui-même. Il s'amusait aussi des habilités qu'il se voyait déployer.

— Pourquoi vouloir amarrer l'amour au mariage ? poursuivait-il maintenant. Les sentiments se portent mieux quand ils sont libres. Tu ne crois pas ?

— Non ! Ils sont en danger dans la liberté ! dit Marianne. La liberté est plus difficile que la promesse.

— L'amour est en danger permanent, dit Serge. Les sollicitations du monde l'entourent et nos inattentions le grignoteront ! Le péril, tu ne l'éviteras pas.

— Justement, dit Marianne, si le mariage ne le fait pas, qui viendra à notre rescousse quand ce sera la tempête ?

— Toi, répondit Serge. Ton intelligence. Ton attention à moi ! (Il eut un petit rire.) Le soin que tu prendras de ton amour.

Elle soupira, sourit, il lui avait donné confiance en elle. Elle se sentait une belle femme, attirante, intelligente. Puisqu'elle avait été élevée à faire elle-même les efforts pour plaire à l'autre, elle ne lui demanda pas, comme elle aurait dû le faire avec humour, une pointe d'ironie et le sens de la réciprocité : Et toi, quelles seront tes qualités ? Suffiront-elles ? Au lieu de cela, elle s'enfonça dans son désir, son désarroi, sa révélation. Elle voulait le poids d'un serment, une promesse paraphée qui laisserait une trace ineffaçable.

— Tu ne veux pas te marier, ou tu ne veux pas te marier *avec moi* ? demanda-t-elle.

La réticence de l'un accroissait le désir de l'autre. C'était désormais pour Marianne un défi, se faire épouser, lui arracher le mariage ! Elle était la première étonnée de se retrouver dans cette situation.

— Je n'aime pas tellement l'idée de mariage, dit Serge.

— Moi je l'aime beaucoup, répliqua Marianne.

Rougissante et décidée – toujours ce mélange détonnant de timidité et de hardiesse –, elle était pleine d'un charme désuet. Occupé à imposer son point de vue, Serge passa sa main dans ses cheveux fins et désordonnés et demanda :

— Qu'est-ce que tu aimes dans le mariage ?

Elle ne sut pas répondre immédiatement. C'était incroyable ! Elle en avait si plein la tête de son désir qu'elle n'en pouvait dire les raisons.

— Je ne sais pas comment l'exprimer ! J'aime tout, dit-elle pleine de simplicité et de sincérité, stupide comme si elle avait avalé toute la niaiserie de son éducation.

Elle se reprit cependant :

— J'aime l'idée d'une étape de la vie. Se marier et s'installer ensemble. C'est moins vulgaire que s'installer ensemble sans marquer le moment. J'aime prendre une décision. J'aime la volonté, la nécessité plutôt que la contingence.

— Tu ne veux pas concubiner ! plaisanta Serge qui avait compris l'idée.

Elle réfléchissait encore à la question précédente.

— J'aime l'engagement.

— Moi c'est le contraire, je ne suis pas un type qui fait des projets.

Marianne Villette regardait Serge Korol dans les yeux et lui dit :

— Je veux que tu t'engages, que tu me fasses une promesse. Même si tu ne la tiens pas.

— On en reparlera, dit-il en riant.

— Quand ?

— Je ne sais pas, tu verras.

Mais elle était soudain pressée. Le refus implicite de Serge l'agaçait. Pourquoi ne vous mariez-vous pas ? La question d'Henri Villette lui triturait l'esprit. Oui, son père avait raison, pourquoi ? Qu'est-ce que Serge avait dans la tête ? Était-il sérieux ? Il avait quitté Caroline Marcillot en quelques jours, qu'est-ce qui assurait Marianne qu'il ne ferait pas la même chose avec elle ?

Il y aurait toutes sortes d'apparitions charmantes dans les salons parisiens, des tentations à n'en pas venir à bout. Résisterait-il ? Resterait-il ? Marianne sentit combien elle serait livrée à la loyauté de Serge. Comme on l'est dans l'amour pour peu qu'on s'y abandonne. La peur, la jalousie, l'agacement et la colère effritaient sa confiance : si Serge ne l'épousait pas, c'était qu'il ne l'aimait pas. Elle s'en convainquait. Devant l'inertie de son amant, l'amoureuse découvrait le monde ! On n'enferme pas l'autre. Les autres entourent le couple. Les jolies femmes courent les rues et les hommes les jupons. Et le mariage résoudrait les tourments, calmerait le ménage ? Si ridicule que cela parût, elle y croyait. En trempant l'avenir dans l'encre d'un serment, le mariage devenait la solution à tous ces drames intérieurs. Marianne mettait tout son cœur à penser qu'un instant change une vie, qu'une parole pèse. Elle voulait sceller ce pacte de la durée.

— À quoi tu penses ? demandait Serge lorsqu'elle restait silencieuse.

— À notre mariage ! disait-elle à dessein.

— Encore !

Il en riait, négligeant tout ce qu'elle avait dans la tête, profitant du présent si parfait. Marianne riait aussi, de bon cœur.

— Pourquoi veux-tu d'une promesse que nul n'est sûr de tenir ? s'étonnait Serge.

— J'aimerais que tu me la fasses, quitte à la trahir.

— Tu pourras crier *trahison* ! C'est ça ?

— Pas du tout ! Je ne suis pas tortueuse comme ça. Je suis romantique.

— Moi aussi.

À vrai dire Serge Korol prenait le mariage au sérieux. Nina le lui avait appris. Le mariage n'était-il pas vital pour elle ? Mais justement, pensait-il, il fallait le déplorer. Le mariage de ses parents était un serment et une prison tristes. Il avait souvent pensé que Vladimir et Nina auraient dû divorcer. Son père avait étouffé sa mère, sa mère était querelleuse comme peu de femmes le sont, l'alcool n'arrangeait rien à ce mauvais penchant devenu une habitude. Ses parents prendraient son mariage très au sérieux, Serge en était certain. S'il se mariait, c'était pour la vie, pas question de se tromper ! Il fallait à Serge Korol la meilleure épouse possible. Marianne Villette était-elle celle-là ?

Marianne ne lui laissa pas le temps d'y réfléchir. Devinait-elle qu'il la soupesait ? Ce qui n'était pas sentimental. Voulait-elle à tout prix ce garçon-là et pas un autre ? Le fait est qu'elle joua le tout pour le tout. Préférant s'en offusquer plutôt que s'en flatter, Serge en parlerait toujours comme de la chose la plus brutale qui fût : Marianne lui posa un ultimatum. Ou bien il acceptait le mariage, ou bien elle mettait un terme à leurs rencontres. Ou bien il l'épousait (la prenait avec lui pour toujours), ou bien elle le quittait (mettait immédiatement fin à leur aventure).

— Tu en serais capable ? demanda-t-il.

— Je préfère te perdre avant que tu sois devenu toute ma vie.

Elle ne voulait pas souffrir la perte. Pourquoi ne t'épouse-t-il pas ? La question n'avait soudain que de funestes réponses. Rompre au commencement semblait moins douloureux que se faire balader. Bref elle était prête à couper court s'il ne s'engageait pas sur du long !

Serge lui fit remarquer l'absurdité de la situation :

— Tu veux épouser un type avec qui tu es prête à rompre ? Tu veux rompre avec un type que tu es prête à épouser ? Tu vois, c'est aussi bête dans un sens que dans l'autre.

— Je suis prête aussi bien à rompre qu'à t'épouser. Ça dépend de toi. Je ne veux pas vivre un amour avec un type qui ne veut pas de moi comme épouse.

— Et avec un type qui ne veut pas d'épouse du tout ?

— Je ne suis pas une épouse ordinaire. Je n'accepte pas qu'on me refuse.

— Ah ! c'est donc ça ! L'orgueil ?

— La fierté. Il en faut.

— C'est le mariage ou rien ? demanda Serge.

Il voulait être certain d'avoir bien compris.

Marianne opina de la tête.

Comment aurait-elle su qu'épouser un homme est une chose quand le garder en est une autre ? Personne ne le lui avait appris, la vie pas davantage que ses parents ! Revers des éducations à l'ancienne : quand on prend le mariage pour la solution, le commencement de la vie et la sécurité, on ne peut le discréditer en soulignant sa précarité.

Serge Korol prit la volte-face de Marianne comme elle venait. Cent fois il avait vu sa mère exiger quelque chose (un caprice la plupart du temps) en menaçant Vladimir de divorcer s'il ne l'accordait pas. Il n'échappait pas à Serge qu'il aimait retrouver chez Marianne ce tempérament qu'elle partageait avec Nina. Elles étaient des foudres ! C'était ce qu'il croyait. Combien de temps hésita-t-il ? Pas longtemps. Quelle impulsion lui fit dire oui ? Le sentiment que Marianne ne ressemblait à aucune autre. Et bien sûr, à lui qui était une cervelle d'exception, il fallait une épouse rarissime. Avait-il jamais rencontré la fille, taille mannequin, diplômée des Beaux-Arts, excellente joueuse de tennis, issue d'une prestigieuse famille, et dont le charme lui faisait pareil effet ? Il le pensa comme une certitude : il ne trouverait jamais plus grande concentration de qualités chez une femme. Certain de réaliser le meilleur choix, il fonça. Se laissa-t-il aller à ressentir ou bien ne fit-il que rationaliser ? En tout cas, il ne s'avisa pas qu'il n'avait pas fait le tour des vertus les plus fondamentales. L'humilité, la bonté, la sagesse, la générosité, la grandeur d'âme, y avait-il pensé ? Non ! Il était plus frivole que cela. Il avait pensé à prendre une femme qui épaterait la galerie. Il avait regardé Marianne avec les yeux d'un m'as-tu-vu. Cet aveuglement disait sa superficialité plus que l'absence de ces qualités chez la dulcinée si fâcheusement estimée. Marianne Villette aurait-elle le même statut dans la vie de Serge que les belles voitures, les grosses motos et les clients prestigieux ? Il était frimeur, elle *en jetait*, il pensa choisir chaussure à son pied. La beauté le rassasiait. Le fait qu'il trouvât Marianne extrêmement belle, même si c'était à tort, nourrissait son orgueil viril. Il y eut trop d'orgueil et pas assez d'amour dans l'alliance de Serge Korol avec Marianne. Mais qui le savait ? Même pas lui. Une fois encore, il était fier de cette grande et jolie fille à son bras, trophée d'amour dont l'officielle possession, il le croyait, rejaillissait sur lui. Serge n'avait pas perdu son grand besoin de se sentir flatté. En le devinant on apprenait à le manipuler. Marianne s'en apercevrait, mais elle préférerait lui en faire reproche plutôt que de s'en servir contre lui.

Marianne eut donc gain de cause : ils étaient en piste pour le mariage. Fini l'amour libre ! Au lieu de s'en réjouir comme une andouille de bonne famille, la demoiselle aurait mieux fait de craindre le parcours du combattant. Après l'ivresse de l'accomplissement – Il a dit oui ! –, vint la liste des formalités bourgeoises : rencontre des familles, dîner de fiançailles, préparation du mariage, liste de mariage, essayages vestimentaires, enfants d'honneur (tu en veux ou tu n'en veux pas ? répétait Brune Villette), avant la consécration, la messe nuptiale, la réception. Ce branle-bas rituel créait déjà une tension épuisante dont Marianne pouvait sentir chaque secousse répercutée par sa mère. Le mariage tant désiré, tellement prometteur selon Henri Villette, était une corvée dont la mère tenait sa fille pour responsable. *Regarde tout ce que je fais pour toi. Ce n'est pas une bagatelle. Quand on a des moutards, on n'a jamais fini de payer.* On peut se plaindre de tout et n'être décidément jamais content. Au lieu de se réjouir d'un moment de la vie, Brune fit des histoires.

— Tu n'es pas obligée de faire un grand mariage, disait Marianne à sa mère, ça m'ennuie d'avoir l'impression de vous faire dépenser trop d'argent.

— Tu veux quoi ? Te marier dans une cabane ? Ne te marie pas dans ce cas !

Pourquoi Henri Villette avait-il assuré que le mariage ferait plaisir à *maman* ? C'était à n'y rien comprendre. La fille parlait à son père.

— Ta mère est contente, assurait-il.

— Ça ne se voit pas ! déplorait Marianne.

La mère réprimandait sa fille pour rien. Elle faisait payer la dette en même temps qu'elle la créait. Pas moyen bien sûr de l'aider, et encore moins de décider quoi que ce soit sans se plier à sa tyrannie. Brune faisait partie de ces gens qui refusent qu'on les aide et n'apprécient pas non plus leur liberté d'action une fois qu'ils l'ont. Le dénigrement de l'autre est systématique : s'il se mêle d'intervenir il est *emmerdant*, s'il vous laisse tranquille il n'est *bon à rien*. Et tout ça pour un fiancé haut comme trois pommes !

— Tu veux vraiment te marier avec celui-là ? demandait Brune Villette à sa fille.

Quand on fait du mariage une telle affaire, un préalable au droit de vivre un lien amoureux, il n'est pas étonnant qu'on s'inquiète du bon choix de sa fille. C'était le cas de Brune. Chaque fois qu'elle descendait voir sa mère, Marianne entendait la même question :

— Tu es sûre de toi ?

— Je crois l'être.

— Tu veux épouser ce garçon ?

— Oui maman *je veux épouser ce garçon*, répondait Marianne excédée.

— Reste polie s'il te plaît, disait Brune.

Il n'était pas certain qu'aucune des deux femmes sût vraiment ce qu'elle disait, de quoi elles parlaient et de quoi elles auraient dû parler. L'une fermait sa main sur l'autre qui voulait s'échapper. C'était une lutte animale. La mère avait une réaction épidermique de peur et de désappropriation. La fille suivait un élan d'amour et d'action qui refusait d'être contrecarré. Aucune n'était en mesure de réfléchir, chacune croyait s'y appliquer.

— Tu ne pourras pas mettre de talons, dit Brune un soir où elle était plus agacée que d'ordinaire par le choix de sa fille.

— Pourquoi pas ? demanda Marianne.

— Parce que ton petit Serge aura l'air ridicule, dit Brune.

Le propos était absurde et imparable. Marianne était assez bête pour répondre à sa mère, comme si elle pouvait la rallier ou la convaincre.

— Il fait la même taille que moi.

— C'est petit pour un homme.

— C'est l'inconvénient d'être grande.

— Tu n'es pas si grande et il est petit, tu ne vas pas le nier.

— Tu préférerais un grand échalas ?

— Ne fais pas de mauvais esprit.

— Te rends-tu compte de quoi tu me parles maman ! C'est si important que ça la taille ?

— Ah ! pour un homme oui ! s'exclama Brune, sûre de son fait.

Elle y tenait à son évidence, elle qui avait épousé Henri Villette, bel homme qui dépassait le mètre quatre-vingt-cinq !

— Je n'aurais épousé ni un nabot ni un crasseux ! disait-elle à Marianne que la morsure paralysait.

N'ayant pas les sentiments de sa fille, Brune ne les comprenait pas !

— Je te le dis pour que tu ne fasses pas le mauvais choix ma chérie. Un bonhomme, une fois qu'on l'a choisi, il faut vivre avec !

— Je ne fais pas de mauvais choix maman. Je sais exactement pourquoi j'ai envie d'épouser Serge.

— Tant mieux pour toi. Ce n'est pas moi qui vivrai avec lui.

— Je le sais aussi maman.

— Tu ne vas pas être désagréable ? conclut Brune que l'agacement rendait menaçante dès qu'elle croyait prendre l'avantage.

Un étrange vinaigre infestait les conversations. Était-ce celui que la vie avait servi à Brune ou bien celui qu'elle distillait elle-même ? En tout cas la mère destituait le gendre avant de l'avoir accueilli. Marianne n'avait pas choisi le fiancé qui convenait ! Il était petit et d'un autre monde. Les fleurs qu'il apportait étaient moches. Sa chemise n'allait pas avec ses chaussettes. Et ces bottines, c'était quoi ? Il portait des talonnettes ? La politesse de Serge, le charme qu'il possédait autant qu'il le ciselait, son beau visage, ses talents au tennis, ses brillantes études, son intelligence à tout moment perceptible puisqu'elle se donnait en spectacle, tout cela n'était rien à côté de sa petite taille, de l'élégance qui lui faisait défaut et de sa famille provinciale. Personne ne sera à l'aise ! annonçait Brune. Elle avait réussi en quelques rencontres à casser un prétendant qui avait tout bon. Ce faisant elle exacerbait chez Serge l'envie de lui déplaire et l'esprit de provocation. Pour énerver sa future belle-mère, il commença à vivre en survêtement. Il portait, quand il était invité, ses plus vieilles chaussures de sport, des Nike éculées qui lui donnaient une démarche élastique et insolente. Marianne l'aimait si libre et sensuel ; pour les mêmes raisons (dont elle n'avait pas conscience) Brune le détestait. Comment croire à un hasard ? Marianne avait choisi un homme différent. Non qu'elle voulût briser le carcan des convenances – les convenances n'étaient pas malmenées –, mais elle avait suivi son goût, aussi mystérieux pour elle qu'il l'était pour sa mère. Une préférence secrète la poussait vers des hommes ouvertement intéressés par la volupté et à l'aise avec leur corps. Marianne choisissait des *amants* plutôt que des *bons partis*, c'était ce qui agaçait sa mère.

— C'est normal qu'elle réagisse comme ça, disait Serge à Marianne, tu es trop bien pour moi !

Il le disait en riant. Il aurait aimé être sûr qu'il plaisantait. Il aurait voulu croire à sa supériorité. Et pourtant il pressentait que Marianne le surpassait. À quoi cela tenait-il ? Il ne savait le dire. Une histoire de volonté. Une fermeté. Marianne n'était pas en toc. Une fibre en lui le savait, qui ruinerait le couple, parce que Serge, élevé pour être le génie de la famille, ne pouvait être le mari d'une fille qui le valait. Il n'y avait pas de place pour un deuxième être talentueux à côté de Serge Korol. Il ne le savait pas et réclamait de l'exceptionnel dont ensuite il faudrait qu'il se débarrassât ! Comment Marianne aurait-elle eu idée de cette machinerie intérieure qui mélange l'imposture et l'amour ? Longtemps on porte son identité sans la connaître. Serge se battait pour avoir une bonne opinion de lui-même et cultivait une fausse modestie, qu'il servait à ses admirateurs conquis et même à sa femme : c'est normal que ta mère réagisse comme ça, elle pense que je ne te mérite pas. La phrase cachait un abîme de complexes et de vanités.

On aurait pu croire qu'aucun garçon ne valait, aux yeux de Brune, la fille parfaite qu'elle avait engendrée. Sa réticence aurait été excusable. Mais rien n'exprimait chez Brune admiration ou cajolerie pour Marianne. Et dans son tourment rageur, elle manquait justement de protéger sa fille en ayant avec elle la conversation essentielle. Sans amour la vie à deux peut devenir une abomination pire que le deuil. Quelles étaient les qualités d'un homme qui rendent heureuse son épouse ? Brune Villette hélas ne se posait pas la question. Menant sa vie comme un combat, versée dans le rapport de force plus que dans la douceur, elle ignorait la bonté d'Henri dont elle bénéficiait, croyant à sa propre énergie, exaltant la combativité plutôt que la tendresse. Bats-toi ma petite fille ! Ne te laisse pas marcher sur les pieds ! Telle était la philosophie maternelle. Brune aurait pu mieux penser. Ce garçon que tu veux épouser : Est-il gentil ? Attentionné ? Généreux ? Curieux ? Est-il travailleur et courageux ? A-t-il du cran ? Est-il tendre dans la vie et dans l'amour ? Sera-t-il plutôt fidèle ou plutôt coureur ? En as-tu idée ma Marianne ? Ces questions-là ne pouvaient être envisagées entre la mère et la fille car elles ne l'étaient pas par la mère toute seule. En vérité cette réflexion aurait été difficile à Brune. La réalité prosaïque en était le cœur, il fallait y plonger. Quel homme ferait un bon mari ? Il aurait fallu pour en parler briser les conventions et accéder au sensible. Il aurait fallu revivre une journée et ce qui l'ensoleille, sentir à deux, se mettre à nu devant l'autre, ne pas cacher ce qui vous inspire, ne pas craindre de regarder en face les émotions qu'on éprouve, savoir que l'on n'a pas tout et mettre un nom sur ce qu'on a. Plus tard dans sa vie Brune en serait capable, mais pas maintenant, dans le frémissement de l'effacement maternel, dans ce moment qui est un arrachement, une dislocation – ou le risque d'une dislocation. Brune était comme folle, incapable de réfléchir.

Marianne, qui voulait tant se marier et avoir la paix, ne se posa aucune question intéressante. Elle épousait Serge parce qu'ils deviendraient ensemble des créateurs. Le travail serait leur priorité. Cette intuition était la clef de son engagement. Elle le savait. Savait-elle pourquoi Serge acceptait de l'épouser, lui qui n'aimait pas l'idée du mariage ? Elle n'en avait pas idée. Serge était-il constant ? Aimerait-il demain ce qu'il adorait aujourd'hui ? Ou bien s'en fatiguerait-il ? Ou pire, le dédaignerait-il ? À ces questions qui engageaient l'avenir, il n'y avait que d'incertaines réponses. Si l'amour nous visite et nous abandonne, Serge n'avait pas tort : promettre n'avait aucun sens. Malgré cela, Marianne entendait bien se marier avec lui.

Il restait à parcourir le chemin entier jusqu'au sacrement. De l'acquiescement de Serge, pendant le mois de mai, au mariage dans l'hiver suivant, neuf mois s'écoulèrent qui parurent à Marianne un enfer et une éternité. Celui qui voit les choses est celui qui souffre le plus. Pourtant, après réflexion, on peut dire que par la faute de Brune, tout le monde souffrit.

5

Ce fut un mariage bourgeois, semblable à un rituel expiatoire, le dernier sceau d'un assujettissement. Par leur bénédiction, les parents, Dieu et l'Église récupéraient l'appétit primordial. Le désir trouvait grâce. Croissez et multipliez. La chair était faible mais féconde. Un sacrement obtenait aux amants l'indulgence du ciel. Une réception agrémentait leur présentation à la bonne société et à la famille. Il fallait une dernière fois faire allégeance, pensait Marianne. Pourquoi ? demandait Serge lorsqu'il avait envie de titiller sa fiancée. Il était drôle, elle était obéissante. Il était détendu, elle était crispée. Ce n'est pas toi, lui disait-elle, qui as *maman* pour mère.

La procédure obéissait à quelques principes :

1° Toutes les étapes étaient connues d'avance et immuables. Elles se compliquaient du fait que Serge n'était pas baptisé.

2° Quatre ordres se juxtaposaient à l'instant de convoler : le légal (mariage civil), l'économique (contrat de mariage), le spirituel (mariage religieux) et le social (présentation des familles). Les sentiments du garçon et de la fille étaient la source, la finalité, mais pas le cœur de ce canevas.

3° Rien de ce qui pouvait sembler futile ou frivole ne l'était. Brune le répétait : Il ne fallait pas se faire d'illusions, l'art et la réussite d'un mariage tenaient justement à ces détails qui exaspèrent ceux qui n'y connaissent rien. Les fleurs à l'église et à la réception, le bouquet de la mariée, sa robe, les tenues des enfants d'honneur, les chapeaux des mères, l'assortiment concerté des couleurs, le photographe… tout avait son importance. Bien sûr les hommes porteraient la queue-de-pie, disait Brune à Serge avec un sourire malicieux. Où la liste finissait-elle ? demandait Serge qui ne savait plus si c'était du lard ou du cochon.

— Mon cher Serge, répondait Brune, il faut savoir ce qu'on veut dans la vie ! Vous avez voulu vous marier…

La dame ignorait que ce gendre récalcitrant, qui vivait en survêtement, n'avait pas demandé à se marier.

4° La famille de la fiancée avait plus de pouvoir que celle du jeune homme (de même que les grossesses la concerneraient davantage, qui mettaient en danger la vie de la mère). Elle organisait la célébration et la réception. Les parents du garçon offraient la bague de fiançailles. C'était ce que prévoyait Brune.

5° Les parents recevaient. Le plaisir des enfants n'était pas le premier souci. Qui avait dit qu'un mariage était fait pour rigoler ? Un mariage servait à inviter la famille. En somme les parents des mariés invitaient parenté et amis pour assister à l'envol du trésor qu'ils avaient élevé et présenter le partenaire de cette migration.

6° La jeune fille marchait vers l'autel au bras de son père et sortait de l'église au bras de son mari : symbole éloquent de la passation du pouvoir patriarcal. De l'autorité du père, l'épouse passait à celle du mari.

7° Après le mariage, les parents avaient fini leur travail. Les parents foutaient la paix aux enfants, disait

Brune. Le ferait-elle ?! Rien ne lui était indifférent et elle ne foutait la paix à personne.

Sans rien connaître à l'avance de ce parcours d'obstacles, Marianne Villette et Serge Korol allaient le suivre du début jusqu'à la fin. On peut dire que sous la férule de Brune, ils se boufferaient leur mariage jusqu'à la nuit de noces.

Première étape : les familles se rencontrent

Quand les quatre parents furent informés du projet de leurs enfants, on convint d'une date pour un dîner. Brune se montra aussi inaccessible que compliquée, ils ne se parlèrent pas en direct. Marianne et Serge se firent les messagers. Vladimir et Nina *montèrent à Paris* rencontrer les futurs beaux-parents de leur fils. La province se déplaçait jusqu'à la capitale. Brune avait l'extrême bonté d'ouvrir sa maison et l'orgueil de la montrer. Par réflexe de classe, Nina était pétrifiée de peur. Comment s'habiller ? Depuis la grande nouvelle, elle avait entrepris un régime. Elle eut le bonheur de se boudiner dans un ancien tailleur en vichy qu'elle avait aimé porter lorsqu'elle était jeune. Vladimir était d'humeur à dédaigner (autre forme du réflexe de classe). L'ironie de l'ancien communiste réapparaissait devant le grain à moudre. Il voulait bien *aller chez les bourgeois* puisque c'était pour faire plaisir à son fils.

Les Villette et les Korol ! Ce fut la collusion de deux mondes. La plus mortifiée en fut Marianne qui observait par le regard acide de sa mère dont elle décryptait chaque impression. Si la différence sociale ne gênait pas Marianne, sa mère la gênait beaucoup. Elle l'aurait aimée généreuse et douce, elle la trouvait sèche et sévère. Quelle mouche avait piqué Brune ? Elle se montrait plus désagréable que jamais. Peut-être est-elle jalouse ? pensa Marianne. Brune atteignait l'âge où les femmes comprennent que leur jeunesse s'achève. Pour peu qu'au même moment leur fille se marie, l'impression est à la catastrophe.

Marianne vivait ce drame.

— Elle fait province ! souffla Brune, à la cuisine, en guise de premier commentaire sur Nina.

Complicité ou méchanceté ? Le ton était complice et l'idée était méchante. Brune entendait partager la méchanceté avec sa fille comme si Marianne n'en était pas blessée.

— Mais elle est très gentille, répondit Marianne sans penser qu'elle attisait la jalousie chez sa mère.

— Comment le sais-tu ? répliqua Brune. Tant qu'on ne connaît pas les gens…

Brune Villette avait la défiance de l'étranger. Elle n'accordait son crédit qu'à ceux qu'elle élisait elle-même et par des procédures intérieures impénétrables à force d'être inconscientes. Elle s'en vantait, répétant volontiers qu'elle n'accordait pas sa confiance n'importe comment ou à n'importe qui.

— Tu as raison, je ne peux pas en être certaine, en tout cas Nina est gentille avec moi, répondit Marianne.

— Tu voudrais qu'elle te morde ? répliqua Brune.

Que répondre ? Marianne ne disait plus rien. Comprenant la désapprobation que signifiait ce silence, Brune attaqua :

— Tu n'es pas contente ? demanda-t-elle d'une voix sévère qui marquait plus un interdit qu'une question.

— Si, si, assura Marianne.

Elle avait soufflé un murmure. Elle était la plus malheureuse des fiancées. L'ancienne peur d'enfant pesait dans son ventre comme un fœtus. De cette mère tyrannique et glaciale, qui frappait selon l'humeur, tendait comme on tire un couteau une main recroquevillée aux invités de sa fille, ne souriait qu'à ses propres amis, Marianne craignait tout.

— J'espère ! gronda Brune. Parce que si tu faisais la tête tu m'entendrais.

— Je ne fais pas la tête.

— C'est moi qui pourrais me plaindre (elle voulait dire d'avoir préparé le dîner). Tiens, porte ça à table, dit Brune Villette à sa fille.

— C'est beau ! complimenta Marianne.

Brune avait cuisiné un dîner de gala mais son sourire manquait et le gala faisait un flop. Le dîner créait une dette éternelle à la charge de Marianne. Brune respectait la lettre et pas l'esprit, en sorte que jamais il n'y aurait moyen de se plaindre. Est-ce que je ne me suis pas donné assez de mal ? demandait Brune au moindre reproche. Toute plainte était contrecarrée par la dette. Comment lui répondre qu'on ne lui demandait que d'être contente ? Si on le lui glissait pourtant, la mauvaise foi et l'ironie prenaient le pas. La prochaine fois il n'y aura rien à manger et je sourirai ! disait Brune. Mme Villette avait réponse à tout.

Droits sur leur chaise, les coudes le long du corps, reposant délicatement le lourd couteau en argent massif sur le porte-couteau, Vladimir et Nina faisaient bonne figure. Nina exhibait son fameux sourire. L'ambiance n'était pas détendue. Ou bien l'aisance n'était-elle que dans un seul camp. Chez les Korol, la peur de faire un faux pas était manifeste. Serge et Nina animaient le dîner dont le thème central et salvateur était bien sûr le tennis. Étant juge-arbitre Nina avait matière à raconter.

Marianne admira l'élégance naturelle de sa future belle-mère : la crainte de mal faire l'amenait à être parfaite, comme autrefois au Maroc dans les réceptions. Pas une seconde Brune Villette n'aurait pu deviner qu'elle avait à sa table une fille d'ouvriers, qui était destinée à être secrétaire si elle n'avait pas épousé l'ingénieur de la mine. Au nez et à la barbe des bourgeois ! aurait pu penser Vladimir qui se contentait de s'ennuyer ferme. Cette idée amusait Marianne. Jamais son beau-père ne l'aurait imaginé, qui avait bien noté la froideur de la maîtresse de maison. Voilà donc la famille dans laquelle allait entrer Serge. Eh bien dis donc !

L'objectif et la conclusion naturelle de ce dîner étaient d'en prévoir un autre. Celui des fiançailles officielles.

— En juillet à Châteaudun, proposa Nina, et vous ferez le tournoi !

La provinciale intimidée soudain se lançait, téméraire. Brune ne répondait rien et Henri se tourna vers sa femme, suppliant :

— C'est une bonne idée non ?

— Très bonne, dit Brune pincée devant l'invitation qui déjà l'embarrassait.

Marianne regardait sa mère : figée dans une froideur qui la crispait elle-même. Le sourire des autres, l'espoir qu'ils avaient de la détendre, toute cette bonne volonté venait se briser sur Brune. Et l'écume de cet espoir déçu donnait à Marianne une irrépressible envie de pleurer.

— Alors c'est entendu, en juillet nous vous accueillons à notre tour, s'enchanta Nina.

Sur le palier, devant la porte d'entrée ouverte, Henri ayant appelé pour eux l'ascendeur, les Korol remercièrent vivement Brune pour son accueil. Qu'ils ne qualifiaient pas. Nina se tenait la tête haute, tendue, aux aguets, défendant son fils. Brune babillait le traditionnel *nous avons été ravis de faire votre connaissance*, réjouie sans doute à l'idée que la corvée s'achevait. Les deux femmes faisaient la même taille et portaient pareillement de grosses lunettes qui leur mangeaient la moitié du visage, et si l'une en apparence était grosse et douce, tandis que l'autre de toute évidence était sèche et dure, elles étaient toutes deux des femmes de fer. Le surent-elles à l'instant de se serrer la main ? Il peut arriver au mariage d'être un de ces moments où les vieilles femelles se toisent pour savoir laquelle l'emportera et profitera le plus *des enfants* et petits-enfants. La peur de la séparation atteint son apogée. Elle exacerbe la compétition entre les deux lignées. Trop jeune, Marianne n'avait pas conscience de ces enjeux souterrains et archaïques. Elle n'était pas une proie, elle ne se savait pas précieuse ni même voracement aimée. Elle regardait deux femmes quand il y avait deux mères occupées à se mesurer au moment de voir partir ensemble leurs enfants.

— Au revoir Serge, dit Brune, en tendant sa main crispée.

— Au revoir Nina ! dit Marianne en embrassant la mère de Serge.

Ce soir, pour la bienséance, Serge s'en allait avec ses parents. Il était prévu qu'il rejoignît Marianne sous les toits dès qu'elle serait montée chez elle. Les apparences étaient sauves, les apparences si chères à Brune. Pourquoi le sont-elles ? demandait souvent Marianne à son père. C'est ridicule !

— C'est ridicule mais c'est comme ça. Tu ne vas pas changer ta mère ! répondait Henri, plus pragmatique que courageux.

Non, Marianne n'avait pas transformé Brune – comment y réussir toute seule ? Le mariage proche, pas plus que l'amour de sa fille, n'avait adouci cette mère terrible. Henri Villette s'était illusionné.

La porte d'entrée à peine refermée, Brune fonça à la cuisine. Soucieux d'alléger la tâche de sa femme, Henri était déjà occupé à remplir le lave-vaisselle.

— Laisse-moi faire, tu vas les cogner, lui dit sa femme avec vivacité.

Elle parlait des assiettes.

— Tu vois que ça s'est bien passé ! disait pendant ce temps Noëlle à sa sœur.

— Tu trouves ? dit Marianne qui n'en aurait pas dit autant.

Le ton de cette question était dénué d'ironie, plein d'une déception, d'une souffrance ou d'une lassitude que Noëlle refusait absolument de percevoir. C'eût été trop de tristesse rajoutée et toute sa vie la cadette préférerait le déni.

— Mais oui ! Pourquoi ? Tu ne trouves pas ?

Noëlle Villette avait un insatiable appétit de gaieté, état qu'elle surjouait souvent, et qui avait quelque chose d'à la fois pathétique (quand les raisons de toute évidence manquaient) et de bienvenu. Oui, Noëlle avait un ton frais et réconfortant. Mais elle était, de la même manière que son père, incapable de s'opposer à Brune.

— Je n'ai aucun allié.

Dans la nuit, après avoir retrouvé Serge, Marianne parlait avec lui de cette famille, de la tyrannie des mères, de la faiblesse des hommes, et de sa peine.

— Ne sois pas triste, lui dit Serge. C'est plutôt drôle. Ta mère par moments, c'est une parodie de belle-mère !

Ils rirent ensemble et c'était un apaisement mélancolique.

— Mais n'attends pas que je sois faible avec toi comme ton père l'est avec elle, ajouta Serge.

— Je ne ressemble pas à ma mère.

— On dit ça…

— Je ne réponds même pas, dit Marianne clouée.

Elle s'obligea à rire, mais l'injustice d'être suspectée par avance de ressembler à celle qui la tourmentait aurait pu la faire hurler, gifler Serge et le quitter.

L'avenir verrait commencer le scénario.

En juin les fiancés passèrent quelques jours à Châteaudun en compagnie de Patrice, informaticien et ami de Serge, qui programmait le nouveau logiciel graphique. Original, Patrice évaluait ses journées en lignes de code. On dînait au jardin, sur une table en plastique, de viandes que Vladimir faisait griller au barbecue. Nina, qui était souvent grise mais encore en secret, ne se levait pas de sa chaise et télécommandait son mari à la voix : Vlad ! Peux-tu apporter du pain ? Vlad, tu as oublié des serviettes, Marianne ne sait pas où s'essuyer les mains. Vlad ! Dépêche-toi la viande est en train de brûler ! Vlad par-ci, Vlad par-là. Et Nina, le verre à la main, souriait à sa future belle-fille avec une bienveillance chaleureuse, ravie par cette jeunesse à sa table et par cette jeune fille charmante avec elle.

— Si j'avais eu une fille, je voulais l'appeler Sophie, raconta Nina à Marianne.

Marianne était heureuse de se sentir adoptée par Vladimir et Nina. Elle goûtait la simplicité de leur accueil, son immédiateté, qui peut avoir ses revers, comme la superficialité du lien, sa vulnérabilité, le faible engagement de l'hôte courtois mais absent, l'interchangeabilité permanente des invités, mais qui fut alors pour Marianne, habituée aux complications de Brune, un miracle reposant.

Il se mit à faire très chaud. Un rythme de vacances s'était installé. Patrice, Serge et Marianne allaient à la piscine, jouaient au tennis en début de soirée et prenaient l'apéritif avant la douche. Un soir où Marianne se trouvait vexée par un énorme bouton qui rougissait sur son menton, à peine passé à table, Serge sortit de sa poche, sans écrin ni paquet, la bague de fiançailles de Nina. Dans ce moment conventionnel il voulait bien sûr être original. Le bijou, sans autre valeur que sentimentale, était transmis à la fiancée du fils aîné de chaque génération Korol. L'instant d'une pensée, Marianne se sentit gênée de dépouiller sa belle-mère. Pauvre Nina qui donnait sa seule richesse ! La bague recélait sa jeunesse passée, le jour de ses fiançailles, sa vie conjugale avec Vladimir. Le vent du temps soufflait. Que n'emportait-il pas ?

— Je l'ai portée durant vingt-cinq ans, maintenant c'est à ton tour, dit Nina avec un sourire tendre envers Marianne et mélancolique envers la vie.

— Je me suis dit que je ne pouvais pas laisser filer une fille capable de fabriquer des boutons aussi gros ! plaisanta Serge.

Les rires se tournèrent vers Marianne. Serge fouillait dans les graviers où il venait de laisser tomber le diamant de sa mère. Il tendit à Marianne un silex. Il riait de plus belle. C'était la joie de lui-même. Il se sentait aussi joyeux qu'original et drôle. Marianne fut partagée entre larmes et rire. Elle ressentait la gravité de ce moment. Ses parents étaient absents, les autres s'amusaient autour d'elle, elle fut seule comme on l'est avec ce qu'on sent. Elle pleura d'émotion heureuse. De l'autre côté de la table, Vladimir cachait derrière sa main des yeux pleins de larmes. Ce jour-là, Marianne sentit une complicité avec son beau-père. Il était raide et maladroit. Il agaçait son fils. Son amour était collant, inconditionnel et partial. Il ne souffrait aucune comparaison de qui que ce fût avec son fils génial. Il prenait les autres enfants pour des zéros. Marianne le voyait à l'œuvre, isolé du monde par l'idée qu'il se faisait de son Serge. Il était d'une sensibilité larmoyante que Serge détestait, mais qui toucha Marianne.

Deuxième étape : le dîner de fiançailles

Ils étaient assis autour d'une trop grande table, dans un vieux château transformé en hôtel-restaurant ayant des prétentions, à quelques kilomètres de Châteaudun. Serge avait été placé en face de Marianne, au milieu de l'interminable longueur du rectangle. Nina, assise à la droite de son fils, Brune, à la gauche de sa fille, se faisaient aussi face. Les pères présidaient cette triste tablée. Jean était assis à côté de Marianne et Noëlle à côté de Serge, l'un en face de l'autre, et du côté où était installé Henri. Brune avait ainsi pour voisins Marianne et Vladimir, de sorte qu'elle pouvait faire part à l'une des défauts qu'elle trouvait à l'autre.

L'après-midi même, au tournoi de tennis, Noëlle et Henri avaient connu deux défaites inattendues.

— Quel besoin aviez-vous de faire ce tournoi ?

Ces contre-performances avaient aggravé la mauvaise humeur de Brune déjà très agacée par ce voyage hors de ses terres. Au lieu d'encourager son mari ou sa fille, Brune Villette était restée assise sur un banc, caressant de temps à autre son chien couché dans l'herbe à ses pieds. Dérider cette femme ce jour-là était une utopie. Mais pour quelle raison ? Personne ne le saurait jamais.

— Quelque chose ne va pas ? demanda Henri à sa femme.

Il se sauvait dans une fausse naïveté à laquelle il s'accrochait désespérément.

— Tout va très bien ! répondit Brune sur un ton qui disait le contraire.

— Je vais boire un verre avec mon adversaire, s'excusa Henri.

— Va !

— Tu n'as besoin de rien ? demanda Henri.

Penauds de leurs matchs ratés, Henri et Noëlle marcheraient sur des œufs jusqu'au dîner, aux petits soins pour Brune. Mais en vain (Brune n'acceptait pas les défauts de sa famille). Marianne quant à elle ne pouvait pas être en grâce. Rien ne convenait. Rien ne réjouissait le cœur de sa mère. La jeune fiancée éprouvait de la honte devant le spectacle qu'offrait celle qui était censée l'aimer, la choyer, l'aider et se réjouir de sa joie. Avoir une mère pareille ! Brune, qui se plaignait beaucoup à propos de la sienne, causait à sa fille le même désarroi qu'elle avait connu.

— Tes beaux-parents nous ont installés dans une énorme baraque sinistre, dit Brune à Marianne.

Elle disait *tes beaux-parents* pour éviter de prononcer les prénoms – et accepter la familiarité de l'alliance – autant que pour accuser Marianne avec eux. Marianne en fut gênée. Que répondre ? Des amis de Vladimir et Nina, partis en voyage, avaient prêté le temps du week-end leur maison, qui avait un beau jardin et une piscine. Marianne pensait que sa mère serait contente de ne pas loger chez Nina.

— On aurait été bien mieux à l'hôtel, poursuivit Brune, mais ta belle-mère n'a rien voulu savoir ! Elle nous a donné les clefs de sa grande baraque. On ne savait même pas où était la lumière !

— Elle pensait vous éviter de payer un hôtel, dit Marianne.

— On va bien payer un mariage ! répliqua Brune.

La peur ne quittait plus Marianne. La stupeur lui brouillait les idées. Elle était terrorisée à l'idée de ce qu'allait dire sa mère. La plainte, l'acrimonie, la moquerie, les vacheries gratuites, s'élaboraient dans un regard qui ne laissait rien passer :

"Qu'as-tu fait à tes cheveux ? On dirait que tu as une crête sur la tête !", "Où Serge a-t-il trouvé cette petite veste noire ? Elle est toute mitée !", "Ta belle-mère sourit tout le temps mais elle ne dit pas grand-chose", "Vladimir a mauvaise haleine et il tient absolument à m'embrasser."

Brune Villette eut un petit éclat de rire en appelant Vladimir par son prénom. Plus tard elle dirait toujours : Je ne sais pas pourquoi, il me dégoûte.

— Tout va bien ? Tu es contente ? demanda Henri à sa fille avant d'aller se doucher au vestiaire du club.

Marianne avait laissé *maman* sur son banc et errait entre les courts, faisant semblant de regarder les matchs, à la recherche de Serge qui avait disparu.

— Non ça ne va pas, osa dire Marianne à son père.

— Qu'est-ce qui ne va pas ma chérie ? demanda Henri Villette.

Il était détendu !

— Maman est affreuse avec moi. Elle ne cesse de me dire des choses désagréables. Elle se plaint de tout.

— Tu ne comprends pas *maman*, dit Henri. C'est par gentillesse. Elle s'inquiète pour toi. Elle a peur que tu sois malheureuse.

— Je suis malheureuse à cause d'elle. Elle me gâche mon mariage.

— Ne dis pas de bêtises. Ça va aller ma petite chatte ! dit Henri en caressant le menton de sa fille. Je te laisse, à tout à l'heure.

Marianne retrouva son père au château pour le dîner. Henri Villette était élégant, dans un costume d'été bleu marine. Brune portait un tailleur blanc en piqué de coton, dont la courte veste ceintrée à la taille soulignait sa minceur. De petite taille, elle avait une silhouette moins gracieuse que celle de sa fille. C'est pour ça qu'elle n'aime pas les hommes petits, expliquait Serge à Marianne. La jeune fille acquiesçait à tout ce qu'il disait qui aurait pu exorciser la peur.

Confrontée à l'extraordinaire froideur maternelle, Marianne ne pensait à rien qu'à l'humeur de *maman*. La fille était colonisée, absente de ce moment crucial de sa vie, hypnotisée par sa mère. Elle était incapable de se dire en ce moment : C'est inacceptable et je n'en ai rien à foutre. Au lieu de cela elle était aussi apeurée qu'un petit mammifère devant un serpent.

— Ça va ma sœur ? demanda Noëlle avant de s'asseoir à table.

Marianne eut un pauvre sourire. Elle était maintenant assise aux côtés de sa mère dont elle écoutait en tremblant l'éventail de remarques désagréables. L'air était à couper au couteau.

— Tu dors dans la même chambre que lui ? demanda tout à coup Brune à sa fille.

Elle venait de penser que Marianne logeait chez Vladimir et Nina.

— Non, nous avons une chambre chacun, dit Marianne, sachant qu'il valait mieux mentir.

Elle répondait ! Elle était effrayée ! Elle ne disait pas la vérité ! Pire : elle avait honte de la vérité devant sa mère ! Elle n'aurait jamais osé dire : Je couche avec lui. Je couche avec lui et je t'emmerde ! Voilà ce qu'il eût fallu répondre à une femme de quarante-neuf ans qui faisait une crise de nerfs à l'idée que sa fille de vingt-cinq ans vivait sa vie ! Marianne Villette n'y parviendrait pas. Henri n'en aurait jamais l'idée. Serge n'en aurait pas l'audace. Noëlle serait trop jeune. Personne ne contredirait Brune dans sa folie de commandement. Ils avaient tous été dressés comme des petits chiens. Et l'éducation, encore plus qu'un conditionnement, peut être un ensorcellement, une possession. Marianne était trop bien élevée. Elle connaissait la férocité de ceux qui, comme sa mère, n'ont jamais tort et ne veulent rien entendre. Il fallait décamper voilà tout. Se sauver de ce regard critique. Marianne ignorait que s'affranchir de ceux qu'on aime réclame le travail de toute la vie, le mariage n'y change rien.

Troisième étape : la préparation spirituelle au mariage

Au mariage de Marie Duval, qui avait épousé un pédiatre avec qui elle voulait huit enfants, Serge et Marianne avaient fait la connaissance d'un prêtre original. Docteur en philosophie, l'ecclésiastique avait soutenu une thèse sur Kierkegaard.

— Ce sera lui ou personne ! décréta Serge.

Il ne fallait pas moins qu'une exception de l'Église pour marier le génie agnostique. Marianne avait été touchée par cet homme lumineux, d'une gaieté presque exagérée, qu'il appelait la grâce visible de Dieu.

— Alors je vous attends en septembre hein ! C'est le lundi soir à 20 heures. Et je vous marierai mes enfants, je vous marierai ! avait dit le saint homme en rigolant.

Albert parlait toujours en rigolant.

— Pas vrai Serge ? ajouta-t-il, hilare, en tapant sur le dos de Serge, adressant un clin d'œil à Marie Duval.

— Je l'aime bien, dit Serge à Marianne, s'en revenant du mariage en voiture, dommage que tous les prêtres ne soient pas comme lui.

— D'autres sont formidables à leur manière, dit Marianne.

Elle se réjouissait de voir résolu un problème dont elle ne savait pas, l'instant d'avant, qu'il existait : trouver le prêtre acceptable pour Serge.

Les séances de préparation au mariage rassemblaient une dizaine de futurs couples. Accompagnés par un membre du clergé et des époux expérimentés, volontaires de la paroisse, ils envisageaient les questions-clefs de la vie spirituelle et conjugale : le sacrement de l'alliance, les relations sexuelles, les enfants, la fidélité, le sentiment d'amour, la pratique de la foi, la mort. À la vérité, Serge et Marianne étaient trop jeunes pour percevoir l'intérêt de cette réflexion. Souvent, en sortant, allant boire un verre dans un bistrot, ils riaient de ce qu'ils avaient entendu. Serge avait beaucoup de difficultés avec *le ton* catholique. Non seulement il n'avait jamais écouté cette "musique" mais son père l'avait toujours décriée. Serge se moquait de tout :

"Le vieux couple était pathétique. Ils avaient l'air de tellement s'ennuyer !", "Ça nous prend du temps ces conneries !" "Albert me fait rire, mais il n'y connaît rien à la vie conjugale ! Crois-tu qu'il a déjà fait l'amour avec une femme ?"

— Il me semble qu'il a parlé d'une expérience de jeunesse, dit Marianne.

— Cette histoire de chasteté avant le mariage est ridicule. Je ne sais même pas pourquoi on en parle, la plupart de ces couples habitent déjà ensemble.

— C'est un idéal, essaya de dire Marianne. Un cheminement que l'on peut à tout moment refaire. On peut être chaste à tout âge de sa vie en réalité.

— Un conseil : ne le sois pas trop, plaisanta Serge.

Il parlait avec désinvolture des croyances et des rites qui engageaient la vie des autres. Il se montra insensible à ces valeurs immémoriales. Par quoi était-il touché ? Par quoi était-il habité ? Marianne ne se poserait la question que beaucoup plus tard. Les tourments seuls ouvrent les yeux des amoureux. À l'heure de convoler, la superficialité morale de son fiancé échappa à celle qui avait fait des pieds et des mains pour l'épouser. Ils étaient désaccordés : l'une attribuait un poids immense à un serment auquel l'autre se pliait avec légèreté. Sauf s'ils vous en dissuadent, on prête facilement aux autres les vues et les pensées qu'on a. On leur prête l'amour qu'on leur porte et sa propre présence aux événements. La dissymétrie entre deux amants peut demeurer longtemps invisible. L'échange peut durer. Les ouragans qui démasquent les impostures arrivent plus tard, à la fin des profits.

Quatrième étape : la robe de mariée !

— Il faut encore s'occuper de ta robe ! gémissait Brune.

Elle n'était pas méchante mais brusque, se disait Marianne lorsqu'elle avait envie de pardonner à sa mère. À force de répéter qu'on ne la changerait pas, le père ne l'avait jamais changée. Brune se présentait dans sa forme brute : sensible et impulsive, disant les choses à l'instant de les ressentir, sans se soucier de la peine qu'elle pouvait causer. Rien ne la laissant indifférente, elle s'attachait au moindre détail. Elle se donnait une peine infinie pour atteindre en toute chose Dieu sait quelle perfection. Elle se donnerait un mal de chien pour faire de sa fille une belle mariée. Il en allait de son honneur de mère. Hélas son application transformait le plaisir en corvée. Aussi se plaignait-elle finalement de tout ce qu'elle faisait. Elle était le tout-puissant nombril de son monde. Elle ne parlait que d'elle. Tout revenait à elle. Ce qui arrivait aux autres lui arrivait à elle : ainsi en fut-il du mariage de Marianne.

— Chez qui pourrait-on aller? pensait tout haut Brune. Chez qui Hortense d'Artois avait-elle acheté sa robe qui était magnifique?

Elle se tourna vers Marianne :

— Tu le sais?

Marianne fit signe que non, restant silencieuse. Elle n'en voulait plus à sa mère ! Plus tard, lorsqu'elle aurait une fille, Marianne regretterait d'avoir trouvé si peu de complicité et de plaisir dans ces essayages qui n'arrivent qu'une fois dans la vie d'une femme et de sa mère. Mais il était trop tard, et comme disait Henri, *on ne va pas changer maman*.

La mère et la fille allèrent essayer des robes, de sorte qu'elles auraient une idée immédiate de l'allure de Marianne dans une tenue nuptiale.

— Rien ne te va! déclara Brune en sortant de la boutique.

Elle cherchait ce qui clochait.

— Tu fais vieille, c'est bizarre ! dit-elle en pouffant de rire.

On se rabattit sur l'option la plus luxueuse. Puisque le prêt-à-porter ne convenait pas à mademoiselle, on irait chez les couturiers. Une créatrice en vogue et talentueuse réaliserait sur mesure la robe de Marianne.

— Réfléchis à ce que tu veux, dit Brune à sa fille avant le premier rendez-vous.

L'atelier de confection était en étage. Partout des ouvrières s'affairaient sur des patrons. Mme Rippault était petite et mince, vive, cassante, rapide. Elle fit asseoir Brune et Marianne dans son bureau. À quoi avait pensé la jeune fille ? Un genre russe à la Anna Karénine avec une toque ? Très bien, on lui proposerait quelques modèles. La styliste feuilleta son grand agenda et dit : Le 20.

Le 20, la mère et la fille regardaient les croquis des robes imaginées par Fabienne Rippault.

— Celle-là est belle, décréta Brune, montrant un modèle, avec un air de connaisseur.

— Manche gigot avec un crevé, expliquait Mme Rippault, sur un ton dont la distinction était travaillée.

Le mois suivant, premier essayage de la toile, Brune était absente, Marianne respira. Amaigrie par la réfection de l'appartement de Serge et Fifi dans laquelle elle s'était lancée, elle se sentait à l'aise avec cette minceur excessive.

— C'est ça qui est joli chez vous, lui dit Mme Rippault, passant sa main dans le creux des reins.

La merveilleuse couturière ferait une robe pour épouser cette ligne courbe.

— Vous avez raison de vous marier en hiver, les robes d'hiver sont beaucoup plus originales.

Tranquille, Marianne écouta parler cette professionnelle qui avait drapé des milliers de corps de jeunes filles. Mme Rippault, que l'on appelait à droite, à gauche, à une table à découper ou un essayage, possédait un regard et savait de quoi elle parlait. Quelle chance que Brune ne fût pas là pour l'entendre ! Marianne pouvait écouter la couturière sans rougir. Loin de sa mère, la confiance en soi remplaçait la gêne d'être incarnée.

— Comment s'est passé l'essayage ? demanda Brune le soir même.

— Très bien, dit Marianne. La robe sera très belle.

— Elle peut !

Brune Villette voulait dire que Mme Rippault pratiquait de terribles tarifs.

— Je sais que c'est très cher. Vous n'étiez pas obligés…

— Mais rien ne t'allait ! Et puis ça nous fait plaisir.

Voilà que tout à coup Brune laissait de côté l'épée. Elle avait cette manière de s'attendrir et de surprendre, d'enchanter. Et puis pof, le coup de griffe tombait. Combien y avait-il eu de paroles gentilles ? Marianne se le demanderait chaque fois que reviendraient ses souvenirs.

La robe était un chef-d'œuvre. Dans un taffetas de soie ivoire, une ligne courait du bas de la nuque jusqu'à la courte traîne de la jupe. Le corsage ajusté était fait de petits empiècements séparés par une ganse. Trois minuscules boutons fermaient le bas des manches longues, taillées en V sur le dos de la main. Le décolleté carré, la taille ajustée, les épaules dessinées, il y avait une beauté épurée dans cet ensemble.

Cinquième étape : la célébration et la réception

— Si vous ne vous mariez pas aux Invalides, j'annule les salons Rhapsodie ! menaçait Brune Villette.

— Mais maman ! La paroisse d'Albert est dans le 5e !

— Je me fous de votre Albert ! D'où sort-il celui-là ?

— Nous l'avons rencontré au mariage de Marie, dit Marianne.

— Je ne sais pas qui est Marie !

— La plus ancienne amie de Serge.

— Et toi dans tout ça ? dit soudain la mère furieuse en regardant sa fille. C'est toi qui as choisi Albert, ou c'est Serge ? Tu n'as aucune personnalité ma pauvre Marianne !

— Arrête de crier maman, supplia Marianne.

— Je crie si j'en ai envie.

— Je n'y suis pour rien. Serge refusera de se marier aux Invalides.

— J'ai raison de dire que tu n'as aucune personnalité.

— Moi aussi je préfère me marier dans la paroisse d'Albert.

— Ils sont spécialisés dans les mariages mixtes, c'est pour ça ?

— Je l'ignorais.

— Eh bien je te le dis. Il y a quelques années, on vous aurait mariés à la sacristie.

Il fallait partir en portant la peine que causaient ces paroles sans intérêt, et revenir, car on ne rompait pas avec sa famille pour une histoire de mariage.

— J'aurais adoré louer le dernier étage de Beaubourg, disait Serge à Marianne.

Ils cédèrent à *maman*. On loua les salons Rhapsodie : chics et conventionnels. Serge Korol épousait une jeune femme qui avait une âme de chien battu. Ni lui ni elle n'en eurent idée. Mais l'avenir en ferait quelque chose.

Épilogue : le grand jour

Six mois de cette infernale préparation trouvèrent leur épilogue dans la fulgurance de la fête : une fin d'après-midi et une soirée. À seize heures, le dernier vendredi du mois de janvier, la cohorte fournie de la famille Villette et le groupe restreint des Korol attendaient debout dans les travées de la nef, l'entrée de la mariée au bras de son père. Aucun membre de la famille Javorsky n'avait été convié, comme si Nina avait renié ensemble tous les siens.

— C'est le choix de maman, avait dit Serge à Marianne qui s'en inquiétait.

— Ils risquent d'être déçus non ?

— Ils auraient été mal à l'aise au milieu de ta famille, affirma Serge.

— Ta mère sans doute ne leur dira rien, murmura Marianne, se rassurant, alors qu'elle serait l'innocent instrument d'une vacherie.

De ce grand mariage Nina enverrait à Iréna une photographie, parue dans *Point de vue et images du monde* par l'entremise de la couturière qui faisait voir son bel ouvrage ! Nina portait un ensemble noir à gros pois blancs dont le tombé cachait sa silhouette alourdie. Brune était en noir, les jambes fines dans des bas résille, le visage caché par la voilette d'un petit chapeau ravissant. Tout le paradoxe était là : Brune pleurait.

Pas la moindre faute de goût, pas une fausse note, tout fut parfait : éminemment conforme à l'usage établi. Marianne, l'ayant accepté, se laissa aller au plaisir de trouver rassemblée autour d'elle la multitude bienveillante des oncles et tantes Villette. Elle présentait Serge. De même elle se prêta avec grâce à la rencontre des Korol : Magdaleine et son médecin de mari, Martine que son époux avait quittée. Exceptée Jeanne, la plus jeune des enfants Surville, les cousins n'étaient pas venus. Perdus dans le grand tourbillon parisien orchestré par Brune, Nina et Vladimir étaient arrimés à leur minuscule noyau familial.

— Tes beaux-parents ne parlent à personne, murmura Brune à l'oreille de sa fille.

Ce n'était ni un souci ni un reproche : à cette heure Brune s'en moquait. Marianne présenta Vladimir et Nina à quelques oncles, avec qui la conversation s'engagea agréable.

— Je ne sais pas ce que ta belle-mère raconte à Guy, elle ne le lâche pas !

Ô avoir une mère qui garde pour elle ses commentaires ! Serge riait.

— C'est bientôt fini, dit-il à sa femme.

Les jeunes mariés n'échappèrent pas aux discours traditionnels qui, par chance, furent amusants. Le portrait de Marianne par sa sœur était élogieux et gentiment moqueur : tableau brossé par une cadette d'une aînée dominante. Fifi s'était chargé de retracer le chemin de Serge, des courts de tennis à la grande école jusque dans les bras de Marianne Villette.

Le sacre était passé, la bénédiction reçue, la fête déjà finie. Dès une heure du matin, Brune fit dire que les salons Rhapsodie allaient fermer. La fête s'acheva. Était-ce un mariage s'il y avait un horaire ? pensa

Marianne, déçue de cet ultime désagrément. Les derniers danseurs quittèrent la piste. Au vestiaire Brune attendait son manteau de vison.

— Tiens, dit Henri en aidant sa femme à enfiler la fourrure.

Marianne embrassa ses parents.

— Merci, murmura-t-elle.

— Au revoir Serge, dit Brune en serrant la main de son gendre. Je n'ai pas dit au revoir à vos parents, vous les saluerez de ma part.

Vladimir et Nina étaient rentrés depuis longtemps et c'était une manière de signaler qu'ils étaient partis sans remercier. La seule qui comprenait ce langage était Marianne.

— Je n'y manquerai pas, répondit Serge très poliment.

Dans la nuit Serge aida Marianne à retirer le chef-d'œuvre qui habillait ses formes féminines. La nuit de noces en était-elle encore une ?

— Je ne trouve pas ma femme ! riait Serge parce que Marianne avait maigri.

Le lendemain, Venise les attendait, et le samedi suivant, rien moins que la vie conjugale. Ils étaient heureux sans s'attendre à rien, surtout pas à des efforts, comme s'il n'y avait que la chance et les accidents de la vie pour faire l'heur ou le malheur des époux. Personne ne sait vraiment, au moment de convoler, que le mariage, s'il peut être une félicité, est certainement un travail. Marianne s'en accommoderait. Mais Serge ?

III

L'ÉPREUVE DES FAITS

1

Et ils furent *mariés à double tour*. La formule, sortie d'une bouche enfantine, ne manque ni de piquant ni de justesse. Le premier mariage est un cadre rempli d'idées héritées. Il serre un nœud de contraintes que l'on s'impose inutilement à soi-même et desquelles il nous semblerait injuste de voir l'autre réchapper. Faux départ ! Au lieu d'une création personnelle, le lien conjugal devient une répétition qui dilapide dès son instauration l'élan amoureux initial. Si intelligents se crussent-ils, Serge et Marianne n'échappèrent pas à cette règle qui veut que l'inexpérience nuise autant à la liberté qu'à l'invention.

À bien des égards ils étaient faits l'un pour l'autre, mais la mise en route du tandem mari et femme eut la violence d'une castration. Serge vivait à sa guise comme s'il était seul. Hep ! Et moi ? J'existe ! Que fais-tu ? s'exclamait Marianne dans sa déconvenue. Elle voulait *suivre son mari* et s'organiser avec lui. Ah bon ! Il fallait restreindre sa liberté ?! s'étonna le jeune mari devant cette désagréable découverte. Et tout ça pour quoi dites-le-moi ? Tenir compte de Marianne ? C'était la première fois de sa vie que Serge était si contrarié. Faire une place dans son cœur est une chose assez facile, il y a même des places imaginaires. Une autre est de la faire dans ses journées et sa maison. C'est tout concret, et lourd, et précis ! La vie commune dans un appartement exigu réclamait des efforts auxquels ni Serge ni Marianne n'étaient préparés. On vous prévient mal des difficultés de la vie à deux ! Elles sont indénombrables. Il y a tant à connaître de soi-même en face des autres. Comment deviner le détail prosaïque qui détruit la séduction qu'exerçait le fiancé ? Comment savoir qu'il a la disgrâce de ronfler ? Comment prévoir qu'elle est ordonnée jusqu'à la maniaquerie quand on a le goût du désordre ? Que la maison est pour elle une forteresse quand on espérait un moulin ouvert au tout-venant ? Qu'il faudrait faire seule les courses, le ménage, le linge et la cuisine ? Avait-on annoncé que le mariage crée une appartenance réciproque et qu'il faut sortir ensemble ?... La liste est longue, nul ne saurait l'écrire.

L'appartement que Fifi et Serge avaient partagé en complicité devint le théâtre d'un affrontement si bruyant que le voisin de palier s'en amusa lorsqu'il déménagea pour un autre quartier.

— Je suis venu vous dire au revoir et vous remercier : grâce à vous, j'ai beaucoup appris sur le mariage !

À ces mots qui étaient dits avec sympathie, imaginant d'intimes tapages écoutés par une oreille étrangère, le visage de Marianne s'était empourpré. C'était vrai : les jeunes mariés se disputaient ferme. La substance de leur lien se créait et elle était pimentée. En somme, on avait mis deux animaux dans la même cage. L'apprivoisement réciproque dura une année.

Le premier motif de querelle fut un décalage des heures de sommeil. Marianne était une grande dormeuse,

Serge un couche-tard qui veillait jusqu'à deux ou trois heures du matin. Comment partager la nuit qu'ils vivaient si différemment ? On parle beaucoup de *coucher ensemble*, *dormir ensemble* est pourtant plus délicat. Trop souvent Serge réveillait Marianne.

— Excuse-moi ! disait ironiquement Serge à sa jeune épouse. Je n'ai besoin que de cinq ou six heures de sommeil.

Il se sentait un être rare et puissant : dressant la liste des hommes célèbres qui dormaient peu, de Napoléon à Jacques Chirac.

— Les femmes dorment plus que les hommes, disait Marianne, comme si elle se défendait d'une infirmité.

Serge ne se couchait pas et Marianne ne dormait pas. Je t'entends ! lui criait-elle depuis leur lit. Ne parle pas, dors ! répondait Serge.

Comment vivait-on dans quarante mètres carrés aux cloisons fines comme du papier ?

— Celui qui dort a priorité, disait Marianne. C'est à toi de faire moins de bruit.

Serge, qui ne s'était jamais interdit grand-chose, ne voyait ni pourquoi ni comment il commencerait. Se restreindre, depuis son entrée au royaume des dieux (l'ENS), il ne l'avait pas fait !

— Le sommeil c'est sacré, insistait Marianne.

— Quand on a vraiment besoin de dormir on s'endort, répliquait Serge. Dans n'importe quelles conditions ! Regarde les marins, les médecins…

Et Serge vivait comme ça lui chantait. Marianne pouvait rouspéter autant qu'elle voulait, il en avait entendu d'autres ! Nina criait sans arrêt et ça ne l'avait menée à rien… Serge Korol ne se remettait pas en cause. Le retour sur soi lui était une opération impossible. Il s'occupait de lui. N'avait-il pas à déployer sa vie et un succès qui promettait toutes les réussites ? Au milieu d'une nuit, il rentra accompagné de son grand camarade informaticien. Patrice Aumont était un de ces garçons qui, à force de cultiver l'originalité, se construisent une existence déjantée qui ne ressemble à rien de connu. Il était intelligent et sympathique, drôle à force d'être singulier, animé par un désir obscur d'être indispensable. Moins on le comprenait, plus il se croyait intelligent. Auprès de cet ami dont il avait fait son associé, Serge se montrait bon spectateur ; en se prêtant au manège il avait l'impression de partager les facultés de l'autre. Serge et Patrice avaient en commun l'obsession de leur quotient intellectuel supérieur. Serge glissa la clef dans la serrure et claqua délicatement la porte d'entrée. Que pouvait-il faire de mieux ? Rires, bavardages, douches, verres de vodka dans la cuisine attenante à la chambre. Les deux comparses commentaient l'avancement du logiciel graphique : deux esprits qui avaient besoin de se prouver leur qualité menaient une pavane secouée d'éclats de rire et de contentement. Commençait cette époque linguistique où fleurirent les *super*, les *génial*, les *sympa*, cette façon de parler à la fois pauvre et superlative, sur fond de pédagogie par l'encouragement et d'interdiction de la critique : Ah super ! Tu peux me le refaire ?! Mais oui il est très sympa ce type. Il a des idées géniales ! Tu devrais le rencontrer. Comment réussis-tu des trucs pareils ? ça marche du tonnerre. Le ton montait avec l'enthousiasme des génies et Marianne sortit vivement de sa chambre.

— Vous avez vu l'heure qu'il est ? J'essaie de dormir ! dit-elle aux bavards.

Serge restait imperturbable : pas une excuse, pas une explication.

— On ne fait pas de bruit, c'est toi qui as le sommeil léger, dit-il à sa femme.

— Veux-tu que je te répète mot pour mot votre conversation ? Vous parlez comme si vous étiez seuls dans l'appartement et qu'il était deux heures de l'après-midi.

Un minuscule sourire apparut sur le visage de Serge, comme un rictus qu'il réprimait (et peut-être était-ce le cas). Il regardait Marianne en colère et en chemise de nuit. Aucune phrase apaisante ne lui venait à l'esprit. *Je suis désolé. Tu as raison, pardon, excuse-nous*. Ces phrases lui étaient impossibles à prononcer autant qu'à penser. Serge Korol avait plutôt l'air de dire à sa femme : Vas-y ! Énerve-toi. Gueule un bon coup et fous-moi la paix, je ne fais rien de mal. Était-il capable de penser à quelqu'un d'autre qu'à lui-même dès lors qu'il fallait déranger son plaisir ? Non. Il y avait lui, lui et ses idées, lui et ses amis, lui et son avenir. L'habitude en était prise depuis l'enfance. Les idoles se soucient-elles de ceux qui les côtoient ? Serge était une idole.

— On a besoin de travailler, dit-il pour conclure.

Il était si sûr de son fait que Marianne se croyait l'importune qui ne sait pas vivre. L'âme de chien battu s'aplatissait devant le pouvoir du génie. Serge le sentait bien. Son égoïsme se renforçait : les plaintes de Marianne étaient pénibles et il n'avait jamais rien fait qui les méritât. Pourquoi donc se plaignait-elle d'un mari parfait ?

— Tu es la seule personne que je dérange ! fit remarquer Serge à Marianne.

— Je suis la seule personne avec qui tu vis.

Serge Korol appartenait à cette catégorie de gens qui traitent mieux les inconnus que leurs proches. Il se serait coupé en quatre pour rendre un service au dernier de ses amis mais ne levait pas le petit doigt chez lui. Marianne n'osa pas dire qu'elle l'avait remarqué.

— Je vais y aller, glissa Patrice Aumont. On a fini de toute façon ?

— Salut Patrice ! dit Serge en acquiesçant, et c'était déjà un reproche à Marianne.

Loin de se montrer poli ou courageux, Patrice se sauva sans un mot. Plutôt que s'avouer embêté par son propre sans-gêne dès lors qu'on le lui avait fait remarquer, il préféra dès le lendemain prétendre que Marianne l'avait effrayé. En attendant de connaître ce verdict, le jeune couple découvrit le tête-à-tête à trois heures du matin dans la cuisine. Scène classique ? Serge fit un grand procès à Marianne à propos de ses mauvaises manières d'hôtesse et d'épouse. Le préjudice d'avoir été réveillée était oublié. Elle était accusée d'être la *femme qui crie*, grande figure insupportable que Serge brandissait pour faire cesser toute critique à son égard.

— Qui es-tu pour me dire ce qui est bien ou mal élevé ? hurlait maintenant Serge. Pour qui te prends-tu ?

Comment répondre à cette question ? Marianne ne se prenait pour personne !

— Je ne demande qu'à dormir. Sinon je ne peux pas travailler le lendemain, dit Marianne.

— Pas besoin pour ça de nous expliquer la bonne éducation.

Serge Korol, dont l'intelligence dispensait déjà quelques leçons, avait facilement l'impression d'en recevoir. Et quand il croyait en avoir reçu une, il en donnait aussitôt une autre. Question d'emprise ! Il allait donc expliquer la politesse à Marianne. La politesse consistait à ne pas effrayer les visiteurs qui la réveillaient au milieu de la nuit, car les visiteurs étaient sensibles. Serge s'emporta en songeant à ce pauvre Patrice qui avait filé comme s'il avait commis un crime ! Renversement des rôles : c'était maintenant Serge qui était fâché de ce que Marianne avait fait.

— Tu as gagné ! disait-il. Patrice ne remettra plus les pieds ici et c'est de ta faute.

— Je dormirai tranquille.

— Je te remercie d'accueillir si bien mes amis.

— Est-ce qu'on vient rire, boire et prendre une douche chez ses amis à trois heures du matin en semaine quand quelqu'un est endormi à côté et travaille le lendemain ?

— Il n'était pas trois heures.

— Si exactement.

— Je suis chez moi ou pas ? demanda Serge avec fermeté.

— Chez toi et chez moi.

— Figure-toi que je m'en suis aperçu.

Puisque Serge souffrait de se contraindre, il pouvait reprocher à Marianne la moindre limite qu'imposait son existence. Ses reproches tombaient pile sur la fêlure qu'avaient fabriquée les réprimandes de Brune : Marianne Villette se crut difficile à vivre. Le piège était armé. Si Marianne se soupçonnait pénible, brutale, dangereuse, venimeuse, empoisonnante – comme sa mère lui avait dit qu'elle l'était chaque fois que Marianne essayait de faire sortir la vérité d'une situation pourrie –, comment son mari ne finirait-il pas par le croire, lui que ça arrangeait par-dessus le marché ?

L'événement d'une nuit prit une ampleur considérable.

— Tu es coléreuse, désagréable, tu fais fuir mes amis. Surveille-toi !

Serge Korol s'accrocherait mordicus à cette conclusion. Le rapport des forces était installé. Il gagnait !

Les samedis et dimanches furent la seconde source de discorde. Les jeunes mariés avaient des habitudes qui n'étaient pas compatibles. Serge était accoutumé à aller à Châteaudun. Marianne profitait de Paris et ne manquait pas les entraînements de l'équipe du Racing.

— À Châteaudun je n'ai rien à faire, plaidait-elle. Si je ne m'entraîne pas, je ne serai plus sélectionnée dans l'équipe.

Elle n'imaginait pas que Serge se moquait pas mal qu'elle le fût. Serge Korol avait été fier d'épouser une fille sportive, mais il voulait maintenant qu'elle fût une championne sans jouer. Il voulait surtout qu'elle ne pesât pas. Alors il niait l'évidence.

— Mes parents nous attendent, que dois-je leur dire ? répétait Serge chaque vendredi.

— Je ne sais pas, soupirait Marianne. Dis-leur que nous sommes occupés à Paris.

— Ça n'est pas la vérité, objectait Serge.

— Bien sûr que ça l'est. J'ai envie de voir mes amis. J'ai des tas de choses à faire. Je ne peux pas partir tous les week-ends !

— Tous les week-ends !

— Je préfère m'occuper des courses le samedi.

— Tu peux très bien les faire en semaine non ?

— J'ai d'autres priorités. Veux-tu faire les courses à ma place ? Alors tais-toi !

— Merci pour le *tais-toi*.

C'était là tout l'art rhétorique de Serge Korol : le motif de discorde s'effaçait devant la façon dont

Serge se sentait traité. Il refusait d'entendre le moindre reproche.

— J'appelle mes parents. Je dirai que tu n'as pas envie d'y aller, ajoutait-il pour culpabiliser Marianne.

Chaque vendredi le problème revenait qui s'amplifia en drame. L'abandon des parents Korol se profilait. C'était inacceptable. Marianne, qui n'en disconvenait pas, déplorait la géographie familiale. Quelle idée d'habiter loin de ses enfants quand on a envie de les voir !

— Tu critiques mes parents ? demandait aussitôt Serge.

— Non ! se défendait Marianne.

— Vas-y seul, suggéra Marianne. Ça ne me dérange pas de rester sans toi à Paris.

— Je ne suis pas idiot, je sais que je peux aller voir mes parents sans toi.

Pourquoi Serge préféra-t-il cesser d'aller à Châteaudun plutôt que d'y aller sans sa femme ? Ses voyages s'espacèrent. Je préfère être avec toi, disait-il. Merci, répondait Marianne, cela me fait plaisir aussi.

Vladimir Korol insistait. Tous les jeudis, au moment du dîner, il téléphonait pour connaître l'heure d'arrivée *des enfants* le lendemain. Ce coup de téléphone exaspérait Marianne. Imaginait-on plus collant ? Elle se sentait captive des attentes de son beau-père. Tu leur as donné de mauvaises habitudes, disait-elle à Serge. Elle pensait qu'elle avait tort de dire une chose pareille. Il était normal de désirer passer du temps avec ses parents. Ne voyait-elle pas ses parents tous les samedis et tous les dimanches au club ? Serge le lui faisait remarquer :

— Tu vois tes parents tous les week-ends, ça ne te choque pas !

— Mais je ne *fais pas visite*, je pratique un sport et je les croise.

— Ah ! excuse-moi de ne pas faire des différences aussi subtiles.

— Mes parents ne réclament rien, remarquait Marianne.

— Ils n'ont rien à réclamer, ils ont tout ! s'emportait Serge.

— Demande au moins à ton père de ne plus téléphoner tous les jeudis.

— Non, je ne lui demanderai pas ça. Fais ton sale boulot toi-même.

Quand elle n'y tint plus, Marianne le fit.

— Vladimir, dit-elle à son beau-père, ne nous appelez plus pour ça. Nous préviendrons quand nous décidons de venir.

Le silence s'appesantit sur cette sentence.

— Comme tu veux, répondit d'une voix lugubre Vladimir à sa belle-fille. Au revoir Marianne.

— Au revoir Vladimir.

Assis à côté, Serge fut mortifié. En une seconde il était à la place de son père et comprenait le déchirement qu'avait provoqué Marianne.

— Tué ! s'exclama-t-il. Il est mort maintenant !

— N'exagère pas ! protesta Marianne.

La honte déjà l'envahissait. Quelle malchance, pensait-elle, ces beaux-parents qui habitent si loin.

— Il n'y a même pas de chambre pour nous à Châteaudun, fit-elle remarquer.

— S'il y en avait une, tu aurais envie d'y aller ?

— Ce serait en tout cas plus agréable.

— Dormir dans le salon devant un grand feu de cheminée n'est pas désagréable.

— En été ?!

Serge revint à son remords.

— À cette heure mes parents doivent être au désespoir.

— Est-ce que ton frère ne pourrait pas aller les voir? suggéra Marianne. Si vous vous partagiez, tes parents ne seraient jamais seuls.

— Tu sais bien que non…

— Et lui, tu ne lui en veux pas?

Serge Korol avait la mémoire des offenses. Il ne penserait jamais à pardonner, seulement à accuser. Toute sa vie Serge disposerait de cet épisode : le jour où Marianne avait tué Vladimir.

— C'était si cruel de lui balancer ce que tu lui as dit!

— Comment faire autrement? demandait Marianne.

Délaisser Châteaudun fut la première pierre dans le jardin de l'amour. Une dispute peut alimenter le reste d'une vie. Vingt ans plus tard, dans la bouche enragée de Serge, celle-ci se résumerait à :

— Tu m'as séparé de mes parents et je n'ai pas réussi à te séparer des tiens.

— Et l'alcoolisme de ta mère, tu ne crois pas que ça nous a bien séparés de tes parents? C'est une maladie qui détruit les familles.

— Maman boit parce qu'on ne va pas la voir!

Marianne aurait beau protester, Serge la tiendrait toujours pour responsable d'une chose qui avait de multiples causes.

— Personne n'a passé plus de temps que moi à Châteaudun! Ton frère et toi réunis c'est encore moins que ce que j'ai fait pour tes parents.

Serge ne répondait rien car c'était la vérité. Marianne passait avec Nina le début de l'été, quand la chaleur s'empare de la petite ville et éparpille le moindre flux d'énergie.

— Toi tu t'en allais à Paris soi-disant pour voir des clients alors que tu ne tenais pas deux jours dans la maison de tes parents !

Chaque fois que Marianne avait raison, Serge la laissait parler et ne répondait pas. Comment le fils parfait aurait-il pu s'avouer qu'il ne se sentait pas bien auprès de son père tatillon et lent ou de sa mère ivre et apathique ? Si d'aventure Marianne venait à le lui rappeler : il la haïssait.

C'était là un avenir dont ils ignoraient tout. Ce qui vient est rarement ce qu'on attend.

De toute évidence Serge ne vouait pas sa vie à Marianne. On pouvait dire que sa femme l'accompagnait. Le plaisir se dessinait à travers lui. Il était amoureux mais l'amour ne l'avait pas transfiguré : ses complexes, son besoin de séduire, sa soif de réussir restaient inchangés. Il pensait à s'assouvir. Longtemps il aurait une revanche à prendre, quelque chose à prouver : son intelligence à faire valoir. Il s'occuperait d'être reconnu. Pour l'heure, il avait besoin de se faire admirer par une cour féminine. Le mariage n'avait pas remisé la panoplie de ses amitiés amoureuses. Il avait ses casseroles au feu. On pourrait dire qu'elles étaient désormais à feu doux. Anna, Priscillia, Héléna, il se faisait un plaisir de bavarder avec ces jeunes filles piquantes et enamourées. À chacune il avait annoncé son prochain mariage, auquel, puisque ces demoiselles avaient des sentiments pour lui, il ne les avait pas conviées. Ayant apaisé quelques désarrois, endigué les émois, séché les larmes, il avait dit : Restons amis. Toutes sortes de formules touchantes avaient convaincu les demoiselles désolées : Je tiens à ton amitié. Je veux toujours savoir ce que tu deviens. Tu comptes pour moi… Ces quelques mots, le regard qui ne lâche pas, un sourire triste, et le tour était joué. Une fois marié, il entendait bien conserver ces relations singulières, sans inviter sa femme en spectateur de ses numéros de séducteur. Je ne fais rien de mal, disait-il. C'était vrai : il aimait plaire pour plaire.

— Je dînerai ce soir avec Anna, ne m'attends pas, dit Serge un matin à la table du petit-déjeuner.

— Je ne suis pas invitée ?

— Non je ne crois pas !

Le sourire de Serge était à la fois amusé, inquiet et cruel. Ce qu'il faisait n'était pas sympathique, il le savait, n'en conviendrait pas et le ferait quand même.

— Ah bon ?

— Pourquoi veux-tu dîner avec Anna ? Vous ne vous appréciez ni l'une ni l'autre.

— Elle ne m'apprécie pas ?

— Non.

— Et toi qu'apprécies-tu chez elle ? demanda Marianne pincée.

— Elle est drôle, vivante. Ce qu'elle fait est intéressant. Je la trouve courageuse d'élever seule ses deux filles.

— Elle a deux filles ?

— Oui, et elle est divorcée. Elle vit avec rien. Je ne l'ai jamais entendue se plaindre.

Rien ne pouvait mieux enflammer Marianne. Une prétendue compassion qui servait à faire la morale à sa femme sous couvert d'en plaindre une autre à qui l'on fait du charme !

— C'est pour ça qu'elle te court après. Elle a envie de t'épouser.

— Pas son genre. Elle est indépendante. Et fière. Tu te fais des idées. Et tu oublies que je suis déjà marié.

— Elle le sait ?

— Bien sûr qu'elle le sait.

— J'admets que je suis jalouse et que je ne la connais pas, dit Marianne.

— Alors ne fais pas d'histoires et laisse-moi dîner avec elle.

Ne pas avoir d'histoires et faire ce qui lui plaisait était dans la vie le premier désir de Serge. C'était à quoi il aspirait chaque jour, en plus d'espérer la réussite professionnelle. À part de bons résultats en classe, ses parents ne lui avaient rien demandé. Il était accoutumé à ne s'occuper que de ses résultats. Marianne pourtant continua la discussion.

— Tu veux dîner avec une fille qui est amoureuse de toi et dit du mal de moi. J'ai des raisons d'être fâchée, non ?

— Elle n'est pas amoureuse de moi et elle ne dit pas de mal de toi.

— Ta ta ta ! Elle t'a dit qu'elle me trouvait bruyante.

— Ce n'est pas très méchant.

— Disons que c'est une pique.

— Prends la mouche si tu veux, ça te regarde. J'irai à ce dîner, et sans remords crois-le. Je ne fais rien de mal, et rassure-toi je ne souhaite pas me marier une seconde fois.

Voilà qui fit la première scène de ménage fracassante. Emblématique de toutes les autres : marquée par le déni du préjudice qui la causait. Serge donna tort à Marianne d'être jalouse et alla à ce dîner ambigu. Marianne pleura. Serge lui fit reproche de sa comédie. Bientôt il ne parla plus des libertés qu'il prenait mais des comédies que lui imposait sa femme. Pauvre de lui ! Il ne pouvait pas fréquenter ses petites amies sans entendre des reproches. Mais non, Anna n'était pas amoureuse de lui ! répétait-il alors qu'il était certain du contraire. Priscillia s'en allait dans quelques mois vivre au Japon, il profitait de sa présence. Héléna était une copine d'enfance. Il s'était remis à fréquenter Caroline Marcillot. Consolée par un fiancé qui était le jumeau de Serge, elle ne pouvait être suspectée de courir après Serge. Cela faisait beaucoup de soirées que Serge réservait à cet aréopage de jeunes femmes admiratives et charmées. Marianne s'en plaignait amèrement. Serge ne comprenait pas pourquoi. Agnès Breillat s'invitait à dîner, annulant au gré de son emploi du temps facétieux, par l'intermédiaire de Serge et sans un mot à Marianne qui préparait un dîner au premier amour de son mari. Serge cloisonnait : il ne favorisait pas les amitiés entre son épouse et ses amies. Marianne fut désorientée. Personne ne lui avait appris que ces demi-trahisons, ces complicités solitaires, appartenaient aussi au mariage. Était-elle aimée ? Qui avait raison, qui avait tort ? Elle ne savait plus dire. Elle sentait ce qui aurait été juste, vrai, tendre, sans parvenir à l'exprimer. Chacun de ses reproches lui valait tant de reproches !

Marianne prit le taureau par les cornes en déjeunant avec Agnès Breillat, puis avec Caroline Marcillot. Ce faisant, elle voulait tisser quelque chose qui n'appartiendrait qu'à elle, et, au lieu d'être évincée, circonscrire une place qui lui permettrait d'accepter celle que conservait Serge auprès de ses anciennes amours.

— Pourquoi as-tu déjeuné avec Caroline ? demanda-t-il, à la fois intrigué et désapprobateur sans oser l'être.

— J'avais envie de la connaître au lieu de me l'imaginer.

— Et alors ?

— Alors je l'ai trouvée sympathique et nous nous sommes très bien entendues.

— Tant mieux, ça ne m'étonne pas.

— Oui tant mieux, je suis contente de l'avoir rencontrée, de ne plus rester à part en éprouvant de la jalousie.

— Tu étais jalouse ?

Il avait toujours l'air de s'en étonner alors qu'il se comportait d'une manière qui le suscitait.

— C'est normal, tu ne m'avais même pas présentée. Je sais que l'amitié c'est à deux. Mais rien n'interdit que je connaisse tes amies.

— Tu as raison, dit Serge. C'est idiot de séparer les histoires. D'ailleurs je voulais te dire que j'embauche la mère de Caroline comme secrétaire.

Quelques semaines avant son mariage, Serge Korol avait déposé les statuts d'une entreprise. Plexus serait son enfant : sa vie et l'objet de toutes ses attentions. Il passait désormais ses journées chez les investisseurs à lever des capitaux pour son affaire. Le jeune patron était en survêtement ! Cette décontraction, d'une fantaisie plus suicidaire qu'intelligente, ne déliait pas le cordon des bourses. En six mois, pas un sou ne tomba dans l'escarcelle de l'apprenti entrepreneur. Serge n'avait-il pas le sens de l'argent ? Le prodige devait-il se plier aux codes de l'élégance ? Il le ferait. Il aurait des capitaux, des bureaux, une secrétaire… En attendant cette consécration, il voulait employer Mathilde Marcillot et cette perspective causait à Marianne un sentiment bizarre.

— Tu as de drôles d'idées, dit-elle à son mari.
— Heureux de te l'entendre dire.
Il ne cherchait pas la conversation.
— Ça n'était pas un compliment, dit Marianne.
— Ah bon ? fit Serge.
L'ironie était l'une de ses postures protectrices. Interloqués par la critique, ses gros yeux bleus ne cillaient plus, parfaitement fixes et froids.
— Je trouve ça tordu de ta part et je ne comprends pas que cette femme accepte.
— Non seulement elle accepte mais elle est ravie, dit Serge, comme si Mme Marcillot en acquiesçant lui donnait raison de son idée.
— Elle n'est pas une caution morale, fit remarquer Marianne.
— Je n'ai pas besoin de caution morale pour faire ce que j'ai envie de faire !
— Tu aurais pu m'en parler avant de lui proposer ce poste.
— Je ne vois pas pourquoi. Je n'y ai même pas pensé.
— Je ne veux pas que tu travailles avec la mère de Caroline, dit Marianne.
Elle ne trouvait à dire que la vérité. Les arguments qui l'étayaient lui échappaient.
— Eh bien je m'en fous, répondit Serge du tac au tac.
Quelle découverte d'entendre parler de cette façon l'ancien fiancé qui confiait sa mélancolie ! Où était passée la délicatesse dont il se racontait la légende ?
— Tu embauches la mère de la jeune fille que tu as plaquée pour moi et tu considères que c'est naturel ? exprima finalement Marianne.
— Oui. Elle s'ennuie, cherche du travail et ne trouve rien. Moi j'ai besoin d'une secrétaire. Voilà ! J'en ai une !

— Quand même ! s'étonna Marianne. Cette femme a vu pleurer sa fille pendant six mois à cause de toi, elle t'a reçu chez elle comme un futur gendre, tu as couché avec Caroline sous son toit puis tu l'as quittée du jour au lendemain pour une autre. C'est bizarre de venir faire ta secrétaire comme si de rien n'était, non ?

— Je ne sais pas.

Quand il refusait de penser à quelque chose, Serge Korol faisait l'imbécile. Il affichait une placidité inaltérable qui le protégeait à la fois du conflit et d'une réflexion susceptible de le perturber.

— Pas une seconde tu n'as pensé à l'effet que ça pourrait me faire ? demanda Marianne.

— Pas une seconde ! dit-il dans un si étrange contentement de lui-même.

Il s'était affalé dans un grand fauteuil mou et balançait la jambe qu'il avait croisée sur l'autre.

— C'est dingue ! s'exclama Marianne Villette, et l'on pouvait sentir qu'elle ne savait plus quoi penser.

— Si tu le dis, laissa tomber Serge.

La placidité se teintait volontiers d'ironie moqueuse.

— Oui, je le dis, je te trouve indélicat. Pervers même.

L'emportement dominait la jeune fille. Avec satisfaction, Serge la regardait s'énerver.

— Merci.

Par-dessus tout Serge Korol aimait à s'emparer du rôle de victime, surtout s'il était en réalité le tourmenteur. La chose lui était facilitée par sa susceptibilité. Il était si sensible à la contradiction que ce renversement était sincère : il oubliait toute faute qu'il avait commise dans le désagrément d'entendre le reproche qu'on lui en faisait. Ainsi se détournait le cours de la conversation : Marianne et Serge ne parlaient plus de la décision qu'il avait prise de travailler avec la mère de son ex-petite amie, mais de ce que Marianne en avait dit. Pervers ! Comment avait-elle osé ? *Tu y trouves à redire ? Eh bien tu m'ennuies !* disait pour finir Serge Korol à sa femme. Elle n'aurait jamais gain de cause.

L'affaire Marcillot fit un drame pendant quelques jours. Que se passa-t-il ensuite ? Personne n'en sut rien. L'engagement tourna court, Mme Marcillot resta chez elle. Marianne en éprouva un soulagement heureux. Elle oublia la drôle d'idée de son mari autant que sa manière de faire. Serge oublia sa décision plus que la dispute. Il ne s'excusa de rien, pas plus qu'il n'expliqua le revirement des faits. Il engagea une jeune coiffeuse que le chômage avait amenée au bord d'une dépression. Carmen Bonnefoy avait vingt ans et beaucoup de douceur, une jolie voix, une authentique gentillesse, l'envie d'apprendre et de servir. Elle se montrerait reconnaissante, malléable et efficace, trois qualités qui conviendraient de plus en plus à Serge Korol. Il était son sauveur, son roi, la jeune femme n'aurait de cesse de satisfaire les besoins de son talentueux patron : une collaboration commençait. Un maternage et un paternalisme qui se complétaient en une illusion de perfection, car l'intérêt fait sourire beaucoup de gens à beaucoup de gens.

2

La jeune société anonyme au capital de un million de francs – de 1987 – fut baptisée Plexus. C'était le nom parfait eu égard à l'esprit contourné de son créateur, actionnaire majoritaire : Serge Korol. Dans l'innervation de son génie, naissait chaque jour un entrelacs d'idées. C'était du moins ce qu'il croyait. Les rencontres étaient en réalité la sève même de sa vie : il était lierre autour des autres. Il répétait ce qu'il entendait. Serge s'était associé à deux hommes aux savoirs précis : un graphiste et un informaticien. Le premier décortiquait les règles fondamentales de l'image, le second, qui n'était autre que Patrice Aumont, les transformait en algorithmes. Serge devint le vendeur du trio : il chantait aux clients potentiels les louanges de son nouveau logiciel. Une machine tenait le crayon et la règle ! N'était-ce pas la morsure de la nouveauté ? Mais oui ! s'émerveillait Serge, le logiciel lui-même avait fait ces croquis. Ça vous épate !

— N'ayez pas peur ! disait-il avec une assurance phénoménale, l'air de faire une pause.

Il était visionnaire. Détaché de la réalité, il pouvait en imaginer toutes les formes. Je vais vous dire ce qui se passera dans quelques années. Les ordinateurs feront tout à notre place. Ils tireront des traits droits, dessineront des maisons, contrôleront le chauffage et l'électricité, corrigeront nos fautes d'orthographe, disait-il. On ne l'arrêtait plus. Les yeux écarquillés des interlocuteurs lui fouettaient la langue. Les ordinateurs écriront des romans, ils composeront des symphonies ! Il était plus fier de proférer cette annonce que capable de penser à ce qu'elle signifiait, et en bon ingénieur, plus ravi de la prouesse technique que soucieux de ce qui pouvait s'y engloutir. L'ivresse de l'originalité, l'obsession de la créativité l'entraînaient. Créateur de concepts, accélérateur d'idées, inventeur de programmes, décrypteur d'avenir, voilà à quoi se destinait le petit garçon de cinq ans dont les additions rapides à l'arrière de la voiture familiale avaient autrefois plongé Vladimir Korol dans un bonheur admiratif et béat.

Serge baignait dans la modernité comme il baignerait dans tout. Libre et superficiel par caractère, il n'exprimait aucun vœu personnel et se trouvait disposé à n'importe quel projet, dont la fonction serait de le remplir. Rien qui lui fût propre ne s'initiait dans le vide mais le vide s'ouvrait à tout : offrant l'énergie qui en lui-même ne trouvait pas d'emploi, Serge Korol accueillait les autres et leurs idées. Plexus appelait les talents. Pour l'heure, le jeune patron exploitait sa rencontre avec un riche publicitaire qui s'était mis en tête de produire automatiquement des images. DAO, logiciel de dessin assisté par ordinateur, serait le produit phare de Plexus. C'était être en avance sur son temps autant qu'être dans l'air du temps : la société débutait sous d'heureux auspices. Serge se passionna-t-il ? Il s'engagea. C'est-à-dire qu'il parla. Il y avait beaucoup à dire : il parla beaucoup. Il y prit goût. Il devinait le monde. L'informatique familiale naissait. Apple avait conçu un petit ordinateur facile à utiliser. La question de l'intelligence des machines se posait comme au temps de Descartes celle des animaux. Douglas Hofstadter écrivait des historiettes qui troublaient Serge. Il aimait à les raconter comme s'il les avait écrites. L'appropriation sommaire du savoir de l'autre était sa respiration naturelle. Il fallait qu'il parlât. Il avait toujours quelque chose à dire. Il lisait toutes sortes de traités, en diagonale, pour en parler longuement, en long en large et en travers. Toutes les questions l'intéressaient. Les ordinateurs sauront-ils un jour l'orthographe ? Comment les faire écrire ? Serge donnait le fameux exemple qu'il tenait d'un ami linguiste : *Les poules du couvent couvent.* Sauront-ils que les deux *couvent* ne sont pas de même nature et ne se prononcent pas pareillement ? Plus tard d'autres questions viendraient nourrir le flot de sa parole évangélique. Comment faire travailler ensemble les quatre zones de son cerveau ? Comment dynamiser sa capacité de découverte et d'exploration ? Comment influencer la chance ? Comment se soigner en visualisant sa maladie ? Comment maigrir sans reprendre du poids ? Comment faire parler de soi en bien ? Au fur et à mesure qu'il s'éloignait de la rigueur mathématique, les questions les plus saugrenues le passionnaient. Justement parce qu'elles l'étaient mais que lui ne l'était pas. Il avait toujours rencontré un ami qui maîtrisait la question. Il suffisait d'écouter et de répéter ensuite avec assurance. Serge Korol, vingt-six ans, était cette chapelle sans dieu dont la porte battait au vent des occasions, avalant l'interlocuteur et ses talents repérés, digérant l'ensemble en quelques heures. Il était éblouissant ! Et de fait il bluffait beaucoup de gens. Il y prenait goût et n'aimait rien tant que passer du temps avec ceux qu'il impressionnait. Les autres, ceux qui gardaient un esprit critique, avaient toujours à ses yeux quelque défaut inexplicable qui le rebutait. Ainsi, par le mouvement naturel de son caractère, Serge s'entourait-il d'admirateurs qui le confortaient dans l'idée que ceux qui ne l'admiraient pas étaient des jaloux ou des imbéciles.

Témoin de ces succès, Marianne écoutait les louanges que suscitait Serge. Elle avait épousé un homme hors du commun, *un génie*, *une mine d'or*, *un phénomène*, *une bombe à idées*. Le couple fréquentait ceux qui tenaient ce langage. Marianne n'avait pas conscience de cette sélection. Cette pléiade de compliments qui venaient baigner Serge l'étonnait. Non qu'elle ne les trouvât mérités, mais d'autres personnalités dont elle connaissait les semblables mérites n'étaient jamais pareillement vantées. Quel mystère ! Comment expliquer ce tapis rouge ? L'éloge couvrait le sol sous les pas de Serge. Vivait-elle avec un dieu ? Cette idée était effrayante. C'était excessif et Marianne trouvait Serge prétentieux. Était-elle jalouse ? Elle se le reprocha en secret. Quelle mauvaise surprise de constater que la jalousie existât dans l'amour ! Elle se sentit coupable. Mais non, se disait-elle, j'aime Serge, je suis fière d'être sa femme tout en craignant de ne pas être à la hauteur. Elle l'admirait de faire à son monde une telle impression, dont elle ne discernait pas les raisons. Moins envieuse que perplexe, elle s'apprêtait à comprendre ce qui régissait l'existence de son mari. Si Serge Korol recevait tant de "médailles", c'était qu'il ne faisait dans la vie que les chercher. Plus l'évidence s'éclairait, moins Marianne s'autorisait à le penser. Elle voulait trouver à Serge cette essence admirable dont la teneur lui échappait, cette aura invisible que les autres admiraient. Allait-elle crier *le roi est nu* ? Bien sûr que non : elle n'y croyait pas.

La vie commune est ce lent dessillement. À la représentation de l'autre cristallisée par le coup de foudre, se substituait jour après jour l'autre en chair et en os. En somme Marianne Villette apprenait à connaître celui qu'elle avait épousé. Serge était brillant bien sûr. Mais pas si singulier qu'il voulait le paraître. Il avait ses faiblesses qu'il n'avouait pas et que Marianne connaissait mieux que ceux qu'il ensorcelait. Elles étaient pour beaucoup des faiblesses de vanité. Il parlait de choses qu'il ne connaissait pas, de livres qu'il n'avait pas lus, de sentiments qu'il n'avait pas éprouvés, d'expériences qu'il n'avait pas faites. Il se drapait dans des sagesses exotiques et anciennes comme s'il les possédait. Il avait une tendance à confondre "connaître quelque chose" avec "en avoir entendu parler". Les idées le caressaient, mais il ne les digérait pas, il ne s'en donnait ni le temps ni la peine. La superficialité, la rapidité, l'enchantement de la synthèse, devenaient sa façon d'être. Marianne n'avait pas d'estime pour cette manière-là mais restait baba devant ce que Serge parvenait à en tirer : toute l'admiration du monde. Elle se demandait souvent si elle n'était pas une idiote, laborieuse, qui ne comprenait rien à rien. Serge la détrompait mollement, il avait besoin de croire que sa femme était intelligente mais de la dominer.

Serge quant à lui s'enivrait de ses réussites et se mentait à propos de beaucoup de choses : ce qu'il accomplissait (qu'il amplifiait) autant que ce qu'il abandonnait (qu'il éludait). Il se mystifiait lui-même afin de complaire à ses géniteurs : sa vie prouvait qu'il était un garçon d'une intelligence supérieure. Passons sur poli, gentil, attentionné envers autrui, bon fils, bon époux, sportif et intellectuel, et promis à un bel avenir. Il lui fallait le croire et le paraître. L'être réellement était une autre paire de manches. Serge était un aîné prétentieux : il avait intégré l'attente parentale autant que l'adoration. Sans le savoir, il remplissait le contrat que ses parents avaient posé sur sa tête. Il fallait de toute urgence être à la hauteur de leur rêve ! Il devait à Nina d'être génial. C'était à Châteaudun que la gloire de Serge était la plus cruciale : vitale à l'équilibre précaire de Vladimir et Nina. À Châteaudun où plus rien ne se passait, il fallait devenir celui par lequel la famille Korol étincelait. Serge avait décidé qu'il était temps de faire fortune. Cette obligation de succès serait la croix du jeune homme, autant que sa blessure et la cause de sa chute.

Chaque visite aux parents était l'occasion pour le couple esseulé de palper le triomphe du fils merveilleux :

— Tu te factures combien la journée ? demandait Vladimir à Serge avec une admiration qui plaçait l'argent bien au-dessus de ce que la vie de l'ancien communiste en avait jamais fait, comme si le vieux était entré dans les valeurs du jeune.

— Dix mille francs par jour, disait Serge avec une fierté à peine dissimulée.

C'était le salaire mensuel de Marianne au lycée où elle enseignait les arts plastiques. Voilà que se mêlant à la conversation, elle s'extasiait sur la différence ! Le public et le privé, le savoir intellectuel et le pouvoir industriel, ne se rémunéraient pas au même tarif.

— Toi de toute façon tu n'es pas imposable, disait Vladimir en se tournant vers sa belle-fille.

Le mépris passait inaperçu. Il fallait connaître qu'il y avait Serge et personne d'autre.

Bientôt Jean ramena à Châteaudun une petite femme boulotte qui préparait un BTS d'esthéticienne. Ni jolie, ni brillante, ni sportive, elle semblait à première vue n'avoir rien pour plaire à ce garçon. Fidèles à leurs principes, Vladimir et Nina se montrèrent sans opinion. Avec des figures accueillant le mauvais sort et une dignité qui deviendrait la posture de leur déception, ils acceptaient le choix de leur fils. C'est la décision de Jean, nous n'avons rien à dire, déclaraient-ils sans prendre garde à ce qu'ils disaient. Ils se retiraient l'une dans le whisky et l'autre dans le chagrin. Ils étaient absents. Sourire et dire *Bonjour Natacha* n'était pas si compliqué. Moins on s'engage, moins on espère, moins on exige, plus l'échange est aisé : simplifié, apaisé par son minimalisme même. Serge qui attendait davantage, renâcla à accueillir une fille si peu accordée à son frère.

— Je ne comprends pas Jean, confiait-il à Marianne, que peut-il lui trouver ?

Il disait, célébrant le pouvoir de séduction de son frère :

— Jean a toujours été avec de belles filles sportives !

Marianne qui ne connaissait vraiment ni Jean ni Natacha ne voyait pas de mésalliance.

— Elle est joyeuse, elle rit tout le temps, fit-elle remarquer à propos de Natacha. C'est précieux.

Marianne se montra accueillante, dans un élan de complicité intéressée. Enfin une belle-sœur avec qui partager la place de belle-fille et le poids que pesait Châteaudun ! Hélas, à peine marié, Jean fut happé par la famille de sa femme et disparut définitivement de la sienne.

— Tu vois, disait Marianne à Serge, personne n'a envie d'aller en week-end dans cette maison.

À Châteaudun, la maison désertée diffusait sa désolation. Nina s'était incarcérée dans l'alcool. Le whisky lui tenait lieu de vie, de famille, de plaisir, et peut-être d'héritage car elle pensait de plus en plus souvent à son père qui était un grand buveur. Avec cette ascendance, avait-elle le choix de ne pas boire ? Et d'ailleurs cet homme-là était-il son père ? Elle s'imagina dans le roman d'une conception illégitime. Sa mère avait fauté avec un Allemand et voilà pourquoi ensuite Iréna n'avait pas élevé cette enfant-là ! Vladimir écoutait ce qu'il tenait pour de pénibles divagations. Il prenait sa femme dans les bras, lui caressait le dos, Nina, Nina, essayant de retrouver dans ce corps maintenant avachi, épuisé par l'alcool, la solitude et le désespoir, la jeune fille qu'il avait aimée.

À présent que ses fils avaient leur vie et leurs femmes, Nina passait sa journée dans la cuisine, assise devant la table de formica, le dos appuyé à la paroi du frigidaire, le verre à portée de ses doigts gonflés. Nina Korol ne faisait plus rien. Elle se levait la nuit pour boire et passait l'après-midi à dormir. Elle émergeait de ce mauvais sommeil pour accueillir son mari qui revenait tard de l'usine. Sans le moindre reproche à sa femme qui n'avait rien préparé, Vladimir faisait à dîner.

— Qu'est-ce qui te ferait plaisir ma chérie ? demandait-il en fouillant dans le tiroir du congélateur.

Jamais Nina ne lui répondait. Elle s'emportait à cause du bruit qu'il faisait. De quoi avait-elle envie ! De rien. Vladimir préparait deux assiettes. Nina ne touchait à rien.

— Tu n'as pas faim ? demandait Vladimir.

Nina vidait l'assiette à la poubelle.

La maison allait à vau-l'eau. La femme de ménage avait disparu sans donner de raison. Vladimir pas plus que Nina n'avait élucidé cette brusque démission. Nina prétendait se débrouiller toute seule, en réalité elle ne prenait soin de rien. Les bibelots, les pieds de lampe, les tableaux, tous les objets décoratifs étaient couverts de la même poussière qui avait envahi les meubles, les abat-jour, le piano et le métronome qui ne servait plus. Les verres, les assiettes, les tasses et soucoupes, la vaisselle de cuisine, étaient ébréchés. Les appareils ménagers étaient sales, grille-pain, presse-agrumes, mixeur, mal lavés. Une femme qui boit déteste son intérieur parce qu'elle se déteste elle-même, disait cette incurie. Vladimir n'opposait que son silence : il était incapable de voir que sa femme vivait dans un grand malheur.

Alors tout allait vers le fracas. Nina Korol était devenue une épave qui hurlait dès qu'elle s'était rempli le gosier. Elle absorbait de grandes quantités. Whisky. Gin. Rhum. Toujours dans le Coca. Son ivresse était agressive. Aussitôt ivre, elle se lançait dans les reproches comme dans une transat en solitaire. Le refrain jaillissait de sa bouche. Vlad ? Il avait brisé sa jeune vie en la désirant. Il avait voulu la façonner au lieu de la laisser se construire elle-même. Il avait volé sa place de mère. Vlad ! Le prénom de son mari était ce qu'elle hurlait le plus souvent. Vlad ! le responsable de tout, qui avait épousé une enfant, tranchant sa vie comme on coupe une herbe qui pousse. Vlad ! Vlad ! Peux-tu venir voir ? Vlad ! Viens ici ! Vlad, tu n'entends rien ? Vlad je t'appelle ! Vladimir Korol obéissait à sa femme. Il s'en était fait un devoir. Qu'y a-t-il ma chérie ? demandait-il, penaud et digne, se présentant devant son épouse. Rendre Nina heureuse était sa première préoccupation dans la vie maintenant que leurs fils étaient lancés. Mais que faire ? Nina le désespérait. Alors il pensait à Serge et Jean. Quelle réussite ! Indépendants. Libérés par des parents qui avaient su ne pas se montrer possessifs. Il se félicitait. Ce qui était désormais sa fierté causait la détresse de Nina. Le départ des enfants, c'est un deuil, il n'aurait pas osé le dire. Les enfants ! Vladimir attendait leurs retours. Mes chéris ! Venez sauver maman ! Ô comme il avait haï Marianne de raréfier leurs venues.

Les visites de Serge et Marianne étaient devenues l'événement du mois sans suffire à sortir Nina de sa torpeur alcoolisée. Au contraire ! L'idée que le couple arrivait la faisait boire en surcroît. Quelle panique la prenait donc ? Nul ne le saurait jamais. Questionnée par Vladimir, Nina prétendit craindre l'énergie conquérante de sa belle-fille. Pauvre Nina ! disait Marianne. Que faire pour elle ? Nina aurait été en peine de répondre. Toute sa personnalité était ensevelie dans le whisky qu'elle engloutissait à gogo durant la nuit qui précédait l'arrivée des enfants. Serge et Marianne la trouvaient debout et brumeuse devant la porte de sa maison. Elle balbutiait, tss tss tss, allait tomber sur une chaise, à table dès le matin et jusqu'au soir, le verre de Coca à portée, délivrant ses directives à Vladimir comme si elle avait téléguidé un petit hélicoptère d'enfant. Son visage était couvert de rougeurs et de dartres emmêlées dans un placage de fond de teint mal posé. Rongées par le sucre, ses dents noircissaient et diminuaient. Contempler cet effondrement était une souffrance. Serge voyait-il sa mère ? se demandait

Marianne. La réponse était non. Serge avait mis son regard dans sa poche. Et il parlait de lui, puisque c'était la seule chose qui chantait aux oreilles de ses parents. Tss tss, faisait Nina. Marianne souriait à sa belle-mère sans rien y comprendre. Cet état de délabrement physique et intellectuel, personne n'en soufflait mot ! Vladimir orchestrait une omerta avec la virtuosité d'un homme politique compromis. Les enfants étaient ses dupes parce qu'il se dupait lui-même. Puisque son père qui vivait avec Nina ne s'étonnait de rien, Serge démentait ce que le spectacle de sa mère abrutie aurait dû lui faire comprendre. Marianne n'avait pas idée que l'on pût être alcoolique. Elle avait une vision toute théâtrale de la chose. Or Nina ne se montrait pas dans une saoulerie bruyante mais dans un ralentissement, la jeune fille minimisait donc le drame. Elle parlait avec gaieté à sa belle-mère qu'elle acceptait comme elle était : bizarre, lente, tâtonnante.

Chaque visite faisait tourner le même manège : Nina ne bougeait pas de sa chaise, donnait des ordres à son mari, criait quand il tardait trop ou s'y prenait mal. Par une habitude d'enfant bien élevée, Marianne accompagnait son beau-père à la cuisine. Marianne et Vladimir faisaient ensemble le service, tandis que Serge restait à table avec Nina. Le fils racontait les contrats, les clients, les projets, éblouissant sa mère qui opinait en trempant ses lèvres dans un Coca où se camouflait une dose de whisky. Quand Nina parlait à son tour, elle mettait en scène des événements insignifiants de la vie provinciale, parsemant ses phrases de tss tss tss. Elle avait pris une élocution maniérée dans laquelle elle ajoutait partout des *t*. C'était consternant, personne ne semblait consterné.

Jusqu'au jour où Jean, après que sa mère eut passé une semaine chez lui, rompit le silence dont il n'avait pas idée puisqu'il ne fréquentait plus la maison. Il prononça le verdict avec le plus grand naturel :

— Maman est alcoolique. Natacha s'en est tout de suite aperçue.

Il le dit de la manière la plus légère qui fût, comme si ce n'était pas une catastrophe mais une évidence à laquelle tout avait concouru et dont il se moquait éperdument. Si l'insensibilité apparente semblait chez Serge une froide absence, chez Jean elle prenait plutôt l'aspect de l'imbécillité. Vladimir et Nina, si jeunes et chahutés, avaient enfanté un garçon coupé de ses émotions et l'autre coupé de son intelligence. Ainsi coincés par un vide paralysant, ni l'un ni l'autre n'était ému de ce qui arrivait à sa mère.

Quant à Natacha, on aurait dit que cette tare de sa belle-mère était un bonheur. Nina alcoolique ! C'était trop beau pour être vrai ! Captive d'une famille hystérique, la jeune femme ne disposait d'aucune place pour une autre. S'abandonnant avec un délice malsain à une mère vorace, elle se trouva bien aise de tenir une raison de discréditer sa belle-mère. Que peut-on faire avec une alcoolique ? Rien ! Ni lui parler, ni se promener, ni lui confier des enfants ! Pauvre Nina, pensait encore Marianne, toute sa vie seule dans une maison, avec pour réconfort, trois hommes inaptes à s'exprimer.

3

La clinique Roseraie était un lieu à dessein retiré du monde. Dès le début de sa première cure, Nina fut taraudée par cette question : Que se passait-il quand on revenait au monde ? Revenait-on aussitôt à l'alcool ? Irrépressible et déraisonnable, une grande peur du dehors, de la vie, de soi, lui poussait dans le ventre comme un arbre ramifié. Tout de suite elle aima *la quarantaine* : elle se sentait protégée d'elle-même. Nulle part ailleurs elle n'éprouvait ce sentiment de sécurité intime. Elle était arrivée un vendredi soir, pour cinq semaines. Comme en prison, les pensionnaires, tous reclus volontaires, laissaient leurs affaires à l'accueil. Nina s'était prêtée à la prise de sang et à l'alcootest réglementaires. Avec la même bonne volonté, elle comprit qu'elle ne pourrait pendant quinze jours ni sortir, ni téléphoner, ni même entretenir une correspondance. Cette règle stricte était la condition de réussite. Le monde alentour était nocif et responsable lui aussi de ce qui était advenu : il fallait s'en couper. Même de son mari, Nina devait être séparée. M. Korol était partie prenante du problème. D'un air savant et satisfait, Nina Korol se répétait, *il est dans la codépendance*. Une enclume s'était soulevée, Nina respirait, n'était-elle pas allégée de sa responsabilité ? Sa situation lui fut expliquée. L'alcoolisme était une maladie, pas un défaut, pas un manque de volonté. Les médecins, les psychiatres, les psychologues allaient ensemble s'employer à la soigner. Attention cependant ! L'alcoolisme était une maladie dont on ne guérissait jamais. Nina sortirait sevrée, mais au-dehors il lui faudrait se méfier du premier verre comme de la mort. Quand on avait ce vice de la boisson (on disait : ce *problème avec l'alcool*), on était foutu à la première goutte. Il fallait ne plus y toucher ! Jamais. Nina avait assimilé cet exposé à la vitesse avec laquelle elle avait appris à sourire dans les salons. Elle savait par cœur l'évangile de la désintoxication comme elle connaissait le calvaire de l'alcoolisation. Un pétillement naissait en elle : à nouveau elle se sentait importante, unique. Elle était pleine d'elle-même. Elle se vantait de n'importe quoi. Est-ce qu'elle avait connu la sacrée tremblote du manque ? lui demandait-on. Oh là ! répondait Nina, oui ! Elle en était fière. Elle convoquait des grandes figures alcooliques, Bukowski, Elizabeth Taylor, Annabel Buffet dont le témoignage l'avait subjuguée. Par ce détour de l'imaginaire elle se sentait étoile parmi les étoiles. Ceux qui buvaient n'étaient pas des n'importe qui ! N'importe qui ne buvait pas. La honte s'était muée en orgueil, un orgueil démesuré, celui qu'il fallait à Nina pour se reconstruire une image d'elle-même. Dans les groupes de parole, elle se montrait active et se livrait volontiers. Parmi tous ces faillis de la vie, qui n'avaient réussi qu'à se cacher dans l'alcool, elle se sentait de nouveau une reine, au-dessus de leur mêlée ou de leurs démêlés. Pour quelle raison ? C'était une chose difficile à expliquer. L'impression était revenue, d'avoir un destin exceptionnel et de pouvoir enfin le raconter à des gens qui seraient impressionnés. Ils le seraient. Et ils seraient charmés. La parole de Nina était écoutée. L'apathie qui lui était devenue familière à Châteaudun avait fait place à une vitalité bavarde. On percevait enfin la véritable nature de Nina Korol : une nature énergique qui, restée inemployée, s'était retournée en force d'autodestruction contre sa propriétaire. Nina menait le groupe vers la conversation. On aurait dit que n'ayant pu confier l'histoire de sa vie à personne, elle délivrait son cœur d'un incroyable poids de secret et de souffrance. Quand je bois, je suis normale, disait une jeune vendeuse au Monoprix qui se saoulait au vin blanc. Je ne me suis jamais sentie normale, disait aussitôt Nina, Nina Javorsky (c'était bel et bien la jeune fille déracinée qui parlait). Tout le passé envahissait le présent et il lui semblait voir clair dans sa vie comme jamais. Elle avait des tas de raisons pour boire ! Et Nina racontait sa vie exceptionnelle, s'enhardissant du sentiment d'avoir vécu ces événements rarissimes : un enlèvement, sa mère qui ne la reprenait pas, l'alcoolisme de son père, les boyaux de la mine où s'enfonçaient les hommes, la peur de la pauvreté, l'amour de Sacha dont elle n'avait pas perçu le revers, les frères et sœurs jaloux, l'impression d'être une reine, cette chance tout entachée d'une culpabilité insoluble. Puis le mariage à seize ans avec l'ingénieur qui savait tout, la liberté et l'insouciance coupées comme une jeune herbe dès la naissance de Serge. Vladimir sur son dos, ce commandement permanent qu'il prenait sur la vie de sa femme. Elle avait été une femme opprimée ! Elle avait voulu danser et chanter, elle possédait une merveilleuse voix, mais non ! elle s'était mariée ! Vladimir Korol n'avait pas pu attendre ! Et elle, pauvre petite, n'avait rien écouté de ce que lui disait alors sa grand-mère ! Elle n'était pas faite pour cette vie-là. Elle aurait dû être secrétaire au lycée. Voilà ce qui était prévu pour elle, avoir un métier, gagner sa vie, monter par son propre travail la première marche de l'ascension sociale. Elle parlait et elle parlait, à ces gens qui étaient semblables à elle, qui avaient bu pour ne pas avoir peur, pour se sentir légers, puis peu à peu pour se sentir moins mal. Ces gens qui savaient ce que c'est que s'abandonner, glisser lentement dans un bain qui vous ronge la tête comme une bête le ferait, parce que sans l'ivresse on n'arrive pas à vivre. Nina comprenait que l'amour l'avait ensevelie vivante : celui de sa mère qui avait manqué et ne s'était pas exprimé, celui de sa grand-mère qui l'avait séparée, celui de son mari qui l'avait enfermée, et celui des enfants qui l'avait occupée, ravie au double sens du terme. Il eût fallu, il fallait, dompter cette force colossale qui s'empare de l'être et de la vie, et dont on ne se méfie pas sous prétexte qu'on l'appelle *amour*. Même l'amour était plein de poisons. Il naissait de la maladie du manque et du désir, il devenait une dévoration pure et simple. Oh ! comme elle voyait clair désormais dans la constellation des autres, qui avaient peuplé son existence de femme pour l'engloutir. Oh ! comme elle percevait que la féminité est une cime et une faille. Pas un jour de sa vie, elle n'avait été émancipée, voilà ce que Nina Korol venait de découvrir. Elle n'avait rien fait qu'enfanter – c'est déjà beaucoup mais enfin – ce n'était pas assez. Ce n'était pas personnel ! Et qui s'était préoccupé de sa déconfiture ? demandait Nina rageuse. Personne ! Même pas elle ! "Je vais m'occuper de moi" était devenu l'une de ses déclarations favorites. Comme si l'égoïsme retrouvé était le signe d'une bonne santé. Et peut-être en effet l'était-il.

Au psychiatre alcoologue, devant lequel elle faisait beaucoup de manières, elle confia sous le sceau du secret son soupçon de ne pas être la fille de son père. Elle prenait des airs de conspirateur, parlait de *l'occupant*, et de sa mère comme d'une indigne qui avait couché avec les Allemands pendant que le pauvre mari était prisonnier en Allemagne. Qu'est-ce qui était vrai là-dedans ? D'où avait-elle eu l'idée d'inventer cette aventure ? Vladimir et Serge en restèrent stupéfaits. Jamais Vladimir n'avait eu vent de la moindre rumeur à ce propos. Il ne prenait pas au sérieux cette histoire. Et voilà que Nina en parlait au médecin pendant des heures ! Depuis qu'incitée à se confier Nina se sentait écoutée, chaque événement de sa vie avait pris l'ampleur d'un cataclysme. Sa naissance illégitime, un avortement traumatisant, des rêves de divorce… Nina Korol faisait pousser les catastrophes dans la terre soudain fertile de son existence. Vladimir avait perdu l'envie d'aller rendre visite à sa femme depuis qu'elle lui avait écrit cette lettre incohérente qui, après quinze jours de cure, brassait ses nouvelles inventions. Pourtant il fut convoqué et dut se rendre à l'évidence : il était partie prenante de la cure et de la maladie.

À la clinique Roseraie, Vladimir fut pour la première fois violemment éprouvé par la maladie de sa femme. Un médecin le poussa hors de son aveuglement et c'était un viol.

— Monsieur Korol ?

— C'est moi.

— Bonjour monsieur. Entrez. Asseyez-vous je vous en prie.

— Merci.

— Je suis content de vous voir. J'ai beaucoup parlé avec votre femme, commença le médecin.

C'était la pire des choses qu'il pouvait dire à Vladimir. En tant que mari, Vladimir Korol se sentait responsable de la vie de Nina. Il était le chef de famille d'une cellule fermée aux étrangers. Il n'aimait pas partager ses problèmes. Plusieurs fois, il avait évincé des amis qu'il jugeait indiscrets quand ils s'étaient montrés prévenants ou amicaux. Mêle-toi de ce qui te regarde ! Il avait bel et bien dit cette phrase agressive et discourtoise à une amie de sa femme, dans l'émotion de découvrir éventé le secret de l'alcoolisme de Nina. Je crois que Nina a besoin d'aide, murmurait l'amitié. Vladimir n'avait pas supporté d'être percé. Que dire alors à un inconnu, fût-il le médecin, qui se vantait maintenant d'avoir tiré à Nina les vers du nez ? Toute cette affaire épuisait les forces de Vladimir. Il ferma les yeux en respirant profondément. Il avait toujours préféré fermer les yeux, ne pas regarder en face les progrès du mal, ne pas parler. Voilà qu'il se trouvait maintenant acculé, dans un petit bureau à la porte fermée, devant un homme en blouse blanche, assis, souriant, les avant-bras sur sa table, le dossier de Nina devant les yeux. Car Nina avait un dossier !

— Vous savez pour quelle raison je souhaitais vous rencontrer ? poursuivit le psychiatre lorsque Vladimir se fut installé.

— Je crois, répondit Vladimir.

— Comment l'exprimeriez-vous ? demanda le médecin avec une sollicitude discrète.

La réponse de Vladimir lui dirait jusqu'à quelle lucidité était parvenu le mari de sa patiente.

— Parce que ma femme boit trop, dit Vladimir.

Ces mots sans doute lui brisaient le cœur, qui essayaient de réduire la vérité sans y réussir. Boire comme le faisait Nina, c'était se détruire, c'était se tuer. Sa femme voulait mourir et lui, son époux pour la vie, voulait ne pas le savoir.

Le médecin avait obtenu l'information qu'il désirait : le déni n'était pas total. Il poursuivit l'entretien.

— C'est exact monsieur Korol. J'ai voulu m'entretenir avec vous. Cet entretien fait partie de la cure de votre épouse. Votre femme est en grande difficulté.

Un silence suivit cette phrase. Le médecin regardait Vladimir dont les yeux étaient baissés. Restait l'estocade de la vérité.

— Votre femme est alcoolique monsieur Korol. Le saviez-vous ?

— Je commençais de le penser, répondit Vladimir en regardant un tableau qui était au mur.

Il éprouvait un violent besoin de fuir. Le malheur l'étouffait. Il se tenait dans une dignité de parade, tout près d'une colère qu'il ne laissait pas éclater. Médecin ou pas, il ne voulait pas parler avec cet homme !

— Vous vous en étiez aperçu ?

— Je crois.

— Depuis combien de temps ?

— Je ne sais pas.

— Pouvez-vous essayer de vous rappeler la première fois que vous vous êtes dit, à propos de votre femme : elle boit trop.

— Il y a deux ans peut-être.

— Deux ans ?

— Oui environ.

— Et avant cela ?

— Non.

— Jamais ?

— Non.

— Maintenant que vous avez compris que votre femme boit, depuis quand imaginez-vous que cela dure ? Avez-vous une idée du moment où a commencé sa dépendance ?

— Nina a bu quand les enfants sont partis et qu'elle s'est retrouvée seule à la maison.

Le départ des enfants ! C'était l'unique désastre que Vladimir trouvait dans la vie de sa femme. Parce que c'était la seule signification qu'il eût jamais donnée à l'existence de Nina : mère.

— Il y a combien de temps ? demanda le médecin.

— Sept ou huit ans.

— Votre femme n'avait jamais consommé d'alcool avant cela ?

— Seulement pour les grandes occasions.

— Réfléchissez bien. En êtes-vous certain ?

Une réminiscence envoûtante venait à Vladimir.

— Au Maroc, je me souviens qu'elle prenait un verre pour se donner du courage avant d'aller dans les réceptions. Ma femme était très jeune et très timide. Mais elle ne buvait pas seule, ni en cachette.

— Vous buviez avec elle ?

— Oui, nous prenions un verre ensemble pendant qu'elle se coiffait.

L'image de sa femme assise plantant des épingles dans son chignon surgit dans la mémoire de Vladimir. Le médecin quant à lui réfléchissait en regardant le dossier.

— C'est important voyez-vous, dit-il. Boire pour se donner du courage, c'est un tempérament.

Comme Vladimir ne répondait pas à cette remarque, le médecin ajouta :

— Bien sûr l'alcoolisme est une maladie multifactorielle.

Il referma le dossier, croisa sur la pochette colorée ses deux avant-bras et regarda Vladimir dans les yeux, comme au moment d'attaquer un morceau important de la conversation :

— Avez-vous l'impression d'avoir sans le vouloir poussé votre femme à boire ?

— Non, pas du tout.

— Acceptez-vous l'idée qu'au retour de votre femme, après cette cure, vous l'aiderez en ne buvant plus du tout vous-même ?

— Non.

— Vous ne souhaitez pas changer vos habitudes ?

— Non et je n'en serais pas capable. Je ne goûte pas un repas sans vin. Je ne comprendrais pas d'être obligé de me priver à cause de Nina. Ma femme a beaucoup de volonté. Si elle veut ne pas boire en face de moi, quoi que je fasse, elle y parviendra.

— Je crois que vous n'avez pas compris monsieur Korol. L'alcoolisme est une maladie. Votre femme ne manque pas de volonté, elle est malade.

Vladimir resta silencieux, comme prostré, ou bien sonné par le verdict.

— Avez-vous une idée des raisons qui ont pu pousser votre femme vers l'alcool ? demanda le médecin.

— Non, mis à part le vide qu'a créé le départ de nos fils, je ne vois aucune raison. Nous sommes très heureux, dit Vladimir Korol en regardant à son tour le médecin dans les yeux, presque comme s'il le menaçait.

Et il le menaçait bel et bien de le croire et de ne plus poser de questions. C'était vital. Ce regard voulait dire : Maintenant c'est assez ! N'allez pas plus loin ! Le médecin poursuivit cependant dans sa problématique. Les mots servent aussi à mentir, à se mentir à soi-même, à éluder. La pratique était courante : l'alcoolisme se nourrissait de ce déni.

— Vous sentez-vous responsable de quelque chose envers elle ?

— Je me sens responsable d'elle. J'ai promis il y a trente ans de la chérir et de la protéger. Je le ferai jusqu'à ma mort.

C'était là un engagement à quoi Vladimir et le sens de sa vie étaient agrippés.

— Mais vous ne vous sentez pas prêt à changer vos habitudes pour elle ? demanda le médecin.

Cela faisait un grand écart entre les paroles et les actes.

— Si ! Mais ne plus prendre un verre le soir, ça non, dit Vladimir.

— Je parlais justement de cette habitude-là. Êtes-vous dépendant de l'alcool monsieur Korol ?

— Je ne crois pas. Et en tout cas je ne suis jamais ivre, alors quelle importance ?

— Vous reconnaissez-vous dans l'expression *buveur excessif* ?

— Absolument pas. Pourquoi me demandez-vous cela ?

— Parvenez-vous à parler avec votre femme de ses problèmes avec l'alcool ?

— Non. Nina crie dès que je lui parle. C'est affreux.

— Vous m'avez dit que vous étiez heureux.

— Oui, parce que je l'aime.

C'était là toute l'idée de Vladimir Korol. Depuis qu'elle avait quinze ans, Nina avait eu dans sa vie cet amour, qui devait en somme lui suffire, dont elle devait être heureuse. Vladimir n'avait jamais songé qu'il était peut-être seul heureux de l'aimer. Car aimer est une action, un accomplissement.

— Dialoguez-vous librement avec votre femme ?
— De plus en plus difficilement.
— Votre femme se dit prête à un entretien avec un psychiatre, moi par exemple, et vous.
— Si elle y tient, je m'y plierai.
— Mais l'idée ne vous enchante pas ?
— On peut dire les choses comme ça.

L'entretien du couple avec le psychiatre fut une épreuve pour Vladimir et un triomphe étrange pour Nina qui s'abandonna à un déchaînement contre son mari. Une femme aimée d'un amour qui l'avait enfermée frappait de toute sa force inutilisée sur celui qui, en l'aimant, lui avait coupé les ailes. Elle s'expliquait devant témoin : Vladimir l'avait prise très jeune. Il l'avait dominée, possédée, façonnée. Elle se sentait désormais sous l'emprise de cet homme qui l'avait dépossédée de sa vie. Elle était sa chose étouffée. Il avait d'ailleurs d'immenses besoins sexuels qui l'épuisaient. (Vladimir avait rougi violemment lorsqu'il avait entendu ces mots.) Il avait contrecarré chacune de ses émancipations. Il voulait sa femme dans la cuisine, prête à servir le dîner chaud à dix-neuf heures trente. Dès qu'elle sortait, il exigeait qu'elle fût rentrée à cette heure ! Il lui avait volé sa place de mère, en adorant ses fils et en lui laissant à elle la tâche d'être exigeante et sévère. Il n'avait jamais cessé de contrôler son travail de mère… Pendant que Nina s'échauffait à dresser la liste de ses préjudices, Vladimir, sans voix, se mit à pleurer. Cette femme dont il avait voulu faire le bonheur, la privant des occasions de le faire elle-même, causait soudain la ruine de sa vie. Il n'écoutait pas ce qu'elle lui disait. Il pensait qu'elle avait perdu la tête. Cette institution était nuisible qui se mêlait de choses qui ne la regardaient pas. Vladimir pensait qu'il faudrait désormais rester entre soi et soi.

Après le retour à Châteaudun d'une Nina sevrée et pleine d'elle-même, Serge et Marianne eurent droit à tout un cours : la dépendance est une maladie chronique pour laquelle il n'existe aucune guérison définitive connue. L'alcool est un produit psychotrope. Si l'alcoolique recommence à consommer, le produit aura aussitôt prise sur sa vie. À l'issue de la cure, il faut ne plus boire une goutte d'alcool. Le cerveau reconnaîtrait instantanément la substance et puisqu'il s'est mis à l'utiliser comme *neurotransmetteur*, en redemanderait aussitôt. C'est le mécanisme de la dépendance, expliquait Nina qui maîtrisait les termes techniques. Dans sa tête, elle était devenue médecin alcoologue ! Fière d'elle-même, elle racontait les choses qu'elle avait apprises. Il y avait aussi la liste des dommages que causait l'abus de boisson. Lésions au foie, à l'œsophage, à l'estomac, au cerveau. Troubles neurovégétatifs. Nina caracolait à côté de la mort qu'elle avait frôlée, soudain fière de sa santé. Et pour finir bien sûr, venait le secret de la déresponsabilisation : le facteur génétique.

— L'alcoolisme est une maladie génétique, affirma Nina dans une extase qui ruissela sur Marianne en la faisant frémir comme une douche glacée.

Vladimir écoutait, soumis, abasourdi, malheureux. Le spectacle de cette grosse femme aux cheveux jaunes, avec ses dents gâtées et sa peau desquamée, ravageait plus que son cœur : il détruisait dans son âme souvenante, encore pleine de la petite Javorsky et de son tambourin, l'image originelle de la rencontre. Vladimir résistait à l'abattement, souriait tristement à Marianne. Tu es une gentille belle-fille, lui avait-il dit un soir qu'elle écoutait encore les divagations de Nina. Marianne était la plus présente des enfants. Ni Jean, ni Serge, ni Natacha ne témoignaient à Nina autant de sollicitude. Mais à l'instant où Nina s'abrita dans la génétique, Marianne sentit une colère la saisir.

— L'alcoolisme est une maladie génétique, répétait Nina.

Vladimir regardait par la fenêtre, évadé. Où était Serge ? Nul n'aurait pu le dire, certes assis à table, mais mutique, et sourd : anesthésié. Il aurait pu bondir du verdict médical, mais non, il resta silencieux, et ce fut sa femme qui laissa s'exprimer son émoi.

— La dépendance est une programmation génétique. L'organisme est plus ou moins sensible à l'absorption. Le mécanisme s'enclenche chez certains plus facilement que chez d'autres, expliquait Nina.

Ayant appris cette leçon dans une sorte de brouillard bienheureux, Nina ne mesurait pas ce qu'elle annonçait à sa descendance.

— Permettez-moi de penser que ce n'est pas une bonne nouvelle, dit soudain Marianne, avec une sécheresse qu'elle ne pouvait contenir.

Au-dedans, elle était folle de rage. Le comportement triomphant de sa belle-mère lui devenait insupportable. Et l'apathie silencieuse des deux hommes ne valait pas mieux ! Cette femme ivre, qui emmerdait toute sa famille, clamait qu'elle n'était pour rien dans son état et qu'elle avait un gène, c'est-à-dire quelque chose qu'elle pouvait transmettre et qui irait peut-être empoisonner la vie de ses enfants et petits-enfants. Et personne ne réalisait donc ce qu'elle avançait ?

— Je ne fais que répéter ce que les médecins m'ont dit, répondit Nina à sa belle-fille.

On aurait dit qu'elle jouissait du fait que les mots ne pouvaient rien contre la réalité. Tiens ma petite ! Prends une grand-mère alcoolique pour tes enfants !

— Avant la dépendance, il y a un commencement, fit remarquer Marianne. On ne devient pas alcoolique sans boire. Et pourquoi boit-on ? Pourquoi boit-on en si grande quantité que l'on affecte le fonctionnement de son cerveau ?

Elle avait envie d'être sincère. Elle voulait restaurer une place au libre arbitre et à la volonté et souligner ce qu'elle croyait : qu'il y avait eu au départ chez Nina une faiblesse de caractère. Ou une maladie de l'âme, pensa-t-elle, se corrigeant, par souci d'être plus proche de la vérité que de la sévérité.

— Je veux dire qu'au début vous avez choisi de boire, dit Marianne à Nina.

Comment se résoudre à imaginer que cela aussi était génétique ? L'idée était trop difficile.

— L'alcoolisme est insidieux, répondit Nina sans se démonter. On boit sans même se rendre compte qu'on plonge. Ce n'est pas un choix.

Répéter comme un perroquet avait donné à Nina un aplomb que Marianne jugeait intolérable. Quoi ! elle se laissait aller à devenir une ivrogne incapable de rien pour sa famille et elle était contente d'elle-même !

— La société pousse à boire, intervint Serge. Regarde comme pour fêter un heureux événement on débouche une bouteille, dit-il à sa femme. L'alcool est associé à la fête. Pas à la maladie ! C'est ça le problème.

Voilà de quelle manière le jeune normalien avait jeté l'objet brûlant au-dehors. Sa famille, sa mère et lui-même n'y étaient pour rien : la société poussait à boire.

— Je n'ai pas envie de passer la nuit ici, chuchota Marianne lorsqu'ils furent sortis de table. Rentrons à Paris ce soir s'il te plaît.

— Il me plaît, concéda Serge, qui n'était pas sans éprouver le poids que pesaient ce soir-là ses parents.

Dans la voiture qui roulait phares allumés sur la route nationale déserte, la conversation comme un Culbuto revenait sur la question centrale de cette soirée : comment Nina Korol, aimée, choyée dans une vie confortable, était-elle devenue cette alcoolique qui gâchait la vie de son mari et de ses enfants ?

— Ta mère manque de volonté, disait Marianne.

Serge était à la fois plus flou et plus fataliste. À la manière de son père, il s'accrochait au traumatisme du nid vide qui faisait de la maladie un phénomène récent dans la vie de Nina.

— Elle a bu quand Jean et moi avons quitté la maison, disait-il.

— Ton père m'a dit qu'elle buvait déjà au Maroc.

— Et alors ? Qu'en déduis-tu ?

Excédé, Serge poussait sa femme à s'exprimer, à proférer ce qu'il appelait *des horreurs*, de sorte que sans se demander si elle avait raison, il pourrait la culpabiliser. Tu entends ce que tu dis de ma mère ?! Serge aurait toujours cette étrange sensibilité : il supporterait mieux la réalité que l'expression de la réalité. Les mots vrais le faisaient hurler.

— J'en déduis que ta mère a un *caractère* d'alcoolique, dit Marianne.

Elle éprouvait à ce moment une rancœur contre Nina et une colère contre Serge.

— Ma mère est alcoolique oui, répondit Serge avec froideur et comme s'il répétait méchamment une méchante évidence.

Cela voulait dire : *Tu ne m'apprends rien, je sais déjà ce que tu me dis et c'est une saloperie.* Marianne ne pouvait rien savoir mieux que lui, et surtout quand il s'agissait de sa propre mère.

Affirmer donnait à Serge l'impression de reprendre le dessus et de tourner vers l'autre un miroir dans lequel constater l'offense dont il s'était rendu coupable. Répéter, c'était se métamorphoser en victime et démasquer le bourreau à lui-même.

— Mais je refuse d'entendre que boire est génétique ! dit Marianne.

— Je comprends que ça t'ennuie.

Que comprenait-il ? Il ne le savait pas. Il ne voulait pas penser cette question avec précision.

— Et cela devrait t'ennuyer aussi, insista Marianne.

— Je l'accepte, dit Serge drapé dans un calme superficiel. Que veux-tu que je fasse d'autre ? Aujourd'hui nous sommes dans le tout génétique. J'ai compris que je n'aurai jamais un rapport normal à l'alcool. Je craindrai de devenir alcoolique comme ma mère et mon grand-père.

— Tu ne vois pas que c'est une manière pour les médecins de s'emparer de ce domaine ? La conséquence est une déresponsabilisation des gens. Mais c'est une fiction ! L'alcoolisme est une maladie depuis que la médecine l'a décrété, conclut Marianne avec conviction.

— Pourrions-nous parler d'autre chose ? demanda Serge avec vigueur.

Non seulement Serge Korol n'aurait pas un rapport normal à la boisson, mais il détesterait parler de la maladie de sa mère. Surtout avec sa femme. L'alcool et Nina étaient deux pierres supplémentaires dans le jardin de l'harmonie conjugale.

— Bien sûr, dit Marianne.

Elle s'interrompit, conciliante, comprenant le malaise, puis, pensant à quelque chose, ne put s'empêcher de reprendre :

— Mais tu sais, ça détruit tellement de choses que j'ai besoin de…

— Peux-tu t'arrêter maintenant ! s'emporta Serge.

La colère dictait cette supplique. Serge souffrait. Il était sur des charbons ardents. Le malheur de sa mère n'était pas un sujet de conversation ! Si Marianne ne comprenait pas cela…

Marianne connaissait cette réticence mais devait à tout prix dire ce qu'elle avait sur le cœur. Elle souffrait d'une autre manière. Elle ne pouvait se taire.

— Ta mère est velléitaire. Elle rêve de choses pour lesquelles elle ne fait rien. C'est la raison pour laquelle elle boit.

Voilà le genre de propos que la jeune mariée eût mieux fait de garder pour elle : qui n'apportait rien et qui faisait du mal.

— Tu es dure, répondit Serge à Marianne. Tu ne pardonnes aucune faiblesse à personne. Et tu aimes la force !

Le reproche porta.

— Vraiment ? fit Marianne mordue.

— Oui. Tu es exigeante. Tu qualifies. Tu n'es pas indulgente.

— Toi aussi, regarde, tu me qualifies ! Alors que j'ai de la compassion et de l'empathie pour la souffrance des autres.

— Je sais ! Mais tu es tellement volontaire que tu ne comprends pas que l'on soit incapable de faire un effort.

— Je ne suis pas dure, dit Marianne, j'en veux à ta mère de ce qu'elle gâche.

— Elle ne fait pas exprès.

— Elle n'a pas de vraie raison de boire. Pourquoi le fait-elle ?

— Que sais-tu de ses raisons ? Elle-même ne les connaît pas. C'est tout le travail qu'elle devra faire avec le thérapeute.

— Et elle ne le fera pas…

— C'est fou comme tu es méchante. On dirait que son malheur te fait plaisir.

— Et toi on dirait qu'il ne te fait rien.

Tu n'es pas gentille. C'était la même phrase qu'elle entendait autrefois. Ou encore : Fais ce que je te dis. Et surtout : *Sois gentille avec ta mère*. Henri suppliait. C'était d'obéir qu'il parlait. Il fallait faire ce que voulait *maman* ! Comme Marianne avait été malheureuse de ces réprimandes, de cette sévérité, des colères que piquait Brune quand sa fille aînée avait fait quelque chose qui lui déplaisait. Comme Marianne aurait voulu éviter ces cris, ces gifles, et l'humiliation des réconciliations qui n'étaient que les rampements d'une petite fille en demande d'amour. Elle était encore cette petite fille qui ferait n'importe quoi pour plaire à sa mère : à son mari. Serge s'était substitué à Brune. Marianne avait une disposition enfantine à lui céder. Campé sur la faille affective de son épouse, Serge commandait. Il ne s'obligeait à aucun retour sur lui-même. Jamais il ne considérait les situations que Marianne avait à vivre à cause de lui. Tu es dure, c'était bien ce qu'il pensait d'elle. Il ne se disait pas : une belle-mère alcoolique est une découverte pénible. Il ne se mettait pas à la place de Marianne. Sans jamais quitter son propre point de vue, il obtenait le meilleur pour lui-même. C'était à Marianne de vivre avec lui et d'en accepter les répercussions ou les embarras. D'ailleurs elle le fit, avec assez de talent pour être heureuse.

4

Dès lors que Marianne eut renoncé à ses revendications, justifiées ou non, le duel se mua en duo. Au prologue batailleur qu'avait constitué le début de la vie commune, succéda un déploiement harmonieux des sentiments et des jours. Le couple s'installa dans un appartement plus spacieux. L'essentiel tient parfois à des détails matériels. Ils ne se marchaient plus sur les pieds. Ils ne s'entendaient plus respirer à chaque seconde. Serge pouvait vivre la nuit pendant que Marianne dormait. L'apothéose du bonheur matrimonial se révélait, surgissant de l'effort comme le soleil après l'ondée ! L'attelage avait huilé ses rouages. Chacun s'était accoutumé à la présence de l'autre. Chacun avait pris les mesures de l'union : ce qu'il fallait accepter, ce qu'on pouvait demander, le meilleur à recevoir. L'art de s'accompagner sans peser avait atteint une première maturité. Serge et Marianne s'étaient mis au diapason l'un de l'autre. L'attachement étendait ses ramilles. Le tissu commun était sur le métier de la vie. Mari et femme s'étaient éprouvés et connus. Les Korol voguaient. Alentour les naufrages des autres rendaient plus précieux l'enchantement qu'ils avaient de leur navigation.

Marianne avait rangé ses reproches qui ne servaient à rien. Les frottements qu'engendrent la vie domestique et la quotidienneté étaient oubliés. Matée mais l'ignorant, Marianne avait pris en charge l'intégralité de l'intendance. Grâce à quoi les choses étaient faites comme elle le voulait et Serge s'en trouvait allégé. Il demeurait inchangé, ravi de planer tranquille dans le ciel de ses idées, suspendu hors des tracas de l'existence matérielle, plus librement semblable à lui-même puisqu'il était aimé. Il n'avait pas exaucé sa femme : elle s'était exhaussée pour lui. Contaminée par l'essaim des louangeurs talentueux qui accompagnait Serge, Marianne était persuadée que ce phénix ne pouvait aimer qu'une fille exceptionnelle. À elle de l'être ! L'arrangement profitait à tous les deux : Serge était gâté, Marianne était fière de s'améliorer. Une plénitude conjugale leur fut donnée, mais qui reposait sur une dissymétrie des apports. Marianne misait davantage sur l'alliance que ne le faisait Serge.

Dans la paix domestique, le ruban de la vie se mit à défiler comme autrefois à l'intérieur de la cabine du projectionniste une bobine de cinéma. Projet de fin d'études aux Beaux-Arts, soutenance de thèse, premier poste à l'université, premier dessin vendu à une maison de couture : la vie se déploie comme une fleur de papier. Marianne Villette travaillait dans l'ombre à ouvrir quelques-unes des multiples portes de la création artistique. N'ayant jamais fait ce qu'elle voulait sans subir commentaires et commandements, s'était développé en elle le goût de l'aventure intérieure qui est le cœur de toute œuvre. Le besoin d'expression était intarissable. Marianne produisit. Vendre lui fut une victoire. De son côté, Serge lui non plus ne chômait pas. Plexus multipliait les contacts, signant avec succès contrats et projets. La réussite du jeune Serge

Korol était si fantastique qu'on en parlait beaucoup. Sa photographie paraissait dans la presse d'entreprise, accompagnée d'entretiens avec ce normalien entrepreneur et de commentaires élogieux sur la jeune société. Serge rayonnait. Le succès était un destin qui lui allait bien. Il n'en demandait pas moins et pas plus à la vie. Marianne souriait parfois de l'enfant qu'il était.

Bref, ils étaient doués, actifs et récompensés. Et chose remarquable, donnée à peu de couples, aucun des deux dans le succès ne supplantait ni n'écrasait l'autre. Le rythme entre eux était trouvé : une tonalité dynamique axée sur la création. Ils s'étaient par ailleurs émancipés. Cela voulait dire que leur couple devenait une entité vivante et séparée. Les sagas de l'entourage familial étaient digérées : rebuffades de Brune, apathie de Nina, maladresses de Vladimir, faiblesse tendre d'Henri, éclipse de Jean, indifférence de Natacha, et Noëlle qui n'était pas encore entrée dans sa propre vie, formaient un décor en place et assimilé. Serge et Marianne ne manquaient pas d'en parler. Ils étaient d'accord sur tout : aider Nina, lui trouver une occupation, canaliser Brune, ne pas se laisser décapiter ! Les figures tutélaires, tyranniques ou branlantes, reculèrent devant le déploiement du jeune couple. Un agréable bonheur sembla durablement installé, preuve s'il en faut qu'il n'est pas donné mais conquis.

— Et si nous avions un enfant ? proposa à ce moment Marianne.

Elle avait une idée de la vie comme une cathédrale qui s'élabore dans le tissu des jours avec une maîtrise d'artisan. Ayant choisi la forme de son existence, elle désira l'étendre.

— Tu crois ? répondit Serge à cette importante proposition.

Il n'était sûr d'aucun désir. Il n'élaborait pas la vie dans sa globalité et sa durée. Il vivait le présent. Le présent c'était son métier et sa réussite. Dans le simple confort d'une journée Serge Korol trouvait un rassurement. Il suffisait que le déroulé du jour lui plût et la vie alors lui plaisait. Quelle vie ? Il ne se posait pas la question. Il faisait partie de ces gens qui veulent avant tout qu'on leur fiche la paix. Surtout pas d'histoires, pas de plaintes ou récriminations, pas de conflit ! Pas de tension vers ! Il n'avait aucun autre programme. De ce point de vue Serge était moins exigeant que sa femme. Marianne embrassait la trajectoire complète. Elle voulait mourir sans regrets : s'être bien comportée, n'être pas passée à côté de quelque chose, n'avoir pas privilégié la frivolité plutôt que la profondeur, et toujours avoir tenu un fil signifiant. Pas de vanités ! Le confort était un petit critère. Tout se passait en elle comme si la perspective de l'issue obligeait à la perfection. Marianne Villette entendait être une réponse sensée à sa propre mort, la défier par la qualité de sa vie.

— Je me place au jour de ma mort pour évaluer ce que je pense entreprendre aujourd'hui, disait Marianne.

Les deux époux différaient l'un de l'autre ! La nonchalance fataliste de Serge se fatiguerait-elle un jour de l'exigence vibrionnante de sa femme ? Elle demandait beaucoup plus que lui à la vie. Elle n'avait pas de limite en matière de conquête intérieure.

— Je veux tout, disait-elle.

Ce qui voulait dire : un corps épanoui, un amour solide, une famille, un métier, une œuvre. Et pour l'instant, à vingt-huit ans, elle voulait un enfant avec Serge. Elle lui proposait ce truc énorme, pensait-il, une modification radicale de la vie, l'engagement de toute son existence dans la responsabilité. Tu crois ! s'effarait Serge. Il avait moins faim qu'elle. Il avait prévu d'être un original, pas un père de famille.

— Je ne crois pas, je suis sûre, répondit la jeune femme.

Et cela sembla à Serge un nouvel ultimatum.

Il faut un courage qui est devenu rare pour vivre sa vie sans procréer. Marianne ne l'avait pas. Elle n'imaginait pas une vie sans enfant, ni une famille comportant moins d'enfants que de parents.

— Tu ne regardes jamais les enfants des autres, lui fit remarquer Serge.

— *Les enfants* et *mes enfants* ça ne se compare pas.

— Je ne sais pas si tu seras une bonne mère ! plaisanta Serge.

C'était un doute qu'il avait à ce moment.

— Qu'appelles-tu une bonne mère ? demanda Marianne.

Blessée, elle détestait l'idée d'avoir suscité cette remarque. Serge était-il sincère ou bien disait-il ce qui lui passait par la tête ?

— Freud dit qu'il n'y a que des mauvais parents, répéta-t-il, bien qu'il n'eût jamais lu Freud.

— Nous ne serons pas pires que les autres, conclut la future mère.

Un mois plus tard Marianne était enceinte. À l'échographie, le médecin lui apprit qu'elle attendait une petite fille. Elle avait ce qu'elle voulait.

Une seconde fois dans leur histoire, les choses s'étaient faites sans Serge : Marianne avait voulu et il avait suivi. Fallait-il que le désir vînt par elle ? Elle était capable d'exprimer ce qu'elle demandait à la vie tandis qu'il ne s'en donnait pas la peine. Portée par son aspiration, Marianne ne prit pas garde à Serge qui en était dépourvu. Le forçait-elle ? Il avait été un candidat réticent au mariage, elle l'avait engagé à se lancer dans cette affaire qui ne lui disait rien. Et maintenant il n'était pas plus convaincu par l'idée de procréer. Au contraire, il pensait que faire des enfants c'était faire comme tout le monde et qu'il n'aimait pas ça. Son envie de singularité l'empêchait d'élaborer une vie familiale. Marianne le faisait donc pour lui. Partie prenante, elle ne pouvait supporter les conséquences d'un mari inerte ! Un partage des tâches se mettait en place : Serge s'occupait de son destin professionnel tandis qu'il laissait à Marianne le soin de lui construire une vie personnelle. En somme, sans se soucier d'autre chose, il s'appliquait toujours à *bien travailler à l'école*, comme le lui demandaient autrefois ses parents. Serge continuait sur cette lancée : sa réussite professionnelle (comme avoir de bonnes notes) était son seul objectif. Marianne avait remplacé Nina. Elle dirigeait la maison et distribuait le soir les encouragements et les félicitations : que de belles idées avait eues son mari ! Serge rapportait des affaires signées, des histoires de clients, des idées de produits, des espoirs de réussite, des inquiétudes. Tout son être était investi dans cette quête. Dirigeait-il sa vie ? La seule chose qu'il dirigeait, c'était Plexus. La société le mobilisait tout entier. Il ne pensait qu'à son développement et sa valeur. Plexus était la source d'un projet de vie idyllique et flou : un jour il la vendrait et serait millionnaire. Il n'aurait plus besoin de travailler. Et que ferait-il alors ? lui demandait Marianne perplexe. Rien ! disait-il en s'amusant. Tu ne serais pas heureux, disait

Marianne, sérieuse. Je deviendrai écrivain, j'ai toujours voulu le devenir, disait Serge. Le fantasme s'érigeait en programme. Il était ébouriffant ! Marianne le mit sur un piédestal. Son génie, son sens des affaires, sa fortune à venir, son talent d'auteur, ne faisaient pas l'ombre d'un doute. Elle croyait en lui. Elle avait épousé un type à part ! Elle en était aussi ravie qu'effrayée : fière d'être l'élue de ce cœur exigeant, inquiète d'être à la hauteur de cette chance. Comment le garder ?! Serge cesserait-il de l'aimer si elle ne faisait pas de sa vie quelque chose d'intéressant ? Elle en était persuadée. Il ne suffisait pas d'exister. On avait plus de devoirs que de droits. Serge mettait sa femme au défi. Il vantait sans arrêt les mérites des uns ou des autres, s'extasiant, admirant, réclamant l'exceptionnel autour de lui. Il ne fallait pas être moins, pensait Marianne. Tu es parfaite, lui disait Serge. Quelle femme adorait-il ? Celle qu'elle était ou bien celle qu'il imaginait posséder. Dans le doute, Marianne se mettait en devoir de devenir cette perfection.

Le stylisme fut la voie de l'accomplissement. Marianne dessina comme une forcenée, bataillant pour libérer le temps de cette création qui, à défaut d'immédiate réussite, devenait une récréation ou une folie. Livrée aux remous d'une humeur heureuse ou mélancolique, aux déceptions qu'avivaient l'attente ou l'absence de réponse quand elle envoyait un croquis, la création était solitaire. Serge ne portait qu'une attention distraite à cette activité à la fois vitale, secondaire et bientôt envahissante. Marianne envoie des candidatures spontanées et des dessins de sacs à main ! plaisantait-il auprès de leurs amis. Serge souriait à sa femme. Un encouragement sporadique côtoyait la critique larvée du dominateur. Ma petite chérie tu t'y prends mal ! Quand tu voudras demander un service à quelqu'un… Serge se montrait parfois plus précis :

— Appelle Marc et dis-lui : fais-moi embaucher chez Dior. Il sera content de t'aider je t'assure, finissait-il.

— Tu n'aimes même pas ce que je fais, répliquait Marianne.

Elle aurait pu carrément dire : Tu ne regardes même pas ! Serge pensait avant tout à ses propres affaires. Il avait un peu de mépris, teinté d'incompétence, devant les croquis de sa femme. Qu'elle s'amuse ! Qu'elle gagne dix centimes ! Il se moquait d'elle sans méchanceté. À sa manière, que l'on pourrait qualifier d'utilitariste, il l'aimait pourtant. Elle lui servait bien, elle le servait bien. Maîtresse de maison qui ne demandait rien, professeur dont le salaire tombait tous les mois, jolie, sportive, elle était une compagne flatteuse au-dehors et efficace au-dedans. Serge avait tout ce qu'il voulait. Parfois il revenait aux reproches et conseils : Tu as téléphoné à Marc ? La sentence claquait : Ne me dis plus que tu es triste de ne pas travailler dans la mode ! Et il retournait s'occuper de ses affaires.

Pour l'instant, le jeune patron défendait son entreprise contre les aléas économiques. La crise du Golfe avait causé la faillite des investisseurs qu'il avait autrefois prospectés. Par ricochet, expliquait-il à Marianne. Ces échecs l'avaient touché. Prudent et calculateur, il se rémunérait selon le niveau de trésorerie de Plexus et les besoins de son ménage. Les finances familiales passaient après celles de la société anonyme. Si Marianne avait de l'argent, Serge ne s'en versait pas. En somme je fais gagner de l'argent à Plexus, résumait

Marianne. Tu lui en fais économiser, rectifiait Serge. Marianne eut tout loisir de constater que le double rôle de son mari, à la fois patron et salarié, revêtait pour elle quelque complexité. Serge avait de surcroît l'obsession de l'impôt : tout faire, y compris ne pas prendre son salaire, pour en payer le moins possible. L'État était un goinfre qu'il fallait sevrer. L'épargne devint entrepreneuriale plutôt que familiale.

— Tu laisses tout ce que tu gagnes dans Plexus ! se plaignait parfois Marianne. Elle aurait voulu qu'ils achètent un appartement au lieu, disait-elle, de perdre tous les mois un loyer. Il fallait un apport financier que la logique économique de Serge les empêchait de constituer.

— Tu manques de quelque chose ? répondait automatiquement Serge, mécontent.

— De rien, mais…

— Alors ne te plains pas ! l'interrompait-il.

En matière de finance, Serge était plus actionnaire que père de famille. Seules lui importaient la sécurité et la survie de Plexus. Ce comportement révélait un fonctionnement intérieur : Plexus, c'était la réussite visible (sociale et économique), c'était l'intelligence de Serge matérialisée sur un marché, c'était la preuve. Dans une recherche de visibilité, Serge sans y penser, proclamant souvent le contraire, prodiguait moins de soin à sa femme qu'à son entreprise. Mieux valait l'avoir pour fournisseur que pour amant. Soucieux de sa renommée, il se surpassait pour satisfaire ses clients, tandis qu'il réclamait à Marianne l'efficacité, l'aide et l'affection qu'il ne pouvait lui donner, précisément parce qu'il les offrait à ceux qui ne le connaissaient pas mais parleraient bientôt dans le monde des services qu'il leur avait rendus.

L'application et la bonne volonté que Brune Villette avait semées dans le caractère de sa fille firent de Marianne la proie idéale pour ce fonctionnement familial inéquitable. Avec une inconscience épatante, la jeune épouse se dépensait pour Serge. Et lui que donnait-il ? Ses compliments, les récits de ses exploits créatifs, son désir d'amant, et sa sollicitude distraite : beaucoup de commentaires et de conseils. Serge Korol, qui aspirait à être aussi parfait que ses parents l'avaient imaginé, aimait donner des leçons. Il jugeait de tout, confondait souvent ce qui était avec ce qu'il voulait, parlait beaucoup, agissait peu, et ne se rendait pas compte de ce que, à sa place, sa femme faisait pour lui.

Ils formaient donc un couple à l'ancienne : Serge avait une vie professionnelle cruciale, Marianne menait une activité confidentielle dans les interstices que lui laissaient ses cours et l'intendance de la vie. Les journées étaient pleines. Que fais-tu ? demandait Serge le soir lorsqu'il allumait le poste de télévision. Je repasse, je dessine, je range la cuisine… Serge avait toujours un rendez-vous important avec un client, un séminaire qui finirait tard, un dîner professionnel : impossible de compter sur la moindre participation de sa part aux affaires domestiques. Il cultivait avec ironie, humour et contentement un art de ne rien savoir faire : le bricolage, les courses, la cuisine, les papiers administratifs, lui figuraient d'obscures corvées auxquelles il ne comprenait rien. Rien de tout cela n'existait. Il n'en aurait pas supporté le poids. Parler des idées qu'on a était pour lui la seule manière de vie.

— Embauche une cuisinière, disait-il à Marianne quand elle se plaignait d'en avoir *marre de la bouffe*.

— Tu sais combien ça coûte ? lui répliquait sa femme.

— Non.

— Cher !

— Tu trouves que je ne gagne pas assez d'argent ? demandait Serge, piqué au vif.

— Pas assez pour avoir une cuisinière, disait Marianne placidement.

— Tu en voudrais une ?

— Non ! Je n'aimerais pas avoir quelqu'un chez moi jusqu'au dîner.

— Tu vois ! Tu refuses toutes mes solutions de remplacement. Alors cesse de me demander de t'aider.

Marianne perdait toujours ! De Serge, elle acceptait tout. Tout pourvu qu'elle le gardât. Mais, captive, elle ne le savait pas. Serge ! Qui n'aimait pas ce garçon ? L'engouement des autres venait la convaincre. Elle était la première victime du charme qu'il exerçait sur le monde. Pétillant. Entreprenant. Vif. Créatif. Serviable ! Il avait tellement de qualités qu'on lui prêtait aussi celles qu'il n'avait pas. Qui serait Marianne sans lui ? Il était devenu cette partie d'elle à quoi elle tenait le plus : la seule qui ne lui appartenait pas, la seule qu'elle pouvait perdre. Il fallait être parfaite. Mériter ce mari ! Serge n'aimerait pas longtemps une femme ordinaire. À la moindre dispute, Marianne se mettait en cause, sévère avec elle-même : elle n'arrivait pas à la cheville de Serge et lui faisait des reproches pour des broutilles. Je suis tellement moins intelligente que lui ! Que je suis mesquine ! Descendre la poubelle ou aller au Monoprix, est-ce que Serge n'avait pas autre chose à faire ? Est-ce que l'on demandait ça à un homme comme lui ?

— Mais il faut bien que quelqu'un y aille, remarquait parfois Marianne.

— Pourquoi ? demandait Serge, passé maître en mauvaise rhétorique.

Le murmure de sa femme mourait dans un étonnement révolté. La suite était binaire. Ou bien Marianne abandonnait la discussion ou bien c'était la scène de ménage. Serge ne voulait pas entendre *ces conneries*. Il n'avait pas le temps pour ça ! Et parfois, devant l'évidence qu'il fallait bien que quelqu'un fît les corvées, il disait une nouvelle fois : Je te paie quelqu'un. Le restaurant, la femme de ménage, la secrétaire, seraient toujours les recours d'un homme que toutes les tâches réelles rebutaient. Dans son métier, il s'orientait vers le conseil plutôt que la production ou la réalisation. Pente naturelle : Serge préférait parler de ce qu'il fallait faire plutôt qu'avoir à le faire. Il avait les mains dans les poches mais pas la langue dans sa poche. Parler, être au-dehors, au-dessus, être écouté, ne pas être contrarié. Le meilleur moyen était de ne pas s'investir dans les choses elles-mêmes.

— Je te paie quelqu'un pour le faire.

— Pour faire quoi ? demandait Marianne.

— Ce que tu veux ! Les courses, le ménage, la lessive, la cuisine.

Serge tombait dans une rêverie : la vie sans contrainte matérielle.

— Plus personne n'a de domestiques. C'est une folie.

— Tu es butée.

— Je suis réaliste, plaidait Marianne.

— Tu veux juste me martyriser ! s'exclamait Serge. Pourquoi tiens-tu absolument à ce que je te rende service moi-même ?

— Parce que c'est plus simple, disait Marianne.

— Pourquoi plus simple ?

— Parce que tu es là !
— Je ne comprends pas ton raisonnement.
Lorsque c'était utile, Serge faisait l'imbécile.

Marianne cessa de discuter avec Serge de ce qui le fâchait. Il fallait se rendre à l'évidence : elle ne le changerait pas. Une dialectique conjugale du maître et de l'esclave s'instaura : active, Marianne acquérait la maîtrise et connaissait le plaisir de l'accomplissement tandis que Serge s'attachait à avoir des idées plutôt qu'à les réaliser. Il était dans la conception. La réalisation le lassait si vite qu'il ne s'y lançait plus. Marianne le tenait pour un rêveur plein de charme. Elle n'attendait plus de lui le moindre pragmatisme, s'étant fait une raison : il était incapable d'agir mais il avait de l'imagination ! Elle oubliait même qu'elle en avait aussi.

Angélique naquit dans l'hiver, nouveau-né aux yeux sombres qui regardaient sans tressaillir ses parents et le monde apparu. Un grand froid serrait Paris dans une raideur blanche. Marianne emmitouflait sa fille au creux de couvertures douces. Elle qui avait attendu la maternité en craignant d'y perdre sa vie, en précisa la nature et le tracé : un équilibre entre la chair et l'esprit, un repositionnement de soi dans une lignée, un balancement harmonisé entre penser à soi et tenir compte de l'autre. Jamais autant qu'à ce moment Marianne n'eut l'intuition juste du mélange de solitude et de dépendance qui est le lot partagé. L'enfant n'appartenait pas à sa mère. La mère ne façonnerait pas l'enfant. Il faisait partie de sa vie sans l'être toute. Et chacun mourrait seul. Le père, la mère, les enfants, et les enfants des enfants, tour à tour, le moment venu, feraient l'expérience de l'ultime solitude du dénouement qui les engloutit. Mais plus rien n'attristait Marianne. Du jour où elle fut mère, elle sentit une félicité qui fracassait toute mélancolie. Cet accomplissement accrut l'écart entre les époux : l'esclave s'envolait dans une allégresse active, le maître bataillait dans l'égoïsme. Serge et Marianne étaient mariés depuis sept ans.

— C'est le cap des sept ans, disait Serge quand passait une dispute.

Il aimait les recettes, les théories, les anecdotes.

Quand Angélique eut trois ans, Marianne proposa à Serge d'avoir un autre enfant.

— Tu es sûre ? demanda-t-il à nouveau.

— Oui, dit-elle, je ne veux pas qu'Angélique soit fille unique.

— Elle est si belle, si maligne, qui dit que nous n'allons pas gâcher ce succès ?

Il avait peur. Incroyable ! pensa Marianne stupéfaite. Elle fut téméraire et solide pour deux :

— Nous n'allons rien gâcher du tout.

Nicolas naquit en automne, splendide poupon à la peau mate. Il avait les mêmes yeux que sa sœur, ceux de Vladimir, sombres et bridés, venus par les mystères du sang, car on fait des enfants non pas à deux mais à six, et davantage.

Il fallait d'ailleurs partager ces enfants qui étaient aussi des petits-enfants. Vladimir et Nina avaient été soulevés de joie par l'idée de la naissance tant attendue. Leur premier petit-enfant ! Ils en espéraient une nouvelle vie. Leur attitude de grands-parents mobilisés inquiétait Marianne. Qu'allaient-ils s'imaginer ? La jeune maman se voyait déjà dépossédée de sa fille par sa belle-mère. Pauvre Nina ! La cure ne l'avait pas guérie ! Titubante, ivre, affreuse à faire pleurer, elle prenait la petite fille dans ses bras et lui chantait des berceuses. Dans la maison de Châteaudun, crasseuse et assombrie par l'hiver, Angélique s'était aussitôt mise à pleurer. Nina secouait le nourrisson et continuait de chanter, inatteignable. Donnez-la-moi, murmurait Marianne à sa belle-mère absente. Un murmure ne suffisait pas. Les pleurs s'amplifiaient sans faire cesser le chant de la grand-mère hallucinée. L'enfant devenait toute rouge. Donnez-la-moi, répétait Marianne en vain. À son tour, elle s'était mise à pleurer. Quelle scène affreuse ! Nina détruite, Angélique qu'on ne lui rendait pas. Nina sortit de sa torpeur. Est-ce que Serge n'est pas gentil avec toi ? demanda-t-elle à sa belle-fille en larmes. Les mots étaient dits avec gentillesse et tendresse, dans un élan de solidarité féminine. C'était touchant ! Marianne fut émue. Elle n'oublierait jamais cette parole. Le jour où la question serait d'actualité, Nina quant à elle l'aurait oubliée. Serge est gentil avec moi, avait dit Marianne à sa belle-mère.

— Je suis rassurée. Si mon fils te faisait de la peine, il entendrait ce que j'ai à lui dire ! grondait Nina.

L'alcool emportait indûment sa voix dans la colère.

— Vous êtes gentille, dit Marianne, avant de s'en aller vers la cuisine. Je vais réchauffer un biberon.

Qui a dit que l'on n'épouse pas une famille ? se demandait Marianne.

Sur son bureau, dans les locaux de Plexus, Serge exhibait les photographies de Nicolas et Angélique. Marianne Villette et sa volonté lui avaient valu deux enfants qu'il n'avait pas pensé à désirer, mais dont il était fier de parler. Parler, toujours parler.

5

Dix années retentissent de leur jeunesse. Ils ne les comptent pas. Elles ne filent pas si vite et pas sans qu'on les voie. Comme glisse un fleuve, avec fluidité et lourdeur, avec cette inexorable force têtue de l'eau, dans le lit de la famille elles charrient l'habituelle moisson de la vie. Des sourires fugaces et de fervents baisers, des récits et des rires, des verres de vin et des coupes de champagne, des fêtes et des anniversaires, des histoires lues à la veilleuse, des rentrées scolaires et des carnets de notes, des dîners entre amis (ceux de Serge en majorité), des vacances en famille (celle de Marianne surtout), des journées à Châteaudun, quelques voyages, des tournois de tennis, des parties de Monopoly, de petits chevaux, de Memory, des petits et des gros cadeaux, des disputes mineures et des scènes grandiloquentes, des jalousies, des envies, des promesses, des mises au point et des remémorations, beaucoup de travail, et du succès. De plus en plus de notoriété ! Les conférences de Serge se multiplient, son discours plaît, sa réputation grandit. Il y a plus de silence du côté de Marianne, elle trouve son style, à sa table, dans des brèches de temps libre. Les enfants offrent leur chair douce, ciment ensorceleur de l'alliance des parents. Ensemble Marianne et Serge s'adonnent à l'éloge de leur progéniture magnifique. Famille heureuse qui n'a plus d'histoire ?

Il aime :

– Posséder une intelligence qui frappe par son originalité.

– Déployer les activités de Plexus avec prudence et succès.

– Être admiré professionnellement.

– Percer mieux que quiconque les promesses de l'avenir technologique.

– Convaincre des clients de suivre ses conseils les plus inattendus.

– Se vendre de plus en plus cher.

– Croire qu'il se consacre aux valeurs essentielles : la vie spirituelle, l'attention aux autres, le détachement matériel, Dieu, la culture.

– Être le père de gosses dont l'éclatante beauté lui renvoie une image fabuleuse de lui-même.

– Les féliciter de leur intelligence avec la voix bêlante de Vladimir.

– Être félicité de cette progéniture.

– Rentrer chez lui, déboucher le vin qu'il rapporte, mettre les pieds sous la table grâce à une femme soumise, domestiquée et efficace.

– Être plus mince et soucieux de son corps qu'il ne l'était à vingt ans.

– Maintenir son classement au tennis.

– Penser qu'il a la même épouse depuis quinze ans ce qui est exceptionnel.

– Dénuder cette épouse, la caresser, regarder sa beauté qui n'a pas changé, croire qu'ils ne vieillissent pas.

Il occupe seul son monde intérieur. Les événements se ramènent à lui. Il veille à son image, son éclat, sa réussite telle qu'elle apparaît. Que voit-on de lui ? Serge Korol se pose la question.

Elle aime :
– Faire l'expérience improbable de l'inspiration.
– Surmonter l'existence par la création.
– Vivre avec ses enfants et le père de ses enfants.
– Parler pendant des heures avec Serge.
– Avoir idée qu'elle est la femme d'un homme original.
– Dire *mon mari*.
– Leur dissemblance et leur compagnonnage.
– La consécration des années.
– Être désirée et tendre avec le désir.

Soumise sans le savoir, maternelle et animale, sensible et intérieure, elle mêle la grâce et la rudesse dans un incroyable élan de production. Marianne Villette accomplit.

Il pourrait dire : "Tu es ma femme car j'ai besoin d'une épouse comme toi pour rendre crédible le personnage que je me suis fabriqué."

"Tu es ma femme parce que tu me conviens."

"Tu es ma femme parce que tu es là."

Elle pourrait dire : "Ta présence me fortifie. Tu es le destinataire secret de mes rêves. Je t'aime et je te connais."

"Tu es mon mari parce que je te veux dans ma vie."

"J'ai besoin que tu me protèges et m'accompagnes."

Couple heureux sans histoire avec malentendu. Aucun des deux n'a idée de ce qui anime son alliance. Des croyances excessives (Il tient à moi. Je suis unique pour lui), des colères ridicules (Cette femme est dure), des émotions légitimes (Nos enfants sont beaux) s'incorporent à leur histoire.

Un monde est en place autour de Serge Korol.

Au bureau, Serge compte sur Carmen Bonnefoy. La jeune coiffeuse a progressé. Le temps a renforcé son dévouement autant que sa dévotion. Serge est comblé par cette forme d'asservissement qui prend des airs d'amitié. Sa secrétaire l'aime, jamais ne rechigne, s'occupe de sa paperasserie personnelle autant que professionnelle. C'est un "oui oui patron" qui s'enchante. Serge laisse aux autres le soin de faire à sa place ce qui ne l'intéresse pas. À la maison, il a Marianne, mère inconditionnelle, que ses enfants ligotent à son application naturelle. Serge compte sur elle. Étant sa femme, elle est dévouée mais moins silencieuse qu'une employée. Elle se rebelle parfois contre l'injustice d'un partage des tâches si inégal qu'il faudrait trouver un autre mot que celui de partage.

— Je ne suis ni Carmen ni ta domestique.

Serge reste en général sans réaction. Il sait que l'orage est de courte durée et n'augure aucune transformation.

— Ne fais pas ton regard de poisson mort ! s'amuse Marianne.

— Merci, dit Serge qui réagit exclusivement en soulignant la critique dont il est l'objet.

Avec ou sans raison peu lui importe : il n'aime pas les reproches. Pas plus qu'il n'apprécie les scènes. Souvent il s'en va en claquant la porte.

— Je vais faire un tour.

Les femmes crient mais restent. Serge l'a constaté toute son enfance. Elles continuent ! C'est même pratique : Serge peut reprocher à Marianne ses colères et oublier qu'il ne fait rien pour l'aider. L'inégalité ne le dérange pas. Marianne se plaint. Il n'en fait pas davantage.

— Je gagne de l'argent, dit-il, se sentant par là dispensé de toute tâche matérielle.

— Moi aussi, rétorque Marianne.

Serge gagne deux fois plus d'argent que Marianne et cela est censé expliquer l'inégalité de leurs participations domestiques. La disposition des revenus scelle un rapport de force qui est en faveur de Serge. Plus tard, en s'équilibrant, le rapport des gains déséquilibrera la domination et mettra le couple en danger. Serge Korol n'est pas si sûr de lui qu'il puisse s'abstenir de dominer financièrement son épouse.

Évidemment, servi de cette façon, Serge est un homme disponible. À ses amis ou ses clients, il accorde toute faveur. Il se flatte d'aider qui sait le lui demander gentiment. Ce monde-là s'extasie. C'est un garçon merveilleux ! Et quelle intelligence ! Brillantissime ! Et modeste. Vous savez qu'il a fait l'ENS… Serge ne supporte pas d'être passé sous silence : il ne l'est pas. L'intention de plaire est permanente. Je rencontre mille personnes par an, se vante-t-il auprès de sa femme qui, en tablier de cuisine, finit de préparer le dîner. Serge aime tellement tenir les autres dans son enchantement ! Il se donne un mal de chien pour séduire et paraître intelligent. Il y réussit à merveille. Persuadé de son génie, il persuade. Il n'oublie pas une anecdote, une information, une nouveauté, une réussite entrepreneuriale, une bonne histoire, un exemple instructif. Et ensuite il raconte, raconte, il commente, il n'est jamais à court de récits. Sa démangeaison à l'ego est chronique : impossible de passer inaperçu, son intellect a besoin de briller plus que de travailler. Il tire le feu d'artifice. Il livre tout ce qu'il sait, répète tout ce qu'il a entendu, imagine tout ce qu'il peut. Et quand toutes les lumières ont resplendi, alors oui la grande modestie est de mise. Premier temps de la danse : faire l'extravagant, dire les choses les plus folles ou les plus fausses du moment qu'elles sont originales. Deuxième temps de la danse : D'où sort-il cet original ? De l'ENS ? Ah ! et il ne le disait même pas ! Ainsi Serge est-il loué deux fois : d'être brillant et d'être modeste.

À sa secrétaire, il dit : Merci Carmen. Peux-tu m'apporter le dossier X ? Tout de suite Serge. Carmen a un emploi et un salaire, elle est contente. Chez elle, à ses amis, elle dit : Mon patron est adorable. Merci Carmen.

À sa femme, il dit : Je t'aime. Merci pour tout ce que tu fais. Je ne te mérite pas. J'ai de la chance de t'avoir. Etc. Discours élogieux, gratitude et abaissement de soi-même : la complexité de Serge Korol. Ce qu'il dit le croit-il ? En est-il heureux ? En est-il vexé ? Le déplore-t-il ? Ou bien est-ce une coquetterie qu'il ne pense pas ? Il y a tant de choses que l'on dit sans y croire. Juste pour l'effet. Pour le parfum que diffusent les mots. Pour créer un charme qui manque à la vie. Sempiternelle, âpre, littérale, précise, la vie aurait-elle aux yeux de Serge besoin du piment de la fiction, du commentaire, de la flatterie, ou même du mensonge ?

Les louanges de Serge à sa femme s'interrompent si elle lui demande un service. *Merci pour tout ce que tu fais. Je ne te mérite pas.* Marianne y croit quand même. Serge a épousé une naïve, il en profite. Elle gobe les mots comme s'ils étaient la vérité intangible. Aucun soupçon ne la traverse. La complexité lui échappe. Insincérité, malaise, fragilité, rivalité, elle ne soupçonne pas. Elle croit à l'amour de Serge. Elle le prend comme il est. S'agit-il d'un amour qui n'est que belles paroles ? Que fait-il pour elle cet époux amoureux ? Inconditionnelle, elle ne se le demande pas. Elle a besoin d'amour, elle aime presque sans regarder. Serge a du désir. Elle en profite : elle veut un troisième enfant.

— Je veux plus d'enfants que de parents.

À nouveau Serge doute, il a peur, mais il acquiesce. Comme toujours. En décembre, Marianne est enceinte. Elle s'en fait la remarque, ou le compliment : j'obtiens toujours ce que je veux. Serge se met à rire. La parfaite maîtrise dont fait preuve son épouse commence à l'agacer.

Adrien Korol naît à Boulogne le 30 décembre 2000. Les derniers jours du millénaire se gravent dans la mémoire de Marianne comme ceux de l'accomplissement. Un cliché montre les trois enfants à la clinique : assis dans le fauteuil de la chambre, Nicolas tient Adrien contre son ventre et sourit en passant la main sur le crâne sans cheveux du nourrisson. Angélique, concentrée et sérieuse, est penchée vers ses deux frères et regarde l'objectif du photographe. Serge glisse son bras autour de la taille de Marianne. Ils s'embrassent. Ah les amoureux ! crient Angélique et Nicolas. Les Korol ! Les voilà cinq. La belle famille ! Ils ne cessent de se l'entendre dire. La phrase tinte délicieusement à leurs oreilles. À qui veut bien l'écouter, Serge parle avec fierté de ses trois enfants. Plexus prospère et son patron est trois fois père ! On l'en admire davantage.

Plus vous avez d'enfants, plus ça vous va bien, lui dit Agnès Breillat qui vient de divorcer. L'orgueil le saisit au spectacle de sa femme qui serre le bébé dans ses bras. Ce regard n'échappe pas à Marianne. Elle est rassurée : jamais elle ne perdra cet homme à qui elle donne de la vie.

Marianne est si belle, pense Serge.

Serge est si intelligent, pense Marianne.

Ils savent romancer l'autre, le faire rayonner dans l'attention qu'on lui porte. Ils s'endorment en se donnant la main, se répètent qu'ils s'aiment.

"Vous êtes la plus belle famille du monde et cela sera toujours vrai", écrit Serge à Marianne.

Marianne serre la lettre dans ses souvenirs.

Leur facilité d'être ensemble prend un tour d'évidence. Elle atteint ce point où elle ne peut plus croître. Il y a un mot pour dire cela : apogée. Ceux qui l'ont atteint ne peuvent que redescendre. Jamais Marianne et Serge ne seront plus heureux, fiers d'eux-mêmes, sûrs de leur alliance. Depuis quinze ans ils ne s'ennuient pas ! Ils vivent ensemble sans se tuer ! Ils rient ! Ils jouent avec leurs enfants miraculeux ! Ils ont la gaieté, la santé, la curiosité, l'argent, le succès, l'amour. Deux années échappent à toute pesanteur. Vivre est si facile !

— Venez embrasser papa ! dit Serge.

— Tu m'émerveilles, murmure-t-il à Marianne qui l'embrasse.

Une confiance présomptueuse les rend insouciants.

Être sûr de quelque chose ? Une imprudence.

IV

COUP DE FOUDRE INOPPORTUN

1

Après l'euphorie de la famille agrandie, Serge marqua un fléchissement. Une mélancolie l'attrapait certains soirs en quittant ses bureaux, certains matins en y venant. Sa vie l'étouffait? C'était plutôt qu'elle étouffait sous le poids de rêves inaccomplis. Il était brillant mais ne s'émerveillait plus de l'être. Les succès qui lui arrivaient ne le réjouissaient plus comme autrefois. D'ailleurs que lui arrivait-il? Il était désabusé de n'être que lui-même. Insinuée en son cœur, la folie des grandeurs le brisait. Serge Korol, quarante-deux ans, patron de Plexus depuis dix-sept ans, ingénieur-conseil et conférencier très demandé, était épuisé de travail, lassé de répéter le même discours dans d'interminables séminaires à des patrons plus ou moins disposés à l'entendre. Par lassitude il se montrait impatient et susceptible. Toute contradiction le rendait fou : celle de ses clients, devant qui il contenait son agacement, celle de Marianne, sur qui il déversait sa colère refoulée.

Il ne s'aperçut pas qu'il entrait dans le labyrinthe de l'insatisfaction et du surmenage. Au contraire, il se livra au démon de la réussite, tirant sur la corde intérieure jusqu'à la briser. Pouvait-il agir autrement? Une pression formidable s'exerçait sur lui, d'autant plus fatidique qu'elle venait de son âme d'enfant : à ses parents, il devait l'expression flamboyante du génie qu'en lui ils avaient pressenti. Vladimir et Nina avaient fait de Serge un être à part, il fallait que ce prodige fût célébré : Serge était en représentation pour eux. Le fils adoré était leur essentiel succès et leur principal faire-valoir. Le fils de Nina devait être un homme parfait. Pire (puisque cela ne dépend que du bon vouloir des autres), il devait être reconnu comme tel. Il satisferait ainsi le besoin de ses parents. Il leur éviterait l'effondrement ! Si implacable était cette nécessité nouée au plus intime, qu'elle était de nature à anéantir Serge. À l'âge du premier bilan, il s'apprêtait à être écrabouillé au centre du faisceau d'exigences qu'il posait sur sa tête. Il se demandait d'être davantage que lui-même. Il s'épuisait et se désespérait de ne pas atteindre cet objectif irréaliste.

Il eût fallu s'interrompre et observer l'engrenage. Mais Serge ne possédait pas l'intelligence de soi. Il fonçait dans le tunnel qu'il creusait : être remarquable à tout prix. Et être remarqué. Dans le monde des affaires, quelles marques de succès récompensaient le génie ? Il ne voyait que l'argent et estima, dans ce cas, qu'il n'en gagnait pas assez. C'était exact. Vouloir être encensé avait nui à sa réussite financière. Au lieu de demander de l'argent, il avait demandé de l'admiration. En somme, son génie lui coûtait cher. Il en conçut du dépit et entreprit de rectifier l'erreur. Finie la rigolade, il fallait maintenant *faire de l'argent* ! Le piquet de torture était planté. Le mécontentement avait un germe.

La fortune ne venant pas si vite, il commença à considérer sa vie d'un autre œil. Oh non il n'avait pas réussi ! Il ramait correctement voilà tout ! Il était un bœuf, médiocre, un quidam qui prenait le matin sa moto et faisait la tournée des clients. Et sérieux avec ça ! Père attentif, mari travailleur, chef d'entreprise prudent, consultant compétent : quelle place restait-il à la fantaisie ? Il se sentit contraint. Il aurait voulu s'encanailler. Il considérait les journées de Marianne et les jugeait plus agréables que celles qu'il vivait. Elle qui se plaignait d'assumer le quotidien avait, pensait-il, une existence bien plus confortable. Sans compter qu'elle commandait l'ordre familial, peu absente de la maison, jouissant des enfants. Que pouvait-il à côté d'une mère professeur ? Dire qu'elle commençait en plus à gagner de l'argent ! Trois petits croquis et le tour était joué. Marianne envisageait de cesser l'enseignement. Ses sacs à main devenaient renommés et se vendaient partout. Un argent facile, pensait Serge, un argent déconnecté du travail fourni. Grâce à ses babioles, Marianne était célébrée dans les dîners ! Serge assistait aux louanges. J'achète tous vos modèles ! J'adore ce que vous faites ! Renversement de situation : Serge se trouvait dans l'ombre. Une amertume le désunissait imperceptiblement, qui s'immisçait dans son mariage. Marianne avait trop de présence. Il était même arrivé qu'on la reconnût dans la rue ! Serge en était resté estomaqué. Tout ça parce que madame avait régulièrement sa photographie dans *Vogue*, ce magazine idiot et frivole ! Serge était comme un crin, mais jamais n'en serait convenu. *Je suis content pour toi* était sa formule favorite. Si éloigné de ses émotions, prisonnier de l'image qu'il voulait avoir de lui, il ne savait pas qu'il ressentait exactement le contraire. Il se montrait agressif envers Marianne, toujours en détournant le motif. Combien de fois, après une soirée chez eux ou dehors, envoyait-il une pique à Marianne ?

— On n'a entendu que toi !

En vérité il ne supportait pas que l'on entendît sa femme. Marianne savait parler de la mode, des tendances, de la chaîne du cuir, du design, des prix et des coûts, des marques et de la qualité, des coutumes dans tous les pays… Voilà des sujets qui intéressaient. Serge était-il jaloux ? Il s'en défendait.

— Je suis content pour toi.

Et surtout, il attaquait.

— Tu n'écoutes pas les autres.

— J'écoute et je me souviens de tout, répondait Marianne suppliante. Elle ne voulait rien moins qu'*être gentille*, comme on le lui avait appris et demandé toute son enfance, sans qu'elle comprît que cette expression ne signifie rien.

— Et je me donne le mal de bien recevoir tes amis, y compris ceux chez qui je n'ai jamais mis les pieds ! finissait-elle.

Les reproches injustifiés la mettaient tout de même en colère. Elle s'en voulait de l'être. Comme Serge était renfrogné ! La réussite de sa femme ne lui réussissait pas. Marianne ne le devinait pas. Elle pensait : Je ne suis pas assez bien pour lui.

À Châteaudun, c'était de leur belle-fille que les gens parlaient à Nina et Vladimir. Les femmes de la ville qui avaient de l'argent arboraient leur sac MV ! Lorsqu'elles croisaient Nina dans la rue, elles le lui montraient avec fierté et sympathie. Votre belle-fille a beaucoup de talent. On voit qu'elle connaît bien la vie féminine : ses sacs sont toujours pratiques. Bonne fille, Nina transmettait les compliments à Marianne. Croyant flatter son fils en vantant son épouse, elle évoquait ces succès devant Serge. Quoi ! Même chez ses parents il voyait Marianne exister ! Insidieusement, sans le percevoir, Serge entra en compétition avec Marianne. Au lieu d'avoir un mari, Marianne eut un rival.

Serge Korol avait pourtant tout pour lui. Mais il était encore ce jeune homme qui avait quelque chose à prouver. Était-ce sa petite taille qui lui était définitivement restée en travers de la gorge ? Il lui fallait chaque jour se séduire au moyen de ce qu'il suscitait dans le regard des autres. À la manière d'un imposteur, il aimait une image de lui-même que les autres avaient pour mission de rassurer en se montrant capables de la voir. Jamais il ne s'affranchirait de l'impératif de plaire, tout simplement parce qu'il ne se plaisait pas. Il était moins libre que sa femme et l'épanouissement de Marianne appuyait sur cette faiblesse. Serge Korol avait besoin d'être au-dessus. D'elle comme il était au-dessus des autres. L'amour, quoi qu'on en dise, ne dissout pas ce genre de nécessités personnelles. Comment Marianne ignora-t-elle qu'elle ne devait pas éclipser son mari ? Par estime. Elle l'avait placé sur un piédestal et, pour le garder, se surpassait. À l'inverse de ce qu'il fallait faire, elle s'employait à être douée. Elle se figurait une exigence qu'il n'avait pas. Elle se pensait aussi un élément de l'effet qu'il faisait aux autres. Je vous présente *ma* jolie femme intelligente. Elle voulait que Serge soit fier d'elle.

Mais la participation à la gloire de Serge était mineure et à double tranchant. Je vous présente *ma femme*. Admirez *ma femme* ! Voilà que le faire-valoir faisait de l'ombre au cavalier. *Ma femme* existait en elle-même et Serge ne la dépassait pas autant qu'il l'aurait voulu. Cette difficulté était impensable autant pour elle qui était aveugle, que pour lui qui était la proie du complexe. Comment le normalien gâté aurait-il pu comprendre ce jeu dans lequel il était entré ? Il connaissait sa propre réussite et son tempérament : Personne ne le commandait ! Personne ne le dominait. Il aimait vaincre sur tous les tableaux. Et il y parvenait. Immanquablement il se haussait pour être le premier. Même une partie de pétanque sur la plage, il avait besoin de la gagner. Et la gagnait ! C'était une seconde nature. Une force en lui le propulsait vers la victoire, il avait l'art de se surpasser au moment propice. Dans ses relations avec autrui, il prenait l'ascendant. Il s'imposait naturellement, en douceur, l'air de rien. Alors dans son couple il s'agaça. Pourquoi cela ne fonctionnait-il pas avec Marianne ? Pourquoi avait-il l'impression qu'elle lui tenait tête ? Qu'elle le dominait ? Pourquoi l'activité de sa femme était-elle plus voyante que la sienne ? Se comparant à son épouse, il cessa d'être heureux de son sort. Et moins il était heureux, plus il se comparait.

La lassitude devint découragement et dégoût d'être si peu récompensé. Serge eut envie de baisser les bras. Il travaillait comme un fou, faisait des sourires et des pirouettes pour ses clients, et tout ça pour quoi ? Il n'était même pas encore devenu millionnaire ! Personne n'aurait eu l'idée de lui racheter son entreprise ! Au bout de quinze ans, Plexus sans lui ne valait pas un sou. La petite société n'était qu'une charrette qu'il tirait comme un âne et la seule chose qui pouvait se vendre, c'était l'âne ! Allait-il se vendre lui-même ? Non ! Pour développer Plexus en la séparant de son créateur, il avait une nouvelle fois engagé un directeur commercial, soi-disant brillant, mais qui n'avait pas rapporté un seul contrat alors qu'il coûtait une fortune et avait reçu des parts de la société. Le dernier espoir de développement s'évanouissait. Seul le cerveau de Serge Korol valait de l'argent ! Propriétaire asservi, Serge s'engloutissait dans la déception. Il licencia le directeur, récupéra ses actions sans les payer. Cet acte en soi était démoralisant. Dieu sait que c'était un sale moment à passer, avait-il dit à Marianne. Il ne possédait rien que lui-même et il se sentait las. Las de cette existence. Las de tirer cette charge. Le Serge qui avait commencé sa vie en génie se demandait à quelle place il la poursuivait. En travailleur de force ? En homme ordinaire ? En cycliste ? Car il avait l'impression de pédaler sans relâche. La côte était rude, plus escarpée qu'il ne l'avait imaginé. Il avait fait un énorme effort dans sa vie : travailler pour intégrer l'ENS. Il n'était pas cuirassé pour un effort qui n'a pas de fin. Il n'en pouvait plus. Et plus le moindre succès à se mettre sous la dent !

— J'en ai marre, disait volontiers Serge.

Peu à peu, il cessa d'être heureux. Le bonheur familial ne lui suffisait pas. Ayant peu investi de lui-même dans cette construction, elle n'était pas sa création. C'était à Marianne (toujours elle !) qu'appartenait cette famille, pensait Serge. Et puis, quelle routine la famille ! Une déception s'infiltrait en lui qui tourna bientôt en effondrement. La vie manquait de brio et réclamait trop de labeur ! À ce garçon il fallait des compliments, des applaudissements, des célébrations régulières. Ces événements étaient venus à manquer. La première jeunesse était finie, qui avait comme un projecteur éclairé son talent. Avec la maturité, il lui sembla que son intelligence passait plus inaperçue. Il en fut non seulement déçu mais mécontent. Il ne s'y résolvait pas. Quoi ? C'était tout ce qui lui était donné ? Aller chaque matin au bureau, poursuivre les clients, les convaincre, rallier leurs signatures, aligner les contrats, les satisfaire ensuite, et puis faire les comptes, payer les impôts, ne même pas avoir de quoi s'acheter un château ! Il se sentait trop loin des rêves de gloire et de grandeur dont ses débuts joyeusement s'étaient alimentés. Sa vie professionnelle était entrée dans la durée. Le commencement dans les paillettes de la gloire était loin. Il fallait avancer tous les jours jusqu'à un sommet inconnu. Comme c'était fatigant !

— Que veux-tu de plus que ce que tu as ? lui demandait Marianne compatissante quand elle le voyait abattu. Tu as tout réussi ! Pourquoi crois-tu le contraire ? Tu gagnes beaucoup d'argent en prenant dix semaines de vacances par an et en faisant ce qui t'intéresse !

Mais vouloir ce que l'on possède était une faveur du ciel que Serge n'avait pas reçue.

— Je ne gagne pas beaucoup d'argent ! protestait-il.

— Tu en gagnes assez pour avoir une vie confortable. Te prives-tu de quelque chose ?

Pour rien au monde, Marianne n'aurait voulu faire peser sur son mari une exigence financière. Mais Serge s'obligeait seul.

— On ne peut pas dire ça tant que l'argent qu'on gagne est connecté au travail qu'on fournit, répliquait-il.

Il pensait à voix haute :

— Il ne faut pas vendre son temps. Tu devrais le savoir toi qui inventes des modèles. Je suis fatigué de travailler autant pour si peu.

— Tu devrais avoir honte de dire ça.

— Je n'ai pas honte.

— Avec un père communiste !

— Mon père n'est plus communiste.

L'argent devenait crucial. L'argent occupait le vide laissé par les passions que Serge Korol n'éprouvait pas, les efforts intellectuels à quoi il avait renoncé, les succès plus discrets qui ne l'intéressaient pas, les plaisirs vers lesquels il n'avait pas d'élan. L'argent était la seule preuve possible de sa réussite : ce qui désormais devait entériner son génie.

— Verse-toi un plus gros salaire ou plus de dividendes, suggérait Marianne, désolée et à bout d'arguments.

— Tu vois que tu trouves que je ne gagne pas assez !

La malhonnêteté intellectuelle pointait son nez dans leurs discussions.

— Non ! *tu* le penses, pas moi.

— Je ne veux pas me payer plus, je veux vendre ma boîte ! criait Serge, excédé.

Est-ce que quelqu'un le comprenait ?!

— Que ferais-tu si tu n'avais plus Plexus ? s'inquiétait Marianne.

Elle voulait le persuader qu'il formait un rêve idiot. Il n'y avait pas moyen : seuls les millions d'un rachat pouvaient calmer la soif de Serge. Pour comble de malchance, son ami proche Maxime concrétisa une vente fructueuse de sa propre entreprise.

— Tu vois que c'est possible ! disait Serge à Marianne. Maxime avait quasiment la même activité que moi.

Cette discussion avait lieu pendant que le directeur commercial officiait encore. Tout espoir de développement n'était pas perdu. Le jour où Serge licencia le bonhomme, il licencia l'espoir et entra dans une dépression psychique. Et d'abord, pensait-il, comment ai-je pu embaucher pareille cervelle sans idée ? Je suis dupe de n'importe qui.

— C'est aussi ton talent, répliquait Marianne. T'enthousiasmer pour les autres, croire en eux.

Elle le sentait sombrer et cherchait n'importe quel moyen de lui gonfler le moral. Peine perdue.

— Tu es gentille, répondait Serge, abattu.

Il était désolé de n'être que lui-même.

— Je ne m'aime pas, concluait-il.

Marianne le prenait dans ses bras et l'embrassait comme un enfant.

Il n'avait plus goût à rien. Allons au cinéma, proposait Marianne. Il n'y a rien à voir, tous les films sont exécrables ! répondait-il aussitôt. Et au théâtre ? disait Marianne, tu en aurais envie ? On est trop mal assis, disait Serge. La saison Molière à la Comédie-Française, façon *commedia dell'arte*, avec des représentations rallongées par des danses et mimes qui duraient des heures, l'avait dégoûté pour un moment. Marianne avait résilié leur abonnement, compréhensive car elle s'était ennuyée aussi. Elle invitait des amis à dîner, de préférence ceux de Serge, les anciens, Agnès Breillat, Marcel le professeur ou Philibert le mentor, Marie Duval, Caroline Marcillot, qui toutes deux venaient avec leur mari. Il y avait aussi les compagnons de Plexus, Tatiana Davidoff, Maxime Levy le fameux millionnaire qui avait su vendre, Jean-Paul Dupuy un brillant énarque que Serge venait de rencontrer et qui l'impressionnait intellectuellement (ce qui était rare). Depuis peu Marianne ajoutait l'incontournable Claudette Pastre et les célébrités qu'elle racolait pour

Serge. Marianne en appelait au monde de Serge. Mais certains s'étaient mis, pour une raison ou une autre, à agacer le déprimé. Il confiait à sa femme des jugements à l'emporte-pièce dont évidemment, il ne disait rien aux intéressés. Peu de gens trouvaient grâce à ses yeux, aucun ne le soupçonnait. Serge était devenu hypocrite, indécryptable, et c'était à Marianne qu'il réservait ses reproches.

— Pourquoi les as-tu invités ? demandait-il.

— Pour te faire plaisir, disait Marianne.

Eh bien ça ne lui avait pas fait plaisir ! Il s'était ennuyé. Agnès Breillat était nerveuse parce qu'elle ne mangeait rien. Marie Duval était méchante, fausse, affreuse avec ses enfants, tout ça parce qu'elle avait un orgueil démesuré. Et puis elle est envieuse, disait Serge, elle le dit elle-même. Marcel était un branleur. Philibert devenait presque gâteux, la vie de millionnaire l'avait ramolli intellectuellement. Maxime avait perdu tout sens de la valeur de l'argent, les dépenses qu'il faisait pour son nouvel appartement étaient délirantes. Le regard désenchanté n'épargnait personne.

Et la vie ne changeait pas. Serge préférait le silence (une facilité pour lui) et la fuite en avant. En même temps qu'il critiquait ceux qu'il avait aimés, il s'entichait de nouvelles têtes. Il était tellement en quête que ses rencontres faisaient des engouements. Claudette Pastre, qui avait créé une société de communication, devint son idole. Elle promettait monts et merveilles pour Plexus. Serge avait besoin d'y croire. Claudette était une géante obèse, atteinte d'alcoolisme mondain, immergée dans un tourbillon de fêtes, de lancements, de happenings dans lesquels il ne se passait rien. Cette poudre aux yeux enchantait Serge. *Faire de l'événementiel* était devenu sa panacée.

— Cette fille te baratine, disait Marianne. Elle ne peut pas faire ce qu'elle prétend, c'est mathématiquement impossible.

— Pense ce que tu veux mais fous-moi la paix, disait Serge.

L'effondrement mélancolique menaçait le couple. Marianne sentait que Serge se perdait. Il s'enfonçait dans le noir de son âme, s'éloignait d'elle. Elle-même ne s'étiolait-elle pas à ses côtés ?

— Tu fais une dépression, lui souffla-t-elle un soir qu'ils s'attardaient à la table de la cuisine. Tu t'es surmené. Les séminaires d'une journée, ça suffit ! Tu es à bout de nerfs. Tu prends tout de travers. On ne peut plus rien te dire.

— *Toi* tu ne peux plus rien me dire ! rétorqua Serge du tac au tac.

— Je me soucie de toi. Je peux arrêter si tu veux.

— Oui, je préfère. Ne t'en fais pas pour moi, dit Serge dans une contraction du visage qui était à la fois aveuglement et provocation.

Il ne voulait rien entendre. Une dépression ! Et puis quoi encore ? Serge Korol ne faisait pas de dépression. Ça n'existait pas ! Qu'est-ce que Marianne racontait ? L'avait-elle regardé cinq minutes tel qu'il était ? Il était un bouillonnement d'idées. Les grands laboratoires pharmaceutiques, L'Oréal, les banques, les services secrets même, le monde s'arrachait ses conseils ! Il s'était forgé cette situation extraordinaire d'être payé pour parler à l'oreille des grands dirigeants. Il était passionné par ce qu'il faisait. Il était actif. Où Marianne trouvait-elle un symptôme de dépression ?

Comment Serge aurait-il été capable de voir dans sa vie professionnelle la cause de son malheur alors qu'il en avait fait le cœur de son existence ? Comment aurait-il pu mettre Plexus en cause alors que cinq salariés dépendaient de lui ? Impossible ! Il préféra porter sa plainte du côté de Marianne. Une épouse est la chose la plus facile à changer pour changer de vie. Ainsi faisaient la plupart des hommes. Serge glissait sur cette pente. Il commença d'égratigner son amour. Marianne ? Elle n'était, disait-il, pas assez tendre, pas assez attentive à lui, trop occupée, souvent fatiguée à la fin de la journée, indisponible sauf pour ses enfants. Il se cachait qu'elle l'énervait avec son épanouissement si féminin. Marianne le renvoyait à son inaptitude. Elle était en relation directe avec les choses réelles alors qu'il ne savait pas l'être. Pourquoi ? Lui, où était-il ?

Était-ce le pot de terre contre le pot de fer ? Les natures laborieuses ont ceci de plus que les natures douées : elles travaillent ! Après avoir senti quelques supériorités de sa femme, Serge se mit à tout lui envier. Plus Marianne était heureuse, plus Serge était sombre. L'amour inconsidéré qu'elle lui portait ne changeait rien à cet engrenage. La dialectique du maître et de l'esclave jouait à plein : le maître se sentait dépossédé de la vie même. L'épouse accoutumée à toutes les tâches avait trouvé sa joie dans la maîtrise. Servir, aider, ravitailler, nourrir, soigner, accompagner, s'occuper des autres, cet incroyable labeur des femmes s'ajoutait au métier et à la création. Mais il y avait de la jubilation à réussir l'addition. Accrue par son investissement, la puissance de perception attrapait l'essence de la vie. Les moments les plus quotidiens s'enchantaient dans la conscience qu'on en avait. La joie de contempler l'enfance les comblait. Marianne était pleine de cette chair qu'elle avait engendrée. Serge côtoyait cette plénitude qui éclatait comme le soleil sur une île. Et lui ? Il était jaloux du plaisir qu'elle prenait et furieux du pouvoir qu'elle avait. Le pacte originel devait être dénoncé ! Le pouvoir domestique contre le travail domestique ? Ce troc avait annihilé celui qui se laissait servir. Le valet commandait le maître. Le maître était en colère. Il avait l'impression de n'être plus personne. Il avait l'impression que Marianne s'occupait de tout sauf de lui. N'avait-elle pas toujours quelque chose à faire ? Il lui en voulut, sans songer qu'en se montrant détaché des questions matérielles, il la plaçait lui-même dans cette situation.

Il refusait de s'avouer qu'il s'était rendu malheureux. Il avait vécu sur son acquis. Il s'était perdu en route. Quelle était maintenant sa personnalité ? Quelles expériences l'avaient enrichie ? Il l'ignorait. Il ne voulait pas y penser, préférant s'agiter, faire l'original, l'audacieux, le drôle, le créatif. Sa mère n'allait pas fort : il fallait encore qu'il fût le génie de sa mère. Hélas un génie sans objet. Ayant vécu dans le désir de Nina, Serge ne voulait rien par lui-même. À part celui de *faire impression*, il n'avait aucun but qui valût mieux que l'argent, rien qui l'attachât à l'envie de connaître. La machine à briller jetait mille feux, rien de plus. Remplie de la réverbération dans les miroirs d'autrui, elle se trouvait vide et démunie quand elle se contemplait au-dedans. Serge avait contracté une maladie de l'identité : son “je” voulait s'adjoindre un “suis” qui n'était pas lui. Le choix de vivre au jour le jour, en cherchant la tranquillité et le confort, trouvait sa limite : le sens manquait dans l'existence de Serge

Korol. Il avait certains jours un goût de faillite, de naufrage, d'échec. Quarante-deux ans ! Il commençait à comprendre qu'il pouvait vieillir. Il envisageait qu'il n'était pas certain de réussir. La poursuite de la fortune, comme tentative d'emploi de soi, ne l'employait plus. L'édifice de sa personnalité narcissique craquait. Marianne n'avait pas tort : derrière les reproches qu'il adressait aux autres, se cachait un effondrement mélancolique. Pourtant, contre cette amertume de la maturité insatisfaite, nul ne pouvait rien que lui-même.

2

La fin d'année vint sur la dépression. Serge et Marianne passaient le jour de Noël chez les Korol. Les familles s'étaient partagé leurs enfants : le réveillon chez les Villette, le déjeuner du lendemain à Châteaudun. Serge portait d'un bras une valise et de l'autre son fils dernier-né qu'il installait dans le siège-auto à l'arrière. Après quelques jours à Châteaudun, ils fêteraient le Nouvel An à Belle-Île-en-Mer.

La Beauce déroulait ses paysages plats et détrempés. La lumière grise d'un jour d'hiver sans soleil se plaquait sur les champs. Paysage vu cent fois, et cent fois déprimant pour la citadine habituée aux lumières de Paris. Jamais Marianne ne comprendrait pour quelle raison Vladimir et Nina étaient restés dans cette région après que leurs deux fils les eurent quittés.

Au fur et à mesure que Châteaudun se rapprochait, Marianne devenait nerveuse. L'importance que sa progéniture avait prise pour ses beaux-parents lui pesait. Elle pouvait déjà voir la scène de l'arrivée : ruée de Vladimir sur les enfants, pas une seconde pour descendre de la voiture et respirer avant ses embrassades, baiser ardent à Serge, civilités envers Marianne, la pièce rapportée. Marianne était spectatrice. Les sentiments de Vladimir envers Angélique et Nicolas lui semblaient surjoués. Ils ne l'étaient pas. Ils étaient la manière de Vladimir et Nina : beaucoup de paroles, aucun acte. Il faudrait subir cet accueil trop enthousiaste de grands-parents désœuvrés qui attendent leurs petits-enfants depuis des jours et des jours, en rabâchent des nouvelles à leurs amis, finissent par en faire leur vie alors qu'ils les voient cinq fois par an, n'instaurent aucune proximité concrète, ne rendent aucun service aux jeunes parents. La voix bêlante de Vladimir et la torpeur acquiesçante de Nina étaient tout ce qu'ils savaient donner. Venez nous voir ! demandaient-ils sans cesse. Comment s'organisaient Marianne et Serge ? Ils n'en avaient aucune idée. Ils ne pensaient qu'à leur désir. Leur amour plein d'eux-mêmes avait quelque chose de dégoûtant. Ils avaient la partialité de ceux qui aiment en rapportant tout à eux. Parce qu'ils étaient les leurs, leurs petits-enfants étaient forcément plus beaux, plus intelligents, supérieurs à tous les autres. Imbus de leur sang, Vladimir et Nina ne supportaient aucune comparaison. Quel air imbécile ils avaient quand ils souriaient ! Et ils avaient la malchance d'être laids. Leurs baisers s'ouvraient sur des dents gâtées dont ils n'avaient pas la pudeur d'avoir honte. Vladimir se jetait sur Angélique et Nicolas. Puis il embrassait Serge avec ferveur et retenue. Serge non plus n'appréciait pas les baisers de son père. Papa a mauvaise haleine, disait-il, gêné. Quand Nicolas et Angélique sautillaient autour du chien, Vladimir prenait le dernier-né dans les bras en souriant à Marianne qui avait la bonne grâce de le lui laisser. Vladimir ne demandait rien d'autre à sa belle-fille : Laisse-nous les enfants !

Quelle place Marianne Villette occupait-elle dans la famille Korol ? Depuis qu'elle avait engendré trois enfants, elle n'en avait plus. La mère : gênante, exclusive, maniaque, elle faisait sentir que ces enfants-là étaient les siens et pas les leurs. N'avait-elle pas désapprouvé quand Vladimir et Nina avaient réclamé de se faire appeler grand-*papa* et grand-*maman* ?

— Pourquoi pas grand-père et grand-mère ?

— C'est une tradition familiale, avait répondu Serge à sa femme.

— Je n'aime pas que Nina veuille se faire appeler *maman*.

— Pas maman, grand-maman !

— Je te rappelle que ta mère a eu un mauvais exemple avec sa grand-mère.

— Mais toi tu ne laisseras pas ta place ! disait Serge, incapable de se mettre à la place d'une jeune belle-fille.

Ces discussions n'apaisaient pas le malaise de ces visites fiévreuses. Oh oui ! parfois Marianne avait le sentiment qu'ils l'auraient voulue morte et disparue, du moment qu'elle avait enfanté ces trois merveilles qui portaient le nom de Korol. Elle voyait ses beaux-parents perdus dans leur manège, l'une ivre et l'autre malheureux par le mariage, s'agrippant à leur fils aîné. Ils répétaient le contraire de ce qui était : je ne bois plus, je ne bois plus, nous sommes tellement heureux, nous avons toujours attendu que les enfants partent, les enfants quittent les parents, et patati et patata. Marianne avait envie de dire à Serge : Tes parents sont moches, ils ne s'intéressent à rien, je déteste leur laisser-aller, je déteste l'alcoolisme de ta mère qui nous prive d'une famille douce et active. Je déteste leurs manières suant l'amour. Je déteste leur amour ratatiné sur leur descendance, qui exclut tout ce qui ne vient pas d'eux, assuré de leur supériorité, et qui a fait de toi une idole.

Combien de découvertes quand on connaît quelqu'un ! Que ne vient-on pas à penser, qui vous désespère ! Et que peut-on dire ? Rien ! Que peut-on dire à un fils à propos de ses parents ? Rien ! La délicatesse enferme en nous de terribles vérités. Marianne s'efforçait de sourire. Elle y parvenait. Souvent la détresse de Nina la bouleversait. Elle s'asseyait à côté de sa belle-mère pour bavarder. Serge venait lui prendre la main. C'était une manière de partager avec elle le spectacle qui le désespérait sans qu'il osât se le dire.

— Je sais ce que tu penses, disait-il à sa femme.

Marianne ne s'engageait jamais dans cette complicité dangereuse. Elle ne répondait pas. Serge serrait sa main. Le cirque des grands-parents gâteux se poursuivait autour d'eux.

— Mes petits chéris, bêlait Vladimir.

— Papa ! suppliait Serge que le ton de son père excédait.

À ce moment il était du côté de sa femme.

— Quoi ? demandait Vladimir.

— Tu peux leur parler normalement.

— Je leur parle normalement ! protestait Vladimir.

Puisqu'il savait que c'était faux, il ajoutait :

— Les grands-parents ont le droit de bêtifier ! N'est-ce pas mes petits chéris ?

À côté de son mari, Nina acquiesçait à la place d'Angélique et Nicolas, puis bêtifiait à son tour.

— Tu as une très jolie robe, disait-elle à Angélique, de sa fameuse voix flûtée dont, pour sa petite-fille, elle exagérait la musicalité. Et maman aussi est élégante, ajoutait-elle en se tournant vers Marianne.

Le compliment était sincère et maniéré. Par habitude Nina s'obligeait à faire des éloges. Les années passant, Marianne saisissait la complexité du caractère de sa belle-mère. Malgré son âge, Nina n'était jamais librement naturelle. Marianne la laissait donner le ton de leurs relations. Nina se montrait volontiers plus chaleureuse que Vladimir qui, craignant les colères de son épouse, se retenait d'être trop gentil avec sa belle-fille. Il fallait protéger Nina contre elle-même ! Elle avait toujours été jalouse de toutes les jolies femmes. Inutile de lui causer une peine qu'elle ne savait pas surmonter. Pauvre Nina ! commençait-il à dire. Elle était ailleurs, dans un monde de souffrance, de solitude. S'étant laissé dévorer par le service des autres, elle n'avait plus rien en propre. Marianne était la seule qui pût comprendre cet écueil de la vie féminine. Une solidarité réunissait les deux femmes. Parfois, la fille que Nina n'avait pas eue était un peu Marianne. Hélas ! Parler avec Nina devenait improbable : l'alcool lui mangeait la tête.

Chaque séjour de Serge et Marianne dans la maison de Châteaudun était perturbé par l'état de Nina. Aurait-elle bu ? Jusqu'à quel point serait-elle ivre ? Qui était-elle devenue même quand elle était à jeun ? Cette vie sans but et sans activité, accrochée à la bouteille de whisky, sédimentait du vide. Nina Korol n'avait que des bêtises à raconter, avait tendance à radoter, amplifiait des événements insignifiants, faisait des histoires avec une tête d'épingle. Cette petite dame enflée, prématurément vieillie, parsemant ses phrases de tss tss tss, offrait un spectacle pathétique. Plus tragique était le silence qui entourait cette perdition. Silence criminel, silence lâche, pensait Marianne qui aurait voulu prendre le taureau par les cornes et parler à Nina comme à une femme intelligente et saine d'esprit.

— Ce qu'elle n'est pas, objectait Serge. Maman est malade, répétait-il.

Il aimait ce terme radical mais neutre, sans jugement.

Comme chaque année, le sapin était couvert de boules et de guirlandes, placé sur une petite table devant la fenêtre, de sorte qu'il obscurcissait encore la pièce naturellement sombre. Obéissant à une tradition ouvrière familiale, Nina posait en équilibre sur les branches les cartes de vœux qu'elle recevait pour la fin d'année. Ce jour-là, elle n'était pas en état d'en raconter le contenu.

— Maman a une gastro, annonça Vladimir à son fils à peine ouverte la portière de la voiture.

Le teint de Nina était jaune foncé, son regard insaisissable, ses lèvres sèches. Elle embrassa Serge et Marianne distraitement avant de se laisser tomber sur une chaise à l'entrée de la salle à manger. La table était dressée : des nourritures froides, poulet rôti, concombres à la crème, carottes râpées, olives pour Nicolas qui en raffolait.

— Je vous ai acheté des *tchips*, dit Nina à ses petits-enfants, d'un geste du bras désignant la cuisine.

Vladimir courut chercher le plat dont parlait sa femme.

— Va te recoucher ma chérie, supplia-t-il, je t'appellerai quand nous aurons déjeuné.

Nina monta lentement l'escalier qui allait à sa chambre.

— Elle est si mal que ça ? demanda Serge.

— Elle vomit depuis ce matin, dit Vladimir. Elle ira mieux ce soir.

Deux jours passèrent sans que Nina recouvrât la santé. Elle n'avait pas quitté sa chambre après être descendue le temps d'ouvrir les cadeaux et de perdre le sien, probablement dans la poubelle à papiers. Ils avaient cherché en vain la petite médaille de nacre que Marianne avait choisie pour Nina. Cadeau symbolique, que par-delà le temps elle faisait à la fille d'ouvrier qui avait sacrifié son désir de mariage religieux à l'autorité de l'ingénieur communiste. Pas de médaille ! Nina était si absente qu'elle l'avait égarée dans le bazar des emballages.

Nina ne quittait pas son lit, et Vladimir son chevet, à portée de voix de sa femme. La maison silencieuse semblait sinistre. Marianne emmenait les enfants se promener au Moulin. On y prenait des boissons en même temps qu'on regardait tourner une vieille roue et dévaler l'eau d'un petit affluent.

— Mettez du sucre dans son thé, conseilla Marianne à Vladimir.

— Elle ne garde rien, elle vomit même le thé, dit Vladimir.

Le pauvre homme descendait à la cuisine un bol à la main. Marianne imagina sa belle-mère vomissant dans son lit. Elle eut la certitude que Nina pouvait mourir de cette façon, seule, comme une bête dans son trou.

— Il faut que tu parles à ton père, dit-elle à Serge. Vous ne pouvez pas rester sans rien faire. Appelez le médecin.

— Il l'a déjà vue.

Serge soumit Vladimir à un petit interrogatoire.

— Est-ce que maman a pris de l'alcool avant notre arrivée ?

— Je ne sais pas, dit Vladimir.

— Tu ne sais pas ! Tu vis avec elle, tu la connais, tu n'as pas une idée ? insista Serge sans cacher son agacement.

— Elle boit tous les jours, que veux-tu que je te dise ?

— À ton avis, elle a vraiment une gastro ou bien c'est autre chose ?

Vladimir Korol était perdu, dévasté par l'état de sa femme, l'impossibilité de parler avec elle, le naufrage vers quoi elle allait.

— Je ne sais pas, dit-il à son fils. Ta mère ne me dit rien. Elle arrive même à embobiner son médecin.

— Mourguet ?

— Oh non ! Lui, on ne lui racontait pas d'histoires. Alors elle l'a laissé tomber. Elle a trouvé une Indienne à qui elle fait croire ce qu'elle veut et qui ignore ses antécédents alcooliques.

— Elle ne fait pas d'examens ?

— Elle se débrouille pour les oublier.

Ils déjeunèrent dans un silence plombé par leurs pensées, qu'entrecoupaient les rires des enfants, les petits conseils de la mère – ne tiens pas ton couteau en l'air, mange ta viande –, les mimiques des enfants qui faisaient sourire tristement Vladimir. Serge ne disait rien. Chez ce garçon par ailleurs si brillant et loquace pour évoquer, toujours par ouï-dire, les théories les plus diverses, les émotions tuaient les mots : dès qu'il s'agissait de sa vie personnelle Serge perdait le langage, laissant la chose sans mot s'enkyster en lui-même. Il était un coffre-fort cadenassé.

Dans l'après-midi, Marianne revint du jardin où les enfants infatigables faisaient de la balançoire.

— Ils adorent venir ici, dit Marianne à Serge.

C'était essayer de lui faire plaisir, mais elle n'obtint pas de réponse.

— Tu es triste ? demanda Marianne.

— À ton avis ? dit Serge, désagréable autant que malheureux.

— Il faut que ta mère aille à l'hôpital, dit Marianne.

— Elle a fait promettre à papa de ne pas l'y emmener.

— Si elle reste dans sa chambre sans boire ni manger, dans trois jours ta mère est morte, dit Marianne.

— Que racontes-tu !

— Je raconte que ta mère est en train de mourir toute seule dans sa chambre.

Cette phrase fut dite d'un ton doux mais affirmé, de sorte à faire mouche comme une vérité importante.

— Je vais parler à papa, dit Serge.

Un peu plus tard il revint et dit :

— C'est bon, ils l'attendent demain.

— Pourquoi pas tout de suite ?

— Ils ont dit demain.

Le ton était cassant. Serge ne supportait pas la contradiction lorsqu'elle venait de sa femme.

À dix heures le lendemain, Nina, en jupe et pull noirs, les jambes nues malgré le froid, attendait son mari dans le jardin. C'était toujours les mêmes jambes, à la fois galbées, musclées et arquées, de solides jambes de paysanne prête à travailler dur. Mais au-dessus des jambes, tout avait changé : le ventre était proéminent, les épaules tombaient, le visage était couleur de vieux parchemin, les yeux enfoncés dans l'orbite cernée, la bouche serrée comme celle d'une morte, la dentition disparue. Marianne sentit son cœur frémir. Nina ! Dans quel état s'était-elle mise ! La mort était sur elle et elle en était la cause. Vladimir donna le bras à cette vieille femme qui avait onze ans de moins que lui. Ils descendaient avec précaution les marches de pierre moussue, se dirigeant lentement vers la voiture. Marianne avait dit au revoir à Nina et regardait par la fenêtre ce couple malheureux et détruit, qui, croyait-elle, n'avait pas tant de raisons de l'être. La vie pouvait être plus cruelle qu'ils ne l'avaient connue. Marianne courut dehors, descendit les marches, embrassa une fois encore sa belle-mère. Asseyez-vous, disait-elle en installant Nina dans le fauteuil à l'avant. Vladimir s'asseyait au volant. Marianne ouvrit les battants du portail pour aider son beau-père qui faisait déjà ronfler le moteur. Elle sentit ses yeux s'emplir de larmes en voyant la voiture qui s'éloignait vers l'hôpital. Serge était au salon, devant un feu qu'il avait allumé, et rassurait ses enfants avant le départ en vacances : Ils vont bien s'occuper de grand-maman. Est-ce que vos petites affaires sont prêtes ? Il installa le pare-feu. Alors en route ! dit-il à Angélique et Nicolas en forçant son enthousiasme.

Ils partirent pour la Bretagne, Serge et Marianne, Angélique Nicolas et Adrien. Ils ne se doutaient de rien, comme si l'aveuglement du père et de ses fils avait tellement réussi depuis des années qu'il leur avait bel et bien caché le chemin que parcourait Nina, seule vers la chute prévisible.

— Ta mère m'a fait pitié ce matin, dit Marianne.

Silence de Serge. *Pitié* n'était sans doute pas le bon mot, pensa Marianne. Et elle dit :

— J'avais les larmes aux yeux quand ils sont partis tous les deux. Ta mère tenait à peine debout.

La phrase résonna dans l'air entre eux et Marianne pensa : Pourquoi l'expression *ta mère* a-t-elle presque toujours une connotation négative ? Elle pouvait sentir l'attitude contractée de Serge, sa réprobation suspendue.

— Fais attention à ce que tu dis devant les enfants, souffla-t-il.

C'était ce qu'il pouvait dire de plus gentil. Il aurait voulu dire : Tais-toi. Surtout ne dis rien. Ne parle pas de ma mère. Laisse-la. Tu vas l'égratigner. Il savait que la nature volontaire de son épouse était incapable de comprendre celle de sa mère. Il n'expliqua pas ce qu'il ressentait, en apparence concentré sur la conduite. Se taire était sa manière de tenir l'émotion à distance. Marianne le pensait, tout en regardant le beau profil qu'avait son visage.

— Ils dorment tous les trois, répondit-elle.

Serge pouvait voir dans le rétroviseur que la route avait plongé la fratrie dans le sommeil.

— Ils se sont couchés trop tard hier soir, dit-il.

Le besoin de réprouver était à ce moment plus fort en lui que le silence.

— Ils sont en vacances, ils se reposeront à Belle-Île.

— Moi aussi, dit Serge.

La sonnerie de son téléphone portable retentit dans l'habitacle. Il se dépêcha de répondre pour éviter que se réveillent les dormeurs.

— C'est papa, souffla-t-il précipitamment.

Un silence respecta ce qui se disait à l'autre bout. À Châteaudun, Vladimir donnait des nouvelles de Nina.

Les informations dramatiques tombaient sur la vie comme un couperet. Une tombe s'ouvrait devant Nina.

— Maman a soixante-quinze pour cent de chances de mourir, dit Serge sans pouvoir réprimer le sanglot qui jaillissait avec ces mots, la pensée de la mort, l'idée de la disparition de sa mère.

Il découvrait le monde, la vie, le corps, et comment ce monstre silencieux finit par répondre aux coups qu'on lui donne. Jusqu'à ce jour le jeune Serge, intelligent et choyé, avait vécu sans idée de la réalité. Elle se révélait : alarmante.

— Maman a une pancréatite et une hépatite aiguës, dit-il.

Il s'était déjà repris. L'émotion était passée comme une vague, il ne la retenait pas.

— Elle a fini par avouer qu'elle avait bu deux bouteilles de whisky la nuit avant Noël.

Marianne ne disait rien. Mordue par la surprise noire, elle enfouissait ce que les mensonges et les aveuglements avaient fait éclore.

— Elle n'a plus d'œsophage. Tout est brûlé par l'alcool, continuait Serge.

— Tais-toi, murmura Marianne que ce détail horrifia.

— Le médecin a dit que ça repoussait, dit Serge.

C'était la manière dont Vladimir bouleversé avait expliqué à son fils que les tissus se reformaient.

— Que dit ton père ? demanda Marianne.

— Il est à la maison, il pleure.

— Faisons demi-tour, dit Marianne.

— Tu croyais que j'allais faire quoi ?

Marianne resta silencieuse. Elle n'avait rien cru, seulement proposé. Faire demi-tour était un effort, elle avait voulu dire : faisons tout ce qui est possible pour ta mère. Je suis en colère, pensa-t-elle. Je voudrais une belle-mère qui vit sa vie au lieu de la détruire.

— Un jour de plus à la maison et elle mourait, dit Serge livré à ses pensées.

Il avait oublié la clairvoyance de Marianne. J'ai sauvé la vie de Nina, pensait Marianne. Et elle dit :

— Personne ne peut vivre sans s'hydrater.

Maintenant Serge parlait tout seul, les mains sur le volant, attentif de manière automatique à la route, dévoré par sa stupéfaction et sa peine, fixant ses yeux sur le ruban d'asphalte qui disparaissait sous la voiture :

— Elle se tue à petit feu. C'est ce qu'elle fait depuis cinq ans.

Il semblait le réaliser pour la première fois.

— Que disent les médecins ? demanda Marianne.

— Ils disent qu'il faut attendre. Elle est sous perfusion de glucose. Il n'y a rien d'autre à faire. Soit le corps réagit.

Il ne mentionna pas l'alternative.

— Elle a vingt-cinq pour cent de chances, répéta-t-il.

Le danger de mourir restait abstrait pour sa jeunesse vaillante.

— Grand-maman va mourir ? demanda la petite voix d'Angélique qui s'était réveillée.

— Non, dit Marianne, grand-maman ne va pas mourir. Rendors-toi mon cœur.

— Pourquoi on doit faire demi-tour alors ?

— On va tenir compagnie à grand-papa ma chérie.

— On ne va plus à Belle-Île ?

— Demain ma chérie.

Le portail de la maison est grand ouvert. Ils se garent et montent en courant l'escalier de pierre moussue, le même qu'ont descendu ensemble Vladimir et Nina avant que le ton de la vie ne change du tout au tout. Le visage de Vladimir qui accourt est méconnaissable. Les larmes ont tout bouleversé. Angélique dévisage son grand-père sans dire un mot. A-t-elle jamais vu un vieil homme pleurer ? Jamais encore. Vladimir la presse contre sa jambe un instant.

— Mes enfants, mes enfants, gémit-il. Merci d'être revenus.

Il a refermé sa main sur la nuque de son fils et ils marchent ainsi vers la maison. Marianne reste derrière, en retrait, avec ses enfants.

— As-tu prévenu Jean ? demande Serge à son père.

— Il arrive demain.

Ils pensent tous la même chose : espérons que Nina ne sera pas morte.

Maintenant ils sont assis tous les trois à la table du salon. Marianne et Serge écoutent Vladimir.

— Nous sommes arrivés à l'hôpital. Ils ont emmené Nina dans un fauteuil roulant. J'ai attendu un moment. Le médecin est venu me parler.

— Maman sait ? demande Serge.

— Oui, il lui a tout expliqué !

— Elle a envie de se battre ? demande Serge avec une ferveur nouvelle.

— Je crois, dit Vladimir.

À cette idée Vladimir se met à pleurer. Il prend son front dans ses paumes, il sanglote et parle en même temps, la bouche tordue, le nez rouge, les yeux bouffis, il a enlevé ses lunettes. Il n'a jamais pensé à ce qui arriverait si Nina ne s'arrêtait pas de boire.

— Je lui achetais ses bouteilles, répète-t-il les deux coudes sur la table.

Sa tête bat comme un cœur entre ses mains. Marianne voit le crâne brillant à travers les cheveux.

— C'est moi qui allais lui acheter ses bouteilles ! pleure Vladimir.

— Pourquoi faisais-tu ça papa ? demande Serge d'une voix douce.

— Elle criait, dit Vladimir, elle criait si fort ! Il n'y avait rien à faire contre elle.

Serge ne dit plus rien. Marianne se tait, elle n'est pas de la famille. Elle pense à la formidable énergie de Nina. Nina, l'ogresse qui avait attrapé un verre plutôt que le monde. Les enfants jouent par terre avec des Lego. Soyez gentils, ne vous disputez pas, leur demande Marianne quand ils s'arrachent des mains la pièce qu'ils veulent tous les deux.

— Elle va mourir, pleure Vladimir. Elle va mourir par ma faute !

— Pas par ta faute, murmure Serge.

— Elle ne va pas mourir, dit Marianne, elle est vigoureuse. Elle a une bonne nature.

— Vous ne savez pas ! déplore Vladimir.

Il parle :

— Elle s'est mise à tomber. Par terre elle est si lourde ! À cause de mon dos je ne peux pas la relever. J'étais obligé d'appeler les pompiers ! Maintenant ils ont l'habitude. Ils arrivent et ils plaisantent. Alors madame Korol, on a encore trop bu !

— On s'en fout des pompiers, réplique Serge.

— Elle me battait quand je n'allais pas au Codec, dit soudain Vladimir. Elle me tapait de toutes ses forces.

Il sanglote de cet aveu affreux, comme un enfant malheureux.

Lorsqu'ils sont seuls, Serge prend un air averti pour expliquer à Marianne ses rudiments d'analyse psychologique :

— Papa a perdu sa mère à dix ans. Il ne peut pas perdre maman.

Une distance se fait sentir entre ce que connaît Marianne et cette histoire où une mère se tue par la boisson.

L'écart prend la forme d'une économie de paroles. Ce malheur de l'alcool dont elle n'a jamais eu idée avant de le voir de ses yeux, Marianne n'en saisit pas la nature. Comment en vient-on, au cœur de sa famille, à se détruire de cette façon ? C'est un mystère ! Et il ne faut pas juger ce gâchis. Horrifiée, Marianne répète :

— C'est affreux. Quelle horreur !

La déchéance par l'alcool, c'était comme une faute de goût. Dire que Nina avait eu la chance de naître jolie et d'être aimée ! Se laisser aller, devenir une vieille pocharde alors que l'on a un toit sur la tête, un mari qui travaille et deux fils heureux, c'était incompréhensible.

— Son père était alcoolique, et alcoolique aussi le père de son père, murmure Serge comme s'il voyait une magie noire.

Faiblesse de caractère ? Voilà une chose que Marianne craint. Nina est molle et velléitaire. Velléitaire. Oui, Nina a le pire des défauts : celui qui ne fait souffrir que soi. Il faut s'interdire de penser ainsi maintenant qu'elle doit se battre pour vivre ! Quand le lendemain Marianne s'assoit dans le fauteuil de malade à côté du lit de sa belle-mère, elle lui prend la main comme à une petite fille.

— Vous allez guérir, murmure-t-elle. Vous le voulez, n'est-ce pas ?

Nina Korol ne mourut pas. Vladimir cessa de pleurer. La chance de la vie existait encore une fois. Il fallait au plus vite restaurer la santé, bannir le poison : ils cherchèrent une nouvelle clinique. Vladimir mit la valise de sa femme dans le coffre et la conduisit pour cinq semaines d'isolement. Serge, Marianne et les enfants avaient passé le Nouvel An à Belle-Île. La mer sauvage qui giflait les rochers impressionna les petits. La maison de Sarah Bernhardt envoûta Marianne. Dans sa poussette, Adrien avait les joues rouges. Ils mangèrent des niniches à la rose, au caramel, à la pistache. Puis ils rentrèrent à Paris.

Leurs existences semblèrent reprendre un cours normal. Mais l'inconscience était brisée. Un poids pesait sur l'existence de Serge. Oh ! il fallait enchanter Nina ! Il fallait trouver le moyen de changer radicalement la vie ! Il fallait des guirlandes, des confettis, que chaque journée fût la fête d'une mère qui sait les succès de son fils.

3

Malheureusement la vie tournoyait autrement, au lieu du génie de Serge elle couronna cette année-là les babioles de Marianne. Les sacs à main MV se vendaient jusqu'à Tokyo. Les femmes élégantes se les arrachaient. La collection Rimbaud, avec les textes du poète reproduits en français, était le plus grand succès recensé depuis des années sur le marché de la maroquinerie créative. De même, la ligne MV & V (Marianne Villette et Vous), fabriquée dans une toile sur laquelle un feutre vendu avec le sac permettait d'écrire le message ou le nom que l'on voulait. Serge ricanait. Sa femme faisait du *marketing à deux balles* mais décidément ça marchait. Il en élabora la théorie :

— La personnalisation est une motivation dominante dans notre société de consommation standardisée. Ton *cœur de cible* s'élargit !

À force d'intervenir dans les entreprises, le vocabulaire de Serge avait intégré toutes les expressions consacrées. Fort de cette nouvelle expertise, le mari analysait la chance de sa femme. Il ne citait plus Kierkegaard mais parlait de *brief* et de *deal win-win*. Poésie et mélancolie en lui n'avaient pas résisté à l'appétit de succès et d'argent. Dans les dîners, Serge faisait le geste vulgaire d'abaisser la manette d'une machine à sous. Le pactole, disait-il à ses amis, l'air ravi du mari qui a épousé le jackpot. Mais il était troublé, fragilisé par la perte de sa domination financière au sein du couple. L'argent, c'était lui qui le gagnait ! Marianne était la mère, l'artiste méconnue, l'enseignante, la maîtresse de maison. Un voile d'absence couvrait parfois le visage de Serge. À quoi pensait-il ? Tu as l'air sombre, lui disait Marianne. Il démentait du même air distrait et las. Pressentant l'écueil, elle ne se réjouissait qu'à demi du succès qu'elle connaissait.

Sans changer de quartier, ils achetèrent une maison dans laquelle tout se trouvait à refaire. Marianne avait achevé de dessiner pour une griffe de luxe une ligne de bagages de voyage exclusivement féminins, c'était à ses yeux la consécration d'une styliste, elle se donna du bon temps. Elle s'attela à la direction du chantier. Pas d'architecte, pas de maître d'œuvre, elle traitait directement avec le maçon qui terminait les démolitions (Quinze tonnes de gravats, racontait Serge aux amis), mit quelques artisans en concurrence avant d'élire un électricien, un plombier, un peintre, un menuisier, un chauffagiste, un carreleur, un cuisiniste. Suivre l'avancement, vérifier le travail des ouvriers, choisir les douches, la robinetterie, les meubles de cuisine, l'emplacement des prises électriques…, trouver un ponceur pour les parquets, un déménageur pour juin. Marianne eut des insomnies balayées de regrets (non, bleu c'est froid), des angoisses, des empressements (imperméabiliser les carreaux de pierre de la cuisine). Les questions matérielles frivoles la requéraient tout entière. Tandis que son mari subissait un vaste ébranlement intérieur, doutant de lui-même, n'éprouvant plus aucun plaisir à sa vie,

Marianne s'agitait dans une effervescence aveuglée. Elle oublia ce qu'elle avait pourtant su percevoir : que Serge traversait une passe dépressive. Elle allait l'installer confortablement, ce serait un accomplissement. Sûre de ses goûts, connaissant les magasins, elle faisait le soir après le dîner des propositions : reconfiguration des espaces, carrelages pour les salles de bains, couleur des peintures. Serge acquiesçait. Toute sa vie il avait eu la détestation des déménagements, des emménagements, du bricolage et des préoccupations domestiques. Les soucis de décoration étaient la dernière chose à laquelle il souhaitait appliquer son esprit.

— Je ne demande que deux choses, disait-il à sa femme. Je veux un home cinéma et une balayette dans les toilettes !

Il le répéterait à chacune de leurs conversations.

Les deux objets répugnaient à Marianne : l'un faisait nouveau riche et l'autre faisait plouc. Marianne n'en démordait pas. Ce différend anecdotique rappelait les mondes différents d'où venaient le mari et la femme. Marianne eut le tort de négliger ce qui lui était réclamé avec insistance.

— Aucune pièce de l'appartement n'offre assez de recul pour installer un grand écran, objectait-elle.

Ou encore :

— Les enfants regarderont trop la télévision. Est-ce vraiment ce que tu veux ?

Il voulait un grand écran de cinéma. Et une balayette !

Il le répétait. Elle n'en faisait aucun cas.

Un soir à table, ils eurent la conversation finale sur le sujet : celle qui fait valoir le détail comme l'emblème de tout un système.

— Il y a des choses plus importantes qu'un home cinéma, protestait Marianne alors que pour la nième fois Serge réitérait son souhait.

— Quoi par exemple ?

— Tout ! Les rangements, les bibliothèques, la cuisine…

— Je ne vois pas en quoi tout ça m'empêche d'avoir un grand écran ?

— Mais où veux-tu le mettre ?!

— Dans le salon par exemple.

— Ah non ! Je ne veux pas d'un écran dans le salon, c'est trop moche.

— On fixe ça en l'air, tu ne le verras même pas.

— Je ne veux pas de trous dans les murs. Ça va tout abîmer ! Pourquoi une télévision avec écran plat ne te suffit-elle pas ? C'est beaucoup plus joli.

— Tu vois comme tu es ? dit Serge. La seule chose que je te demande, tu la refuses.

— Parce que c'est un caprice. Tu t'es buté là-dessus comme si c'était vital.

— C'est vital ! C'est vital d'exister et de ne pas être ton petit toutou.

C'était un cri du cœur. La phrase tomba sèchement. Et comme Marianne ne répondait rien, Serge remarqua :

— Tu te moques complètement de me faire plaisir ou pas.

— C'est faux. Je te fais tout choisir avec moi ! Accompagne-moi dans les magasins si tu veux. Tu verras que ce n'est pas amusant.

Serge restait songeur. Il ne croyait pas que c'était amusant de courir les boutiques.

— J'espère que tu n'auras jamais de problème plus grave ! dit Marianne.

— Garde tes remarques ironiques pour quelqu'un d'autre. Il ne s'agit pas tant du home cinéma que de la façon dont tu me traites. Tu ne me fais pas la moindre place dans la maison. Tu ne fais tout simplement aucun cas de moi.

— C'est faux.

— C'est l'impression que tu me donnes.

— Tu as tort !

— Non. J'habite *chez toi* depuis dix-sept ans et les choses empirent.

Il voulait dire qu'il ne supportait pas que sa femme eût acheté elle-même une maison mais il l'ignorait. Il chercha un autre exemple du désintérêt de son épouse pour les idées qu'il avait.

— Je voulais des tomettes par terre, en as-tu mis ? demanda-t-il finalement.

— Oui !

À son tour Serge resta silencieux. Était-il gêné d'exiger sans donner en retour ? Pas le moins du monde. Il était occupé de lui-même. Il pensait au sort qui lui était fait. Il donnait ses ordres et trouvait anormal de ne pas être exaucé. Quand il disait à Marianne *Tu décides tout !* il voulait dire *Pourquoi ne m'obéis-tu pas ?* Il voulait décider même ce qui concernait des affaires auxquelles il ne comprenait et ne goûtait rien. Demander quelque chose et être obéi, l'habitude en était prise. Au bureau, personne ne contredisait l'actionnaire majoritaire. Oui Serge, disaient en chœur les salariés : Carmen Bonnefoy, Tatiana Davidoff, et le jeune Armand qui sortait de l'université.

— Tu as tout à apprendre, lui disait Serge, alors écoute mes conseils.

Serge aimait avoir le veto autant que le pouvoir de décision. Pourquoi la configuration n'était-elle pas la même à la maison ?

— J'ai mis des tomettes pour te faire plaisir, précisa Marianne. Es-tu content ?

Il opina.

— Alors dis-le.

— Je-suis-très-content-merci, récita Serge comme un robot, avec un air de se moquer du monde et de sa femme.

En somme Marianne avait fait un effort. Serge aurait dû être satisfait. Mais le ver était dans le fruit : l'amertume était dans le mariage. Serge Korol avait fait sien le sentiment d'être maltraité par sa femme. Il aurait eu cent occasions de réviser son impression mais il ne le faisait pas. Il continuait de se plaindre. Marianne parci, Marianne par-là, pourquoi dis-tu cela ? Tu n'as pas fait ceci ! Ne dis pas des choses comme ça ! Etc. La multitude des prétextes offrait à Serge un terrain de reproches. Rien n'allait plus. Marianne occupait-elle trop de place avec sa réussite ? Serge n'avait aucune intuition de cette rivalité. Il était loin de l'amoureuse émulation du commencement. Il pensait à lui, allant vers le dépit, la jalousie, l'acrimonie, dans une compétition qu'il avait créée et qu'il croyait soudain perdre. Lui eût-on fait pareil diagnostic, il aurait éclaté d'un rire faramineux ! Que lui chantait-on là ? Lui inquiet de sa suprématie ? Jaloux ? Rival de sa femme ? Pas le moins du monde ! Jamais ! Il avait besoin d'exister voilà tout. Personne ne lui disait ce qu'il devait dire : je-suis-très-content-merci ! Depuis quand lui arrachait-on les mots de la bouche ?

Ce n'était pas le talent de sa femme mais sa tyrannie qui le lassait. En un tour d'esprit il s'en fit une certitude. Sans voir que l'une et l'autre n'avaient aucun rapport, il trouva dans le caractère autoritaire de Marianne l'évidente cause de l'insatisfaction qu'il ressentait. N'étant pas homme à se remettre en question, il était soulagé de découvrir chez sa femme la source d'un problème qui était en réalité en lui. Seize ans d'aventures partagées et voilà brusquement que Marianne régissait la famille et ne tenait aucun compte de lui ! Le chantier fut à Serge ce merveilleux prétexte de mécontentement. Il ne s'y préoccupait de rien et déplorait tout. Marianne, dans l'enchantement des frivolités qu'offre aux femmes le souci d'avoir "une belle maison", parlait, pensait et rêvait carrelages, meubles, isolation, coût au mètre carré. Jamais plus elle ne parlait d'amour ! Serge en profita pour se moquer d'elle. Fallait-il faire des bibliothèques en chêne ou en hêtre ? Que préférait-il ? Est-ce que le bleu n'était pas trop froid pour les enfants ? Et lui, une salle de bains rose, est-ce que ça l'embêtait ? Elle mettrait une touche de gris quand même. Ah ! Il s'en moquait ? Bon, très bien, elle déciderait toute seule, elle avait l'habitude. La pauvre petite femme, soudain habillée de luxe et d'idiotie, était ravie. Comme c'était joyeux d'aménager une maison ! Elle en avait complètement oublié le malaise de son compagnon, elle qui avait été la seule à en percevoir le commencement. Cela faisait bien l'affaire de Serge. La soudaine et momentanée distraction de son épouse lui offrait des raisons de la critiquer. Elle avait à faire, il la discréditait. Il faisait des reproches, se retranchait dans cette nouvelle rancœur venue de sa mélancolie. Il se croyait vraiment en droit de se sentir seul. Était-il puéril ou avait-il raison ? Se moquait-elle de ce qu'il voulait ? Marianne se le demanda sans s'attarder. Qui est parfait ? Bien sûr qu'elle avait ses défauts ! Mais sa vie était dévolue à sa famille. Elle ne devina ni la résonance du pouvoir qu'elle avait acquis, ni le poids de ses refus. Elle ne vit pas la manière dont Serge s'effondrait, entraînant dans sa chute la maison qu'elle bâtissait.

Car plus rien ne réjouissait Serge Korol. L'inconvénient d'un certain bonheur familial, quand on le vit trop longtemps et qu'il paraît simple, c'est qu'on le méconnaît. Alors, par aveuglement, ou par folie, on le met en péril. Et l'on ne s'en avise qu'après l'avoir perdu.

4

Et voilà qu'advenait le fameux moment, inéluctable, temporaire mais toujours menaçant, où la brèche s'ouvre entre un homme et sa femme, offrant une entrée au rival éventuel – masculin ou féminin. Parfois nul ne se présente et l'harmonie conjugale se restaure sans blessure. D'autres fois, et plus sont attirants le mari ou la femme, une option extérieure se présente pour le flirt. Lassitude, mécontentement, frustration, font au coucou séducteur un lit ouvert (où resplendiront, Dieu sait combien de temps, sa nouveauté, sa pudeur et son dévoilement, qui sont les trois piments malfaisants de son apparition). La place est faite, il n'y a qu'à s'y coucher et profaner l'intégrité du couple originel.

Il n'y avait plus qu'à se coucher tout contre Serge Korol, à réveiller le cours régulier de sa vie, à lui souffler quelques compliments, à dire son désir pour se livrer au sien. C'est bien ce que fit Caroline Manivette, la célèbre navigatrice en solitaire, une des femmes les plus courageuses du monde, pensait Serge, après qu'il eut écouté sa conférence et dans le brouhaha que faisait l'auditoire, murmuré qu'il aimerait beaucoup la revoir. J'aimerais vous revoir. Il l'avait dit d'un ton grave, les yeux dans les yeux, le regard fixe posé sur le visage tanné, sans ciller, comme dans une séance d'hypnose, éveillant la jouissance de l'autre en lui disant sans mot *tu es grandiose et telle que je te vois tu me plais*. Le hasard écrit de nombreuses histoires d'amour. Caroline Manivette traversait une crise conjugale, l'admirateur tombait à pic. Aussi gaiement qu'un crétin, il s'approchait du précipice amoureux. Mais il faut revenir aux circonstances de cette rencontre.

Le hasard prit la forme d'un voyage professionnel en Espagne. Serge était souvent invité à faire des conférences. L'exercice lui seyait à ravir : il était habitué à charmer ses interlocuteurs. Sollicité avec un enthousiasme flatteur, il accepta un sujet qui le lassait un peu : Comment crée-t-on les conditions de la confiance qui permet d'inventer ?

Voulait-il une promenade sentimentale ? Voulait-il désamorcer le gâchis conjugal que faisait sa mélancolie ? Il proposa à sa femme de l'accompagner. Il ne l'avait jamais fait. Tu parles mal aux clients, disait-il à Marianne. Tu es capable de dire n'importe quoi !

Que répondre ? Il n'y a pas de preuve par défaut.

Pour cette fois, Serge jeta l'éponge et l'on peut même dire qu'il insista.

— Accompagne-moi ! Barcelone au mois de mai, c'est la meilleure période. Les experts t'intéresseront. Il y aura même Alexandre Adler !

Marianne ne voulait rien entendre. Elle se moquait d'écouter Alexandre Adler. Elle avait une visite de chantier le vendredi. C'était un prétexte autant qu'une vérité. Elle était trop fatiguée. C'était une réalité.

— Je n'ai pas l'énergie de partir, répondit Marianne à son mari.

— Justement, tu te reposeras…

Elle vexa la vanité de Serge manipulé par le premier flatteur venu :

— Je n'ai pas envie de voir ta Claudette !

Organisatrice du séminaire, Claudette Pastre avait jeté son dévolu sur Serge qui ne jurait plus que par elle. La remarque de Marianne était un désaveu qui mit fin à la conversation.

— Comme tu veux.

Marianne Villette n'accompagna pas son mari à Barcelone. Au retour, elle ne récupéra pas le même mari. Il avait fait une rencontre. Quelque chose était définitivement brisé. Une époque s'achevait, et comme toujours à l'instant d'un pareil basculement, les acteurs n'en avaient pas conscience. Du jour au lendemain Serge changea de comportement avec sa femme. Tout en elle se mit à l'agacer. Serge Korol n'était plus lui-même : il était amoureux. Et ce n'était pas de Marianne.

C'était de la petite Caroline, dont il croisait le flamboyant chemin dans la vie. Elle était petite oui, plus petite que lui ! L'événement en soi mit Serge en joie : tomber amoureux d'une femme à sa taille. Pouvait-il mieux exprimer qu'il avait besoin de changement ? Serge avait l'impression de sortir de lui-même, d'évacuer enfin, à quarante-deux ans, un complexe idiot. Par chance l'élue était plus âgée que lui. Il ne commettait pas l'ignominie de s'amouracher d'une jeunette ! Elle avait failli mourir plusieurs fois, elle avait doublé le cap Horn, démâté au milieu de l'océan. Il découvrait qu'une femme pouvait être forte et douce. En extase, sous les yeux aveugles de son épouse, il était bercé par la remémoration intérieure de ce qui s'était dit et passé, de ce qui ne s'était pas dit et pas passé, et des promesses de l'avenir. Première tromperie.

Nous avons le plaisir et la chance d'accueillir l'immense navigatrice Caroline Manivette, avait dit ce jour-là à Barcelone la géante au sourire perpétuel, Claudette Pastre.

— Bonjour Caroline. Merci d'être là avec nous. Je te laisse la parole.

Le tutoiement était venu naturellement, qui donnait une décontraction de bon aloi au séminaire. Caroline et Claudette se connaissaient, comme la plupart des gens de sa profession Claudette se croyait amie avec tout le monde.

— Bonjour Claudette. Bonjour à vous tous. Merci de m'avoir invitée.

Caroline Manivette faisait une entrée en star dans la vie de Serge. Bientôt elle l'attraperait comme les hommes attrapent les femmes : par les oreilles. Elle avait un tempérament viril. Sa conférence clapotait, vivante comme l'océan. La navigatrice parlait, debout sur l'estrade, derrière le pupitre sur lequel était posé son ordinateur. Elle était à l'aise sans l'être trop : parfaite. Sur un écran géant derrière elle, des images projetées la montraient sur son bateau. À la barre. Tirant des cordages. Lisant une carte. Regardant le ciel. Faisant la cuisine. Etc. En short et débardeur. En ciré jaune et bottes de caoutchouc. Cheveux attachés. Crinière au vent. Elle avait un beau visage, un corps modelé par une musculature active et livrée à la bataille ou au jeu avec le vent. Si forte et si gracieuse en même temps ! Serge ne la quittait pas des yeux, allant du pupitre à l'écran. Les images le heurtaient et le transportaient. Il ne connaissait rien au monde de la mer. Il ne voyait que la femme d'exception qui racontait comment elle se préparait à une course. Il sentait en lui un frémissement oublié, une force d'attraction, le rugissement intérieur de son désir masculin. Il était rapté par un éblouissement. Quand il jeta un coup d'œil à l'auditoire, il le vit pareillement captivé. Tous ces patrons misogynes étaient fascinés ! Une femme seule sur un bateau ! N'était-elle pas étonnante ? Oh si ! Sa réputation était mondiale… Elle connaissait le doute et le danger, la texture du vent, le goût au bout de son doigt de la mer dans l'air, la solitude de la nuit, l'éparpillement des étoiles, la beauté majestueuse d'une nature sans les hommes. Elle disait de jolies phrases. *La mer observée est une rêverie qui ne finit pas.* Elle avait une énergie dispersée, jaillissante et immense comme l'océan. Elle connaissait l'impression d'échapper à la terre. Elle avait cherché des camarades tombés dans des mers déchaînées, puis arrêté les recherches et repris sa route la détresse au cœur. Elle avait regardé venir des vagues comme des montagnes, se plisser dans la surface des creux de quinze mètres, et des paquets de mer balayer le pont où elle était arrimée. La pluie, l'orage, la tempête avaient fondu sur elle qui depuis l'enfance était malade en bateau ! Elle disait : J'ai une curiosité absolue de la vie. Ou encore : Ce n'est pas le goût de la compétition qui me pousse, mais celui de me dépasser moi-même. Ces paroles traversaient Serge comme des balles de lumière. Le poison d'un charme qui s'exerçait de façon inopportune lui entrait dans le corps. Oh ! comme il était pris ! Suspendu à tout ce qu'elle disait. N'était-elle pas aussi folle que lui cette petite bonne femme qui parlait à son bateau, l'encourageant, l'insultant, le félicitant ? Tombé dans un fantasme, Serge pensait : Elle a failli mourir plusieurs fois, elle sourit de déboires passés, d'avaries terribles, de sauvetages *in extremis*. Sa mémoire est pleine de vagues. Elle a connu le succès et l'échec, la fluidité d'un mouvement sur l'eau et la pesanteur soudaine qui fait sombrer. Elle est en paix avec ce qu'elle a vécu. Il se sentait bouleversé par cette force tendre en face de lui. Ce n'était pas tant qu'elle fût éblouissante, c'était que l'éblouissement a sa propre logique. Il la regarda dans les yeux, cherchant à capturer son regard pour lui seul. Avait-elle vu comment il la regardait ? Plus tard il lui parlerait. Il voulait s'approcher de cette personnalité extraordinairement vivante, exploratrice du monde, avertie, rassérénée, libre. Il l'entendait maintenant conclure : Je ne me lasserai pas. Je pensais qu'à mon âge je cesserais de tirer sur des ficelles ! Mais non ! J'ai la passion de la course en mer. J'attends que le corps lâche. Voilà, elle achevait ce récit spectaculaire par une leçon de sagesse : J'aime la vie, qui comme une course commence et finit, n'est ni gagnée ni perdue tant qu'on n'a pas franchi la ligne d'arrivée. Serge était d'accord avec cela. Ces paroles résonnaient familières en lui. Il avait toujours su que l'effort, le sport, la compétition recelaient et développaient une intelligence de la vie. Cette femme le savait aussi.

Les participants parlaient entre eux. Serge s'approcha de la conférencière qui éteignait son ordinateur. Ses cheveux mi-longs et souples lui tombaient comme un rideau devant le visage. Elle releva la tête et sourit. Elle avait un grain de beauté sur l'arête du nez.

— J'ai envie de vous revoir, dit Serge.

Ce fut leur première conversation. Caroline Manivette était intéressée.

Le soir même (il le raconterait un an plus tard à Marianne) il n'avait pu descendre au dîner tant il était bouleversé. Il était resté dans sa chambre et il avait pleuré toutes les larmes de sa vie. Marianne. Il avait pensé à

Marianne ! En ce jour, sous le choc de cette rencontre, elle tombait du piédestal. Sa propre épouse aimée. Il ne voyait plus que les qualités qu'elle ne possédait pas ! Oh ! il ne voulait pas cela. Il savait que c'était le début des misères. Pourtant il sentait qu'il n'allait pas se défendre. Il allait s'abandonner à l'attraction. Une femme inconnue, neuve, qui flamboyait sous son regard, qui était forte et douce quand il pensait vivre chez une épouse forte et dure, c'était un coup de fouet dans le sang, l'impression non pas de rajeunir mais de renaître. Il pleurait de renaître. Il pleurait d'être tombé si bas qu'il lui fallait renaître. Il pleurait parce qu'il trompait déjà l'amour de Marianne.

5

À son retour à Paris, il serrait, précieux dans son répertoire téléphonique, le numéro de la navigatrice. À la lettre M, juste avant Marianne : la légende de la mer ! Une promesse qui le mettait en émoi. Quelque chose entre eux s'était passé, mais quoi ? Cette question, nourrie d'intuition, est toujours excitante entre un homme et une femme. Elle ne manquait pas de tenir Serge Korol en attente. Il était suspendu à un fantasme.

Marianne ne devina rien. Les années heureuses avaient fortifié sa confiance. (Plus tard, Serge verrait dans cet aveuglement une preuve d'indifférence ou d'inattention.) Elle était plus que jamais happée par la fin des travaux, la mise en caisses des affaires et le déménagement dont la date approchait. La vie matérielle de la famille reposait sur ses épaules. Bientôt ils seraient logés dans une maison merveilleuse. La perspective de ce confort mérité supprimait toute fatigue. Serge rêvait à Caroline, Marianne jetait, emballait, organisait, s'occupait des dîners, des devoirs, donnait ses cours. L'inégalité de contribution était choquante : tout en effectuant l'achat à leurs deux noms, Marianne avait mis l'apport financier sur la table du notaire, s'était portée caution solidaire pour l'emprunt, avait réglé l'intégralité du coût des travaux, en assurait la supervision, faisait les cartons, nettoyait les caves, s'occupait de l'état des lieux et du déménagement. Serge pensait à Caroline et à Plexus. Par quelque bout que l'on prît cet état des choses, c'était trop pour elle qui se donnait avec excès et trop pour lui qui devenait une marionnette. Plus tard ils prirent conscience des dégâts dialectiques que causent entre deux cœurs les relations inégales. Pour l'instant Serge fabriquait de la dispute.

— Les déménageurs viennent le 11 juillet. Mes parents emmèneront les enfants dix jours en balade, annonça Marianne à Serge dès son retour de Barcelone.

— Pourquoi parles-tu fort comme ça? demanda Serge.

Se retrouver face à Marianne alors qu'il rêvait à Caroline ! Il était déjà exaspéré

— Je parle fort ? s'étonna Marianne.

— Oui tu cries.

Il se souvenait que Caroline Manivette avait une voix veloutée, plus grave que la moyenne féminine, et un débit tranquille. Si différent de celui de Marianne !

— Pardon, dit Marianne, je ne m'en rends pas compte.

Jusqu'au fameux 12 juillet que Marianne n'oublierait jamais, Serge ne revit pas Caroline Manivette. Cette privation exacerba son imagination amoureuse. *Il s'était passé entre eux quelque chose, mais quoi ?* Quel suspense ! Quelle alerte. Quelle femme ! Il se contentait de lui téléphoner. La belle des mers, qui avait fait le tour du globe, vivait en Bretagne. De sa maison isolée, la vue mêlait le ciel et l'océan et l'on pouvait se sentir loin du monde. Serge l'imaginait. Il rêvait à partir de ce qu'elle lui racontait. Où es-tu ?

Je suis sur mon canapé. Que vois-tu ? Je vois la ligne de l'horizon. Et quoi encore ? J'entends les mouettes. Oui, la maison est grande. Et il y a un grenier pour les copains. Que feras-tu aujourd'hui ? Cet après-midi je ferai une sortie en mer. Comment es-tu habillée ? Je suis en pantalon de jogging, tu es bien curieux ! Le ton de ces conversations était celui d'un badinage amoureux déjà heureux de lui-même. Ravie, Caroline riait comme on secoue un sachet de sequins. Dans sa voix Serge entendait de la nuit, du vent, du danger, du désir, de la force et de la douceur. Il entrait dans le fantasme élaboré d'une femme rare. La diva écartait le rideau d'un univers dont il ignorait tout. J'aurais adoré faire du bateau, disait-il avec un sourire béat. M'emmèneras-tu ? Elle disait oui. Bien sûr qu'elle disait oui ! Et il rêvait encore. Ta cabine est-elle confortable ? Pourquoi me demandes-tu ça ? Devine, disait Serge. Caroline riait aux éclats. Il s'émerveillait de susciter pareille gaieté. Sa songerie ancrée sur le choc de la première impression, bercée par la voix voluptueuse dans le combiné, accroissait en lui l'attraction fatale. Revivre ce sentiment puissant, la rencontre et le désir, lui sembla délicieux. Depuis combien d'années n'avait-il pas éprouvé ce frémissement intérieur, cette émotion en composant un simple numéro de téléphone, ce désarroi en raccrochant ? Il était fou de l'impression que lui avait faite Caroline. Ce qu'il ressentait était à la fois puissant et tendre. À l'image de Caroline, se disait-il. Au bureau il avait perdu de son efficacité : la mer, le bateau et la femme occupaient l'espace entier de son esprit. Il s'enfermait pour téléphoner. Il n'omettait pas de parler un peu de lui-même aussitôt qu'il avait réussi à flatter sa fée. Il faisait son petit effet auprès de la belle en lui racontant l'épopée économique de

Plexus. Ah! tu es un inventeur! admirait Caroline. Tu vas me créer un bateau rapide comme le vent! Pourquoi pas? répondait Serge. Il était sérieux, il y croyait comme à ce qui pimentait l'existence. Effort de modestie qu'il avait fait à dessein, Serge n'avait pas demandé à Caroline si elle l'avait écouté à Barcelone. Il aimait à se l'imaginer. Il avait été brillant, faisant rire la salle et pétiller l'intelligence de tous ces gens. Il espérait que Caroline avait ri elle aussi. Elle avait ri en effet.

— Quand le dessine-t-on ce bateau? demandait-il de temps en temps.

La fille riait encore : c'était comme s'il lui demandait *quand le fait-on l'amour?*

L'envie de revoir cette ondine le brûlait. Le long été approchait. Il voulait passer un moment avec elle avant de partir en vacances avec Marianne et leurs enfants.

— Tu ne viens jamais à Paris? demanda-t-il un après-midi qu'ils s'attardaient au téléphone.

— Bien sûr que si. Je viens pour des salons et chaque fois que j'ai une conférence. C'est très variable. Cela peut être trois fois dans le même mois et puis plus pendant trois mois.

— Où loges-tu quand tu viens?

— J'ai un petit appartement dans le 14e.

Il ne fit pas de commentaire mais quelque chose se relâcha en lui. L'impossibilité matérielle disparaissait. Il n'aurait pas aimé être obligé d'aller à l'hôtel.

— Tu es content n'est-ce pas? plaisanta Caroline comme si elle avait senti le soulagement.

— Très! rigola Serge Korol à son tour.

Leurs rires ponctuaient ce moment de la galanterie, tout plein de sous-entendus et de désirs à la fois limpides et inavoués.

Donc Caroline Manivette possédait un pied-à-terre à Paris ! Voilà qui faciliterait leurs rencontres. Ils y seraient amants, pensait Serge. Les histoires d'amour tiennent à des détails aussi prosaïques. Pour l'heure, il attendait dans un état de désir si fou que rien d'autre n'existait. La présence de Marianne ne troublait pas ce désir fou. À l'inverse ce désir fou troublait son attachement conjugal : en quelques semaines sa femme lui devint insupportable. Il ne négligea pas d'évoquer cette répulsion pour séduire Caroline. Comme il se faisait plus pressant, elle lui posait des questions personnelles. Il fit mine d'être un cœur libre, un homme disponible.

— Tu es marié quand même ? s'étonna Caroline.

— Je ne m'entends plus avec ma femme.

— Tu ne vas pas me dire que tu ne l'aimes plus !

Caroline suggérait ce qu'elle voulait entendre.

— Pourquoi pas ? répondit Serge. Si c'était vrai ?

— Depuis combien de temps êtes-vous mariés ? demanda Caroline.

Il prit un moment pour répondre. Avait-il honte du nombre qu'il allait dire ?

— Mmmmm ! (Il comptait.) Dix-sept ans ! annonça-t-il.

— C'est énorme !

— Énorme ! plaisanta-t-il, incapable de faire autre chose que répéter.

— À quel âge t'es-tu marié ?!

— Vingt-cinq ans.

— Tu penses divorcer ?

— Je ne sais pas. C'est compliqué. Peut-être.

Et pour la galanterie, qui fait dire et faire tant de bêtises, il ajouta :

— Ça dépend de toi.

— Oh là doucement ! Ne nous emballons pas ! disait Caroline, avec une pointe de vulgarité dans la voix, excitée par ce qu'elle suscitait.

Il était sincère, on pourrait dire *sincèrement perdu et éperdu*, et il ignorait sur quel cœur il était tombé. Caroline Manivette avait souvent conquis des hommes un peu lassés par leur mariage et qu'elle menait jusqu'au divorce avant de les laisser tomber. Sans le savoir Serge lui offrait la configuration qu'elle préférait. *Le tiers lésé* faisait son bonheur d'amante. Prendre un homme à une femme, c'était le prendre deux fois plus. C'était lui arracher à lui aussi quelque chose. C'était lui faire sacrifier un amour. Prendre un homme à une femme était un défi, comme ravir un record à l'océan. Bien sûr Serge ignorait ce passé sentimental à la fois conquérant et destructeur. Il savait que Caroline était en train de se séparer du père de son fils. La diva, pensait-il, était mariée à l'océan. Voilà qui était plus original que ce qu'il avait connu, plus original que Marianne tellement mariée à lui !

En somme il avait maintenant une femme dans la tête et une autre dans la vie. Il rêvait à l'une qu'il ne voyait pas et voyait l'autre dont il ne rêvait pas. L'un des drames du mariage c'était bien que Serge n'idéalisait plus ce qu'il avait sous la main. Sous son crâne : la tempête de l'amour naissant. Dans ses journées : le train-train d'un vieux sentiment. Ce qu'il possédait ne lui suffisait plus. Ce qu'il voulait était empêché par ce qu'il possédait. La réalité contrariait le désir. Rien de tel pour rendre un homme fou. Une folie : voilà ce qui guettait Serge Korol.

6

D'abord il commença par mettre sa femme en pièces.

Il dressa la liste de tous les défauts de Marianne : autoritaire, maniaque, cassante quand on la contrariait, omniprésente, toute-puissante, exigeante, bavarde, méprisante, critique… ! L'irréprochable ne fait pas de reproche, ainsi le mari accusateur avouait-il sa faiblesse. Serge méjugeait sa femme au nom de sa maîtresse. Il frappait le cœur de Marianne au nom de l'aura de Caroline. Et il était convaincu d'avoir un regard objectif ! Comment aurait-il pensé avoir tort à propos de l'une puisqu'il était amoureux de l'autre ? Marianne était invivable parce que Caroline était adorable. Amoureux mais honteux de l'être, Serge Korol avait lancé dans sa tête la machination de sa propre interprétation : Caroline Manivette n'avait rien à voir dans le soudain désamour qu'il éprouvait pour Marianne ; le tort en revenait à Marianne avec qui la vie était épouvantable. Tel Adam qui accuse Ève, Serge accusait sa femme de l'avoir poussé à trahir ses promesses. Il fallait absolument croire à ce transfert de la faute pour ne pas éprouver de culpabilité. Serge s'y employait, s'appliquant un véritable lavage de cerveau. Oublier : les qualités de sa femme, la passion qui les avait habités, les tendresses qu'elle lui témoignait, les différends qu'ils avaient surmontés, les trois enfants qu'ils aimaient, les moments heureux qu'ils avaient connus. Aviver : les disputes, les désaccords, les engueulades. Serge Korol était fait comme la plupart des gens : il croyait ce qui l'arrangeait. Alors c'était décidé et pensé : il n'en pouvait plus de ce carcan que créait Marianne. Il allait le lui dire !

Le 12 juillet, lendemain du déménagement, dans la nouvelle maison, au milieu des piles de cartons, il mena le réquisitoire en règle. Ce fut une soirée pendant laquelle toutes les condamnations violentes qu'il avait envie d'infliger à sa femme furent prononcées. Sur le visage de Marianne il vit se peindre une stupéfaction sans précédent. Il perçut exactement comment elle chancela, au sens propre, sous l'impact inattendu. Son long corps mince esquissa un mouvement de chute arrière. Marianne Korol était bouleversée. Serge n'en éprouva aucune émotion. Il ne pensa qu'à lui-même : il bouillait de parler. Il lui fallait coûte que coûte évacuer le gigantesque mécontentement qui avait poussé en lui comme un baobab depuis sa rencontre avec Caroline. Marianne était fatiguée? Eh bien lui, il était excédé. Alors il le disait.

Marianne était dans cet épuisement que posent sur nous les questions matérielles, et voilà que Serge, au-dessus de la mêlée, qui ne s'était soucié de rien – j'ai du boulot, répétait-il –, trouvait moyen de l'accabler de critiques.

Le premier prétexte avait été saisi pour se mettre en colère : Serge cherchait ses chemises et Marianne ne trouvait pas le carton où elle les avait rangées.

— Si tu avais empaqueté tes affaires toi-même tu aurais le droit de râler. On n'est jamais mieux servi que par soi-même, fit-elle remarquer. Sais-tu que j'ai fait deux cent cinquante cartons ?

Il n'en avait aucune idée, s'en moquait éperdument et jubila qu'elle lui donnât la raison qui manquait à une dispute.

— Tu me fais encore des reproches? lança-t-il à sa femme.

Marianne ne comprit pas l'esprit de cette remarque, laquelle tombait comme une référence à des antécédents qui n'existaient pas.

— J'ai un client important demain, poursuivit-il, je ne peux pas aller le voir *comme ça.*

Il appuya sur ces derniers mots et fit avec ses mains le geste de montrer sa tenue comme si elle était misérable.

— Excuse-moi, répondit Marianne. Je n'ai pas de gros client mais j'en ai gros sur la patate !

Serge éprouva qu'il avait armé le conflit.

— Ah bon ! Et pourquoi ? fit-il d'une voix qui était fielleuse sans se cacher.

— Tu m'as laissé le déménagement sur le dos et tu te permets en plus de me faire des reproches. Voilà pourquoi.

— Tu n'as pas payé sept mille euros de déménageurs ? demanda-t-il avec la même voix provocatrice.

— Si, mais les déménageurs transportent les cartons, ils ne les remplissent pas.

— On peut le leur demander mais tu préférais le faire toi-même.

— Cela coûte beaucoup plus cher. Et je n'avais pas envie que des types que je ne connais pas mettent mes soutiens-gorges dans des caisses.

Elle était toujours dans la sincérité, comme si elle ne voyait pas les jeux et les pièges.

— Alors ne te plains pas.

— Je ne me plains pas. C'est toi qui te plains de ne pas trouver tes affaires. Je suis obligée de te rappeler que nous sommes en déménagement.

Elle n'avait pas tort mais fit l'erreur d'ajouter :

— Pourquoi prends-tu des rendez-vous importants en ce moment ? Si tu pensais à m'aider, tu ne le ferais pas.

Il s'emporta. Marianne, Caroline, le déménagement, revoir Caroline, mentir à Marianne, sentir que la vie tangue d'une manière dangereuse, ne plus savoir ce qu'on fait ou même ce qu'on veut : toute la complexité du présent nourrissait son propos.

— Est-ce que tu peux te taire, la fermer, me foutre la paix ? cria-t-il.

Ce fut le premier hurlement qu'il poussa, laissant percer un incroyable poids de rancœur, son malaise personnel, son insatisfaction, dont il s'allégeait sur sa femme en la rendant responsable.

Ou bien était-ce la détresse de ce qu'il sentait arriver par sa faute ?

Ni lui ni Marianne ne le sauraient jamais.

Marianne resta choquée par la violence qui se jetait sur elle comme un animal. L'idée qu'elle n'avait rien dit et ne méritait pas ces insultes ne l'effleura pas. Elle avait dit tant de choses, en d'autres lieux, en d'autres temps ! On a toujours de quoi se sentir coupable lorsqu'on en est capable.

— Fous-moi la paix ! Tu comprends ça ? hurlait Serge. Si j'ai des rendez-vous ça ne te regarde pas !

Une rage immense se déployait derrière ses mots qui venait des profondeurs de lui-même.

Il s'emporta davantage de la voir silencieuse. La petite pipelette ne disait rien ? Que se passait-il ? Elle avait de la peine ? Ah non ! Il ne voulait pas qu'elle eût le statut de victime. La victime, c'était lui !

— Je te fais des reproches parce que je ne te supporte plus ! cria-t-il.

— Qu'est-ce que tu ne supportes plus ? demanda Marianne, amenuisée par l'agression.

C'était une question pour arrêter le temps et ralentir les paroles. Une panique affective annihilait en Marianne tout discernement.

— Je ne supporte plus rien de toi ! Tu m'exaspères. Tu es horrible, odieuse. Tu es une affreuse femme.

Serge s'interrompit, frappé peut-être par ce qu'il venait de dire. Marianne avait les larmes aux yeux. Comment Serge pensait-il une chose pareille ? Le recul manquait pour se le demander. Elle appuya deux doigts dans le coin de ses yeux fermés.

Quand on veut tuer son chien on dit qu'il a la rage. Serge ne s'y prenait pas autrement avec Marianne. Il continua son réquisitoire en choisissant d'autres mots :

— Tu es une enragée, un volcan. C'est peut-être ébouriffant, mais à la longue ça fatigue. Je n'en peux plus.

— Tu n'en peux plus de quoi ? murmura Marianne.

— De la façon dont tu me parles.

Comme elle ne disait rien, il précisa.

— Ta façon de me parler est insupportable !

Il se convainquait d'avoir trouvé enfin quelque chose de vrai et de précis.

— Comment est-ce que je te parle ? demanda Marianne avec une toute petite voix.

— Comme à un gamin ! cria Serge.

— Mais non ! protesta Marianne. C'est toi qui l'imagines.

— Ah oui, je suis parano c'est ça ?

— Ce n'est pas ce que j'ai dit. Tu interprètes tout !

Elle avait encore plus raison qu'elle ne le croyait. Serge élaborait, brindille après brindille, mensonge après interprétation, le tissu de la légende qu'il colporterait partout comme un bouclier personnel contre la clairvoyance des autres : il ne s'était pas mal conduit, il avait été malmené.

— Arrête de dire *mais non !* chaque fois que je dis quelque chose. Tu ne cesses pas de me contredire ! Tu t'en rends compte ? demanda Serge comme s'il avait de quoi être offensé.

— Je te contredis si tu dis n'importe quoi.

— Je dis n'importe quoi ? Merci !

La susceptibilité à fleur de peau, amplifiant la moindre opposition, le faisait sortir de ses gonds comme un diablotin d'une boîte de farces et attrapes.

— Je ne peux plus parler avec toi, tu es devenu fou, dit Marianne.

Elle se laissa tomber sur une chaise, appuya ses coudes sur la table et cacha son visage dans ses paumes. Serge ne désarmait pas. Une force dont il ne connaissait rien le poussait, bien au-delà de ce qu'il croyait, à détruire ce qui était une partie de lui-même : sa femme. Elle se trouvait là. Elle entendait. Une autre à sa place aurait sans doute subi le même sort. C'était Serge Korol, fils de Nina, tout seul, qui était dans le jeu. Il criait de nouveau très fort :

— Tu m'étouffes. Tu es tout le temps présente. Tu vois tout. Tu commentes tout. Tu penses sans interruption. Tu juges ce que je fais. Tu me juges tout le temps. J'en ai assez de ta tyrannie et de tes exigences.

De quoi parlait-il ? Elle n'y comprenait rien. Sa destitution venait de commencer, mais elle n'en avait pas idée. Au vrai, elle s'était attendue ce soir-là à des compliments, des félicitations, des remerciements, parce qu'enfin, tout était achevé, et ils allaient s'installer dans ce bel espace où chacun serait plus libre de vivre à son rythme sans déranger les autres.

— Qu'est-ce que j'ai fait ? Je ne comprends pas ce que tu me dis, dit Marianne.

Il répéta.

— Tu ne cesses pas de me juger et de me commander ! C'est bien, c'est pas bien, fais ceci, fais cela.

— Tu te juges tout seul, répondit Marianne. Tu me soupçonnes de le faire parce que tu le fais toi-même. Tu ne t'aimes pas et tu me le fais payer.

Son intelligence des choses l'apaisa. Elle était certaine de ce qu'elle disait. Serge ne savourait pas sa vie. Ce regrettable trait de caractère faisait aujourd'hui des dégâts.

— Blablabla ! Madame je-sais-tout ! Je ne suis pas un dossier. Arrête de faire ma psychanalyse. Tu m'as déjà dit tout cela. Tu répètes la même chose depuis vingt ans, ricana Serge.

Marianne prit pour elle le reproche. Alors que le déplacement était évident, elle n'était pas capable de dire : Je ne veux pas discuter avec toi quand je sais que ce n'est pas contre moi que tu es en réalité irrité. Elle discutait ! Elle cherchait obstinément à éclaircir le désaccord, à percer par la conversation l'abcès de la conversation.

— Je dis seulement que je ne te juge pas.

— Alors pourquoi je tremble devant toi ? Pourquoi je me demande sans cesse si ce que je fais va te déplaire ? cria Serge.

— Je ne sais pas !

— Tu refuses de savoir qui tu es ! s'exclama Serge devant l'étonnement de sa femme.

— Je ne suis pas la femme dont tu me parles. Oh non ! Je ne te commande pas, je te sers. Je fais preuve d'un dévouement de chien ! Pourquoi tremblerais-tu comme devant un tyran ? Je ne sais pas ! Tu fais peut-être exprès ! Pour croire que j'en suis un. Pour oublier ta culpabilité de te servir de moi à ce point ? Peut-être sais-tu que tu agis égoïstement. Et tu es gêné vis-à-vis de moi, suggéra Marianne.

— Voilà nous y sommes ! triompha Serge. Je suis un égoïste !

— Sois moins radical. Je ne t'accusais de rien, c'est toi qui m'attaques.

— Je suis radical si je veux. Ne me commande pas, sourit Serge comme s'il venait de réussir une démonstration.

— Tu me le rappelles assez souvent.

— Je réagis à tes qualifications. Tu m'as bien traité d'égoïste non ?

— J'ai dit que *parfois* tu t'occupais de te faire plaisir alors que moi j'étais sollicitée par la famille. Si j'étais à ta place, je serais gênée d'être si libre quand l'autre l'est si peu.

— Tu n'as pas dit *parfois* !

— C'est vrai. Parce que c'est tout le temps ! lâcha Marianne excédée.

La vérité la faisait parler sans peur des conséquences de ce qu'elle disait.

— Je fais tout pour tout le monde. Toi tu t'occupes de toi sans jamais avoir l'idée de m'aider ! dit-elle avec passion. C'est même incroyable !

— Qu'est-ce qui est incroyable ?

— Notre organisation. J'ai un métier, je gagne de l'argent, mais nous partageons les tâches comme nos grands-parents !

— Pauvre chérie !

Serge avait une allergie immédiate à ce genre de reproches. Non, non et non ! Il ne se comportait pas comme un égoïste ! Il aurait pu trépigner, taper des pieds par terre comme un enfant gâté : Je ne suis pas un égoïste, je ne suis pas un égoïste !

— Eh bien sache que je ne suis pas gêné, dit-il. Et je ne vois pas pourquoi je devrais l'être. Il est normal de faire des choses pour soi. C'est toi que ça gêne. Tu es jalouse. Tu me voudrais à ta botte. Tu as envie de m'engueuler. Si tu m'aimais tu serais heureuse que je prenne du temps pour moi.

— Je ne t'engueule pas ! Je demande que tu te soucies de moi et pas seulement de toi ou de Plexus.

— Arrête de me donner des leçons.

— Tu ne t'aimes pas alors tu me crois au-dessus de toi. Tu m'as mise sur un piédestal et tu penses que je te regarde de là-haut. Je ne sais pas quoi te dire. Je ne te donne aucune leçon, c'est toi qui les inventes.

— Et voilà, ça recommence !

— Qu'est-ce qui recommence ?

— Tes analyses ! On dirait que tes infernales facultés analytiques se développent en vieillissant.

— Pardon. Je ne dirai plus rien.

— Tu n'en es pas capable ! rigola Serge.

— Ah bon ? Tu penses ça ?

— Tu es vexée ? triompha Serge.

— Je ne suis pas vexée, je suis désolée que tu penses ainsi.

Dès ce moment, Marianne Korol aurait pu comprendre que toute conversation était vouée à l'échec. Serge fuyait les questions, ne cherchait pas à élucider ce qu'il ressentait, ni à restaurer l'harmonie perdue. Il cherchait à détruire.

D'ailleurs il ne répondit pas à sa femme.

— En tout cas je n'en peux plus de vivre avec toi, dit-il en guise de conclusion.

C'était un obus dans l'alliance. Cela ne voulait rien dire de précis. Serge ne savait plus ce qu'était vivre sans Marianne. L'impression qu'il avait de se débattre avec son désir tout neuf de Caroline le faisait parler au-delà de la vérité. Son imbécillité était manifeste. Il n'avait jamais pensé à quitter Marianne. Il n'avait pas prévu de partir maintenant, du jour au lendemain, et il était bel et bien là. Mais il disait qu'il ne supportait plus la situation présente. Alors quoi ? Qu'allait-il se passer ? Il n'en avait pas idée. Il déballait ce qu'il avait sur le cœur. Il aurait pu à ce moment se remémorer les chantages que faisait sa mère à Vladimir. Je vais demander le divorce ! hurlait Nina. Je ne veux plus vivre avec un con comme toi ! Elle disait même : *un sale con* ! Elle allait parfois jusqu'à prendre la voiture le soir et rouler dans la nuit à travers la campagne. Elle revenait, parlant comme une mégère, insultant le pauvre homme amoureux qui l'attendait devant la porte en pyjama. Serge rejouait-il ces scènes sans le savoir ? Ou bien avançait-il vers la rupture que sa mère n'avait jamais consommée, faisant ce qu'il croyait qu'elle avait voulu faire ? Parce que si sa mère était dépendante, lui ne l'était pas ! Et il pouvait crier à sa femme *J'en ai assez de vivre avec toi !* sans que cela fût des mots en l'air, une menace virtuelle.

Marianne avait pris au sérieux chaque mot qu'il disait. Comment Serge pouvait-il vouloir vivre sans elle ? Ses larmes coulaient dans un silence qui donnait de l'ampleur aux dernières paroles. Serge la trouva vilaine et il en était content. C'est un soulagement de voir enlaidie une femme que l'on pense à quitter. Les larmes ne l'émouvaient plus depuis longtemps : il avait vu sa femme pleurer pour des riens. Il la regardait avec superficialité, d'un regard distrait, sans profondeur.

— Arrête de pleurer, dit-il, c'est ridicule.

C'était une drôle d'idée. Comment la peine pourrait-elle jamais être ridicule ? Serge sortit de la cuisine, laissant là sa femme, le dîner sur la table, les larmes qui l'excédaient, tout ce monde autour de lui qu'à ce moment il aurait donné pour avoir Caroline.

— Tu m'énerves, dit-il.

Oh elle avait bien compris ! Mais dès ce moment où le chagrin l'aveugla, elle ne discerna jamais que l'énervement était en lui et ne venait pas d'elle. Digne fille de Brune, reprenant le rôle d'une situation mille fois jouée avec sa mère, Marianne Villette se sentit aussitôt responsable et déchue. Elle n'avait pas été assez bien ! Pas assez *gentille* ! Pas assez douce, conciliante, cool, intéressante. Pas assez drôle non plus ! Elle déploierait tant d'efforts, tous vains puisque le problème de Serge était ailleurs et qu'il y avait entre eux un tiers, qui ne comptait pas pour du beurre, dont elle ignorait à cette heure l'existence.

— Mais pourquoi je t'énerve ? supplia Marianne debout dans l'encadrement de la porte.

C'était une vraie question, une supplique, une déclaration d'amour. Qui restèrent sans réponse.

Un peu plus tard elle rejoignit Serge au salon, s'asseyant sur le bras du fauteuil où il faisait selon ses règles de vie, un *sommeil flash*.

— Serge…

Elle murmurait, lui toucha le bras, les cheveux.

— Laisse-moi, je dors, dit-il.

Ce fut le début d'une nouvelle vie, où il n'y eut plus ni rire ni sourires, ni compliments, ni plaisirs partagés. Ce que Marianne donnait était normal. Ce qu'elle demandait était odieux. La trace persistante d'une longue complicité (dont Serge ne voulait plus) ne servit qu'à parler ensemble de rupture et de tempête. De la part de Serge vint un flot d'accusations qui cachaient ses absences, ses mensonges, et l'amour qu'il laissait grandir en lui pour Caroline. Chaque fois qu'il était de mauvaise humeur parce qu'il était frustré de ne pas voir Caroline, Serge entreprenait Marianne sur les défauts qu'elle avait et les manquements dont elle était coupable. Quelle part exacte prenons-nous à nos passions ? Si certain d'avoir raison, Serge ne se posait pas la question. À distance, Caroline Manivette lui faisait jouer un rôle qu'il imaginait inventer de son propre chef. Quant à Marianne, elle ignorait que ces hostilités naissantes pouvaient être fatales. Elle ignorait que Serge portait dans la conversation les apprêts d'une plus vaste querelle. Les mots taillaient la voie de la rupture. Elle ignorait ce qu'elle allait endurer. Car celui entre les mains de qui on a remis son cœur à vingt ans, en toute confiance, avec qui trois fois on devient parent, détient bel et bien le pouvoir de vous détruire : votre vie près de lui, votre foi en vous-même, votre confiance en autrui, vos racines, votre passé d'adulte et vos forces pour l'avenir.

Ce soir-là, dans la touffeur de juillet sur la capitale, ils se couchèrent dans une chambre pleine de cartons entassés les uns sur les autres jusqu'au plafond, sans parler, côte à côte dans leur grand lit, Marianne dans la peine et Serge dans la colère, qu'ils ne partageaient pas. Serge ne chercha aucune réconciliation. Ce qu'il avait dit était dit. Le reproche était sa façon de travestir la force qui le propulsait vers Caroline. Il ne regrettait rien. Il avait avoué ce qu'il ressentait : il en avait assez de la vie qu'il menait ! Que sa femme n'y fût pas pour grand-chose ne l'effleurait pas. On aurait dit que toute sa vie d'homme dépendait de cette compagnie qu'il jugeait dorénavant terrifiante. On aurait dit que Marianne, avec sa personnalité, construisait sur terre l'enfer de Serge Korol. Tiraillé par son désir inassouvi, il lui collait tout sur le dos. N'était-ce pas à cause d'elle qu'il n'était pas auprès de Caroline ? Il bouillait dans le lit conjugal. Il pensait : J'emmerde le conjugal ! Mais disait à sa femme : Tu m'emmerdes ! Ce *déplacement* efficace lui évitait la culpabilité. Pas plus que lui, Marianne n'avait idée de ce qui se passait dans la tête de Serge. Elle n'en voyait que les effets : l'incroyable froideur de son mari. Quand elle chercha sa main sous le drap, il la retira. Ce geste la désola. Elle était stupéfaite. Jamais il n'avait agi pareillement. Comment deviner si vite que son mari avait disparu ? Il n'était plus là ! Il pensait à son nouvel objet. Il tombait lentement dans une fascination captivante. Caroline Manivette, qui trônait dans les pensées viriles de cet homme furieux, était invisible. On ne soupçonne pas les autres de faire une chose que l'on n'a jamais faite : pas une seconde Marianne n'imagina une autre femme dans la vie de Serge.

Pendant que Marianne encaissait les reproches et se demandait déjà comment s'améliorer pour restaurer le charme, Serge planifia un rendez-vous à Paris. Il serait parti en Vendée mais prétexterait pour rentrer un impératif professionnel. Suspendu au téléphone, enfermé dans son bureau, il écoutait la nouvelle élue de ses préférences : la merveilleuse Caroline.

Caroline Manivette parlait volontiers. Elle aimait raconter ses équipées, ses succès, ses grands accidents. Consciente de sa célébrité, elle guettait sur le visage de l'interlocuteur l'effet de ce qu'elle disait. Même au téléphone, Serge frémissait dans un mélange de désir sexuel et d'admiration. Cela créait en lui le maximum de l'adoration érotique. Caroline continuait, ravie par ce qu'elle sentait qu'elle suscitait. Je ne pense jamais au danger. Je me concentre sur ce que je dois faire. Je me sens presque invulnérable, disait-elle à Serge. Elle n'ignorait pas combien les béotiens étaient impressionnés par ses récits. Serge Korol était tombé sur sa jumelle en vanité : la fille avait toujours goûté d'attirer l'attention, de se faire admirer, d'être au sommet mondial de la navigation en restant féminine, un phénomène. À plus de quarante ans, ayant un jeune enfant, elle posait le pied sur la terre ferme et entreprenait une reconversion en faisant des conférences. L'exercice lui plaisait : encore des regards sur elle, qui pensaient *cette fille est incroyable et en plus elle n'est pas laide* ! Serge l'avait pensé : elle n'a peur de rien, rien ne l'arrête, et pourtant elle est jolie et douce. En mer, rien ne me manque, disait-elle, c'est rustique tu n'imagines pas. On dort tout habillé, parfois même tout mouillé. On n'enlève même pas les bottes ! Tu m'impressionnes, disait Serge, et c'était exact au sens premier du mot. Quand Marianne se plaignait qu'il n'avait pas refermé le dentifrice, il soupirait deux fois plus ! Sa petite épouse qui tirait la charrette comme une mule soumise lui paraissait étriquée et sans intérêt.

La régularité que des enfants imposent à la vie ne pouvait cesser au moment où les Korol venaient d'avoir un fils. C'était ce que Serge appellerait plus tard *le carcan*. Il trouverait légitime d'en sortir quitte à abandonner les responsabilités à sa femme. Pour l'instant il s'y trouvait encore. Vacances obligeaient : Serge emmena sa famille en Vendée. Il avait prévenu Marianne qu'il aurait un saut à faire à Paris pour un rendez-vous professionnel. C'était pour emmener Caroline au restaurant. Et refaire connaissance visuellement avec elle. Le choc se confirma : son charme s'exerçait sur Serge avec une force extraordinaire. Ce qui le traversait en face de cette femme était exquis et fulgurant. Il écoutait la voix emplie d'équipées et de danger.

— J'aime l'émotion, l'aventure. J'aime me sentir libre, expliquait Caroline en trempant ses lèvres épaisses dans la coupe de champagne.

Comme on dit : elle lui en mettait plein les mirettes.

— Tu veux du caviar ? demanda Serge, c'est leur spécialité.

— Comme tu veux, souffla Caroline.

— Je veux, dit Serge.

Il n'était pas en reste dans cette occupation qui consiste à faire impression. Peut-être était-il en train de devenir un de ces hommes qui n'aiment rien tant qu'à multiplier les premières impressions. Caroline eut un sourire charmeur. Avec ses cheveux mal coiffés et sa poitrine ronde, à l'inverse de ce qu'avait offert Marianne à Serge pendant deux décennies, elle était sensuelle. Un bijou d'argent palpitait dans le charmant creux de peau blanche au-dessus du sternum. Serge regardait l'anneau plat passé dans la chaînette. À ce spectacle, il avait du désir plein les mains.

— À bientôt, souffla-t-il les yeux fixes qui regardaient Caroline en souriant.

Quand il retrouva les siens en Vendée, il vivait sur un petit nuage. Il fut plus gentil avec Marianne. C'était l'accalmie avant l'orage. Deux ou trois fois elle le surprit au bout du jardin, assis au pied d'un arbre, occupé à rire au téléphone. Bien sûr il raccrochait quand sa femme s'approchait. C'était vraiment le climat d'une conversation galante. Marianne ne s'y trompa pas. Elle avait cent fois observé ce manège : son mari avait besoin de plaire aux femmes, elle s'y était accoutumée. Elle ne chercha pas à en savoir davantage. Elle n'était pas du genre à enquêter. Elle aurait eu honte d'elle-même.

7

Alors le mariage de Marianne Villette et Serge Korol se mit à pourrir sur pied. À pourrir, parce que Serge agissait comme s'il voulait le couler. Sur pied, parce que Marianne voulait le sauver. Puisqu'ils étaient de force égale, chacun des deux obtenait ce qu'il cherchait, l'un la rupture et l'autre la continuation, et cela faisait ensemble un supplice pas ordinaire.

Serge avait maintenant avec Caroline une liaison qui montait comme une marée. La navigatrice venait à Paris retrouver son amant et dans son pied-à-terre, Serge passait avec elle des soirées et des débuts de nuit. Ce commerce approfondi lui devint bientôt indispensable. Quand Caroline s'attardait en Bretagne, Serge s'attaquait à Marianne. Son monde tournait désormais autour de Caroline. Semblable à n'importe quel amoureux, il se montrait curieux de tous les objets de sa maîtresse. Il se mit à parler de bateau, proposa d'aller voir le départ d'une course à La Rochelle… Rien de tout cela n'éveilla l'attention de Marianne. Occupée à sa famille, elle était loin d'imaginer que son mari était occupé ailleurs. Il ne cessait pas de lui faire des reproches mais, croyant les mériter, elle n'y devinait pas l'anguille sous la roche. Il t'en veut de quelque chose, lui disait son amie Sara. Mais de quoi ? pensait

Marianne. Elle se dévalorisait dans tous les domaines, cherchant en elle une cause qui était en lui, ou bien qui s'appelait Caroline. De terribles moments, de tromperie, de rabrouement, d'humiliation détruisaient la vie conjugale. Le moindre effort de Marianne pour être plus douce, plus gaie, plus jolie, plus drôle, plus sexy, plus ceci et plus cela, se soldait le soir par un échec retentissant : à peine les trois enfants dormaient-ils que Serge commençait la java de ses récriminations.

Il y avait, sur le trône de sa réprobation conjugale, l'argument général : il se sentait jugé par sa femme.

— Tu as tout bon et pas moi, OK, résumait-il quelquefois à voix haute, furieux.

Cette formulation aussi libre que désabusée exposait toute l'erreur de Serge dans l'existence : d'abord il fallait "avoir bon", comme si la vie avait été un concours ou un examen et qu'il existât entre les personnes un classement. Ensuite il s'estimait inférieur à son épouse et ne le supportait pas. Autrefois il disait à Marianne : Tu es *première série* en tout et pas moi. C'était alors un compliment. L'acrimonie avait depuis remplacé l'admiration. Le garçon était complexé ! Le drame venait de là. Il s'était désespéré, seul en lui-même, de l'écart entre les gratifications qu'il espérait (les attentes de ses parents) et ce qui était advenu : son génie n'avait pas encore été célébré. Déçu par ce qui lui arrivait, manquant de reconnaissance (parce qu'il en demandait énormément), admiratif de Marianne (parce qu'il était sensible avec excès aux marques de réussite qu'elle recevait), il se sentait dominé par elle. C'était ce qu'il appelait *jugé*. Il en voulait à sa femme de se trouver dans cette situation où il s'était mis tout seul. Marianne qui l'avait compris forçait ses enthousiasmes et ses émerveillements. Tu es gentille ! disait Serge touché dès qu'on le caressait. Pourtant, quand la conversation devenait tendre, Serge n'y tenait plus. Comment vivre cette complicité qu'il mettait en péril ? Il pensait à Caroline. Elle n'aimerait pas le voir ainsi. Et il avait envie de l'embrasser ! La vie était aussi bête et affreuse que cela : il parlait avec Marianne et rêvait de Caroline, alors Marianne se faisait maltraiter. Il buvait de pleins verres de vin. Il voulait l'ivresse comme on veut la volupté.

— Tu trouves que je suis menteur ? demanda-t-il un soir à sa femme.

Il savait à quel point il mentait mais il ignorait si Marianne le savait. Il regarda son visage que la peine de jour en jour adoucissait. Non, elle ne soupçonnait rien ! Il l'entraînait malgré lui vers les plus brûlantes questions. Nous chauffons, nous chauffons, aurait-il pu dire, comme dans ce jeu où les enfants cherchent un objet tandis que celui qui l'a caché donne de l'information.

— Pas menteur, plutôt cachottier, répondit Marianne. En ce moment plus que d'habitude, ajouta-t-elle.

Elle était détendue et souriante. Comment pouvait-elle l'être ? C'était par amour ! Dès qu'elle pouvait parler avec Serge, Marianne était heureuse. Serge ne l'était pas. Il la trouva stupide. Pauvre fille ! Collante encore.

— J'ai envie de foutre le camp de la maison, dit-il avec sérieux.

Voilà que retentissait l'appel de Manivette. Serge croyait que c'était le meilleur de lui-même ! L'idiot n'est pas toujours celui qu'on croit (l'autre) et l'on gagne parfois à se considérer comme son pire ennemi.

La brillante réussite de Serge Korol autant que ses parents adorateurs l'empêchaient à cette heure d'envisager qu'il faisait fausse route. Il était incapable de se dire : Ne va pas croire que tu es intelligent toujours et partout ! Et de se demander : De quoi rêves-tu exactement ?

Ce fut la première occurrence d'une phrase qui en aurait d'innombrables : *Je vais foutre le camp.* Serge était loin d'imaginer le temps qu'il lui faudrait pour détruire son mariage, le peu de certitude qu'il aurait de vouloir le faire, le courage qui lui ferait défaut, et l'endurance de Marianne pendant qu'il se soulevait contre elle. Je vais foutre le camp ! Il répéterait cette phrase pendant plus de deux ans, agrippé à leur maison, sans comprendre ni ce qu'il faisait, ni ce qu'il voulait. Était-ce une pure menace ? Un désir impossible ? Un faux désir ? Une incapacité à quitter le domicile familial ou ses enfants ? Lui-même n'en savait rien. Et comment deviner, derrière ce ton affirmatif qu'il prenait, qu'il n'en savait rien ? Pour Marianne, qui avait incorporé Serge à elle-même, venait l'immédiate angoisse d'être abandonnée : la peur animale à la perspective d'une amputation. Je vais foutre le camp ! hurlait Serge. Marianne le croyait sur parole. Chaque jour de deux années, elle le croirait ! Alors qu'il n'ébauchait pas un mouvement pour s'en aller, elle le croyait. Si effarée par la peur, elle oubliait le nombre de choses qui le retenaient auprès d'elle. Si dépréciée, elle ne pensait pas qu'elle manquerait à son mari. Elle le voyait faisant sur-le-champ sa valise et claquant la porte à tout jamais. Or elle connaissait son orgueil : si Serge quittait cette maison jamais plus il n'y reviendrait. Elle ne saurait pas supporter ce départ.

— Je t'en prie, ne fais pas ça, reste, suppliait-elle.

Qu'avait-elle à supplier puisqu'il était là ? Restait-il parce qu'elle le demandait ou parce qu'il ne voulait pas partir ? Serge ne comprenait rien à lui-même. Il voulait qu'elle le poussât dehors elle-même. Ainsi éviterait-il d'un même coup le choix et la culpabilité. Avec une sincérité déchaînée, ils jouaient à ce jeu terrible : Je vais partir (mais je reste) ; je t'en supplie ne t'en va pas (je crois ce que tu dis même si tu ne le fais pas) !

La souffrance était partout :

– Serge souffrait de rester parce qu'il croyait vouloir partir.

– Serge souffrait à l'idée de partir.

– Marianne souffrait de croire que Serge allait partir.

– Marianne souffrait d'être insultée parce qu'il restait.

– Ils souffraient de se rendre malheureux l'un l'autre.

C'est un supplice chinois, disait Marianne à propos de ce qu'ils vivaient.

Pourquoi voulait-elle à ce point garder Serge ? Ce serait bientôt la question la plus mystérieuse. Jamais Marianne ne se la posa.

Elle connaissait la réponse : elle avait parcouru tout son chemin avec celui-là, elle ne voulait pas d'autre mari.

Tout en elle savait qu'elle ne voulait pas vivre sans Serge.

J'ai conçu mon existence avec cet homme. Je l'ai choisi, il n'a pas de substitut. Il me plaît. Ses défauts, je m'y suis habituée, qui ne sont pas de ceux qui me gênent. J'aime l'idée de lui que je me suis faite à travers le mariage. Jamais je n'ai renié le choix originel.

J'aime notre alliance. J'ai passé ma jeunesse avec l
je me la rappelle trop pour vivre la maturité avec un
autre. C'est avec lui que j'aime mes souvenirs. Avec lui que je peux me les remémorer. Vieillir sous le regard d'un homme qui a connu ma fraîcheur me sera moins cruel. Je pense sans le craindre à l'avenir avec lui. J'espère que l'un tiendra la main de l'autre à l'instant de mourir. Ma tombe sera la sienne. J'élève avec lui trois enfants. Lui seul peut m'écouter en faire l'éloge. Je partagerai sa descendance. J'aime vivre avec lui. J'y suis habituée. Ce n'est pas un argument péjoratif, la saveur de l'habitude est grande et rassurante. J'ai besoin de lui. Ma vie sans lui ne serait pas la mienne. Désormais il existe entre nous une appartenance : je lui appartiens et il est une part de moi-même. J'ai offert à ce compagnon mon attention et mon élan, mon temps et le cadre de mes jours. J'ai déposé à ses pieds ce qui fait de moi celle que je suis. Je n'aurai pas d'autre mari. Il y a dans ce qui me lie à lui quelque chose d'irrémédiable autant que d'irremplaçable. Je ne sais pas l'imaginer avec une autre femme. Je ne peux m'imaginer avec un autre homme. Un autre serait une rencontre, une découverte, un éblouissant moment peut-être, mais jamais ce chemin qui va du commencement à la fin. Parce que le commencement a déjà eu lieu, et c'est avec Serge que je l'ai joué.

Serge pouvait dire et faire ce qu'il voulait, Marianne continuerait de l'aimer. Prison de l'amour ? Peut-être le pensa-t-il, amoureux d'une autre. Il secouait ce joug.

— Je tiens à toi, disait Marianne. Je ne pourrais pas vivre sans toi.

— On dit toujours ça mais ce n'est pas vrai, répondait Serge.

Il dévoilait cet aspect à la fois masqué, déplaisant et incompréhensible de son caractère : cadenassé, imperméable aux émotions. Les mots et les situations ne passaient pas par l'intérieur de lui-même. Il n'était pas affecté autrement qu'en surface. Il se sentait tout juste importuné par la contrariété d'un remous. Dans la tempête conjugale, cette infirmité émotive sautait aux yeux. Serge Korol était protégé de la souffrance par son incapacité à investir son affection ailleurs qu'en lui-même. Les moments étaient des désagréments ou des plaisirs, mais ne laissaient pas de traces. Si Marianne était irrémédiablement attachée à son mari, elle n'avait marqué aucune part de lui-même. Ainsi regardait-il froidement la peine qu'il lui faisait depuis des mois. Et malgré cette froideur, Marianne l'aimait. Pareille inconditionnalité est un besoin d'aimer si violent, que l'autre, quoi qu'il fasse, est gardé parce que sa présence est indispensable.

— Tu ne m'aimes plus mais tu ne le sais pas, disait Serge à sa femme.

Ils se battaient à coups de phrases assassines dès que leurs enfants étaient couchés. La plupart des soirs, Serge était ivre. Il buvait pour s'enivrer, frôlant le comportement de sa mère, mais évitant les alcools forts. Rien de ce qui avait manqué tuer Nina : pas de rhum, gin, vodka, whisky. Serge engloutissait une bouteille de vin en dînant et allait boire la deuxième dans un fauteuil au salon. Marianne ne disait rien. Serge se perdait, il fallait le sauver de lui-même. Il était là. Il fallait le convaincre, l'illuminer, le guérir.

Quel péril peut devenir une grande intelligence quand on y croit trop alors qu'elle est incomplète.

Serge s'était installé dans la certitude de son quotient intellectuel exceptionnel, mesuré comme tel, qui lui faisait place dans les plus fameux "clubs". Tu crois tout savoir, tout comprendre, tout connaître, pensait Marianne en le regardant. Et pourtant tu ignores quelle est la force qui te pousse. Tu ne comprends pas pourquoi tu veux ce que tu veux. Méfie-toi de toi-même.

Il eût fallu le laisser s'en aller. Il se serait trouvé en face de lui-même. Il aurait distingué ce qu'il perdait. Au lieu de cela, Marianne s'asseyait près de lui et s'employait de toutes ses forces à le convaincre : de rester, de l'aimer, d'être heureux avec elle, de la voir comme elle était, toutes choses qui ne se commandaient pas, et d'autant moins que Caroline avait longuement parlé au téléphone ou au lit quelques heures plus tôt. Pauvre Marianne ! La peur la rendait stupide. Serge égrenait la liste des reproches. Il passait leur histoire dans la moulinette de sa rancœur. Il buvait ce jus de colère comme un vin qui lui montait à la tête. Il fallait prouver que Marianne méritait qu'on la quittât. L'infidèle devait se démontrer à lui-même qu'elle ne valait pas ce qu'elle coûtait : la liberté, Caroline, l'inconnu. Il y mettait une violence inouïe et n'hésitait pas à remonter à la source de l'amour pour faire le procès de sa compagne autrefois bien-aimée :

SERGE : Quand nous nous sommes mariés, ta mère n'a fait que nous emmerder.
MARIANNE : Je le sais et j'en ai souffert. Et j'ai toujours été de ton côté.

SERGE : J'ai été accueilli dans ta famille comme un chien dans un jeu de quilles.

MARIANNE : Par maman oui. Mais papa t'aime comme un fils.

SERGE : Tu ne t'es jamais séparée de tes parents et tu m'as éloigné des miens.

MARIANNE : C'est faux. Et personne n'a passé plus de temps que moi avec tes parents.

SERGE : Tu fais peur à mes amis !

MARIANNE : Je ne crois pas. Pourquoi viendraient-ils si souvent dîner à la maison ? Pour te protéger de la sorcière ?

SERGE : Tu n'es pas drôle.

SERGE : Quand Patrice est venu un soir à la maison tu l'as traité de mal élevé.

MARIANNE : C'était il y a dix-huit ans !

SERGE : Tu as écarté de moi toutes mes amies intimes.

MARIANNE : Pauvre chéri ! Cherche une femme moins jalouse que moi, tu n'en trouveras pas. Je n'ai écarté personne. Tes petites amies ont simplement compris que tu étais marié.

SERGE : Tu as gâché chacun de mes voyages à Châteaudun.

MARIANNE : C'est toi qui as honte de ta mère et que ton père énerve ! À Châteaudun tu es mutique et *je* parle avec tes parents. Si je n'étais pas là pour t'accompagner, tu n'irais plus les voir depuis longtemps.

SERGE : Tu détestes mon frère !

MARIANNE : Pas du tout. C'est toi qui te prends pour le plus intelligent des deux. Tu n'as rien à dire à ton frère et tu as occupé une telle place dans votre famille qu'il est parti vivre ailleurs. Ce sont vos problèmes, pas les miens.

SERGE : Tu as fait pleurer mon père !

MARIANNE : Quoi ? C'est lui qui faisait pleurer Angélique et qui avait l'air de s'en moquer.

SERGE : Tais-toi. Je ne supporte pas que tu parles de mon père. Veux-tu que je continue la liste sans que tu m'interrompes ?

Tu décides de tout. Tu as même choisi à quel moment nous aurions des enfants : quand ça t'arrangeait ! J'aimais le prénom Sara, mais tu as choisi Angélique sans me demander mon avis. Tu critiques ma famille, mes idées, mes amis. Tu as critiqué maman parce qu'elle buvait. Tu as critiqué la femme de mon frère. Tu imagines que Claudette me baratine. Tu ne crois pas à ma nouvelle technique de guérison par la visualisation. Tu n'encourages pas mes projets. Tu n'as acheté ni balayette ni home cinéma. Tu te moques complètement de ce que je veux. Chaque fois que je fais quelque chose, c'est mal fait. Tu empêches Adrien de faire des maisons avec les coussins. Tu m'humilies en public. Tu as pris la grosse tête. Les magazines avec des photos de toi traînent dans toute la maison. Il n'y en a plus que pour toi et tu trouves ça normal ! Une fois sur deux tu t'endors à peine couchée ! Tu n'as plus aucun désir pour moi.

Ces accusations exagérées racontaient ce que pensait Serge des autres et de la vie. Il déplaçait ses propres critiques et ses doutes jusque dans la bouche de sa femme. Il aurait pu en avoir honte si sa conscience n'avait pas été écrabouillée par quelque chose en lui d'aussi fort que le désir pour Caroline, la culpabilité envers Marianne ou l'orgueil de lui-même.

— Qu'est-ce que je fais de bien alors ? Rien ! conclut Marianne. Comment as-tu réussi à vivre dix-huit ans avec moi ?

— J'ai fait beaucoup d'efforts. Mais c'est fini, je ne veux plus en faire aucun.

— Tu mens. Tu parles comme si nos enfants n'avaient pas été désirés pendant une vie heureuse. Tu devrais avoir honte.

— Je n'ai pas honte, dit Serge.

Elle voyait qu'il croyait à ses mensonges. Il mentait avec sincérité. Il était la première victime des raisons qu'il se donnait. Il fallait lui exhiber la preuve irréfutable qu'il travestissait la réalité, conclut Marianne, et cette preuve s'appelait Adrien.

— Pourquoi avoir fait un troisième enfant si la vie était horrible avec moi ? Au bout de quinze ans de mariage ? Je ne comprends pas, dit-elle.

— Je ne sais pas, répondit Serge.

Ils atteignaient ensemble le pire de ce qui peut advenir entre un mari et sa femme.

— Nous n'avons jamais été heureux ? demanda Marianne, dans un esprit de provocation.

L'un et l'autre savaient qu'ils l'avaient été. Le souligner, c'était placer un miroir devant l'effondrement de Serge.

— Si, nous avons été très heureux, mais à un moment cela s'est terminé. En tout cas pour moi.

— Crois-tu pouvoir tourner la page ? demanda sérieusement Marianne. Crois-tu que pèse si peu ce que nous partageons ?

— Je ne sais pas.

Elle l'avait aidé à se décider dans tellement de choses ! Avoir une famille, ne pas se vendre à une grande entreprise, garder confiance dans Plexus, lancer de nouveaux produits. Elle avait pris en main la vie matérielle de sorte qu'il fût disponible. Elle avait passé des vacances sans Serge, avec Vladimir et Nina. Elle avait choisi des cadeaux, reçu à dîner, organisé des anniversaires, des fêtes, des voyages… Elle avait sauvé la vie de Nina. Maintenant elle voulait sauver leur lien.

— Je ne te demande plus rien, disait-il, le visage clos, avec une voix à l'intonation étouffée.

C'était dire à sa femme : Tu n'es pas grand-chose pour moi, je peux oublier tout ce que nous avons vécu ensemble.

— Tu es moche, concluait Marianne.

— Pourquoi veux-tu rester avec un mec dégueulasse ?

Ces débats pouvaient-ils seulement construire une issue ? Serge buvait, Marianne pleurait. Une année était passée. Serge essaya de convaincre sa femme : de toute évidence leur couple était mort de sa belle mort, pourquoi ne pas l'admettre au lieu de continuer à se gâcher l'existence ? Il scellait ce sort avec une froideur exceptionnelle. L'idée était insupportable à Marianne : dans son esprit à elle, un mariage, on y tenait, on le protégeait, comme un enfant, comme un trésor sacré, une part de soi-même.

— Sois patient, disait-elle, tu traverses une passe où tu ne m'aimes pas, c'est déjà arrivé, et ensuite nous avons été amoureux.

— Pas cette fois, disait Serge.

Il venait de prendre un verre avec sa maîtresse. Caroline Manivette s'agaçait de ses atermoiements. Elle voulait l'homme entier. Elle secouait le statu quo.

— J'en ai assez de me cacher. J'ai envie de sortir avec toi ouvertement, avait-elle dit à Serge sur le ton d'un ultimatum.

Soulevé par cette déclaration, éperdu de désir, larguant le poids du passé, Serge était rentré chez lui déterminé à une autre tactique. Il fallait avancer.

8

— Elle n'a toujours pas deviné ? s'étonnait vulgairement Caroline.

— Je ne crois pas, disait Serge.

— C'est dingue !

Ni Caroline ni Serge ne s'émerveillaient de la confiance naïve qui habitait Marianne. Ils ne voyaient qu'eux-mêmes et s'étonnaient qu'on ne les vît pas. Il fallait que Marianne comprît ? se demandait Serge. Est-ce que ce serait mieux ? Et pour qui ? Mon Dieu, il n'était sûr de rien. Que voulait-il au vrai ? Il ne voulait pas, il ressentait. Il ressentait un mal-être en lui, un désir pour Caroline, un émoi, un amour même, un grand amour ! Ah ! pensait-il déchiré, malheureux pour lui-même, l'horreur d'aimer ailleurs !

Janvier, février, les mois les plus tristes de l'année tenaient Paris. Les vacances d'hiver avaient commencé. Leurs enfants étaient partis avec les parents de Marianne. Le couple était livré à lui-même.

— Allons au cinéma, proposa Serge le samedi.

Il avait entendu des louanges d'une comédie dramatique : une jeune mère malade d'un cancer trouvait, avant de mourir, une nouvelle épouse à son mari ! Le film s'appelait *Ma vie sans moi* et Marianne avait l'impression que Serge disait : *Ta vie sans moi*. Ou bien était-ce *Ma vie sans toi* ?

Pendant que les scènes tragiques et les moments d'humanité se succédaient, Marianne pleura beaucoup et Serge pas du tout. Une texture spécifique de leur couple se résumait dans cette émotivité excessive ou manquante.

— Allons prendre un thé, proposa Serge à la sortie.

Il voulait parler à Marianne. Bien sûr il se sentait peu de courage et ne savait pas quoi dire. Il comptait sur elle qui ne manquait jamais ni de réagir ni de mettre des mots sur les sentiments. L'intermède cinématographique était terminé. Les choses iraient-elles bon train ? Serge les prenait en main. À peine le serveur s'était-il éloigné qu'il entama le combat. Reprise plutôt que commencement.

— Écoute, dit-il à Marianne, ça n'a peut-être rien à voir avec toi j'en conviens, mais je veux mener ma vie librement. J'étouffe dans cette maison où je me sens un étranger.

Cette phrase-là avait de quoi mettre Marianne hors d'elle-même.

— Tu aurais dû le savoir avant, dit-elle à son mari, avec calme et fermeté.

— Comment ça ? demanda Serge qui ne comprenait pas.

— Quand on a trois jeunes enfants, on ne demande plus à vivre sa vie librement. Il est trop tard pour le faire. D'autant que tu n'es empêché de rien, j'assume tout, ajouta-t-elle.

— C'est toi qui le dis, répliqua Serge du tac au tac.

L'idée de se donner en spectacle avait toujours fait horreur à Marianne : pas de scène de ménage en public, c'était sa règle. Elle chercha une parole sèche et définitive qui mettrait fin à cette conversation en témoignant le mépris qu'elle éprouvait.

— Depuis que nous avons des enfants, tu as des responsabilités envers moi.

— Envers eux, corrigea Serge.

— Je maintiens : envers moi. J'ai compté sur toi pour m'accompagner dans la tâche impérieuse et grave de les élever.

— Je te donnerai de l'argent si c'est ce que tu veux !

— Je te parle de compagnie !

— Arrête de crier, tout le monde nous regarde, dit Serge à sa femme qui avait parlé à voix basse.

— Je ne crie pas.

— Tu parles fort.

Il avait absolument besoin d'avoir raison sur elle, de briser son avis pour prendre l'ascendant. Et il ne voulait surtout pas s'entendre rappeler son engagement moral.

Marianne se rapprocha et lui parla à l'oreille.

— N'as-tu pas eu assez de quinze ans pour découvrir que tu ne m'aimais plus, au lieu de me faire un troisième enfant comme preuve d'adoration perpétuelle ? Ton fils de deux ans te fait-il oui ou non réfléchir à ton soudain désir de liberté ?

— Je réfléchis, répondit Serge en baissant la tête, penaud malgré lui. Je suis multiple. Tous mes cerveaux veulent des choses différentes.

Il avait un visage congestionné, un teint tavelé, un air aussi malheureux que buté, et tout cela montrait à sa femme comme il se portait mal. Depuis plus d'un an, elle le lui disait. Qu'il prenne soin de lui au lieu de la traquer ! Mais non, rien n'y faisait : il était certain d'aller mal parce qu'elle l'emmerdait. Il ne pensait jamais qu'il allait mal parce qu'il la trompait.

— Tu fais une dépression nerveuse, dit Marianne. Je te l'ai dit l'année dernière, maintenant j'en suis certaine.

— N'en sois pas si sûre.

Il éclata d'un rire si méchamment joyeux que l'idée de la dépression parut soudain mauvaise. Marianne sembla se rappeler quelque chose. Tu es sûre qu'il n'y a pas quelqu'un d'autre ? répétait son amie Sara.

— Ou bien tu fais une dépression ou bien tu es amoureux de quelqu'un d'autre, dit Marianne en le regardant gravement.

La pauvre n'avait pas trouvé cela toute seule, mais voilà qu'elle lui tendait la perche.

— Je suis amoureux de quelqu'un d'autre, marmotta Serge.

Il regardait Marianne sans ciller, comme il l'avait fait vingt ans plus tôt, sous les lambris de l'île Saint-Louis, pour lui faire alors comprendre qu'elle lui plaisait.

— C'est vrai ? s'enquit Marianne.

— Oui, murmura-t-il, déjà allégé par son aveu.

Penchée sur sa tasse, Marianne écrasait sa rondelle de citron chaud, puis elle tourna sa cuillère dans le thé, et l'on entendait le tintement que faisait le métal contre la porcelaine.

— On y va ? dit Serge en se levant.

Elle n'eut pas le saisissement imaginable. Elle n'était pas étonnée. Comment éviter qu'une tocade mît un jour en péril l'interminable amour conjugal ? Elle avait toujours pensé que ce moment viendrait. Des millions de femmes, des milliers aux alentours, et un homme aimerait la même sans jamais s'éprendre ailleurs ? Elle n'avait jamais cru à cette exclusivité. Hommes et femmes étaient de grandes machines à désirer. Chaque journée du monde proposait à leurs yeux gourmands mille et mille sollicitations sexuelles ou sentimentales. Et ils tendaient les mains ! Pour Serge, en une soirée, toutes s'étaient rassemblées dans les allures bluffantes, le sourire et la célébrité internationale de Caroline Manivette. Marianne ignorait encore ce nom mais elle savait désormais de quelle lutte Serge était le théâtre.

Ils rentrèrent chez eux. Dans la voiture, Serge au volant, Marianne silencieuse à sa droite, ils voyaient à peine le monde autour d'eux et le monde ignorait la griffe de peine qui les tenait. Ils s'assirent ensemble dans leur salon et pour la première fois ils parlèrent de cette femme qui était entre eux. Marianne était dans l'apaisement qui suit l'évidence du malheur advenu (lorsque sous le choc, celui qui l'a subi n'en a mesuré ni la forme ni les dégâts). Elle écoutait Serge raconter sa rencontre impromptue.

— Quand elle a eu fini de parler, j'ai pensé qu'elle était forte et douce. Toi tu n'es que forte. Je suis remonté dans ma chambre et j'ai pleuré.

— Mais pourquoi ?

— J'étais malheureux de ce que j'éprouvais. Je t'en voulais de me le faire ressentir.

Serge se mit à pleurer. Il semblait s'y forcer en regard d'une idée qu'il avait et non d'une émotion. Il pleurait d'une manière étouffée qui fit sortir deux minuscules larmes dans le coin de ses yeux. Pleurait-il sur lui-même ? Sur sa belle image de père et de mari que gribouillait maintenant l'adultère ? Ou bien était-il sincèrement malheureux d'être tombé amoureux ? La situation telle qu'il venait de la dire à sa femme lui tira deux larmes. Elle l'avait si rarement vu pleurer ! Marianne prit Serge dans les bras. Il avait ce torse énorme, massif et puissant comme celui d'un bison. Elle se serra contre ce bloc de tristesse silencieuse qui avait hurlé à côté du vrai sujet pendant un an ! Et qui se débrouillait aujourd'hui pour la rendre responsable de ce qu'il faisait et éprouvait. C'était vraiment : Je t'ai trompé parce que tu ne m'as pas aimé comme il faut. Et si bien tourné qu'elle se laissait attraper, coupable une fois encore de n'avoir pas été "assez".

— Pourquoi ne m'as-tu rien dit ? demanda Marianne doucement.

— Je pensais que tu allais deviner. Mais tu ne voulais pas voir ! dit Serge.

Était-ce aussi un reproche ? Oui. Marianne l'entendit comme une critique moqueuse. Il ne lui disait pas : Tu me faisais confiance, tu ne me soupçonnais pas. Il disait : Tu n'étais pas à l'écoute, tu te voilais la face. Étaient-ce les deux revers d'une même personnalité qui était la sienne ? Au lieu de s'interroger sur son mari, Marianne s'interrogea sur elle-même.

Ils se couchèrent au milieu de la nuit, rapprochés par la confession. Marianne était moins émue ou détruite que pendant leurs disputes. Les accusations injustes la bouleversaient bien plus que l'adultère. Quel couple qui voudrait durer toute la vie n'a pas traversé cela ? se disait-elle avec l'assurance des années passées. Sous les draps, elle approcha sa main de celle de Serge qui la serra dans la sienne.

— Tu n'es pas seul, murmura-t-elle dans l'ombre.

Serge ne savait pas de son propre chef exprimer une parole ou un geste tendre mais il remerciait de ceux que l'on avait pour lui : Marianne sentit sur son épaule la caresse de son mari. Incertitude ? Perversité ? Il s'endormit en tenant la main de sa femme.

9

C'était la cigarette du condamné à mort. Les hostilités reprirent dès le lendemain. Dernier round. Fin de partie. Pas de quartier !

— Tu peux pleurer, ça ne me fait plus rien, disait placidement Serge à Marianne. Il proposait, comme s'il s'agissait d'un détail :

— Chacun de nous va poursuivre sa route séparément.

Marianne pensait qu'elle n'avait plus de route séparée. Sans réponse de sa femme, il poursuivait :

— Aide-moi à divorcer. C'est la dernière chose que je te demande.

Il avait ce culot ou cette confiance. Maintenant que Marianne connaissait la situation, il devenait capable de lui dire avec la plus grande innocence des choses irrecevables.

— Je ne voulais pas me marier, rappela-t-il. C'est toi qui l'as exigé.

— Tu le regrettes ? Quelle vie aurais-tu ?

— J'aurais peut-être épousé quelqu'un d'autre.

— Tu as rencontré beaucoup de compagnes potentielles ?

— Non.

— Je t'ai aidé à te décider, tu ne prends aucune décision personnelle.

— Tu m'as forcé à t'épouser oui ! rectifia Serge.

— Tu n'étais pas obligé d'accepter.

— Tu m'as mis le marché en main, c'est pareil. C'était un ultimatum.

— Qui ne t'a pas déplu.

— J'étais amoureux, mais tu ne m'as pas laissé le choix.

— Je voulais un engagement.

Serge supportait mal que sa femme eût plus de caractère et plus de volonté que lui.

— Tu as décidé de notre mariage. Je décide de notre divorce, dit-il avec un air fanfaron qui était le masque de sa minuscule assurance.

— Tu n'as pas de peine quand tu parles de divorce ? demanda Marianne.

Leurs émotions si différentes l'intriguaient.

— Si, dit Serge sans peine apparente. Je me dis que je n'ai pas réussi.

Toute sa vie il passerait des concours ! Il aurait juste ou faux. Comme les enfants à l'école.

Hésitait-il ou attendait-il ? Il ne quittait pas la maison. Il ne mettait pas un avocat sur le coup. Pourquoi ? Marianne s'imaginait volontiers qu'il ne voulait pas divorcer. Ce n'était pas ce qu'il disait. Son indécision était flagrante et compréhensible. Comment être sûr quand on va perdre si gros ? Comment savoir si on fait bien quand on va changer de vie à quarante-quatre ans ? Pouvait-il prendre une décision dont il pressentait qu'il risquait de la regretter toute sa vie ? Il en parlait avec son épouse.

— Si tu me disais ce soir j'en ai assez c'est fini divorçons, je ne sais pas ce que je penserais. Je ne sais pas si je me dirais : Chouette enfin libre. Ou bien : Quel con, tu fais une bêtise.

Était-ce dire à Marianne : Tiens bon, je ne suis pas si certain de vouloir divorcer. Ou bien tout simplement avouer qu'il était perdu ?

— Je ne veux pas divorcer sans ton accord, concluait-il.

Mais si Marianne se montrait critique, la confidence laissait place à l'acidité.

— Tu fantasmes une vie libre qui n'existe pas, disait par exemple Marianne.

— Je fantasme d'être libéré de tes commentaires, répondait sèchement Serge.

Il pensait : Qu'elle me foute la paix ! Qu'elle se taise ! Est-ce que c'était possible ? Il lui rendait la vie amère. Pas besoin de raison : il montait en épingle le plus infime prétexte et s'en prenait à Marianne. Un rien valait dispute. Il aurait contredit n'importe quelle évidence pourvu qu'il la contredît. Il aurait pu dire en montrant le canapé : Non, ce n'est pas un canapé, c'est une saucisse, tu ne sais pas regarder, idiote. Et Marianne aurait pu répondre, juste pour garder son mari : Oui, c'est une saucisse.

À quoi cela rimait-il ?

Quelle java faisait ailleurs la maîtresse ? Dès que Marianne évoquait cette partenaire invisible de leurs batailles, Serge se hâtait de la mettre hors de cause.

— Nos disputes n'ont rien à voir avec elle.

— Tu parles ! disait Marianne. Ne me dis pas qu'elle compte pour du beurre. Depuis un an dans ta vie une chose agit contre moi : une femme !

— Crois ce qui t'arrange, répondait Serge, dont le détachement, par une loi interne qui lui était propre, croissait avec la mauvaise foi.

C'était pour lui une question de vie ou de mort : il croyait ce qui faisait son affaire. Il quittait sa femme non pas pour une autre mais parce qu'elle était invivable. Marianne le regardait mentir. Son mari. Taiseux et intelligent. Il semblait plein de flou. Ou même de vide. Le flou, comme une fumée, avait pour fonction de masquer le vide. Serge était un vaste emprunt, un singe qui répétait ce qu'il avait entendu, vivant *comme si*, sans émotion réelle. L'imitation ou l'absorption de l'autre avait été une pratique stérilisante. Il n'avait pas de désir interne : ses tripes ne pensaient pas. Il voulait divorcer, comme si son mariage ne valait rien.

— Tu perds beaucoup en ne faisant pas les choses par toi-même, lui faisait remarquer Marianne. Écrire un livre est bien plus intéressant que le signer. (Il venait de publier un texte qu'avait écrit Tatiana Davidoff.)

— Qu'en sais-tu ? Fous-moi la paix, disait Serge. Je fais faire les choses qui m'ennuient.

C'était exact. Piètre homme d'action mais bon manipulateur, il ne faisait pas grand-chose par lui-même mais amenait les autres à faire ce qu'il voulait : ses comptes, ses feuilles de Sécurité sociale, les comptes rendus de réunion, les appels d'offres, les livres, l'intendance de sa vie, la cuisine… et divorcer ! Il voulait que Marianne divorce à sa place ! Savait-il au moins s'il le voulait vraiment ?

Il *savait* quand il était avec Caroline.

Elle mettait ses bras autour de sa taille. Les bras de la maîtresse l'entraînaient dans le dégoût de sa femme. Au désir infidèle s'abreuvait la critique. Caroline posait ses lèvres sur les siennes, l'embrassait longuement. Marianne ne l'embrassait plus jamais de cette manière.

— Ne la laisse pas décider à ta place, disait Marianne. Ne la laisse pas faire de toi ce qu'elle veut.

— Tu ne veux pas savoir qui c'est ? demanda Serge comme si cette identité secrète expliquait tout.

— Je la connais ?

— Non.

Serge se fit le doux plaisir de parler de Caroline. Sans donner de nom, travestissant le personnage, lui ajoutant ce qui manquait (des diplômes, une compétence répertoriée, une utilité sociale), il dit : Elle est chirurgienne, elle opère dans le monde entier, elle habite à New York. Quelle imagination il avait ! Elle va dans les pays pauvres opérer gratuitement des enfants. Elle est très douce, très bonne. Il prononçait un éloge extatique. Chacun de ses mots semblait dire à Marianne : pas comme toi. Elle est douce, pas comme toi, elle est bonne, pas comme toi, elle voyage, pas comme toi, elle sauve des vies, pas comme toi. Découvrir plus tard que la déesse voguait sur des bateaux qui coûtaient des millions, avait une équipe de gens à sa disposition, tout ça pour la beauté du geste et l'exploit personnel, avait apaisé Marianne.

— Si tu la connaissais, tu serais heureuse qu'elle passe du temps avec nos enfants, conclut Serge.

Comment lutter ? Il fallait attendre que le béguin lui passât. Être si charmante qu'il n'eût pas la force de s'en aller. Se couper en deux, joyeuse et séduisante au-dehors, cachant l'inquiétude et la tristesse au-dedans. Il fallait s'effacer et mettre l'autre sur le podium de l'amour qu'on lui portait. Oublier la trahison. Aimer davantage. Marianne y excellait, Serge ne partait pas.

Une année passa, dont toute trace se perdit. L'oubli effaçait la peine des efforts sans récompense, les gaietés crevées comme des ballons. Marianne tenait bon. Serge ruait comme une mule que la main du dresseur a tordue pour jamais. Il rentrait au milieu des nuits que Marianne passait à aller du lit où elle ne dormait pas à la télévision où elle pleurait. Elle imaginait Serge assis sur les banquettes des bars, toujours parlant, charmant une compagne avec les vieilles histoires qu'il racontait, dans une lumière tamisée qui les embellissait. Elle ne voyait que Serge ! Elle était incapable de se représenter l'autre femme : sa mort en imagination. Elle ne posait jamais de question sur *l'autre*. Que pensait Serge de cette discrétion ? C'était plus facile bien sûr. Pourtant, une part de lui-même était si fière qu'il brûlait d'exposer sa victoire, avoir conquis Caroline Manivette.

— Si tu voulais savoir, tu aurais compris depuis longtemps de qui il s'agit, dit-il un soir.

— Je n'ai pas deviné, dit Marianne.

— Tu veux savoir ?

— Tu sembles y tenir.

— C'est Caroline Manivette, dit-il, la navigatrice.

— Celle dont tu nous as déjà parlé ? dit Marianne qui se rappelait quelques évocations de la championne.

— Oui, dit Serge visiblement heureux.

— Voilà pourquoi tu nous parlais de bateaux et de régates…

Marianne découvrait le monde ! Le passé trouvait un nouvel éclairage.

— C'est la femme la plus courageuse que j'aie jamais rencontrée, dit-il. Il lui est arrivé des trucs terribles.

— J'imagine, dit Marianne.

Pauvre imbécile qui s'émerveille des exploits et méconnaît les courages du quotidien ! Elle n'était pas étonnée que Serge fut la proie de cet enchantement. Il était autrefois tombé amoureux d'elle de la même façon : en croyant voir une princesse, une artiste, une grande beauté singulière qu'il avait idéalisée. Il recommençait avec une femme exceptionnelle.

— Pourquoi m'as-tu raconté qu'elle était chirurgienne ? demanda Marianne.

Son esprit fonctionnait à toute vitesse, qui recollait les morceaux du puzzle devant lequel elle était restée pendant deux ans.

— Pendant ses voyages elle a sauvé des enfants. Elle a une formation de kiné et elle a souvent guéri des gens.

Il était bien pris ! Il embellissait tout ce qui touchait à cette fille ! Il surestimait ce qui concernait son amour. Il était ridicule comme un homme amoureux. Pour autant Marianne ne changea pas son fusil d'épaule. Cette femme ne délogerait pas une épouse agréable à vivre. Agréable à vivre, tout était là.

Serge imaginait de partir le cœur léger, en bons termes avec Marianne, pour revenir quand il voulait voir les enfants. Où vivrait-il ? Que dirait-il à Angélique et Nicolas ? Quand les verrait-il ? Cesserait-il pour toujours de vivre avec eux ? Il ne savait pas ce qu'il voulait. L'étoffe de la vie avait tant de fils ! Il était cousu à Marianne. Peut-être voulait-il se plaindre (car il était à plaindre d'après lui) ? Peut-être voulait-il menacer, évoquer le divorce, mais surtout ne pas divorcer. Sa tête éclatait, s'ouvrant sur cent avenirs. Choisir était impossible, insupportable. Il laisserait la vie choisir. La vie ou Marianne choisiraient : pas lui. Marianne était décidée à défendre l'unité ! S'il voulait rester marié malgré ses récriminations, il était tombé sur la bonne personne. Elle encaissait tout ! Elle l'aidait à parler avec elle. Parfois elle l'adoucissait :

MARIANNE : On ne s'était encore jamais mis à l'épreuve de cette façon.

SERGE : Qu'est-ce que ça veut dire se mettre à l'épreuve ?

MARIANNE : En l'occurrence, se faire souffrir et voir si l'on tient bon. Tu ne fais pas cela pour le vérifier, mais en ce moment tu vérifies que je tiens à toi, que je suis pardonnante.

SERGE : Je ne le vérifie pas, je l'apprends.

MARIANNE : Oui c'est exactement ça.

SERGE : Je crois que chacun de nous se découvre.

SERGE : L'expérience est réelle. On ne joue pas. C'est pour cette raison que ça marche.

MARIANNE : Je sais.

SERGE : C'est une vraie souffrance psychologique.

MARIANNE : Oui.

SERGE : Les bouddhistes suggèrent de penser aux personnes en faisant abstraction du lien de parenté qui nous unit à elles. Je l'ai fait avec toi. Cela m'a permis de comprendre que tu étais malheureuse.

MARIANNE : Je vois la souffrance sur ton visage. Tu as été plus malheureux que moi. Je subis, mais toi tu agis et tu dois te décider.

Elle était encore tendre. Elle se mettait à la place de l'homme qui lui gâchait l'existence. Et lui, pensait-il ce qu'il disait ? Ou bien étaient-ce des paroles pleines de vent et d'alcool ? Les divagations d'un homme ballotté qui ne savait pas ce qu'il voulait : une marionnette que deux femmes se disputaient.

MARIANNE : Moi je sais ce que je veux.

Elle le prouva. Elle montra de quoi elle était capable pour garder son mari : un contrôle de l'imagination, une certitude d'être soi, indestructible, inatteignable à l'indignité.

Mais Serge en fut jaloux. Il se sentit encore dominé par son épouse.

10

Il arriva qu'à une fête mondaine et parisienne, l'épouse et la maîtresse furent conviées. Sans savoir rien de sa liaison avec Serge, Claudette Pastre avait invité Caroline Manivette à son anniversaire. Marianne était invitée, la maîtresse s'effaça.

— Tu es invitée parce que Claudette m'apprécie. Et Caroline, à cause de toi, ne vient pas, précisa Serge à Marianne.

Devait-elle en concevoir de la gratitude ? Lui tenait-il rigueur de l'absence forcée de Caroline ? Il voulait l'ascendant.

Il arrive que le corps fasse du bien à l'esprit : Marianne se sentait en beauté. Amaigrie, elle donnait à voir une silhouette fine dans une robe du soir noire au décolleté profond. Ses cheveux bruns lissés encadraient son visage. La peine aiguisait un regard doré. Des boucles d'oreilles pendantes en pierres de couleur cliquetaient autour de son cou. Vêtue avec faste, l'effet qu'elle produisait dans ce monde si standardisé où le style cause un choc était extraordinaire.

Serge était troublé. Son épouse recréait la beauté décorative dont il était tombé amoureux la première fois qu'il l'avait contemplée dans les bavardages d'une fête. En vingt ans sa singularité avait mûri : elle ne ressemblait à personne. Lui qui ne la regardait plus depuis des mois donnait le bras à cette apparition ! La grande silhouette semblait lui dire : Reste ! Ne me quitte pas ! Sans le comprendre, Serge percevait la joie de sa femme à sortir de la cage où il rugissait depuis deux ans.

— Tu es jolie, dit-il au moment de partir, surpris lui-même d'avoir ces mots.

— Merci, dit Marianne sans s'émouvoir.

Elle ne s'était pas attendue à un compliment et ne s'imagina pas qu'il portait à conséquence. Ce que disait Serge pesait léger. Avait-il jamais été *dans* ce qu'il disait, confondu avec les mots, engagé derrière eux ? Tu es jolie. Il l'avait dit mille fois dans leur vie. C'était un mot de l'instant. Marianne n'était plus dupe, ni attendrie, ni flattée.

La fête était banale : beaucoup de gens dans une salle en sous-sol, obscurément éclairée, beaucoup de verres que remplissaient des serveurs en vestes blanches, des petits groupes assemblés en rond qui parlaient en faisant des gestes, quelques individus enivrés assis seuls sur des banquettes. Marianne resta collée à Serge de la même façon qu'elle l'avait rencontrée vingt ans plus tôt.

— Je vous présente ma femme, Marianne Villette, disait-il avec fierté.

Touchante, sans doute la vulnérabilité cachée derrière la volonté, Marianne souriait démesurément. Elle ne pensait qu'à sourire ! Quand tu ne souris pas, tu as l'air de mordre, lui avait dit Serge. Des hommes vinrent lui parler et des femmes lui vanter les mérites de ses sacs à main, ses œuvres. Serge avait l'impression d'accompagner une célébrité. Marianne mit aux pieds de son mari cette popularité. Elle parla à sa place du livre qu'il allait bientôt publier. La méditation visuelle ! disait-elle, je la pratique et je suis transfigurée. Ayant bu du champagne sans rien manger, elle croyait à tout ce qu'elle disait. L'alcool laissait paraître sa nature généreuse. Puisqu'elle ne parlait pas d'elle mais de son mari, Serge fut enchanté. Comme c'était simple de lui faire plaisir ! s'extasiait Marianne, il suffisait de disparaître et de le mettre en lumière. Serge lui souriait comme il ne l'avait pas fait depuis longtemps. Elle le regarda au fond des yeux : au cœur de ce moment volé, elle lui rappela les mille disputes qu'il lui infligeait, tant de reproches que personne ne lui aurait adressés. Serge lui avait fait oublier les qualités qu'elle avait ! Et maintenant il était capable d'être attiré par elle. Comprenait-il qu'elle avait eu raison sur toute la ligne : leur amour était capable de renaître.

Marianne passa une soirée merveilleuse dans l'admiration sexuelle qu'elle suscitait. Elle se livra au plaisir du badinage. Quand elle s'installa à droite de Serge dans la voiture, elle se moquait parfaitement de ce qui allait se passer maintenant : Serge la déposerait à la maison mais ne rentrerait pas avec elle. Pour rendre visite à Caroline, il délaisserait sa femme. Il l'avait prévenue autant qu'agressée avec ce projet. Comment se passerait maintenant le transfert ? Serge serait-il gêné ? Changerait-il d'avis ? Marianne n'ignorait pas l'attraction qu'elle avait exercée ce soir sur son mari. Elle avait flatté son orgueil de mâle de toutes les manières possibles. Il voulait être remarqué. Il voulait une femme qui le fît sortir de l'ordinaire des alliances, mais seulement pour le mettre en valeur. Elle avait joué ce rôle à la perfection. Je fais des progrès, pensait-elle.

Maintenant, moteur allumé, la voiture était arrêtée devant le portail et Serge hésitait. Suivre sa femme, séduisante ce soir, ou s'en aller chez Caroline qui l'attendait. Instant qui résumait sa vie.

— Vas-y, dit Marianne, c'était prévu.

— Tu es sûre ? demanda-t-il.

— Oui, ça ne me dérange pas.

Se montrait-elle authentiquement magnanime ? Ou gravement masochiste ? Rester, partir, Serge balança une fraction de seconde. Marianne claqua la portière. Serge baissa prestement la vitre.

— Au revoir, dit-elle, à demain. Et merci !

De quoi le remerciait-elle ? De la bonne soirée qu'elle venait de passer et qu'elle ne devait qu'à elle-même ? Elle marcha vers la maison sans se retourner. Elle entendit la voiture démarrer. Serge roulait vers la passion. Marianne n'éprouvait rien. Tout en elle était épanouissement et apaisement. Est-ce que je suis anesthésiée ? Elle se coucha et s'endormit sans la moindre pensée pour son mari et sa maîtresse. Était-ce la première fois qu'elle pouvait se dire *je ne l'aime plus* ? Était-ce un tour de force singulier dont la recette était enfouie dans son passé ? Marianne dormit sans s'éveiller. Au milieu de la nuit, elle sentit se glisser dans les draps le corps de son mari, elle dormit. Elle s'éveilla joyeuse de n'avoir pas souffert.

— Alors, c'était bien ? demanda-t-elle avec malice.

— Non, marmonna Serge.

— Pourquoi ?

— Je lui ai dit que tu m'avais laissé venir. Elle a pleuré toute la soirée.

— Tu n'aurais pas dû le lui dire, dit Marianne.

— Je sais ! dit Serge, mais je n'aime pas mentir.

Jamais il ne manquait une occasion d'élaborer l'image de lui-même à laquelle il tenait. Je suis un type bien, je ne mens pas. Je suis un type bien, ma femme me laisse aller chez ma maîtresse et je le dis à ma maîtresse. Je suis un type bien, je ne peux pas quitter ma femme. Il avait retrouvé le souci qu'il avait de lui-même.

— Caroline ne veut pas que je t'humilie à cause d'elle, dit-il.

L'attrait de la nouveauté, le sel de la rareté, la valeur de ce qui est inaccessible, Caroline : voilà de quoi et de qui il se souciait.

— Fous le camp, dit Marianne.

Cet homme-là, égoïste, indifférent, infidèle, lâche, Marianne Villette aurait dû depuis longtemps se l'arracher des tripes et le supprimer de sa vie. Pourquoi entrait-elle dans ses discussions spécieuses qui n'avaient pour objet que de transférer la culpabilité sur elle ? Pourquoi ne pouvait-elle dire : Prends tes affaires et quitte cette maison puisque je suis une compagne si épouvantable ? Ou encore : Que fais-tu là, qu'attends-tu pour t'en aller comme tu m'annonces depuis deux ans que tu vas le faire ? Mais non ! elle ne pouvait pas. Elle ne pouvait pas tourner la page. Lâcher le passé qui était enfermé dans cet homme, c'était perdre sa vie et sa joie.

— Reviens ! Pardon ! Pardon ! pleurait-elle dès qu'elle l'avait chassé.

Elle aurait pu se coucher par terre sous ses pas pour qu'il ne quittât pas la maison. Serge était toute sa force. Elle l'aimait de cette sorte d'amour qui se passe de raisons. Elle connaissait tout de lui ! (C'était ce qu'il ne voulait plus.) Elle savait qu'il aimait dormir nu sur le ventre sans oreiller. Elle savait qu'il ronflait. Elle se souvenait qu'il avait le dos large, la peau blanche, des cheveux fins comme du duvet d'oiseau. Elle savait la forme de ses orteils aussi bien que celle de ses oreilles. Elle connaissait l'expression figée que prenait son visage quand il pensait à Nina. Elle se rappelait comment il riait quand il gagnait à un jeu. Elle savait qu'il ne lisait pas les livres qu'il achetait. Et le nom des jeunes filles dont il avait été amoureux, elle le connaissait. Elle savait lui dire : Alors, qui as-tu rencontré aujourd'hui ? et l'écouter. Elle aimait qu'il sût parler vite. Elle savait le revoir dans sa jeunesse. Son sourire des yeux, qui avait disparu. Ses épaules vigoureuses, qui se relâchaient. Elle savait le vent des années. Elle savait qu'il était malheureux maintenant, empêché de s'exprimer, captif des mensonges qu'il croyait salvateurs. Serge, murmurait-elle. Il se détournait. Elle voulait dire Serge, laisse-moi encore t'aider. Mais elle n'avait plus le pouvoir de le faire. Elle connaissait trop de lui. Il ne voulait plus de ce regard clairvoyant.

Comment pouvait-elle accepter ?

Elle répétait : Je n'arrive pas à croire que tu as rencontré une femme que tu préfères à moi.

Elle le regardait se taire. Serge ! Son intelligence vive s'altérait parce que sa sensibilité était morte. Cela faisait comme un moteur sans direction.

Après chaque dispute Serge revenait ! Silencieux, réprobateur, mécontent, mais présent. Allez comprendre quelque chose ! Il n'était pas en état de juger ce qu'il était bon ou mauvais de faire.

V

LES MEILLEURES CHOSES ONT UNE FIN

1

Ils offraient à tous le spectacle du couple uni qu'ils avaient formé. Leur bataille conjugale était clandestine. Serge en avait honte car il l'avait provoquée. Marianne, attendant une embellie, jugeait dangereux d'en informer quiconque. Tant qu'on ne parle pas des choses, que sont-elles ? Révéler cette tempête était moins la résoudre que la faire exister. Le silence et le mariage protégeaient encore Marianne et Serge. L'un et l'autre en avaient une singulière intuition puisqu'ils se taisaient ensemble sans se concerter. De temps à autre Marianne, dans un esprit de provocation, incitait son mari à révéler sa souffrance :

— Pourquoi n'en parles-tu pas ? Dis à tes parents que tu veux divorcer !

Serge restait silencieux.

— Tu ne veux pas ? insistait Marianne.

— Ça ne les regarde pas, répondait Serge sur un ton étouffé, presque intérieur.

Sur ces entrefaites, Brune Villette perdit sa mère et Jean Korol fit un voyage à Châteaudun où, en tête à tête, il annonça à Vladimir et Nina sa décision de divorcer.

— Mon frère divorce, annonça Serge un soir à Marianne.

La famille est une économie. Ces reconfigurations influencèrent Serge. Un décès chez les Villette, un divorce chez les Korol, et Serge vit autrement son avenir. La laisse imaginaire qu'il croyait sentir à son cou fut rompue. Il oubliait Marianne et ne pensait qu'à Caroline. Plus souvent que nous l'imaginons, les grandes bifurcations que nous imprimons à nos vies tiennent à des événements extérieurs. Soit que ceux-ci nous fassent prendre conscience de désirs qui étaient en nous, soit qu'ils nous offrent une liberté que nous n'osions pas espérer, ou bien qu'ils nous donnent, par le jeu de l'envie, de l'imitation, de l'audace, l'impulsion qui manquait.

Avec le deuil, Marianne découvrit l'indifférence de Serge : stupéfiante. Tout entier à sa colère, la moindre tendresse lui était impossible. Son désamour fut soudain flagrant. Au lieu de consoler sa femme, il harcela sa tristesse.

— Je n'arrive pas à croire que tu as de la peine ! disait-il.

Les propos cyniques lui tombaient de la bouche. Pourquoi pleures-tu, vous la détestiez ! Ou encore : Cette mort arrange tout le monde, tes parents n'en pouvaient plus, ta grand-mère était une source de querelles et de problèmes. Telles étaient les réflexions que le deuil de sa femme inspirait à Serge ! Pour comble, il finissait par l'invectiver :

— Arrête de pleurer, tes larmes sont ridicules !

Cette interdiction d'être triste revenait fréquemment. Pour la première fois Marianne regardait Serge sans rien dire. Il était jaloux ! Il enviait à sa femme la sensibilité ou les liens familiaux dont elle jouissait. Il la détestait de posséder ce dont il se savait manquer.

L'image qu'il avait de lui-même, l'écart entre ce qu'il voulait et ce qu'il avait, interférait dans ses sentiments vis-à-vis de Marianne. Il occupait toute la place et se trouvait incapable de penser à elle. Marianne dépassa la frontière de l'aveuglement et de la confiance. Serge n'exprimait plus aucun amour pour elle : enfin elle le voyait. N'en éprouvait-il plus ? Si le découvrir était une chose, l'accepter en fut une autre. Et une troisième de comprendre que le désamour était une affaire entre lui et lui. Marianne était la victime innocente d'une déception que la vie imposait à ce garçon. Il avait oublié que rien n'est jamais donné. Il s'était déçu lui-même, il n'avait pas forgé le fer qu'il voulait, il attaquait celle qui partageait cette vie au rabais :

— Tu pleures encore ? demandait Serge le soir, dans le noir, au lit.

— Oui, disait Marianne.

Elle avait honte de ses propres larmes ! L'incroyable réprobation de son mari semblait bruire dans le silence. Marianne expliquait ses larmes à celui qui les dénigrait !

— Je ressens de la nostalgie. Je repense à des souvenirs de mon enfance avec elle. C'est la fin de la jeunesse.

— Tu aimes les grands mots, dit Serge. Il conclut :

— Je pense que sa mort arrange tout le monde. Dans quelques jours vous n'y penserez plus.

Noëlle accoucha d'une petite fille baptisée Myrtille. Serge se moqua de ce prénom. Il contenait mal son mépris pour le mari de Noëlle qui n'avait pas fait l'ENS. Aucune compassion, aucune tendresse, Serge ne voyait plus que lui. Lui dans le succès de sa carrière. Lui dans les bras de Caroline. Lui libéré du regard de

Marianne. Lui dans une grande vie fantasmée : liberté, légèreté, amour, sexe, passion, réussite, argent, gloire, quelque chose d'impalpable, d'éminemment fluide, un grand vol vers la notoriété et le bonheur total.

Il y avait dans son amour pour Caroline Manivette une fuite, un refus d'être percé. Ce regard inconnu restaurait l'espoir de sentir unifiés celui qu'il était et celui qu'il voulait être. À Caroline, Serge pouvait jouer le grand jeu. Il était libre d'élaborer pour elle un personnage, de se polir et de briller. Tandis que Marianne était la personne qui le connaissait le mieux. Mieux que sa mère qui avait côtoyé l'enfant. Mieux que son père à qui il ne confiait rien. Après dix-huit ans de mariage, perspicace, Marianne savait tant de choses de lui ! Elle le connaissait par le cœur. Serge détestait ce sentiment d'être lu, décrypté, espionné : familier. Il ne s'estimait pas assez lui-même pour aimer être connu et estimait trop sa femme pour que ce fût par elle. Il détestait ne pas se sentir à la hauteur, il détestait ce qu'il admirait chez sa femme. Combien de filles comme Marianne avait-il rencontrées ? Pourquoi m'en aller ? se demandait-il dans d'atroces moments de lucidité. Suis-je dominé ? pensait-il. Même pas. C'est pire. Je suis brisé. Non seulement Marianne connaît toutes mes faiblesses, mais désormais c'est moi qui les connais. Elle me les a expliquées ! Son appréciation si précise me tue. Je veux être jugé parfait. J'ai toujours voulu être parfait. Je suis parfait !

Caroline Manivette rassurait ce désarroi : Je t'aime, tu es parfait oui. Tu es mon héros ! Serge Korol était aussi bête que ça, s'occupant moins de ce qu'il était que de ce qu'on en disait.

Jean divorça. Serge avait attendu une réprobation parentale : mon fils, on ne laisse pas sa famille. Tu as la responsabilité de deux enfants. Et patati et patata. Il n'en fut rien. Vladimir et Nina ne firent aucun commentaire. Jean s'expliqua dans une longue accusation de Natacha, sans colère ni indulgence. Ses reproches paraissaient légitimes : Natacha voulait continuer de vivre avec sa mère, et Jean souffrait au milieu de ce réseau hystérique. Il bossait. Est-ce que c'était une vie ? semblait demander Jean à ses parents.

— J'ai posé un ultimatum à Natacha : c'est ta mère ou moi. Natacha a choisi sa mère.

Et me voilà ! semblait dire le grand gentil, cet entêté de Jean qui n'avait jamais demandé conseil à ses parents et ne cherchait pas à leur plaire comme son frère Serge l'avait toujours fait. Jean vivait désormais seul dans une chambre de service de douze mètres carrés et voyait ses enfants les samedis et dimanches chez sa belle-mère et son ex-femme. Nous nous entendons très bien, disait-il avec un sourire. Le divorce n'avait pas saccagé une relation qui n'était plus amoureuse mais amicale. Je rends service, disait Jean, j'emmène les enfants courir. Natacha travaille même le dimanche ! Vladimir n'avait jamais aimé cette belle-fille accaparante, mais il aimait encore moins une mère qui, absorbée par son métier, ne s'occupait pas de ses enfants. Bref, c'était désolant, leur fils faisait bien de se séparer d'elle.

Serge quant à lui s'épanouissait dans son aventure. Il rentrait le soir souriant, mettait les pieds sous la table, dînait, buvait, emportait sa bouteille au salon et remettait la question du divorce dans la conversation.

— Je visite des appartements, dit-il, un soir qui n'avait pas semblé différent des autres.

— Où ça ? demanda Marianne bouleversée par cette nouvelle étape.

— Dans le quartier, répondit Serge. Pour que les enfants puissent venir à pied. Je crois que j'ai trouvé quelque chose de bien, un grand meublé, trente-cinq mètres carrés de terrasse, vue sur le pont Mirabeau.

Divorcé, Serge Korol verrait de ses fenêtres le pont sur lequel autrefois il embrassait Marianne.

Peu après l'appartement était loué. Carmen Bonnefoy s'était occupée de tous les papiers.

— Donc Carmen est au courant de ce qui nous arrive ? demanda Marianne.

— Oui, dit Serge.

Ce bredouillement signifiait : je sais, c'est moche, mais Carmen connaît tout de ma vie.

— Tu ne pouvais pas t'occuper de cela toi-même ?

— Non je ne pouvais pas, dit Serge.

— Tu es un assisté sans pudeur ni délicatesse.

— Je suis un assisté.

— Pourquoi ne parles-tu pas à tes parents ?

— C'est prévu.

Marianne attendait beaucoup des parents de Serge. Elle attendait qu'ils disent : Pas toi ! Réfléchis ! Ne fais pas cette bêtise.

— Il y aura deux chambres pour les enfants. Caroline a dit qu'elle viendrait faire la cuisine. Elle est très douce, je suis sûr que les enfants l'aimeront.

Serge susurrait ces phrases inaudibles et il était sincère. Il pensait à son avenir, auquel Marianne n'appartenait plus (mais elle ne le savait pas). Il avait perdu tout ce qu'il ressentait pour elle. La merveilleuse panoplie de l'admiration, du désir, de la tendresse, s'était anéantie dans l'amour d'une autre. Il n'avait pas préservé l'espace intérieur qui en lui pouvait être dédié à Marianne. Il n'avait pas su vivre ce qu'il vivait. Sa décision de divorcer se fortifiait dans l'enfer qu'elle créait : elle se donnait raison à elle-même.

Marianne suppliait qu'il restât.

— Nous nous disputons parce que tu pars ! regrettait-elle.

Être si peu pour un homme quand on imaginait être tout. Être congédiable quand on s'imaginait irremplaçable. Comment se résoudre à ces pénibles découvertes ?

— Vous allez prendre un amant. Voilà ce qui va se passer. Et c'est vous qui partirez, dit à Marianne la psychologue chez qui elle se rendait à ce moment.

2

Le coup de théâtre est un coup de cœur. L'inattendu se produit : Marianne qui s'accroche à un homme en rencontre un autre.

Rafaël Nathan a divorcé un an plus tôt. Depuis le départ de sa femme, qu'il a jetée dehors avec une colère dont il éprouve du remords, il n'a versé que du désespoir dans sa solitude. Sa femme ! Elle avait un amant. Cette fois c'est sérieux, disait-elle. Quel désarroi ! Rafaël s'enferme. Ses amis l'exhortent à sortir, l'infortuné se refuse à bouger. Il ne veut pas avancer. Refaire sa vie ! De quoi parlent-ils ? Il n'a pas fini de rêver au corps qui a partagé son lit. Il lui trouvait du charme et du pouvoir. Il y captait le chaud d'une présence. Oublierait-on si vite ? Les connivences, les complicités, les communions sacrées, les milliers de nuits ? Il n'est pas fou. La collection de ces moments a bel et bien existé. Il sait qu'il l'a vécue. Une fée courait dans sa vie. Pour courir elle courait ! Tu parles d'une fée, lui dit Patrick, le meilleur ami. Console-t-on jamais la perte ? En dénigrant le trésor ? Je n'oublie pas comme elle a su m'enchanter, répond Rafaël. Il a le sourire à cette idée, à la fois se moquant de lui-même et revoyant des images. Sa mémoire est l'obsession d'une belle âme.

— D'ordinaire les hommes fraîchement séparés déblatèrent sur l'emmerdeuse dont ils sont débarrassés et ont une vie sexuelle intense. Tu n'as jamais été comme les autres. Il faut le faire marcher ton petit cœur ! s'amuse Patrick.

Plus tard vient le refrain de l'époque : Tu dois tourner la page et rebondir. Tu ne trouveras pas du premier coup la compagne idéale mais tu peux vivre. Vivre ? Est-ce que c'est faire l'amour avec des femmes qui ne vous plaisent pas ? Je ne demande pas à changer de partenaire ! s'amuse Rafaël. Il ne veut pas une répétition mais une révélation. La page pèse des tonnes. Est-ce qu'ils ne le savent pas ? Personne ne fait le poids face à la page. Personne ne lui plaît. Il ne cherche pas à être consolé ou plaint, il voudrait être compris. Il ne cherche pas une peau, il cherche une intelligence. Il ne demande pas à coucher, il demande à parler. Il voudrait une page où écrire son histoire. Ce n'est pas une fille qu'il a envie d'allonger mais l'avatar de cette rupture qu'il voudrait mettre à plat. Où fut l'erreur ? Qu'a-t-il manqué de voir ? Quel signe ? Trouvera-t-il quelqu'un auprès de qui consigner le passé ? Allez vous faire voir avec vos histoires de cul ! pense-t-il lorsqu'une vieille connaissance, nantie et bien mariée, lui glisse sur un papier le numéro de téléphone d'un réseau de jeunes prostituées polonaises à qui régulièrement le bel homme fait lui-même appel. Qu'ont-ils tous à se préoccuper de sa vie sexuelle ? Il n'a jamais eu de vie sexuelle ! Il a eu une vie sentimentale.

Ils écoutent un séminaire consacré à la médiation familiale. Un notaire original raconte d'extravagantes querelles de famille. L'héritage, la transmission, le passé, l'amour attendu, donné, inégal, la mémoire, l'argent, fabriquent ensemble une toile d'araignée capable d'étouffer frères et sœurs dans le cocon ébauché par leurs parents. Le regard de Marianne ne quitte pas les cheveux blancs du conférencier, celui de Rafaël se distrait, fait le tour des tables disposées en cercle, puis se captive pour l'ovale tendre, les yeux bridés, les pommettes saillantes et la bouche boudeuse quand elle ne sourit pas. Concentrée et absente, capable de s'absenter, rêveuse certainement, imaginative : Marianne.

À la faveur de la pause, il vient vers elle.

— J'admire votre concentration ! dit-il. Vous êtes tout entière à ce que vous faites. J'avoue que j'ai des sautes d'attention.

— Le sujet m'intéresse. Je ne suis pas toujours si attentive… Ce monsieur est si merveilleux, dit Marianne.

— C'est un conteur ! Mais je ne sais pas si j'aime entendre ce qu'il nous raconte.

— Il y a beaucoup de choses tristes c'est vrai, dit Marianne.

— La famille n'est pas le lieu idyllique que l'on croyait, poursuit Rafaël.

— Ah non ! rit Marianne. Les gens ont beau s'aimer, ils ne savent pas forcément s'y prendre.

— Ou ils prennent l'autre pour une poubelle !

— On dirait aussi que l'argent gâche tout.

— Vous croyez que c'est l'argent ?

— Je ne sais pas mais j'ai peur de tout ce qu'il peut déclencher.

Un mouvement anime l'essaim des participants dispersés dans le couloir.

— Allons-y, il reprend, dit Marianne.

Un peu plus tard vient le moment du déjeuner. Rafaël Nathan descend l'escalier derrière Marianne.

— Êtes-vous seule ou déjà accompagnée ? demande-t-il en accélérant l'allure pour la rejoindre. Je suis tout seul. Voulez-vous que nous déjeunions ensemble ?

Il met le doigt sur la plaie. Marianne se sent délaissée et honteuse de l'être. Elle éprouve une incomplétude qu'elle croit apparente. Elle ne serait pas étonnée d'être montrée du doigt.

— Je ne me suis pas présenté, je m'appelle Rafaël Nathan.

C'était une rencontre qui devenait une galanterie. Il était attiré par cette femme concentrée. Elle sentait comme il était captivé par elle. Cela semblait si étrange à l'instant où un autre s'était lassé ! Consciente qu'elle plaisait, elle s'intéressa à celui qui la flattait. Chaque être tombe amoureux à sa façon : à certains il faut d'abord être regardés. Ils emboîtent le pas, animent en eux des sentiments mimétiques. Le désir de l'autre a puissance sur le leur. Ils ne résistent pas au plaisir de combler l'appétit d'un autre. Les sentiments leur sont contagieux. Ainsi en allait-il du sourire de Marianne : il était une réponse.

Ils bavardaient comme on le fait quand on n'a pas de raison de le faire : quand on ne se connaît pas, quand par hasard on se plaît. Après les commentaires qu'ils firent à propos du séminaire, ils en vinrent à se parler d'eux-mêmes, dans ce badinage rieur qui est celui de la rencontre amoureuse, ou du flirt, comme on voudra appeler ce délicieux moment des premières heures d'un couple. Que faites-vous dans la vie ? demanda Rafaël en riant de sa question si banale. Vous travaillez ? Je suis styliste, je crée des sacs à main, dit Marianne, rieuse à son tour, se moquant de cette frivolité à quoi elle s'occupait. Vous avez des enfants ? Il rit à nouveau : c'était encore une question convenue. Trois enfants, dit Marianne, sérieuse cette fois. Quel âge ont-ils ? Elle répondait sans faire de mystère, avec rectitude et plaisir, et ils étaient ensemble à parler. Ne supportant pas le défaut de conversation dans les tête-à-tête, Marianne parlait facilement. Et votre mari que fait-il ? demandait maintenant Rafaël. S'il y avait trois enfants il y avait au moins un mari, peut-être même deux dont un ex, au rythme où va la vie aujourd'hui, pensait-il. Elle témoigna une admiration d'épouse à un mari unique. Superbe ! dit Rafaël Nathan, de bon cœur, quand elle eut décliné le curriculum brillant de Serge. Et vous ? demanda à son tour Marianne. Je suis architecte. Je m'occupe essentiellement de restaurer des hôtels. C'est une activité de décoration d'intérieur. Et votre femme ? Ma femme travaillait avec moi, elle gérait mes relations de presse, commença-t-il. Puis se ravisant, il dit : Mais je n'ai plus de femme. Nous avons divorcé il y a un an. Comme il ne riait pas, elle fit : Ah. Devançant ce qu'il imaginait devoir être le propos suivant, il dit : Nous n'avons pas eu d'enfant. Ah. Elle faisait Ah chaque fois qu'elle était touchée.

— Il ne reste rien de ce que nous avons été, dit-il.

— Il ne faut pas dire ça, souffla-t-elle bien qu'elle ne le pensât pas.

— Si, dit-il, j'insiste, *c'est* désolant. Et cela me désole encore un an après notre séparation, ajouta-t-il.

— Je vous comprends, dit Marianne. Je trouve que le divorce est une chose affreuse à traverser. On ne le dit pas assez.

Il n'osa pas lui demander comment elle le savait. Par quel miracle le comprenait-elle ? Il vivait comme une faveur la part que, parce qu'elle était pareillement malheureuse, elle semblait prendre à son malheur. Voilà qu'il rencontrait la première personne qui valorisait ce qu'il avait perdu. Elle ne disait pas que l'on refait sa vie et voyait que l'on pouvait la perdre. Le secret de cette empathie ne tarda pas à s'éventer : tout à coup Marianne Villette exprima le tourment des derniers mois.

— Moi aussi je divorce, dit-elle par envie de vérité.

Parler aux inconnus est facile. On ne les étonne pas : de nous ils ne savent ni n'attendent rien.

— C'est une mauvaise nouvelle, dit Rafaël Nathan avec délicatesse.

— N'est-ce pas ?

Elle avait l'air si sombre brusquement. Toute sa concentration devenait mélancolie.

— Peut-être les choses n'ont-elles pas atteint le point fatal, suggéra-t-il.

La détresse devenait leur intimité.

— J'aimerais que ce soit le cas mais la chute me paraît amorcée, murmura Marianne.

— Vous êtes venue au séminaire pour cette raison ? demanda Rafaël.

— Oui, parce que je souhaitais savoir débattre sans m'emporter ! s'amusa Marianne. Je me mets en colère trop facilement. Je ne parle jamais comme il faut, paraît-il.

— Cela ne se voit pas.

— Pourtant je suis invivable ! plaisanta Marianne. Mon mari me le dit tous les jours.

Un bref silence les enveloppa avant que Marianne poursuive.

— Il a une maîtresse bien sûr. Mais m'assure que ses reproches n'ont rien à voir avec elle. J'attends ! dit-elle résolument. J'attends qu'il se lasse. C'est un supplice. Il est là tous les soirs dans le salon pour me dire qu'il ne veut plus y être : faible et furieux.

— Vous voyez, dit calmement Rafaël, je n'ai pas eu votre courage. Dès l'aveu, j'ai compris que l'autre avait pris ma place et j'ai mis ma femme dehors. Je suis entré dans une rage affreuse. J'ai jeté ses affaires sur le palier ! Ses escarpins, son sac à main, tout dans l'escalier !

Ils rirent ensemble de cette scène si visuelle, si usuelle aussi, que Marianne pouvait la voir sans avoir été présente.

— Je vous envie. Vous êtes belle d'attendre et d'aimer.

— Non je suis lâche, répond Marianne du tac au tac. J'ai seulement peur de souffrir.

Raconter lui avait mis la peine au cœur : la vérité en face. Elle venait de peindre le tableau de la situation réelle : Serge ne la supportait plus et elle était attachée à lui comme s'il était sa vie même. Elle avait le courage que réclamait la lâcheté : souffrir.

Les deux mains croisées sur le ventre, Marianne recula sa chaise et s'écarta de la table. Elle songeait à tout ce qu'elle avait entendu et accepté. Serge savait qu'il n'y avait pas de limite ! Il était assuré de son inlassable patience et de sa fidélité indéfectible : comme un enfant capricieux, il trépignait d'autant plus.

— Il est l'heure d'y retourner, dit Rafaël Nathan après avoir jeté un coup d'œil à sa montre. Vous trouverez peut-être une solution en écoutant notre conférencier.

Disant cela, qui était une conclusion généreuse, il se leva pour tirer la chaise de Marianne et l'aider à rassembler ses affaires.

Il était si différent de Serge, pensa Marianne. Il ne prenait pas l'autre pour un admirateur potentiel, mais pour une personne sensible. Il parlait pour être en contact, pas pour briller. Le charme venait chez lui non pas de l'intelligence mais de la douceur. Sa voix prenait des précautions et son regard enveloppait de sollicitude. Jamais Serge n'aurait été aussi prévenant, il n'avait jamais appris à l'être. Et jamais n'aurait la préoccupation de le devenir puisqu'il était occupé d'abord de lui-même.

— Merci, dit Marianne, je vais me débrouiller.

Elle parlait de ses affaires, son sac, son manteau, et non pas de son mariage.

— Merci de votre compagnie. C'est inexplicable pourquoi l'on se sent bien avec quelqu'un, dit Rafaël en ouvrant la porte sur la rue.

3

— Je n'ai pas attendu ta permission pour te tromper, cria ce soir-là Serge à sa femme qui, lorsqu'elle était apaisée, l'exaspérait.

Se rappelant tout à coup un autre point prometteur, il changea de sujet. Il parlait maintenant de son assistante.

— Je sais que tu as insulté Carmen ! Je l'ai trouvée en larmes dans le bureau ce matin. Tu venais de la traiter de *collabo* !

Serge n'en finissait pas d'inventorier ce que Marianne disait qui ne convenait pas, ce qu'elle pensait qui était cruel, ce qu'elle faisait qui avait déplu. Tu déplais, tu déplais, tu déplais ! Il le lui répétait à l'envi. L'idée qu'elle n'était pas aimée devait lui faire un bien fou ! Il était obsédé de Marianne. Elle pensait : obsédé de se débarrasser de moi.

— Tu pleures ? demanda-t-il.

Appréciant de s'appuyer sur les paroles de son épouse, il ne goûtait pas les silences qui la prenaient lorsqu'il se montrait de mauvaise foi.

— Je ne pleure pas, je m'en vais. Et je ne te demande pas la permission.

Comment nier désormais que le dialogue entre eux s'était perdu ? Chaque mot était envenimé. Il n'y avait plus moyen d'en utiliser un. Marianne et Serge ne parlaient plus, Serge mordait. Ils avaient gâché le trésor de l'amour. Marianne acceptait l'idée que Serge avait fini de l'aimer et, en l'acceptant, elle en faisait une réalité. Elle était le dernier maillon. Si elle flanchait, la fin de leur couple était proche. Elle le croyait. Je participe au saccage en perdant la foi en nous, en allant me réfugier chez un autre, pensait-elle.

Elle partait vers ce refuge que figure un nouvel amour, victime elle aussi de cette illusion de la nouveauté, laissant Serge seul affalé dans un fauteuil.

— Vous avez une mauvaise tête, disait Rafaël Nathan en ouvrant sa porte. Que s'est-il passé, dites-moi.

Il se montrait plein de patience et d'attention. Se découvrir est plus facile que se connaître.

Trois mois plus tard, après tant de conversations, Marianne et Rafaël avaient si bien emmêlé leurs tristesses qu'ils devinrent amants. Ils avaient avivé en eux-mêmes la fibre la plus tendre. Chez lui un instinct protecteur, chez elle une tendance à la compassion. Ils étaient au diapason l'un de l'autre. Le bavardage libre et la présence attentive de l'autre étaient devenus nécessaires à chacun. Voilà que revenait, quand ils l'avaient oublié, l'émerveillement d'une inclination partagée, l'accomplissement d'une rencontre prolongée, son déploiement, un plaisir, une consolation à ce qui s'était dilapidé et perdu. Comme si l'on avançait dans l'espace des sentiments, autant que dans la vie, soumis à de plus en plus d'ombres.

Ils ne pensaient pas à commencer un amour. Un amour, c'était ce qu'ils avaient fini. Et il y a tant d'écart entre ce qui s'achève et ce qui commence lorsqu'il s'agit du cœur. L'un résiliait un contrat avec le désespoir et la solitude. L'autre, adjoignant un amant à un mari, substituait la douceur et le désir à l'indifférence et la fureur. C'était simple comme l'esquisse d'un geste.

Il alla vers elle au milieu d'une conversation. Rafaël s'approcha de Marianne et posa doucement ses lèvres sur les siennes, entrelaçant ses doigts dans ceux de la main féminine qu'il avait attrapée. Marianne se tenait debout, adossée à la cheminée, dans le salon de ce compagnon d'infortune. Ils n'avaient partagé que l'abandon et la perte. Ils avaient affirmé leur souffrance, non pas pour la bénir, la glorifier, mais pour la rejeter. Ils la surmontaient ensemble.

Et maintenant est-ce qu'à son tour Marianne trompait son mari ? Ce n'était ni ce qu'elle pensa, ni ce qu'elle ressentit, quand sa bouche répondit au baiser. Elle échappait à l'effondrement personnel. Elle sauvait son cœur de l'ensevelissement. Elle abhorrait cette idée : elle tentait de ressusciter. Renaître serait bienfaisant pour elle, pour Rafaël, et pour Serge bien sûr. On dit que l'amour est le seul remède à l'amour. Revenaient l'élan de la curiosité, le plaisir de se rencontrer, la tendresse, la sollicitude, la conversation, et l'envoûtement de la volupté. Existait-il une autre source de chaleur aussi enveloppante, pour réconforter la détresse primordiale d'exister seul, enfermé dans un corps opaque, avec un esprit illisible ? Lisez-moi, lisez en moi. N'était-ce pas ce que signifiait chaque caresse ? Marianne les recevait. S'accorder. Ne pas se contredire. Quelle facilité ! Murmurer oui plutôt que crier non, quelle douceur soudaine cela versait sur la vie ! Marianne acquiescerait à tout. Un flux de chaleur submergeait ses perceptions. Son visage prit feu dans l'instant de la proximité. La distance habituelle des corps dans la conversation s'abrogeait maintenant. Et avec elle s'abrogeait le mal d'être rejeté, l'indescriptible blessure d'aimer encore celui qui a fini de vous aimer. Rafaël entrait dans l'espace interdit que seul traverse un amant. L'aura intime était touchée. Marianne tremblait d'émoi. Surprise, timidité, désir, se cognaient l'un contre l'autre au-dedans. L'émotion près d'un corps étranger était la grâce du commencement. Marianne n'était pas gênée, mais heureuse d'être troublée. Elle fit glisser ses mains sur le dos de celui qui l'embrassait. La pensée de ce geste accompagnait ce geste. Depuis combien de mois n'avait-elle pas caressé un dos ? Senti un ventre collé à son ventre et une bouche dans son cou faire entendre un soupir ? La chorégraphie des tendresses se renouvelait. Il était stupéfiant de retrouver ce ballet. Elle comprit comment Caroline avait captivé Serge.

Il suffisait de s'élancer derrière son désir sans penser, d'oublier serments et promesses, de sacrifier l'unicité des caresses qu'un autre vous dispensait. Voilà ce que Serge avait fait le jour où il avait aimé Caroline. Il avait attaqué le pacte que Marianne naïvement croyait solide. Marianne avait été salement cocue, trompée au plus haut degré, renvoyée brutalement aux qualités qui lui manquaient, aux défauts qu'elle avait, sans que la vérité fût dite. Tandis que sa disgrâce venait d'une autre, Serge lui disait : Tu en es l'artisan, tu as causé mon désamour et ma colère. Et elle l'avait cru ! Il mentait, elle croyait. Là résidait la tromperie. Marianne pleura. Ses lèvres embrassaient dans les larmes. Elle ne trompait pas son mari parce qu'elle lui parlerait. Elle lui confierait sa détresse. Elle lui demanderait d'être reconquise.

Assise sur un lit, dans une chambre où elle pénétrait pour la première fois, elle était aussi tranquille et silencieuse qu'une fillette sage qui attend les deux pieds bien à plat par terre, mais femme, détendue, secrètement lascive, prête à l'abandon, venue découvrir un amant qui se montrerait tendre, lent, décidé. Appuyant sa main sur l'épaule, Rafaël la fit s'allonger. Les pieds pendaient au bord du lit jusqu'au sol. Il prit l'un puis l'autre dans sa main et en retira les ballerines. Un instant il s'agenouilla et caressa les chevilles, les mollets, les cuisses sous la jupe. Puis il se redressa et se penchant au-dessus d'elle revint au chemisier qu'il déboutonna, embrassa le creux palpitant du cou, passa sa main sous le dos pour dégrafer le soutien-gorge. Je n'y arrive pas, plaisanta-t-il. Il s'échinait sans réussir, maladroit. J'ai perdu l'habitude ! Il eut un rire parce que c'était terriblement vrai. Elle vint à son aide, les mains tâtonnant derrière elle, se soulevant, mêlée à lui, dans une proximité sensuelle, émue comme par une chose ancienne, disparue, retrouvée. De ses lèvres, il embrassa le bout d'un sein, passa sa main sur le ventre, dénuda le torse entier. Il était émerveillé par ce corps si neuf en apparence, comme nouvellement né alors même qu'il avait enfanté. Il sentait sa souplesse et sa force sous les caresses. Vous êtes belle, murmura-t-il, vous êtes belle comme une statue. Elle savait que c'était vrai. Elle n'avait ni doute, ni complexe, ni vanité. La confiance en soi lui donnait de la simplicité. Chacun des rares amants qui l'avait dénudée lui avait chanté des louanges. Elle était longue et flexueuse, avec des cuisses interminables, des fesses rondes et fermes, un dos aux courbes violonées. Il promena ses doigts dans le creux accentué des reins. Une pression douce se transmettait de la main à cette vallée qu'elle creusait. Vous êtes un instrument de musique, disait maintenant Rafaël Nathan. Et peu après : J'ai l'impression de caresser un Picasso. Elle se demanda quel compliment c'était. Marianne avait fermé les yeux. Ses jambes balançaient au bord du lit, sa jupe blanche s'étalait à partir de la taille. Son ventre, ses seins, ses bras étaient nus, embrassés par une bouche doucement fiévreuse. Vous n'avez pas froid ? demanda l'amant. Pas du tout, dit Marianne. La distance entre eux était nulle. Enlevez-moi ma jupe, commanda-t-elle, et comme il ne trouvait pas la fermeture à glissière dissimulée sous un revers, elle dit vivement : C'est là ! Il s'amusa intérieurement de cette brusquerie. Marianne l'attrapa par la ceinture et entreprit de le déshabiller lui aussi.

Quand il fut nu, elle vit un inconnu. Ce corps était moins athlétique que celui de Serge. L'habitude et le critérium étaient violés. À nouveau Marianne ferma les yeux. Le désir n'était pas entamé. À quoi tenait-il ? Mystère ! Elle respirait un corps inexploré, qui l'attirait sans lui plaire. Elle aurait voulu ne pas comparer, ni juxtaposer, mais les sensations se télescopaient, sa peau avait une mémoire. Quand Rafaël l'embrassait, sa précaution était nouvelle aussi, et tout le rythme de l'amour était bouleversant d'être renouvelé. Rafaël n'était pas moins dérouté. Il l'était par la beauté autant que par l'étrangeté. Les expériences étaient inverses : Marianne était déçue par ce qu'elle avait désiré, il était comblé par ce qu'il n'avait pas attendu.

— Votre corps m'est étranger, dit-il, vous êtes si grande !

Il s'était allongé sur elle, à l'orée de prendre et d'assouvir, mais arrêté, retenu. Il pensait à sa femme, aux drôles de petits souvenirs et empreintes que laisse celui ou celle qui disparaît, meurt ou seulement s'éclipse.

— Venez, lui murmura Marianne dans l'oreille, avant de répéter son prénom, sans se lasser, établissant ce contact permanent et absolu, Rafaël, soufflé dans l'abandon d'elle-même à la force, au désir et au plaisir de Rafaël. Il ne la dévorait pas il la léchait, il ne l'envahissait pas il l'habitait, il l'emplissait, il ne la saccageait pas il la fortifiait. Elle n'était pas impudique mais d'un naturel qui stupéfia son amant. Le mot *décontraction* était insuffisant pour dire sa sérénité dans l'amour, sa nudité tranquille, quelque chose comme un sentiment d'avoir raison, d'être sur le meilleur chemin vers la vérité. Il n'avait pas connu de maîtresse aussi libre, naturelle, avec cet air de candeur qui gardait la trace d'un enjouement de l'amour. Il s'absorbait en elle, il s'incorporait à elle, le contact charnel débordait dans son cœur, la communion voluptueuse lui révélait la plénitude. Il ne l'avait atteinte ni même soupçonnée avec sa femme. Vous êtes la beauté du monde, souffla-t-il. Marianne riait et le croyait.

Rafaël Nathan était ébloui. Tant de rectitude ! Qu'avait-il connu avant cela ? Il se posa la question. Par quel miracle était-il maintenant comblé par une femme ? Elle n'avait pas fui devant la tristesse qui émanait de lui. Elle lui avait fait ce cadeau de l'écoute. Elle savait la valeur de ce qui était perdu. Il avait su la prendre dans ses bras et l'embrasser. Elle l'avait accueilli. Marianne se parait d'un pouvoir illimité :

elle l'initierait à tous les prestiges de la rencontre amoureuse.

— Je voulais que quelque chose se passe, dit-il, assis par terre au pied du lit, fumant une cigarette, comme s'excusant de ce qui s'était passé.

C'était expliquer ses baisers et le soudain changement de perspective entre eux. Marianne acquiesça, la tête sur l'oreiller, elle se retenait de rire et de confirmer ironiquement : quelque chose s'est passé !

— Nous parlions depuis longtemps, j'aspirais à une communion plus intense. J'espérais une intimité plus entière. Je voulais vous rencontrer sur un autre terrain.

L'expression n'étant pas heureuse, il se reprit :

— Je voulais vous voir ailleurs, autrement, totalement. Vous comprenez ?

— Et vous avez vu ? s'amusa-t-elle.

— Ah oui ! Et vous m'avez bien remis à ma place. Moi qui me croyais libre… Vous êtes… du miel, dit-il après un silence.

Ce fut tout ce qu'il trouva en guise de compliment, mais Marianne fut comblée par l'image d'elle-même qu'il présentait. Une belle amante, vibrante et fluide, douce et passionnée. Elle était tout cela, elle ne l'ignorait pas et c'était pourquoi elle pouvait l'être encore davantage, mais elle l'avait oublié. Serge l'avait niée. Il était par nature inattentif aux particularités d'un être, au détail ou au charme d'un geste. Elle ressuscitait de ce reniement.

Voudrez-vous recommencer ? demanda Marianne en s'en allant. C'était revenir sur l'événement : s'assurer du mérite de la rencontre et élucider la valeur qu'elle revêtait pour l'autre. C'était retrouver l'opacité d'autrui, et l'incertitude, et la distance qui nous sépare de lui et d'autant plus qu'on s'en approche. Pour cette fois les choses étaient scintillantes et simples : Rafaël Nathan était ravi et déjà captif. Il voulait recommencer bien sûr, et tout entreprendre, tout reprendre à zéro, avec elle ! Elle devenait sa déesse. Idolâtre, il se lovait à nouveau dans la vie d'une femme. Et Marianne, que voulait-elle ? Se servir de l'amant pour regagner le mari ? Séduire l'homme qui parlait avec elle ? Séduire pour survivre.

4

— Je suis en train de tomber amoureuse, dit Marianne à Serge après quelques jours de secret. Tu me maltraites tellement que j'ai besoin d'être aimée par quelqu'un d'autre. Je n'en suis pas heureuse.

C'était alerter son mari : bientôt leur alliance ne serait qu'un contrat sans contenu, bon à déchirer. Le danger d'être séparé s'accroissait. Car les sentiments se détissent. On détruit les liens en cessant de les nourrir ou en les violentant. L'aveu signifiait aussi : Retiens-moi. Je ne souhaite pas ce qui arrive. Vas-tu te réveiller ? Montre-moi que tu tiens à moi. Dis-moi que tu ne veux pas me perdre. Ne me laisse pas dans les bras d'un autre. Serre-moi contre toi.

Mais Serge Korol ne dit et ne fit rien de tout cela. Il ne prit pas Marianne dans ses bras. Surtout pas ! Il ne l'effleura même pas. Il ne la retint pas. En eut-il l'idée sans l'envie ? L'envie sans le courage ? Ou bien ni l'idée, ni l'envie, ni le courage ? Se trouva-t-il muet ou stupide devant le fait ? Refusa-t-il de se sentir blessé ? Aucun signe ne le laissait deviner. Pas un regret, pas la moindre peine ne vinrent désunir sa réaction. Il sembla insensible à ce qui advenait, obsédé par son désamour et sa propre libération.

— Je suis content pour toi, répondit-il à sa femme.

C'était une affreuse réponse ! Ensemble ils traversaient un enfer. Cette rencontre loin de leurs supplices était le sursaut d'une morte. Serge ne pouvait pas l'ignorer. Supposer de la joie était trahir la vérité : le sommet de la mauvaise foi.

— Tu m'as détruite et tu me pousses dans les bras d'un autre !

— Si tu veux, répondit Serge impassible.

— C'est triste, c'est moche, dit Marianne.

— Si tu veux, répéta-t-il, son visage raidi, les yeux ronds.

— Je suis malheureuse de ce qui nous arrive.

Cette fois, il ne répondit pas. Il n'allait pas dire : si tu veux. Que nous arrive-t-il ? se demandait-il peut-être, perdu, mutique, privé de mots. Peut-il *nous* arriver quelque chose alors que *nous* n'existe plus ? Le silence disait la dissolution accomplie de leur union. La détresse envahit Marianne. Serge le vit forcément, sur le visage de sa femme se peindre le désespoir d'être laissée pour rien.

Pourquoi ne se l'entrait-elle pas dans la tête : elle n'était plus la femme de Serge ! Il fallait se faire à cette évidence : Serge l'avait remisée. Il n'éprouvait plus ni amour ni jalousie. Peut-être même ressentait-il un soulagement à l'idée qu'un autre allait se charger de Marianne et l'aimer ? Il n'avait plus la force ni l'envie de le faire. Il voulait bien passer la main. Oh oui ! Qu'un autre prît le relais, car il n'en pouvait plus de cette épouse vivante, pressante, omniprésente. Ainsi se formulait-il les choses. Il ne disait pas : Je me suis lassé d'elle. Ni : J'en aime une autre. Il se disait : Elle est trop présente. Marianne avait compris ce micmac auquel il procédait de sorte à ne pas porter la responsabilité de leur rupture : il n'y était pour rien, Caroline Manivette encore moins, c'était Marianne elle-même qui avait poussé le bouchon trop loin. À cette pensée la tristesse étreignait encore Marianne. Serge mentait ! L'histoire était dénaturée, travestie. Et quelle preuve avancer ? Leur fils Adrien était la seule trace de l'union heureuse ! Fait-on un enfant avec une femme quand on juge insupportable de vivre avec elle ? Serge tenait tellement à sa version qu'il refusait de discuter ce point avec Marianne.

— Tu n'es pas triste ? demanda Marianne.

Elle ne résistait pas au besoin d'insister, de partager, de rester encore avec lui un moment.

— Non, je me réjouis pour toi, dit-il, détaché.

Il était fier de se montrer si magnanime : généreux, tranquille, sans jalousie. Il ne vivait pas la scène réelle mais jouait avec une image. Il parvenait à s'attribuer le beau rôle, celui de la grandeur d'âme. L'occasion était belle. Pouvait-il jouer parce qu'il était vide ? Vidé de l'amour ? Ou bien ne jouait-il pas ? Il faisait le beau : Je ne suis pas un mesquin. Je me réjouis de ton bonheur même s'il m'exclut. Je me réjouis que tu en aimes un autre. Je me réjouis que tu me quittes. Je te laisse libre. J'ouvre ma main et tu t'envoles et je souris encore.

Quelle blessure ouvraient ces mots-là ! Ce mari indifférent était installé au cœur de leur maison pour les lui dire. La peine l'emportait sur la colère. Serge ne feintait pas, il était profondément indifférent. Et s'il trichait, c'était avec lui-même et à son insu. C'était qu'il n'avait plus accès à ses propres sentiments. La compagne de sa vie ne valait pas un regret. Il ridiculise notre relation, pensa Marianne, il ne m'accorde aucun prix. L'alliance était piétinée par l'indifférence et Marianne abandonnée à un autre comme un objet sans valeur.

Elle se précipita davantage vers sa résurrection. Elle allait et venait entre deux maisons. C'était une question de vie ou de mort. Elle vivait entre deux hommes. L'un ne l'aimait plus et l'autre la découvrait : elle comblait par la curiosité tendre de l'un le trou désolé que creusait l'indifférence de l'autre. À peine les enfants couchés, elle disparaissait, non sans essayer de se faire retenir :

— J'y vais, disait-elle à son mari avec un air malheureux.

Et cela voulait dire : Prends-moi dans tes bras je t'en prie et aime-moi comme je t'aime.

Elle demeurait hésitante, sur le seuil, retenue par l'amour qu'elle avait pour sa constellation. Allait-elle vraiment perdre l'écheveau qu'avec Serge elle partageait ?

— Bonne soirée, répondait Serge, sourd aux adjurations silencieuses de sa femme.

Non, décidément, il ne la retiendrait pas. Elle pleurait dans les bras de Rafaël. Il la tenait comme un oiseau blessé, silencieux.

Où était passée Caroline Manivette ? Avait-elle disparu ? Serge la visitait aux heures de bureau, dans le plus grand secret. Connaissant son tort, il craignait une officialisation de sa faute, le flagrant délit, le constat d'adultère. Marianne, ce diable, pouvait s'être mis des idées dans la tête, disait-il à Caroline. Tenaillée par les apparences si fausses qu'elles inversaient les causes et les effets, Marianne se demandait si elle voyait plus souvent son amant que Serge ne voyait sa maîtresse. C'était une blague, non, de se sentir coupable ? Elle pleurait allongée à côté de son mari muet et souriant. Il souriait quand elle le regardait ! Comment comprendre cet homme ? Pourquoi était-il encore là ? Marianne se remémorait la réponse : Serge était là parce qu'il était faible, attaché aux enfants, apeuré devant les conséquences de son départ. Pas parce qu'il l'aimait. Il l'en avait convaincue. Il répétait : Aide-moi à divorcer.

Rafaël disait : Je vous aime. Ce va-et-vient était en soi un supplice.

— Reste avec lui, suggéra Serge avec un demi-sourire, un soir après deux bouteilles de chablis.

— Tu es fou !

Il était incohérent et désespéré. La veille, il avait dit à sa femme :

— Toi et ce type, c'est purement sexuel.

À quoi ressemblait désormais la maison des Korol ? Un père taciturne, qui brise le cœur de sa femme parce qu'il pense à une autre. Une mère qui pleure en cachette et rejoint le soir un consolateur. Si camouflée que fût la vérité, Angélique, Nicolas et Adrien vivaient-ils une telle mésaventure sans la connaître ? se demandait Marianne. Longtemps elle s'était apitoyée sur elle-même. Je ne peux même pas confier ma peine à mes enfants. Ne pas être comprise ou consolée était une part de son amertume. Rafaël était la seule écoute. Épargner les enfants comportait une limite : Marianne voulait être loyale, ne pas mentir. Puisque les choses devenaient si graves, ils avaient droit de savoir ce qui concernait leur vie.

— Il faut parler à Angélique et Nicolas, dit Marianne à Serge.

— Je suis d'accord, dit-il, drapé dans une gravité fausse.

Pourquoi sonnait-il si faux ? Glacial, privé d'émotion, sans profondeur, Serge évitait le regard de sa femme. Avait-il honte ? Jamais encore ils n'avaient parlé de cette décision et voilà que du premier coup il était certain de vouloir la révélation !

— As-tu bien réfléchi ? demanda Marianne.

— Je n'arrive pas à parler aux enfants, mais je sais depuis longtemps que je veux le faire, répondit Serge.

Il avait cet air décidé qu'il composait chaque fois qu'hésitant ou troublé il souhaitait mettre fin à la conversation.

Dire la vérité aux enfants était le plus grand pas, l'ouverture de la trappe fatale où sombrerait leur histoire.

— Tu es vraiment sûr que c'est ce que tu veux ? demanda Marianne plusieurs fois.

Elle parlait maintenant dans son petit téléphone portable, au milieu des étals du marché. Serge était parti pour le samedi et le dimanche à un championnat de tennis, il attendait qu'elle parlât aux enfants en son absence.

— Je suis sûr, répéta-t-il après elle.

Jamais il n'aurait un mot de plus que ceux qu'elle trouvait.

— Tu m'as poussée dans les bras d'un autre, dit Marianne en guise de dernier message désespéré, se moquant bien qu'on l'entendît.

Serge Korol était au comble de la froideur et de l'impassibilité : lui parler de ses torts c'était le fermer comme un coquillage mort. Il ne voulait rien entendre de ce qu'il avait fait ou négligé de faire.

— Si tu veux, répondit-il.

Et puisqu'il était fâché, il ajouta :

— Je me moque de ce que tu penses.

Il lui fallait la tuer symboliquement.

Marianne avait tenu à dire elle-même les choses aux enfants. Serge quant à lui était paralysé. Comment ne pas craindre de sa part une version confuse ou falsifiée ? Comment d'ailleurs aurait-il pu parler lui qui avait perdu l'accès aux mots ?

Angélique et Nicolas étaient attablés. Tandis qu'elle servait les plats, Marianne se lança dans le sujet. Supplice. Il s'agissait de voir souffrir ses enfants à cause d'une vérité qui la faisait souffrir et d'une décision qu'elle refusait. Il s'agissait de dire aux enfants la fin de l'amour qui les avait fait naître. La fin, la trahison, l'irruption d'une autre. Papa en aime une autre et nous allons divorcer. Comment fait-on pareille annonce ? Que croit-on faire comprendre ou accepter à ses enfants ? Que sait-on de ce qu'ils ressentent alors ?

— J'ai quelque chose de triste à vous dire, dit Marianne.

Les deux aînés étaient sagement assis devant leurs assiettes, Adrien regardait la télévision. Se doutaient-ils de quoi que ce soit ? Ils avaient été témoins des disputes du samedi matin. Ils avaient vu leur mère sortir seule comme elle ne l'avait jamais fait encore.

— Papa est tombé amoureux d'une autre femme, dit Marianne. Il voudrait divorcer. Il a loué un autre appartement.

L'essentiel était dit qui tenait en si peu de mots. L'ombre noire était désignée d'un doigt malheureux. Que fallait-il en penser ? Était-ce la vérité enfin advenue ? Était-ce un désastre ? Était-ce insurmontable ?

Les yeux noirs de Nicolas brillaient dans l'eau de ses larmes contenues. Le garçonnet était concentré et blessé, tandis que sa sœur, impassible en apparence, commençait de poser des questions.

— Il est où cet appartement ?

— À côté d'ici, au pont Mirabeau.

— Combien de mètres carrés ?

— Cent quarante.

— Combien ça coûte ?

— Trois mille euros par mois.

— Depuis combien de temps ?

— Deux mois.

— Qui est la femme ?

— La grande navigatrice dont il nous a déjà parlé : Caroline Manivette.

Les enfants rirent de ce nom idiot. Puis le silence tomba comme un aérolithe au milieu de la table.

— C'est triste, dit Marianne, mais c'est comme ça. Et vous devez être certains que papa vous aime autant.

Ils ne disaient rien.

— C'est moi qu'il n'apprécie plus comme autrefois, dit Marianne.

Dieu savait où elle était allée chercher cette phrase. Personne ne l'obligeait à se fustiger de cette façon ! Pourquoi le faisait-elle ?

— C'est moi que papa n'aime plus.

En vérité Marianne n'y croyait pas. C'était une erreur de Serge ! Comment croire qu'un cœur qui a aimé sans se lasser dans le tissu du temps puisse en un éclair se détacher, se dégoûter même, s'excéder de l'autre à ce point, s'installer dans l'indifférence, en être assuré au point de souhaiter rompre ?

Nicolas essuyait en se cachant les larmes qui coulaient silencieusement sur ses joues adorables. Il avait toujours eu honte de pleurer. Il était beau, si sensible, un amour de garçon, et Angélique, raisonnable et droite. Ma fille, pensait Marianne. Souffrance et sagesse culminèrent en elle.

— Ce n'est pas grave, dit Marianne.

Elle n'avait pas parlé de Rafaël. Pour lui, elle n'aurait pas divorcé. Il n'était pas une cause, mais un effet.

Serge rentra le dimanche soir. Il était encore chez lui mais sa présence avait changé de signification et de poids : il était le père mais plus l'amant, il était là mais plus pour longtemps, il souriait mais que valait ce sourire puisque la vie était triste.

— Je ne veux pas que vous divorciez, pleura Nicolas, quand Serge vint dans sa chambre harceler le silence. Si vous divorcez je n'aurai plus l'un quand je serai avec l'autre, dit le garçon. Je ne vous aurai plus tous les deux.

C'était exprimer l'exacte privation dont il serait la victime. Serge ne trouva rien à dire. Il bredouilla : Mais si, mais si tu nous auras. Marianne pleurait sans se cacher à quelques pas de cette scène entre le père et le fils. Comment s'était-elle trompée à ce point? Comment avait-elle eu trois enfants avec un homme capable de les quitter pour une navigatrice?

— Je ne les quitte pas, je me sépare de toi. Tu m'y obliges, répliqua Serge quand elle posa la question à voix haute.

— En théorie peut-être, dit Marianne, mais en pratique tu ne vivras plus avec tes enfants. Tes enfants n'auront plus de père à la maison.

— Je vais me coucher, dit Serge, les matchs par équipe m'ont épuisé.

Ce fut la dernière nuit que Serge et Marianne partagèrent dans leur dernier domicile commun. Le lendemain Serge alla dormir dans son appartement aux grandes baies ouvertes sur la Seine. Sa garçonnière, disait Marianne pour le blesser. Car il croyait encore intact son honneur viril de mari et père.

5

Que pensait Serge Korol de ce qu'il avait déclenché en s'intéressant aux exploits d'une navigatrice pas trop vilaine ? Pourquoi quittait-il la femme qui avait imaginé son existence d'homme ? Pourquoi abandonner ce qu'il avait commencé avec elle ? Comment balayait-il vingt années ? Il l'ignorait. Il ne faisait pas exprès. C'était en lui, comme la nature de la bête. Je ne peux pas faire autrement, disait-il à Tatiana Davidoff qui le mettait en garde. Il ne voulait pas penser. Le foulard noir de la mélancolie l'étouffait autant qu'il l'aveuglait. Il était incapable de réfléchir. Il ne s'exprimait pas davantage. Il se refusait à le faire. Jamais il n'avait eu l'habitude d'ouvrir son cœur, il n'essayait pas d'aller contre cette pudeur – cette infirmité ? Peut-on connaître son cœur sans extérioriser ce qui le secoue ? Dans la confusion et la souffrance, Serge croyait se débarrasser de l'une et de l'autre en se séparant de Marianne.

— Tu confonds le remède et la cause, plaidait Marianne. Tu souffres plus de me perdre que de vivre avec moi.

— Je ne crois pas, démentait Serge.

Et tout à coup le premier pas était fait ! Marianne et Serge vivaient dorénavant séparés. Le secret de leur vaste querelle était éventé, Caroline Manivette sous le spot. Le passé se lisait autrement. Des paroles dites l'air de rien prenaient un sens. Les enfants comprenaient à quoi pensait leur père quand il s'était mis à parler de cette navigatrice : il l'aimait en secret. Serge éprouvait une honte brûlante qui lui mettait l'humeur à fleur de peau. Toute allusion morale longtemps le blesserait, non qu'il la méritât, mais parce qu'il croyait la mériter. Que pensaient Angélique et Nicolas de leur père depuis qu'ils avaient appris la nouvelle qui changeait leur vie ? Serge ne voulait pas le savoir. Le jugeaient-ils ? Le méprisaient-ils ? Avaient-ils une pensée d'enfant inimaginable pour les adultes ? Serge se bouchait les oreilles. Que ce questionnement cesse ! Il avait plusieurs cerveaux dont chacun lui disait des choses si différentes qu'il était coupé en morceaux ! Il était plusieurs hommes à la fois ! Voilà ce dont il convenait. Et Marianne tuait beaucoup d'entre eux. Ou bien était-ce le mariage ? Même une alliance sensationnelle s'avérait réductrice. Tous ces hommes en lui demandaient à vivre. Serge croyait qu'auprès de Caroline cette diversité d'âmes trouverait refuge. Ne le prenait-elle pas comme il était, quand elle l'accueillait dans ses bras, ignorant qui il était, mais lui exprimant du désir.

Alors la mise à mort de Marianne s'accéléra. Tout s'écrabouillait. Le beau lien avait disparu et même le mauvais attachement se rompait. Le passé et le futur se disjoignaient. Pourtant, décider ne fait pas tout. La fin d'un mariage s'étire aussi longuement qu'il a duré. Le cœur, la maison, les amitiés, les loisirs, les vacances, le travail même, que l'alliance avait réunis, il faut les séparer.

Vas-y ! Lance-toi dans la vie sans moi. Fais une maison ! Allez ! Voyons ce que tu feras chez toi sans te reposer sur moi ! pensait Marianne dans l'amertume.

Serge ne l'entendait pas de cette oreille. Le moment était enfin arrivé de vivre chez lui, mais il venait dîner chez sa femme ! Comment s'arrangea-t-il ? Il s'y prit de la manière la plus simple.

— Et les enfants ? demanda-t-il. Je dois voir les enfants.

La famille c'est sacré. Il usa du dogme à son avantage et personne ne s'imposa les conséquences d'une séparation. La fin de la maison commune et d'une vie quotidienne entre les parents et les enfants, qui voudrait vivre cette tristesse ? Marianne ne le voulait pas ! Elle était dans une stupéfaction désolée.

— Tu sais que les pères divorcés voient leurs enfants le mardi soir et un week-end sur deux, avait-elle d'abord murmuré.

— Certains obtiennent la garde partagée, avait fait remarquer Serge.

— Jamais je ne l'accepterais.

L'épouvante était dans la tête de Marianne à cette idée.

— Je ne te la demanderai pas. Que puis-je proposer en face d'une femme qui travaille à la maison ? Si tu t'occupais mal des enfants, ce serait différent.

Serge se faisait passer pour une victime en même temps qu'il flattait sa femme. Marianne s'apaisa, moins flattée que reconnue. Revenant au présent, Serge dit :

— Nous ne sommes pas encore divorcés. Ce n'est pas un juge qui me dira quand je vois mes enfants.

Si tu ne veux pas que je vienne à la maison, je les emmène dîner dehors.

Elle voulait qu'il vînt ! Sa vie était avec elle ! Les enfants avaient besoin de lui et de leur maison. Elle-même, Marianne, avait besoin de sa présence !

— Je ne veux pas que les enfants subissent nos égarements, disait Marianne.

— Moi non plus, répliquait Serge, aussitôt piqué par ce qu'il prenait pour un reproche.

Pendant trois mois Serge vint dîner tous les soirs en famille. Marianne espérait encore son retour. Elle ne voulait aucun affrontement. Elle tenait à l'œil le côté intransigeant de son caractère. L'image qu'elle donnerait d'elle-même pouvait être décisive. Dans l'adversité elle voulait se révéler l'épouse idéale : jolie, souriante, compréhensive, intelligente. La fille qu'on ne quitte pas ! Serge était indécryptable. Il figurait un être mort au-dedans : un homme qui ne désirait rien par lui-même. Marianne tentait de le ressusciter. Elle ne lâchait pas. Trompée, délaissée, amoindrie comme si vingt années de mariage ne pesaient pas plus que le duvet d'un oiseau, elle ouvrait encore la porte de la maison. Ce dîner de famille était peut-être invraisemblable, une humiliation, un simulacre de repas familial, mais il était un baume sur la plaie brûlante qu'avait ouverte la perte. Marianne ne pouvait pas vivre sans voir Serge. Il était le témoin autant que l'étoffe de sa vie. Elle ne se sentait pas humiliée, elle se sentait aimante. Généreuse, c'était ce qu'elle voulait être. Non pas qu'elle fût vertueuse, sainte, ou masochiste, elle ne pouvait pas faire autrement. Elle éprouvait amour et tendresse. Serge en abusait. Autrefois elle avait déposé son cœur entre ses mains, comment le reprendre ? Alors Serge était là pour dîner.

Il s'asseyait à la table de celle qu'il quittait pour une maîtresse. Il mangeait la nourriture qu'elle préparait. Il parlait aux enfants et à Marianne comme si rien ne s'était passé. Son déni était magistral. Le temps du dîner, il se tenait de la façon la plus naturelle qui fût, à la place qu'il avait toujours occupée. Il se montrait plus agréable qu'avant la rupture. Quand un mouvement des enfants signalait qu'ils voulaient sortir de table, Serge se levait avec eux.

— Merci pour ce bon repas, disait-il à Marianne en pliant sa serviette. Puis il demandait sur le ton d'une formalité et sans s'attarder près d'elle :

— Tu as besoin d'aide ?

— Non, il n'y a rien à faire merci, disait Marianne, commençant de ranger dans la machine à laver les assiettes, les couverts, les verres.

Serge filait à la suite des petits.

— Viens faire un jeu, proposait-il à Adrien laissant Marianne à la cuisine.

Angélique et Nicolas allaient finir un devoir dans leur chambre, prenaient un bain, jetaient un œil aux programmes de la télévision, leur préféraient un livre, ou bien, le vendredi, un film en DVD. Serge traînait sa félonie dans le nid, faisant mine de s'intéresser. Il cajolait Adrien, l'emmenant lire des histoires et écouter des chansons au lit, serrés l'un contre l'autre. Il n'avait pas témoigné tant d'attention à Angélique et Nicolas, laissant à Marianne le rituel du coucher pendant qu'il lisait des magazines professionnels. Il voulait maintenant s'attacher son dernier fils avec qui il ne vivrait pas. Adrien embrassait son père. Bonsoir papa, murmurait l'enfant. Bonsoir mon cœur, disait Serge, passant sa paume sur le front et les cheveux de son fils. Un moment encore il restait dans la maison, errant dans ce salon qu'il avait maudit, se mêlant tant bien que mal aux activités familiales, s'asseyant devant la télévision ou sur un canapé à ne rien faire. Il était déjà étranger au lieu : de passage. Aussi, à vingt-deux heures, disait-il au revoir à Angélique et Nicolas. Il les embrassait hâtivement, se cognant littéralement à leur joue. Puis se précipitait dans l'escalier sous le regard plein de larmes de Marianne. Il filait chez lui comme un voleur. Il fuyait littéralement cette femme et cette maison. Et la honte sortait de lui comme une vapeur de machine qui l'entraînait vers la colère ou la solitude.

Il avait laissé toutes ses affaires. Ses livres étaient mêlés à ceux de Marianne dans les bibliothèques. Ses manteaux étaient dans le placard de l'entrée, ses costumes dans les penderies de leur chambre, ses trophées de tennis dispersés dans la maison. Il était parti les mains dans les poches, comme pour une promenade, comme s'il allait revenir alors qu'il prétendait sa décision définitive.

— C'est impossible de vivre comme vous le faites. Vous n'allez pas tenir. Regardez la tête que vous avez ! disait Rafaël à Marianne.

— Ne dites rien, demandait Marianne.

Si chacun des conjoints avait son consolateur, elle tenait à une distinction cruciale : Rafaël n'avait pas brisé le couple, Caroline l'avait fait.

— Je me fous de ce que tu penses, tu comprends ça ? répondait Serge quand Marianne évoquait ce mauvais point.

Si cette querelle troublait le dîner, Serge se levait, rangeait sa chaise, laissait en plan l'assiette pleine ou vide selon l'heure de l'altercation, prenait son manteau et son cartable.

— Au revoir, disait-il. Au revoir les enfants.

Les enfants et leur mère entendaient claquer la porte de l'entrée.

Ayant conservé les clefs de son ancien domicile, Serge vint de nuit chercher ses affaires, pendant les vacances de Pâques. Il pénétra dans la maison vide et silencieuse. Il n'entendait que le froissement des sacs-poubelle qu'il déplia pour y mettre ses chemises, ses pantalons, ses slips, ses chaussettes et ses costumes. Quand il eut fini, il descendit les ballots dans sa voiture. À minuit, il ne croisa personne, c'était ce qu'il voulait.

— Tu n'as pas eu le courage de le faire devant nous ? demanda Marianne que bouleversait une impression de laideur.

— Pense ce que tu veux, répondit Serge.

Plus tard Marianne rangea les livres de Serge dans les cartons d'une livraison.

— Je crois que tout est là, lui dit-elle.

Elle découvrait par-ci par-là des objets qu'elle avait oubliés. Elle les rendait avec mélancolie lorsque Serge venait chercher Adrien pour le week-end.

— Je n'aime pas séparer tes affaires des miennes.

— Ne les sépare pas, répondit Serge.

Que voulait-il dire ? Ou suggérer ? Elle n'y comprenait rien. Il avait laissé tout ce que le mariage leur avait valu en commun. Un matin, attrapant une tasse à déjeuner, Marianne repensa aux sacs-poubelle, à la nuit qui avait couvert ce passage furtif d'un homme éperdu. La tristesse l'étreignait. Comment cela avait-il pu arriver ? C'était un enchaînement inextricable de détails et d'événements, de paroles et d'actes minuscules. Elle peinait à y croire.

— Jamais je n'aurais pensé que nous nous séparerions, disait-elle à Serge. Parfois il ne répondait pas. Une seule fois, il murmura :

— Moi non plus. Elle en souffrit davantage que de leurs désaccords.

Depuis que Serge avait quitté le domicile conjugal, Caroline venait souvent à Paris. Serge sentait moins la solitude quand il avait la nuit entière pour l'étreindre. N'était-ce pas le début de la liberté ? disait-il à sa maîtresse. Il était amoureux. Il ne manquait aucune des conférences qu'elle faisait dans divers cercles de la capitale. Il lui offrit d'intervenir chez ses clients, manière de la faire venir près de lui car elle préférait séjourner en Bretagne. La mer est le théâtre exceptionnel de mon accomplissement, disait la grande navigatrice. Elle parlait d'elle et de ses exploits passés, s'essayant à en tirer des enseignements commercialisables. Serge ne se demandait pas si ces propos intéressaient les clients, il se contentait de sa propre fascination, croissante au fur et à mesure qu'elle lui coûtait sa vie. Grâce à la mer, je me sens une femme épanouie, disait Caroline Manivette. Serge sentait combien il était amoureux de cette femme exceptionnelle. Il l'aimait pour les dangers qu'elle avait bravés. Il l'aimait pour les histoires qu'elle avait à raconter. C'était à lui qu'elle les confiait ! Jamais il n'avait été si amoureux dans sa vie. Jamais, sauf de Marianne autrefois. Et puisque le présent dans notre esprit se conjugue à trois temps, les pensées de Serge se partageaient entre le souci de

Marianne (le présent du passé) et le désir de Caroline (le présent du futur). Le reste n'était qu'organisation pratique et officialisation.

6

Aux parents, amis, collaborateurs proches, devait être annoncé le bouleversement intime. Existait-il une formule consacrée ? Non seulement dire *je divorce* alors qu'elle ne le voulait pas était pénible à Marianne, mais de surcroît c'était faux. Il aurait fallu dire : Serge veut divorcer. Ou bien : Serge m'a quittée. Hésitante, irrésolue, blessée, elle restait muette. Serge quant à lui officialisait la rupture. Je divorce. Je suis en train de divorcer. Nous divorçons. La syntaxe variait selon l'interlocuteur et la dynamique de l'événement tel que Serge le présentait. Aux amis du couple, Serge disait : Marianne et moi, nous nous séparons. Pour les proches associés de Plexus, avec qui Serge passait ses journées, la nouvelle était éventée depuis longtemps. Comment ignorer la crise personnelle que traversait le patron ? Il travaillait à peine, avait un visage défait par le souci, une concentration ruinée par la dépression et les préoccupations, un emploi du temps soumis aux désirs de Caroline Manivette. Tous espéraient un dénouement. Aucun ne manqua de donner son conseil :

— Il faudra bien te décider, disait Jean-Paul Dupuy, tu ne peux pas laisser les choses traîner indéfiniment.

Celui-là avait maintenant envie que son associé se remît au travail.

— Si tu quittes Marianne, tu te retrouveras seul, vieux et alcoolique, prédisait Tatiana Davidoff, légère et sans souci comme elle l'était avec elle-même. Elle éclatait de rire en avalant une gorgée de champagne. La belle avait divorcé et vivait toutes sortes d'aventures sans trouver un second partenaire permanent.

— Si tu peux éviter, évite, disait Maxime Levy. Ramener ses enfants le dimanche soir est la pire des tristesses.

Celui-là savait le prix de ce que Serge s'apprêtait à abandonner.

— Je me sens responsable, déplorait Claudette Pastre par qui Caroline Manivette avait rencontré Serge.

C'était histoire de dire quelque chose car la géante alcoolique avait assez de difficultés à vivre avec elle-même.

— Le pire c'est que j'imaginais Caroline flirtant avec mon cousin Jacques ! ajoutait-elle dans un rire qui révélait son indifférence au sujet.

— On ne quitte pas sa famille, disait Marie Duval. Ton dernier fils n'a pas quatre ans !

Celle-là, qui lui faisait la morale avec sincérité autant que gravité, Serge cessa de la voir.

À ces compagnons de conversation, Serge racontait combien la vie avec Marianne avait été pénible. Souvent il chuchotait, feignant la discrétion qu'il n'avait pas. Il décrivait les traits les plus négatifs du caractère épouvantable de sa femme, relevant quelques exemples concluants, recensés avec peine et méticulosité au sein de vingt années de vie conjugale. Serge avait donc vécu vingt ans avec une sorcière et choisi de faire trois enfants avec elle ! Il avait un fils de quatre ans ? Comment cela se faisait-il ? Avec la sorcière ? Personne ne s'en étonnait ! Pauvre Serge, disait-on, il n'en peut plus. C'est une artiste, elle a un gros ego. Tous les créateurs sont invivables, ils ne pensent qu'à eux. L'opinion résuma, qui ne connaît ni les détails ni les subtilités. Chacun des narrateurs de salon sans doute racontait à sa façon l'histoire de Serge et Marianne. Serge recherchait des approbations.

— Elle t'humiliait en public, confirma Jean-Paul Dupuy, à qui le succès de Marianne sur les marchés du luxe faisait envie comme à Serge.

— C'est moche de te dire des choses pareilles ! estima Marianne lorsque Serge lui rapporta cette accusation de lèse-majesté.

— Ce sont des amis, disait Serge avec une lucidité triomphante, ils ne vont pas me vanter tes mérites au moment où je te quitte…

— Alors ça y est tu es décidé ? murmurait Marianne.

— Oui, marmonnait Serge, hostile et fermé, mimant une décision pesée et volontaire là où il y avait un effondrement mélancolique.

Les parents restaient délicats à prévenir. Leurs cœurs n'étaient pas hors de l'alliance. Ils étaient, après les enfants, les plus concernés. Serge parla avant Marianne, un jour qu'il passait par Châteaudun, non pas tant pour faire plaisir à Vladimir et Nina, attention qu'il avait rarement, que pour évoquer l'avenir en se plaignant de Marianne. Il n'imaginait pas à quel point tout lui était permis dans sa famille. Il se sentait si coupable, comment aurait-il deviné qu'il serait aussitôt innocenté ? L'amour de ses parents faisait changer le crime de camp. Si Serge abandonnait sa femme c'était forcément qu'elle le méritait. Car Serge ne faisait jamais rien de mal. Il ne le savait pas encore, mais il l'apprit, assis dans le salon de ses parents. L'enfant génial découvrit qu'il pouvait tout s'autoriser. D'ailleurs le divorce n'était plus un drame. Ce séisme n'était qu'un soubresaut. Jean avait ouvert la voie et montré que les Korol y survivaient comme les autres. La contagion n'est pas rare en matière de rupture.

— Je suis venu vous dire que j'envisage de divorcer, commença Serge.

Le mot était prononcé. Vladimir et Nina cachèrent leur surprise et attendirent sans commentaire ce qu'allait expliquer leur fils préféré. Depuis longtemps, garder le silence leur permettait de se sentir intelligents.

— Depuis trois ans je suis malheureux avec Marianne. Je crois qu'elle ne m'aime plus. Je suis jugé sans arrêt. Je ne supporte plus de vivre avec elle, dit Serge.

Vladimir et Nina comprenaient ! Être jugé était insupportable bien sûr. Surtout quand on mérite des louanges, pensaient les deux parents. Pas plus que Serge, ils ne se demandèrent s'il ne s'agissait pas d'une impression, d'une inquiétude. “J'ai l'impression d'être jugé” : la phrase aurait été si différente. J'ai peut-être un complexe ? Une difficulté d'être ? Une obsession ? Le trio ne voyait pas les choses de ces yeux-là.

— Nous n'avons pas à nous mêler de tes choix mon chéri, dit Vladimir à son fils. Fais ce que tu crois le mieux et sache que nous t'aimons.

— C'est ton histoire, dit Nina, personne ne doit te dire comment la vivre.

Serge embrassa ses parents, monta dans sa grosse voiture, mit le contact en baissant sa vitre pour sourire à ces géniteurs inconditionnels, et s'engagea en marche arrière par le portail. Vladimir s'était mis au milieu de la route pour arrêter la circulation éventuelle :

— Tu peux y aller, cria-t-il à son fils.

Il ne savait pas si bien dire.

Conscient de l'étape qu'il avait franchie, Serge s'apprêtait à en parler à Marianne. Il n'eut pas besoin de le faire, elle avait deviné :

— Tu as parlé à tes parents hier soir, murmura Marianne.

Serge acquiesça.

— Je me suis arrêté à Châteaudun.

— J'en étais sûre, dit Marianne, atterrée. J'y ai pensé dès que tu m'as dit où tu partais.

Chaque progrès avéré du délitement la blessait.

— Qu'ont dit tes parents ? demanda-t-elle, se raccrochant à ces alliés qu'elle croyait avoir à Châteaudun.

— Rien, dit Serge.

— Tu leur as dit que tu avais rencontré une autre femme ?

— Non.

— Tu ne leur as pas parlé de Caroline ! s'exclama Marianne.

Cet escamotage lui semblait odieux.

— J'ai dit que j'étais malheureux parce que je me sentais jugé, raconta Serge.

— Par moi ?

— Oui.

— Et qu'ont dit tes parents ?

— Qu'ils me comprenaient.

— Tu ne trouves pas que c'est malhonnête ?

— Non ! La preuve, j'ai raison ! Tu me traites de malhonnête. Tu n'es pas en train de me juger quand tu dis ça ?

— Tu as menti à tes parents, je qualifie ce que tu as fait, dit Marianne.

— Je n'ai pas menti. Et je ne veux pas être qualifié par toi !

— Je ne te juge pas, je constate. Tu as présenté la moitié de la vérité, c'est dégueulasse.

— C'est dégueulasse ! répéta Serge en faisant une grimace.

— Tu as caché une information qui m'innocente.

— Caroline ne t'innocente pas. J'ai dit à mes parents ce qui est l'essentiel pour moi, dit Serge.

— Caroline ne compte pas ?

— Pas dans la décision de nous séparer, répondit Serge.

Il en était persuadé. Il avait réussi à se convaincre de cette rassurante hypothèse qui était peut-être une contre-vérité.

Dès le lendemain matin, Marianne téléphona à sa belle-mère. Son cœur battit plus vite en composant par cœur le numéro de la maison à Châteaudun, c'était d'avoir quelque chose de si grave à demander. Comme si j'étais en faute ! pensait-elle. Cent pensées harcelaient son esprit. Son mariage était en jeu. Il fallait parler à Nina. Nina raisonnerait Serge. Elle empêcherait son fils de gâcher sa vie. Elle serait consternée d'apprendre qu'il trompait Marianne. Elle aiderait Marianne. Elle serait solidaire de la mère de ses petits-enfants.

Où Marianne avait-elle pêché cette illusion d'une solidarité entre les femmes ? Où avait-elle trouvé cette naïveté qui oublie que les parents ne désavouent pas facilement leurs enfants ? Son goût de la vérité l'aveuglait.

— Allô ? chanta la voix affectée de Nina.

— Bonjour Nina, c'est Marianne.

— Bonjour Marianne, tu vas bien ? demanda Nina.

Tout de suite Marianne perçut une gêne et une distance dans la voix de sa fausse alliée : Nina était à jeun et se contrôlait. Le calme avec lequel sa belle-mère semblait avoir assimilé la nouvelle du divorce étonna Marianne. On aurait dit que l'histoire était déjà classée et la césure accomplie sans remous. Nina voyait-elle ce qui se perdait ? Était-elle si abîmée dans l'alcool qu'elle ne se préoccupait que d'elle-même ? Le drame n'existait-il que pour Marianne ?

— Non, je ne vais pas bien, dit Marianne, je pense que vous devinez pourquoi. Serge m'a dit qu'il vous avait parlé hier soir.

— En effet, il est venu dîner hier.

Le ton était hostile, glacial. Marianne poursuivit néanmoins son idée.

— Je voulais vous demander de parler à Serge. Il se trompe, il fait une bêtise. Il vous écouterait si vous le lui disiez.

— Je ne sais pas si j'aurai l'occasion de lui parler, répondit Nina.

Elle se montrait fuyante, évasive et molle. Exactement le contraire de ce que je suis, pensa Marianne. Nina agissait à l'opposé de ce qu'avait espéré sa belle-fille.

— Ne pouvez-vous lui téléphoner ? insista Marianne.

— Non Marianne. C'est votre histoire. Je ne peux pas m'en mêler.

Le comportement de Nina avait toujours eu quelque chose de théâtral et de triomphal, comme si le théâtre était son triomphe. Cette fois encore elle n'était pas naturelle. Elle joua la mère distante et sage qui s'oblige à la non-ingérence dans les affaires de ses enfants. Elle n'était ni pragmatique ni chaleureuse.

— Serge vous a-t-il dit qu'il avait rencontré une autre femme ? demanda Marianne.

— Ah non, dit Nina, encore plus froide. Il ne m'a rien dit.

Marianne avait pensé par cette révélation ouvrir un gouffre de déception. C'était oublier que la honte ou l'humiliation transformaient Nina en tigresse. Sa fierté à vif réagissait au premier soupçon de critique.

— Il a rencontré il y a deux ans la navigatrice Caroline Manivette. C'est pour elle qu'il veut me quitter, poursuivit Marianne.

Que n'avait-elle dit ! Elle salissait le fils ? Elle le traitait d'adultère ! Que croyait-elle cette petite ? Qu'on allait se joindre à elle pour accuser Serge ? C'était inouï tout de même !

— Ce n'est pas ce qu'il nous a dit, répondit sèchement Nina.

— C'est pourtant la vérité, dit Marianne, même si Serge n'en est pas fier.

— Je suis désolée Marianne, je ne peux rien faire pour toi. C'est votre histoire. Au revoir Marianne.

Tant d'indifférence, tant de distance et si peu de compassion de la part d'une femme qui n'avait rien d'autre dans la vie que son mari ! Nina ne rendait pas service à son fils en croyant à ses raisons. Comment ne voyait-elle pas qu'il fallait défendre Serge contre lui-même ? Comment n'était-elle pas émue d'apprendre qu'il avait menti ? Marianne était aussi déçue qu'étonnée. Elle avait cru que la famille était tout pour Nina et Vladimir ! Ne comptait-elle pour rien dans leur existence ? Et j'ai sauvé la vie à Nina !

Marianne était restée muette, Nina ajouta :
— Tu pourras toujours compter sur nous. Tu seras toujours la bienvenue à la maison. Appelle quand tu veux.

C'était bel et bien entériner le désir de son fils, considérer déjà que Marianne était seule, et parader, son grand cœur en bandoulière.

— Merci, dit Marianne. Je vous dis au revoir Nina.

— Au revoir Marianne.

Marianne raccrocha le combiné et pleura. Plus que jamais renaissait la démarcation que le mariage n'efface pas : celle du sang. Les Villette et les Korol n'avaient jamais sympathisé. Marianne pouvait le comprendre aujourd'hui mieux qu'autrefois. Ils n'avaient rien de commun. Les Korol ne se battaient pas. Des principes généraux muselaient leurs cœurs et masquaient leur paresse. Et encore ! Ils n'en tenaient pas compte. Les idées générales étaient des paravents protecteurs, des images qu'ils se projetaient à eux-mêmes pour nourrir leur amour-propre. Une dissonance s'était depuis longtemps installée chez les Korol entre la réalité et ce qu'on en disait. Cela expliquait que Marianne se fût méprise sur les parents et sur le fils. Leur droiture, leur sens de la famille étaient des inventions. Ils étaient de tempérament faible. Et que valait l'intelligence sans le caractère ? Comment suis-je tombée amoureuse ? se remémora Marianne. Elle avait eu devant les yeux le voile de plomb de l'amour. Elle avait été émerveillée par une vivacité qui ne saisissait un objet que pour le lâcher. Tout à coup le vide apparaissait. Les Korol parlaient. Blablabla. Poudre aux yeux. Le monde leur servait à discourir de leurs mérites. Parler leur évitait d'agir et de s'engager. Marianne imagina la conversation à Châteaudun après ce coup de téléphone. Nina parlerait à Vladimir de Caroline Manivette. Les parents seraient fiers peut-être de leur fils qui avait séduit une célébrité.

Par un phénomène simple mais spectaculaire, la souffrance que causait Serge à ses parents fut versée au compte de Marianne. La plainte de leur belle-fille qui espérait leur soutien cingla Vladimir et Nina comme une insulte. La rupture fut définitive dès la conversation suivante. Dans le climat envenimé, Marianne demandait à ses beaux-parents de ne pas venir à la célébration du sacrement de confirmation que recevrait bientôt Nicolas.

— Il est préférable que vous ne veniez pas. L'ambiance n'est pas bonne entre mes parents et Serge, vous vous en doutez, disait-elle à sa belle-mère. L'indécision de Serge nous fait tous souffrir.

— Tu aurais voulu quoi ? Qu'il te quitte en cinq minutes ? répliqua sèchement Nina.

— Non, mais cette façon lente et incertaine est un supplice, répondit Marianne, misérable. Tout le monde est assez fâché contre Serge.

La phrase était-elle maladroite ? Nina ne supportat-elle pas d'être écartée ? Ou bien était-ce d'imaginer son fils chéri seul en butte à la froideur Villette. Toute l'énergie intérieure de Nina s'ébroua comme une mauvaise flamme, et elle hurla dans le téléphone :

— C'est assez de m'insulter comme ça ! Je te passe Vladimir ! Vladimir, viens ici !

Vladimir avait accouru et saisi le combiné.

— Bonjour Vladimir, dit Marianne, piteuse sans savoir de quoi, bouleversée par la violente réaction de sa belle-mère.

— Bonjour Marianne, dit Vladimir avec autorité comme si bel et bien il s'apprêtait à passer un savon à sa belle-fille.

Le pauvre homme sans doute n'en pouvait plus d'accompagner l'alcoolisme de son épouse, de se taire, de vivre sans se plaindre à côté d'une baleine en rêvant à la beauté perdue. Ou bien livra-t-il pour la première fois à sa belle-fille le fond de sa pensée ? Jamais Marianne n'en sut rien. Elle n'eut plus l'occasion de reparler à ses beaux-parents.

— Maintenant Marianne, je te demande de nous laisser tranquilles. Tu as harcelé mon fils, c'est assez, ne commence pas avec nous. Je te connais. Je te regarde vivre depuis vingt ans. Tu es une fille sans cœur. Tu es insensible. Tu ne sais pas ce qu'est la tristesse.

— Si cela était vrai, dit Marianne je n'aurais pas les trois enfants épanouis et généreux que j'ai. Et votre fils n'aurait pas vécu vingt ans avec moi. Au revoir Vladimir.

— Au revoir Marianne, dit Vladimir d'une voix qui longtemps resterait lugubre dans l'oreille de celle à qui un jour il avait dit : Tu es ma fille. Tu es comme ma fille.

Ce fut tout.

Le soir, Serge passa voir ses enfants en rentrant du bureau et dit :

— Je sais que tu as insulté mes parents cet après-midi.

— C'est plutôt ton père qui l'a fait, dit Marianne.

Pourquoi son mari croyait-il aussitôt à la version de ses parents plutôt qu'à celle de sa femme ? Il y adhérait parce que ça l'arrangeait. Et avec quelle rapidité le père avait prévenu le fils ! Marianne expérimentait la partialité violente des alliances et les retournements de vérité.

— Vous êtes doués dans la famille pour renverser les rôles.

À peine avait-elle prononcé ces mots que Marianne vit Serge ramasser sa sacoche, passer la porte et partir sans un mot dans l'escalier. Il fuyait ! C'était comme une gifle injuste, un affront, un refus, tout ensemble.

— Papa est déjà parti ? demanda Nicolas qui avait entendu son père arriver. Tu pleures ?

— Oui, nous nous sommes disputés. Grand-papa n'a pas été gentil avec moi.

— Tu t'en fous, dit Angélique, tu ne le verras plus.

— Je sais, dit Marianne.

Comment faire comprendre à sa fille que l'engloutissement des années dans un instant est une des choses de la vie qui suscite la mélancolie.

Quelques mois plus tard, alors que Marianne et Serge étaient encore mariés et que Serge passait plusieurs fois par semaine chez Marianne comme s'il rentrait chez lui, Vladimir et Nina fêteraient Noël dans la maison au bord de la mer. Assis dans le salon de Caroline Manivette, ils feraient des sourires et des grâces à la nouvelle élue, tandis que leurs petits-enfants, ébahis, les regarderaient faire. Dans les histoires d'amour comme au cours de l'Histoire, quand se succèdent au pouvoir des opposants, cela s'appelle *retourner sa veste*. En général on le fait sans témoin, fit remarquer Marianne à Serge. Elle avait allié ses enfants à une lignée traîtresse.

— D'où vient le sens de ce qui est décent et celui d'une certaine fidélité ? demandait Marianne à Rafaël.

— Vous rêvez ! Vous êtes un dinosaure ! Rien de tout cela n'existe plus, répondait-il en faisant mine de s'en moquer.

— Les gens n'ont-ils pas de mémoire ? N'étaient-ils pas engagés ? Comment font-ils pour se reprendre si vite ?

— Vous ne voulez pas comprendre ! Ils tournent la page et avancent. C'est le diktat moderne, disait l'architecte sans s'émouvoir autrement que de Marianne.

Il lui caressait la joue tendrement, comme à une petite fille. Non, Marianne ne voulait pas comprendre comment on brûle aujourd'hui ce qu'on aimait hier. On le remplace sans en être gêné ? Rafaël faisait oui de la tête. Ensemble ils voyaient que la substitution des objets était l'apetissement des sentiments, leur destitution globale.

Le renouvellement était devenu le mouvement pragmatique du monde. Brune elle-même, pourtant attachée aux conventions du mariage, disait à sa fille : Tu ne vas pas rester derrière ta porte à attendre. Divorce. Tu en trouveras un autre. La formule laissait penser que l'amour était pour elle plus instrumental que romantique : une femme avait besoin d'un homme. Bien sûr il était préférable de conserver celui qu'on avait trouvé et Brune essaya d'aider sa fille.

— Veux-tu que je parle à Serge ?

— Pourquoi pas, si tu veux, dit Marianne, qui n'excluait aucun moyen de garder Serge.

Brune convoqua son gendre dans un café. Serge tourna la situation à son avantage : à sa belle-mère, il reversa tous les reproches qu'il savait qu'elle faisait à sa fille quand elle était fâchée. Il répéta le passé. C'était assez facile de retourner la crêpe pour la servir à la serveuse : Votre fille est dure. Plusieurs fois elle m'a tué symboliquement. Elle a l'esprit critique. Elle entre dans des colères que vous connaissez je crois.

Que pensa Brune ? Eut-elle conscience de la manipulation ? Croyait-elle trop à ses propres reproches qu'elle ne pût voir la supercherie ? Elle résuma à Marianne son impression :

— C'est un ventre mou. Rien ne rentre.

Par là elle exprimait cette sensation qu'elle avait eue de se tenir devant un être que rien n'atteint. Aucune parole. Serge n'était accessible à aucun conseil.

— J'ai essayé de lui dire qu'il le regretterait plus tard. Que l'on n'a qu'une seule famille. Et saurait-il faire face au jugement de ses enfants ?

— Ses enfants ne le jugeront pas, objecta Marianne.

— Qu'en sais-tu ? Personne ne sait ce qu'ils pensent, dit Brune à sa fille. J'ai eu l'impression de parler à un oreiller.

Marianne imaginait Serge entortillé dans ses raisonnements faux, étayant sa déculpabilisation par des accusations mensongères, ayant perdu le contact avec la réalité, et aveuglé, ne voyant plus sa femme telle qu'elle était. Comment aurait-il écouté sa belle-mère ? Il n'avait d'estime intellectuelle pour personne et sûrement pas pour elle.

— Il n'est plus là, dit Marianne. Il est un absent caché derrière une fumée de paroles vides.

Henri était le seul membre de la famille Villette devant qui Serge se sentit mal à l'aise : son beau-père l'aimait comme un fils. Henri était donc stupéfait par ce que lui racontait Marianne. Quel con ! lâcha-t-il en apprenant le projet de divorce. Tout le monde trompe sa femme une fois dans sa vie. Quitter sa famille, c'est autre chose. Qu'espère-t-il ? demandait-il à Marianne. La pauvre avait forcément peine à répondre ! Vous avez une bonne vie nom de Dieu ! disait Henri Villette. Il essaya de le dire à son gendre : Serge, croyez-moi, vous gâchez votre vie. Que répondre ? Serge fit du Serge : Peut-être, répondit-il à son beau-père. En cette affaire, le fatalisme de son tempérament joua un rôle tragique.

— Arrête de l'inviter à dîner chez toi, conclut Brune. Il faut qu'il sache ce qu'il veut ce garçon. Et toi tu n'es pas un paillasson !

7

Il ne resta plus à Serge qu'à franchir le dernier col, en suivant le chemin indiqué par la justice : l'avocat, le notaire et le juge s'alliaient pour désunir les époux. Un sentiment de culpabilité viciait ses attitudes. Son regard ne soutenait plus celui de Marianne. Il savait ce qu'il avait fait et la manière dont il l'avait fait, ce n'était pas joli joli. Cette tache était comme le sang sur la petite clef d'or : si on la frottait d'un côté, elle reparaissait de l'autre. Plus il voulait cacher sa faute, plus Serge l'augmentait. Chaque démenti était une accusation venimeuse. Erreurs et souffrances s'enchaînaient. Alors Serge resta immobile : il ne fit plus un mouvement.

— Dès que je bouge, j'ai mal, disait-il à Marianne pour justifier son apathie.

Parfois, dans un reliquat de complicité solidaire, et comme s'ils vivaient ensemble un drame inéluctable, il disait à sa femme : Moi aussi je morfle.

Était-il horrifié par le tour que prenait son existence ? Était-il honteux de ce qu'il faisait ? Était-il effrayé par les conséquences d'un divorce ? Ou terrorisé par le pouvoir de Marianne devant la loi ? Était-il inquiet de ses torts ? Serge n'entamait aucune procédure.

— As-tu vu un avocat ? demandait Marianne à qui il ne répondait pas.

— Je ne veux pas faire la guerre, disait-il.

Il avait en vérité pris conseil auprès de Me Morel qui avait conclu : Si votre femme refuse le divorce, votre seul recours sera de l'accuser de harcèlement moral.

— Si tu ne veux pas divorcer je t'accuserai de harcèlement moral, répétait Serge les jours d'agressivité.

— Tu ferais ça ?

— Je n'en ai pas envie mais si tu m'y obliges…

Serge Korol, qui croyait vouloir le divorce, ne faisait pour l'obtenir que pousser sa femme à s'en charger elle-même.

— Je ne te comprends pas, disait Marianne.

— Moi non plus, s'amusait Serge.

Paralysie, rouerie et agressivité faisaient en lui une énigme que ni l'un ni l'autre ne résolvaient. Que voulait-il ? Pourquoi n'agissait-il pas ?

— Tu me demandes de me couper le bras moi-même, répétait Marianne.

Elle l'avait dit cent fois. Jamais elle n'obtenait de réponse.

— Je n'y arrive pas, disait-elle. Je ne veux pas divorcer.

— Tu le feras. Je suis sûr que tu y arriveras.

— Tu comptes encore sur moi ?

— Oui, disait Serge, assez content de flatter sa femme à peu de frais.

Marianne n'était pas décidée.

— J'aime l'idée d'être ta femme ! disait-elle, gênée d'avoir si peu d'orgueil.

— Tu seras toujours la mère de mes enfants.

Lorsque son humeur était plus lumineuse, Serge disait :

— Tu resteras toujours ma femme.

C'était dire la confusion dans laquelle il pensait ses sentiments et l'avenir.

— J'ai l'impression que tu es devenu fou.

— Peut-être, répétait-il.

Il pouvait rendre fou n'importe qui. Comment vivre avec tant de *peut-être* et de *sans doute* qui touchent au cœur et à l'honneur ?

— Tu es si loin, nous sommes si séparés maintenant, constatait Marianne.

— Oui, disait-il avec une énergie qu'il rassemblait dans la rage de l'exhiber.

— Se séparer sépare, déplorait Marianne.

— Oui, répétait Serge.

Il faisait mine de posséder la même intelligence des sentiments que recherchait sa femme. Marianne ne s'arrêtait jamais de réfléchir, mais c'était au cœur du grillage intérieur, avec ses propres yeux.

— Ça ne te fait rien ? demandait Marianne.

— Je ne sais pas, disait Serge.

Un rire frissonnait sur son visage. On aurait dit que l'indéfectible attachement de Marianne l'amusait. Cette femme n'était-elle pas insensée ? Peu de temps plus tard, il retira son alliance.

Au législateur, on propose les termes de la rupture : séparation de corps ou divorce. Pour faute. Par consentement mutuel. Garde alternée ou chez l'un des parents. Avec ou sans pension compensatoire. Pension alimentaire. Chacune de ces évaluations financières réclamait de connaître le régime matrimonial choisi par les époux au moment du mariage, ainsi que les revenus respectifs à l'instant du divorce. Le mariage et l'argent avaient beaucoup à voir. Plus on s'était engagé, plus rompre était compliqué. Il fallait reprendre ce qu'on avait donné. Fin d'une communauté de vie et de richesse. Marianne venait de baisser les bras. Elle faisait ce qu'elle ne désirait pas.

— Vous avez pris la bonne décision, disait Me Joëlle Mann en refermant sur Marianne la haute porte de son cabinet du 8e arrondissement.

Qu'en savait-elle ? Elle ne le savait pas mais elle le disait, avec un aplomb professionnel et un sourire qui ne l'était pas moins. Le même avec lequel elle avait annoncé ses tarifs.

— Cela vous coûtera trois mille euros. C'est un forfait quand le divorce se fait par consentement mutuel sans difficultés, comme c'est le cas pour vous.

— Je paierai, avait dit Serge à Marianne, avec gêne, pudeur, et résolution.

Marianne et Serge s'offraient un divorce qui ne coûtait pas cher. Divorcer sans se battre était la dernière réussite des couples modernes. Un défi ! Ne pas critiquer celui ou celle qui vous avait trompé, menti, abandonné, et qui maintenant comptait et reprenait son argent. Serge avait fait pire : il avait dressé une liste de reproches censés légitimer ses trahisons. Rien de ce qui s'était passé n'avait étonné Marianne. Le divorce la stupéfia. Elle n'imaginait pas Serge sans elle et se croyait incapable de vivre sans lui. Il s'amputait sans le savoir. Elle le jugea sot. Je le perds à cause de sa bêtise, pensa-t-elle. Cette pensée compromettait l'espoir de restaurer leur lien : comment être amoureuse d'un imbécile ? Serge Korol avait altéré d'une façon définitive l'image que sa femme avait de lui.

Autour d'une table gigantesque, ils signèrent les papiers préparés par l'avocat. Le paraphe avait valeur de divorce. Le tribunal entérinait. Comme à l'instant d'échanger les alliances, deux gros yeux bleus regardaient Marianne fixement. Était-ce un tic ? Serge avait désormais un regard sans profondeur qui jouait à être profond. Marianne ne s'y laissait plus prendre et détourna les yeux. Que croyait-il ? Que ce moment avait une autre intensité que sa laideur ? Chez le notaire, Marianne prit rendez-vous seule.

— Votre mari est venu. J'ai eu l'impression qu'il signait en pensant que c'était une bêtise, dit la notaire à Marianne.

La petite écriture couchée de Serge, à peine lisible, rétrécie et écrasée, disait qu'il était d'accord.

— J'ai vu beaucoup de gens se marier et beaucoup de divorces. Je reconnais les femmes qui se marient pour l'argent, les hommes qui seront trompés, ceux qui seront dépouillés… Votre mari sait qu'il a tort de divorcer.

— Ce n'est pas ce qu'il dit, répondit tristement Marianne.

La décision de Serge étonnait.

— Vous le récupérerez très vite, disait Me Mann.

Au palais de Justice, Marianne et Serge allèrent ensemble à moto. Comme c'était étrange de s'assembler pour se séparer. Accrochée au dos de son mari, Marianne se concentrait sur son désir de ne pas se mettre à pleurer. Elle appréhendait le moment crucial. Mais l'énormité de ce qui se passe sidère plus qu'elle n'émeut : aucune larme ne troubla la cérémonie.

Honneur aux dames, Marianne passa la première l'entretien individuel prévu par la procédure avant le jugement.

— Alors vous voulez divorcer ? demanda la juge.

— Non. Mais je ne peux pas rester mariée à un homme qui ne veut plus l'être. En venant ici je pensai justement que *consentement mutuel* n'était pas l'expression qui convenait à mon divorce.

— C'est souvent le cas, l'un pousse et l'autre accepte.

Marianne et Serge étaient devenus aussi banals que le divorce. En France pendant l'année qui suivit la réforme du divorce, la vague atteignit sept cent mille séparations légales.

Serge n'évoqua plus jamais cette conclusion de la tempête qui les jetait l'un contre l'autre depuis quatre années. Ils furent légalement désunis en dix minutes. Le jugement stipulait que Serge donnait une pension à Marianne. Elle avait la garde des enfants. Elle conservait la maison en reprenant à sa charge l'emprunt contracté par Serge. Elle avait un métier et une notoriété. Elle avait un amant. Serge évitait de regarder son visage que le chagrin avait chiffonné. Il se confortait de tout ce qu'elle avait et qu'il croyait lui laisser ou lui avoir donné. La bonne conscience est une condition primordiale de la reconstruction. Serge n'avait pas le cœur brisé. L'infidélité inassumée avait flétri son amour pour Marianne et il n'en éprouvait ni remords ni regrets. *Exit* Marianne. Bonjour Caroline.

VI

REFAIRE SA VIE

1

Ébranlé sans être fracassé, disponible bien que parfois pensif, affranchi par la dissolution juridique de son mariage, Serge Korol ouvrait les bras à sa maîtresse. Celle qui affrontait les forces de l'eau éveillait en lui les puissances de la chair. Ce tropisme avait torpillé son existence mais il voulait croire à une résurrection. Enfin il redisposait de lui-même ! Il avait beau recevoir des messages pénibles de son ex-épouse, il s'abandonnait à l'allégresse d'être amoureux. Il avait l'impression de faire enfin ce qu'il n'avait pas fait depuis longtemps : badiner, s'épancher, s'enfermer dans la citadelle de son désir en se moquant du reste, s'encanailler. À quarante-cinq ans, il lui arrivait quelque chose d'inouï. Il lâchait sa vie et se laissait aller dans cette liaison, délicieuse émancipation après la prison du mariage. L'évasion, difficile, incertaine et éprouvante, lui avait laissé le temps de ternir ce qu'il avait aimé : Marianne. S'illusionnait-il ? Il pensait : quelle éclaircie au bout du tunnel ! Déconstruction, restauration, renouveau. Un sacré processus ! Il n'avait plus de mémoire. Il avait survécu à quatre années de séparation et entendait bien plonger dans les jours comme dans une mer où il saurait nager toutes les nages. À commencer par celle des amants. Bien sûr de grands déchirements le brûlaient qu'il n'avait pas attendus.

Vivre sans ses enfants était une privation douloureuse. Il l'acceptait, non pas comme une conséquence déplorable voire dramatique d'un choix discutable, mais comme la situation qui lui était désormais échue. Une semaine sur deux, Adrien passait le samedi et le dimanche chez son père. C'était peu. Angélique et Nicolas refusaient d'y dormir. Serge ne s'opposait pas à leur réticence. Ne vous inquiétez pas, le rassurait son avocat-conseil, le jour où ils seront en conflit avec leur mère ils habiteront avec vous. Cette perspective éclairait la tristesse de sa paternité perdue. Et c'était à la passion amoureuse que Serge demandait une consolation. Dès le vendredi, lorsqu'il était livré à sa nouvelle solitude, Serge partait rejoindre Caroline en Bretagne. Il écoutait ses beaux récits de navigation. Elle se montrait décidément intarissable, toujours prête à parader avec ses exploits. Il l'accompagnait en bateau, exposant son visage blanc au tourbillon des embruns en souriant à la déesse qui l'y entraînait, avant d'étendre cette femme fatale sur un lit, pour l'aimer. Là il reprenait le commandement.

Caroline Manivette n'était pas une belle femme. Boulimique et complexée, sa nudité s'avéra moins libre que celle de Marianne. Serge s'en était d'abord étonné, découvrant à son épouse une harmonie sensuelle dont il avait profité en la méconnaissant. Voilà qu'il apprenait à ses dépens comment être aimé permet de bien aimer : il avait perdu l'amante que le mariage avait créée.

— Caroline est plus timorée que toi, répliquait-il à Marianne qui avait baptisé la maîtresse “ta croqueuse”.

Merveilleux paradoxe ! La maîtresse était plus refoulée que l'épouse légitime. Mais elle était nouvelle.

Ce qui est un atout auprès de certains caractères. Et il existait un envoûtement dans son nom. Caroline Manivette ! Ces mots accouplés avaient fait le tour du monde. Serge était aveuglé par l'écran de lumière qu'ils fabriquaient. Ainsi aime-t-on les étoiles : sans les connaître. De Caroline, que savait-il ? L'un et l'autre n'avaient pas vécu cent jours ensemble ! Ignorant presque tout, Serge Korol imaginait. Et que s'imaginait-il ? Il avait eu une épouse indéfectible. Peut-être crut-il toutes les femmes semblables à celle-là ? Attachées, dévouées et inlassables. Mais Caroline était différente. Masculine, disaient ceux qui la connaissaient.

Était-ce la foudre de la rencontre qui avait fini de tomber sur elle ? Était-ce de ne plus disputer cet amour à personne ? Était-ce d'avoir tout à coup le bonhomme en entier ? Aussitôt prononcé le divorce, alors que Serge s'invitait plus souvent, Caroline se montra moins passionnée. Sur un oreiller quotidien, son bel élan se brisait. Serge sentit une variation infime dans la manière qu'elle avait de l'accueillir et de s'émouvoir dans leurs face-à-face. L'enchantement des commencements était bel et bien évaporé. Leur histoire entrait dans une phase nouvelle : fin de la transgression, fin du secret, moins de restriction, moins de ferveur, apparition de la vie prosaïque.

Serge demeura très amoureux. Il oubliait le doute dans le plaisir. Il voulait vivre avec cette reine, si difficile se montrât-elle. Il était dans l'imagination. Il aimait Caroline comme il avait aimé Marianne : avec admiration. Il était sûr d'avoir trouvé le deuxième amour de sa vie, et fier de se montrer au bras d'une femme d'exception. Il ne la voyait pas comme elle était : courtaude, grassouillette, mal peignée, sans allure, rustre. Il chantait la louange que méritait son nom. Caroline, étoile des mers ! La femme la plus courageuse qu'il eût jamais rencontrée. Affronter les flots rugissants, c'était autre chose que dessiner des sacs à main ! Il exhaussait Caroline pour rabaisser Marianne. Mais à chacune il disait :

— Je ne vous compare pas. Jamais je ne le ferai.

Il continuait à se draper dans de beaux principes.

— Pour elle tu m'as abandonnée, pleurait Marianne au téléphone.

Elle voulait lui rappeler comme il était loin de ses beaux principes.

L'expressivité sans limite de son épouse agressait la bonne conscience de Serge. Autrefois il en avait été jaloux : Marianne faisait jaillir la signification ou la puissance des émotions. Jamais elle ne gardait les choses au-dedans, elle s'en délivrait et les autres s'allégeaient avec elle. Désormais il en était effrayé. Quand s'arrêterait-elle de parler ? Il n'en pouvait plus d'écouter se dire la tristesse, les regrets, l'effroi ou l'étonnement de sa femme.

— C'est tout ce que tu as à me dire ? demandait-il excédé.

— Tu as versé le malheur sur ma vie, pleurait Marianne.

Elle ne se remettait pas de leur rupture. Le regret l'enveloppait comme un linceul.

— Tout de suite les grands mots ! se moquait Serge.

S'il démentait, les faits mentaient moins que lui, pensait Marianne.

— J'espère que ta Caroline chérie sera digne et loyale, ajoutait Marianne. Je sais que ça ne me regarde pas mais je ne peux pas m'empêcher de te le dire.

Comment se résoudre à perdre son mari pour une femme qui n'en voudrait pas, ou qui n'en prendrait pas soin ? C'eût été un drame doublé d'un gâchis.

Serge avait raccroché le téléphone.

J'espère qu'elle sera digne de ton choix et loyale envers toi. Le vœu ne suffisait pas ! La sirène déchirait déjà le filet. Trois mois étaient à peine écoulés depuis le divorce de Serge que la proie fatale avait envie d'une autre aventure. Ne suffisait-il pas de le dire à Serge ? Elle n'avait envers cet amant aucune obligation. Caroline Manivette avait négocié des passes plus difficiles. Elle transforma avec aisance l'amenuisement de ses sentiments en séparation. Il le fallait. Pourquoi maintenant ? Pourquoi maintenant que Serge s'était libéré pour elle ? Caroline n'en savait rien. Les sentiments nous échappent. Nous en subissons les embellies et les dépressions. La sirène n'éprouvait aucune culpabilité. Serge était un grand garçon. Il avait pris sa décision tout seul. Ne lui avait-il pas répété que rien n'allait plus entre lui et sa femme ?

— Serge…, commença Caroline, les yeux baissés derrière les mèches de ses cheveux décoiffés.

Ils étaient assis sur la terrasse face à la mer. La mer était une personne qui allait jouer un grand rôle. Serge restait silencieux, sa vie intérieure était dorénavant enlisée dans le mutisme. Caroline parlait avec gravité et tristesse de Caroline et Serge : entre eux, la vie commune ne donnerait rien qui vaille.

— Tu ne crois pas que j'ai raison ? demanda-t-elle après avoir fait cette prédiction, et cherchant sans doute à mouvoir l'homme et le silence.

— Je ne sais pas, répondit Serge.

Ils ne pourraient rien construire ensemble, continuait Caroline. Elle voulait un homme de la mer, avec qui partager vraiment sa passion. Elle venait de le comprendre. Elle était désolée. Il ne fallait pas lui en vouloir. Elle avait été amoureuse mais cet amour ne suffisait pas. Comment le savoir à l'avance ? Elle avait essayé et voyait bien maintenant que leur couple n'avait pas d'avenir.

— Regarde ! disait-elle pour preuve, depuis quatre ans que l'on se connaît toi et moi, tu es à Paris et moi ici. Aucun de nous n'a été prêt à bouger pour l'autre.

C'était un fait indéniable. Les arguments étaient imparables et ce qui s'était passé était effacé par le revirement de l'héroïne. Les quatre années de rendez-vous, les étreintes, les baisers, les sorties en mer, les dîners et les nuits volés, les mensonges, et le divorce au bout de leur flamboyante rencontre, qui en parlait ? Pas Caroline. L'eau avait éteint le feu !

— Je ne regrette pas, finissait-elle, mais je ne veux pas continuer.

Le pauvre Serge, qui n'aimait ni les conflits ni être quitté, acquiesça.

— Je comprends, dit-il en regardant au loin.

Que dire ? Après avoir délaissé une épouse, trois enfants, et vingt ans de mariage, il n'allait pas faire une crise de nerfs à une maîtresse qui le quittait. Il aurait fallu rappeler qu'il avait tout abandonné pour elle. Or il s'employait depuis quatre ans à jurer le contraire.

D'un commun accord, Serge et sa déesse décidèrent une séparation.

— Moi non plus je ne regrette pas, dit Serge.

Qu'entendait-il par là ? Était-ce d'avoir aimé Caroline ? Ou bien d'avoir quitté Marianne ? Ou bien les deux ensemble et d'avoir transformé sa vie ? Lui seul le savait. Peut-être. Caroline ne demanda aucune précision. Du chamboulement dont elle avait été l'origine, de ce divorce dont elle avait sans le savoir attendu l'achèvement avant de laisser son amant à lui-même, elle ne dirait pas un mot.

— Nous sommes restés dans l'accord jusqu'au bout, dirait bientôt Serge à Marianne, comme si c'était pour lui une chose si importante.

La peur du conflit prenait des proportions incompatibles avec la vérité.

Caroline et Serge mettaient fin à leur histoire au moment où elle aurait pu commencer. Serge eut-il de la peine ? Il la cacha. Éprouva-t-il de la colère, de l'amertume, de la rancœur ? Il les tut. Par un phénomène étrange, l'idée qu'ils avaient été d'accord pour rompre apaisait chez lui la souffrance. Alors même qu'il ne souhaitait pas rompre ! Il était cuirassé par la fuite. Il courait devant la vague quand Marianne au contraire plongeait dans l'écume :

— Mais c'est une vraie salope ! s'exclama-t-elle quand Serge lui fit part de sa nouvelle condition de célibataire. Elle t'a tenu jusqu'à te faire divorcer et quand tu t'es décidé elle n'a plus voulu de toi !

Le cœur qui s'exprimait là était spontané plutôt que malveillant : la peine qu'infligeait à son mari sa maîtresse horrifia Marianne.

— Non, dit Serge. C'était la fin des fameux trois ans. Sa passion s'est éteinte. Elle n'y peut rien.

Le temps avait bon dos, qui évitait à Serge de mettre en cause les caractères : sa dent inlassable avait rongé son idylle comme elle avait détruit son mariage.

— Tu n'es pas en colère ? Tu ne lui en veux pas ? demandait Marianne.

— Non pas du tout, disait Serge, s'enorgueillissant une nouvelle fois de sa grandeur d'âme.

Il donnait une petite leçon à sa femme : Regarde comme je me tiens bien lorsque l'on m'abandonne ! Je ne crie pas, je ne pleure pas, je n'insulte pas l'autre. Il regardait Marianne dans les yeux. Il croyait sincèrement que leurs mésaventures étaient comparables.

— Tu n'as pas vécu vingt ans avec Caroline ni fait trois enfants avec elle, objectait Marianne.

Il refusait d'entendre. Il se voulait un exemple, parfait devant la fin de l'amour : digne, respectueux, tolérant.

On eût dit que Serge Korol, étouffant ce qu'il ressentait, s'obligeait aux bons sentiments. Bienveillance, compréhension, pardon. Il avait été odieux avec sa femme qui tenait à lui et voilà qu'il faisait bonne figure à sa maîtresse qui le quittait. Blessé, presque anéanti par une déconfiture inavouable, il prenait garde à la sirène avec une délicatesse calculée, s'abstenant de juger parce qu'il voulait ne pas l'être, donnant à Caroline ce qu'il espérait de Marianne. Il s'interdisait la colère ou le regret, la critique et la lucidité, parce qu'il refusait d'en être la cible. Voulant être excusé, il excusait :

— Caroline n'a pas cherché à me blesser, disait-il. Elle n'a qu'une passion, la mer, l'amour entre nous ne suffisait pas. Ce n'est pas de sa faute. Elle n'y peut rien !

Marianne lisait l'engrenage. Pour cette dangereuse séductrice, Serge avait perdu femme, enfants, vie de famille. À peine s'était-il libéré qu'il avait été délaissé. Mais s'étant convaincu que Caroline n'était cause de rien et lui innocent de ses trahisons, faire des reproches devenait une contradiction. Le système de déculpabilisation, si bien bouclé, enfermait désormais son inventeur. Lui seul pourtant aurait pu posséder la clef de ce canevas.

— Tu pouvais quelque chose ! s'exclama Marianne avec gravité. Tu pouvais me préférer !

— Je n'ai pas réussi.

— Tu as troqué du lourd contre du léger.

— Je n'ai pas fait cela, répétait Serge, comme un coupable mis devant son crime.

— C'est exactement ce que tu as fait.

La défection de Caroline donnait à Marianne une force d'affirmation dont elle avait manqué.

— J'ai eu assez de commentaires. Pourquoi continues-tu ? suppliait Serge. Tu sais que je ne veux plus parler de ça avec toi.

La tristesse de sa femme, il en avait soupé. Qu'elle prît bien les choses nom de Dieu, c'était tout ce qu'il demandait maintenant ! Comme si ayant tout gâché et le devinant, il voulait au moins que Marianne n'en rajoutât pas.

Parfois, pour s'excuser, il réfléchissait à voix haute :

— Ça ne peut pas bien se passer. Quoi que je fasse, ça ne peut pas bien se passer. (Il voulait parler de son divorce.)

Il réclamait le calme plutôt que la passion, l'indifférence au lieu de l'amour, un cœur de pierre à la place d'un cœur brisé. Et par-dessus tout il donnait des leçons à Marianne. Il aimait la corriger, la critiquer, lui faire la morale, se placer au-dessus d'elle. Par exemple, il murmurait : Tu obtiendrais plus par la douceur. C'était à la fois lui dire *tu t'y prends mal* et lui faire miroiter une amélioration.

— C'est quoi *plus* ? demandait Marianne.

— Je ne sais pas, disait Serge.

— Je *suis* douce mais tu ne veux surtout pas l'admettre, disait Marianne. Tu crains trop de me regretter. Tu m'as diabolisée pour te déculpabiliser et ne pas te mordre les doigts de ce que tu perdais en nous séparant.

Marianne n'avait pas tort : Serge fuyait ses propres humeurs. Il était invinciblement pragmatique. À quoi servait de déplorer ce que l'on a choisi ? Il fallait avancer.

— Je cherche ma voie, disait-il.

Il ne déplorait que la culpabilité qui l'écrasait (et témoignait néanmoins d'une préoccupation morale).

— Eh bien tu vas être contente, je me sens très coupable.

Il semblait le reprocher à Marianne.

Comment savoir jusqu'à quel point c'était vrai ? se demandait Marianne. Cela pouvait être des mots derrière lesquels il n'y avait rien. L'expression des sentiments, si amoindrie, n'était-elle pas chez Serge une forme vide que n'animait aucune vie véritable ? Il avait professé une morale, des idéaux, des convictions, qu'il avait bafoués comme s'il s'agissait des ombres d'un modèle. Les grands discours de la famille Korol, quelle profondeur leur prêter désormais ? Serge était capable, pour une passion nouvelle, de balayer vingt années élaborées : son attachement se révélait inexistant.

— Je me sens coupable mais je suis certain de n'avoir pas fait une bêtise. Je ne te supporte plus. Et je ne supportais plus le carcan que tu m'imposais, disait-il en s'en allant.

Ce refrain salvateur abreuvait sa conscience et sa femme dans le salon de qui il était assis une fois de plus. Le carcan, c'était la vie de famille, dont il était désormais libéré.

— Papa s'en va ! criait Marianne aux enfants.

Adrien accourait pour embrasser son père. Marianne cachait son émotion. Comment comprendre qu'il pût sacrifier cette tendresse ? Il s'en vantait.

— Mes amis me trouvent très courageux.

— Qui ? demandait Marianne.

— Maxime, soufflait-il, paraissant réfléchir.

Sur cette parole exténuée, il prenait son courage à deux mains : il quittait la maison où vivaient ceux qu'il avait engendrés, les objets de sa mémoire, la femme qu'il avait aimée. Sans se l'avouer, il emportait un peu de l'amour qu'elle lui conservait. Il retrouvait son appartement vide.

Les soirs où il restait dans son salon meublé, devant les baies ouvertes sur la Seine, Serge Korol se demandait ce qu'il faisait là tout seul, et peut-être, avec d'autres mots, quel genre de crétin il était. Car il s'était déjà lassé de dîner dehors tous les jours et c'était de cette misère que le sauvaient les soirées chez Marianne. Il téléphonait à Tatiana Davidoff.

— Salut. C'est moi. Que fais-tu ?

Dans la voix éteinte de Serge, la jeune femme entendait la solitude nouvelle de son patron.

— Je vais sortir, disait-elle le plus souvent, enjouée, toujours drôle, par tempérament ou parce qu'elle avait bu quelques verres. Et toi ?

— Je suis chez moi, disait Serge, sinistre, fasciné par la vitalité qu'il percevait au bout du téléphone et dont il n'avait pas la plus petite parcelle.

— À demain, disait Tatiana en raccrochant, on se voit au bureau.

La demoiselle n'avait pas d'états d'âme. N'avait-elle pas prévenu Serge ? N'avait-elle pas averti l'ami quand il possédait encore ce qu'elle avait perdu ?

Serge réprimait la déconvenue dont il faisait l'expérience. Quelle mauvaise surprise lui avait faite la vie ! La liberté sans Caroline, sans saveur, morose, avait le goût des choses perdues. Ayant coûté si cher, elle devenait tragique et ahurissante. Serge refusait de penser à la femme, au prix et au résultat. Il s'interdisait de penser à autre chose qu'au travail. Plus que jamais Plexus était la raison d'être de son existence traumatisée. La bouée, l'alibi, l'occupation. La réalité était une blessure ouverte qu'il démentait continuellement. Le déni devenait une obligation vitale ! Se dire par exemple que les enfants habitaient à cinq cents mètres sans qu'il les voie était une torture. Recevoir dix messages par jour de Marianne en était une autre. Parfois ces messages révélaient tant de déception et de colère que Serge ne regrettait pas d'être seul. Mais d'autres avaient la douceur mélancolique qui lui rappelait la jeune femme aux sourires adorables avec qui le matin il allait au bistrot. Quelle tristesse partout ! Il l'endurait plutôt que de se dire qu'il l'avait fabriquée. Il imaginait que la vie avait toujours été triste. Il refusait de se demander : ai-je fait une erreur ? La bêtise ? Il avait même peur d'y réfléchir. Les choses s'étaient passées. Il n'avait même pas pris de décision. Pouvait-il faire marche arrière ?

Il aurait pu revenir en arrière si, l'esprit clair, il avait accepté d'y penser. Hélas, par un fait aussi bizarre que funeste, son intelligence si vive pour briller, attrayante lorsqu'elle s'intéressait aux préoccupations d'autrui, ne s'appliquait ni à lui-même ni à sa vie. Il était le plus mal chaussé des cordonniers. Le plus orgueilleusement aveugle des génies. Il serait revenu chez lui s'il avait été capable de regret. Il aurait retrouvé femme et enfants s'il n'avait eu besoin de croire légitimes les reproches qu'il avait faits. Il aurait repris sa vie s'il n'avait pas dit à ses parents tant de mal de sa femme. S'il ne s'était pas convaincu que Marianne vivait très bien sans lui. S'il n'avait pas inventé qu'elle ne l'aimait plus. S'il avait compris qu'il l'inventait parce qu'il ne s'aimait pas lui-même. Il serait revenu vers elle s'il avait su comme elle tenait à lui, se moquait de ce qu'il avait fait ou dit, pensait à l'avenir qu'ils avaient ensemble. Mais il n'en eut pas la moindre idée. Il ne voulait pas penser ! Il était enfermé dans ce qu'il avait élaboré. Il serait revenu s'il avait cru à l'intelligence de leurs cœurs. S'il s'était pardonné à lui-même. S'il avait été capable d'affronter le regard de ses beaux-parents tel qu'il l'imaginait, ou de ne pas l'imaginer. S'il avait pressenti qu'il serait accueilli les bras ouverts. S'il n'avait pas craint l'étonnement de ses amis. Bref il serait revenu s'il n'avait pas tant parlé pour se justifier quand il partait. Et si parlant ainsi, à tort et à travers, aspergeant les autres de ses inventions négatives et néfastes, il n'avait pas peu à peu détruit l'amour au cœur de son cœur.

Tout cela Marianne l'ignorait. Lui aussi. La différence entre eux tenait au désir. Marianne ne lâchait pas la partie.

Quelle force avait cette femme ! pensait Serge. Avait-il vraiment été capable d'être amoureux d'une personnalité aussi forte ? Il la contemplait maintenant avec effroi. Oui ! Si incroyable que cela pût paraître, il en avait peur. Marianne lui faisait trop sentir sa propre mollesse, la velléité de ses désirs à lui, son incertitude, sa profonde incapacité à vouloir avec passion. Marianne, dans la puissance de vie, devenait le miroir où il contemplait les qualités qu'il n'avait pas. Comme

Nina, il ne savait pas désirer tout seul. Voilà une chose qu'il ne supportait plus : ressembler à sa mère et le découvrir à cause de sa femme ! S'étant mis à boire avec excès, il vivait cette découverte comme un terrible atavisme, une malédiction.

— Reviens ! suppliait Marianne. Je souffre de t'imaginer seul et tu me manques à chaque instant. Tu me manques quand je me réveille et quand je m'endors, tu me manques quand je travaille et quand je rentre, tu me manques en famille. Tu me manques la nuit dans le noir…

— Chut ! murmurait Serge.

Il ne se décidait pas. Blessé, il avait peur de son ombre.

— Je t'aime, répétait Marianne.

— C'est gentil, disait-il d'un ton plein d'absence.

La plupart du temps, il ne répondait pas. Il recevait en silence le réconfort de savoir qu'il était attendu, pardonné, aimé. Il pouvait croire qu'il n'avait rien détruit. Il en était certain mais n'y prenait pas garde. À cela aussi il refusait de penser, repoussant sans même y réfléchir l'occasion de régénération.

Le témoignage répété que Marianne donnait de son attachement jouait à l'inverse des intentions qu'elle avait : se sachant aimé, Serge Korol ne vivait pas l'épreuve de la perte affective. Fort de cette garantie d'amour, il devenait capable de tenir sa ligne de conduite sans en faire ni les frais présents, ni les frais définitifs. Orgueilleux, il n'avait pas l'intelligence de s'en rendre compte ou de craindre que s'éteignît cette fidélité qu'il affamait.

— J'espère un jour être guérie de toi, disait parfois Marianne. Tu me perdras vraiment. Voilà mon objectif maintenant. Je souffre trop.

C'étaient les mots d'un cœur malheureux.

— Merci ! disait Serge ironiquement.

— Ce n'est pas pour que tu souffres mais pour que je cesse d'avoir mal.

— Note que moi je ne te souhaite jamais aucun mal.

Serge affectionnait encore de placer celle qu'il faisait souffrir dans le rôle de bourreau. Marianne était *méchante*, il avait besoin de croire qu'elle l'était !

— Tu n'as pas besoin de m'en souhaiter, tu m'en fais.

Dès qu'elle avait prononcé ces mots, Marianne les regrettait. C'était si pratique qu'elle se mît en tort !

— Tu vois comme tu es agressive, disait Serge.

À la moindre remarque désagréable que faisait Marianne, il exultait : elle était rabaissée au niveau de la haine alors qu'elle éprouvait encore de l'amour. Pauvre Marianne ! Comment s'y prendre avec la mauvaise foi ? Aussitôt elle recommençait à lui faire des sourires qu'il ne méritait pas, écoutant les balivernes inouïes qu'il était capable de lui raconter, pardonnant l'adultère et le divorce tels qu'ils s'étaient passés, quand ils auraient justifié un bannissement. Ah ! restaurer ce qui avait été !

Serge profitait du comportement de son ex-femme. Il acceptait les sourires, les excuses, l'attention, les invitations à dîner, comme si rien ne s'était passé : ni amour, ni tromperie, ni vie commune, ni drame. Il venait chez Marianne mais fuyait comme la honte la tentation du retour en arrière. Reste, implorait-elle. Aussitôt il s'en allait. Non ! non ! il ne s'était pas trompé : il ne voulait plus jamais vivre à côté de ce monstre ! Il se le répétait comme un credo salvateur, à la manière d'un homme qui a besoin de se convaincre lui-même. Oui c'était bête, et triste aussi, de rester seul, séparé de ses enfants, mais il fallait l'accepter, disait-il, car il ne pouvait pas faire autrement et ce n'était pas de sa faute. Il le disait à Marianne.

— Tu es attirante mais dangereuse pour moi.

Il prétendait ne pas croire à la recréation qu'elle proposait. Avec fermeté, accentuant la responsabilité qu'elle avait dans la décision qu'il prenait, il lui disait :

— Tu ne changeras pas. Tu continueras de me blesser pour un oui ou pour un non, à n'importe quel moment que tu auras choisi et quand je l'attendrai le moins. Je ne veux plus vivre ça.

Il inventait pour répéter à Marianne : tu es si vilaine que tu rends impossible mon revirement. Il faisait d'une femme tendre avec lui une affreuse personnalité. Pareille représentation falsifiée de son épouse lui offrait une immunité complète aux remords, aux regrets, et aux doutes. Il les chassait comme des mouches qui reviennent, recommençait dès que ça bourdonnait dans sa tête (cette idée : on ne quitte pas une femme et une famille pareilles !).

Chaque semaine, il disait à Marianne :

— La semaine dernière j'hésitais, mais maintenant je suis sûr.

Cette phrase accentuait le supplice, donnant à la jeune femme l'impression d'avoir perdu de si peu la partie, renouvelant sa perte, avivant le regret d'avoir cru la semaine passée que tout était fini alors que justement ça ne l'était pas encore ! Et dire qu'en plus elle n'était pas la femme agressive et revêche que, pour la quitter sans regret, il l'accusait d'être !

— Si je t'ai blessé, c'était rare, et c'est inévitable. Dis-moi quand je t'ai blessé ? demandait Marianne que ces fables révoltaient.

— Sans arrêt, disait Serge.
— Donne-moi un exemple, insistait Marianne.
— Je n'en ai pas un en tête mais il y en a des quantités.
La conversation s'engageait vers l'orage.
— Tu as inventé ça de toutes pièces. Je ne t'ai jamais blessé.
Elle ajoutait : J'ai pensé des choses blessantes mais je ne les ai pas dites. Peut-être les pensais-tu aussi. (Elle songeait aux parents Korol.)
C'était un spectacle sidérant de voir cet homme qui croyait à des inventions et cette femme qui s'acharnait à les démanteler.
— Tu cries encore, je m'en vais, disait Serge.
— Tu fuis !
— Je ne peux rien faire d'autre ! Je ne veux plus vivre avec toi, tu me démolis.
— Pourquoi ? Parce que je te connais trop ?
— Tu es perverse et idiote quand tu dis ça.
— Je sais que ma clairvoyance te pèse. Je sais de toi des choses que personne ne connaît.
Serge riait. Était-il gêné ou troublé ou touché ? Il ne trouvait rien à répondre à cela. Son amour-propre était entre eux comme un tiers plus important qu'eux, plus important que leur sentiment et leur histoire.
— Je suis devenue ta culpabilité et ta faute, poursuivait Marianne. Par orgueil tu te prives de la vie que nous aurions ensemble. Personne d'autre que toi pour moi ou moi pour toi ne présente autant d'atouts.
— C'est vrai, concédait-il. Sans doute. Se reprenant, s'abandonnant de plus en plus volontiers aux facilités de l'incertitude.
Penchée sur la rampe de l'escalier, Marianne regardait Serge s'en aller :

— Je suis désespérée de voir ce que tu t'infliges. Il y a en toi une force de destruction. Tu fais comme ta mère au même âge mais d'une autre manière.

— C'est possible, répondait Serge, arrêté sur une marche, flegmatique et flatté de se figurer sa propre complexité. Tu avais senti ces forces quand tu m'as épousé, tu n'es pas étonnée. Je ne t'ai pas prise en traître.

— Je croyais avoir bâti quelque chose qui s'opposerait à elles.

— Moi aussi je le croyais.

Il ne la rendait jamais si malheureuse qu'en adoptant son point de vue. S'il voyait les choses comme elle, pourquoi ne revenait-il pas auprès d'elle ? Il la plaçait devant ce mystère parce qu'il s'y trouvait aussi. Que savait-il ? Savait-il ce qu'il voulait ?

— Tu détruis ta vie. Tu te détruis, répétait Marianne.

— Arrête d'employer ce mot ! Je ne suis pas malheureux. Je peux même dire que j'aime ma vie. Pas tout mais beaucoup de choses.

— Menteur, regarde ta tête ! murmurait-elle, attendrie par la souffrance qu'elle imaginait.

— Je ne suis pas encore complètement heureux. J'ai quitté une rive et je nage vers l'autre. Il y a du courant, je suis au milieu du fleuve, c'est difficile.

— Je déteste quand tu parles comme ça ! Je voudrais vivre comme avant.

— Ce n'est plus possible.

— Pourquoi ?

— Une intuition, murmurait Serge.

— Tu es fumeux, tu ne veux rien, tu n'as ni désir, ni volonté ! Je regrette de t'avoir choisi, tu ne le mérites pas.

Elle était emportée, sincère, bouleversée, renonçant à toute chance d'attirer Serge : elle outrageait le soubassement même de son caractère, l'orgueil insensé et blessé d'être lui-même.

— Pourquoi aurais-je envie de vivre avec une femme qui me critique ?

— Je critique celui qui part, pas celui qui reste ou revient.

— Tu n'en as pas assez de cette discussion ? demandait Serge en regardant sa femme avec une curiosité qui dépassait tout à coup l'animosité.

2

Non seulement Marianne n'en avait pas assez, mais elle était incapable de réfléchir à autre chose. La pensée de Serge lui venait à n'importe quel moment de la journée, plusieurs fois par jour, la nuit même, créant des insomnies, des pleurs, des angoisses inconnues. Des rêveries parasites battaient sa tête. La mémoire insinuait dans le présent des souvenirs du passé. Chaque instant solitaire se doublait de ce qu'il avait été autrefois avec Serge. Un objet, un mot, un lieu, étaient matière à remémoration et désespoir. Le mariage avait été dissous et détruit le corps symbolique du serment, mais il restait dans la vie de Marianne comme la silhouette que tracent les inspecteurs de police autour du cadavre avant qu'on l'emporte. Bloquée sur le passé, stupéfaite du présent, Marianne revisitait vingt années à deux au milieu du monde.

L'intensité avec laquelle elle s'était livrée à son mariage était incompatible avec l'issue qu'il avait eue. Avait-elle vécu dans un château d'illusions ? Serge l'avait-il trompée sur ce qu'il donnait et vivait ? S'était-il servi sans se livrer, comme dans un self-service ? À gogo le corps de Marianne, la chaleur de sa maison, l'intendance huilée de la vie, la conversation variée, une drôlerie dont elle avait le talent dans le quotidien des journées, et la gaieté des enfants poussant comme des fleurs, alors que le cœur lui manquait, qu'il pouvait à tout instant se reprendre ? Et il s'était repris ! Serge occupait l'esprit de Marianne comme il avait occupé sa vie. Il fallait mettre au clair les idées, les souvenirs. Ce qu'il avait dit. Ce qu'il avait fait. Ce qu'il n'avait pas fait. Ce qu'il reprochait à Marianne qui était juste ou pas. Ce qu'elle avait donné qui était oublié. Ce qu'elle perdait en le perdant. Ce qu'il perdait en la perdant. La manière dont il la tenait encore à sa merci autant qu'à son service. Les erreurs qu'elle avait commises dans sa bataille pour le garder. Le divorce était devenu le lieu où s'incarnait la tristesse de Marianne. Pauvre Serge ! Il écoutait ! Avait-il jamais cru vivre cela ? Jamais !

Quand advenait un souvenir ? Hop ! Un message à Serge ! Le téléphone portable, comme un petit animal dans la poche, sorte de pigeon voyageur, était le messager inlassable des pensées. Serge était submergé. Que ne fallait-il pas entendre pour divorcer de Marianne ! Par-dessus les toits voyageaient des messages, des suppliques, des questions : Aime-moi ! Regrette-moi ! Reviens-moi ! Peux-tu être lassé quand je ne le suis pas ? Quelle sorte de mémoire as-tu qui te laisse en paix quand tu as anéanti ce qu'elle recèle ?

— Comment être à la fois le consolateur et le bourreau ? disait Serge.

Était-il vraiment le seul homme formé pour le cœur de cette femme ? Était-il tombé sur la seule épouse qui ne pût tourner la page ? Jamais encore Serge Korol n'avait vécu de si sombres jours. Il suppliait : STOP ! Peine perdue.

— Nous ne serons pas enterrés ensemble, trouvait à dire Marianne.

— Fous-moi la paix ! suppliait Serge.

Après le divorce, la tristesse de Marianne était devenue une nouvelle source de litige entre eux. Tais-toi ! Tais-toi ! C'était tout ce qu'il aurait voulu lui répondre.

Se séparer sépare : Serge Korol était sur un autre atoll. Marianne pouvait dire n'importe quoi, sur le moment c'était fatigant, mais cela ne prêtait pas à conséquence. Elle voulait parler de tout tandis qu'il n'était plus capable de parler de rien. Il fallait vivre cet écartèlement.

Parfois il lui disait avec sagesse : Laisse faire le temps.

Une autre fois, il avait dit : Tu as pris l'habitude de la mélancolie. Ressaisis-toi.

Il était capable, quand il s'en trouvait arrangé, de comprendre quelques vérités. Lorsqu'il était dans le vrai, il était calme, posé, impressionnant. Mais alors Marianne tombait amoureuse !

Dix fois par jour, Marianne parlait de Serge.

— Je vais téléphoner à Serge tout de suite, disait Rafaël Nathan, pas découragé. Et je vais lui dire : Reprends-la mon vieux, elle ne peut pas vivre sans toi. Elle me parle de toi toute la journée ! Marianne ! Je sais comme on peut être effaré par ce qu'on voit. L'épisode de la statue de sel est une injonction à regarder devant.

Il le lui répétait.

— Épousez-moi, disait-il. Vous verrez que vous n'avez pas tout donné.

C'était joyeux d'être demandée en mariage. C'était triste de n'avoir pas envie d'accepter.

— J'aime quand vous me demandez en mariage ! riait Marianne.

— Accepte ! disait Serge. J'espère que ce n'est pas à cause de moi que tu t'en empêches.

Les espoirs de tranquillité reposaient désormais sur Rafaël.

— Refais ta vie, disait Serge à Marianne.

— Refaire quoi ? Tout ce qui a déjà été fait ? Tout ce qu'on croyait durable qui s'est anéanti ? Tout ce qu'on n'a jamais fait ? Pourquoi ne l'a-t-on pas fait ? Refaire tout ce que l'on n'a jamais eu envie de faire ?!

Les amours ne sont pas interchangeables, concluait Marianne. Change-t-on de compagne comme on change de chaussures ?

— Fous-moi la paix avec tes questions ! Tu as tout pour toi. Tu es belle, tu es riche, tu es intelligente. Et créative, et célèbre, et élégante. Tu ne resteras pas longtemps seule, je te le garantis.

Le malheur de cette femme lui pesait ! Il était prêt à tout pour avoir la paix.

— Pourquoi m'as-tu quittée si j'ai tellement de qualités ?

— Parce que tu en avais trop justement, c'était fatigant ! plaisantait-il.

Il soupirait.

— Parce que je n'ai pas pu faire autrement, poursuivait-il plus sérieux. Je n'étais pas assez fort pour vivre avec toi.

Parfois Serge repensait à Caroline Marcillot : décidément il vivait mal les ruptures. Parfois il repensait à Caroline Manivette : il n'avait pas fait tant d'histoires.

— Les femmes, vous êtes des emmerdeuses, disait-il en guise de conclusion. Veux-tu échanger ta situation avec la mienne ? Je suis plus à plaindre que toi et je ne t'en parle pas !

— C'est vrai, tu es à plaindre parce que tu ne vis plus avec tes enfants, mais tu l'as voulu.

— Je n'ai rien voulu du tout, répétait-il.

C'était exact et assez triste. Serge Korol avait été victime de lui-même. Il s'était trouvé pris dans le fracas de ses propres sentiments, à un moment de ballottement de son tempérament, sans savoir faire la part des choses. Il avait commencé de cacher et de mentir. Il s'était excusé en lui-même. Il avait subi la dépréciation de sa vie et provoqué la dégradation de son mariage. Il avait suivi et renforcé un mouvement de désamour. Maintenant il justifiait l'occurrence inattendue de son divorce. Sa nature, comme les autres, avait besoin de signification sans savoir la créer. Il validait ce qui était sans se demander à quoi il tenait. Blessé, il ne cherchait plus à être heureux mais à éviter d'être malheureux.

3

Le jugement accordait à Serge *le mardi soir et un week-end sur deux*, formule consacrée des divorces quand la mère a la garde. Serge connaissait ses droits et moins bien ses devoirs. Quand il avait un rendez-vous, un dîner d'affaires ou un tournoi de tennis, il demandait à Marianne de garder ses enfants. Était-ce ce qu'il avait voulu ? Il vivait à la manière d'un célibataire trentenaire qui a des moyens. Il commença par se faire beaucoup de petits plaisirs. Voilà qu'il roulait en Jaguar, s'achetait des costumes de marque, déjeunait et dînait au restaurant, accédait aux technologies de pointe. Il avait possédé l'une des premières tablettes de lecture, alors qu'il disait ne plus avoir l'esprit assez calme pour lire. Fier de lui, il montrait ces gadgets aux trois enfants rassemblés, sûr de les initier à quelque chose. Quoi ? Il n'aurait pas su le dire. À la réussite matérielle peut-être. À la technologie. À l'univers d'un père que le succès auréolait. Pourquoi s'en cacher ? Il signait de nombreux contrats, espérait gagner beaucoup d'argent, ne pensait qu'à ses projets professionnels. La fortune allait enfin lui sourire. Il allait gagner bien plus que de l'argent : une masse d'argent ! Il se réjouissait de ce baume à son cœur. Une fortune, c'était une identité. Voilà en somme ce qu'il croyait. Il en faisait le rêve.

— Tu vis d'une façon effroyable, disait Marianne. Ce n'est pas un amour qui m'a remplacée, c'est l'argent !

— Tu devrais t'en réjouir, disait Serge.

— Pas si tu pollues mes enfants avec une quête effrénée d'objets de consommation. Quand je refuse quelque chose à Angélique, elle me répond : Papa peut payer, il a de l'argent ! Qu'est-ce que ça veut dire ?

— Je ne sais pas d'où elle le tient, s'étonnait Serge qui ne voyait rien de lui-même.

Serge Korol n'avait plus aucun impératif familial ; ses journées et ses soirées lui appartenaient. Il fallait bien compenser la perte de la vie de famille en réussissant. Oui, il était tout entier occupé à signer de nouveaux contrats. Pour la première fois de sa vie il se rémunéra avec largesse. Il se vautra dans les joies matérielles. Il avait deux voitures, deux parkings, deux motos. Il visita d'immenses maisons, quatre cents, cinq cents mètres carrés, rien n'était trop gigantesque. Il aurait une femme de ménage à plein temps. Malin, il ferait de ce grand logis un lieu de séminaires et pourrait compter en frais de société bien des frais personnels. Il racontait ce programme à Marianne comme si elle avait eu des raisons de s'en réjouir. Ne lui donnait-il pas une bonne pension ?

— Nous n'avons aucun problème d'argent, chantait-il, réjouis-toi, tout le monde ne peut pas en dire autant.

Il disait encore *nous*. Mais le Nous était redevable au Je.

— Je travaille énormément, je gagne énormément.

C'était une vérité. Ne vivait-il pas pour Plexus ? Dorénavant Serge Korol appartenait à ses clients. Les dîners d'affaires se succédaient.

Serge avait cru couper sa vie en deux, mais en se séparant de Marianne il s'était coupé de lui-même. Son activité frémissante, qui comblait le vide, cachait qu'il souffrait beaucoup. Se l'avouait-il ? En tout cas il ne le disait pas. Ou alors c'était d'une façon détournée et sans y prendre garde, à la faveur des conversations qu'il avait encore avec Marianne, quand un anniversaire ou une fête qu'elle tenait à vivre en famille les rassemblait.

MARIANNE : Je suis étonnée qu'avec tant de divorces, personne ne dise jamais la souffrance qu'ils causent.

SERGE : Oui. Si les gens savaient qu'ils allaient être si malheureux, ils ne divorceraient pas. Si les gens savaient le nombre d'engagements tacites qu'il y a dans le mariage, ils ne se marieraient pas.

MARIANNE : Quels engagements ?

SERGE : L'exclusivité par exemple.

MARIANNE : Quand j'ai compris que tu avais rencontré Caroline, je ne t'ai pas dit c'est elle ou moi à ce que je sache.

L'idée de sa liaison adultère était insupportable à celui qui se voulait irréprochable. Marianne fracturait l'image reconstruite.

SERGE : Ne parlons pas de ça, tu sais que tu dérives toujours.

Passer sous silence ses propres manquements était la manière de Serge. Les anciens époux avaient ainsi deux comportements opposés. Serge récrivait l'histoire afin de s'y attribuer un rôle acceptable. Une amnésie sélective gommait ce qui lui déplaisait. Pss ! et s'envolait de sa mémoire ce qui lui donnait une mauvaise idée de lui-même. Une logique de déni le commandait. Il mentait en toute honnêteté.

— Je t'ai tout de suite dit que j'avais rencontré Caroline, affirmait-il à Marianne quelques mois après leur séparation.

— Tu ne m'as rien dit du tout. Tu m'as couverte de reproches et j'ai mis un an et demi à comprendre qu'il y avait quelqu'un d'autre. As-tu remarqué que tu cherches toujours hors de toi la cause de tes difficultés ? disait souvent Marianne.

Cette femme le tuait ! Elle parlait sans cesse ! Elle réfléchissait chaque facette de leur histoire ! Elle élaborait un imparable diagnostic. Elle dressait le portrait de l'homme qui avait détruit sa famille. Serge se prenait la tête dans les mains ! Comment s'affranchir ? Comment affronter pareil bulldozer ? Elle disait : Je ne veux pas que les faits soient oubliés. Je veux me rappeler dans quel ordre les choses se sont passées. Il me faut la vérité pour accepter.

Serge avait quant à lui l'idée inverse. Ne pas revisiter le passé était sa manière de tenir debout. Le passé était révolu et sa forme ne modifierait pas le présent.

— Qu'en sais-tu ? disait Marianne.

En plus de consigner les faits, elle y revenait sans cesse. Comme si le cours des événements allait lui révéler un secret. Quand par hasard Marianne et Serge se remémoraient ensemble, deux systèmes s'affrontaient.

L'un était précis : Tu as rencontré Caroline le 30 mai. Tu m'as dit que j'étais invivable le 12 juillet. J'ai deviné que tu étais amoureux le 16 février, deux années plus tard ! La chronologie avait lacéré la chair de l'épouse ! Comment oublier ? Tu as dit. Tu as fait. Tu as menti. Tu n'as pas décidé. Tu as loué un appartement. J'ai parlé aux enfants. Etc. L'autre discours était approximatif, magique, plein de théories commodes et de propos flous : Il n'y a pas de vérité. On ne peut jamais savoir. La mémoire est dynamique. La vie n'est pas quelque chose que l'on choisit. Bien sûr que j'ai des torts, mais tu en as aussi.

Le temps passant sur la précision des faits, Serge refusait d'être le seul acteur. Puisqu'elle n'avait jamais voulu divorcer, Marianne refusait de partager la responsabilité de leur séparation.

— Il existe des faits et il y a des choses que l'on choisit dans la vie.

La plupart du temps, dans les discussions qu'ils eurent, elle gâchait ses arguments parce qu'elle était trop émotive et finissait par s'emporter. Serge en profitait aussitôt pour interrompre la conversation :

— Pourquoi veux-tu parler puisque je t'énerve? Qui nous oblige à parler encore? demandait Serge.

— Se taire est pire.

Marianne le croyait, et elle continuait, blessée, à sonder passé et avenir, à percer ce que Serge pensait et vivait de son côté.

— Et maintenant, demandait-elle, es-tu plus heureux?

— Je ne me pose pas la question. Je suis un peu un homme qui a tout perdu… Je regarde devant. Je fonce.

Ces phrases hantaient Marianne. Être ainsi devant son ex-mari, ne rien pouvoir contre son entêtement à se perdre, sentir qu'il vous a entraînée avec lui dans l'abîme.

— Je ne vais pas te dire que j'ai la vie que je voulais, ajoutait Serge, mais désormais je l'accepte.

— C'est du fatalisme imbécile. J'aurais aimé un mari qui se batte pour me garder!

— Tu ne l'as pas eu. Je n'ai envie de rien tout seul. Je n'ai de désir qu'interactif.

Elle savait que c'était vrai. Pour une fois il avait idée de la vérité.

— Tu as toujours été fataliste. Même quand tu me voulais, tu n'as pas été capable de m'embrasser. Pourquoi ?

Il ne savait pas ! Il ne pouvait pas répondre. Il se subissait totalement lui-même.

— Je suis bouleversée, murmurait Marianne.

Comment Serge faisait-il pour ne pas l'être ? Quand elle le lui demandait, il ne répondait pas.

4

Comment s'affranchir ? Comment affronter pareil bulldozer ? se répétait Serge à la fois démuni devant l'énergie de vérité qui tenait sa femme et ravi d'en faire une diablesse. À Maxime ou Tatiana, il racontait en riant cette mésaventure d'une ex-épouse qui ne décolle pas. Regardez ! riait-il. Regardez ce qu'elle m'écrit. Comment faire ? demandait-il ensuite comme s'il était la victime. Comment me débarrasser de cette harpie ?

La réponse fut unanime : En se séparant vraiment. En refusant la discussion. Marianne déversait sur lui sa mémoire, sa tristesse, sa colère, sa passion. Il ne la ferait jamais taire. Il fallait qu'il se tût lui-même. Ne rien dire, ne rien raconter ! décida Serge. C'était suivre son inclination naturelle.

Marianne poursuivait sa vie dans les voies déjà tracées. Sa carrière se déployait. Elle jouissait de la fameuse maison achetée avec le succès des sacs à main MV. Puisqu'elle recevait une pension pour les enfants, Serge se persuada qu'il faisait beaucoup. Marianne vivait confortablement grâce à lui. À ses amis, il racontait qu'il avait "laissé sa part de la maison". La réalité était différente : sa part restant à payer, il avait transmis à Marianne l'échéancier du prêt. Parce que les prix de l'immobilier avaient grimpé, il s'arrogea la grandeur d'âme d'avoir fait cadeau de la plus-value. Ces accommodements avec la vérité sauvegardaient son amour-propre et apaisaient sa culpabilité.

Serge refaisait sa vie. L'espace, la temporalité, la compagnie : tout avait changé. Plexus était le seul point fixe. Pendant quelques mois, il profita de la rupture décidée par Caroline pour se vanter de vivre seul : ainsi fit-il croire qu'il n'avait pas brisé son mariage à cause d'une maîtresse, mais bel et bien parce que Marianne était invivable. Les plus intelligents de ses amis n'avalaient pas ce mensonge : Adrien avait quatre ans, ils se souvenaient quelle famille heureuse Marianne et Serge donnaient à voir quand ils avaient décidé d'avoir ce troisième enfant.

— C'était peut-être une apparence, suggérait Serge.

Aucun propos ne le dégoûtait. Il voulait oublier le passé !

Il serait mort plutôt que de s'avouer ce que son infidélité avait détruit. Et c'était si triste que personne ne lui en voulait.

Depuis qu'il vivait sans famille, il renouait avec d'anciennes connaissances qui l'invitaient à dîner. Parmi elles une splendide femme dont il aurait pu tomber amoureux mais qui ne le regardait pas. Elle lui présenta Marine, moins jolie mais plus réceptive à son charme. Quelques mois plus tard, Serge s'installa avec Marine : la première femme qu'il appréciait suffisamment.

— Je ne suis pas très amoureux, mais je n'en peux plus de vivre seul, confia-t-il à Marianne.

— Tu n'as pas pensé à revivre avec moi ? demanda Marianne.

— Non, répondit tout simplement Serge.

D'une façon générale il ne cherchait plus les grands desseins, ajouta-t-il dans un élan de parade, certain de faire preuve d'une admirable sagesse.

— Je suis devenu modeste ! Je ne cherche plus l'étoile unique, ni la beauté, ni l'intelligence, juste une compagne facile à vivre.

— *Easy going !* plaisanta Marianne à qui il avait déjà tenu ce propos.

— Exactement ! dit Serge avec un sourire qui contrecarrait sans conviction sa taciturnité.

— Et tu l'as trouvée ?

— Je l'espère, dit Serge, sérieux.

L'heureuse élue, qui n'était donc, en déduisait Marianne, ni belle ni intelligente, rejoignit Serge dans l'immense maison qu'il venait d'acquérir, et bientôt devint la maîtresse et l'intraitable gardienne des lieux.

En somme Serge avait jeté le désordre dans sa vie. Et puis il avait souffert. Et voilà qu'il remettait en place dans sa maison la première source d'ordre : une femme. Lui arrivait-il de penser qu'il rencontrerait avec Marine les mêmes difficultés de la vie à deux qu'il avait cru éviter en délaissant Marianne ? Non ! Il ne pensait rien, il agissait.

— Je verrai bien ! disait-il.

— Tu es frivole, déplorait Marianne.

Serge présentait Marine Girardin comme une bonne fille pas embêtante. Elle était un peu grasse à l'approche de la cinquantaine. Le dessus de ses lèvres était strié de rides verticales comme celui d'une vieille dame. Serge était content : on ne l'accuserait pas d'être parti pour une jeunesse. Il n'avait pas perdu cette obsession de paraître innocent. Il avait pleinement exploité sa rupture avec Caroline, faisant passer sa tristesse d'avoir été délaissé pour une souffrance d'avoir été obligé de divorcer, il choisissait maintenant une compagne qui n'avait rien d'attrayant.

— Elle n'est pas jolie, mais elle a du sex-appeal, commentait Angélique à sa mère à propos de Marine. Jeune, elle devait être pas mal.

— Elle est grosse et moche, tout le contraire de toi, disait Adrien en embrassant sa mère.

— Pourquoi papa l'aime-t-il ? s'étonnait Marianne.

Ils ne savaient pas. Aucun des enfants ne comprenait le choix du père. Peu de gens le comprenaient. Marine Girardin figurait le renoncement de Serge.

— Elle n'est même pas amoureuse de papa, confirmait Angélique. Tu verrais comme elle lui parle mal ! Elle se moque complètement de ce qu'il dit. Parfois même elle rit tout fort quand il parle. Elle reste avec lui pour son argent.

— Je ne peux pas croire que papa se laisse prendre.

— Elle aime les artistes, disait Nicolas, pas les types comme papa.

— C'est vrai que papa n'est pas un artiste, plaisantait Marianne.

— En tout cas elle doit avoir peur de toi, c'est même drôle, parce que papa parle souvent de "la maison" et Marine s'énerve ! Tu verrais ça !

— Elle a raison, disait Marianne. C'est ridicule qu'il dise encore "on se retrouve à la maison" quand nous nous donnons rendez-vous ici.

C'était surtout révélateur : chez son ex-femme, Serge se sentait toujours chez lui, le maître des lieux, qu'il fréquentait souvent, chose que sa nouvelle compagne ignorait.

— Je ne lui mens pas, je ne dis rien, et je ne lui dois aucun compte, disait à ce sujet Serge.

Voilà donc ce qu'il goûtait : une compagne qu'il dominait, à qui il ne devait rien et donnait tout. Pas d'attachement, pas de devoir, pas de responsabilité.

Marine Girardin avait su vivre intensément. Il en restait deux enfants de deux hommes différents. Le premier était un artiste peintre avec qui elle avait une fille. Du second, un journaliste qu'elle avait épousé, un fils était né, à qui le divorce de ses parents avait causé une peine ravageuse.

— Marine est obligée de crier sur Léon, il ne travaille plus à l'école, racontait Serge quand il dînait "à la maison".

Comment comprendre que Serge supportât les conflits éducatifs d'une autre famille ? Il aurait fallu à Marianne un cynisme qu'elle ne possédait pas. Par la force de son indifférence, Serge était capable de surmonter le désagrément. Ne se moquait-il pas un peu de ce qui pouvait arriver à ces gosses ? Il n'était pas mis en péril parce que Dorothy et Léon ne travaillaient pas ! Il prenait de leur mère ce qu'il y avait à prendre. À Marianne, il faisait l'éloge de Marine.

— C'est une femme qui a beaucoup souffert. Elle a été très courageuse.

Décidément le courage était devenu pour Serge une vertu cardinale.

— Ce que j'ai fait pour te garder, disait Marianne, peu de femmes en sont capables.

Elle se croyait courageuse alors qu'elle était attachée. Serge faisait semblant de ne pas entendre. Une expression de souffrance passait sur son visage. Il s'accrochait à son sujet : Marine Girardin.

— Marine est courageuse. Son mari a quand même pété les plombs !

— Le chaudron traite la poêle de cul noir !

— Pourquoi dis-tu ça? Je te parle d'un type qui a disparu pendant six mois sans donner signe de vie à son fils.

Les enfants étaient devenus pour Serge les confortables instruments de mesure de sa valeur personnelle : au moins il ne les avait pas abandonnés. C'était vrai. Marianne s'en réjouissait. Mais à ce compte-là elle n'existait pas. Tout se passait comme si elle avait cessé d'exister. Serge ne lui demandait plus qu'une chose : se taire et faire ce qu'elle avait à faire. D'ailleurs elle le faisait.

— Moi je te parle d'un type qui a répété pendant quatre ans à sa femme *je vais foutre le camp*, en restant le cul dans son fauteuil et les pieds sous la table. Lequel est le plus cinglé des deux ?

— Salut, disait Serge, je reviendrai quand tu seras calmée.

Il était à fleur de peau. Comment s'acquitter soi-même ? La susceptibilité empêchait la discussion avec lui. Il optait aussitôt pour la fuite ou le déni. La vérité ne l'intéressait pas si c'était pour s'en trouver blessé. Il savait très bien ce qu'il avait fait et ne voulait plus en entendre parler. Ça n'était tout de même pas à lui que Marianne allait apprendre ce qui s'était vraiment passé ! Il niait avec tant de force que Marianne croyait nécessaire de lui mettre le nez dans son gâchis. La pauvre ! Parce qu'elle n'avait pas encore compris, elle voulait tout lui expliquer ! Il ne souhaitait plus que redevenir capable de penser qu'il avait raison, qu'il avait bien agi, qu'il était un garçon exceptionnel. Alors il se sauvait devant les critiques comme on fuit devant la folie ou la mort. Salut ! D'autres fois il essayait de raisonner Marianne, non pas en parlant de leur sujet, mais en réclamant la fin des débats. Nous avons déjà parlé cent fois ! Tu me répètes sans fin les mêmes choses. Il n'y a rien à ajouter. Que veux-tu que je te dise ? Pardon ? Je te l'ai dit : Excuse-moi si je t'ai fait du mal, ce n'est pas ce que je cherchais. Que je suis un sale type ? D'accord ! Je suis un salaud qui s'est mal conduit avec toi et qui a pété les plombs ! Tu es contente ?

Non elle ne l'était pas : le ton n'y était pas. Il n'acceptait pas le rôle qu'il avait joué. Il en faisait une parodie d'aveu.

Et toujours il était chez Marianne. Dans le salon. Dans la cuisine. Dans la chambre d'Adrien. Et il parlait avec son ex-épouse dans une indéniable familiarité.

— Et que fait-elle dans la vie cette Marine ?

— Elle a eu la malchance de travailler avec son mari, elle a tout perdu. L'année dernière elle a monté un restaurant mais qui n'était pas rentable. Elle vient de le revendre et cherche du travail.

Le récit que faisait Serge de ces déboires financiers était plein de gentillesse.

— Elle va organiser les séminaires de Plexus.

— C'est bien. Au moins tu as l'impression de lui apporter quelque chose.

Aime-t-on les gens pour les qualités qu'ils ont ? Ou pour celles qu'ils n'ont pas que l'on pourra leur apporter ?

— Tu ne t'arrêtes jamais de penser ? demandait Serge quand Marianne s'enchaînait dans ces questions.

Il ne voulait pas réfléchir. Il ne sentait pas comme Marianne le souffle tragique caché derrière la vie quotidienne. Il parlait peu. Le silence le gagnait. Tout en lui semblait enfermé, bridé. Mais par quoi ? Par qui ? Bon Dieu ! pensait Marianne, ne pouvait-il exprimer quelque chose au lieu de cultiver le pragmatisme. Il était différent d'elle. Il n'était pas blessé comme elle l'était.

— Tu as de la chance, disait-elle. Moi j'aimerais encore vivre avec toi et je nous regrette.

— Ça te passera ! plaisanta-t-il.

Le plus étrange était qu'il ne le croyait pas plus qu'il ne le souhaitait.

— Je n'arrive pas à oublier notre mariage. Je continue de penser que nous aurions une vie merveilleuse ensemble.

— Je ne le crois pas, disait-il. C'est trop tard, ça ne marcherait pas.

Marianne savait qu'il avait raison. Trop de reproches avaient été dits. Trop d'habitudes étaient perdues. Ils s'étaient détachés et la rancœur avait rempli le vide.

Serge Korol connaissait-il les mêmes abattements ravageurs que sa femme ? Des larmes ? Non, il ne pleurait jamais. Une nostalgie ? Il n'en disait rien. À force de tout taire, ressentait-il encore quelque chose ?

— Cela te paraît approprié de ne plus dire un mot ? demandait Marianne.

— Tout à fait ! répondait Serge.

De quoi avait-il peur ? Tout en lui semblait soudain plus que dissimulé : tout était éteint. Ce silence de caillou était troublant. Voilà un homme marié vingt ans à une femme et qui pas un jour n'éprouvait le regret d'être séparé d'elle ? Avait-il une mémoire ? Ou seulement de la mauvaise foi ?

— Je pars parce que maman crie, disait-il à ses enfants.

— Je regrette d'avoir épousé un menteur. Je regrette d'avoir porté tes enfants !

Quand Marianne le dénigrait, Serge était mortifié. Son corps se raidissait. Sa mâchoire se contractait. Il aurait voulu quitter la compagne de sa vie sans qu'elle se plaignît. Avait-il jamais cru souffrir autant par la faute de cette femme ? Ou bien était-ce par sa propre faute ? Il ne voulait pas y penser. Il préférait croire que ce n'était la faute de personne : c'était un grand malheur de n'être plus aimé quand on aimait encore, c'était un grand malheur d'être aimé quand on n'était plus amoureux.

Il était le disparu qui surgissait tous les mardis de sa tombe, le temps de dire à sa femme *rappelle-toi que j'existe dans ta vie*, rappelle-toi comme nous étions heureux, puis de repartir, c'est fini. C'était un supplice : il est là ! Ô joie. Il s'en va ! Ô tristesse. Il est là ! Serge s'en allait avec Adrien dans la maison inconnue où trônait Marine.

— Si tu étais mort, je crois que ce serait plus facile.

— Merci ! disait Serge, si fatigué d'entendre ces palabres.

Il ne répondait qu'aux réflexions qu'il jugeait désagréables ou humiliantes, juste pour faire remarquer à Marianne qu'elle était désobligeante.

— Je plaisantais, disait Marianne. C'est une façon de dire que ton apparition chaque semaine alimente le regret du passé.

Elle réfléchissait à beaucoup plus de choses que lui. La douleur avait anesthésié l'intelligence de Serge Korol. Il se fuyait dans l'action. Je ne peux plus du tout lire, avait-il à nouveau confié à Marianne.

— Tu n'es pas obligé de me voir. Je peux attendre dehors, proposait-il.

Tout lui était-il égal ? Rien ne paraissait l'affecter. Tandis que Marianne était sensible au moindre détail. Elle aurait voulu être capable de ne plus le voir du tout. Au lieu de quoi elle était une droguée qui réclamait sa dose de Serge ! Alors il allait et venait, jouait un peu avec elle, repartait. Elle était sa petite poupée idiote. À la fin du jeu il la jetait dans la malle et le couvercle tombait sur elle. Seul comptait qu'il vît ses enfants. Il savait bien tout cela.

— Je n'ai pas été élevée pour vivre ça, disait Marianne. Je n'ai pas la bonne boîte à outils !

— Je ne l'ai pas plus que toi, répondait Serge à sa femme, mais je m'en accommode.

C'était exact. Il n'avait jamais exprimé de regret, jamais évoqué un souvenir, et ceux que Marianne rameutait lui pesaient. Il supportait en silence la tristesse de Marianne. Il en avait par-dessus la tête de ses messages, de ses conversations inlassables et stériles, de ses reproches. Parfois il devenait vulgaire :

— Tu me fais chier ! C'est clair ?

Enfin il dégoûta Marianne de parler avec lui. Chacun en fut rasséréné : elle de ne plus regretter cet indifférent, lui de ne plus être interpellé par les regrets d'une autre ! C'était la fin du lien. Serge ne s'en rendait pas compte.

5

Si Marianne avait dit à Serge ce qu'elle pensait, elle aurait dit : Tu es devenu moche. Elle apercevait par défaut ce qu'elle lui avait jadis apporté et qu'il avait perdu : la précision, l'exigence, la tenue. Il était désormais dans l'arrivisme et le laisser-aller. Non seulement il fallait faire fortune, mais il fallait vivre bien. Livré à la compagnie de lui-même, Serge Korol ne pensait plus qu'à gagner de l'argent. La poursuite de la fortune avait été à la source de son effondrement, elle serait peut-être le secret de son rétablissement. L'argent était devenu, à la place de sa famille, l'objet de toute son attention, le centre de son existence.

Nourrie par le sentiment refoulé d'avoir tout perdu et fait beaucoup de mal, libérée de l'obstacle altruiste, sa fureur de réussir se déployait. Réussir ! Devenir millionnaire. La quête de Serge ne se cognait plus à la vie familiale ou au réalisme de Marianne. Le goût de la gloriole et de la futilité ne rencontrait plus de limites. Serge n'avait ni frein ni clairvoyance. Avait-il le choix ? Son existence devait à tout prix se déployer puisqu'il s'était convaincu d'avoir été étouffé par Marianne. Un grand génie se dressait, semblable à celui d'Aladin sortant de la lampe magique ! Parler d'abord. Parler de tout. Impressionner par la parole. Serge possédait à un degré rare ce pouvoir égocentrique de rendre spectaculaire presque tout ce qu'il entreprenait. Ce don comblait l'homme et le moment. L'un se repaissait de l'effet qu'il produisait sur les autres, l'autre s'emplissait de louanges. Plus que jamais Serge Korol se regardait dans le regard de l'autre. Oh ! comme alors il ressemblait à sa mère, amoureuse d'une image d'elle-même, inexistante dans le réel. Il poursuivait les chimères de la gloire et de la fortune qui est pouvoir sur autrui : miroitement de soi dans l'autre. Éblouir ! Surprendre. Briller. Briller encore et autrement. Entreprendre et en parler. Séduire et commander. Serge faisait tout cela à merveille. L'habitude en était prise, son talent se renforçait. Au fil des années, il avait vraiment cultivé l'art d'embobiner les gens. N'ayant plus rien à perdre, il prenait du culot. Il était ébouriffant. Tout en lui était appétit, jeu, esprit. Il multipliait les rencontres, assoiffé de nouveaux regards, à la recherche de nouveaux savoirs assimilables rapidement auprès de ceux qui les détenaient depuis des années, et avec qui, en quelques jours, il bavardait d'égal à égal en expert. La technique ancienne lui revenait, amplifiée par sa maturité : flatter l'autre, le faire parler en l'écoutant avec religion, lui confirmer sa valeur, le fortifier dans son espoir d'exister, combler son attente, digérer tout ce qu'il a donné, enfin s'ouvrir soi-même comme interlocuteur et conseiller remarquable. Personne ne résistait à cette mystification. Serge savait nourrir la vanité de l'autre avant de laisser la sienne entrer dans la danse. L'automobile, l'équipementerie, la lingerie féminine, la biscuiterie, les produits de beauté, le luxe, les briques de plâtre, la puériculture, l'art de négocier avec les terroristes, le disque, le livre, les produits culturels, les plats cuisinés… pas un secteur qui ne lui devînt familier. Il courait de client en client, de déjeuner en dîner, de séminaire en déplacements, de conférence en colloque. Le sursaut qu'il devait imposer à sa vie lui avait fait passer un cap : il osait imposer des tarifs exorbitants. C'était à prendre ou à laisser. Les mystifiés prenaient. Puisqu'ils payaient si cher chaque parole, ils trouvaient une raison d'être éblouis par ce qu'ils entendaient. D'autant plus que Serge, enhardi, surchauffé, aux abois, se donnait corps et âme.

Un monde était fou de Serge Korol et de Plexus. Serge ? Amis, femmes, clients, ne connaissaient que le personnage. Le phénix. La bombe à idées ! Personne ne connaissait l'homme. Parce que ce garçon-là était en représentation permanente. Dès qu'il sortait de chez lui, il charmait, tout entier en sourires, propositions, compétences, expertises. Avait-il une ambition intime ? Aucune !

— Plus aucune, disait-il à Marianne comme si leur échec l'avait détruit.

Si invraisemblable que cela pût paraître, la seule chose qui occupait Serge Korol, sans jamais le penser ni penser autrement, c'était (en dehors de devenir riche) d'avoir l'air intelligent. Après toute rencontre, il fallait que les gens s'émerveillent : Ce garçon est génial ! Serge voulait l'entendre colporté le plus loin possible. Serge Korol ? Une intelligence exceptionnelle. Il fallait que ces mots fussent dits. Il aurait raconté n'importe quoi pour les entendre ensuite. Savez-vous que… ? Il savait toutes sortes de choses rigolotes que ses interlocuteurs ignoraient. Il racontait, se mirant dans les regards. Ah ! Ah ! faisaient les autres hypnotisés. Serge Korol ? Une intelligence exceptionnelle. Miracle, c'était dit, les gens s'émerveillaient.

Marianne seule s'était approchée de ce que cachait le feu d'artifice : un vide émotionnel que l'activité ou l'information attrayante cherchaient à combler. Serge Korol était une cavité disponible, un utérus pour l'admiration des autres. Pour faire grandir ce fœtus, Serge n'existait pas, il paraissait. Il n'existait qu'en paraissant : c'était devant des spectateurs qu'il se sentait vivre. Un regard captivé sur Serge c'était l'eau sur une fleur. Alors, pensait Marianne, qu'est-ce qui était vrai en lui ? Rien indépendamment des autres. Je n'ai de désir qu'interactif, il savait le dire. Personne n'en avait idée ! Serge avait-il vraiment vécu *avec elle* ? Sans doute pas. Partout il ne restait qu'un instant : il apparaissait, faisait son effet, et disparaissait. Rester c'eût été être découvert. Il n'aimait pas être lu, il aimait être admiré.

— Ne m'aime plus, mais ne me déteste pas, demandait maintenant Serge dans un déni mélancolique qui se figurait garder un lien.

Serge avait peur de Marianne comme d'un crime qu'il aurait commis. Malgré les armistices et les pardons, sa femme demeurait sa faute, la vivante incarnation de sa culpabilité. Marianne : au monde la personne à laquelle il avait fait le plus de mal. Il savait qu'elle savait ce dont il était capable. L'un et l'autre l'avaient découvert côte à côte : la dissimulation, le mensonge, la mauvaise foi, l'abandon de responsabilité, l'accusation perpétuelle. Les autres ne savaient pas. Serge n'était pas fier de lui et incapable de revenir vers Marianne avec un tel passif. Il avait préféré rapetisser les sentiments qu'il avait pour elle, minimiser le poids du passé et tout bazarder, plutôt qu'affronter et poursuivre ce qu'il avait écorné. Il s'était menotté à son propre mensonge.

Marine Girardin était-elle son avenir amoureux ? Franchement il n'en savait rien. Il n'était pas enthousiasmé. Marine faisait tout ce qui était en son pouvoir de femme pour le maintenir éloigné de son ancienne maison. Elle réussissait ! Serge mentait à Marine quand il voyait Marianne. Aussi la voyait-il de moins en moins souvent. L'éloignement complet avait réclamé autant que provoqué la disparition des sentiments. Le divorce avait oblitéré l'amour. Même Serge s'en était aperçu. Il s'était étonné de ne plus recevoir de messages ! C'était fou, vivre sans Marianne l'avait coupé d'elle. Il n'avait plus aucun objet commun avec Marianne, plus rien à lui dire. Il vivait dans une maison qu'elle n'avait jamais vue, auprès d'une femme qu'elle ne rencontrerait pas. Ce qu'il connaissait avec Marianne appartenait au passé, ne se renouvelait plus et lentement s'oubliait. Quand il dînait chez elle, pour faciliter l'existence des enfants, la conversation s'étiolait. Tes parents vont bien ? demandait Marianne. Oui très bien ! répondait-il avec une bonne humeur surjouée. De toute façon il ne dirait rien de plus. Le secret et le silence le sauvaient. Et l'isolaient.

— Je suis triste pour toi, lui disait Marianne, tu te prives de tellement de choses.

Il avait perdu tout lien avec son existence antérieure. Il avait perdu les rituels et les rythmes de sa vie en famille. Ses enfants, il ne vivait plus avec eux. Avait disparu la familiarité du matin et du soir que l'on gagne à vivre sous le même toit. Il ne savait rien de secret, rien que ne sût le reste du monde. Il ne voulait pas le penser donc il ne le pensait pas. Il s'interdisait de penser. Ce qu'on perd ? Tabou ! La vie qu'on a ? Secret ! Il refusait de se demander s'il était un bon père. Bien sûr qu'il en était un. Le divorce ne lésait pas que les enfants. Serge refusait tout autant de se demander s'il était un bon fils, chose qui était moins importante. Il n'allait plus qu'occasionnellement à Châteaudun. Deux ou trois fois par an, il y faisait une halte, pour un anniversaire, embrassant l'un après l'autre ses parents vieillis par l'alcool et la solitude. Leur relation s'établissait encore autour de l'admiration. Il suffisait de nourrir dans ce sens l'un ou l'autre de ses géniteurs bienheureux et ils se réjouissaient d'entretenir la flamme du génie avec quelques informations sur Plexus.

Si nourri par l'image qu'il élaborait, Serge n'était pas incarné et présent. Il était dans l'impression. La représentation lui suffisait. S'il était attablé avec ses enfants, il se disait peut-être : table, enfants, dîner, et il était content. Se demandait-il jamais ce qui s'était vraiment échangé ? Il n'en éprouvait pas le besoin. Il restait sur une conception abstraite qui le satisfaisait. Il se contentait d'une idée floue de ce que faisaient Angélique, Nicolas et Adrien. Tu as eu de bonnes notes ? était la question principale. À quoi s'accrochait le cortège des nouvelles ordinaires. Les parents vont bien. Papa a maigri. Maman ne boit plus. Le jardin est beau. J'ai beaucoup de travail. Nous avons acheté un nouveau canapé. Sa sensation était aussi simplifiée que sa syntaxe. Il effleurait le monde, évoquait ses objets, mais ne s'attardait pas à en éprouver au-dedans la teneur.

Arriva ce qu'il n'avait pas imaginé : il perdit l'amour de Marianne. Ayant pris la mesure de la distance, elle avait cessé de vouloir la réduire et accepta l'absence. Ils étaient devenus l'un pour l'autre des étrangers, elle s'en moqua. Son cœur malheureux s'apaisa. Serge l'avait déçue au point de figurer un mort. Il n'existait plus. Il l'avait déçue non pas en tombant amoureux d'une autre, non pas en la critiquant, en réclamant le divorce ou en lui rendant la vie si déplorable qu'elle acceptât cette issue, mais en ne trouvant pas le bonheur. La femme de sa vie ? Marianne ! Il l'avait tenue pour rien et mise en balance avec rien. Jamais il ne s'était battu pour elle. Chacun de ses gestes avait signifié : Tu n'es pas précieuse. Je peux te perdre quand tu le voudras. Tu as rencontré un autre homme ? Je suis content pour toi. Serge avait détruit, il n'avait rien élaboré. Il persévérait dans ce désert de sentiments, devenant vain et futile, agité contre l'aspiration du vide. Ce faisant il avait perdu l'estime de Marianne. Il était devenu un homme qui rate sa vie. Après s'être aveuglément menti à lui-même, il s'était entêté sans vouloir connaître le passé. Depuis qu'il ne vivait plus avec son épouse, ne s'était-il donc pas rendu compte à quel point il lui était attaché ? N'avait-il pas connu le prix de cet attachement et le coût de la séparation ? C'était la question à laquelle revenait souvent Marianne. La réponse était un non étouffé. Alors il fallait admettre la déception que Serge lui causait. Fin de l'admiration et de l'amour ! Marianne avait parcouru le cercle de la passion amoureuse qui va de l'extase à la perte. Serge lui avait donné à voir la plus vilaine part de lui-même, la plus fausse. Elle avait supplié pour retrouver le côté lumineux. Elle cessait d'aimer l'imbécile qui le lui refusait.

MARIANNE : Je ne suis plus malade.

SERGE : Que veux-tu dire ? Tu as été malade ?

MARIANNE : Je veux dire que je ne suis plus malade d'amour. Je me suis enfin détachée de toi.

SERGE : Ah !

Il souriait. Elle pouvait voir qu'il n'y croyait pas. Elle l'avait dit si souvent ! Elle l'avait mimé, exprimant un désir plus qu'un avènement. Il s'amusa de la petite tirade :

MARIANNE : Tu as gâché la dernière décennie de notre jeunesse. J'aurais aimé vivre tous les jours avec toi, ceux qui sont passés et ceux qui nous attendent. Je sais que nous aurions été heureux, hier et demain. Tu ne le crois pas. Tu ne le veux pas. Tu ne regrettes pas la vie que nous n'aurons plus ensemble. Aussi j'y renonce définitivement. Et je renonce au regret. Tu n'es plus mon mari en aucune manière. Je ne penserai plus à toi. Je ne parlerai plus de toi. Je ne te parlerai plus. Je ne te verrai plus. Te revoir me faisait souffrir ? J'étais sous ton charme. Ce charme s'est dissipé. Adrien a grandi et saura te trouver sans mon intercession. Je t'ai souvent dit : Dommage ! Je le pensais de tout mon cœur. Je ne le pense plus.

Ne sois pas fier de toi. Peu d'amants ont négligé un amour si durable. Et tu l'as fait sans courage, toi qui admires tant le courage. Tu as été veule ! Tu as été inconséquent. Tu n'es qu'hésitation, velléité. Par ta faiblesse, tu m'as fait souffrir de l'amour et tu m'en as guérie. Même si tu œuvres sans relâche à n'avoir pas de regret, je sais qu'un jour tu auras des remords.

— C'est tout ? demanda Serge.

Sans attendre la réponse, il ramassa son grand cartable et appela son fils.

— Adrien ! On y va.

Salut ! dit-il à sa femme en évitant son regard.

Une fois encore Serge Korol avait fui sa propre souffrance. Il l'avait niée aussitôt qu'elle allait éclore en lui. Fascinant spectacle que cet homme crispé contre l'émotion. À quel moment, et par quel accident, la réalité forcerait-elle les portes de cet esprit retranché dans une quête d'images ? Était-il possible que rien ne parvînt jamais à le faire *être là* ?

6

C'est alors que le malheur véritable apparut. Le téléphone sonna dans la maison de Serge. L'appel venait de Châteaudun. La voix était celle de Nina quand l'alcool appesantissait sa pensée. Était-elle seule ? Elle ne se présenta pas, ne dit pas bonjour, ne vérifia pas davantage à quel interlocuteur elle avait affaire, elle fit son annonce dramatique, et, en comédienne-née, elle ne voulait rien d'autre :

— Papa n'urine plus.

Telle fut, prosaïque, impudique, l'affreuse phrase que Serge entendit, sèche et fatale dans la bouche d'une mère aussi évaporée que le whisky de sa bouteille. Aussitôt après, Nina laissa chuter le combiné, sembla se débattre pour le ramasser, tandis que Serge attendait que sa mère revînt au bout du fil.

— Maman ? demanda-t-il. Où es-tu ? Où est papa ?

Nina ne répondait pas.

— Maman ! répéta Serge. Est-ce que tu m'entends ? Veux-tu que je vienne tout de suite ? Je prends ma voiture et je suis là dans deux heures, dit-il avec la fermeté dont il aimait faire preuve quand il parlait à ses parents.

— Oui je veux que tu viennes ! répondit vivement Nina. Papa est à l'hôpital et les médecins s'occupent de lui. Oh ! Et puis mince ! Fais comme tu veux ! ajouta sa voix défaite de femme alcoolique.

Nina Korol était en colère, comme ces mères qui s'emportent contre l'enfant accidenté, ou celles que fâchent les maladies que "leur font" ceux dont elles prennent soin. Papa lui avait fait ça ! À elle qui avait tant besoin de lui et qui n'acceptait pas la moindre défaillance de son mari.

Pauvre Vladimir, il aurait à supporter sa maladie et sa femme ! Et d'ailleurs, pensa Serge, Nina lui valait sans doute sa maladie. Quel fardeau pouvait être la présence hallucinée, permanente et désœuvrée de Nina ! Elle n'avait rien d'autre à faire que le houspiller. N'était-ce pas une chose connue que les femmes insupportables viennent à bout de leur mari ? Elles les tuent ! pensa Serge, exactement comme si Marianne l'avait tué.

— Papa est-il joignable ? demanda Serge.

Comme sa mère ne répondait pas, il posa autrement la question :

— Papa a-t-il le téléphone dans sa chambre ?

Ttt ! Serge entendit la langue de sa mère claquer. Ce nouveau tic qu'elle avait pris et qu'il ne connaissait pas lui donnait un air de folle. D'ailleurs elle parla à côté de la question comme une personne qui n'aurait pas toute sa tête.

— Ce n'est pas la première fois que ça arrive. On ne vous le dit pas à Jean et toi. Papa ne veut pas vous embêter avec nos problèmes de vieux, dit-elle sur le ton d'un reproche.

— Pourquoi es-tu agressive avec moi ? demanda Serge à sa mère. Je ne t'ai rien fait.

— Je suis fâchée ! Je suis très fâchée, dit Nina comme une petite fille capricieuse. Je suis fâchée contre papa !

Elle ne voulait rien dire d'autre. Elle était capable d'exprimer son dépit mais pas d'en connaître la cause.

Serge ne chercha pas la discussion. Parle-t-on avec une bouteille de whisky? Il soupira et dit : Je prends la route et j'arrive. Laisse le portail ouvert.

— Je suis fâchée contre papa qui prend tout à la rigolade! disait à son fils qu'elle avait devant elle la grosse dame à l'esprit embrumé.

Elle fit un ample geste avec le bras, lequel dessinait sans doute le flou dont elle parlait.

— Pourquoi dis-tu ça? demanda Serge, papa n'est pas négligent avec sa santé.

— Ah oui! Papa n'est pas négligent! répéta Nina exaspérée.

— Il ne se plaint pas c'est tout, dit Serge.

— Ah! Papa est parfait bien sûr! Papa a toutes les qualités! Papa ne se fait pas remarquer comme moi! hurla Nina.

— Pourquoi te mets-tu en colère? demanda Serge.

Voilà qu'il avait trouvé adversaire à sa mesure pour expérimenter la résistance autant que l'efficacité de sa patience et se convaincre lui-même qu'il était un garçon formidable.

— Parce que vous vantez papa mais vous ne savez pas comment il est! répondit Nina qui sembla un instant recouvrer sa lucidité et souffrir considérablement.

— Comment est-il? demanda Serge dont le calme travaillé avait quelque chose d'horripilant qui agissait sur sa mère comme il avait souvent agi sur Marianne.

— Pouffff! souffla Nina, il est…

Elle ne termina pas sa phrase, comme si Vladimir ne valait pas qu'elle en parlât, et son gros bras fit à nouveau un tour dans l'air, et Serge aperçut le bord élimé, taché de café, de la manche de robe de chambre de sa mère. L'incurie s'imposait, premier signe de la dépression et de l'alcoolisme, il détourna les yeux du spectacle de cette déchéance.

— Qu'est-ce que tu as ? demanda Nina à qui le recul de son fils n'avait pas échappé.

— Maman, reprit la fermeté du fils, va te coucher, fais-moi plaisir va te reposer, tu es à bout de nerfs. Et laisse ton verre s'il te plaît, tu n'en as pas besoin pour dormir.

— J'en ai besoin. Vous me fatiguez tous. Vous existez ! Vous existez trop !

Serge eut un sourire minuscule que sa mère observa avec de gros yeux furieux.

— Et toi ne ris pas ! Personne ne peut me comprendre ! Ce n'est que Vladimir par-ci, Vladimir par-là. Il n'y en a que pour lui ! Je voudrais partir dans un endroit où je ne connais personne.

— C'est un peu ce que tu fais quand tu bois, suggéra Serge.

— Je ne bois pas ! dit Nina. Ne me regarde pas comme ça. Ce soir j'ai besoin d'un verre parce que papa me laisse tomber !

— C'est un point de vue.

— Ne fais pas le malin avec ta mère !

La soirée qu'il passa avec sa mère, assis à table, dans la salle à manger boisée que l'obscurité attrapait, serait la première, scabreuse, d'une série dont Serge Korol n'avait pas idée. Quand on ne vit pas avec les gens, on ne connaît pas leur état physique et moral. Serge découvrit Nina : exaspérée par l'existence, jalouse de son mari, arc-boutée sur une fureur nouvelle, nourrie d'impuissance et de faiblesse. Quand il l'eut convaincue d'aller se coucher, il regarda le gros corps carré de sa mère monter l'escalier en s'accrochant à la rampe.

La silhouette avait disparu, le resserrement de la taille s'était effacé, le torse et les fesses formaient un bloc unique, rectangulaire, malheureux. Nina Korol semblait enfermée dans son corps pour y purger la peine de sa vie.

— Tu n'as pas besoin d'aide ? demanda Serge.

Il savait que Nina était tombée à deux reprises. Vladimir avait appelé les pompiers pour la relever ! Nina était trop lourde pour lui et trop ivre pour se mouvoir elle-même. La petite danseuse au tambourin, Nina Javorsky ! Ce jour-là, tandis que les pompiers faisaient un gentil sermon à Mme Korol, qui ne devait plus se mettre dans cet état, Vladimir avait pleuré. Le temps avait tout dilapidé ! Il n'y avait pas eu tant d'anicroches pourtant… Lui-même avait aimé sa vie, et il était encore heureux de jouer du saxophone et de l'accordéon, ou de se rendre à pied au club de bridge. Pourquoi Nina n'était-elle pas capable d'élire des objets personnels de plaisir ? Pourquoi n'était-elle pas heureuse ?

— Ils m'ont passé une sonde, dit Vladimir à son fils au téléphone le lendemain matin. Ce n'est pas agréable !

Tandis que Serge ne disait rien, il ajouta :

— Tu n'aurais pas dû venir. Comment est maman ?

— Comme d'habitude, répondit Serge pensant – devinant – que son père savait.

— Je ne sais plus quoi faire, murmura Vladimir rattrapé par sa désolation.

Penser à Nina était une souffrance, aussitôt recouverte par la tendresse et le pardon.

— Pauvre maman ! dit Vladimir.

— On ne soigne pas les gens qui ne sont pas malades, dit doctement Serge. Il n'apprenait rien à son père mais cette pose d'expert était devenue une seconde nature.

— Maman accepte parfois de voir qu'elle est malade. Mais pas si c'est moi qui le lui fais remarquer. Moi je ne peux rien lui dire ! Tout de suite elle monte sur ses grands chevaux, elle hurle, elle m'insulte ! Elle me déteste ! Je ne sais pas ce que je lui ai fait.

— Tu ne lui as rien fait, dit Serge.

Cette situation qui aurait pu le faire réfléchir ne déclenchait pas en lui la moindre réflexion. Il ne voyait pas la similitude entre lui et Nina, cette manière d'être mécontent de sa propre existence et d'en faire porter le grief à celui avec qui l'on vit. Une manière d'enfant d'alcoolique : toujours victime de l'autre, irresponsable.

— Je l'ai tant aimée ! pleura Vladimir.

— Je sais papa, dit Serge que les effusions mettaient mal à l'aise.

L'amour de ses parents, il n'y croyait plus. On en voyait le résultat ! Depuis qu'il avait divorcé, Serge pensait, sans le leur avoir jamais dit, que Vladimir et Nina auraient dû divorcer depuis longtemps. Jean était du même avis. Il n'y avait que Marianne pour voir de l'amour entre ces deux-là !

— À quelle heure commencent les visites ? Essaie de dormir encore, dit Serge à son père.

— Je suis sans arrêt dérangé. Quand ce n'est pas le petit-déjeuner, c'est la femme de ménage, et puis l'infirmière, l'échographe, l'urologue. C'est un défilé depuis six heures ce matin ! Tu viendras avec maman ?

— Je ne crois pas qu'elle me laissera venir seul, qu'en penses-tu ?

— Elle voudra t'accompagner ! Mais j'espère te voir seul un moment, dit le père à son fils.

— Compris.

Le tête-à-tête que souhaitait Vladimir n'eut pas lieu. Les résultats des examens comportaient le mot *métastasé*. Ce fut le médecin urologue avec qui Vladimir eut une conversation.

— Ce n'est pas la première fois que vous ressentez des difficultés à uriner ? dit le spécialiste. Vous n'aviez jamais consulté auparavant ?

— Jamais. Je me débrouillais. J'urinais en trois ou quatre fois. Je pensais que je vieillissais.

— C'est dommage que vous ne soyez pas venu me voir plus tôt. C'est embêtant. Il ne faut pas négliger sa santé monsieur Korol.

— Je m'occupais de ma femme. Je ne croyais pas être malade et ma femme l'était bien plus que moi.

— L'opération ne pourra avoir lieu maintenant. Vous suivrez d'abord un protocole de chimiothérapie.

LA maladie était dans toutes les têtes : souvent fatale, pernicieuse, la reine des maladies.

— Ah mon Dieu ! Mon Dieu ! C'est le ciel qui nous tombe sur la tête ! pleurait Nina. Qu'est-ce que tu nous fais encore ? demandait-elle à Vladimir.

— Je suis désolé ma chérie, pardon ! disait Vladimir.

— Ne dis pas pardon, relève-toi ! Je suis sûre que tu n'as rien.

— J'espère ma chérie, j'espère. Je me lèverai dès que les médecins me le permettront, répondait Vladimir à sa femme comme si elle lui parlait le plus normalement du monde.

Serge était abasourdi devant le ton qu'avaient attrapé ses parents : attrapé, c'était le mot, ils avaient une maladie de la conversation. Nina ne savait plus s'adresser gentiment à son mari.

— Vous n'êtes pas loin du sadomaso ! s'amusa Serge en s'adressant à sa mère.

Il n'en pouvait plus de se contenir depuis la veille au soir et laissa s'échapper ces mots sans remords.

— Quoi ?! hurla Nina.

Elle avait bondi avec une surprenante vivacité du fauteuil destiné aux visiteurs, et plaça sa grosse figure pleine de dartres sous le nez de son fils.

— Tu es irrespectueux avec tes parents ! hurla Nina.

— Mérite mon respect, répondit froidement Serge.

— Répète-moi un peu ça, espèce de petit merdeux !

À la manière de son fils, Nina Korol ne savait entendre la moindre critique. L'alcool exacerbait sa fureur. La plus amoureuse des mères, aveugle et inconditionnelle, était incapable d'écouter son fils. Le visage de Vladimir exprima une désolation soudaine qui prolongeait un désespoir habituel.

— Ma chérie, supplia-t-il faiblement. Tu te donnes en spectacle, tu te maltraites…

Mais l'affaire concernait la mère et le fils, Vladimir parlait aux murs.

— Ne t'énerve pas comme ça, dit Serge à Nina. Je te fais remarquer que tu t'adresses à papa comme à un chien. Sois plus gentille avec lui ! Pense que tu tiens à lui. Pense qu'il est l'amour de ta vie. Pense que tu lui dois tout.

— Je ne dois rien du tout à papa ! hurla Nina. Si je ne l'avais pas épousé, j'aurais été secrétaire, j'aurais un métier et une vie à moi.

— Elle recommence ! soupira Vladimir.

— Ce sont vos affaires, dit Serge à sa mère. Je ne souhaite pas y être mêlé. Cela ne mérite pas que tu agresses papa alors qu'il va être opéré.

— Je m'en vais ! hurla Nina.

— C'est ça, va-t'en, dit Serge sans se frapper.

Elle sortit la tête haute, avec une fierté exagérée. Vladimir la regarda partir, désolé mais soulagé. Serge rattrapa sa mère dans le couloir, la prit par l'épaule de sorte qu'elle se retournât pour l'écouter.

— Es-tu encore capable de réfléchir ? Papa n'a rien ! Juste un cancer !

— Bien fait pour lui ! cria Nina.

— Tu entends ce que tu dis ?

Le désir violent de placer sa mère en face des bêtises qu'elle proférait saisissait Serge. S'il l'avait pu, il aurait attrapé la tête de Nina pour la plonger dans ses mots ! Elle aurait peut-être honte de ce qu'elle avait dit ?

— Je m'en vais ! hurla Nina en se dégageant pour gagner les ascenseurs.

— Depuis quelques mois elle est comme ça tous les jours, confia Vladimir à son fils revenu dans la chambre. J'ai pensé la quitter… Tu te rends compte ! Déménager, lui laisser la maison, de l'argent, moi je n'ai besoin de rien. Qu'elle fasse sa vie comme elle en rêve. Elle m'en veut. Elle m'en veut tellement.

— Elle ne sait même pas de quoi, dit Serge.

— Les cures ont nourri sa colère. Je suis coupable de tout. Sa maladie c'est ma faute. Les psychiatres, je ne sais pas ce qu'on doit en penser, ils déculpabilisent en accusant. C'est ce qu'elle en a retenu en tout cas. J'ai gâché sa vie. Je l'ai cueillie en herbe. Je l'ai modelée à mon usage personnel. J'en ai fait une alcoolique ! Que veux-tu répondre à cela ? Rien ! Si elle est plus heureuse sans moi…

— Seule, je lui donne trois semaines pour vivre comme une vieille clocharde au fond d'une cave, dit Serge.

— C’est pour cette raison que je ne suis pas parti, dit Vladimir avec gravité. Il y a cinquante ans, j’ai juré à maman protection, amour et fidélité. Quoi qu’il arrive je la protégerai jusqu’à ma mort.

Serge resta silencieux. Amour, fidélité, protection. Ces trois mots lui évoquaient-ils son propre serment ? Ou bien lui rappelaient-ils la future mort de son père, dont Vladimir avait parlé comme si elle était lointaine ?

Quand il rentra chez ses parents Serge trouva sa mère affalée sur le canapé, qui écoutait des chants russes à tue-tête. Elle était complètement ivre, hirsute, ses cheveux sales, agglomérés par paquets, laissant par endroits apparaître son crâne blanc. Sa poitrine engraissée battait sous un pull à la maille détendue qui lui descendait au-dessous des fesses. Elle haletait.

— Je voulais être chanteuse et danseuse, cria-t-elle, d’une énorme voix rauque, à son fils qu’elle avait entendu monter l’escalier.

Et de fait il put entendre qu’elle avait du coffre. Était-ce l’alcool ou le don ? De toute façon, à l’âge de sa mère tout était joué et le don était mort.

Les métastases étaient diffuses. Le péritoine était envahi. Qu’est-ce qui était encore épargné ? L’équipe médicale envisageait un protocole lourd. Le pronostic était pessimiste. La loi le réclame, Vladimir fut informé. Le médecin avait longuement parlé à Serge, à la suite de quoi il avait été décidé de laisser Nina hors du cataclysme. Cette omission était censée la protéger d’un apitoiement trop alcoolisé, non pas tant pour sa santé que pour la tranquillité de son mari. Peine perdue : enfermée chez elle, belliqueuse et hirsute, Nina buvait jour et nuit. Ses visites à l'hôpital faisaient frémir Vladimir plus profondément que ce qu'il vivait. Qu'elle entendît les infirmières rire ou bavarder dans leur office, aussitôt Nina s'emportait :

— Elles ne peuvent pas se taire celles-là ! Travailler ici et rire ! Pendant que les gens sont malades !

— Ma chérie, je t'en prie ! suppliait Vladimir, grimaçant contre le dossier de son lit redressé. Ce sont des femmes en or, insistait-il.

Que n'avait-il pas dit ! La jalousie surgissait comme le diable dont Nina était possédée. Car Nina enviait toutes les femmes. Toutes étaient plus heureuses qu'elle-même ne l'était. Elle s'en persuadait facilement. Plus heureuses ! Et lorsqu'elle avait eu cette pensée, son orgueil immense se rebellait : Non les autres ne la dominaient pas avec leur bonheur, elles faisaient semblant ! On peut imaginer quelles humeurs, colères et émotions complexes, faisait traverser à Nina cette élaboration d'idées excessives et contradictoires.

— Des femmes en or ! Écoutez-moi ça ! Parce qu'elles s'occupent de monsieur depuis une semaine ! Et moi qui t'ai nourri tous les jours ? Moi qui me suis occupée de laver tes chaussettes, tes slips, de repasser tes chemises pendant toute la vie ? Je suis en quoi moi ? En platine peut-être ?

— Ma chérie, supplia Vladimir. Tu es ma femme !

— Tu veux dire ta domestique ?

— Non, je veux dire ma femme.

— Ta petite femme qui t'a donné sa vie à seize ans comme une idiote !

— C'est vraiment ce que tu penses ? gémit Vladimir.

— Mais je m'en fous mon pauvre de le penser ou non. Puisque c'est !

— Je suis le plus malheureux des hommes, constata Vladimir. J'ai voulu ton bonheur. Je n'ai cherché que ton bonheur.

— Est-ce que j'ai l'air heureuse ? demanda méchamment Nina.

— Je voudrais tant te voir sereine ! répéta Vladimir.

De toute évidence, sereine Nina ne l'était pas ! Les conversations s'envenimaient d'un rien. Lorsque Nina avait bu, elle était capable de dire n'importe quoi. Je t'interdis de mourir ! Salaud ! Salaud ! Tu fais exprès de me laisser seule ! Ou encore : Je n'y crois pas ! Les médecins racontent n'importe quoi ! Ils adorent annoncer aux gens qu'ils vont mourir ! Pour se vanter de les guérir ! Ah ! Ah ! Je suis sûre que tu n'as rien. Elle avait des sourires de folle. Vraiment ! Et d'où lui venait cette joie de le torturer ? se demandait Vladimir effrayé.

Lorsque, par un miracle inexplicable, son corps imprégné ayant peut-être imposé un répit, elle n'avait pas touché au whisky, elle posait sa tête sur le torse de son mari et pleurait.

— Je ne te laisserai pas mourir, je t'aime tant, mon amour te protégera. Vladimir caressait les cheveux dépeignés et gras de sa femme comme s'il avait passé sa main dans la soie d'une chevelure. Il se penchait pour lui embrasser le crâne. J'ai deux femmes, pensait-il. Le sentant songeur, Nina demandait : À quoi penses-tu ? Il pensait que Nina était semblable aux sirènes, qui chantent pour attirer les marins et ensuite les entraînent vers les abîmes où elles les noient et s'en repaissent. L'alcool révélait la violence cachée par le sourire. Je pense à toi, disait-il. Je pense que je t'aime. Chaque fois qu'il le disait, dans le bonheur ou dans le supplice, c'était pure vérité, car Vladimir aimait Nina dans la crainte chaque jour de la perdre.

Vladimir refusa l'hospitalisation et une fin de vie entravée par les soins. Ce protocole était un leurre, il pensait que les médecins eux-mêmes n'y croyaient pas. À quoi bon subir un traitement éprouvant si c'était pour mourir ? Mourir était bien sa tâche désormais. Sa tâche sacrée et terrible, son effroi. On en était à parler de soins palliatifs. Nous avons trois mois ensemble, peut-être quatre, avait dit Vladimir à ses fils, répétant les dires du médecin comme s'il avait voulu couper l'arbre des illusions de sorte que ce dernier temps donné à l'amour filial fût vécu sans aveuglement.

— Qui sait ? disait Serge Il y a des rémissions, des guérisons miraculeuses, des erreurs médicales.

Le fils voulait conserver en lui cette pensée réconfortante.

Plus fraîchement arrivé au chevet de son père, Jean restait silencieux, à la fois peiné, gêné, distant et distrait comme il l'avait été par nature auprès de ses parents, prêt à la moindre blague pour rire et faire rire.

Les deux frères étaient rassemblés. Leur père souriait à tout ce qu'ils disaient. Parfois ils étaient intimidés. Soudain celui qu'ils aimaient sans y prendre garde, avec la distraction du bonheur, devenait une personne pesante et précieuse.

— Laissez-moi vous regarder tous les deux mes enfants, disait Vladimir. Vous allez me ramener à la maison. J'ai envie de voir mon jardin.

Le vieil ingénieur voulait mourir chez lui, admirer les roses tant qu'il le pouvait, ne pas quitter Nina. Il se refusait à entrer dans cette enfilade de crises et d'embellies éphémères où ne s'égrenait qu'un chapelet de maux, de complications, de réactions. Quand la médecine ne peut rien, le corps ne lui appartient plus, disait

Vladimir à Nina. Il voulait que son lit de mort fût son lit d'amant et d'homme.

Vladimir rentra chez lui en ambulance. Les progrès de l'hospitalisation à domicile étaient un bienfait. Serge s'inquiéta de l'efficacité limitée de Nina. Qui sait? disait Vladimir à son fils, elle se révélera peut-être d'un dévouement total. Il voulait dire que Nina allait se prendre en main et se guérir du poison Jack Daniel's qui lui avait volé sa tête et son existence. Serge rentra à Paris éreinté par les assauts de sa mère et fermant les yeux sur l'avenir obscurci. Il fallait perdre son père un jour. Chaque fils traversait ce jour. Ne s'était-il pas déjà habitué à cette idée? Il avait toujours cru le faire. Certes prévoir le coup et le recevoir sont deux choses différentes. Il fit comme s'il était prêt. À Paris, il dîna plusieurs fois avec son frère. Chacun serait bientôt le dépositaire et gardien de la mémoire de l'autre. Jean était joyeux, réaliste, parlant de Vladimir et Nina comme de deux grands malades pour qui il n'y avait plus rien à faire.

— Papa et maman se sont fabriqué leur enfer depuis longtemps.

— Je n'avais pas idée que c'était à ce point, avoua Serge à son frère.

— Quand nous avons quitté la maison, la vie de maman s'est arrêtée. Elle s'est vengée sur papa. Elle lui en a fait voir de toutes les couleurs! Sais-tu qu'à une époque il était entré dans une secte? dit Jean.

— Ils ne m'en ont rien dit! Quand était-ce?

— Il y a dix ans. Un truc qui s'appelait la dia…

— La dianétique, dit Serge avec autorité.

— Oui c'est ça. C'était séduisant à première vue mais ensuite ils ont demandé de l'argent.

— Je suis étonné ! dit Serge. Papa si rationnel, si méthodique.

— Eh bien c'est maman qui l'a tiré des griffes de ces gens. Elle ne s'en est pas vantée auprès de toi ? Elle était tellement fière d'elle-même ! À juste titre d'ailleurs.

Raconter à Serge ces aventures qu'il ignorait revenait à lui dire : Tu ne sais pas tout. Les gens souffrent considérablement quelquefois. Ils tombent dans des gouffres où ils risquent de commettre des bêtises énormes. Tu ne l'as pas su. Tes parents ont traversé des épreuves dont tu n'as pas idée. Papa spécialement, qui a dû supporter la solitude réservée aux conjoints d'alcooliques.

En somme Jean disait à Serge : Moi Jean, que tu as toujours dominé, je sais des choses que tu ignores.

Serge resta perplexe. Il avait perdu l'habitude de songer qu'il ne savait pas tout et parfois moins que son frère. Il s'était beaucoup occupé de lui-même, oubliant même que les autres avaient une existence et une intelligence.

— Merci pour le dîner, dit Jean en serrant la main de Serge avec énergie.

Ils allaient au restaurant. Serge payait toujours. Jean n'avait pas d'argent et jamais Serge ne l'aurait laissé payer. Le samedi, ils partaient ensemble à Châteaudun, dans la Jaguar de Serge, pour s'asseoir au chevet de leur père.

Comme Vladimir était pâle ! Fallait-il dire pâle ou carrément blanc ? Et maigre bien sûr, comme il l'avait été à vingt ans mal nourri par les tantes. Cependant il avait tellement vieilli en quelques semaines ! Respirer devenait un travail. Serge regardait les épaules et les bras de son père. Autrefois cette partie de son torse était si remarquable qu'un peintre avait demandé la permission de les dessiner. Vladimir avait posé.

— Mange ! disait Nina à son mari.

Soudain placée devant la mort, elle était dans la réalité. Elle comprit. L'amour de sa vie s'éteignait doucement. Il fallait être là ! pensa-t-elle au milieu d'une nuit où elle avait encore bu. Si je continue, je m'empêche de le soigner, je me tue et je le perds. Elle se représenta un choix. Elle avait le choix ! Ce fut une révélation. Nina dirait : Une grâce.

Touchée par la grâce, Nina vécut une stupéfiante rémission : sans sevrage, elle cessa de prendre la moindre goutte d'alcool. Elle passait les heures du jour et de la nuit au chevet de Vladimir, servant ses repas, apportant les journaux, lisant l'après-midi à voix haute quelques pages d'un roman, choisissant des disques qu'ils avaient aimés ensemble. L'heure était aux remémorations attendries.

— Te rappelles-tu la première fois où je t'ai raccompagnée jusque chez toi ? demandait Vladimir à sa femme.

— Tu avais été très poli avec ma grand-mère, se souvenait Nina.

Ils passèrent en revue l'époque bénie de leur rencontre, puis celle de leur mariage et du licenciement de Vladimir. Toute colère était évanouie chez Nina, elle se rappela leur courage. Du temps des voyages, il restait le souvenir des soirées au Maroc, de l'âne et de la petite piscine, de la neige au Canada, du jardin à Senlis, et du chien qui avait sauté par-dessus le grillage et disparu. Comme leur vie avait été variée ! s'émerveillaient-ils, oubliant un instant où ils étaient et ce qui allait advenir. D'ailleurs Nina se prenait à espérer que cela n'arriverait pas :

— Tu vas guérir, disait-elle à son mari. Je trouve que tu as meilleure mine ce matin.

Il l'attirait contre lui et la serrait de toutes ses forces faiblissantes.

— Ma chérie ! disait Vladimir, et ce mot était dit une fois de plus dans une circonstance nouvelle. Ma chérie ! Profitons de ce temps béni entre nous sans penser plus loin.

Leurs vieilles bouches aux dents abîmées s'embrassaient avec ferveur. À cet instant, en eux-mêmes, ils n'avaient pas d'âge.

7

Nina Korol soigna son mari jusqu'au dernier instant. Vers la fin il respirait avec peine, prenant un filet d'air imperceptible dont elle se demandait comment il suffisait à ce grand corps allongé. Il ne suffisait pas. Et le corps avait suivi les étapes du processus morbide. Vladimir reposait endormi quand Nina entra dans la chambre dont elle s'était absentée pour préparer une soupe légère. Faire comme si les choses allaient continuer toute la vie ! Il ouvrit les yeux. Son visage sembla se détendre à l'attention de sa femme dans un mouvement qui pouvait être un sourire. Et ce fut tout. Nina s'approcha pour caresser la joue du malade. L'expression de tendresse était passée comme un nuage. Les yeux s'étaient refermés et Vladimir Korol était mort.

Le samedi précédent, il avait eu le temps de dire à son fils :

— Promets-moi de ne pas laisser maman vivre seule ici mais de la prendre chez toi.

— Jamais elle n'acceptera, avait observé Serge.

— Elle acceptera, avait prédit Vladimir. Elle connaît son état.

De fait, malgré les soins et la sobriété de Nina, Vladimir était mort et le temps de l'enterrer avait suffi pour que Nina se tournât vers l'ivresse. Quel secours tout de même cette brume dans l'esprit ! L'alcool était vraiment le démon qui sommeillait chez Nina depuis l'enfance. Elle prenait son enfer pour son paradis, des heures durant le verre à la main, y trempant ses dents rongées par le sucre, puis reprenant la pose, le bras en l'air comme si elle avait été dans un cocktail. Peu à peu le bras retombait. Quand elle était assise, le verre reposait sur le ventre proéminent, piédestal naturel qui mettait l'ensemble bien en évidence. Nina Korol était désœuvrée et vide. Des colères revenaient, des frustrations sans remède l'enrageaient. Sa vie intérieure était une tempête permanente. Elle pestait, accusait, délirant parfois comme une vieille cervelle trouée par le gin, la vodka et le whisky. Après quelques verres, Nina devenait une autre femme : la surface craquait. Elle avait toujours été d'une urbanité absolument lisse et au-dedans hérissée de fâcheries diverses, l'ivresse en faisait surgir tous les motifs. Après la mort de Vladimir (qui fut le premier objet d'invective), Marianne fut la cible de ces reproches. Apercevoir au cimetière son ancienne belle-fille, altière comme une jument suitée, cristallisa la rancune de Nina. Elle refusa de voir la tristesse, elle ne vit que la tenue. La grand-mère dépossédée de sa famille, au lieu d'en vouloir à son fils qui avait divorcé, faisait porter le chapeau à Marianne.

— Dire que cette petite peste est venue aux obsèques ! répéta Nina pendant des semaines.

L'événement lui restait en travers de la gorge. Elle prêtait beaucoup de malignité à la *petite peste*, s'échauffant toute seule, vocalisant ou vociférant ses suspicions, se ressassant ses griefs. Quelle provocation ! Cette fille qui avait disparu ! Entourée de ses trois enfants comme une star exhibant ses parures ! Quel toupet ! Serge avait pourtant transmis le souhait de sa mère : Je ne veux pas voir cette fille ! Mais Marianne n'en avait fait qu'à sa tête bien sûr. Elle avait accompagné ses enfants. Comme si Serge ne pouvait pas le faire lui-même ! s'étranglait Nina. Et Serge était venu seul de Paris ! Oh ! c'était facile de comprendre le manège de cette fille sans cœur.

— Elle n'a pas résisté au bonheur de voir Vladimir dans sa boîte !

— Tu dis n'importe quoi maman, protestait Serge.

— Ne va pas me faire croire qu'elle aimait papa ! Pas de nouvelles depuis dix ans ! Et tout à coup elle débarque pour l'enterrer !

— Je comprends ton point de vue, dit Serge, désireux d'éviter une dispute avec une mère que sa raison avait pour l'instant quittée.

— Ne lui avais-tu pas clairement demandé de ne pas paraître ? demanda pour la vingtième fois Nina à son fils.

— Je l'avais fait, mais je ne pouvais pas l'enfermer chez elle !

— Si ! J'aurais dû aller le faire moi-même, dit Nina.

— Maman, j'ai du travail et je dois te laisser.

Espérant endiguer la colère de sa mère en lui retirant un objet, il dit ce qu'il prenait à peine le temps de penser :

— Tu es sévère avec Marianne. Elle avait sincèrement de la peine pour la mort de papa.

— Oui je suis injuste, cria Nina, et après ?

— À ce soir maman, dit Serge en attrapant dans l'entrée son casque de moto.

Une organisation de vie avait rapidement été adoptée de sorte que l'on ne trouvât pas Nina morte seule chez elle. Vladimir ayant fait une donation au dernier vivant, la maison de Châteaudun appartenait à Nina.

— Je ne vendrai pas. C'est la maison de papa, il n'a jamais voulu vivre ailleurs, avait dit Nina à ses fils.

— Personne ne te demande de vendre maman.

Ils y passeraient les samedis et les dimanches, promit Serge à sa mère lorsqu'il l'installa chez lui. Elle eut la plus belle chambre de l'immense maison, au troisième étage : une large baie vitrée ouvrait sur le jardin étroit et rectangulaire qui allait jusqu'au fleuve.

— Nous sommes propriétaires de deux mètres de Seine ! avait dit Serge avec émerveillement.

Nina pouvait voir le ponton privé de son fils et le bateau amarré, signes tangibles de la réussite du garçon qu'elle avait élevé. Elle était orgueilleusement heureuse. Serge savait gré à Marine d'avoir accepté de déménager avec lui au rez-de-chaussée. Avait-il jamais pensé prendre sa vieille mère chez lui ? Certes non. Pensait-il jamais à la vie par avance ? Jamais ! Il vivait dans l'instant et c'était une immense force. Il ne se détournait pas du présent. Maintenant Nina était là. Il se réjouissait que son divorce ne lui eût pas imposé de vivre cette cohabitation avec Marianne qu'il continuait de juger moins conciliante que Marine. Cette pensée avait été un fulgurant réconfort aux regrets inavoués.

Au commencement, la nouvelle organisation eut d'excellents effets. Pour éviter de rester à la maison avec sa belle-mère, Marine trouva du travail dans un restaurant où elle faisait le service de midi. Elle partait à dix heures trente le matin et rentrait à dix-sept heures. Nina se mit en tête de tenir son intérieur à la place de Marine. Serge conserva néanmoins l'aide-ménagère à qui il demanda discrètement de surveiller madame.

— Ma mère ne doit pas boire une goutte d'alcool, expliqua Serge prenant ses désirs pour des réalités.

Quand Serge rentrait des longues journées professionnelles où il avait décoiffé le patronat français, il trouvait sa compagne et sa mère assises au salon. Les deux enfants de Marine s'entendaient bien avec Nina qui leur faisait les grâces qu'elle avait toujours réservées aux nouveaux venus. Léon et Nina s'étaient vite mis d'accord : elle ne disait mot des heures qu'il passait à jouer aux jeux vidéo, il lui rapportait une bouteille de whisky en revenant de l'université. Jean Korol passait fréquemment dîner chez son frère maintenant qu'il y rendait en même temps visite à leur mère. Jean riait beaucoup dans la compagnie de Marine avec laquelle il partageait un humour enfantin et léger à qui Nina, quand elle avait un peu bu, trouvait beaucoup de joliesse.

— C'est adorable de vous entendre rire ensemble, disait-elle, affectant une sensibilité subtile aux situations (qu'elle avait possédée mais perdue maintenant qu'elle buvait).

Sa posture était censée matérialiser un recul observateur : la tête appuyée contre le coussin d'un fauteuil parce qu'elle n'avait plus l'énergie de la tenir.

Nina Korol faisait aussi acheter ses bouteilles de whisky à la femme de ménage. Avec deux pourvoyeurs, elle ne manquait de rien et buvait en cachette dans sa chambre où elle prétendait relire les livres qu'aimait Vladimir : Pouchkine, Gogol, Dostoïevski, Zola. Elle ne lisait pas une ligne, ou plutôt si, une ligne exactement, qui faisait partir son esprit dans une suite de pensées, elle s'allongeait sur son lit, le verre sur la table de nuit à portée de main, et se repassait toutes sortes d'images du passé. Elle était un monde englouti ! N'ayant aucune occupation véritable, Nina sans cesse pensait à Vladimir.

— Si tu visualises papa, il est là, lui disait Serge.

Profane dans ses pratiques et ses appétits, Serge se rêvait mystique. Lorsqu'il parlait à sa mère, approximative dans son ivresse, il lui arrivait de s'enivrer avec elle et de dire n'importe quoi. Lui aussi pensait à son père. La mise en bière avait bouleversé quelque chose en lui. C'était insupportable : son père qui était un homme devenait une ordure à enfermer et enterrer. Et le caveau était scellé ! Surtout que rien ne s'échappe ! Cette affreuse idée revenait le torturer par intermittence. Jamais il n'avait eu d'angoisse pareille. Il chutait en lui ! Distrait, il lui arrivait de penser quelque chose que l'instant d'après il oubliait. Marianne avait compris à la perfection ce qu'il allait traverser. Elle lui avait écrit une tendre lettre. Je n'ai pas perdu mes parents, disait-elle, mais je sais quelle transformation du monde ce deuil inaugure. C'est énorme. Il faut devenir une autre personne pour y survivre.

Devenait-il une autre personne ? Après son divorce, Serge s'était laissé pousser la barbe. Il avait changé de tête. Son visage barbu était à la fois plus dur et plus vieux. La mort de son père accentua cette expression nouvelle. Serge vieillit visiblement. Au-dedans il avait l'impression d'être encore plus vieux. Ce qu'il avait cru vaincre en s'élançant derrière Caroline Manivette, un sentiment désespérant d'achèvement, la fin de la jeunesse, lui tombait dessus avec une force invincible. Le tournant de sa maturité était dépassé et il n'aimait pas cette idée. Il avait trop aimé être jeune et brillant, et plus brillant encore d'être jeune. Quand Jean s'asseyait à table, à côté de Nina à qui il ressemblait physiquement de plus en plus, Serge regardait les cheveux gris de son frère. Comme la vie s'écoulait vite ! Il fallait aller plus vite que la vie. Alors Serge accumulait séminaire sur séminaire, parlant, parlant, exerçant l'immensité de son charme résolu, puissant comme son désir d'être loué. Tard le soir, après un repas ascétique qui affinerait sa silhouette, il racontait à Marine et Nina les surprises qu'il avait faites à ses clients. Sûr de lui, il exprimait les idées les plus délirantes. Parfois Nina applaudissait ces récits, seule à rire et battre des mains, et flatter son baladin de fils.

Mais Nina ne riait pas de la journée. Le vide torturait ses jours : celui de sa vie, celui de son être. Elle était responsable d'elle-même mais elle ne savait pas vouloir ! Une exaspération sans cause lui nouait les tripes. Elle buvait pour emplir le temps. Que faire d'autre ? C'était ça ou avoir le sentiment de crever toute seule. Comment se rendre heureuse ? Ses ressources étaient pillées. Elle avait possédé si peu de moyens ! Et elle avait été coupée avant même de fleurir. Nina Korol se trouvait toutes les excuses. Elle se vantait : J'ai été aimée et j'ai fait deux fils. Par-dessus tout, elle aimait les soirs de vendredi où Serge revenait avec Adrien. Adrien dérobé à sa mère pour deux pauvres journées ! Le garçonnet était un enfant à la tendreté presque irréelle. Parfois Nicolas et Angélique venaient pour le dîner. Nina avait à table trois de ses petits- enfants. Ils étaient stupéfiés par l'aspect de leur grand-mère mais n'en disaient rien et Nina était heureuse de les regarder.

— Tu es beau tu es beau, disait-elle à Adrien en lui prenant la tête, l'attirant contre son ventre pour embrasser ses cheveux.

L'enfant faisait la grimace et riait.

— Grand-maman sent bizarre, disait-il à son père.

Serge riait sans répondre. Nina sentait le whisky.

— Qu'est-ce qu'il y a ? demandait Nina. Pourquoi riez-vous ?

— Pour rien, répondait Serge.

Sa mère n'insistait pas. Il avait de l'autorité.

Le reste du temps, Nina attendait. Boire était une occupation, boire comblait la fêlure. L'ivresse et l'attente s'emboîtaient bien, qui toutes deux étaient sans objet.

Au bout de trois mois, la maison de Serge abritait une femme désorientée et larmoyante (les pleurs avaient remplacé les colères). Les deux frères eurent une conversation où éclatait le fatalisme de Serge.

— Maman doit refaire une cure, disait Jean à Marine. Je ne sais pas comment tu supportes de la voir dans cet état.

— Ça ne me regarde pas, répondait Marine. Et j'ai décidé de la prendre comme elle est.

— Serge ne dit rien ?

— Il fait comme si de rien n'était. Parfois il envoie Nina se coucher comme une gamine.

— Et elle va se coucher ! dit Serge qui entendait la conversation. Il ne faut pas dramatiser. Maman boit comme elle a toujours bu, ni plus ni moins.

— Ce n'est pas une maladie stationnaire. Elle va augmenter les doses. Elle se tue à petit feu, dit Jean.

— Tu crois que je ne sais pas tout ça ? dit Serge. Si elle se tue, c'est son choix.

— Le sait-elle au moins ? demanda Jean.

— Bien sûr qu'elle le sait ! Le médecin le lui a dit quand elle a failli mourir.

— La mort de papa a peut-être effacé les avertissements ?

— Demande-le à maman, parle avec elle ! dit Serge. Marianne savait bien le faire… ajouta-t-il d'une voix qui avait si peu de relief que Marine releva la tête pour scruter le visage de son amant.

— Eh bien appelle Marianne ! s'amusa Marine. Je croyais qu'elle était folle et hystérique ?

— Pas toujours, marmonna Serge, sombre et se défendant de l'être.

Il se raidissait contre le ressac du souvenir. Il ne devait pas être touché. Ni davantage par celui des mensonges qu'il avait racontés à Marine à propos de son ex-femme et des bonnes raisons qu'il avait inventées à son divorce.

— Maman a une constitution incroyable ! dit Serge. Avec tout ce qu'elle a bu dans sa vie elle devrait être morte depuis vingt ans. Je ne me fais plus de souci pour elle.

— Elle veut peut-être suivre son mari, suggéra Marine.

— On ne pourra pas l'en empêcher, dit Serge.

Il était absolument défaitiste.

— C'est tout ce que ça te fait ? demanda Jean.

— Non, dit Serge. Mais tu sais que je n'aime pas parler de ça.

— Qu'est-ce que ça coûte de lui proposer de faire une cure ?

— Propose-le-lui puisque tu penses que c'est une bonne idée, dit Serge.

Il souffla un nuage de fumée puis remit son cigare à la bouche avec un air provocateur. Un sourire diffus reconfigurait son visage.

— C'est toi que maman écoute, dit Jean. Tu le sais non ?

— Non, dit Serge qui le savait très bien.

— Parlez-lui tous les deux, proposa Marine.

Ils n'eurent pas besoin de parler. La vieille dame s'étant remise à boire toutes les nuits, le processus d'alcoolisation s'accéléra. La dépendance devint féroce : un verre la calmait à des intervalles de plus en plus rapprochés. Nina ne buvait plus pour se sentir bien, elle buvait pour se sentir moins mal. Sa peau s'était parcheminée. Ses yeux s'enfonçaient dans l'orbite. Les dents noircies rétrécissaient sous l'agression du sucre. Elle ne se coiffait plus. Nina faisait peur à voir. Boursouflée, chancelante, l'esprit flou, elle ne quittait plus sa chambre. Je lis, disait-elle à Marine venue frapper à sa porte. Je vous laisse tranquilles tous les deux.

— Vous pouvez descendre ! protestait Marine, vous ne nous dérangez pas, Serge vient de rentrer.

— Eh bien justement ! disait Nina, va vite le rejoindre.

Elle avait toujours eu de la tendresse pour les maîtresses de son fils, celles qui étaient gentilles avec Serge. Quand Marine hésitait, Nina répétait :

— Va vite !

Elle portait le verre à ses lèvres. Le verre avait désormais prise sur sa vie et l'angoisse se lisait sur son visage lorsqu'elle buvait. Elle se sentait triste et coupable, tellement coupable qu'elle se cachait, dans sa chambre et dans l'alcool. Voilà qu'elle se détruisait dans un cercle fermé et dévastateur.

— Ta mère n'est pas sortie depuis plusieurs jours, fit remarquer un soir Marine à Serge.

Il semblait ne pas s'en être avisé, demandant distraitement des nouvelles, contenté par une réponse sans contenu, les mots que trouvait Marine : Oui je crois, ou bien : Je ne l'ai pas vue mais je pense que ça va.

— A-t-elle un problème ? demanda Serge, pragmatique, sans émotion apparente.

— Je ne sais pas, dit Marine.

— Elle descendra si elle en a envie, dit Serge en débouchant une bouteille de vin rouge.

— Encore du vin ce soir ?

— Pourquoi pas ? dit Serge.

Il souriait comme si tout allait parfaitement bien ! Et comme si dans sa vie l'alcool n'était qu'un plaisir sans danger.

Avec Marine Girardin les choses étaient extrêmement simples pour Serge : il ne lui devait rien. Il se sentait libre de faire et dire ce qui lui plaisait. La sollicitude n'était pas son fort, il le montra une fois de plus. Ni l'inquiétude de sa compagne, ni le sort de sa mère, ni les sollicitations de son frère, ne l'amenaient à agir. L'action lui coûtait, l'émotion inexprimée le paralysait. Il tenait la tristesse tellement en bride qu'il ne ressentait rien. Il savait faire en sorte que le malheur des autres ne devînt pas le sien. Sa compassion, dont il parlait volontiers, était intellectuelle, jamais affective. Serge Korol analysait pour ne pas souffrir. Certains ne peuvent comprendre ce qu'ils n'éprouvent pas, Serge cessait d'éprouver ce qu'il était capable de comprendre.

— Maman s'est remise à boire beaucoup et c'est pourquoi elle ne descend plus, expliqua-t-il. Elle a honte. J'hésite à l'obliger à faire une cure : pour être efficace, la demande doit venir d'elle. Personne ne peut résoudre ce problème à sa place.

Il était caparaçonné dans le savoir. Il savait donc il était protégé.

— Laisser ta maman dans cet état, est-ce que c'est possible ? demanda Marine d'un air dubitatif.

— Non. Elle est malade. C'est une maladie dont elle ne guérira jamais. La dépendance restera toujours dans un repli de son cerveau.

Serge Korol répétait ce qu'il avait entendu répété par sa mère en guise d'excuses.

— Marianne disait que c'était une maladie de l'âme, ajouta-t-il rêveur.

Marine se tut. Toute mention de l'ancienne épouse la laissait muette. Elle avait refusé catégoriquement que Marianne mît les pieds dans cette maison, ce n'était pas pour en entendre parler.

— Maman en voulait beaucoup à Marianne de se préoccuper de son alcoolisme. Elle avait honte alors elle se sentait jugée, ajouta Serge pour réduire l'agacement qu'il sentait chez Marine.

Pendant ces palabres et hésitations des fils, l'alcool semait d'irréparables lésions dans le corps de Nina. D'abord le corps se rebella contre l'intoxication. Le ventre refusait de contenir les doses que réclamait le cerveau. L'organisme était brûlé par le dedans. De terribles maux d'estomac pouvaient prendre Nina au milieu de la nuit. Plusieurs fois elle cracha du sang. L'œsophage faisait de petites hémorragies. Attention ! Attention ! sifflait une voix dans l'oreille de Nina. Que faisait Nina ? Elle buvait. Le whisky était devenu le poison et la médication. La personnalité de Nina se noyait, s'étourdissait et disparaissait dans son mal : elle était désormais incapable d'attention, de réflexion, de jugement, et même de crainte. Désinhibée et éteinte à la fois, elle connaissait des ivresses prolongées, de plus en plus souvent couchée dans son lit, somnolente. Elle mourait en secret. Bientôt elle ne put plus mentir. Elle avait exténué ses forces. L'alarme lui fut donnée un samedi à la fin d'une terrible journée. Au réveil, elle avait vomi, un affreux hoquet sur l'oreiller, comme si tout son être rejetait le jour nouveau et la vie. Elle roula en boule sous le lit la taie qui puait. Arrh ! Jusqu'au soir, Nina but de l'eau ! Mais vomissant l'eau même, elle réclama à son fils d'être hospitalisée. Eut-elle le souvenir de ce Noël où elle refusait de quitter sa chambre ? On peut le croire car elle n'eut pas le même aveuglement entêté. Les mots lui sortaient chaotiquement de la bouche mais disaient la vérité.

— Je vais mourir si tu ne m'emmènes pas.

— Les numérations de votre mère indiquent une imprégnation chronique importante, disait le médecin. Son foie est très touché, énorme, envahi de granulations graisseuses anciennes. Je ne peux rien prédire. Il faut attendre. Ou bien le foie et le pancréas sont généreux avec elle et ils se reconstituent. Ou alors ils se laissent mourir et c'est fini.

— Quelles sont les chances ? demanda Serge que l'effroi – une souffrance brutale imparable – raidissait.

Lui aussi pouvait reconnaître la situation. Il n'avait pas oublié. Deux moments se superposaient et il vivait le malheur et le souvenir du malheur. C'était la première fois que sa mémoire lui jouait ce mauvais tour.

— Impossible de le savoir, répondit le médecin ce jour-là. Votre mère s'est maltraitée.

Serge en conclut que les chances étaient inférieures au pronostic d'autrefois, ces vingt-cinq pour cent qui avaient suffi à Nina pour renaître une fois.

— Je vous remercie docteur, dit-il, sèchement, choqué par la découverte, avant d'aller s'asseoir dans la chambre de sa mère.

La peau de Nina ressemblait à celle d'un fruit blet, avarié au-dedans et meurtri au-dehors, d'un jaune foncé comme une terre argileuse. Ses yeux étaient clos, très enfoncés dans des orbites noircies. Ses membres amaigris soulignaient l'enflure de son ventre. Serge serrait les doigts bouffis que ce contact prolongé – ou autre chose ? – faisait transpirer. Sa nuque s'affaissa. Son front reposait sur le dos de la main qu'il tenait comme pour la baiser.

— Maman, souffla-t-il. Maman.

Nina ne semblait pas l'entendre, dispersée dans un autre espace, l'esprit fracassé.

— Maman, bats-toi, dit pourtant Serge.

Il avait un besoin féroce de le dire. Il était capable d'implorer la seule mère qu'il avait de rester sa mère et d'être là pour lui comme elle l'avait toujours été. Tu vas le faire ? demanda-t-il. Il pouvait la supplier. Bats-toi, je t'en supplie, souffla-t-il en retenant un sanglot. Il ne lâchait pas la main. La main le tenait et il voulait tenir la main. Pouvait-il à travers elle faire passer sa force et sa vie dans le corps de sa mère ? Par quelle malédiction transmettons-nous si mal ce qui compte à nos yeux ? Il serrait des doigts dans lesquels il ne sentait ni force ni présence. Oh ! la combativité et l'existence désertaient Nina et lui, son fils, venait de le comprendre. Les larmes coulèrent sur ses joues. Enfin il pleurait. Il lâcha la main de Nina pour s'essuyer les yeux.

— Elle s'est suicidée, dit-il à Marine, silencieuse, qui était entrée sans bruit dans la chambre. Elle savait qu'elle se tuait ! Elle continuait. Elle s'est volontairement détruite.

— Chut ! fit Marine en montrant que Nina risquait d'entendre.

— Elle s'est délibérément détruite, répéta Serge à voix basse, comme un secret qu'il se faisait à lui-même.

Il pensa à la beauté perdue de sa mère, à la vivacité de son intelligence, à son sourire social qui avait été si au point parce qu'elle était la plus subtile des femmes.

Toutes ces choses avaient existé ! Ces qualités, Nina les avait possédées. Comme il s'était montré présomptueux et inattentif en face d'elles ! Il pensait à la mère exigeante qu'il avait eue, celle qui lui faisait quitter ses petites amies pour étudier sans être distrait. Cette mère qui avait tout voulu pour son fils ! Et qui l'avait obtenu, pensa Serge. Pourquoi ce que l'on désirait de toutes ses forces vous enlevait-il les forces quand on l'obtenait ? Pourquoi les désirs se fanaient-ils en devenant réalité ? Pourquoi Nina avait-elle été déçue ? Désarçonnée ? Jamais heureuse ? Il ne possédait pas les réponses à ces questions. Nina avait couvé en elle sa propre destitution : sa destruction. Notre vie, et la personne que nous sommes, bien que nul ne s'en avise, sont notre œuvre.

— Pleure, dit Marine, montrant par là qu'elle commençait d'entrevoir l'infirmité de l'homme dont elle partageait l'existence.

Serge se fourra dans les bras de sa compagne. Il était dur comme un bloc de béton, son dos large contracté ne bougeait pas. Marine le massa, passant et repassant ses mains sur les muscles noués.

— Pleure, répétait-elle, laisse-toi complètement aller. Jean va arriver.

Pas une larme ne venait.

Jamais Serge et Jean Korol ne revirent le bleu du regard de leur mère. Les paupières restèrent fermées sur le jeu mortel des organes et des forces. Le poison envenimait ce corps qui avait connu la liesse de danser, d'aimer, d'enfanter, avant de se dilapider dans un plaisir faux et mortel. La source du mouvement s'était tarie. Une torpeur, un engourdissement lourd, l'avaient remplacée. La vie n'était pas quelque chose que l'on possède, c'était quelque chose qui passe et s'anéantit.

Celle de Nina avait filé comme une comète, comme un jeu, fleur éphémère, à peine avait-elle eu le temps de fleurir et l'affliction était là.

En début d'après-midi, pendant que les infirmières étaient dans la chambre pour la toilette du corps, Serge composa le numéro de téléphone d'Angélique. Il avait passé la nuit et le matin au chevet de sa mère, malmené par le silence, rempli d'ombres, écopant le vieux désespoir de Nina.

— Grand-maman est morte ce matin, dit-il à sa fille d'une voix qu'atténuait une incontrôlable bouffée d'émotion.

Aussitôt il se mit à disserter. Le discours était devenu pour toujours son armure, le bouclier qui tenait à distance la vague de la souffrance et des émotions. À sa fille qui connaissait par cœur l'histoire de Nina, Serge dit : Elle savait qu'elle se tuait. Elle n'arrivait pas à vivre. Elle n'a pas senti sa mort. J'ai beaucoup de peine mais c'est peut-être pour elle un soulagement. Vivre était devenu trop ardu pour ta grand-mère. Ce sont des choses qui arrivent. Il ne faut pas juger ce qu'elle a fait. Tu le comprends ? Il s'interrompit pour entendre Angélique qui bien sûr acquiesçait.

— Préviens tes frères, demanda-t-il. J'aimerais dîner avec vous ce soir.

Cette dernière phrase sonnait comme un ordre.

— Préviens aussi maman si tu veux, ajouta-t-il.

Il le disait sans une pensée affectueuse pour Marianne, non pas parce qu'il partageait encore un lien avec elle, mais comme une conséquence inéluctable d'une circulation de l'information ou d'une bienséance, juste parce qu'il fallait bien qu'elle sût. Prévenir, c'était une chose qui se faisait.

VII

ET LA MORT QUI SÉPARE

1

Les obsèques de Nina eurent lieu à Châteaudun. Au premier rang de l'église, Serge et Marianne entouraient leurs enfants : Serge à la gauche d'Angélique, Marianne à la droite de Nicolas, le benjamin Adrien au milieu. La famille était reconstituée le temps d'une sépulture. Serge contemplait sa progéniture magnifique. Les deux garçons, qui avaient la morphologie maternelle, dépassaient leur père d'une demi-tête. Serge en concevait une admiration ravie autant qu'une tranquillité naïve : ses fils avaient reçu ce dont il s'était senti privé, l'élégance physique, la distinction naturelle que confère une silhouette longiligne. Serge se félicitait, Nicolas et Adrien n'auraient pas à surmonter l'énorme complexe qui avait longtemps été le sien. C'était lire le monde à travers soi, oublier que les sortes de défaillance ne manquent pas, qu'un jour ou l'autre on se rêve mieux doté. Le sourire encore sur les lèvres, Serge se retourna, essayant d'apercevoir Marine. À dessein éloignée de ce tableau familial, qui était pourtant un faux, sa compagne s'était placée au fond de la nef. Jean l'avait rejointe. Une collusion frémissante s'instituait entre ces deux-là mais ils ne le savaient pas encore. L'ex-épouse de Jean vint s'asseoir derrière Marianne. Bonjour, souffla Marianne à celle qui partageait avec elle l'expérience du bannissement. La mort des autres était désormais ce qui les rapprochait tous. Le célébrant monta les marches de l'autel, leva les bras, mains ouvertes sortant des amples manches blanches. Soyez les bienvenus dans la maison du Seigneur qui accueille aujourd'hui en son royaume Nina Korol à qui nous venons dire un dernier adieu. La messe commençait. Cette liturgie était une initiative de Marianne. Elle se rappelait combien Nina aimait le rite dont Vladimir l'avait privée pour son mariage. Le mari dogmatique n'était plus là pour refuser d'entrer dans l'église. Tous le trahissaient en rétablissant Nina dans son droit aux joies religieuses et païennes du catholicisme.

Après que les prières eurent apaisé l'assemblée, le prêtre appela de la main les fils. Le moment était venu de célébrer la vie singulière de Nina. Sa mort était l'occasion d'un ultime hommage à haute voix et en public. La mort avait cela de bon que l'on allait parler de Nina et la louer. Serge n'avait rien préparé, Jean se leva, un papier à la main. Nina fut évoquée comme une femme amoureuse qui aimait la vie (toujours on dit des morts qu'ils aimaient la vie), et qui s'était dévouée corps et âme à sa famille. Maman avait ses failles, disait Jean, ses faiblesses qu'on lui pardonnait. À ces mots qui lui rappelaient la désolation d'une vie velléitaire autant que la beauté du dévouement maternel, Marianne pleura. La mémoire faisait le siège de ses yeux. Le passé envahissait sa pensée. Elle avait eu tant de peine à aimer cette famille que le mariage lui avait donnée ! Nina sous le porche de sa maison dans sa robe chemisier à fleurs, Nina déjà enivrée berçant Angélique, Nina téléguidant son mari de la cuisine à la salle à manger, Nina partant à l'hôpital.

Ces images étaient présentes à l'esprit de Marianne autant que le cercueil posé devant l'assemblée. Le deuil soufflait en tourbillon un vent qui faisait voler les souvenirs comme les feuilles mortes. Fêtes révolues. Images anciennes ! Marianne pleurait d'en être à nouveau visitée, après tant d'années de silence. L'émotion à nouveau avait raison d'elle. Comment oublier tant d'épisodes ? Et la péripétie finale : Nina au téléphone lui refusant de raisonner son fils qui voulait divorcer ! Cet abandon n'allumait plus la colère, il perforait le cœur. Il n'y aurait ni suite, ni explication. Les paroles étaient taries. Jean regagna sa place au fond et Serge s'approcha du pupitre. Dominant l'assemblée, il raconta la vie de sa mère depuis le commencement. Ce récit visait à justifier que Nina eût détruit cette existence dans l'alcool. Il n'y avait pas de tort ! Serge y tenait absolument. Le père ouvrier, la grand-mère qui avait rapté Nina, le mariage précoce, l'expatriation, la difficulté du retour, le départ des enfants, les rêves inaccomplis… Une vie exceptionnelle, disait Serge. Tout cela était vrai, Marianne se le rappelait. Elle pleura autant le gâchis de sa belle-mère que le monde englouti de son mariage avec Serge. En se séparant tous les deux, ils s'étaient séparés d'une grande quantité de personnes, au premier rang desquelles leurs beaux-parents. Et maintenant Vladimir et Nina étaient morts. Dans le choc de leur disparition, Marianne se remémorait le canevas entier : ce qui avait été, la rencontre et l'amour, mettre au monde des enfants, la vie de famille, la rupture à la fois soudaine et interminable, la peine qui ne s'éteignait pas, la souffrance fulgurante de Nicolas, et ce qui était advenu ensuite, ce lien distendu, ce père absent par la force des situations, soucieux des vacances et des loisirs (les seuls moments qui lui restaient), cet ancien mari jamais inquiet de sa femme. Elle lisait leur vie comme un livre ouvert. C'était un anéantissement épouvantable ! Si nos existences étaient promises au néant, nous avions pour unique devoir de créer une pérennité entre nous. Chaque querelle était mesquine et absurde à l'aune de la mort. La mort sollicitait de rendre grâce à la vie par la joie, le désir et l'amour. Être généreux et souverain, au-dessus de la mêlée. Marianne regarda le profil impassible de Serge. Que reconnaissait-elle de ce visage qu'elle avait regardé dormir sur l'oreiller quotidien ? Presque rien. Le divorce avait défiguré le passé. L'âge était venu. Les traits s'étaient redessinés. Comment vivre dans le vaste flux du temps ? Serge y réussissait-il ? Quelque chose lui était arrivé qu'il ne pouvait pas voir : il n'avait plus besoin de Marianne mais elle lui manquait. Loin d'elle, il avait perdu l'élégance. Il ne lui restait que sa force, son désir de vie matérielle, comme s'il avait détruit le plus élevé en lui. Que ressentait-il en cet instant ? pensa distraitement Marianne. Serge avait eu pour elle un charme de charlatan et un regard d'hypnotiseur, il n'avait plus ni l'un ni l'autre. Avait-il été un vulgaire mystificateur ? Il ne la regardait plus jamais ! Il se méfiait de sa femme séduisante ! Tu es surpuissante, attirante et dangereuse pour moi maintenant, lui avait-il répété au temps de leur séparation. Serge Korol avait fui sa propre épouse alors qu'elle l'attirait encore ! Jamais Marianne n'avait compris ce verdict qu'il imposait à leur union. Comment avait-il raisonné ? Elle ignorait ce qu'il y avait dans la tête de cet homme. En de nombreuses circonstances, elle s'était demandé ce que Serge ressentait ou pensait. Qu'est-ce que cela faisait d'être lui ? Elle avait fait cent fois l'effort d'imagination, d'empathie, d'identification, afin de se mettre à sa place. Peine perdue ! Ils étaient si différents l'un et l'autre qu'elle n'avait jamais réussi. Et Serge s'était éloigné seul. Il avait été insaisissable, il était devenu inatteignable. Il avait consommé la séparation jusqu'à la lie, elle ne faisait plus l'effort d'être lui. Marianne et Serge étaient encore moins que des étrangers : ils n'avaient même pas l'envie de se connaître. La curiosité de l'autre les avait abandonnés. Ils étaient désertés. S'être bien connus était devenu moins riche que ne pas se connaître : il n'y avait plus rien à découvrir. Ce désintérêt les éloignait encore. Ils n'étaient plus rien l'un pour l'autre. Les choses réelles peuvent devenir de simples mots. Anciens époux. Ce qu'ils avaient cru entre eux indestructible, un lien forgé par le passé et ravivé par les enfants, s'était détruit malgré eux. La séparation avait fait boule de neige. D'ailleurs Serge semblait avoir aussi bien oublié le caractère de Marianne que perdu la faculté d'être touché par elle :

— Pourquoi pleures-tu autant ? C'est impressionnant ! La mort de maman te fait tellement de peine ? se moqua-t-il à la fin de la célébration.

Il était gêné plus que méchant. Son étonnement semblait sincère, d'autant plus qu'il ne pleurait pas. Il était triste à sa manière, retenu, et fataliste aussi, plein d'une acceptation résignée qui le protégeait de souffrir de ce qu'il ne pouvait pas changer. Il ne comprenait pas les gens qui n'avaient pas cette sagesse. La mort de maman te fait tellement de peine ? À toi qui ne l'as pas vue depuis dix ans ? À toi qui savais qu'elle buvait à se détraquer la santé ? Voilà ce qu'il demandait à sa femme.

— Je ne sais pas, répondit Marianne.

La violence de la question l'avait décontenancée. Pourquoi Serge demandait-il une chose pareille ?

Avait-il oublié qu'elle était émotive ? Marianne regardait son ancien mari comme si elle le découvrait. Elle le découvrait. Tellement changé ! Il s'était dépouillé de tout ce qui lui venait d'elle. Il était un peu voûté, comme si la musculature de son dos se recroquevillait ou lui pesait. Son visage s'était élargi et amolli. Une légère enflure le prenait. Le temps travaillait la chair, la pesanteur l'attirait, l'amollissement œuvrait. Serge avait un air de coupable, de chien battu. Marianne ne lui avait pas trouvé cet air malheureux et détruit à l'enterrement de Vladimir. L'avait-il depuis longtemps ou bien était-ce de perdre sa mère ? Marianne l'ignorait. Ils ne s'étaient pas revus depuis le jour où Nina, dans ce même cimetière, quitte à provoquer le malaise, avait hurlé à sa belle-fille de disparaître de sa vue.

— Oui la mort de ta mère me fait beaucoup de peine, parvint à dire Marianne. En es-tu étonné ?

— Pas du tout, ce n'est pas ce que je voulais dire.

Qu'avait-il voulu dire ? Il n'en savait rien. Il ne supportait plus les larmes de Marianne. En était-il jaloux ?

— Quoi que tu en penses, je l'aimais. J'ai fait beaucoup pour elle. Elle m'aimait elle aussi. Tant que j'étais ta femme.

— Je n'ai pas dit le contraire.

Il était précautionneux, et gêné une fois encore par la sincérité de sa femme, cette rectitude qu'elle avait pour parler de n'importe quel sujet. Il tourna la tête à droite et à gauche, agité. Il n'était pas en paix avec lui-même, pensa Marianne.

— Je ne vois pas les enfants ? Où sont-ils allés ? demanda-t-il, de toute évidence pour mettre fin à la conversation.

Ils sortirent de l'église. Serge voyait que plusieurs personnes attendaient pour lui parler.

— Je vais devoir te laisser, dit-il à Marianne.

— C'était une belle messe, conclut Marianne.

Serge ne répondit pas. À vrai dire il se moquait de la messe, pour laquelle il ne s'était préoccupé de rien, laissant aux autres, comme il en avait l'habitude, le soin de faire ce qu'il fallait.

— As-tu aimé les textes ? insista Marianne.

— Tout était parfait, résuma Serge. Merci.

— Mon père t'a écrit.

— J'ai reçu la lettre, merci.

— À tout de suite, dit-elle, puisqu'il était soudain évident qu'ils n'avaient plus de ligne de dialogue, aucune affinité de regard, et que Serge voulait partir.

Était-ce parce qu'ils s'étaient mis à différer entièrement qu'ils s'étaient séparés ? Ou bien parce qu'ils s'étaient séparés qu'ils différaient désormais de cette façon ? Avaient-ils vraiment pu s'aimer dans cette altérité ? Ou bien l'amour n'avait-il été entre eux qu'une illusion réciproque ? La question traversa l'esprit de Marianne mais le temps de s'interroger était révolu. Marianne aperçut Angélique, Nicolas, et Adrien, sur le parvis. Une impression de plénitude la rasséréna. Ses enfants vivants et beaux ! Ils éclataient de jeunesse et d'avenir. Le plus jeune était seul à parler, qui faisait des gestes avec les mains, à la manière de son grand-père Henri. Marianne sourit. Adrien était le digne fils de Serge. Elle ne savait par quel mystérieux canal, celui de l'hérédité ou celui de l'éducation, il avait reçu en partage le même puissant désir qui tenait son père : charmer son monde ! Plaire. Être remarqué. C'était dépendre du regard des autres. Elle le lui pardonnait tout en le déplorant. Et Angélique ou Nicolas se chargeaient de dire à leur frère : Arrête de faire ton intéressant. Il n'y a pas que toi au monde ! On sait que tu es un génie !

Au cimetière, Marianne lut un bref hommage nostalgique. J'ai tout de suite aimé Nina, disait Marianne. La mort exhaussait Nina. Elle ne connaissait plus la difficulté d'être. Sa vie, close et racontée, semblait embellie, sans taches, impeccable.

— Merci, murmura Serge à son ex-épouse.

À son tour Marine dit un remerciement pour l'accueil que lui avait réservé Nina dans cette famille. La réalité prosaïque revenait comme un taureau. La mort mélangeait les vivants qui ne voulaient pas l'être. L'interchangeabilité ? L'accueil si diligent de Nina envers Marine était un reniement envers Marianne. Quelques regards passèrent de l'une à l'autre des deux femmes de Serge. Magdaleine scrutait les deux compagnes de son neveu : la brune et la blonde avaient-elles des points communs ? De toute façon Serge était un drôle de garçon, certainement pas facile. Un enfant qui n'avait reçu de sa mère que des satisfecit. Nina l'avait encensé ! Telle était l'opinion de Magdaleine. On résume autrui dans le jugement qu'on porte sur lui et que l'on conserve souvent quoi qu'il arrive. Par chance, autrui durement jugé l'ignore. Magdaleine aurait pu le penser lorsque Serge vint gentiment l'embrasser. Elle était la dernière représentante de la génération des parents et Serge ignorait les querelles qui l'avaient opposée à Nina. Il l'avait toujours aimée et admirée comme une diva. Il posait encore sur elle un regard d'enfant. Tante Magda avait été grande et belle, séduisante et drôle, c'était ainsi qu'il se la rappelait, et ce souvenir un instant le rendit heureux.

— Merci d'être venue, dit-il.

La sœur de Vladimir attrapa la nuque de son neveu et Serge sentit les larmes monter dans ses yeux. Il les retenait de toutes ses forces.

— Tu viens déjeuner bien sûr ? demanda-t-il à sa tante.

Marine avait prévu un buffet dans la vieille maison de Vladimir et Nina, où Serge voulait recevoir une dernière fois la famille. Le temps clément permettrait d'installer les tables dehors. Marianne ne viendrait pas, elle avait prévenu, Serge se demanda seulement ce qu'avaient décidé ses enfants. Ils étaient toujours invités par leur père mais ne se sentaient obligés à rien. Le cortège noir se déplaçait vers les voitures garées sur le trottoir sablé de la route nationale qui longeait le mur du cimetière. Serge aperçut Angélique, Nicolas et Adrien monter avec leur mère. Ils partaient ! Serge chercha des yeux Marine. Elle était rentrée en avance avec Jean pour finir les préparatifs. L'intendance était une question dont ne se préoccupait jamais Serge, mais depuis qu'il vivait avec Marine, il savait que cette question existait.

— À tout de suite, dit-il à sa tante. On se suit jusqu'à la maison.

Soudain il n'avait plus ni enfants ni parents, c'était la première fois. Il se sentit très seul, presque abandonné, mais ce sentiment le traversa comme une fulgurance impensable. Et d'ailleurs il n'y pensa pas.

2

Serge Korol ne s'attarda pas dans le deuil. Vivre exige de se détourner au plus vite de ce qui ne vit plus. Ce que Marianne Villette ne savait pas faire, Serge Korol le réussissait. Il expulsait la mélancolie par l'action et la rationalisation. Orphelin : il avait toujours su qu'il le serait. Cette voix raisonnable lui tenait lieu de soutien. Il fonça dans la forme moulée de son existence, croyant faire preuve de force d'âme alors qu'il passait à côté d'une expérience. Il reprit sans tarder le rythme saturé des journées remplies de séminaires et de colloques. Il discourait à travers la France. Le mélange que faisaient son âme impassible, sa secrète indifférence et son éclectisme tiède avait l'heur de plaire au patronat en quête de formations pour ses équipes. Il n'en demandait pas davantage. Serge parlait, parlait encore, traversait la capitale en tous sens pour dispenser ses recettes, ses conseils, ses certitudes, à qui payait pour les entendre. Il prenait des trains et des avions, recommençait à discourir ailleurs, sur la question qui l'avait passionné dès sa jeunesse : comment trouver cette fluidité de l'intelligence qui fait rêver, penser, inventer. En somme : comment être génial ? Son dada était resté le même. Pour un être épris de liberté et d'inspiration, il ne s'était montré ni curieux ni aventureux. Il était tombé dans la répétition. Il avait cédé à la facilité, son penchant. Il avait aimé savoir, bien plus qu'il n'aimait apprendre. On pouvait le deviner en l'écoutant. Son esprit, pourtant exposé au cours ordinaire de la vie, ne s'était pas transformé. Protégé de ses émotions par sa rationalité, Serge était campé sur son intelligence, inchangé. Le temps seul avait inscrit sa marque, écornant le caractère. Ayant souffert, Serge était devenu moins gai. Ayant vieilli, il était devenu moins vif. Ayant beaucoup travaillé, il était devenu moins drôle. Ayant donné tant de conseils, il avait oublié qu'il ne savait pas tout. Ayant pris goût à l'argent, il en voulait davantage. Être vieux et pauvre est insupportable, disait-il. C'était lui qui était devenu insupportable. Comme toujours, la seule personne capable de le percer à jour était celle qui vivait près de lui : Marine Girardin.

Les années avaient passé sur leur concubinage pragmatique. Un attachement, une familiarité, une habitude, étaient venus. Mais l'amour avait manqué à Serge. Son cœur s'était-il usé auprès de Marianne ou par la faute de Caroline ? Il n'aurait su le dire. Avait-il jamais osé réfléchir à lui-même, regarder en face ses blessures ? Non ! Il souffrait trop de quelque chose qu'il ne connaissait pas. Il était occupé à s'en protéger. Peut-être n'avait-il jamais aimé au sens où on l'entend : celui qui consiste à désirer le bonheur d'un autre parce qu'il fait aussi le vôtre. Au sens où Vladimir avait aimé Nina par exemple. Serge ne s'était jamais posé la question. L'exemple de ses parents lui faisait horreur ! L'amour sans doute effrayait son goût de liberté. Comment accepter qu'un seul être devînt crucial ? Il craignait ce sentiment qui promet tant de bonheur et produit tellement de souffrances.

Sa vie sentimentale était presque venue malgré lui : Marianne, qui avait été son grand échec, Caroline, la comète insaisissable, Marine la compagne qui savait ne pas peser. Auprès de Marine, Serge ne se sentait pas *obligé*, et il avait le sentiment d'être redevenu lui-même. Que pensait Marine ? Il ne cherchait pas à le savoir.

Assoiffé de réussite, Serge abandonnait volontiers sa compagne. Marine était souvent seule. Elle attendait à la maison que daignât rentrer le conférencier. Elle ne disait pas qu'elle était à plaindre ! Elle profitait de l'immense habitation pour inviter de la compagnie. Les copains y trouvaient leur chambre à coucher. Parfois on faisait tourner les tables. Serge et Marine partageaient le goût de l'occultisme. Serge lui donnait des livres de spiritualité. Quand il faisait doux, elle s'installait au jardin et regardait couler les eaux grises de la Seine en lisant aussi des romans policiers. Dans cette bretelle secondaire de la boucle du fleuve autour de l'île, le cours stagnait, durant l'été une odeur putride montait dans l'air lourd tandis que les moustiques se multipliaient. Quelle mauvaise idée cela avait été de s'installer là ! Tout ça pour recevoir les enfants de Serge qui n'y mettaient jamais les pieds. Angélique et Nicolas n'avaient pas passé une nuit chez leur père ! Les chambres avaient servi aux amis et aux enfants de Marine. Comment Serge avait-il supporté cette déception et accepté ce mode de vie ? Marine Girardin avait résolu ce sujet d'étonnement en diabolisant Marianne. Cette femme était folle, elle avait accaparé ses enfants, et le père dépouillé s'était résigné à n'exister que dans des interstices. Il avait été dépossédé de sa vie de famille. Voilà pourquoi Serge s'enivrait de travail !

— Tu es bien installée ? demandait Serge à Marine lorsqu'il rentrait chez lui, satisfait du confort qu'il offrait à sa compagne.

Marine acquiesçait gentiment, ne sachant jamais s'il parlait de la maison ou de la position qu'elle avait alors dans un canapé ou un fauteuil.

Mais ce soir-là Marine ne répondit pas et entama une discussion à laquelle Serge ne s'attendait pas. Mort au-dedans, sans authentique ambition d'épanouissement ou de beauté, et mesurant l'autre à l'aune de lui-même, il n'imaginait pas un frémissement d'exigence autour de lui. Il avait depuis son divorce opté pour le silence, dégoûté par tant de discussions inutiles et douloureuses avec Marianne. Silences ou monologues avaient été les forteresses de son cœur contre les conflits de la vie. Voulant supprimer les souffrances qu'elle lui occasionnait, il avait tué la conversation.

— Je pensais justement à toi ! dit Marine.

Comme Serge ne disait rien, elle poursuivit :

— Je me demandais ce que j'étais pour toi.

Il fit une mimique qui révélait son étonnement, eut un rire, mais s'efforça de répondre au lieu de tourner en ridicule la question comme il le faisait la plupart du temps.

— Tu es ma compagne, la femme qui vit avec moi, dit-il.

C'était là un grand effort d'expression de sa part.

— Mais pas celle avec qui tu vis, dit Marine.

Elle en éprouvait vivement la nuance : elle était le membre actif du couple et un déséquilibre existait entre ce que chacun donnait à l'autre. Serge ne donnait que sa maison.

— Ah bon ? Je ne suis pas certain de saisir la différence, dit Serge.

— C'est une impression que j'ai, dit Marine. Je vis avec toi mais tu vis ailleurs.

— Où ça ? demanda Serge en plaisantant.

— Dans les nuages. Dans tes pensées. Dans le monde que tu as créé pour toi seul. Avec tes clients, dit Marine.

Serge ne disait rien et la regardait.

— Tu vis dans ton égoïsme, dit-elle sans la moindre trace d'agressivité, comme si elle constatait un fait ou venait de trouver une manière de résumer ses impressions.

— Je n'avais pas entendu ce mot depuis longtemps !

Serge regardait les cheveux blonds ébouriffés de Marine. Ceux de Marianne étaient noirs et pareillement bouclés. Il eut la pensée de la coïncidence.

— Que veux-tu me dire exactement ?

La prétention le traversait de se révéler d'une fermeté clairvoyante qui ne louvoie pas.

— Je vais m'installer dans les environs d'Avignon, dit Marine.

— Eh bien voilà, dit Serge, il suffisait de le dire tout de suite.

— Je préférais commencer par la raison de cette décision, si tu le permets, répliqua Marine sans se laisser démonter.

— Et quand prévois-tu de déménager ? demanda Serge impassible.

— Je n'ai pas encore décidé d'une date, dit Marine. Le plus rapidement possible.

— Ne te presse pas, dit Serge, tu ne me déranges pas.

Voilà qu'il se montrait encore magnanime en apparence et indifférent en réalité.

— J'avais remarqué, dit Marine.

En se levant pour s'en aller, elle dit :

— Tu m'as aimée parce que j'étais là. Maintenant je m'en vais et tu ne traverseras pas le jardin pour me rattraper.

— Vas-y, dit Serge, traverse le jardin.

Marine espéra-t-elle qu'il se lèverait ? Serge sortit de sa poche un cigare dont il dépiauta le bout avant de gratter une allumette. Quand il aperçut sa compagne qui rentrait dans le salon, il leva la main en l'air : Adieu, faisait la main.

Éternel retour ? Il vivrait à nouveau seul ! L'idée ne lui déplaisait pas maintenant qu'il était propriétaire d'une maison. Il était arrimé. Seul dans quatre cent cinquante mètres carrés ! Le pacha ! À soixante ans ! Il téléphona à son frère pour lui proposer une partie de tennis le lendemain, puis joignit le club pour réserver un court. Le tennis avait traversé sa vie, il en avait toujours reçu plaisir et réconfort.

— Ça tombe bien je voulais te parler, dit Jean.

Oh ! comme les péripéties de la vie étaient brillantes ! s'amusait Serge qui venait d'écouter Jean. Qui aurait cette inventivité ? Qui oserait ourdir de telles surprises ? Marine et Jean amoureux l'un de l'autre ! Et il ne s'était aperçu de rien ! Les deux amants partaient s'installer dans le Sud : loin de celui qu'ils lésaient. Quoi de plus évident ? Quoi de plus malin ? Jean reprenait la direction d'un centre d'entraînement dans les environs d'Avignon. Marine rejoignait là-bas ses parents âgés qui seraient ravis de ce rapprochement. L'organisation était sans défaut. Eh bien Serge était heureux pour eux. Voilà le verdict. Il leur souhaitait beaucoup de bonheur ensemble.

— Bonne chance, dit-il à son frère.

Il avait déjà le casque de moto à la main. Il était curieux d'entendre Marine maintenant qu'il connaissait ce qu'elle lui avait caché. Marine ! Il ne lui en voulait pas. Elle avait donné beaucoup plus que lui à leur couple. Couple ? Association ? Il n'avait même pas été fidèle quand des occasions de l'être, c'est-à-dire de ne pas l'être, s'étaient présentées.

— Jean m'a parlé, dit-il de retour chez lui. Je suis content pour toi.

Il se sentait princier, un roi, un mystique éprouvé qui résiste. Il attendait une réaction éblouie, reconnaissante. Pourquoi Marine restait-elle silencieuse ?

— Dois-je me réjouir que tu le prennes comme ça ? rigola-t-elle.

Elle n'était ni contente ni mécontente, elle était stupéfaite et déçue : presque horrifiée. Le rire venait de la désillusion. Serge ne lui avait-il pas dit qu'il ne tenait à rien ? Qu'il ne se battait jamais ? Qu'on pouvait tout lui prendre ? Elle ne l'avait pas cru. Ou ne se l'était pas appliqué à elle-même. Pas une fois elle n'avait pensé qu'il avait abandonné une femme et une vie de vingt années.

— Tu n'as jamais tenu à moi n'est-ce pas ?

— Je ne me suis jamais posé la question, dit Serge.

— Tu n'as pas eu besoin de le faire, j'étais là, fidèle au poste !

— Si tu le dis.

— Tu as vraiment peur de souffrir ! Tu es caparaçonné dans un faux humour.

— Je ne souffre pas, répondit Serge.

— Faut-il te féliciter ?

— Si tu veux, dit Serge.

— Je sais que tu adores les compliments.

Il n'aima pas cette remarque qui lui rappelait certaines disputes avec Marianne.

— Garde tes réflexions, dit Serge.

— Ne t'inquiète pas, je ne te ferai pas de scène de ménage.

— Merci, dit Serge.

— Eh bien je te laisse, dit Marine. Je dîne avec mes enfants et je dormirai chez Léon.

— Bonne soirée, dit Serge.

Il marcha jusqu'au bout de son jardin étroit, tout en longueur jusqu'à la Seine, et s'assit sur le ponton au bord de l'eau. Cette journée ne changeait rien ! Il se sentait léger et libre, capable de reprendre une histoire à zéro, à nouveau gourmand devant le monde des femmes. N'avait-il pas rencontré une jeune romancière qu'il avait trouvée ravissante et qui n'était pas insensible à son intelligence ? Ceux qui mouraient, ceux qui partaient, ceux que l'on ne parvenait plus à aimer, tous vous laissaient vacant, mais pourquoi fallait-il être désespéré de l'être ? C'était une occasion inespérée de se reprendre. Désespérer était inutile, Serge savait s'en empêcher. Il n'était pas morose, il était neuf. Et puisqu'il n'avait pas perdu la mémoire, il se sentait plein, entier, riche : parfait. Voilà ce qu'il pensa après ces événements qu'il refusait de vivre comme des pertes, prouvant qu'il ne se donnait pas au point de ne pouvoir se reprendre. Il en souriait. La liberté qu'apportait la solitude était un soulagement. S'il perdait le plaisir de côtoyer Marine, il était allégé du calvaire que c'était parfois. On gagne aussi là où l'on perd. On ne perd pas tout. Au minimum on gagne d'avoir surmonté la perte. Et que sait-on juger du bien ou du mal d'une aventure ? Serge Korol regardait se déplacer la surface de l'eau sous le ciel assombri. Il prisait assez la mélancolie pour l'accueillir joyeusement. *Une flèche de tristesse s'est plantée dans mon cœur, si on l'enlève je meurs, si on la laisse je suis mélancolique.* Conforté dans la certitude qu'il avait réussi, il aimait l'idée de gâcher sa vie. De la rater pourquoi pas ? Il se montrait idiot ou fou quelquefois, vivant dans l'idée floue qu'il se faisait des choses plutôt que dans la réalité elle-même. D'ailleurs il aurait pu aussi bien s'arrêter de vivre. Il se sentait capable de cette originalité que personne n'a : mourir sans en faire une histoire.

3

Par hasard, au club de tennis, dans les vestiaires où une conversation lui parvenait de la travée voisine, Serge apprit la mort d'Henri Villette. Autrefois son beau-père l'avait aimé comme un fils. Le divorce avait détruit cette complicité. Henri Villette n'avait plus croisé Serge qu'occasionnellement. La mort du vieux monsieur envenima le regret de ce lien perdu. Serge fut affecté que Marianne ne l'eût pas prévenu. Cet oubli l'étonnait. Quant à ses enfants, qui eux non plus ne l'avaient pas averti, c'était une mauvaise surprise. Bien qu'il s'empêchât de penser, il aurait pu s'apercevoir qu'il ne faisait décidément plus partie de la famille. Par une certaine chance, il n'était pas capable de déduire du déroulement des faits pareille inquiétude.

— J'ai cru que tu étais au courant, répondit Angélique à son père qui au téléphone lui confiait sa déception.

— Comment l'aurais-je été ? s'étonna Serge puisqu'il savait que personne ne l'avait informé.

— Par maman, dit Angélique.

— Maman ne m'a rien dit.

— C'est bizarre oui, concéda Angélique.

— Ça ne ressemble pas à maman.

Serge Korol avait conservé cette façon chaleureuse et proche de parler de Marianne. Il disait *maman* comme autrefois lorsqu'ils vivaient tous ensemble : c'était peut-être la persistance de son déni.

— Elle était trop malheureuse pour y penser, fit remarquer Angélique Korol à son père.

Mesurait-il la distance à laquelle il se trouvait vis-à-vis des siens ?

— Je suis malheureux aussi !

Il ne désarmait pas, attendant un mot, une explication, une excuse qui l'apaisât. Son désarroi était la souffrance impartageable d'un deuil qui le touchait davantage qu'on voulait le lui faire croire.

— Je suis désolée papa, conclut Angélique. Je t'embrasse.

— Moi aussi je t'embrasse.

Serge composa le numéro inchangé de son ancien domicile.

— Salut, dit tranquillement Marianne quand elle reconnut la petite voix de son ex-mari dans le combiné téléphonique.

Elle avait oublié ce qu'elle aurait autrefois donné pour savoir parler à Serge avec cette désinvolture : sans rien espérer.

— Tu vas bien ? demanda-t-elle parce que Serge ne parlait pas.

— Et toi ? demanda-t-il avec sollicitude. Je viens seulement d'apprendre la mauvaise nouvelle. Ton père était malade ?

— Non. Il allait même parfaitement bien. Il a eu une crise cardiaque à son bureau.

— Il travaillait encore ?

— Oui.

— Je n'en suis pas étonné, dit Serge.

— Tu as raison, dit Marianne, papa était incapable de prendre sa retraite.

— Il te ressemblait !

— J'espère que je lui ressemble ! Son énergie ne faiblissait pas. Quand je marchais avec lui dans la rue, j'avais peine à le suivre. Tu imagines ?

— Pourquoi ne m'as-tu rien dit ? demanda brusquement Serge rompant avec le sujet de la conversation. Je suis malheureux de ne pas être allé à son enterrement. Je l'admirais et je l'aimais.

— Je sais, dit Marianne.

Comme Serge ne disait plus rien, elle répéta et prolongea :

— Je sais que tu aimais papa, mais nous ne le partagions plus.

Serge laissa son silence recouvrir cette vérité déplaisante. Et Marianne continua de se justifier.

— Je n'avais pas envie de te revoir dans le décor, murmura-t-elle.

Elle s'excusait. Elle s'excusait non pas tant de dire cela que de le penser. Car c'était une pensée désolante. Marianne se sentait cruelle, légitime et juste.

— Il t'aurait suffi de me demander de ne pas venir, dit Serge.

— Je n'ai pas jugé obligatoire de te prévenir. Tu as ce que tu voulais : je vis ma vie sans toi. Papa aussi avait rompu avec toi.

Serge Korol regagna très vite la protection du silence. En se taisant, il obligeait Marianne à parler.

— Je n'ai pas eu envie de te parler. J'ai toujours su que divorcer nous mènerait à vivre les deuils séparément. Tu n'es pas resté mon meilleur ami.

L'effet exact de la distance acquise par le divorce se révélait. En deuil de son père, Marianne n'avait pas pensé une seconde que parler à Serge lui eût apporté le réconfort, l'aide psychologique ou matérielle dont elle avait besoin. Elle ne comptait plus sur son ancien mari. Ni vengeance ni dépit, une réitération de déceptions avait lassé toute attente. Cet éclatement était un phénomène si triste que Marianne s'interdisait d'y penser. Converser maintenant avec Serge ravivait la blessure.

— En nous séparant nous nous sommes séparés de nos beaux-parents, dit-elle. Il fallait bien en tirer les conséquences.

— Pourquoi ? demanda Serge renouant avec la forme de provocation qu'il goûtait.

— Parce que c'est comme ça, on doit assumer les conséquences de ses choix. Pourquoi ! Je déteste ce genre de réponse.

— Rien de ce que je pourrais dire ne te conviendrait.

— Tu as la mémoire courte, mais pas moi. Papa t'avait adopté comme un fils. Quand nous avons divorcé, il a été si malheureux qu'il me parlait de sa tristesse comme si je ne souffrais pas moi-même.

— Et alors ? demanda Serge.

— Alors tu m'as quittée comme si je n'étais rien pour toi. Mes parents ont continué à te saluer alors que les tiens m'ont bannie et évitée. Tout cela fait que je n'ai pas cru nécessaire de t'avertir.

— C'était une vengeance ?

— Je ne crois pas. C'était une cohérence.

— Mais tu es venue à l'enterrement de mes parents, fit remarquer Serge, et cela t'a semblé une chose naturelle.

— J'aurais mieux fait de m'abstenir. Dois-je te rappeler comment ta mère m'a traitée devant tout le monde ?

— Je te parle de nous, pas de ma mère. La pauvre, elle avait bu.

— Je ne vois que le résultat.

Serge se tut et Marianne se mit à parler toute seule, consignant les coups reçus et donnés.

— Tu m'as laissée parler sur sa tombe et je ne t'ai pas rendu la pareille, dit Marianne. Je n'avais pas envie de t'entendre parler de papa.

Le silence gagna une présence extraordinaire. Marianne n'avait rien à ajouter. Elle se taisait et Serge était incapable de parler. Et il y avait entre eux une attente de ces mots qui avaient manqué.

— Excuse-moi pour la peine que je t'ai faite, dit soudain Serge, je vois qu'elle est grande.

— Excuse-moi si je t'en ai fait. Pour une fois je n'ai pensé qu'à moi, conclut Marianne.

— Tu as eu raison de le faire, dit Serge.

Était-ce l'heure de convenir qu'il avait eu tort ? Serge Korol faisait-il allégeance à la vérité ? Ou bien disait-il encore ce qu'il croyait bon de dire et qu'il ne pensait pas ? Il reconnaissait ses manquements. Combien d'années après le tombereau de reproches qu'il avait déversé sur sa femme ! L'odyssée amoureuse s'achevait dans la mort des parents, pensa Marianne. Serge lui avait présenté le pire de ce que le monde des hommes peut offrir aux femmes. Il eut l'intuition qu'elle avait choisi à dessein l'atteinte symbolique d'un deuil non partagé. Elle avait fait exprès de ne pas le prévenir, comme s'il n'avait jamais été le gendre aimé d'Henri Villette. Elle avait voulu effacer le passé. Toute sa souffrance s'était exprimée dans ce geste : le dessaisir de la complicité ancienne, l'exclure de la communauté des morts, lui signifier qu'ils ne partageaient plus leurs deuils.

— Je te comprends, répéta-t-il.

Cela voulait dire : Je comprends ce que tu as voulu faire.

C'était la première fois qu'il allait aussi loin dans la pensée d'un autre. Mais ce fut pour rien. Ce fut dans le vide qu'il avait créé. Marianne vivait une vie dans laquelle il n'avait plus aucune existence. Il n'était même plus une idée. En percevant cette évidence sensible, Serge se taisait.

— Je t'embrasse, dit Marianne platement. Prends soin de toi.

La phrase était attentionnée mais le ton plus pragmatique que tendre. Rafaël Nathan s'était approché derrière sa compagne et enlaçait ses bras autour d'elle. Sa présence avait poussé Marianne à mettre fin à la conversation avec Serge.

— Tout va bien ? demanda ce compagnon tendre.

— Très bien, dit Marianne en caressant distraitement le menton qui reposait son épaule. C'était Serge. Il m'en veut de ne pas l'avoir appelé pour la mort de mon père.

— Ne vous fâchez pas si je vous dis que je le comprends, dit Rafaël.

— Je me doute que vous le comprenez, répondit Marianne, mais ça m'est égal.

— Je sais ! riait Rafaël.

4

La mort des autres nous colle le nez sur la vie : qu'en faisons-nous ? Leur passé révolu nous fait regarder l'avenir. Le trait de l'addition se tire pour tout le monde. Quels chiffres inscrivons-nous dans celle que nous préparons ? Le tourbillon des émotions soulève les souvenirs. Le deuil, cette traversée du passé dans l'abolition de l'avenir et l'engloutissement de l'instant, Serge Korol en faisait l'expérience. Était-ce parce qu'elle était advenue dans son dos que la mort de son beau-père le frappait ? Il accusa le coup. Lui dont l'attention était naturellement installée dans le présent, vouée à l'action et à l'acceptation de ce qui est, détournée des trop longues méditations intérieures, pensa à son existence. L'enfilade des années… Il ne la distinguait même pas ! Quelques moments émergeaient dans une confusion de périodes. Le Maroc et Cadichon, Senlis et la classe de sixième avec Marie Duval, Agnès Breillat ravissante sur le court de tennis à Châteaudun, l'horreur de la classe préparatoire, les larmes qu'il avait versées alors (lui, un garçon de dix-huit ans), le miracle fondateur de son entrée à l'ENS, Caroline Marcillot et les années estudiantines, le coup de foudre pour Marianne et la création de Plexus, son mariage, la beauté surnaturelle d'Angélique et Nicolas jeunes enfants entre deux parents amoureux, la première cure de Nina, sa quasi-mort et sa résurrection, la naissance d'Adrien, le bonheur incroyable de Marianne et ses succès, le malaise qu'il avait traversé, une sensation d'épuisement et de lassitude, Caroline Manivette, l'embrasement, la double rupture, la sale découverte que l'on ne vit pas avec ses enfants quand on divorce, la mort de Vladimir, le lent suicide de Nina, le départ de Marine et Jean ! Et le travail toujours, passion et drogue, la folie de Plexus. Il avait vécu tout cela ! Comment ne serait-il pas heureux ? Était-il capable de nostalgie ? Il n'ignorait pas que l'on pouvait ressentir cette souffrance. La mort de l'immortel Henri Villette la lui faisait entrevoir. L'un après l'autre les témoins mouraient. Il demeurait privé d'eux, dans son corps familier qui vieillissait doucement. Il savait qu'il vieillissait. La masse musculaire diminuait. Les rides tissaient le réseau encore charmant de leurs enchevêtrements. Quelques douleurs articulaires le gênaient. Ses cheveux ne blanchissaient pas. Sa barbe était drue et foncée. Il se sentait vaillant. D'évidence il avait reçu la santé de fer de sa mère. Un sacré patrimoine ! L'avenir durait longtemps. Et le passé grossissait comme un fleuve. Depuis quand n'avait-il pas pensé à ce chemin ? Se l'était-il interdit ? La nostalgie lui semblait un poison. Ses enfants n'aimaient pas l'écouter radoter. Il racontait toujours les mêmes souvenirs ! Pour le reste, il avançait. Il abattait un travail considérable. Sa réputation s'accroissait à chacun des séminaires qu'il faisait. Il parlait désormais dans le monde entier. Il avait obtenu pour Plexus le statut de partenaire R & D et s'était rallié une dizaine d'associés. On pouvait parler d'une grande réussite. Il ne disait plus qu'il cherchait sa voie ! D'ailleurs ses enfants avaient trouvé la leur, c'était dire comme le temps avait passé. Angélique qui vivait avec un avocat était enceinte de son premier enfant. Cette génération s'occupait beaucoup plus tard que la précédente de procréer. Serge ne savait pas s'il trouvait cela bon ou préjudiciable. Il faut de l'énergie pour s'occuper des petits mais il n'est pas mauvais non plus d'avoir profité de sa vie, commentait-il. Il n'avait aucun avis tranché et s'en vantait. *Peut-être* et *je ne sais pas* étaient depuis longtemps ses réponses favorites, qui le laissaient assis et contenté sur le piédestal de son intelligence. Il continuait de ne tenir à rien et d'être indifférent à tout. Tu n'as pas envie de te marier ? avait-il demandé plusieurs fois à Angélique. C'était histoire de parler. Pour quoi faire ? lui répondait sa fille. Il riait ! Oh non il ne tenait pas plus que cela au mariage. C'est un contrat qui protège, avait-il dit une ou deux fois, comme si cette phrase n'avait pas plus d'importance que de vérité. Il était une personnalité qui ne pesait pas sur les autres et se préoccupait surtout d'elle-même. Quelle impression est-ce que je fais ? restait la grande question de son existence, ranimée à chaque rencontre. Sans fin Serge aimait plaire et savait exactement quand il avait réussi. Comme quelques semaines plus tôt, auprès de cette jeune écrivain qu'il allait revoir : elle lui inspirait l'émotion de se sentir éblouissant. Célia n'avait que huit ans de plus que Nicolas mais Serge avait dépassé cet obstacle. S'il plaisait à cette jeune femme, il était prêt à rebondir. Célia et Nicolas s'entendraient bien s'il les présentait l'un à l'autre avec délicatesse. Serge pensa à son fils aîné, méditatif, secret, dont il savait si peu les pensées et les liens. Nicolas vivait aux États-Unis. Son talent artistique se déployait-il dans l'industrie florissante du dessin animé ? Serge ne se posait pas la question.

Son fils semblait heureux. Marianne se plaignait sûrement de ne le voir que deux fois par an. Serge l'imagina en mère attristée. Il l'imaginait pareille à celle qu'il avait laissée et oubliée. Nicolas devait manquer à cette louve. Mais elle avait encore son benjamin ! Adrien emboîtait le pas de Marianne dans la haute couture. Si doué ! pensa Serge. Chacun des enfants traçait sa route. Il n'avait jamais douté qu'ils en seraient capables et pourtant le spectacle l'éblouissait. Maintenant il était rassasié de fierté pour ses enfants. Les élever avait été étonnamment facile, disait-il à qui voulait l'entendre, sans penser qu'il avait fort peu contribué à ce déploiement qu'espère l'éducation. Marianne n'aurait pas aimé cette forfanterie-là. N'avait-elle pas fait tout le travail ?! Serge avait été absent, occupé ailleurs, inefficace. Incapable de rien, il n'était informé ni des contenus, ni des notes (bien qu'il demandât), ni des choix d'études, ni même des stages à trouver ! On ne lui demandait plus rien. Qui était ce *on* ? Ses enfants et sa femme. Les années passant Marianne avait pensé que la famille pesait trop lourd pour lui. Serge avait fui ses responsabilités. Non elle n'aurait pas aimé l'aisance avec laquelle désormais il parlait de l'éducation des enfants. Mais elle ne l'entendait plus discourir, il pouvait raconter tout ce qu'il voulait, quel soulagement ! Il se sentait léger, il osait être lui-même. C'était bel et bien la clairvoyance de Marianne qu'il avait quittée. Son exigence. Elle était désespérante à tout percevoir, à coller au réel ! Toute-puissante Marianne ! Elle était, pensa-t-il, la dernière femme qu'il avait quittée. Ensuite les femmes elles-mêmes l'avaient abandonné ! Caroline et Marine. N'était-ce pas singulier que celle qui le connaissait le mieux eût été la seule à tenir à lui ? Il ne le comprenait pas parce qu'il détestait ce qu'elle connaissait de lui-même. Le cœur et la vie jouaient une partition étrange. Les sentiments nous traversaient, pensait Serge. Nous ne les possédions pas. Nous étions impuissants à les maintenir vivants. Et il fallait payer le prix de cette inconstance. La note était élevée ! Le choc rude. C'était évidemment dommage qu'il n'eût pas pu continuer d'aimer Marianne. Tous les deux avaient beaucoup perdu dans ce divorce. Il avait eu l'impression de tomber d'une falaise ! Mais il n'avait pu éviter la rupture. Et il n'avait pas de regrets. Vivre avec cette femme lui était devenu impossible. Cela avait été une question de vie ou de mort pour lui à l'époque ! Quant à Marianne qui avait cru mourir, elle avait résisté. N'était-elle pas simplement vexée ? Bloquée sur un caprice comme un enfant sur le jouet qu'on lui refuse ? Ce n'était pas de l'amour ! Il s'en était persuadé. D'ailleurs Marianne n'avait pas su le garder ou le reconquérir. Si elle l'avait aimé, elle aurait su ! Il en était convaincu. Il était certain que sa femme avait fini de l'aimer bien longtemps avant qu'il la quittât. Lui-même n'avait joué qu'un second rôle ! Ainsi avait-il évité d'envisager les forces de destruction auxquelles tout seul, dans son for intérieur inaccessible, il s'était offert.

Telles furent les réflexions parfois tarabiscotées, ou erronées, de Serge Korol après la mort de son beau-père qui avait suivi de près celle de Vladimir et Nina. Nous étions vraiment du même âge, pensa-t-il à propos de Marianne et lui. De la même génération, à laquelle était donné de vivre au même moment les mêmes choses. Voilà qu'ils étaient à l'heure de perdre leurs parents. Seule restait Brune. Il n'avait pas pensé à demander de ses nouvelles à Marianne. Toujours aussi terrible ? s'amusa-t-il sans s'attarder sur cette question à laquelle il ne pouvait répondre. Il s'installa à son bureau, ouvrit la boîte électronique saturée de messages, alluma un cigare, et assis devant son ordinateur, dans le halo de lumière que diffusait le fond bleuté de l'écran, commença d'écrire à ses clients. Il pensa qu'il ferait comme son beau-père : jamais il ne s'arrêterait de travailler.

5

Marianne fut plus troublée que Serge par leur conversation, qui lui figura des retrouvailles. Elle s'était accoutumée difficilement à son absence, voilà qu'elle recommençait de penser à lui ! Les anciens époux venaient de briser la glace protectrice que solidifient la distance et le temps. La plaie du manque se rouvrait. Le deuil avait fragilisé Marianne. Tout le passé commun resurgit pour la hanter.

Son amour pour Serge s'était fossilisé. Elle le retrouvait intact, dur, incassable. Sa dislocation bruissait encore. La souffrance de la séparation se réveillait. La cicatrice s'envenimait. Le déferlement de la mémoire malmenait Marianne dans l'espace du regret. Ce qui s'était abîmé revenait l'attrister. Serge ! Comment pareille perte s'était-elle jouée ?! La longue obsession n'avait pas résorbé le mystère des choses. Marianne s'étonnait encore du chemin qu'avaient pris ses amours. Elle en avait oublié aussi bien la férocité que le déroulé. Elle n'avait plus idée du caractère de Serge ! Comment en était-il arrivé à la faire rompre alors qu'elle voulait durer ? Elle se souvenait qu'il ne désirait rien par lui-même. Agité par son doute, il s'amarrait au désir d'un autre qu'il manipulait. Ensuite il en voulait terriblement à l'autre d'avoir présidé au destin. Quelle bizarrerie ! Si décidée, si volontaire, elle avait été le pot de fer. Serge avait choisi une femme solide et contre elle il s'était brisé. Dieu savait pourtant combien elle l'avait aimé ! Voilà la raison pour laquelle elle avait surestimé la force de Serge. Elle plaquait sur lui la force qu'elle tenait de leur amour : les convictions, les élans, la confiance. Voilà le comble : ce que Serge lui donnait s'était retourné contre elle. Quel singulier manège ils avaient joué ! Elle voyait bien qu'elle avait regardé son mari à travers elle-même. Elle s'était trompée. Serge ne ressemblait pas au portrait qu'elle s'en faisait. Il était fragile. Il ne s'aimait pas. Il n'était pas heureux avec lui-même. Il était plein de frustrations en germe qu'il devait enfouir pour atteindre au moins une gentillesse égoïste. Il ne pouvait aimer que pauvrement, sans folie, sans nécessité, sans exclusivité, sans mémoire, sans gratitude.

Cette remémoration réfléchie occupait Marianne au moment de se coucher. Son esprit était empli de Serge tandis que son corps trouvait sa place, en chien de fusil au bord du lit. Rafaël lisait au salon. Ce compagnon si délicat qui l'exauçait dans ses exigences les plus difficiles, pensa Marianne. Depuis la première nuit sans Serge, elle préférait s'endormir seule. Pas de bruit, pas de mouvement, pas de sollicitation affective ou de morsure sensuelle : l'entrée dans le sommeil était libérée. C'était peut-être triste, mais qui dirait qu'il n'y a jamais de tristesse dans nos préférences ? Vous êtes une grande dormeuse solitaire et heureuse de l'être ! résumait Rafaël. Depuis la mort de son père, comme elle craignait la nuit ! S'allonger, s'ensevelir, quelle différence ? Elle évitait de penser à ce qui faisait souffrir en pensant à ce qui faisait plaisir. Elle commandait à ses rêveries depuis longtemps. Souvent elle dessinait des sacs à main et des chaussures… Tout le farfelu de son stylisme prenait source dans ce moment de l'assoupissement. Ce soir-là, elle pensa à Serge. Il s'imposait à sa promenade mentale. Serge, un charme aveuglant, fragile qui se croyait fort, rationnel et superficiel, mécontent, irritable, absolument ignorant de lui-même, oublieux de ses manquements, livré à son tempérament, autodestructeur. Il avait brisé sa famille en même temps que lui-même. Il avait brisé le cœur de Marianne. S'était-elle jamais remise de sa défection ? Le poids de l'énigme que lui posait leur rupture avait pesé sur toute sa vie. L'aigreur de la critique qu'il lui avait adressée avait rongé sa confiance. La vie avait été fracassée. Marianne avait été trahie par le visage qu'elle connaissait le mieux au monde. Formulée de cette manière, cette idée perforait encore la carapace de tranquillité. Encore des larmes ! À aucun prix Rafaël ne devait les entendre. Il n'aurait pas compris ! Il se serait écrié en souriant : Quoi ? Vous pleurez encore à cause de Serge ! Et encore une fois, il dirait : Vous êtes folle de votre mémoire ! Vous enjolivez.

Marianne pensa avec clarté : Je ne me suis jamais remise. Elle savait comme on peut aimer longtemps quelqu'un qui vous apporte la tristesse. Et se montrer captif d'un ravissement qui vous met au cœur la détresse. Et tremper dans la déréliction. Depuis la mort d'Henri Villette, elle confondait les affections perdues ! Elle mêlait le deuil du père et la rupture amoureuse, les deux drames qui n'en faisaient qu'un : l'absence. Elle oubliait Rafaël, présent et tendre, qu'elle l'aimait d'être là comme un amant parfait, jaloux de son trésor. Vous êtes ma rose. Il murmurait les refrains. Elle s'endormait dans ce réconfort, pourtant tournée vers ce qui n'était plus.

Elle rêva de Serge tel qu'il était apparu à l'enterrement de Nina. Barbu, mal habillé, cigare à la bouche, souriant aux enfants : un air déchu et désolé. Marianne n'avait jamais su ce qu'il pensait de sa vie. Réussite ou fiasco ? En tout cas il avait l'air d'un homme sur le gril. Il était agité. Combien de cigares fumait-il par jour ? Il n'avait jamais obéi aux injonctions de personne à ce sujet.

— Tu sens le cigare ! s'exclamait Marianne quand ils s'embrassaient.

Il se contentait de sourire pour marquer son détachement, son indépendance, et le mépris qu'il éprouvait envers cette manière de faire des commentaires. Il se désintéressait depuis longtemps de ce qu'elle lui disait dès lors qu'il ne s'agissait pas de compliments. Il ne voulait plus rien entendre ! Il s'était séparé de Marianne dans cet espoir, croyait-il. Il fumait, il buvait, il baisait, et cela ne regardait que lui non ? Désormais il se montrait courtois et opaque.

Elle rêva que Serge mourait comme était mort le grand-père Korol, médecin et fumeur : par la gorge. Serge venait le lui dire à elle, la femme de sa vie. Les rêves ne s'embarrassent pas de vraisemblance parce qu'ils sont par construction crédibles à l'esprit qui les fait : c'était donc à Marianne que Serge venait confier sa maladie et sa tendresse. Elle se sentait de nouveau proche de lui, capable de l'écouter interminablement.

— La partie est finie pour moi ! annonçait-il avec une gaieté surjouée. Cancer de la gorge.

Les larmes couvraient les joues de Marianne. Elle avait souvent imaginé ce moment : Serge mourrait et elle ne vivrait plus jamais avec lui. Le vaste espace des possibles et des espérances se refermait.

— Tu es la première à qui je le dis, murmurait Serge.

Il était rajeuni par le rêve, semblable au souvenir de sa femme ou plutôt à son désir, lumineux et joyeux comme au temps de leur rencontre. Mais il se mourait.

— Je t'aime, disait Marianne. Je n'ai pas cessé de t'aimer. Je le savais, mais la maladie en fait une évidence.

— C'est ta dernière déclaration d'amour ? plaisanta Serge.

Elle l'entoura de ses bras, immobile. Il se laissait faire, et dans cette étreinte elle sentait l'affaiblissement, la graine de mort qui poussait en lui. Elle voulait arracher la graine et la jeter.

— Ne me quitte pas, disait-elle en se pressant contre lui, blottie, la tête posée sur l'épaule de son ancien mari.

C'était bizarre dans le rêve de dire cette phrase au cœur d'un contexte modifié où l'action de partir était celle de mourir.

— Nous avons fait un beau match tous les deux, dit-il. Il ne faut pas regretter.

La philosophie de Serge s'exprimait ainsi. Marianne en reconnut le contenu et la forme, les analogies sportives avaient toujours été du goût de Serge.

— Nous aurions pu jouer beaucoup plus longtemps, dit Marianne. Je ne comprendrai jamais pourquoi tu as arrêté la partie !

— C'est comme ça. On ne va pas reparler de ce sujet.

— N'en reparlons pas, concéda Marianne.

Si la mort approchait, l'heure était venue de concéder, d'acquiescer, d'aimer sans condition et sans avenir. Un supplément d'amour, c'était le remède à l'amour perdu.

Serge souhaitait informer Marianne des dispositions testamentaires concernant Plexus. Son associé, Jean-Pierre Dupuy, ne voulait bien sûr pas travailler pour les héritiers. Un accord contractuel lui accordait les parts de Serge en échange du partage avec les enfants de la trésorerie au moment du décès.

— C'est équitable, disait Serge à Marianne.

— Je déteste parler de ça, dit Marianne.

— Ça n'a rien d'affreux, c'est nécessaire, dit Serge, je veux que tu sois au courant et que tu expliques tout aux enfants.

Il caressa la joue de sa femme du dos de la main.

— Tu es la fille la plus douce que j'aie jamais embrassée, plaisanta-t-il.

— Cela ne m'a servi à rien, dit Marianne. Même pas à garder le mari que j'avais.

— Il était impossible à garder, souffla Serge.

— Pourquoi dis-tu ça ?

— Parce que je le pense.

— Non !

— Je ne sais pas… souffla-t-il.

Dans le rêve aussi, Serge Korol était indécis et flou.

Ils restaient silencieux, pensifs, assaillis par trop de pensées, debout l'un en face de l'autre.

Dans son lit la dormeuse ne bougeait pas.

— Je t'ai aimée. Tu es la femme que j'ai le plus aimée. Mais je n'étais pas assez fort pour toi, dit Serge.

— Pff, dit Marianne, encore tes bêtises. C'est moi qui n'ai pas su laisser passer la crise. J'ai cru ce que tu disais ! Je n'ai pas compris l'importance que j'avais pour toi. Je ne t'ai pas sauvé de tes erreurs. Si je m'étais estimée à ma vraie valeur, j'aurais pu te garder. Je n'aurais pas eu besoin d'être aimée et réconfortée par un autre.

Comme le foulard qu'il avait autour de la gorge avait tourné, elle vit la turgescence orangée qui crevait la peau blanche.

Un tressautement agita le corps allongé. Il y eut dans la nuit un soupir. Marianne Villette rejoignait précipitamment le passé. La mort fantasmée créait la mort réelle. La rêveuse ne pouvait survivre à Serge. Le tête-à-queue du rêve était insupportable. Quelque chose s'était coagulé qui ne passait pas. Le sortilège vital s'interrompait. Marianne était aspirée, comme par le magnétisme funeste de l'amour perdu. Elle échappait à l'attraction de la vie. Son cœur s'échouait sur son sentiment blessé. L'amour était une bénédiction mortelle et très douce la mort par amour.

Marianne dormait profondément, immobile comme une morte. Rafaël en avait souvent plaisanté avec elle : Vous ressemblez à une gisante.

De quoi était-elle morte ?

— Le cœur s'est arrêté, déclara le médecin appelé pour constater le décès dans son lit de Marianne Villette. Souffrait-elle de troubles cardiaques ?

— Si elle avait eu la moindre alerte, en tout cas je n'étais pas au courant, murmura Rafaël.

Voilà qu'il perdait la deuxième compagne de sa vie. Il se sentait abandonné et il n'était même pas veuf. Sa première épouse vivait ! Marianne était partie en silence, solitaire, en un éclair, comme elle faisait toute chose : l'air de rien et sans lui demander son avis.

Nul jamais ne saurait que Marianne Villette était morte de rêver la mort de son éternel mari. L'amour et la mort l'avaient prise tandis qu'elle ressentait intensément une souffrance. L'émotion trop vive avait frappé son cœur. Il s'était mis à battre si fort ! Elle ne sentait plus, elle n'éprouvait plus, elle n'imaginait plus.

Rafaël pleurait dans le combiné, d'abord incapable d'articuler la moindre parole.

— Qu'avez-vous Rafaël ? demandait Angélique.

Comment trouver les mots qui blesseraient le moins la jeune femme ?

— Je dois te voir tout de suite, murmura-t-il. Il s'est passé quelque chose de grave.

Il tirait maintenant une bouffée, jetait la cigarette, allumant la suivante, recommençait. Il entendait la voix de Marianne : Ne fumez pas ! L'amant malheureux attendait Angélique, anxieux, allant venant sur dix mètres de trottoir.

— Tu vas avoir beaucoup de peine, murmura-t-il en la serrant dans ses bras. Il pouvait sentir dans le jeune corps gonflé par la grossesse la tension d'une attente inquiète.

— Ta mère ne s'est pas réveillée ce matin, dit-il.

— Maman ?

— Quand je suis venu la voir à onze heures, je l'ai trouvée morte.

Le jeune visage était dans les jeunes mains.

— Elle n'a pas souffert, pas dit un mot, pas poussé un cri. Elle est morte dans son sommeil.

Le silence était là depuis qu'Angélique avait compris. Rafaël pleurait doucement.

— Excuse-moi, dit-il.

Angélique empoigna le corps des choses :

— C'était la mort dont rêvait maman. Vous savez comme elle avait peur de mourir. Elle disait souvent qu'elle aimerait être morte sans avoir à mourir.

— Ta mère avait toujours ce qu'elle voulait.

— Une fois, elle ne l'a pas eu, rectifia Angélique qui pensait à son père.

Il ne s'était trouvé personne pour discerner la catastrophe mélancolique qui avait saisi Marianne au moment de divorcer. Dans le deuil, vingt ans plus tard, sa fille en entrevoyait le gouffre.

— Je crois que maman s'est consumée.

Ils marchèrent ensemble, les cœurs de la recomposition, réunis dans l'amour d'une autre, jusqu'au bistrot voisin pour prendre un café.

— Ta mère venait là tous les matins lire *Le Parisien*, dit Rafaël.

L'ère du souvenir était ouverte.

Si Angélique avait ouvert les vannes de sa mémoire, elle aurait dit les feux heureux qui avaient brûlé Marianne. Ma mère ! Ma mère qui n'avait peur ni de l'amour, ni de la fidélité, ni de l'ingénuité, et pas davantage de la solennité, de l'ardeur et de la sauvagerie. Ma mère qui craignait la mort et qui a quitté la vie subrepticement. Ma mère, qui me laisse vivante, moi, sa fille adorée et forte de l'avoir été.

— Quoi ?! Je l'ai eue au téléphone hier matin, dit Serge Korol quand sa fille lui annonça la nouvelle.

— Elle est morte pendant son sommeil, dit Angélique.

— Mais de quoi ?

— Son cœur s'est arrêté a dit le médecin.

— Comme ça, sans raison ?

— Peut-être était-il épuisé, souffla Angélique.

À nouveau le silence de celui qui entend pesait sur l'échange. Serge avait toujours aimé que les enfants défendent leur mère, sans pour autant tenir compte de ce qu'ils disaient.

— Maman a consacré la moitié de sa vie à son mariage et l'autre moitié à comprendre pourquoi il ne s'était pas passé comme prévu, disait maintenant Angélique.

— Je n'arrive pas à le croire, répétait Serge sans écouter sa fille. Elle était en pleine forme, elle m'a tenu tête avec une légèreté qu'elle n'avait jamais eue.

6

Pour la première fois depuis longtemps, Serge revenait dans le cimetière marin. Il pouvait se remémorer le jour où Brune et Henri avaient acheté la concession, sur la commune de leur résidence secondaire. Comme toujours Henri suivait une initiative de sa femme.

— Il faut être prévoyant, clamait Brune.

Si sûre d'elle, victorieuse, elle exerçait sans faillir son autorité. Henri obéissait. La plupart du temps, il disait ensuite : Voilà ! c'est réglé. Tu es contente ? Cette fois-là il n'avait rien dit. Est-ce qu'on se félicite d'avoir acheté sa place au cimetière ? Brune, forçant le rire, disait : Il y a six places !

Les parents de Brune avaient pris la leur les premiers. Henri avait suivi. La chronologie naturelle désignait Brune. En vieillissant, les traits dépressifs de son caractère s'étaient accentués. La fin de la vie la faisait pleurer. Quelles joies y trouvait-on ? Elle qui avait été belle, aimée, riche, gâtée, n'acceptait pas la fin de son règne. Rire ou pleurer du pire, c'est-à-dire du plus douloureux, du plus obscur, ne protège de rien. Qui se prépare en vérité à l'impensable ? La pauvre Brune tenait à peine debout, le visage caché derrière de grandes lunettes, un foulard noué sous le menton, au bras de son petit-fils Nicolas, dont elle aurait pu voir, si elle avait eu encore des yeux qui regardaient, qu'il était la réincarnation parfaite d'Henri. Sa fille était morte ! Marianne ! La terre était ouverte. Il fallait traverser le ciel. Le temps avait perdu son nom. Comment chevaucher la douleur sans tomber ? Elle n'osait pas regarder Noëlle qui pleurait sur la manche de son mari.

Le nom d'Henri Villette et les dates de sa vie étaient gravés avec discrétion sur le côté du caveau. La fraîcheur de leur scintillement doré disait que la mort ces temps-ci s'acharnait sur cette famille. Serge fut ému par ce résumé arithmétique de la vie d'un homme : l'intervalle de temps qu'elle représentait. Henri, le magnanime, était le quasi-jumeau de Vladimir. Tous deux avaient manqué de courage devant leurs épouses ! Phénomène de génération ? se demanda Serge, lui qui prenait son propre égoïsme pour de la fermeté. Il suivait le groupe qui, autour de la grand-mère, marchait le long de tombes anciennes, vers la porte de la petite église de bourg. Tous avaient présentes à l'esprit les obsèques d'Henri. Mais tous ignoraient que d'une certaine façon elles avaient provoqué la mort de Marianne en renouant son lien malheureux avec Serge.

— Ton grand-père croyait à la loi des séries, dit Brune à sa petite-fille Angélique.

Des trois enfants, Angélique semblait la plus dévastée. Les fils se tenaient droits comme tous les Villette, Angélique pleurait. La chaîne des femmes se rompait sans transmission.

— Tu es une fontaine comme maman, dit tendrement Nicolas.

Fatigué par le décalage horaire il bâillait, mettant sa grande main devant sa bouche boudeuse, la bouche de Marianne.

— Maman ne connaîtra pas son petit-fils.

— C'est un garçon ?

Angélique acquiesça.

— Voilà ce que c'est de faire des enfants tardivement… murmura-t-elle.

— Ne dis pas de bêtises, dit Nicolas. Pense que maman se réjouissait à l'idée d'être grand-mère.

— Et qu'elle a été heureuse de ne pas l'être trop tôt. Elle se sentait encore jeune, dit Adrien.

— Venez me voir tous les trois ! demanda Serge à ses enfants.

Il les voulait près de lui pendant cette messe où il se sentait une pièce rapportée et disparue.

— Bonjour Serge, murmura Brune.

— Bonjour Brune, dit Serge en embrassant sa belle-mère.

— Bonjour Rafaël, dit-il avec sourire et politesse à ce successeur qui allait s'installer sur le banc du fond.

Marianne n'avait jamais présenté son compagnon à ses parents. Quelle aurait été l'utilité de mêler Rafaël à une famille qui ne voulait pas de lui, ni d'un autre que lui ?

— Je pense que ma mère n'a aucune envie de vous connaître. Pourquoi lui demander à son âge de faire des efforts ?

Rafaël acquiesçait, Marianne avait conclu :

— Ne regrettez rien ! Vous n'établiriez aucune relation avec maman.

Et voilà que le sigisbée inconnu découvrait la mère sans la fille.

— Tu penses que maman était croyante ? Je n'arrive pas à croire en Dieu, souffla Nicolas à sa sœur.

La célébration commençait, textes, prières, musique, déployant leur pouvoir d'ensorcellement, affermissant l'espoir, exacerbant l'émotion, engourdissant la douleur.

— Elle avait envie de l'être, murmura Angélique. Tu ne te rappelles pas qu'elle le disait souvent ?

— Moi aussi j'ai envie mais ça ne suffit pas, dit Nicolas.

L'aveu fit sourire Serge qui s'était autrefois fait baptiser, sans jamais trouver la foi. Angélique regarda son père. Il traversait les catastrophes avec le sourire ! Son impassibilité oblitérait les passions. Marianne disait de Serge qu'il ne tenait à rien ni personne ! se remémorait Angélique. C'était triste de penser cela. Pauvre maman ! Elle ne s'était jamais remise de la défection de Serge. Et elle le jugeait durement. Choisis un homme qui te veut, disait-elle à sa fille, et qui est capable de l'exprimer. Pas un mollusque que tu as charmé et qui peut te faire trois enfants avant d'aller vivre sans toi.

Quelques semaines après les obsèques, Adrien et Angélique trièrent les affaires personnelles de Marianne.

— Voilà, dit Rafaël en ouvrant une porte. Je vous laisse.

Tout ce qui avait appartenu à Marianne, les vêtements qui l'avaient habillée, les sacs à main qu'elle avait portés, les objets qu'elle conservait, les livres annotés, les images qu'elle regardait, les croquis et dessins en cours, comme tout cela pesait, désolait et embarrassait ! La sédimentation matérielle que sécrétait le vivant avait perdu son vivant. Ceux qui restaient étaient stupéfiés devant la présence des choses. Attrapant un cintre, ouvrant un tiroir, sortant des boîtes de chaussures : Et ça on garde ? Et ça on en fait quoi ? Prends-le ! Tu ne le veux pas ?

Angélique avait dans la main les bijoux de sa mère.

— Je ne pourrai pas les porter, dit-elle à son frère.

— Pourquoi ?

— Maman aimait les énormes bijoux, elle était plus grande que moi. Regarde, impossible de mettre ça, dit-elle en arborant un imposant collier de corail.

— C'est vrai que ce n'est pas ton style, admit Adrien.

Angélique tournait entre ses doigts une grosse bague en forme de fleur.

— Maman la portait à la main gauche, à la place de sa bague de fiançailles.

Les souvenirs emboîtaient le pas aux objets avant même que tombent les images. Les objets étaient des souvenirs exacts. Avec eux, les enfants de Marianne entraient dans la vie de leur mère.

Il y avait aussi des tiroirs entiers de photographies. Regarde maman sur cette photo ! Et papa ! Je ne le reconnais pas ! Ils étaient beaux tous les deux. Si différents.

Pendant quelques instants la mort était oubliée et le passé présent.

Angélique remit à son père l'enveloppe kraft dans laquelle étaient rangés les clichés de son mariage avec Marianne.

— Maman était belle, dit-il tout en faisant glisser la photographie derrière le paquet.

Il soupira.

— Je ne veux pas voir ça ! dit-il en remettant les clichés dans l'enveloppe.

— C'est drôle que tu penses comme ça, dit Angélique sur le ton du reproche.

— Je déteste la nostalgie, dit Serge à sa fille. C'est le poison qui a tué ta mère. Il faut regarder devant.

Serge Korol vivait. Il était doué pour cela depuis qu'il avait scellé la part de lui-même qui éprouvait. Les simulacres de son univers n'avaient pas perdu leur pouvoir d'enchantement. Il n'avait aucun mal à s'accrocher aux objets de jouissance que recelait la société dont il était un membre actif. Les nouveautés technologiques le ravissaient. Les rencontres l'enchantaient. Les nouvelles amours lui demeuraient possibles. Il était capable de repenser aux anciennes sans éprouver la moindre souffrance. Après la mort de Marianne, sans savoir s'il y avait un lien entre les deux événements ou les deux femmes, il avait cherché à revoir Caroline Manivette. Avait-il envie de lui confier ce deuil ? La navigatrice donnait une conférence à Paris. Il s'installa au fond de la salle. La qualité du public et le contenu du discours n'avaient pas changé. Serge pouvait voir quelqu'un qui, comme lui, racontait la même chose depuis trente ans.

"Pour laisser la terre loin derrière soi, il faut vaincre et maîtriser", "je n'aimerais pas avoir de regrets, c'est pourquoi je réalise mes rêves".

La confiance en soi n'avait pas déserté Caroline Manivette.

— Quand je doute, disait la navigatrice à son public, je m'interroge sur ce doute. Est-il légitime ? J'envisage le déroulement de la traversée ou de la course. Je sais que je suis capable de réagir à presque tout. Alors je n'ai plus peur de me lancer. Au fond, s'amusa la conférencière, rien ne m'a jamais arrêtée. C'est toujours l'envie qui me pousse.

Serge se rappelait confusément l'effet que lui avaient causé ces paroles la première fois qu'il les avait entendues. Le public sous le charme (comme il l'avait été) les écoutait d'une façon quasi érotique. Caroline Manivette créait une connivence entre son propre désir et ses interlocuteurs. Autrefois Serge avait été captif de ce petit envoûtement. Le chamboulement n'était pas impérissable, il s'était estompé : Serge ne ressentit plus rien. Il quitta la salle sans aller saluer Caroline.

7

Au téléphone il reconnut instantanément la voix, voluptueuse et décidée à la fois.

— Pourquoi es-tu parti sans me saluer ?

— J'ai préféré te laisser à tes admirateurs, dit Serge.

Il ne dirait pas la dissipation des magies. À quoi cela servirait-il ?

— Comment vas-tu ? Il paraît que tu es devenu riche ! plaisanta Caroline.

— Qui te raconte des choses pareilles ? s'amusa Serge, flatté.

— Claudette Pastre m'a dit que tu avais vendu ta boîte et cela m'a donné une idée.

— Laquelle ?

— J'ai pensé que tu serais content d'être un sponsor de ma prochaine course. Ai-je eu tort ?

— Je ne sais pas.

— Voyons-nous, proposa Caroline.

— Je vois que tu n'as pas changé ! Toujours droit au but.

— Et je ne changerai pas. Pour rien au monde je ne voudrais être quelqu'un d'autre que moi.

— Tu as de la chance.

— Ce n'est pas de la chance, c'est de la volonté.

— Ah ! la volonté !

Serge pensa qu'il avait aimé des femmes volontaires qui se vantaient de l'être.

Serge Korol avait été volontaire dans sa vie professionnelle et nulle part ailleurs. Plexus, il l'avait voulue ! Plus que tout. Plus que Marianne, Angélique ou Nicolas, plus qu'Adrien. Cette famille s'était créée parce que Marianne l'avait faite. Il avait fait Plexus. Aujourd'hui la réussite était immense. La vie est un sentier de surprises et certaines sont bonnes : Serge avait vendu les trois quarts de ses parts à un prix inespéré. Il continuait de diriger la société et il était riche. Il acheta en Vendée la propriété que Marianne et lui louaient quand leurs aînés étaient petits. Avec pompe, il offrit à chacun de ses enfants les clefs du domaine, celle de la grille et celle de la maison. Il était le parent survivant, il voulait se montrer généreux.

— Rien n'a changé, assura-t-il, l'étang est toujours plein de grenouilles !

Rien n'a changé… Comment pouvait-il penser cela ? Qu'il fût capable d'une telle foi ou d'un pareil déni était le mystère de sa nature : une manière de plaquer ce qu'on veut sur ce qui est.

Tout de même il retournait sur d'anciennes traces. Bien sûr il justifiait son choix par l'efficacité plutôt que par la nostalgie. Les Sables-d'Olonne ? La distance maximale que l'on peut parcourir en voiture en partant de Paris à dix-sept heures, disait-il. Son nouveau coupé Jaguar était équipé d'un détecteur de radars. Sur l'autoroute Serge ne regardait pas le compteur. Puis il roulait à cent vingt à l'heure sur les petites routes du bocage.

En digne fille de Marianne, Angélique n'aimait ni la voiture, ni les excès de vitesse. Elle tançait son père qui, disait-elle, donnait le mauvais exemple à Adrien et Nicolas. Et alors elle voyait que c'était inutile. Serge n'écoutait rien ! Et elle se rappelait que Marianne le disait.

— Un jour tu auras un accident, disait Angélique.

— Une carabine, une balle de revolver, un poison, un virus, une voiture… répondait Serge Korol à sa fille, oui un jour je vais mourir. C'est une certitude.

Oh ! Marianne n'avait pas tort de remarquer que Serge n'en faisait jamais qu'à sa tête.

Il était installé dans une économie égoïste et heureuse. Une jeune femme partageait le nouveau luxe de sa vie, qu'Angélique et Nicolas suspectaient une nouvelle fois d'aimer leur père pour son argent.

— Comment savoir dès lors qu'on est riche ? répliquait à cela Serge avec un sourire décontracté et fier de lui.

Il avait fait les présentations un soir à Paris, au restaurant asiatique qu'Adrien affectionnait depuis l'enfance parce qu'il jouxte l'Aquarium du Trocadéro.

La chorégraphie hasardeuse des poissons nageant librement dans un vaste mur d'eau avait accompagné la féminine apparition d'une liane brune aux yeux verts qui avait l'air un peu stupide.

— Je vous présente Célia. Célia est écrivain.

Angélique fut charmante, les garçons polis mais plus occupés à parler entre eux. À partir d'un certain nombre de compagnes, un homme peut présenter n'importe qui à ses enfants : ils s'en foutent. Contents et soulagés que la solitude ne pèse pas sur leur parent, ils se désintéressent d'autant plus facilement de l'éphémère partenaire.

À l'approche de ses soixante-dix ans, loin de capituler, Serge Korol épanouissait dans la jouissance de ses propriétés l'énergie qu'il avait investie pour les acquérir. Juste retour ! Survivre à ce qu'on a vécu : c'est peut-être tout le jeu. Il avait réussi ! La barrière d'une insensibilité calculée avait servi sa victoire. Serge Korol se faisait bon vivant. Il avait trois enfants, une jeune compagne, et les moyens de les satisfaire. Oui, beaucoup d'argent à la banque et une notoriété qui lui permettait de travailler encore. Il n'était pas lassé de parler parce qu'il aimait être écouté. Des salles de deux cents, trois cents, quatre cents personnes, ne lui faisaient pas peur. Le rêve de son existence était comblé. Un défi ! Les faire rire. Les bousculer ! Il leur en mettait plein la vue. Il voulait les entendre s'extasier : Ce type est incroyable ! Quelle intelligence ! Tu es content, commentait Célia quand il racontait la pluie des compliments. La gloire est le plaisir majeur de la vieillesse, concluait Serge, paraphrasant un auteur dont il avait oublié le nom. La gloire, ce miroir aux alouettes, n'avait-elle pas déterminé sa vie ? C'était bel et bien pour une femme auréolée qu'il avait quitté sa famille. Il ne se reniait pas.

Puisqu'il possédait une maison face à la Seine et une autre au bord de l'Atlantique, il roulait de l'une à l'autre, il allait du fleuve à l'océan. Les voitures de luxe servent à cela ! disait-il. Il roulait sur la route comme il roulait dans la vie, sans regarder en arrière. Vite ! Vite ! Il était là. Il était ailleurs. Il était parti. Il était revenu. Admirez la ligne de ce coupé. Il mettait le contact. Écoute, disait-il à Célia. Silence et puissance. Et sécurité. Il conduisait une fusée sur la file de gauche de l'autoroute. Pensées dansantes, souvenirs, images, projets peuplent les voyages : voilà pourquoi j'adore conduire, disait-il. Célia suivait cet homme décidé. Elle est gentille, disait Serge à Maxime et Jean-Paul. Et elle s'occupe bien de moi ! Je n'ai jamais su m'y prendre avec la vie. Les chevaux galopaient sous le capot bleu. Serge se tournait vers la jeune compagne. Sourire. Tu as acheté de quoi dîner ? Célia faisait signe que non. Alors on s'arrête, disait Serge en bifurquant sur une bretelle.

— Je reste dans la voiture, dit Célia.

Dans les stations-services, il se rappelait comme Marianne aimait les machines à café ! Il y a des choses insignifiantes que l'on n'oublie jamais. Il voyait le sourire de Marianne. Le gobelet en plastique dans sa main. Les enfants avec des paquets de chips dans la file d'attente devant la caisse. Qu'est-ce qui lui arrivait ? Il devenait nostalgique ? C'était peut-être d'avoir acheté cette maison.

— Veux-tu un sandwich ?

Rien de tel que les questions prosaïques pour éteindre le feu intérieur.

— Jambon fromage, cria Célia par la fenêtre tandis qu'il s'éloignait sur le parking.

Il revint à la voiture avec un sac. Merde il pleuvait. Il recapota. Le plafond de toile noire s'emboîta lentement sur la carrosserie bleu marine. Il entrouvrit sa fenêtre. Célia posa la main sur sa cuisse droite. La voiture sortait de l'aire de repos, violente, exigeante. Il s'inséra dans le flot, il roulait, il regardait, il pensait. Et quoi maintenant ? Célia, un mariage tout de suite ? Ce serait rigolo. Une fête ! Que dirait Angélique ? Il doublait des files de voitures. Je vais trop vite ? Il ralentit. Peu à peu réaccéléra, s'oubliant, ne faisant pas attention à la route, pilote automatique. Célia parlait. Il n'écoutait pas tout. Ils quittèrent l'autoroute. C'est joli, dit Célia. Les frondaisons défilaient. Très arboré, dit-il avec autorité.

— Tu es heureux ? demanda Célia.

— Oui. Et toi ?

Il avait chassé la question en une seconde. Quelle question ! Elle en avait d'autres comme ça ?

— Très heureuse, dit Célia.

Il ne pensa pas qu'il s'en moquait mais c'était le cas. Les femmes qui comptaient, c'était fini. Quelle histoire pouvait-il encore écrire ? Avec n'importe quelle fée il ne retrouverait pas ce qu'il avait perdu : un passé, des enfants, une aventure, même une maison ! Il vit les femmes qui avaient compté. Images juxtaposées : Marianne sourit, Caroline parle. Bientôt viendra la trahison : sourire à Marianne et parler à Caroline, puis sourire à Caroline et parler à Marianne. Marianne pleure.

— Arrête de fermer les yeux ! s'écria Célia.

— Quand j'étais jeune je jouais à les fermer le plus longtemps possible, dit Serge.

— Tu es complètement fou.

— Oui, dit Serge fièrement.

Il regrettait de ne plus l'être. Il ne jouait plus, il ne voulait plus voir ! En quelle année avaient-ils cessé de venir en Vendée ? se demanda-t-il.

— Je peux mettre la radio ? demanda Célia.

Sur RFM, flash d'information. Disparition en mer de la navigatrice Caroline Manivette. Les recherches continuent mais les secours restent sans nouvelles du trimaran. Serge ferma de nouveau les yeux. Deux larmes s'échappèrent. Il tourna son visage vers la fenêtre. Il roulait sur un ruban d'asphalte à travers champs.

— Tu vas trop vite, protesta Célia.

Il dépassait de petites voitures tranquilles. Il avait sponsorisé un naufrage. Que ressentait-il ? Qui était-il ? Avait-il été dans la vie serein et sage, digne, ou tout à fait indifférent ? C'était Marianne qui posait ce genre de questions ! Il roulait derrière un tracteur dont les hautes roues lui cachaient la vision de la route. Il s'élança pour le doubler. L'accélération était immédiate. La voiture, comme un fauve, bondissait sous son pied.

— Il faut que tu conduises cette voiture une fois, dit-il à Célia.

— J'aurais trop peur de l'abîmer !

— Pourquoi l'abîmerais-tu ?

— Va moins vite, demanda Célia.

— Non, dit Serge. La mauvaise vitesse est celle de l'accident.

Ce paradoxe logique l'amusait.

Quelques kilomètres plus loin, sur un chemin transversal, une charrette de foin se mettait en route, tirée par un tracteur semblable à celui qu'ils avaient dépassé. Sur la route, en sens inverse, une berline familiale respectait la limitation de vitesse.

Bientôt les trois véhicules convergeraient. La campagne cesserait d'être inoffensive. Des roues glisseraient. La conduite deviendrait une bataille. Il faudrait serrer les dents, tenir le volant, chercher la route, ne pas renoncer, s'arc-bouter dans l'habitacle secoué comme une navette spatiale. Serge savait faire tout cela ! Le pare-brise éclaterait en minuscules carrés de verre ? Une roue accrocherait le fossé ? La voiture sauterait en l'air et ferait un tour sur elle-même ? La colonne de direction casserait ? La boue maculerait l'habitacle ? Il défoncerait une barrière ? Il lâcherait le volant ? Il serait inconscient ? La portière gauche s'ouvrirait. La voiture toucherait un arbre ? Il serait éjecté ? C'était ce qu'elle croyait la petite ? Mourrait-elle pour cela ? Serait-il coupable ? Avait-il été dans la vie serein et sage, digne, ou tout à fait indifférent ? C'était ce qu'il se demandait ? Qui connaissait les réponses ? Qui savait ce qui arriverait et celui qu'il avait été ? Personne. Ah ! Ah ! Le passé qu'on oublie et l'avenir qu'on ignore. Oui c'était énervant. Et il avait bien fait de vivre dans le présent.

TABLE

BABEL

Extrait du catalogue

1105. JOSEPH E. STIGLITZ
Le Rapport Stiglitz

1106. COLINE SERREAU
Solutions locales pour un désordre global

1107. MAJID RAHNEMA
La Puissance des pauvres

1108. ALAIN GRESH
De quoi la Palestine est-elle le nom ?

1109. JANE GOODALL
Nous sommes ce que nous mangeons

1110. *
Histoire des quarante jeunes filles

1111. MATHIAS ÉNARD
L'Alcool et la Nostalgie

1112. NANCY HUSTON
Infrarouge

1113. JÉRÔME FERRARI
Un dieu un animal

1114. PAUL AUSTER
Invisible

1115. W. G. SEBALD
Les Anneaux de Saturne

1116. ALAIN CLAUDE SULZER
Un garçon parfait

1117. FLEMMING JENSEN
Ímaqa

1118. ALAIN LE NINÈZE
Sator

1119. AMARA LAKHOUS
Choc des civilisations pour un ascenseur
Piazza Vittorio

1120. EVA GABRIELSSON
Millénium, Stieg et moi

1121. INGVAR AMBJØRNSEN
Elling

1122. WAJDI MOUAWAD
Ciels

1123. AKI SHIMAZAKI
Mitsuba

1124. LAURENT GAUDÉ
Ouragan

1125. CÉLINE CURIOL
Exil intermédiaire

1126. ALICE FERNEY
Passé sous silence

1127. LYONEL TROUILLOT
Thérèse en mille morceaux

1128. FRÉDÉRIQUE DEGHELT
La Grand-Mère de Jade

1129. AHMED KALOUAZ
Avec tes mains

1130. FABIENNE JUHEL
À l'angle du renard

1131. W. G. SEBALD
Vertiges

1132. ANNE ENRIGHT
Retrouvailles

1133. HODA BARAKAT
Mon maître, mon amour

1134. MOUSTAFA KHALIFÉ
La Coquille

1135. JEREMY RIFKIN
Une nouvelle conscience pour un monde en crise

1136. PRALINE GAY-PARA
Récits de mon île

1137. KATARINA MAZETTI
Le Caveau de famille

1138. JÉRÔME FERRARI
Balco Atlantico

1139. EMMANUEL DONGALA
Photo de groupe au bord du fleuve

1140. INTERNATIONALE DE L'IMAGINAIRE N° 27
Le patrimoine, oui, mais quel patrimoine ?

1141. KATHRYN STOCKETT
La Couleur des sentiments

1142. MAHASWETA DEVI
Indiennes

1143. AKI SHIMAZAKI
Zakuro

1144. MAXIM LEO
Histoire d'un Allemand de l'Est

1145. JOËL DE ROSNAY
Surfer la vie

1146. VASSILI PESKOV
Des nouvelles d'Agafia

1147. CAMILLA GIBB
Le Miel d'Harar

1148. MARIE-SABINE ROGER
La Théorie du chien perché

1149. MARIA ERNESTAM
Les Oreilles de Buster

1150. KHALIL GIBRAN
Les Esprits rebelles

1151. SIRI HUSTVEDT
La Femme qui tremble

1152. JEANNE BENAMEUR
Les Insurrections singulières

1153. MATHIAS ÉNARD
Parle-leur de batailles, de rois et d'éléphants

1154. LAURENT GAUDÉ
Les Oliviers du Négus

1155. FRÉDÉRIQUE DEGHELT
La Nonne et le Brigand

1156. NICOLE ROLAND
Kosaburo, 1945

1157. LAURENT SAGALOVITSCH
Dade City

1158. JOUMANA HADDAD
J'ai tué Schéhérazade

1159. MAURICE AUDEBERT
Tombeau de Greta G.

1160. ÉMILIE FRÈCHE
Le Film de Jacky Cukier

1161. ÇAROLE ZALBERG
À défaut d'Amérique

1162. JEAN-LUC OUTERS
Le Voyage de Luca

1163. CÉCILE LADJALI
Aral

1164. JÉRÔME FERRARI
Aleph zéro

1165. YÔKO OGAWA
Cristallisation secrète

1166. JAVIER CERCAS
Anatomie d'un instant

1167. JEAN-JACQUES SCHMIDT
Le Livre de l'humour arabe

1168. BRUNO TACKELS
Walter Benjamin

1169. NICOLAS CHAUDUN
Haussmann, Georges Eugène, préfet-baron de la Seine

1170. ALAA EL ASWANY
Chroniques de la révolution égyptienne

1171. PIERRE RABHI
Vers la sobriété heureuse

1172. LE COLLEGIUM INTERNATIONAL
Le monde n'a plus de temps à perdre

1173. FRANÇOIS RUFFIN
Leur grande trouille

1174. MARINE JOBERT ET FRANÇOIS VEILLERETTE
Gaz de schiste

1175. LES ÉCONOMISTES ATTERRÉS
Changer d'économie !

1176. SIRI HUSTVEDT
Un été sans les hommes

1177. PAUL AUSTER
Sunset Park

1178. KATARINA MAZETTI
Mon doudou divin

1179. ROOPA FAROOKI
La Petite Boutique des rêves

1180. A. M. HOMES
Le Sens de la famille

1181. MARION SIGAUT
La Marche rouge

1182. JOËL POMMERAT
Cendrillon

1183. JOSÉ LENZINI
Les Derniers Jours de la vie d'Albert Camus

1184. METIN ARDITI
Le Turquetto

1185. ANNE DELAFLOTTE MEHDEVI
La Relieuse du gué

1186. JEAN GUILAINE
Pourquoi j'ai construit une maison carrée

1187. W. G. SEBALD
Austerlitz

1188. CARLA GUELFENBEIN
Le reste est silence

1189. TAYEB SALIH
Les Noces de Zeyn

1190. INTERNATIONALE DE L'IMAGINAIRE N° 28
À la rencontre des cultures du monde

1191. JÉRÔME FERRARI
Le Sermon sur la chute de Rome

1192. LYONEL TROUILLOT
La Belle Amour humaine

1193. ARNAUD RYKNER
Le Wagon

1194. CAROLINE LUNOIR
La Faute de goût

1195. SÉBASTIEN LAPAQUE
La Convergence des alizés

1196. DENIS LACHAUD
J'apprends l'hébreu

1197. AHMED KALOUAZ
Une étoile aux cheveux noirs

1198. MATHIEU LARNAUDIE
Les Effondrés

1199. SYLVAIN COHER
Carénage

1200. NANCY HUSTON
Reflets dans un œil d'homme

1201. RUSSELL BANKS
Lointain souvenir de la peau

1202. CLARO
CosmoZ

1203. DAVID VAN REYBROUCK
Le Fléau

1204. ALAIN CLAUDE SULZER
Une autre époque

1205. ELIAS KHOURY
Yalo

1206. JULI ZEH
L'Ultime Question

1207. RAPHAËL JERUSALMY
Sauver Mozart

1208. DON DELILLO
Point Oméga

1209. FERNANDO MARÍAS
L'Enfant des colonels

1210. CLAUDE LORIUS ET LAURENT CARPENTIER
Voyage dans l'Anthropocène

1211. ROLAND GORI
La Dignité de penser

1212. JEREMY RIFKIN
La Troisième Révolution industrielle

1213. JEAN-LOUIS GOURAUD
Le Pérégrin émerveillé

1214. OLIVIER ASSOULY
Les Nourritures divines

1215. YÔKO OGAWA
La Mer

1216. KHALIL GIBRAN
Les Ailes brisées

1217. YU HUA
La Chine en dix mots

1218. IMRE KERTÉSZ
Dossier K.

1219. VÉRONIQUE MORTAIGNE
Cesaria Evora

1220. SHABESTARÎ
La Roseraie du Mystère

1221. JUNAYD
Enseignement spirituel

1222. CAROLE ZALBERG
Mort et vie de Lili Riviera

1223. ANNA ENQUIST
Contrepoint

1224. AKIRA YOSHIMURA
Un spécimen transparent

1225. JUSTIN CARTWRIGHT
La Promesse du bonheur

1226. AREZKI MELLAL
Maintenant, ils peuvent venir

1227. JEAN CLAUDE AMEISEN
Sur les épaules de Darwin

1228. JOSEPH E. STIGLITZ
Le Prix de l'inégalité

1229. MARIE GROSMAN ET ROGER LENGLET
Menace sur nos neurones

1230. FRANCIS HALLÉ
La Condition tropicale

1231. DAVID VAN REYBROUCK
Contre les élections

1232. HÉLÈNE FRAPPAT
Inverno

1233. HÉLÈNE GAUDY
Si rien ne bouge

1234. RÉGINE DETAMBEL
Opéra sérieux

1235. ÉRIC VUILLARD
La Bataille d'Occident

1236. ANNE DELAFLOTTE MEHDEVI
Fugue

1237. ALEX CAPUS
Léon et Louise

1238. CLAUDIA PIÑEIRO
Les Veuves du jeudi

1239. MIEKO KAWAKAMI
Seins et Œufs

1240. HENRY BAUCHAU
L'Enfant rieur

1241. CLAUDE PUJADE-RENAUD
Dans l'ombre de la lumière

1242. LYNDA RUTLEDGE
Le Dernier Vide-Grenier de Faith Bass Darling

1243. FABIENNE JUHEL
La Verticale de la lune

1244. W. G. SEBALD
De la destruction

1245. HENRI, JEAN-LOUIS ET PASCAL PUJOL
Question(s) cancer

1246. JOËL POMMERAT
Le Petit Chaperon rouge

1247. JÉRÔME FERRARI
Où j'ai laissé mon âme

1248. LOLA LAFON
Nous sommes les oiseaux de la tempête qui s'annonce

1249. JEANNE BENAMEUR
Profanes

1250. PATRICK DEWITT
Les Frères Sisters

1251. ALAN DUFF
Un père pour mes rêves

1252. JAN GUILLOU
Les Ingénieurs du bout du monde

1253. METIN ARDITI
Prince d'orchestre

1254. DON DELILLO
Great Jones Street

1255. ROOPA FAROOKI
Le Choix de Goldie

1256. MARIA ERNESTAM
Toujours avec toi

1257. JEAN-YVES LOUDE
Lisbonne, dans la ville noire

1258. PRALINE GAY-PARA
Contes très merveilleux

1259. MATHIAS ÉNARD
Rue des Voleurs

1260. LAURENT GAUDÉ
Pour seul cortège

1261. WAJDI MOUAWAD
Anima

1262. ÉRIC VUILLARD
Congo

1263. CÉLINE CURIOL
L'Ardeur des pierres

1264. ANNE PERCIN
Le Premier Été

1265. LAURENCE VILAINE
Le silence ne sera qu'un souvenir

1266. CÉCILE LADJALI
Louis et la Jeune Fille

1267. PHILIPPE DE LA GENARDIÈRE
Le Roman de la communauté

1268. YÔKO OGAWA
Les Tendres Plaintes

1269. HANAN EL-CHEIKH
Toute une histoire

1270. HERBJØRG WASSMO
Un verre de lait, s'il vous plaît

1271. JAUME CABRÉ
L'Ombre de l'eunuque

1272. JEAN-CLAUDE GRUMBERG
45 ça va

1273. ANDRÉ BRINK
Mes bifurcations

1274. PAUL AUSTER
Chronique d'hiver

1275. JÉRÔME FERRARI
Variétés de la mort

OUVRAGE RÉALISÉ
PAR L'ATELIER GRAPHIQUE ACTES SUD
REPRODUIT ET ACHEVÉ D'IMPRIMER
EN SEPTEMBRE 2014
PAR NORMANDIE ROTO IMPRESSION S.A.S.
À LONRAI
POUR LE COMPTE DES ÉDITIONS
ACTES SUD
LE MÉJAN
PLACE NINA-BERBEROVA
13200 ARLES

DÉPÔT LÉGAL
1re ÉDITION : OCTOBRE 2014
No impr. : 1403271
(Imprimé en France)